Magnolia Parks

Jessa Hastings

Hacia la oscuridad
Magnolia Parks

Traducción de
Martina Garcia Serra

MOLINO

Papel certificado por el Forest Stewardship Council®

Título original: *Magnolia Parks. Into the Dark*

Primera edición: mayo de 2025

Publicado por primera vez en Reino Unido por Orion Fiction,
un sello de The Orion Publishing Group Ltd.,
del grupo Hachette UK Company, en 2024.

© 2024, Jessica Rachel Hastings
© 2025, Penguin Random House Grupo Editorial, S. A. U.
Travessera de Gràcia, 47-49. 08021 Barcelona
© 2025, Martina Garcia Serra, por la traducción

Los fragmentos de *El principito*, de Antoine de Saint-Exupéry, que se citan en esta obra pertenecen a la traducción que Bonifacio del Carril hizo para la editorial Salamandra en 1953.

Penguin Random House Grupo Editorial apoya la protección de la propiedad intelectual. La propiedad intelectual estimula la creatividad, defiende la diversidad en el ámbito de las ideas y el conocimiento, promueve la libre expresión y favorece una cultura viva. Gracias por comprar una edición autorizada de este libro y por respetar las leyes de propiedad intelectual al no reproducir ni distribuir ninguna parte de esta obra por ningún medio sin permiso. Al hacerlo está respaldando a los autores y permitiendo que PRHGE continúe publicando libros para todos los lectores. De conformidad con lo dispuesto en el artículo 67.3 del Real Decreto Ley 24/2021, de 2 de noviembre, PRHGE se reserva expresamente los derechos de reproducción y de uso de esta obra y de todos sus elementos mediante medios de lectura mecánica y otros medios adecuados a tal fin. Diríjase a CEDRO (Centro Español de Derechos Reprográficos, http://www.cedro.org) si necesita reproducir algún fragmento de esta obra. En caso de necesidad, contacte con: seguridadproductos@penguinrandomhouse.com

Printed in Spain — Impreso en España

ISBN: 978-84-272-4629-4
Depósito legal: B-4.718-2025

Compuesto en Compaginem Llibres, S. L.
Impreso en Rotoprint by Domingo, S. L.
Castellar del Vallès (Barcelona)

*Para todas las personas que se ven reflejadas
en las partes más dolorosas de este libro, todas las personas
que han llorado una pérdida o la están llorando o la han sufrido
o la están sufriendo, todas las personas a quienes les preocupa
el oscuro vacío de la nada... Todo irá bien.*

¿Vale?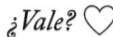

UNO
Magnolia

Miro a Henry, apoyado contra el cabecero en el lado de la cama de su hermano. Está mirando un sudoku con el ceño fruncido. No sé por qué le gustan este tipo de pasatiempos, pero siempre le han gustado, incluso de crío. En esa época eran sopas de letras, aunque para cuando llegamos a Varley eran los sudokus. Mordisquea el lápiz y entorna todavía más los ojos.

Le echo un vistazo y señalo uno de los cuadraditos vacíos.

—Siete —le digo antes de que me aparte la mano con una mirada asesina.

—No quiero que me ayudes.

Lo miro con el ceño fruncido.

—Borde.

—Esto sí que es borde —me hace un gesto—. Tu profesado y jodidamente flagrante desinterés por el arte del sudoku...

—Qué va a ser un arte —le suelto, y él me ignora.

—... es borde e irritante —prosigue él—. Porque da hasta rabia lo bien que se te dan.

Pongo los ojo en blanco y paso la página de la *Vogue* italiana de este mes.

Él refunfuña un poco, dice no sé qué de ser una erudita y de que tendría que haberme empleado más a fondo en mates cuando estudiábamos y lo ignoro.

Le enseño una foto de un vestido que no me convence.

—¡Lo han hecho de sarga! Qué raro.

Henry, sarcástico, pone mala cara.

—Rarísimo.

—Es verano... —Dejo el comentario ahí suspendido, aunque no le provoca el horror que yo esperaba—. Es una tela de invierno —le recuerdo, y él le lanza una mirada a su sudoku en lugar de a mí.

En ese momento, se oye el portazo de la entrada principal y Henry y yo cruzamos las miradas.

—¿Parksy? —me llama BJ.

Me gusta cuando me llama así, me hace sentir como si tuviese quince años. Me llamaba así cuando estábamos en el internado, cuando estábamos juntos. De algún modo volvió a aparecer cuando nos prometimos.

—¡Aquí! —le contesto al tiempo que salto de la cama—. ¡Rápido! —chillo alisando la colcha y haciéndole ademanes como una loca a Henry—. ¡Rápido! ¡Levanta…!

Henry alisa su rincón y arroja el libro de sudokus hacia la otra punta del cuarto… y, desgraciadamente, golpea a su hermano de lleno en la cara en cuanto entra en nuestro cuarto.

Me río con despreocupación y me apoyo como quien no quiere la cosa en nuestra cama Savoir Winston & N.º 4v hecha a medida que mandé forrar de bouclé en color crema.

—¡Hola! —Le lanzo mi sonrisa más radiante.

BJ entrecierra los ojos.

—Hola.

Christian asoma la cabeza por el marco de la puerta y nos mira a Henry y a mí, luego se echa a reír al tiempo que se coloca junto a BJ.

Beej nos señala con la cabeza.

—¿Estabais en la cama?

—No. —Niego categóricamente con la cabeza.

Henry niega también y se encoge de hombros con desdén.

—No. —Sigo negando con la cabeza—. Nos dijiste que paráramos de hacerlo y naturalmente te escuchamos muy fuerte.

Henry sigue asintiendo.

—Y aunque ni que decir tiene que Henry, sin lugar a dudas, no se ha comido un bocadillo en tu lado de la cama porque… —Le lanzo una mirada a Henry y luego añado con los dientes apretados—: eso sería una locura y nos habría delatado de haber habido algo que delatar, que no lo hay, pero si tú, digamos que, hipotéticamente, notaras algo parecido a unas migas de pan, creo que sería, en fin, obra de un ratón o de… esto, un demonio necrófago hambriento o algo así.

BJ se pasa las manos por el pelo y gruñe.

—¿Por qué no os sentáis en el puto salón? —Nos mira a los dos, molesto—. Es la hostia.

Beej lo diseñó y está muy orgulloso.

—Es verdad. —Henry vuelve a asentir.

Y la verdad es que sí, lo es, tiene razón. Es increíble.

Christian se apoya contra el marco de la puerta y nos mira a los tres, divertido.

—*AD* le dedicó un artículo... —nos recuerda BJ.

Lo cual también es verdad. *Architectural Digest* grabó un recorrido para YouTube, aunque el momento que escogieron para hacerlo se considera controvertido entre los miembros de la Colección Completa, y al mencionarlo, Christian suelta un gruñidito, molesto y a la defensiva.

Le lanzo una mirada porque no es solo que BJ esté muy orgulloso del salón, sino que hay que admitir que está extraña y excesivamente orgulloso del salón. Siente la clase de orgullo que uno imaginaría que te nace por, no lo sé, ¿dar a luz?

Así que sí, está un pelín demasiado entusiasta, pero no estoy a favor de nadie que se muestre desdeñoso para con ninguno de los esfuerzos de BJ, incluso los que no estoy segura de acabar de comprender.

—Oye, en definitiva —le lanzo a Beej una mirada tranquilizadora mientras floto hacia él y me rodeo a mí misma con sus brazos—. Me encanta. Hiciste un trabajo increíble.

Mi prometido enarca una ceja.

—¿Pero...?

¡Y no digo nada! Presiono los labios con recato porque no quiero destrozar al chico que amo más que a nada en este mundo, porque verdaderamente hizo un trabajo brillante. La pura verdad (y va en serio) es que el salón es precioso. Estilo moderno Mid-Century, cálido y luminoso, es solo que...

Henry hace una mueca.

—Es un poco anguloso, tío. —Mira a su hermano y se encoge de hombros, y Beej pone los ojos en blanco, refunfuñando por lo bajo—. Es que, en fin, cuesta sentarse ahí...

—Eso es cierto... —confirmo.

—¡Es un Hans J. Wegner! —BJ nos mira a ambos, incrédulo—. Ese banco cuesta 37.000 libras.

—Ya… —Christian se encoge de hombros, lo cual no ayuda mucho—. Pero uno no puede ponerle precio a la comodidad, ¿verdad?

—Aunque claramente se le puede poner a la incomodidad, ¿eh, Beej? —Henry le guiña el ojo a su hermano, y BJ me lanza una mirada poco impresionada.

Miro fijamente a BJ con los ojos muy abiertos en señal de disculpa.

—Es que es verdad que… te resbalas. Y tú lo sabes —le digo enarcando las cejas—. Intentamos tener sexo allí ¡y me deslicé! Como un pingüino sobre el hielo.

Él también enarca las cejas.

—Encontramos la manera de que nos funcionara.

Niego un poco con la cabeza.

—No, no la encontramos, lo hicimos en el suelo y listo.

BJ recuerda el momento y luego se le dibuja una sonrisita en el rostro a medida que va rememorando más detalles. Somos los mejores con el sexo, él y yo.

—Ay, sí. —Nos miramos a los ojos y, por detrás, Henry hace una mueca.

Christian asiente y me pega en el brazo antes de acabar de entrar en nuestro cuarto.

—Caray… Sexo en el suelo, no te creía capaz, Parks.

BJ me guiña el ojo discretamente.

Henry estira los brazos por encima de la cabeza y vuelve a sentarse en nuestra cama. Beej recoge los sudokus de Henry y se los devuelve.

—¡Parad de pasar el rato en nuestra cama!

Henry niega con la cabeza.

—Ay, es que no podemos —contesta con voz apenada.

BJ enarca las cejas.

—¿Por qué no?

—Es demasiado cómoda. —Henry hace la croqueta por la cama, solo para cabrearlo—. Que, por cierto, ¿puedo tener una así en mi cuarto?

—¿Cuántas putas veces tengo que decírtelo, tío? —BJ le lanza una mirada a su hermano—. Tú no tienes un cuarto aquí.

—Hombre… —Meneo un poco la cabeza, indecisa.

—Un poco sí —dice Henry.

Christian ya no está tanto en su casa. No sé por qué. Ni siquiera sé si podría llamarlo sinceramente «su casa». Y hubo cierto tiempo en que creo que habría estado bien, que lo habría agradecido incluso, pero ahora Henry, a quien, en general, le encanta estar solo, últimamente le gusta cada vez menos.

Así que aunque Henry «no tenga un cuarto aquí» porque su hermano no quiere vivir con su hermano, la verdad es que un poco sí que tiene un cuarto aquí.

Christian se tumba a su lado y se queda tendido un par de segundos. Luego se incorpora como un resorte y nos mira.

—Caray, tío, ¡es cómoda de cojones!

Vuelvo a instalarme en la cama, me siento justo en el centro.

—¿Verdad que sí? —Los miro radiante.

Christian asiente despacio, gozando de la comodidad.

—Mucho más cómoda que lo que hay ahí fuera…

BJ exhala ruidosamente por la nariz y luego se tumba también en la cama. Coge una revista de mierda y empieza a hojearla.

Sé que no tendría que molestarme en tenerlas, pero es que siempre aparecemos en ellas y me gusta saber qué dice la gente de nosotros.

Paseo la mirada por nuestra habitación: paredes blancas, una cama gigante y blanca como una nube, espaciosa, cortinas blancas y ondulantes… Me encanta tener «nuestra habitación» con él. Nunca la habíamos tenido, no en todos los años que estuvimos juntos.

En el internado, desde luego, teníamos nuestras residencias respectivas y nos colábamos el uno en la del otro todo lo físicamente posible. Pasábamos juntos los fines de semana en casa de los padres del uno o del otro y dormíamos en una de nuestras respectivas habitaciones. Hemos compartido la habitación y la cama del otro infinidad de veces a lo largo del transcurso de nuestras vidas, pero nunca habíamos tenido una que fuera solo nuestra, una cama que nunca hubiéramos compartido con otra persona, una habitación en la que cada noche nos dormimos el uno junto al otro y cada mañana me despierto y lo tengo a mi lado. Nuestra habitación podría ser una caja de cartón y me seguiría encantando si él estuviera allí.

No, no me encantaría, he dicho una mentira y estaba siendo absolutamente hiperbólica, pero ves por dónde voy, ¿verdad?

BJ decoró toda nuestra casa por completo, escogió todos y cada uno de los muebles y de las obras de arte. Yo no tenía… en ese momento no podía, ¿sabes? Fue poco después de que ocurriera y, sencillamente, no podía. Lo único que escogí de todo el piso fue nuestra cama y nuestro colchón, y no es una competición e incluso si lo fuera, querría que la ganara él, pero nuestra cama es sin lugar a dudas el lugar más cómodo de toda nuestra casa.

Me muevo por la gigante nube en la que estamos todos acurrucados y me acerco a mi prometido, ruedo hacia él, le pongo ojitos para volver a caerle bien.

Él hace una mueca con desconfianza.

—No me apuntes con esas cosas.

Me encojo de hombros inocentemente.

—Bueno, apuntaría con ellas a nuestro sofá, pero se caerían al suelo.

BJ ahoga una carcajada y niega con la cabeza mientras pasa la página.

Y entonces lo veo.

«Los tortolitos de Londres» es el título del «artículo» (y lo digo de la manera más relajada posible), que consta de un puñado de fotos nuestras y de gente como nosotros en plan romántico y adorable por todo Londres. Suki Waterhouse y Robert Pattinson. Rachel McAdams y su marido. Jamie Dornan y Amelia.

—Oh, no —ahogo un grito al tiempo que le pego un porrazo con el dedo a la foto de él y de mí que han sacado en la revista.

Es una foto de *paparazzi*. Yo estoy en su regazo, él apoya el mentón en mi hombro, ambos leemos lo que en realidad es un menú, pero desafortunadamente parece más bien un libro con tapas de cuero.

—¿Qué? —Beej echa un vistazo y aprieta la boca contra mi brazo—. Estamos bien.

—No… —suspiro, desolada—. No, parecemos la clase de pareja que se etiquetan el uno al otro en las biografías de Instagram.

—Joder, sí. —BJ se echa a reír—. Un poco sí.

—¿Y qué hay de malo en eso? —pregunta Henry, echando un vistazo con curiosidad.

Y no puedo evitar sonreír por lo dulce que es. Es tan puro y tierno, y está tan preparado para amar a alguien como es debido (y, por favor, ten por seguro que cuando eso pase le confiscaré el móvil, le impediré acceder a su propio Instagram y me aseguraré de que todas las biografías sigan sin ser repulsivas).

Christian le lanza una mirada despectiva.

—Todo. Lo único peor que mencionar a tu pareja en tu bío es una cuenta conjunta. —Suelta un bufido, es mucho menos puro y mucho menos tierno que Henry porque, supongo, siendo justos, Christian sí ha amado de verdad y como es debido a otra persona, y ¿adónde lo ha llevado eso?

Daisy sigue desaparecida, tres meses ya sin decir una sola palabra. Resulta difícil decir cómo lo está llevando él. No está como estaba, no está compensando lo mucho que la echa de menos con alcohol y otras chicas, pero porque no podría. Porque tampoco tiene siquiera la certeza de que no están juntos. Porque ellos se fueron sin más. Los dos. Se fueron y luego nada. Ni una palabra por parte de ninguno de los dos desde entonces. Ni siquiera cuando…

Niego con la cabeza para mí misma.

No quiero pensar en ello.

A Henry le suena el móvil. Se lo saca del bolsillo y lo mira. Una expresión familiar se instala en sus rasgos (en cierto modo dolida, en cierto modo frustrada), exhala por la nariz y se guarda el móvil.

Taura. Ahora esa es la cara que pone por Taura.

Eso también ha caído en picado.

Taurs acabó escogiendo a Henry, ¿lo sabías? Probablemente no, supongo, no se lo dijo a nadie más que a mí. Me confesó que había escogido a Henry, que era a Henry a quien deseaba, a Henry a quien amaba verdadera y desesperadamente y con el que quería estar… justo antes de que la madre de Jonah se quedara en coma.

Por eso no se lo dijo en aquel momento a Henry, porque sentía que no podía hacerle aquello a Jo, así que la cosa tiró y tiró, como lo había hecho hasta entonces solo que peor porque ella ya había escogido y yo lo sabía. Y ella lo sabía, pero los chicos no lo sabían y ella no sabía cómo decírselo, no sin hacer sufrir a Jonah, que últimamente está sufriendo tanto que ella no podía soportarlo. Por eso no dijo nada, por evitarle el sufrimiento a él, y al final los perdió a los dos.

Vuelvo a echar un vistazo a la foto en la que aparecemos Beej y yo, y suspiro.

—Supongo que debemos emplearnos a fondo para ser menos adorables en público —le digo con bastante firmeza.

—O... —Henry chasquea los dedos delante de mí, esfumado su momento pensativo, toda la tristeza que le he visto hace un segundo está empaquetada y mandada a algún lugar lejano—. Podrías dar gritando en público tu discurso sobre la democratización del lujo y te prometo que todo el mundo dejará de adorarte.

Levanto la nariz.

—Yo no estaría tan segura.

BJ le lanza una mirada a su hermano.

—Yo sí.

—Es un fenómeno muy poco explorado del consumismo moderno, y a mí, sin ir más lejos —me pongo una mano en el pecho—, me tiene tremendamente preocupada.

Christian pone los ojos en blanco y BJ niega con la cabeza, sigue hojeando la revista. Pasa un par de páginas y, de repente, Beej se aparta de mí al tiempo que la cierra.

Lo miro con el ceño fruncido.

—¿Qué acaba de pasar?

—Nada...

—¿Qué has visto?

—Nada, un artículo estúpido. —BJ se encoge de hombros y me aleja la revista.

—¿Sobre qué?

Hace una pausa.

—Sobre mí.

—Oh. —Frunzo los labios—. Bueno, déjame verlo...

BJ hace una mueca y niega con la cabeza.

—Qué va.

BJ le pasa la revista a Christian por encima de mi cabeza.

—¿Qué dice? —pregunto haciendo ademán de agarrar la revista, pero Christian la sujeta fuera de mi alcance.

—Nada. —Christian se encoge de hombros—. Es una tontería.

Luego se la pasa a Henry, lo cual ha sido una estupidez, porque tengo absolutamente cero unidades de escrúpulos para placar a Henry, de modo que me lanzo hacia él y, en ese momento, él le devuelve la revista a BJ, que salta de la cama y se la esconde detrás de la espalda.

Voy corriendo hacia él.

—BJ, esto no tiene ninguna gracia. Déjame verlo.

Él enarca un poco una ceja.

—¿Confías en mí?

—Sí —contesto automáticamente.

Él se encoge un poco de hombros, esperanzado.

—Entonces confía en que no quieres verlo.

Lo miro a él, luego a su hermano y después a su mejor amigo.

—¿Has hecho algo?

Él parpadea nos veces.

—No —contesta, y quizá si no me hubiera puesto como una fiera por todo esto, me habría dado cuenta de que la pregunta le ha dolido un poco, pero no me percato.

Extiendo la mano a la espera de que me entregue la revista.

Él se lame el labio inferior y lanza un gran suspiro al tiempo que me la deposita en las manos.

«LA VIDA SECRETA DE BRIDGET PARKS» es lo que dice la página, con letras enormes y en negrita.

Me quedo boquiabierta y se me cae el alma a los pies.

Bridget les traía sin cuidado cuando estaba viva, es la horrible realidad. Porque así lo quería ella. Llevaba una vida tan espectacularmente modesta y tan estable, que las únicas veces que la veías aparecer en la prensa era cuando estaba conmigo o con nuestros padres. Ella odia la fama. La odiaba, vaya. Ella podría haber sido como yo de haber querido, podría haber sido lo que le hubiera dado la gana. Lo que pasa es que nada de aquello le parecía gratificante. Y nada de aquello lo es, todo carece de significado. Durante toda su vida estuvo por encima de ello y lo evitó y, luego, una vez muerta, fueron a por ella de todos modos.

Lo fulmino con la mirada y me hierve la sangre. Es un conjunto de fotos de mi hermana de distintos momentos de su vida, que van desde cuando estaba en Varley hasta hace poco. Son todas raras y están sacadas de contexto.

Hay una en la que está tumbada fingiendo que ha perdido el conocimiento rodeada por un montón de botellas. Es de su Instagram. Estaba completamente sobria, el pie de foto decía: «¿Quién soy? ¿@jonahhemmes?». Hay otra foto, también de su Instagram, en la que aparece inclinada, apoyando la barbilla en la mano, en el banco de nuestra cocina de Holland Park, BJ sale riendo a su lado con rayas que parecen cocaína delante de ella, pero la foto está cortada. En la vida real, invisible en la foto mostrada, también estaba Marsaili, poniendo los ojos en blanco. Tampoco se ven los ingredientes de repostería esparcidos por toda la encimera que, en realidad, Bridget estaba usando para preparar unos postres. Ese día BJ y yo entramos en la cocina y, no sé cómo, hablamos de la cocaína y Bridget le preguntó si te dolía la nariz al esnifar, y él le pintó unas rayas con azúcar glas y las hicieron juntos.

Hay una foto de ella y un chico besándose en un rincón, no recuerdo cómo se llamaba, pero sí me acuerdo de esa noche. No fue algo secreto. Ella no lo escondía de nadie. Hay un par más así, son todo imágenes que eran momentos de una vida completamente normal que ahora alguien está intentando pervertir para crear una historia y odio a esa persona por ello.

El Instagram de Bridget, por cierto, es y siempre ha sido privado. Solo tiene unos trescientos seguidores. De modo que alguien que ella quiere y en quien confía está traicionando esa confianza que ella le dio para sacar tajada.

Trago el nudo que siento que se me sube por la garganta e ignoro las miradas de preocupación que se posan en mí, provenientes de todos los chicos a los que amo.

—Estoy bien —les digo lanzándoles una sonrisa fugaz, aunque ninguno de ellos ha preguntado.

Henry asiente con énfasis como si no me creyera, y BJ me toca la cara.

—¿Quieres salir a cenar?

—Me muero de hambre —dice Christian, intentando dejar atrás ese momento.

Asiento enseguida y me pongo de pie.

—Esto... Dadme un minuto. —Otra sonrisa fugaz por mi parte antes de levantarme de nuestra cama y cruzar nuestro gigantesco vestidor para llegar al baño en suite.

Me quedo de pie ante el tocador, lo agarro con fuerza al tiempo que siento que se me retuerce el corazón. Exhalo por la nariz con tanta calma como puedo y miro fijamente mi reflejo, esperando a que ella llegue.

Tarda cerca de un minuto, pero entonces la veo. Siempre va vestida como la noche en que la vi por última vez. El cárdigan de rayas con apliques de pedrería Rainbow de Miu Miu y las mallas cortas de punto de canalé de Rag & Bone con las sandalias Oh Yeah de UGG.

—¿Una cena? —diría mi hermana—. ¿En serio?
Y yo la ignoraría, me colocaría el pelo detrás de las orejas, levantaría un poco el mentón. Miraría fijamente sus ojos marrones, desafiante, como hice la mayor parte de los días de nuestras vidas hasta que ella se fue.
—¿Volvemos a las andadas? —preguntaría ella, y yo pondría los ojos en blanco porque ella no puede hacerlo y lo echo de menos.
—Estoy bien —contestaría yo, aunque eso no es lo que ella me habría preguntado y entonces me habría lanzado una mirada.
—Estás en un baño hablándole a tu hermana muerta —me diría ella, y yo la miraría fijamente con ojos dolidos porque Bridget es archiconocida por no morderse la lengua y, en ocasiones, pasarse un poco de la raya, y creo que todos estamos de acuerdo en que morírseme fue ir un pelín demasiado lejos.
Aunque a ella no le habría importado.
—¿Qué? —Se habría encogido de hombros, se habría echado el pelo hacia atrás por encima de los hombros y se habría cruzado de brazos—. Es verdad.

—¿Estás bien? —pregunta Beej, de pie en el umbral de la puerta del baño, observándome con ojos cautelosos.
—Sí —asiento al instante—. Estupendamente.
—¿Lista para salir?
Me miro. Llevo el minivestido de algodón tejido con ganchillo con piezas de piel combinadas de Chloé con el cárdigan de cachemira de punto trenzado de Allude.
—¿Voy bien?
Él se me acerca y me coloca la mano en la cintura.
—Siempre.

Vuelvo a mirarme, me toco el acromion y me presiono el labio superior con la lengua.

—¿Conducim…? —Me encorvo un poco. Trago saliva—. ¿Vamos en coche o…?

—Andando, Parks —me dice con dulzura mientras se pone detrás de mí y me rodea la cintura con los brazos, mirándome a través del espejo.

Asiento deprisa. No puedo decir que me entusiasmen los coches últimamente. Son inevitables, desde luego, en ciertas ocasiones. Y en dichas ocasiones, tengo a un chófer. La verdad es que, estos días, más o menos, tengo dos. Un chófer al uso y Daniela. Ella técnicamente no es una chófer, pero sí que conduce mucho. Es una asistente personal. Jonah me dijo que yo no daba pie con bola, de modo que le pagó el sueldo durante un año como «regalo de cumpleaños adelantado», eso es lo que le decimos a la gente públicamente, pero la verdad es que me dijo que era un «regalo por tu hermana muerta». Hay que reconocer que los dos Ballentine pensaron que era un hito extraño que bautizar con un regalo, pero a mí me pareció bien porque lo entiendo. Jonah y Christian son, desde hace ya mucho tiempo, miembros de un terrible club exclusivo; uno al que me he unido hace poco (en contra de mi voluntad).

Fue muy considerado por su parte, ¿no te parece? Es brasileña. Es bastante callada y no te diría que sea exageradamente organizada, pero me lleva en coche a todas partes y, de algún modo, siempre parece estar por allí para ayudarme si me hace falta, lo cual se agradece.

—¿Hay muchos abajo? —le pregunto a BJ en voz baja.

—No más de lo normal. —Se encoge de hombros—. Dani ha dicho que hay cinco o seis por aquí de momento.

Asiento antes de mirarme en el espejo por enésima vez.

La fascinación por BJ y por mí está por las nubes desde el compromiso y luego por lo de Bridget. A veces resulta bastante invasivo.

BJ me da un codazo suave.

—No es más que una cena conmigo y los chicos.

Miro mi reflejo con los ojos entornados.

—No quiero que vuelvan a decir que voy desconjuntada.

Él ladea la cabeza.

—Eso fue solo una semana después de morir tu hermana, Parks. Eso lo escribió un monstruo… —Una mirada oscura se apodera de sus rasgos—. Ningún humano habría podido hacerlo.

Me coge la mano y me saca del baño, me lleva hasta el vestidor y me sienta en uno de los bancos de madera tallada y tapizados del siglo XIX francés que escogió él mismo (divide mi lado del armario del suyo) y luego, se va hacia el estante de mis zapatos.

Las botas altas Mallo de color marrón de Chloé es lo que me trae. Buena elección.

Le lanzo una sonrisa cansada y él me la devuelve.

Se arrodilla y me calza ambos pies, luego se queda ahí arrodillado para que nuestros ojos estén al mismo nivel.

Coloca la nariz contra la mía.

—Podemos quedarnos en casa —me dice.

Me encojo de hombros.

—Lo que te apetezca.

Asiente.

—Salgamos a cenar, entonces.

Me roza los labios con los suyos y se pone de pie, levantándome con él.

Henry y Christian nos están esperando junto al portal cuando salimos.

Mi mejor amigo me sonríe de una manera que considero que pretende hacerme sentir valiente, pero creo que, en realidad, lo único que hace es ponerme triste. Últimamente todo el mundo se mueve a mi alrededor como si estuviera hecha de cristal. Como si una mirada inapropiada pudiera hacerme pedazos. No tienen ni idea de que es demasiado tarde. Estoy total y absolutamente hecha pedazos.

Soy un mosaico de esquirlas y agonía.

Henry me alcanza mis gafas de sol esmaltadas de la colección de 1969 de Christian Dior.

Entramos en el ascensor.

—Gafas —dice BJ, y todos nos las ponemos.

Me mira.

—¿Lista?

Asiento, más o menos. Me da la mano y, ¡ding!, las puertas se abren.

En cuanto salimos al vestíbulo, los flashes de las cámaras empiezan a dispararse desde el exterior.

Los chicos forman un pequeño triángulo a mi alrededor: BJ en cabeza, Henry a mi derecha, Christian a mi izquierda.

Chillan nuestros nombres, especialmente el mío.

—¡¿Cuándo es la boda?!
—¿Quién te diseñará el vestido?
—¿Has hablado con Paili Blythe?
—¿Le rendirás algún homenaje a tu hermana en la boda...? —empieza a preguntar uno, pero Christian rompe la formación para agarrarlo por la pechera de la camisa y estamparlo contra la pared que tiene detrás.

—Vete a la mierda —le escupe mi viejo amigo al reportero antes de volver corriendo con nosotros y recuperar su puesto en el triángulo.

Le lanzo una diminuta sonrisa de agradecimiento y él me hace un pequeño gesto con el mentón.

Nos siguen durante todo el camino hasta Zuaya, que está en Kensington High Street, y es un ejemplo bastante certero de cómo se me antoja estar viva hoy por hoy.

Siento que todo el mundo me chilla y me observa, me invade y jamás me deja sola, pero de algún modo, a la vez, siento que estoy completa y total y absolutamente sola.

Lo cual no es un comentario sobre BJ ni Henry ni Taura, ni sobre nadie en realidad, es solo una nueva frontera extraña en la que me encuentro. Es donde habito ahora.

Enteramente sola en mi cabeza, caminando perdida cada vez más hacia la oscuridad que es su ausencia.

11.23

Bushka 🍸 ♡

Me tras um té

Qué?

Té

Dónde estás?

Csss

Qué?

> Soy en casa

>> Yo no estoy en tu casa

> Dondw estás

>> Notting Hill.

> Muy cerca. Traet té

>> Lamento haberte comprado un iPhone...

> Yo no. Señora indeoendente

>> Sabes qué significa "independiente"?

> Espabila

>> Quieres algo de comer?

> Ok

>> Qué?

> Ok sí

> BJ viene?

>> Sí

> 👍👍

DOS
BJ

Tengo un puñado de recuerdos de Parks que viven en un pedestal en mi mente. Su rostro, hermoso, ¿verdad? Pero no se trata de eso. Veo su rostro y despierta un viejo dolor en mí... Me transporta a otro lugar: la veo en mi jardín cuando yo tenía seis años, con toda esa luz que la iluminaba desde atrás y que ya no sé si era real o si emanaba de ella. El día que llegué a San Bartolomé y ella llevaba ese biquini amarillo. Ella con ese biquini lila en ese barco también, la verdad. Cuando le regalé el anillo con el sello de mi familia cuando íbamos al internado. Cuando volví a regalárselo siendo ya adultos.

Hay otras veces que también recuerdo esa mirada en sus ojos, aquello visceral y que es casi como un puñetazo que siento a veces como un fantasma.

Como cuando le dije que le había sido infiel. O cuando perdimos a Billie. Cuando ella se enteró de que fue Paili, la noche que ella se acostó con Tom, Bridget...

No creo que vaya a ser capaz de quitármelo de la cabeza, la chica que amo postrada de rodillas junto a la cama de su hermana, sujetándole la mano a su hermana muerta, llorando en silencio.

Por alguna razón se me antojó peor que fuera un llanto mudo.

Es más fácil consolarla cuando se pone intensa.

Recuerdo estar ahí de pie con Hen, esperando a que llegara la ambulancia, y ambos nos limitamos a no apartar la mirada de Parks, encorvada junto al cuerpo sin vida de su hermana.

La ambulancia llegó y Henry les abrió la puerta.

Ella no se apartó de Bridge por sí misma, tuve que separarla yo. La rodeé con mis brazos, la atraje hacia mí.

Recuerdo sentirme agradecido por poder abrazar a Parks entonces, porque hay algo en el hecho de perder a alguien como estábamos perdiendo a Bridge en ese momento que te hace sentir que lo necesitas. Como si de no haberlo hecho, tal vez también la habría perdido a ella.

Intentaron reanimar a Bridge allí mismo, pero fue imposible.

—Tenemos que llevarla al hospital —nos dijo la chica de la ambulancia.

Magnolia se puso de pie.

—Iré con ella.

La técnico de emergencias me miró, sus ojos me comunicaron algo.

—Quizá es mejor que te quedes conmigo, Parks. —Le hice un gesto con la cabeza.

Ella negó.

—Tengo que estar con Bridge.

—Y lo estarás. —Le sonreí con dulzura—. Iremos justo detrás.

Magnolia negó de nuevo con la cabeza.

—Es que no debería estar sola...

—Y no lo estará —le dije al tiempo que señalaba con la cabeza a la técnico de emergencias que teníamos al lado.

—Yo estaré con ella. —La técnico de emergencias le dedicó una sonrisa cansada a Magnolia—. Me llamo Amy y estaré con ella todo el rato.

Henry es increíble en situaciones como esta. Nos preparó una mochila. Sudaderas, carteras, agua. Cosas en las que no pensarías nunca, como cargadores del móvil.

Nos metimos en el coche. Ni siquiera recuerdo cómo.

Conducía Henry. Yo me senté detrás con Parks.

Ella se puso en medio. Me colocó la cabeza en el regazo, cerró los ojos.

Me parece que fue entonces cuando su estrés postraumático con los coches empezó a asomar la cabecita y a rondar por aquí.

Hace un par de años intenté hacerla andar desde Selfridges en Oxford hasta tan solo Saint Laurent en Old Bond y casi me arranca la puta cabeza de cuajo. Por si no eres de Londres, se tarda alrededor de quince minutos. Menos, con unas piernas tan largas como las suyas. Tardarías más si te subieras a un puto taxi, y lo hicimos.

Sin embargo, ahora ella se iría andando a todas partes con tal de evitar subirse a un coche. Antes ella no era así.

No recuerdo mucho de ese trayecto, solo que le acariciaba el pelo con los dedos y que Henry no puso nada en la radio mientras seguíamos a la ambulancia por Chelsea y Westminster. El silencio era suficientemente atronador. Los ruidos del bullicioso Londres a nuestro alrededor mientras lo recorríamos a toda velocidad, y esa extraña sensación de saberlo…

Yo no albergaba muchas esperanzas de que Bridget fuera a estar bien, no sé por qué. Me siento mal al respecto. Como si de haberlas tenido ella quizá seguiría aquí, pero es que tuve una corazonada, ¿sabes? En cuanto llegamos al hospital, el presentimiento empeoró. Jamás en mi vida había querido tantísimo equivocarme.

Todo pasó bastante rápido una vez allí. Nos llevaron a una habitación donde empezaron a intentar reanimarla y, luego, al cabo de un minuto más o menos nos mandaron al pasillo. Me pareció una mala señal.

Henry también lo sabía, se lo noté. Creo que es posible que Parks también, porque en cuanto salimos al pasillo, se echó a temblar. Todo su cuerpecito temblaba como una hoja, incluso le castañeaban los dientes.

Llamé a sus padres. No recuerdo qué hora era. Tenían que enterarse por ella o por mí, y ella no podía hilar dos palabras, así que lo hice yo.

—¿Qué? —es como Harley respondió al teléfono.

Ya era tarde. Yo no le llamo nunca simplemente para charlar, por eso no sé por qué le pareció posible que yo le llamara por cualquier cosa aparte de por una emergencia.

—Estamos en el hospital, algo va mal —dije con tanta claridad como pude; no por ser un capullo, sino porque necesitaba que él escuchara bien los hechos—. Bridget está inconsciente. No sabemos qué ha pasado.

Pausa.

—¿Pero está bien? —preguntó su padre.

Pausa.

—No lo sé, tío.

No me contestó nada.

—¿Llamo a Arrie? —pregunté. La voz me salió rara. Extrañamente tranquila. Transmitía menos miedo del que sentía.

—No —me dijo. También tranquilo—. Yo lo haré.

—Vale.

—¿Qué hospital? —preguntó.

Se lo dije. Le mandé la ubicación para que pudiera encontrarnos más fácilmente.

Luego llamé a Jo; Jo, después a Christian y después a Taurs.

No tardaron mucho en llegar, nos quedamos los seis en ese pasillo.

Llegaron antes que sus padres.

Magnolia los miró a todos con la mirada perdida. Christian le dio un beso en la cabeza, me apretó el hombro antes de sentarse en el suelo delante de nosotros.

Taurs se pone muy nerviosa en las emergencias. Va de aquí para allá, atareada e inquieta. Nos trajo algo de comer y agua a todos, intentó que Parks diera un sorbo, pero ella se negó.

Creo que Jo lo supo. Tiene un don para estas cosas. Me miró un segundo con expresión apesadumbrada; no dijo nada, pero algo en su mirada me hizo saber que lo sabía.

El recuerdo de esa serie de acontecimientos se me antoja raro, fracturado, como si fueran partes de un sueño.

Me acuerdo de Henry paseando de aquí para allá en la sala de espera, Parks en mi regazo sin quitarme los ojos de encima. Tenía los ojos grandes y redondos como los tuvo en nuestro otro peor día.

Quise ser capaz de decirle que todo iría bien, aunque no encontré las fuerzas para pronunciar esas palabras. Creo que sabía que no iba a ir bien. No quise mentirle. De algún modo me parecía peor.

Estaban pasando muchas cosas a nuestro alrededor, incluso en ese pasillo entrada ya la noche. Y es Parksy, ¿verdad? Le encantan las distracciones. Le encanta evitar lo incómodo, hace todo lo que puede cada puto día de su vida para ignorarlo, pero no miró a su alrededor, mantuvo sus ojos fijos en mí.

Podría haberlo sentido, creo, de haber sabido verlo, el manto protector que tenía Bridget y que me estaba cediendo a mí.

Porque Magnolia mira a su hermana cuando las cosas se van a la mierda, siempre lo ha hecho. Quizá me habría mirado a mí de no haber sido yo lo que generalmente se iba a la mierda. Ella jamás ha mirado a su padre, ¿por qué iba a hacerlo? A veces Hen se llevaba un vistazo, pero por mí, creo que ella sentía que estaba poniendo a Hen en una posición de mierda.

¿Sabes que las bailarinas miran un punto cuando hacen una pirueta para no marearse?
Bridget era el punto en la pared de Magnolia.

Cuando sus padres llegaron, aparecieron primero Harley y Mars.
Irrumpieron por las puertas, nos miraron fijamente. Él se apretó la boca con la mano cuando vio a Magnolia y luego apartó la mirada.
Se volvió hacia una enfermera. Le hizo una pregunta que no oí.
Mars vino corriendo, levantó a Magnolia de mi regazo y la abrazó.
Parks no le devolvió el abrazo, pero no creo que fuera por nada en particular, es que estaba como ausente.
Recuerdo que miré a su padre, me fijé en que no se acercó a ella.
—Se pondrá bien, Magnolia —le dijo Mars al tiempo que se separaba de ella y asentía vigorosamente.
Me disgusta que la gente diga cosas que en realidad no piensa.
Parks apenas le devolvió el asentimiento, pero consiguió mostrar un leve sí antes de retroceder hacia mí. Se hizo una bolita en mi regazo.
Arrie apareció poco después.
Arrie el Ciclón. Con una gabardina enorme, una especie de negligé, unos tacones y unas gafas de sol enormes.
El tipo ese, Nathan, llegó con ella y se quedó junto a la puerta, nervioso. Costaba distinguir si le tenía miedo a Harley o si estaba ensimismado en sus putas cosas.
—¿Dónde está? —preguntó Arrie con voz fuerte.
Harley habló con ella en voz baja y no pude oírlo.
Mars se acercó a ellos, le colocó una mano en el brazo a Arrie.
Henry y yo cruzamos una mirada.
A ambos nos pareció raro que ni su padre ni su madre se acercaran a ver cómo estaba su otra hija.
Pensé en llamar a mi madre, pero al final no lo hice. Ya éramos suficiente gente y esa habitacioncita estaba abarrotada.

El tiempo transcurre de un modo extraño en lugares como los hospitales, ¿no crees?

Desde el momento en que llegaron sus padres hasta que un médico salió para hablar con nosotros, no tengo ni idea de cuánto rato pasó. ¿Horas? ¿Minutos?

Lo único que recuerdo de verdad es que le sujetaba la mano a Parks y le apretaba contra la piel el anillo con el sello de mi familia.

Todavía no se había acostumbrado a llevar los diamantes.

Ahora lleva el sello colgado en el cuello como había hecho siempre y los diamantes en el dedo. De todos modos, el anillo del sello nunca le fue bien. Tenía que ponerse otro anillito para frenarlo porque se le caía todo el rato.

Yo estaba haciendo girar el anillo alrededor de su dedo, intentaba pensar en cualquier cosa que no fuera en cómo sería la vida si lo que me daba miedo que estuviera pasando ocurría en realidad y Magnolia tenía la cabeza apoyada en mi pecho cuando la puerta se abrió y apareció un médico.

Magnolia se puso de pie trastabillando, con ojos desesperados. Yo me levanté también, miré fijamente al doctor, nervioso.

No creo que se le diera muy bien jugar al póquer. No hizo falta que dijera nada, aunque lo hizo igualmente.

—Lo lamento —nos dijo con solemnidad—. Hemos hecho todo lo que hemos podido.

Arrie soltó un alarido que nos sorprendió a todos, creo. Gutural.

La siguiente sorpresa que nos aguardaba era que Harley le dio la espalda a Marsaili y abrazó a su exmujer.

Lo menos sorprendente de todo fue que ni el uno ni la otra se fijaron en Magnolia.

Pero que les den porque a ella no le hacen ninguna falta sus padres; nunca le han hecho falta, aunque ella piense que sí. No le hacen falta. Nos tiene a nosotros.

Se volvió para mirarme, los ojos vidriosos. No dijo nada, no dije nada, me limité a atraerla hacia mí y a abrazarla con fuerza.

No lloró. No entonces, al menos.

Se lo guardó todo para soltarlo esa misma noche pero más tarde, en mi viejo cuarto de casa de mi madre.

En el hospital, la pequeña familia que ella misma se había buscado se congregó a su alrededor, la abrazó con fuerza y no la soltó. No nos movimos hasta que, finalmente, Harley se nos acercó y nos dijo que era hora de irnos.

Parks lo miró con fijeza, probablemente con los ojos más desafiantes que le he visto en mi vida y, joder, los he visto muy desafiantes…

—No voy a dejarla —le soltó a su padre.

Él tragó saliva con esfuerzo, me miró en busca de ayuda.

No le ofrecí más que un gesto con el mentón.

—Estamos bien aquí —le dije.

Señaló sutilmente con la cabeza a Magnolia. Ella no lo vio. Me pidió sin palabras que la cuidara. Como si no llevara haciéndolo toda mi vida, como si hiciera falta que me incitaran a hacerlo.

Él siempre ha sido un poco así. La señala con el mentón cuando ella no mira. Se preocupa más de lo que ella cree, y se lo he dicho. Ella dice que si él se preocupara de verdad, la señalaría menos con el mentón y la cuidaría más él mismo.

Resulta difícil discutírselo.

Henry se sentó contra la pared del hospital y dio una única palmada en el suelo a su lado.

Magnolia se acercó y se sentó junto a él sin decir nada. Christian se sentó al otro lado de ella, no dijo nada, no la miró, se limitó a clavar la vista al frente con una expresión difícil de ubicar. Él también perdió a una hermana. No era una mueca, no era una sonrisa. Lo sentía por ella. Sabía que no había nada que decir.

Antes de que se fueran sus padres, Marsaili intentó convencer a Parks para que se fuera a casa con ellos, pero ella no quiso moverse.

—Te haré un té en casa, cielo. Vamos —le dijo Mars con una sonrisa amable.

Magnolia arrastró los ojos hasta su madrastra, la miró fijamente, parpadeó dos veces y luego me miró a mí.

Mars siguió su gesto, exhaló cansada cuando cruzamos la mirada.

Hice todo lo que pude por asentir y tranquilizarla.

—Me encargo de ella.

Marsaili se me acercó y me acarició la cara.

—Sí, y doy gracias.

Quizá es lo más fuerte que me han dicho en toda mi vida, la verdad.

Después de aquello, no sé cuánto rato nos quedamos. El tiempo se escurre y se arrastra en momentos como ese. Era muy tarde, eso seguro. Parks no se movía, encajonada entre mi hermano y Christian, lo único que hacía era cambiar de hombro en el que apoyar la cabeza, mirándome siempre.

Me senté delante de ella. Me apoyé contra la pared opuesta, me tomé un minuto para pensar en mí mismo.

Enterré todo lo que sentía. Intenté desterrar la certeza de que yo también había perdido a alguien. Una persona que bien podría haber sido mi propia hermana, una persona que le ha dado forma a mi vida y a cómo la vivo ahora tanto si no más que cualquier otra, tal vez, exceptuando a Parks. ¿Quizá incluso más que Parks?

Tausie y Jo fueron a por un McDonald's cerca de las dos de la madrugada. Magnolia no probó bocado. En ese momento no se me pasó por la cabeza lo que eso podría estar indicando. Henry metió una pajita en una botella de agua y se la acercó a los labios. Ella dio unos sorbitos, se frotó esos ojos suyos tan cansados. Aun así, no apartó la vista de mí.

—¿Estás bien? —me preguntó Jo mientras se sentaba a mi lado.

Negué ligeramente con la cabeza, no quise que ella lo viera.

—No puedo tener esta conversación ahora mismo... —Apenas lo miré a los ojos—. Tengo que estar...

Jo asintió y me lanzó una mirada solemne.

—Lo sé.

Me rodeó con el brazo y después no dijo nada más.

Al cabo de un par de horas, cuando en lugar de parpadear Magnolia empezó a arrastrar los párpados, una Taura muy valiente le preguntó si, tal vez, era hora de que nos fuéramos a casa.

Magnolia la fulminó con la mirada, negó con la cabeza.

Christian le dio un codazo.

—¿Qué necesitas, Parks?

Ella lo miró fijamente un par de segundos.

—Verla.

Christian me miró a mí y asintió una vez.

Se puso de pie y yo lo seguí hasta el mostrador donde había una chica. Le lanzó una sonrisa tensa mientras señalaba hacia Parks.

—Necesita ver a su hermana.

La chica negó con la cabeza.

—Es que las cosas no funcionan as...

Él la cortó:

—Te haré una transferencia de 10.000 libras aquí y ahora mismo si dejas que entre a verla.

A la enfermera le cambió la cara.

Christian se encogió de hombros.

—Son las cuatro de la madrugada. Aquí no hay nadie. Nosotros no se lo contaremos a nadie. Nadie va a entrar con ella aparte de él. —Me señaló con un gesto—. Ella no piensa irse a casa hasta que la vea... —Se inclinó más hacia la mujer y añadió con voz grave y cansada—: Y te juro por Dios que me muero de ganas de irme a mi casa.

La mujer asintió una vez.

Me acerqué a Parks y le tendí la mano. Ella la tomó sin pensarlo y la ayudé a levantarse.

—Vamos a verla.

Ella abrió mucho los ojos y puso cara de nervios.

Le apreté la mano para hacerla sentir un poco más segura en un mundo que hacía un par de horas acababa de convertirse en un lugar innegablemente menos seguro para todos nosotros.

La enfermera nos llevó hasta la habitación.

Parks se quedó de pie delante de mí, sin soltarme la mano.

Fue peor de lo que podrías imaginar. Y ni siquiera era gore ni había sangre ni daba miedo.

Solo había una chica a la que queremos todos, tumbada jodidamente quieta en una mesa.

Magnolia soltó un gritito ahogado, casi mudo, que creo que oiré en bucle para siempre. Lo odié. Me dio ganas de morir. No quiero volver a oírla hacer ese ruidito nunca más.

Después me apretó la mano con fuerza. Me clavó las uñas tan hondo que más tarde me descubrí los cortes.

Bridge estaba normal, en realidad. Quizá tenía los labios un pelín más pálidos.

Como si estuviera durmiendo.

Magnolia alargó una mano temblorosa y le tocó la cara a su hermana.

Apenas la hubo rozado cuando apartó la mano como si se hubiera quemado, como si la muerte fuera algo que pueda contagiarse.

Le rodeé la cintura con los brazos, le apreté los labios contra la coronilla, intenté calmarla sin tener que mentir.

«Todo va bien» era una mentira, de modo que no se la dije.

No iba bien. No veía cómo iba a ir bien en un futuro cercano o siquiera volver a ir bien en general, si te soy sincero.

—¿Volveré a verla? —preguntó Parks con un hilo de voz.

—No estoy seguro —le contesté, pero mi voz quedó ahogada contra su pelo.

—Entonces no quiero irme —me dijo.

Exhalé y le di un beso en la cabeza.

—Podemos quedarnos todo el tiempo que quieras, Parksy...

Ella asintió al instante y yo seguí hablando al tiempo que señalaba con la cabeza el cuerpo que había encima de la mesa.

—Pero ella ya no vive en él.

Se dio la vuelta entre mis brazos y me miró, cansada.

Parpadeó un par de veces, arrastró los párpados por los ojos como si estuvieran hechos de papel de lija.

—Tengo miedo, Beej —me dijo, con ojos de cristal.

No dijo de qué. No hizo falta.

Cuando saliéramos de esa habitación, sería real. Todo cambiaría para siempre. Ambos lo sabíamos, en cuanto saliéramos de esa habitación, viviríamos en un mundo donde Bridget Parks estaba muerta. No «podría estar muerta», no «quizá está muriendo en alguna habitación de hospital» con la posibilidad de que la revivieran, sino que estaría muerta de verdad, sin vida, con un cuerpo frío y una quietud extraña que jamás seríamos capaces de olvidar.

—Yo también tengo miedo —le dije a Magnolia mientras le daba un beso en la cabeza.

Volvió a girarse hacia el cuerpo de su hermana, se agachó para acercarse a su oreja.

—Por favor, vuelve —le susurró, y se le rompió la voz—. Por favor.

Esperó un par de segundos que parecieron décadas y no pasó nada. Desde luego que no pasó nada. Bridge ya se había ido muy lejos llegado ese punto. En realidad, creo que ya se había ido cuando todavía estaba en el piso.

Magnolia se llevó las manos a la cara y la ocultó. En público, intenta mantener la compostura.

Es un hábito, no fue algo consciente.

Se liberó de entre mis brazos y salió corriendo de la habitación, y yo sabía que tenía que ir tras ella, sabía que ese entonces no era el momento ni el lugar para que yo sintiera nada, pero ¿sabes qué?, que yo también la quería.

Me sequé la cara, ahuyenté las lágrimas, y luego me incliné, me temblaba el mentón. Me parece muy probable que Parks y yo encontráramos la forma de volver a estar juntos únicamente por su hermana. Creo que si estoy limpio también es por ella.

Le di un beso en la cabeza a la persona más honesta que conoceré nunca.

No sabría decirte si me pareció raro y como de cera porque estaba muerta o porque los cuerpos verdaderamente tienen un tacto distinto cuando la vida los abandona.

Dejé de lado las ganas de vomitar que sentí y salí corriendo tras Parks. La encontré entre los brazos de mi hermano.

Hen señaló con la cabeza hacia la puerta.

Aparcamos enfrente del piso de las chicas en Grosvenor Street. Magnolia tenía la cabeza en mi regazo; Henry y yo tardamos sus buenos cinco segundos en darnos cuenta de que de ninguna puta manera tendríamos que haber llevado a Parks de vuelta al lugar donde había encontrado a su hermana muerta en la cama.

Hen arrancó a toda velocidad y se dirigió al lugar más seguro que conocemos.

Mis padres han vivido en la misma casa toda mi vida. Cadogan Place en Belgravia. Siempre que alguien estaba demasiado drogado, demasiado borracho, demasiado triste, lo que fuera, acudía allí.

A mamá se le da muy bien esto. No te juzga. Lo único que quiere es ayudarte.

Supongo que Henry la llamó en algún momento, porque mientras ayudaba a Magnolia a subir las escaleras hasta la puerta principal, el portal se abrió de par en par antes de que llegáramos arriba y apareció mi madre. Rodeó con los brazos al amor de mi vida y se echó a llorar por ella.

Magnolia dejó que mamá la abrazara. Sin embargo, no lloró.

Aquello me puso nervioso.

Mamá me miró con unos ojos colmados de tristeza y pesar por nosotros. Por Parks. Por mi hermana.

—Allie no lo sabe —articuló mamá en silencio por encima del hombro de Parks.

Yo asentí.

Se apartó para mirar a Magnolia.

—Deberías dormir un poco, tesoro —le dijo mamá.

Magnolia negó con la cabeza.

—No puedo —le contestó a mamá, mirando más allá de ella de un modo distante.

Mamá frunció el ceño, preocupada.

—¿Y eso?

—Necesita ducharse —le dije a mamá bajito.

Mamá le cogió la muñeca.

—Es tardísimo, cielo. Quizá podrías ducharte por la ma…

—No puede, mamá —insistí con más firmeza.

Magnolia me observó por encima del hombro y me miró a los ojos como si me agradeciera algo.

A mamá le cambió la cara.

—¿Por qué?

—Muertos —contestamos Parks y yo a la vez.

—Gérmenes —añadí tocándome sutilmente la sien.

Mamá tragó saliva y asintió una vez, pareció que le daba vergüenza, como si tuviera que haberlo sabido de antemano. Claro que no es necesariamente el tipo de cosa en la que piense a la primera de cambio alguien que no vive con una maniaca que nota los gérmenes en su mente, no solo en su cuerpo.

—El cuarto está listo. Las toallas están encima de la cama. ¿Puedo prepararte algo para comer?

Magnolia negó con la cabeza.

—¿Un té?

Ella volvió a negar con la cabeza.

—Un poco de agua, mamá —le pidió Henry, señalando con la cabeza hacia la cocina.

—Vamos. —Volví a cogerla de la mano y la llevé hacia las escaleras.

La guie por la casa en la que ambos crecimos hasta llegar a mi vieja habitación, donde entraba con ella a hurtadillas cada puta vez que podía, y luego fuimos al baño.

Encendí la ducha y el cuarto se empañó enseguida porque supongo que el mundo se volvió más frío en cuanto Bridget lo abandonó.

Parks me miró fijamente con unos ojos tan tristes que ni siquiera supe cómo sostenerle la mirada.

Todavía llevaba el vestido blanco que se había puesto para la cena. Durante las pocas semanas desde que nos prometimos hasta ese momento en el tiempo en el que todo cambió, Magnolia aprovechó todas y cada una de las oportunidades que se le presentaron para vestir de blanco como una novia.

Me coloqué detrás de ella, le bajé la cremallera del vestido. Monique nosequé. Muy de novia. Se cayó al suelo.

Me agaché, le levanté un tobillo y le quité el zapato de tacón. Le levanté el otro tobillo, le quité el otro tacón.

No pude creer que hubiera aguantado toda la noche con tacones. Ni siquiera me había fijado.

Estaba ahí de pie, quieta, mirándose fijamente en el espejo.

Llevaba un sujetador sin tirantes de Fleur du Mal. Ese lo conocía. Lo escogí yo mismo. Con las braguitas a conjunto.

Me quité la camiseta por la cabeza. Me deshice de los vaqueros y me quité las zapatillas de una patada.

Alargué la mano hacia su espalda para desabrocharle el sujetador, no bajé la mirada, ni siquiera la miré de reojo. Le sostuve la mirada y pude ver por primera vez desde que salimos de su casa que había una lágrima posada en la punta de sus pestañas.

La llevé hasta la ducha.

La lavé entera. No me dejé ni un centímetro de su cuerpo porque para ella es algo mental. Resulta difícil verbalizarlo, pero creo que le preocupa que lo exterior pueda meterse dentro. Una vez estábamos en la calle y un pirado le gritó, se le acercó tanto que casi le tocó la cara, se alzó ante ella como una torre durante un par de segundos antes de que yo llegara hasta ella. Nos duchamos unas cinco veces esa noche. No estábamos juntos en ese entonces, bueno, sí lo estábamos. ¿A quién quiero a engañar? Pero me permitió meterme en la ducha esa noche.

La froté a conciencia. Intenté lavarla hasta quitarle esa sensación.

Aunque no sabía cómo iba a quitársela.

Cualquier otra noche habría sido jodidamente picante. Ella no despegaba sus ojos de mí, estaba completamente desnuda, la chica más preciosa del mundo entero… quizá ahora también la más rota.

Me lavé yo también muy rápido. Yo también llevaba la muerte encima.

Cerré el agua, le envolví una toalla alrededor de los hombros y yo me puse otra alrededor de la cintura antes de secarla como uno secaría a una cría pequeña.

Encontré una camiseta mía y se la pasé por la cabeza. Yo me puse un chándal y luego la acompañé hasta la cama.

Me puse nervioso porque sabía lo que se venía.

La cama era donde ella sentiría que estábamos solos y yo sabía que sería allí donde ocurriría.

Primero me tumbé yo, la atraje hacia mí. Ella se dobló como un sobre contra mi pecho y conté hasta tres mentalmente, pero ella apenas llegó al dos antes de romperse como un dique y llorar como no se lo había permitido en toda la noche.

Le besé la cabeza unas mil veces, la abracé tan fuerte como pude.

—Lo siento muchísimo, Parks —le dije como si sirviera para algo—. Lo siento muchísimo.

23.42

Bridge 💩 ✨

Te he comprado un libro sobre la etimología de 30.000 palabras británicas de uso habitual porque eres una fracasada y he pensado que te gustaría.

Llegará mañana.

De nada.

...

TRES
Magnolia

Voy corriendo hasta el baño de nuestro dormitorio principal para encontrar el color específico de pintalabios que estoy buscando y me encuentro a BJ y al encargado de la reforma, ambos con los brazos en jarras, mirando la gigantesca pieza de mármol, que tendría que estar colgando sobre la bañera, hecha añicos y rota en la bañera, que ahora también está rota.

—Hemos tenido un percance. —Beej hace una mueca.

—Ya veo. —Asiento mientras echo un vistazo.

El encargado de la reforma me lanza una sonrisa de disculpa.

—Lo siento.

—No... —Niego con la cabeza—. No pasa absolutamente nada. La verdad es que no somos una casa muy partidaria de las bañeras...

BJ ahoga una sonrisa, pero el encargado me mira boquiabierto.

—¿No te gustan las bañeras?

Se me pone una cara de tristeza y le lanzo una sonrisa fugaz.

Me aclaro la garganta.

—¿No lees los periódicos?

BJ se inclina hacia mí y susurra:

—No creo que la prensa tenga todos los detalles.

Le lanzo una mirada.

—Qué suerte la suya.

Beej exhala, casi cansado. Como si estuviera agotado, o si le hubiera hecho daño. ¿Quizá lo he hecho? Niego muy rápido con la cabeza.

—¡Es broma! —Le doy un beso en la mejilla. Le doy otro beso por si acaso.

No es broma.

Creo que, en general, llevo todo aquello mucho mejor. No tengo esa fascinación morbosa por ellos. No me meto en el Instagram de Paili por las noches y no me quedo mirando fotos antiguas de todos nosotros buscando pistas. Y lo hice, lo admito, durante una temporada.

No es que yo sea una persona desconfiada por naturaleza, tal vez es porque no lo soy que pasó lo que pasó entonces. Quizá de haber sido más suspicaz o astuta o de haber estudiado la forma en que Paili miraba a BJ con unos ojos que no estuvieran tan envueltos en el hecho de amarlo y creer en él a toda costa, habría visto el potencial de todo lo terrible ante nosotros, al menos en ella. Él me ha dicho infinidad de veces que no fue planeado, que no tuvo nada que ver con ella, que podría haber sido cualquiera, solo que fue ella quien lo siguió cuando él bajó las escaleras. Y me parece que le creo, pero cuando tu hermana está muerta y todos tus amigos están transitando sus propias y variadas crisis y, en realidad, no hay nadie con quien descifrar algo que ocurrió hace cinco años porque todo el mundo está harto de hablar de ello, pero para ti sigue siendo un temazo enorme aunque no lo sea y todo esté bien... A veces la mente divaga, ¿sabes?

A raíz de nuestra historia, BJ y yo tenemos un acuerdo de vía libre con los móviles. Yo sé su contraseña, él sabe la mía, si quiero leer sus mensajes puedo hacerlo y lo hago. También los mensajes directos. Honestamente, los que él manda están bien, quizá son hasta aburridos, la verdad.

Sin embargo, sus mensajes directos... son una locura. Los que recibe (para dejarlo claro). Las chicas son pequeñas cretinas sedientas y majaras con una horrible desconsideración para con la sacralidad de una relación.

—Qué manera tan curiosa de confiar en él —diría mi hermana de seguir en este planeta cada vez que yo hacía eso.

Miraría por encima de mi hombro y fijaría los ojos en el móvil de mi prometido mientras yo leo tan rápido como puedo un millar de cosas que le dice la gente y que me llevan a querer morir un poco.

Van desde cosas suavecitas como «😊 👅 👀», hasta otras ligeramente más agresivas como «Cuando sea, donde sea, avísame y voy», pasando por chicas con las que él estuvo en el pasado que le mandan mensajes del tipo «te acuerdas cuando...» y cosas directamente absurdas como: «Estamos predestinados a estar juntos, yo lo sé».

Y en favor de BJ diré que jamás responde. Los deja ahí en las solicitudes.

—Sí que confío en él —contestaría yo.

Y ella me lanzaría una mirada elocuente.

—Ya lo veo. —Me miraría con unos ojos como platos, y no hay nada que yo adore más que demostrar que mi hermana se equivoca, de modo que con el tiempo dejé de revisarle el móvil y ahora digamos que me limito a ahuyentar mi curiosidad y paranoia a porrazos con el bate de beisbol que vive en mi mente y que uso para mantener a salvo lo nuestro.

—Serán un par de meses de espera para el mármol. —El encargado de la reforma hace una mueca en nuestro baño.

—¿Meses? —suspira BJ.

—Mármol *statuario*. —El encargado se encoge de hombros—. ¿En blanco? Y de este tamaño... —Hace un gesto hacia la pieza que ahora está destrozada y esparcida por nuestra bañera por estrenar, que ahora también está rota—. Meses, fácil.

—No pasa nada... —Hago un gesto con la mano y le digo con la mirada a BJ que lo deje estar—. ¿Qué problema hay? ¿Cuándo íbamos a usarla de todos modos?

Beej me pone una mano en la cintura y me guía hasta salir del baño.

—¿Cómo vas a ir a la cena? —Me sonríe con paciencia.

Me encojo de hombros.

—Andando.

Pone mala cara.

—Es cerca de una hora a pie.

—¿Y? —Vuelvo a encogerme de hombros.

—Te llevo en coche.

Niego con la cabeza.

—Dani te llevará en coche —vuelve a intentarlo.

—¡Encantada! —exclama Daniela desde la otra habitación.

La verdad es que ni siquiera me había dado cuenta de que estaba aquí. Es sigilosa y silenciosa como una sombra.

—¿Vamos juntos en metro? —aventura Beej, y yo le lanzo una mirada afilada.

—¿Disculpa?

—Harry Styles va en metro —contesta.

Niego con la cabeza mientras me agarro la garganta.

—También canta que ahoga a la gente con unas vistas al mar.

Beej se encoge de hombros y exhala un poco por la boca.

—¿Supongo que es mejor que ahogar a alguien con unas vistas al jardín?

Le lanzo una mirada.

—*Meu Deus!* —suspira Daniela para sí mientras aparece por la puerta—. Conduzco yo.

—¿Quieres que vaya contigo en el coche? —propone porque es así de perfecto.

Me planteo decirle que sí porque ahora odio los coches y la conducción, y él logra que las cosas malas sean un poco mejor, pero quiero que piense que soy más funcional de lo que realmente pienso que soy.

—¡Estaré bien! —le digo y le dedico mi más brillante sonrisa.

Estoy callada y con los nudillos blancos los doce minutos que dura el trayecto en coche hasta St James; Taura me está esperando en la puerta del Sofitel. Cenamos en Wild Honey, solo ella y yo. Sigo viéndola un par de veces por semana, pero últimamente ha sido más difícil.

Bueno, más difícil no, difícil conlleva el sentimiento erróneo, lo que pasa es que tenemos que hacer un esfuerzo más consciente para vernos después de todo lo que ha pasado entre ella y los chicos estos últimos meses. Antes estábamos siempre todos juntos, ahora... no tanto.

Taura me dedica una gran sonrisa y me rodea con un brazo.

—Me encanta. —Señala la ropa que llevo: una minifalda rosa y roja con estampado de pata de gallo de Versace; un top cortito de algodón blanco de canalé y sin mangas con el logo bordado de Loewe; el abrigo de tusón con cinturón y capucha en verde Bottega (que obviamente) es de ellos y el bolsito de mano con tonos plateados y de pedrería «Brick Phone Text Me» de Judith Leiber Couture—. Dios, estás guapísima... ¡Daniela! —Le sonríe radiante—. ¡Hola! ¿Te vas a sentar con noso...?

—No —responde Daniela antes de guiarnos hacia el interior del restaurante.

Siempre anda cerca Daniela, la verdad.

Al principio pensé que era raro, que ella se limitara a ser un poco como una sombra, pero luego le vi la utilidad, supongo. Conduce y ahuyenta los fotógrafos. Y ya me conoces, no soy de los que trae personas nuevas a casa, pero cuando empezó a trabajar para mí, por pura educación y un miedo a sentirme paralizadoramente extraña de no hacerlo, la invitaba a sentarse con nosotros y ella no lo hacía nunca. Jamás. Lo cual inicialmente se me antojó desagradable y confuso porque: ¿quién no querría sentarse con nosotros? Pero Christian me dijo que no le diera muchas vueltas, y también que puedo ser muy pesada a veces y que si le diera la opción de no sentarse conmigo de vez en cuando, seguramente él también la escogería.

Daniela nos lleva con el *maître d'* y luego se va a sentarse a la barra, desde donde escruta su alrededor con ojos afilados y observadores.

Hay que admitir que es bastante rara. Pero me cae bien. Rubia natural, esbelta, bastante alta, ojos brillantes.

Taura la señala con la cabeza.

—Lo que llega a gustarle mirar a la gente.

—Sí... —Frunzo un poco el ceño—. Le gusta mucho, ¿verdad?

—Es un poco raro.

—Hay gente que observa aves... ¿no? —replico con un encogimiento de hombros.

Taura niega con la cabeza.

—No creo que ambas cosas estén necesariamente relacionadas —me contesta, luego pide una botella de vino naranja antes de acomodarse en su asiento—. ¿Qué tal está Beej?

—Bien —le sonrío con calidez—. Tiene una sesión de fotos bastante importante mañana con Versace, por eso se acostará pronto.

—¿Y Christian?

—Gruñón y un poco taciturno y bastante pesado, así que ¿como siempre? —Me encojo de hombros—. Bien —acabo añadiendo—. Echa de menos a Daisy —digo al fin, que supongo que es la respuesta real y la única que importa.

Taura va asintiendo, ansiosa por llegar a la pregunta que quiere hacer en realidad.

—¿Y los chicos?

Miro fijamente a mi amiga. Hago un verdadero esfuerzo por no suspirar en voz alta.

—Están bien, Taurs.

Exhala y pone cara de angustia.
No lo soporto, es lo peor. Sonrío, incómoda.
—¿Y él cómo está? —pregunta muy rápido, llena de esperanza.
Ahora sí suspiro.
—Taura...
—Lo siento. —Niega con la cabeza al instante—. ¡Lo siento! Lo sé, sé que no me ha...
—No es que no te hable —la interrumpo—. Es que necesita un poco de...
—Espacio —acaba la frase por mí, asintiendo deprisa.
Y me parece que intenta no echarse a llorar.
No soporto que esté triste. Y ya no solo triste, también agobiada. ¿Conoces esa sensación? ¿Cuando te gusta una persona y tú le gustas también y luego algo cambia para esa persona, pero no para ti y te quedas ahí colgada preguntándote qué ha pasado y qué ha cambiado?
La verdad es que a mí no me ha pasado nunca. Quizá brevemente esa vez que Julian me dejó delante de mi piso de antes porque no le hizo gracia que le preguntara si tenía TEPT, y si eso es lo mismo que esto, entonces puedo confirmarlo: no es la mejor sensación del mundo.
—Es que es muchísimo espacio. —Taura se cubre la cara con las manos—. Dios. ¿La he jodido?
—No —respondo débilmente mientras me tiro nerviosa del collar de la seta rosa de oro de 16 quilates, seda, esmalte y diamantes de Marie Lichtenberg.
Ella entrecierra los ojos.
—Mientes —me dice.
Y yo frunzo los labios.
Miento, me temo que sí. No sé si es el consenso oficial, pero estoy bastante segura de que acabará siendo el resultado final. Sobre todo, después de esa noche, joder, niego con la cabeza al recordarla. Fue un desastre increíble.
Me pellizco el labio inferior distraídamente.
—Bueno, es que me preguntaba si, tal vez, lo alargasteis demasiado tiempo.
Ella suelta una especie de bufido y me hace un gesto con la mano.
—Tú y Beej estuvisteis que sí que no durante años...

—Sí, pero... —Niego con la cabeza—. Henry no es BJ. Él es mucho más pragmático y, Dios, ¡Taura! —Pongo los ojos en blanco—. Por favor, no nos tomes nunca como referencia, no es lo mismo...

Ella niega con la cabeza.

—¿Por qué?

—Porque literalmente no es lo mismo. —Alargo la mano y le aprieto la suya—. Para muy muy bien o para mal, entre tú y Henry no hay todo el drama y la mierda que nos ha puesto las cosas imposibles y nos ha atado a Beej y a mí...

—Ya, pero...

—¡Y da gracias a Dios por ello, Tausie! —añado enseguida—. Porque esos años fueron un infierno.

—Pero ahora estáis...

—Taura. —Le lanzo una larga mirada—. BJ y yo no somos una guía en materia de relaciones. Doy gracias por estar donde estamos y lo quiero y no cambiaría nada...

Me callo de golpe e intercambiamos miradas, ambas sabemos que, en realidad, sí hay muchas, muchísimas cosas que cambiaría.

Niego con la cabeza y reformulo.

—No hay nadie en todo el planeta con quien preferiría estar. Y sí, a nosotros nos acabó saliendo bien, pero no puedes usarnos de guía, nadie debería hacerlo, casi morimos en el intento.

Se pellizca el dedo, nerviosa.

—Entonces ¿me estás diciendo que crees que se ha acabado?

Suspiro y desearía poder ofrecerle más que el encogimiento de hombros que le doy.

—No lo sé —respondo, pero creo que sí lo sé. Creo que ella también, porque esos dos llegaron a las manos.

Yo nunca había visto a Henry y Jonah enzarzarse en una pelea, no el uno contra el otro. Me dio bastante miedo. BJ y Christian se han pegado a menudo (ups, lo siento) y he visto a Hen y a Jo meterse en peleas con otra gente unas cuantas veces a lo largo de nuestras vidas, pero nunca los había visto solos el uno contra el otro.

Henry normalmente es muy tranquilo y Jonah muy bobo, casi siempre, pero es orgulloso. El orgullo es bastante peligroso, ¿lo sabías? Y esto llevaba un tiempo cociéndose. Su relación colectiva se había convertido en la torre de Jenga más tambaleante del mundo y todos nosotros estábamos arrodillados alrededor de una mesa, conteniendo la respiración, esperando a que alguien tirara del ladrillo equivocado y llegara el colapso inminente.

Hace unas semanas estábamos cenando en Blacklock, el de Soho. El asado de los domingos favorito de BJ es el de allí, aparte del que cocina Lily, y estábamos él y yo, Christian y Henry. Y quizá fue culpa mía, porque durante los últimos meses antes de lo de Bridget yo coordinaba la defensa. Siempre intentaba descubrir dónde estaría Taura para que el otro no lo viera, pero después de lo de Bridge, supongo que me volví descuidada. Olvidadiza o algo parecido.
 Tendría que haber preguntado; sabía que «le tocaba» a Jonah, incluso pensé en preguntar, pero cuando salimos del piso había muchísima gente abajo esperándonos, chillándome esas preguntas terribles sobre la vida privada de mi hermana. Fue más o menos entonces cuando el chico con el que perdió la virginidad en el internado vendió la historia a la prensa amarilla, de ahí todas las preguntas que me gritaba la gente, no sé, se me olvidó.
 En fin, que «le tocaba» a Jonah, porque aunque ella sabía que había escogido a Henry, y yo sabía que ella había escogido a Henry, lo que no sabía era cómo dejarlo con Jonah estando su madre todavía en el hospital, de modo que las cosas entre ellos siguieron funcionando como lo habían hecho antes de que ella tomara la decisión. En fin, que estábamos en la cena solo nosotros cuatro y luego ¿quién sino el resto de nuestra pequeña Colección Completa iba a aparecer por las escaleras? Ambos estaban borrachos, pero Jonah estaba peor que Taura.
 Yo fui la primera que los vio y le pegué una patada a Christian por debajo de la mesa porque, francamente, me parece menos raro ponerlo a él entre Jonah y Henry que a BJ, pero Beej se percató de todos modos.
 Ladeó la cabeza, me miró con gesto confundido, y yo los señalé con las cejas, manteniendo la cabeza tan quieta como pude. Él también los vio y puso mala cara.
 Me volví al instante hacia Henry.
 —¿Me acompañas al baño?

—¿Qué? —Hizo una mueca—. No.
—Pero… —Tragué saliva—. Voy a vomitar.
Christian contenía la respiración.
—Vale —asintió Henry—. Sigo diciendo que no…

Henry me lanzó una sonrisa fugaz y yo le puse ojitos suplicantes. Dejó caer la cabeza hacia atrás y señaló a Beej.

—Que te acompañe tu prometido.

BJ se rascó la nuca y se encogió de hombros.

—Qué va… —dijo, pero la voz le salió un poco aguda—. Prefiero no ponerme enfermo.

Henry miró fijamente a su hermano, molesto.

—¡Yo prefiero no ponerme enfermo!

Hice un ruido gutural.

—Bueno, no todo gira a tu alrededor, Henr… —empecé a decir, pero me cortó Tausie, que nos vio con ojos adormilados desde entre los brazos del mayor de los Hemmes.

—Oh, hola… —Se quedó paralizada.

Cuando rememoro ese momento, lo que recuerdo, la parte que destaca más en mi memoria, es la manera en que Henry tomó aire.

Lo oí. Fue una aspiración rápida, dos inspiraciones cortas y ahogadas. Y, luego, silencio.

Jonah tenía las manos muy abajo en el cuerpo de Taura. Abajo al nivel del culo, vaya, y Henry se fijó inmediatamente en la ubicación.

Apretó la mandíbula. No dijo nada.

—Hola, Hen —dijo Jonah perezosamente, mirándolo con cierto aire de superioridad porque a veces se pone un poco beligerante cuando va bebido.

—Hola. —Beej se puso de pie de un salto y le lanzó una sonrisa desarmadora a su mejor amigo. Se interpuso en la línea de visión entre Jonah y Henry y miró a Jonah a los ojos—. ¿Por qué no os vais a Bill's? La cosa está un poco rara por aquí…

—¿Por qué va a estar rara? —preguntó Jonah con el mentón adelantado, y creo que fue entonces cuando tuve el presentimiento de que la noche se iba a torcer.

Jonah y BJ son el susurrador de caballos el uno para el otro. Si alguien puede calmar una situación, es uno de los dos con el otro. Menos cuando

Jonah no quiso que lo relajaran, quería un lugar donde apuntar lo dolido que se sentía porque Taura todavía no se había decidido y lo asustado que estaba por su madre, y el lugar que escogió fue Henry.

—Esto… —Christian me señaló con el pulgar—. Magnolia está vomitando.

Jonah puso los ojos en blanco.

—Bueno, ¿alguna otra novedad?

Me tensé un poco y les dije a mis sentimientos heridos que estaba borracho y triste, que supongo que lo estaba. BJ le dio un golpecito con dos dedos en el pecho de su mejor amigo.

—No. —Le lanzó una mirada severa a Jonah, pero para entonces Henry ya se había puesto de pie.

—Eh, retíralo y pírate de aquí. —Henry señaló hacia la salida con la cabeza.

Jonah se señaló a sí mismo.

—¿Me lo dices a mí?

Taura se tensó.

—¿A qué otra puta persona voy a decírselo? —preguntó Henry con una ceja enarcada.

—¡No pasa nada, Hen! —Me puse de pie y sonreí con tanta sinceridad como pude—. Está de mal humor…

—No, Hen. —Jonah apenas sonrió—. Estoy de muy buen humor.

Y entonces soltó una carcajada ebria y cavernosa, y desde atrás se hundió en el hueco del cuello de Taura y empezó a besarla. Ella se revolvió, incómoda.

—Para… —le pidió en voz baja.

—¿Que pare? —contestó Jonah, apartándose. Parecía enfadado, pero era una máscara muy fina que ocultaba el dolor.

—Sí, Jo —dijo Henry con calma. Pero no con una calma buena, sino con la mala—. Quiere que pares.

Jonah miró a Henry y le lanzó una sonrisa tensa, el preludio de una carcajada… y luego se abalanzó a por él.

Lo placó contra el suelo y le pegó un puñetazo.

Mandaron al suelo a un pobre camarero en el proceso y Taura corrió a ayudarle al tiempo que Henry encajó un golpe. Un puñetazo duro en el ojo derecho justo antes de poder pegarle un codazo a Jo en el labio.

BJ y Christian se lanzaron sobre ellos, Christian apartó a Henry a rastras, Beej agarró a Jonah, que se revolvió entre sus brazos e hizo todo lo que pudo para pegarle una patada a Henry.

Yo fui inútil (que viene a ser lo normal en mí últimamente) y me quedé ahí parada, mirando a mis dos viejos amigos y a la chica por la que se peleaban.

Taura seguía ayudando al camarero a levantarse, se disculpaba profusamente. Tenía los ojos llenos de lágrimas, el silencio reinaba en el restaurante, aparecieron un puñado de móviles porque éramos nosotros.

—¿Qué cojones estáis mirando? —gritó Jonah, fulminando a todo el mundo con la mirada.

Así que, naturalmente, aparecieron todavía más teléfonos.

—Venga… —dijo Beej, empujándolo hacia las escaleras. Me miró a los ojos con una mirada apesadumbrada—. Me lo llevo a su casa.

Asentí.

Beej me señaló con la cabeza.

—Llévala a casa —le pidió a Christian.

Christian suspiró, miró alrededor, luego le dijo que sí muy rápido a BJ con los ojos antes de quitarle el móvil de un manotazo a alguien.

—Vete a la mierda —le gruñó al tipo joven, veintipocos, que estaba disfrutando con el drama.

El tipo puso cara de ofendido y de arrepentido a la vez.

Yo cogí un poco de hielo que había en el cubo del vino y lo envolví con una servilleta, y luego lo apliqué con suavidad sobre el corte que Henry tenía encima del ojo.

Se me quitó de encima, no le gusta que le cuiden. Nunca le ha gustado. Me quitó la servilleta de la mano y se la colocó él mismo.

—¿Estás bien? —le preguntó Taura con cautela mientras se acercaba.

Christian y yo nos quedamos ahí de pie, incómodos, medio paralizados, sin saber si debíamos irnos o quedarnos, medio congelados como un par de idiotas. Y nos retrataron como a un par de idiotas; además, *The Sun* publicó lo sucedido al día siguiente y las fotos en las que aparecíamos Christian y yo ahí de pie parecían sacadas de las gemelas de *El resplandor*, tan rígidos y raros.

Henry fijó en Taura unos ojos tan llenos de pesar como sé que estaba su corazón.

—No puedo seguir con esto, Taurs —le dijo.

Ella negó con la cabeza al instante.

Los flashes de un par de cámaras se dispararon a nuestro alrededor.

—Henry... —Alargó la mano hacia él, pero él rechazó el contacto.

—Quizá no deberíamos hablarlo aquí... —intervine con dulzura, mirando alrededor del restaurante, que estaba en silencio absoluto.

Henry negó con la cabeza.

—Me da igual quién lo vea, Parks. Me he hartado.

Taura exhaló, apenas pudo mantener la compostura.

—Hen...

—He dicho que me he hartado. —Levantó ambas manos en señal de rendición y su cara confirmaba lo que decía.

Lo decía en serio.

Más o menos.

Al día siguiente estaba tumbado con la cara contra nuestra cama, gritando que había cometido un gravísimo error y que la había cagado. Aquello duró más o menos un día y medio, después lo arrastramos a cenar fuera, lo cual resultó ser un poco un papelón por nuestra parte, porque luego Henry se emborrachó y nos obligó a ir a un bar de copas, donde procedió a liarse con una chica cualquiera.

La verdad es que resultó muy agobiante. No solo porque me hizo sentir como si yo de algún modo le estuviera siendo infiel a Taura, sino porque además fue algo bastante impropio de Henry.

Incluso antes de lo de Taura, Henry era el que ligaba menos de todos nuestros chicos, lo cual no significa que nunca lo hiciera, o que no fuera capaz de hacerlo, lo que pasa es que él, en realidad, no es así.

Sin embargo, ahí estaba él, con la lengua hasta la campanilla de esa rubia que honestamente (al César lo que es del César) era verdaderamente preciosa, tocándola por todas partes, acariciándole el pelo y, la verdad, seamos francos, Henry besa muy bien. Nos hemos besado un par de veces por juegos estúpidos y, ante todo: puaj. Pero, después, nada de puaj porque la verdad es que se le da muy bien. Las chicas se deshacen por él igual que por BJ, solo que de algún modo Henry es menos accesible.

Quizá te sorprenderá saberlo, pero la verdad es que BJ es bastante accesible. Es cercano con todo el mundo, sonríe mucho. Es cálido, como un pícnic en mitad del parque en un día soleado. Ha sacado los emparedados, ha servido el té y todo el mundo está invitado. Se alegra de charlar un rato, se alegra de verte.

Henry es el hombre que lee sentado en el banco del parque. La verdad es que no te acercas a hablar con él a no ser que él te hable a ti.

BJ y yo nos quedamos allí de pie, parpadeando ante lo que se estaba desarrollando delante de nosotros. Henry y esa chica y lo que fuera que estuviera a punto de pasar después.

—Oh. —Le cogí la mano—. Me parece que esto podría convertirse en un dolor de cabeza.

—Pues sí. —Beej asintió con las cejas muy fruncidas, preocupado por su hermano. Luego señaló hacia la puerta con la cabeza—. Dejémosle a lo suyo.

Y sí, le dejamos a lo suyo. Esa noche Henry procedió a hacerlo con esa chica. ¿Sabes cómo lo sé? ¡Porque lo hizo con ella en nuestra casa! En nuestro cuarto de invitados, que, para empezar, ¡qué asco!, y para seguir: ni hablar y nunca jamás, muchísimas gracias, Henry Austin. Casi se me cayeron los ojos de la puta cabeza cuando la muchacha cruzó discretamente nuestro salón para irse de casa a la mañana siguiente.

Henry salió al cabo de unos de minutos, solo llevaba un pantalón de chándal, frotándose la nuca como si tuviera una contractura. Nos sonrió adormilado y yo lo miré con los ojos abiertos como platos, horrorizada.

—Eh... —Beej señaló con el mentón hacia el cuarto de invitados—. Oye, de hombre a hombre... Nunca más.

—Venga, no me jodas. —Henry puso los ojos en blanco—. ¿Cuánta gente te has tirado en mi casa?

Me volví hacia BJ como un resorte y levanté un dedo para silenciarlo.

—No respondas esa pregunta. —Y luego me giré de nuevo hacia su hermano, señalándolo—. Y tú, eso ha sido muy desagradable... —Lo fulminé con la mirada—. En tu vida, Henry. —Negué con la cabeza—. Tienes una tarjeta Coutts y una herencia gigantesca. Vete a un puto hotel.

Henry me miró y puso los ojos en blanco.

—¡Qué descaro! —Lo fulminé con la mirada antes de señalar hacia la puerta de entrada—. Vete inmediatamente a comprarme un juego de sábanas nuevo...

Volvió a poner los ojos en blanco.

—Magnoli...

—¡INMEDIATAMENTE! —chillé—. Tamaño extragrande, algodón egipcio, de 1.200 hilos como mínimo. Que esté en algún punto de la rueda de color entre el blanco lino y el madreperla.

Henry gruñó por lo bajo.

—¡Y pienso contárselo a tu madre! —le grité mientras volvía a encaminarse hacia el cuarto de invitados.

—¡No! —Se volvió como un resorte, mirándome con ojos desesperados.

—Sí —le dije, con la nariz levantada, desafiante.

En el restaurante, Taura me mira parpadeando con tristeza antes de apurar la copa de vino de un trago.

—Lo siento —le digo.

Ella asiente muy rápido, va desviando la mirada sin parar, incapaz de fijarla en un lugar de la estancia.

—¿Está follándose a cualquiera? —pregunta sin mirarme, temiendo la respuesta, creo.

La miro fijamente, o quizá la fulmino con la mirada, si soy del todo sincera. No me gusta la posición en la que me encuentro.

—¿Por favor? —pregunta con un hilo de voz.

Exhalo por la nariz y me lamo el labio inferior.

—No se ha puesto Beej total.

—Ya, pero... —Se encoge de hombros—. Nadie se pone Beej total como Beej.

Le lanzo una mirada.

—Lo siento. —Fija la mirada en su plato a medio comer.

—Tiene citas —le digo.

—Oh. —Pone cara de tristeza.

—No siempre con la misma persona... —Niego con la cabeza muy rápido, queriendo hacerla sentir mejor—. Pero va teniendo citas.

—Vale. —Asiente reflexionándolo—. ¿Pregunta por mí?

—Bueno, a ver... es una persona de principios. —Pongo cara de tristeza cuando veo que la respuesta vuelve a hacerle daño—. Hace todo lo que puede por no preguntar.

—Vale —repite antes de sacudir la cabeza y fijarse en mi plato lleno de comida—. ¿No te gusta?
—¿Mmm? —Parpadeo y bajo la mirada hacia el plato—. No, me encanta. Es que he comido muy tarde. —Le lanzo una sonrisa fugaz.

Llego a casa cerca de las once de la noche y Daniela me acompaña hasta dentro y me dice que limpiará un poco antes de irse a casa. Le doy las gracias por haberme llevado en coche antes de dirigirme hacia la habitación más cómoda y menos angulosa de toda la casa.

Y ahí está él, sentado en la cama, sin camiseta, como a mí me gusta, con *El principito* en la mano. Baja el libro cuando me ve, sonriendo cansado y guapísimo.
—Hola.
—Hola. —Me arrastro hasta él.
Me acaricia la cara.
—¿Qué tal la cena?
—Bien.
—¿Te has divertido?
Asiento.
—¿Qué has pedido?
—¿Para cenar? —Parpadeo y me encojo de hombros—. El fletán.
Me atrae hacia él y me sube a su regazo, me da un beso en el hombro. Me vuelvo para mirarlo.
—¿Qué haces levantado? Se suponía que tenías que acostarte pronto.
Niega con la cabeza.
—Nunca me duermo hasta que estás en casa.
—¿Jamás?
—No.
—¿Y durante nuestros años perdidos? —pregunto volviéndome para mirarlo.
—En nuestros años perdidos… —Me rodea la cintura con los brazos—, seguíamos compartiendo nuestras ubicaciones. Miraba y esperaba a que llegaras a casa.
—¡Dios mío! —Me río sentándome a horcajadas encima de él—. Qué agotador… ¡Es prácticamente un trabajo a jornada completa!

—¡Joder, y que lo digas! —Pone los ojos en blanco—. ¿Puedes decírselo a mi padre?

Ladeo la cabeza al tiempo que le acaricio la mejilla. Lo ha dicho en broma, pero entraña cierta verdad.

—¿Sigue presionándote?

Deja caer la cabeza un poco hacia atrás y exhala, encogiéndose de hombros como si no le importara, solo que sí le importa.

—Bueno, la mierda de siempre de «¿qué estás haciendo con tu vida?».

Me mira fijamente con una melancolía extraña, me pasa las manos por el pelo, y yo percibo una lucha interior en él que no sé cómo arrastrar hasta la superficie. No sé qué está haciendo con su vida, si te soy absolutamente sincera. Creo que antes era yo lo que estaba haciendo con su vida. Recuperarme era su razón de ser y ahora ya me tiene ¿y luego qué? No creo que él lo sepa.

Niega con la cabeza.

—Ya me las arreglaré. —Me dedica una sonrisa fugaz, pero perfecta. Aunque sí parece un poco triste.

Le acaricio los labios con los míos.

—Me voy a la ducha.

—¿Quieres que me una? —me propone, por los viejos tiempos.

Niego con la cabeza.

—Tienes que levantarte temprano —le recuerdo antes de besarlo de nuevo.

Me tomo mi tiempo en la ducha y luego tardo siglos en completar mi rutina *skincare* porque necesito que esté dormido antes de meterme en la cama.

He tenido que añadir como cuatro pasos adicionales a mi rutina de antes de irme a la cama para que se aburra de esperarme, se rinda y se vaya a dormir. No porque esté evitando el sexo con él, por Dios, ¡no digas tonterías! Míralo, si es una obra de arte. Siempre lo ha sido, siempre lo será.

No, necesito que esté dormido para que pueda empezar mi segunda rutina nocturna.

Vuelvo de puntillas a nuestro cuarto y me meto en nuestra cama junto a él.

Al percibir mi movimiento, se mueve un poco en sueños, hace un ruidito que es tan adorable que me entran ganas de morirme y me recorre entera una oleada de amor hacia él. Quererlo tantísimo se me antoja casi como si me ahogara de amor.

Rueda hacia mí y yo lo miro fijamente, el gran amor de mi vida.

Siempre fue él. Lo supe, incluso entonces, incluso cuando intenté llenar con otras personas el espacio que él dejó, era y siempre será él.

Poso una mano en su pecho y trago saliva con esfuerzo.

Adoro su cuerpo.

Creo que lo conozco mejor que el mío.

Las dos pecas que tiene justo a la izquierda del centro de su pecho.

El modo en que su abdomen se desliza hacia abajo, abajo, abajo, como si estuviera hecho con un molde, como si en realidad no fuera de verdad. Las curvas de su pecho están grabadas a fuego en mi mente de la misma manera que no olvidarías nunca el mejor día de tu vida. Él es el mejor día de mi vida.

Recuerdo con tanta viveza la primera vez que lo desnudé.

Fue extraño porque ya lo había visto casi desnudo, lo contrario habría resultado difícil habiendo crecido el uno junto al otro, pero no lo había visto nunca completamente desnudo.

Fue en el internado, en mi cuarto de la residencia.

Solo llevábamos un mes o dos juntos, dependiendo de la fecha sin determinar en la que empezó lo nuestro. Él dice que empezamos a estar juntos desde las vacaciones, pero pasó una semana en la que no me habló casi (Christian le dijo que se hiciera el duro) y esa semana fue una absoluta tortura. Yo, personalmente, no cuento que empezáramos a estar juntos hasta que me besó delante de toda mi residencia.

Fuimos muy rápido después de aquello, iniciamos una batalla campal para amarnos el uno al otro.

Al cabo de un mes, él estaba en mi cuarto de la residencia, me tenía apretada contra uno de los postes de mi cama, me había metido la mano debajo de la falda del uniforme y al cabo de un segundo yo le estaba desabrochando la camisa.

Me sentí tan adulta. Éramos tan pequeños.

De vuelta en nuestra cama esta noche, recorro la onda que dibuja el perfil de su bíceps y bajo delicadamente por su brazo, trazo las venas que recorren su mano y llegan hasta su muñeca, donde dejo reposar mis dedos, en busca de su pulso.

Creo que la muerte roza prácticamente a todo el mundo en un momento u otro, pero conmigo ha llegado a bailar de verdad. Me ha agarrado de la mano, me ha balanceado, me ha hecho girar, me ha hecho caer... me ha enseñado a bailar un vals. Yo conocía la vida a través del prisma de la pérdida, primero en secreto, pero ahora ha teñido mi mundo completo con sus colores. Ahora mismo estamos en verano, pero me aterra el otoño porque entonces la muerte está en todas partes. Y se pone una máscara de colores brillantes, pero sigue siendo una estación de muerte. Y yo tendré que caminar por las calles bajo los árboles de liquidámbar que se alinean en nuestra calle y la muerte me lloverá encima dorada y naranja, y será inescapable e inevitable... Todas las maneras en las que podría morir, o peor: todas las maneras en las que él podría morir y yo le perdería también a él.

65.000.000 personas mueren cada año, ¿lo sabías?

Bridget ahora forma parte de esa estadística. Una de los 65 millones que murieron este año.

Y supongo que, claro, estadísticamente, 32.500.000 de esas muertes es probable que sean por la vejez. Pero ¿qué me dices de la otra mitad de esas muertes?

Si 65.000.000 personas mueren cada año, eso significa que son 178.000 cada día. lo cual son 7.425 cada hora, y fíjate en esto: suponen 120 personas muriendo cada minuto. Dos por segundo.

24.000 personas mueren cada año porque las alcanza un rayo. ¿Cómo crees que sería? Supongo que te cuece un poco, ¿no? ¿De dentro hacia fuera? ¿Ves la luz cuando te alcanza?

Al menos 270 personas mueren en un incendio cada día, lo cual creo que puede ser una mala forma de irse, ¿no crees? Supongo que en un incendio lo sabes, que si estás atrapado, vas a morir. Pero las llamas te lamen la piel y no acaban de ser suficientemente rápidas. Creo que es muy probable que te enteres de todo.

Yo una vez salí ardiendo en una discoteca. Llevaba un top ancho y me acerqué demasiado a una vela. Tuve una quemadura de tercer grado en la espalda del tamaño de mi mano; BJ y yo tuvimos que pasar la noche en el hospital. Odié ese olor. Me pregunto si puedes oler tu piel quemándose cuando estás en un incendio.

La cifra de los ahogamientos es también una cantidad parecida. Alrededor de 100.000 al año. He leído que es una manera agradable de morir. En cuanto pasa el impacto inicial, después de que tus pulmones dejen de intentar respirar, al parecer una especie de euforia te alcanza y experimentas una sensación de sueño y de cansancio, un poco como cuando te quedas dormido.

Más de 21.917 personas mueren cada día por fumar y por temas relacionados con el tabaco, y una parte de mí se pone en plan: «¿Sabéis qué?, habéis invitado a la muerte a la mesa por fumar, pedazo de idiotas», pero bueno, la verdad es que ¿sabías que más del 10 por ciento de esas 21.917 personas (que son más de 2.190) que mueren cada día por culpa del tabaco, mueren porque otra persona se fumó el cigarrillo? Eso no es justo.

Aunque supongo que poco de lo relacionado con la muerte lo es.

500.000 personas son asesinadas cada año, lo cual tampoco es justo. Además de horrible, y de aterrador, y del hecho que habla de una oscuridad que forma parte de nuestro mundo que es tan catastróficamente insoportable e incontenible y si hay 500.000 personas que mueren asesinadas, sería justo inferir que, por lo tanto, hay aproximadamente 500.000 asesinos, entonces ¿qué detiene al tipo cualquiera con el que te cruzas por la calle de darse la vuelta y pegarte una cuchillada en la cabeza porque le da la gana? Las cabezas son importantes.

Más de 1.000 personas cada semana morirán por algún tipo de lesión craneal, como una caída. Las aceras son irregulares. Hay bordillos y muros y techos bajos. BJ es alto y él siempre va hablando por el móvil, podría haber una cañería que cuelgue un poco baja en alguna parte, y entonces ¿qué?

Y, por supuesto, luego está la C mayúscula.

Que mata montones de gente, ¿verdad? 4.342 cada día. ¿Acaso les sorprende, me pregunto? ¿O a ti te parece que siempre sabes que te estás muriendo de cáncer antes de que ocurra? Creo que las muertes inesperadas son las peores.

¿En algún momento te da por pensarlo? ¿Que amas a una persona que mayoritariamente está hecha de huesos? Porque ahora yo es en lo único que pienso. Que lo que protege el corazón por el que haría cualquier cosa (por el que moriría), lo único que lo protege es un pobre costillar hecho de colágeno, calcio fosfato y calcio carbonato. Y ya.

Y un puñado de músculos.

Eso es lo que conforma a Baxter James Ballentine. Huesos y tendones.

Y ya le he visto romperse huesos. Un millón de veces durante el transcurso de nuestras vidas hasta la fecha. Dedos de manos y pies y muñecas. Le he visto partirse un brazo de una manera en que un poquitín de hueso perforó la piel. Los cuerpos se rompen con exagerada facilidad.

Y esa mente suya. Adoro su cerebro. Adoro cómo ve el mundo, como si todas las personas fueran buenas y todo fuera divertido y emocionante y dulce; ese chico tiene la disposición más adorable y alegre porque su mente es buena y pura, pero ¿sabes lo fácil que es sufrir una lesión cerebral?

Un mal golpe en la sien y se te puede hinchar el cerebro y entonces ¡puf! Se acabó.

BJ tampoco mastica demasiado bien. Tiende a tragarse las cosas casi enteras. Siempre lo ha hecho. ¿Sabías que 3.000 adultos mueren cada año porque se atragantan con la comida? Y yo no sé hacerte la maniobra de Heimlich. ¿Qué haría yo si él empezara a atragantarse?

Es que nunca mastica como es debido. Siempre tiene hambre y por eso siempre come demasiado deprisa, se supone que tienes que masticar cada bocado treinta y cinco veces o algo así, lo cual es... ¡venga ya, ni queriendo! Es una locura total y absoluta, es que no creo que él mastique tres veces antes de tragar, lo cual significa que está masticando una onceava parte de las veces que debería, y no me hacen ninguna gracia esos números.

Además, se le dan fatal los cinturones de seguridad. No sé si piensa que es el puto James Dean, pero nunca se lo pone, a pesar de que 3.287 personas mueren cada día en accidentes de coche, lo cual es más de lo que sería ideal, porque los coches son de lo más normales y la gente los usa todo el rato. Nosotros ahora no tanto porque últimamente no me gustan mucho los coches después de... en fin, ya sabes después de qué, pero por eso puedo decir que tengo bastante claro que un accidente de coche es una mala manera de morir. Ahora que he tenido uno y todo eso. Porque tu piel es muy fina, y debajo no hay nada que pueda ayudarte contra una tonelada de metal deformable y afilado que lo único que pretende es separarte de cuajo la carne de los huesos. El metal te envuelve e intenta fusionaros, como si fuera un momento íntimo entre vosotros, y quizá es porque la muerte no es más que eso.

Un momento íntimo que viene a por ti, y que se te llevará estés listo o no. No hace preguntas y no deja respuestas.

Yo necesito respuestas.

Alargo la mano hacia el cajón de la mesilla de noche y saco en silencio un par de cosas.

—Esto es el colmo de la disfuncionalidad —me parece oír a Bridget susurrándome.

—Chitón —le digo, aunque no quiero que se calle nunca.

El termómetro de infrarrojos...

—Al menos es sin contacto —me diría mi hermana.

El pequeño oxímetro que le coloco en el dedo...

—¿Oximetría, Magnolia? ¿En serio?

Y la libretita donde escribo sus constantes vitales para llevar un seguimiento.

—¿Ahora resulta que sabes de constantes vitales? —me diría ella, y yo levanto la nariz para mosquearla como si todavía estuviera en el planeta para verme hacerlo.

37,2 ºC hoy. 97-SpO^2%; 63 lpm.

Mmm. Frunzo los labios.

—Está bien —me diría ella, pero ¿para qué iba a creerla a ella, pedazo de traidora?

Ayer él estaba a 98-SpO^2%; 63 lpm. Esas cifras me gustan más.

Aun así, lo anoto todo y luego guardo de nuevo todas mis herramientas secretas de doctora en el cajón.

—¡Bueno, ahora no se morirá nunca jamás! —me diría ella con una mirada provocadora, y yo me mosquearía con ella por el comentario aunque ella no está aquí para hacerlo en la vida real, y mi corazón da un vuelco y aterriza en un solar vacío en Highgate porque sus cenizas están aquí a los pies de nuestra cama.

Me acurruco contra Beej, me envuelvo a mí misma con sus brazos y luego apoyo la cabeza en su pecho.
Así es como duermo ahora.
Al ritmo de lo vivo que está.

CUATRO
BJ

En toda mi vida me he arrepentido de tres cosas. Bueno, probablemente, de alguna más. Pero si hay algún genio por ahí repartiendo deseos, cambiaría esas tres cosas.

La primera ya la sabes: Paili y la bañera. Lo que daría para retroceder en el tiempo y salir por la puerta de casa en lugar de bajar esas escaleras. Iría derechito a Parks, se lo contaría todo, nos ahorraría todo el dolor que nos infligimos el uno al otro entre ese momento y el presente.

De la segunda no quiero hablar, pero la tercera... Supongo que no es difícil de adivinar.

Cuando recuerdo ese día en el hospital, Magnolia hecha polvo y magullada en la cama, todavía inconsciente. Esa es la imagen que grita en mi memoria. Lo jodidísimo que me dejó verla herida de esa manera, me resultó casi imposible, en ese momento, ver más allá de ella. Sin embargo, si lo hago, si cierro una cortina para ocultarla, le digo a mi mente que no le pasa nada, que no le pasa absolutamente nada, que se recuperará, que ella está bien y nosotros estamos bien. Si le digo todo eso a mi yo del pasado, vuelvo la vista atrás entre mis recuerdos, me permito ver otras cosas...

Bridget sentada en esa silla, todavía vestida con la ropa del accidente.

Un cortecito en el labio. El brazo sangrando. Un leve rasguño en la frente.

Parecía que estaba bien. Cansada, pero bien.

Y yo le dije que se marchara, joder.

Claire y yo hemos hablado de eso. De que los médicos ya le habían dado el alta y que yo no soy médico, que ¿cómo iba a saber nada yo? Buena pregunta, supongo, pero siento que tendría que haberlo sabido igualmente.

Porque la conozco. La conozco de toda la vida, por eso tendría que haberme dado cuenta. Se me antoja la clase de cosa que tendría que haberle notado.

Yo fui su primer beso, ¿lo sabías? El de Bridget, digo.

Es gracioso.

Magnolia y yo llevábamos unos pocos meses juntos para entonces, era un domingo por la noche y al día siguiente tendríamos que volver a Varley.

Parks y yo estábamos tumbados en su cama, viendo la tele, cuando su hermana pasó ante la puerta del cuarto.

—Bridget —la llamó ella, y Bridge asomó la cabeza por la puerta.

—¿Qué? —preguntó Bridge, que ya puso los ojos en blanco porque siempre han sido como siempre han sido. Incluso con trece y quince. Incluso con tres y cinco.

Magnolia se sentó con la espalda erguida y los ojos entornados.

—En la fiesta de anoche, ¿jugaste a siete minutos en el cielo con Dean Vinograd, que podría decirse que es la persona que está más buena de tu curso... —Magnolia dejó de mirar a Bridge para mirarme a mí y recalcar sus palabras— solo para no besarlo ni una sola vez en todo el rato?

Yo solté una carcajada y luego Bridge cruzo los brazos incómoda.

—¿Y qué si lo hice?

Magnolia la miró con suspicacia.

—Bueno, ¿por qué no lo hiciste? Solo es un beso.

Bridget trasladó el peso del cuerpo de un pie al otro.

—¿Verdad? —Magnolia la miró parpadeando.

Bridget la fulminó con la mirada, empezó a respirar más rápido y puso mala cara.

—Nunca he besado a nadie —dijo Bridget, con la nariz levantada igual que hace su hermana.

—¡¿Qué?! —chilló Magnolia, muy dramática, antes de dejarse caer de espaldas en la cama. Joder, como si ella tuviera tantísima experiencia. Todavía no habíamos hecho mucho. Un poco sí porque tiene las manos largas, pero no mucho.

Bridget puso cara de vergüenza y entró a toda velocidad en el cuarto para defenderse.

—Es que... No he... —Tomó aire—. Y ahora me da...

No lo dijo, pero pude vérselo en la cara.

Miedo.

—No pasa nada —le dije negando con la cabeza.

Parpadeó ella.

—Ah, ¿no?

Asentí.

—No.

—Sí que pasa. —Magnolia hizo un puchero—. Es raro.

Bridget volvió a resoplar, exhaló por la nariz e hizo un puchero ella también.

—Es que no sé cómo hacerlo... No quiero quedar como una estúpida.

—Es imposible —le dije.

—Es más que posible —rebatió Magnolia de forma realista, y yo le lancé una mirada.

—¡No pude besar a Dean anoche! —gritó Bridget de repente—. ¿Y si lo hubiera hecho mal y a él no le hubiera gustado y entonces se lo habría contado a todo el mundo y yo sería una fracasada total?

Magnolia compuso una mueca.

—¿Y si tuviste la oportunidad de besar al chico que está más bueno de tu curso, no lo hiciste y entonces él se lo cuenta a todo el mundo y eres una fracasada total? Ay, espera... —Le lanzó una mirada a su hermana.

—¡No sabía qué hacer! —chilló Bridget.

—Voy a darte un beso —le dije.

Bridget parpadeó dos veces.

—¿Qué?

—Eso. —Magnolia me miró con fijeza—. ¿Qué?

—Pues que le daré un beso y listo. —Miré de reojo a Parks y me encogí de hombros antes de volver a mirar a Bridge—. Así ya estará hecho y tú ya lo habrás hecho, y no tendrás miedo la próxima vez que se te presente la oportunidad.

Bridget me miró de hito en hito, indignada.

—Yo no he dicho que tuviera miedo.

—No lo has dicho —concedí—. Pero ¿lo tenías?

Se pellizcó la punta del dedo.

—Tal vez.

—¡Un momento! —exclamó Magnolia, sentándose de nuevo, con las cejas enarcadas—. ¿Vas a darle un beso?

Asentí.

—Sí, si ella quiere.

—¿A mi hermana? —aclaró Magnolia, completamente horrorizada.

Me incliné hacia ella y la miré a los ojos. Le lancé la mirada que le lanzaría infinidad de veces a lo largo de nuestra vida juntos y que hace que se derrita.

—Solo es un beso —le susurré encogiéndome de hombros.

Se le suavizó la expresión y yo me puse de pie, me volví hacia su hermana.

—¿Lista?

Bridget asintió, tragó saliva con esfuerzo.

—No es nada. —Volví a encogerme de hombros—. Solo un beso.

Ella volvió a asentir y luego le pasé una mano por la nuca y le pegué un buen morreo.

No tengo nada poético que decir al respecto, ninguna metáfora náutica ni cielos estallando, nada de fuegos artificiales… ¿Te imaginas? Vaya puto desastre… Aunque besaba bien la chiquilla.

Llevábamos unos dos segundos de beso de prácticas cuando Harley pasó por delante de la puerta abierta y berreó:

—¿Qué cojones?

Magnolia pegó un chillido de los buenos, Bridget un alarido, y se apartó de mí de un salto, y Harley cargó contra mí para apartarme de un empujón de su hija de catorce años. Lo cual, seamos sinceros, era justo.

—¡No, no! —Magnolia se interpuso entre nosotros.

—¿Se puede saber qué cojones está pasando aquí? —Miró a Magnolia y luego a mí, la sangre le hervía visiblemente en la cara.

Teniendo yo dieciséis años, me dio bastante miedo, no te voy a mentir.

—¡Nada! —empezó a decir Magnolia, negando con la cabeza como una loca—. Que Bridget es una fracasada total, ¡eso es todo!

Harley, que respiraba con dificultad, fulminó a su primogénita con la mirada.

—¿Qué?

—¡Por culpa de Dean Vinograd! —Bridget vino corriendo hacia nosotros, asintiendo.

Harley puso mala cara.

—¿Quién?

—¿En el armario? —asintió Magnolia con los ojos como platos.

Harley hizo una mueca.

—¿Qué?

—Qué embarazoso... —Magnolia aprovechó la oportunidad para lanzarle una mirada envenenada a su hermana—. Solo habló...

—¿Quién habló?

Yo señalé a Bridge.

—Ella.

Magnolia volvió a negar con la cabeza.

—¡Mancilló mi buena reputación! —Le lanzó a su padre un asentimiento cortés—. Y la tuya también, supongo, Harley.

El hombre se señaló a sí mismo.

—¿Mi buena reputación?

Sus dos hijas asintieron muy rápido con los ojos muy abiertos.

—Mancilladísima —le dijo Magnolia con serenidad.

—Mmm —secundó Bridget.

Y cuando ahora lo recuerdo, me parece tan adorable que las dos crearan una pequeña barrera entre su padre y yo. Joder, como si yo hubiera tenido alguna oportunidad si él hubiera querido hacerme daño.

¿Sabes que hay hombres que se hacen mejores cuando tienen hijas? Obama, Kobe Bryant, la Roca... Todo el rollo de ser padre de chicas, ¿sabes? Mi padre es uno de esos, le encanta tener hijas.

Harley no es padre de chicas. No lo ha sido. No creo que lo sea nunca.

La cara que ponía en ese momento estaba en las profundidades de la incomprensión, no captaba una sola cosa de las que chillaban desesperadas las chicas, exceptuando quizá la única que ellas no querían que él captara.

Harley señaló a Parks con la cabeza.

—¿Tú tienes buena reputación por besar a gente dentro de armarios?

Bridget formó una pequeña «o» con los labios y Magnolia se quedó boquiabierta.

—Ejem. —Se aclaró la garganta y luego negó muy rápido con la cabeza—. ¿No?

Solo que ese «no» le salió muy agudo.

A Harley se le ensombreció el rostro.

—Sí, no... —intervine yo, abriéndome paso entre las dos, teniendo la sensación de que debía tomar el relevo—. No. Vamos a ver, nosotros... La verdad es que... En realidad casi ni nos besamos...

Su padre enarcó las cejas.

—Ajá.

Me encogí de hombros.

—Es una puritana que flipas, vamos, que no hemos hecho nada...

—¡No lo soy! —me cortó Magnolia, de modo que yo seguí hablando más alto por encima de ella.

—No, a ver, de hombre a hombre... —Negué con la cabeza—. No hemos hecho nada...

Magnolia puso tal cara de enfado, hasta apretó los puñitos.

Logró soltar un:

—Algo sí hacem...

Antes de que Bridget le cerrara con una mano la bocaza a su hermana mayor, que siempre (hasta la fecha) ha sido extrañamente propensa a confesar cosas que no hace ninguna falta que confiese.

Harley nos miró a los tres con los ojos entrecerrados.

—Odio todo esto. —Exhaló ruidosamente.

Yo le lancé una gran sonrisa desesperada y me encogí de hombros desanimado.

—Ya, y yo.

Tras ese intercambio, se fue y nosotros tres caímos en la cama de Parks entre carcajadas.

Pero no fue un «ya, y yo». No lo odié. Nunca lo he hecho. Ni lo haré.

Me encanta ese recuerdo.

Para cuando Parks y yo nos prometimos, hasta Harley se reía de ello.

Joder, la echo de menos.

Así que sí... La tercera cosa de la que más me arrepiento en esta vida es de que Bridget está muerta y yo me preguntaré para siempre si de habernos dado cuenta, quizá no lo estaría.

14.19

Parksy

Hola

Qué te pondrás?

> Qué sexy!
>
> Pero divertido.
>
> Me apunto.
>
> Qué quieres que me ponga?

... para nuestra boda.

> Ah.
>
> Menos sexy

Vamos a ver...

Dios.

Espero que no?

> Jaja

...

> No te lo voy a decir

Por favor?

> Que no

⛅

> ❄

No seas borde

Me parece algo racista

CINCO
Magnolia

Han cerrado pronto Saint Laurent de Old Bond para mí, para que a última hora de la tarde pudiera llevar a Henry y a Christian a comprarse un traje sin tener que lidiar con gente loca y preguntas crueles.

Por lo que respecta a la boda (en términos estilísticos), no me cabe duda de que ya te lo imaginas: estoy gobernando con mano de hierro.

Quizá te resultará algo sorprendente (porque todos sabemos que me encantan los colores y que siento aversión hacia lo aburrido), pero la paleta de color para nuestra boda comprende el negro, el blanco y los tonos neutros.

Eso, desde luego, no es la paleta de color dominante del día entero (no tengo depresión), pero a no ser que BJ y yo fuéramos a renunciar a la tradición y a llevar un traje y un vestido coloridos, que el resto lleve colores da un poco aspecto de circo.

—¿Sabes? —Henry me mira a través de una hilera de ropa—. Somos capaces de vestirnos solos.

Pivoto sobre mis sandalias de satén con apliques de pedrería carmín y rosa de Magda Butrym, con las cejas enarcadas.

—¿Y tú cuándo lo has hecho?

—Esta mañana —me contesta Henry con aire desafiante.

Lo miro de hito en hito.

—¿Y qué llevas puesto?

—Una ropa que he escogido yo mismo… —responde Henry con petulancia— del armario cápsula que me entregaste al inicio de la temporada —añade al final, un pelín más avergonzado.

—A mí me gusta no vestirme yo —anuncia Christian.

Lo miro encogiéndome de hombros alegremente.

—Y a mí me gusta tener a chicos monos para vestirlos como si fueran muñecas.

Arruga la nariz al oírlo.

—Ahora me gusta un poco menos.

—Oh, no. —Bostezo mientras reviso un perchero de camisas de traje.

Christian gruñe por lo bajo antes de preguntar:

—¿Vas a vestir a Beej para la boda?

—Pues no —bufo mirándolo con los brazos cruzados—. Pero sí sé que llevará unos Oxford de Saint Laurent y un Gucci hecho a medida.

—Dirás Tom Ford —me corrige Henry.

Le lanzo una sonrisa ladina.

—¡Magnolia! —gime Henry—. Joder, tía, me va a matar...

Le sonrío, petulante.

—Eres demasiado fácil.

—Parks... —Henry, con mal humor, saca del perchero una camisa que le gusta.

—Te has metido tú solito, tío... —Christian niega con la cabeza mirando a su mejor amigo—. Eso ha sido Parks vintage, te lo sonsaca jodidamente todo.

Me abro paso apartándolo a codazos con agresividad, más que nada para pegarle un codazo, pero lo disfrazo para que parezca que estoy intentando llegar al perchero de ropa que tiene detrás.

—¡Disculpa! Yo no sonsaco...

—Qué va. —Christian pone los ojos en blanco—. Tienes razón, todo es siempre al pie de la letra contigo.

Lo fulmino con la mirada y le tiendo una combinación de americana, camisa y pantalón. Él observa la ropa un par de segundos y luego me la quita de las manos con brusquedad, poniendo los ojos en blanco de nuevo.

Henry pasa a mi lado todavía mosqueado.

—Capulla —me llama, y yo voy tras él enseguida, le rodeo la cintura con los brazos y le doy un achuchón, poniéndole ojitos.

Él me rodea a regañadientes con el brazo y me da un beso en la coronilla.

—No le digas que lo sabes.

Me cierro la boca con cremallera.

Christian reaparece y procede a mirarse fijamente en el espejo.

Americana de esmoquin de solapa sencilla en Grain de Poudre por encima de la camisa blanca de corte estrecho de algodón de popelina con cuello Yves, remetida por los pantalones de traje de gabardina Saint Laurent.

Entorna los ojos, finge que intenta decidir si le gusta o no, pero yo le noto que sí.

Le tiendo la pajarita de satén de seda negra Yves, y él empieza a colocársela mientras yo me pongo de pie delante de él y le ajusto la americana.

Apuesto como siempre. Claro que nunca no está apuesto, supongo que es una virtud suya. Especialmente cuando lleva esmoquin.

Le cojo los brazos y le ajusto las mangas. Percibo su mirada penetrante, me observa.

Levanto los ojos para mirarlo.

—¿Qué?

Pone cara de sentirse incómodo.

—Lo siento si es una pregunta de mierda, pero… ¿Quiénes son tus damas de honor ahora?

Exhalo ante la pregunta y no permito que se me vea en la cara que me ha sentado como una puñalada en el corazón. Doy una bocanada de aire, acaricio con los dedos el tejido de mi minivestido de lentejuelas de tul embellecido con pedrería de Valentino Garavani.

La ausencia de Bridget (si así es como vamos a llamarla) ha puesto de relieve muchísimas cosas, pero una en particular son las pocas amigas que tengo en realidad.

¿A quién pondría de pie a mi lado para reemplazarla a ella?

No hay quien pueda reemplazarla.

Nadie siquiera se acerca. En realidad no. Exceptuando quizá…

—Yo —dice Henry, apareciendo a mi lado con una gran sonrisa. Vuelve a rodearme con un brazo—. Soy su damo de honor.

Le lanzo a Christian una mirada muy sufrida.

—Se le ocurrió a él solito.

Christian suelta una risita.

—No me digas.

—Soy tu damo de honor —me dice Henry, orgulloso.

—Eres mi d... —Cierro la boca con fuerza y niego con la cabeza—. Ocupas una posición de honor en mi vida.

Henry me señala con el pulgar.

—No le gusta la palabra que empieza por D.

—¿La palabra que empieza por D? —parpadea Christian—. ¿Damo?

—Dios, eres ridícula —me diría mi hermana, y yo la ignoraría.

Niego con la cabeza, desanimada.

—Detestable.

—¿Qué? —Hace una mueca con toda la cara—. Ni siquiera es una palabrota. A ver, entiendo por qué no necesariamente te gusta la palabra co...

Y entonces suelto un grito para silenciarlo al tiempo que le cierro la boca de un manotazo.

—¡Jamás! —Niego con la cabeza, mirándolo. Henry me mira y pone los ojos en blanco, pero yo lo ignoro porque nosotros no decimos la palabra que empieza por C—. ¡Dios! ¿Te has resbalado y te has caído en una clase socioeconómica inferior en la que sería aceptable decir esa palabra, tal vez, en un momento límite de un día terrible?

Christian pone los ojos en blanco también.

—Absolutamente jamás... —Sigo negando con la cabeza, con la nariz levantada—. Es muy vulgar.

—Vaya idiota. —Mi hermana negaría con la cabeza.

—Vale. —Christian hace otra mueca—. ¿Pero «damo»?

—Es que se me antoja raro, eso es todo. —Me encojo de hombros—. No puedo decirlo bien.

—Pero hay un montón de palabras que no puedes decir bien, no me vas a decir que es culpa de la palabra en sí, ¿no? —se metería Bridget y ese comentario me cabrearía.

—¿Por qué? —pregunta Christian, exasperado.

—Porque no soy pobre. —Le lanzo una sonrisa seca—. Y tú tampoco, hay que decirlo.

Christian me ignora y mira a Henry.

—Bueno, entonces estarás ahí plantado en un altar junto a tu ex. ¿Cómo nos sentimos al respecto?

Henry adelanta un poco el mentón y traga saliva.

—Bien.

—¿Sí? —Christian ladea la cabeza, no se lo cree—. ¿Te ves plantándote en algún altar junto a ella así en un futuro cercano?

—Pues no —contesta Henry, fingiendo que está mirando unas joyas. Y luego levanta la vista y le lanza una mirada lúgubre a Christian—. ¿Has sabido algo de Daisy?

Christian no dice nada, se limita a volver al probador.

Le lanzo una mirada a Henry, porque sí, Christian estaba siendo un pesado y rozaba la crueldad, pero lo suyo ha sido mucho más borde.

Me acerco al probador y pregunto a través de la puerta con espejo.

—¿Nada?

—Pues no —contesta con voz ronca.

—¿Nada en absoluto?

—No, Magnolia.

—¿Has hablado con J...?

La puerta se abre de golpe y Christian me planta la ropa en las manos.

—No he hablado con ningún Haites desde el día que se fueron.

Asiento una vez, tengo el mismo pesar en el corazón que le veo a él en los ojos.

La verdad es que me sorprendió, tal vez hasta me hirió los sentimientos solo un poco, el no saber nada en absoluto de Julian. Ni cuando tuve el accidente, ni siquiera cuando Bridget m...

Bueno, ya sabes lo que hizo Bridge.

—Vale. —Me tiro de la oreja sin fijarme y luego niego con la cabeza—. Bueno. Ahora zapatos.

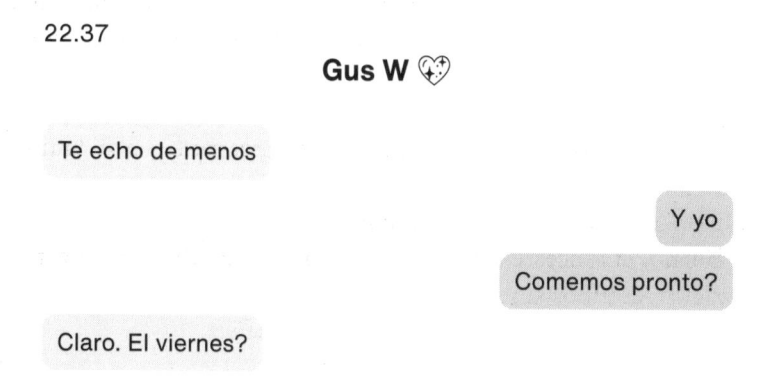

22.37

Gus W 🖤

Te echo de menos

Y yo

Comemos pronto?

Claro. El viernes?

> Sí!
>
> Me muero de ganas!

Pero... todo bien?

Estás bien?

> Estoy brillante.
>
> Acabo de comprarme el bolso de mano Cherry Lunch Box de Gucci y Judith Leiber, y sinceramente es perfecto.

Me muero por verlo el viernes 🤭

SEIS
BJ

Quería una hamburguesa. Llevaba semanas pensándolo.
Últimamente no como muchas hamburguesas. Magnolia está un poco rara con ellas. Está un poco rara con muchas cosas, la verdad.
Ha tenido que trabajar hasta tarde hoy y yo me he alegrado bastante de tener la noche para los chicos. Una comida más de Farmacy y me explotará la puta cabeza. La comida no está mal, está bastante bien, de hecho. Es que es lo único que come por ahora. Supongo que tendría que alegrarme de que esté comiendo en general dadas las circunstancias.
Me apetecía algo grasiento, así que aquí estoy. Patty&Bun en James Street porque son indiscutiblemente las mejores. No ha sido algo grande ni planeado.
He llamado a Hen, que estaba con Christian, que ha llamado a Jo, que estaba con Banksy, y ahora aquí estamos.
¿Qué tal van las cosas entre Hen y Jo, te preguntas?
Bien.
Raro, lo sé, pero bueno, Christian y yo estuvimos así durante años. Enterramos la mierda, la ignoramos.
Solo que, no lo sé, Henry es raro con estas cosas. Puede apagar su mente como si fuera una válvula.
Dijo que se había hartado de Taus, ha seguido harto desde entonces. Lo cual, que yo lo sé, te lleva a preguntarte: ¿acaso la amó de verdad? Pues sí.
Él y yo no nos parecemos tanto. Él es demasiado pragmático. Cómo fueron las cosas entre Parks y yo... a él lo habría vuelto loco.
De hecho, no puedo creer que aguantara tanto tiempo de esa manera con Taura. Por eso sé que la quería, porque si no, no habría intentado durante tanto tiempo encontrar la manera de hacer que funcionara.

Creo que ahí está la cosa. De la misma manera que los familiares de los enfermos de cáncer lloran la muerte de su ser querido antes de que fallezca de verdad, y luego cuando finalmente fallecen, suelen ser capaces de seguir adelante un poco más rápido que, digamos, cuando tu hermana se muere de repente porque tenía un aneurisma en el cerebro y nadie lo sabía.

Creo que Henry sintió que estaba perdiendo a Taura desde un buen principio.

Apagó la válvula.

¿Y Jo? Está pasando mucho tiempo con Bianca Harrington últimamente. Más de lo habitual. Interesante, lo sé. Él sigue erre que erre con que no le gusta, pero es pura mierda, yo sé que es pura mierda. Porque Banksy tiene un novio nuevo (que, de hecho, quizá podría ser el de siempre, no lo sé, me pierdo) y Jo está muy jodido al respecto.

Es gracioso observarlos cuando están juntos.

Me recuerdan un poco a Parks y a mí en cierta época.

Amigos, pero más que eso. Él rodea la silla de ella con el brazo. Ella se come las patatas fritas de él. Como que se inclina hacia él sin llegar a inclinarse del todo hacia él. Ni siquiera sé si son conscientes de que lo hacen. Pero yo sé que lo hacen, y los estoy observando con los ojos entornados y una sonrisa de diversión.

—¿Qué? —articula Jo con los labios, frunciendo el ceño.

Suelto una risita y niego con la cabeza, y justo entonces me suena el móvil.

Parks.

Contesto.

—Hola.

—Hola —saluda la mejor voz del mundo entero—. ¿Dónde estás?

—Pues he salido a cenar con los chicos y Banks.

—Oh, ¡qué bien! —me dice. Y lo dice en serio—. ¿Adónde?

—Um. —Hago una pausa. No merece la pena el drama de decirle que me estoy comiendo una hamburguesa. Perderá la cabeza, me obligará a hacer una limpieza a base de zumo restaurador para compensar el caos que la comida frita me está causando en el intestino. De modo que miento—: En Malibu Kitchen.

Y todos los que están sentados conmigo en la mesa fruncen el ceño, confundidos.

—Oh, ¡qué bien! —exclama Magnolia por teléfono, apaciguada—. Me encanta ese restaurante.

Henry articula con los labios:

—¿Qué?

Y yo lo miro y niego con la cabeza, me pongo de pie y me alejo un poco de la mesa.

—Sí, y a mí —le digo a ella—. ¿Te ha ido bien el día?

—Ajá... —contesta ella distraída—. Sí, he tenido esa reunión con...

—Ay, claro —me froto la nuca—. ¿Qué tal está Rich?

—Bien —me responde.

—¿Contento con todo?

—Sí.

Asiento, muy feliz por ella.

—Sabía que lo estaría.

—¿Llegarás muy tarde a casa? —me pregunta.

—No, no mucho... —le digo, volviendo la vista hacia la mesa, desde la que me están mirando todos—. Acabaremos pronto por aquí. Iré directo a casa después.

—No hace falta —me dice al instante porque no le gusta necesitarme cuando me necesita de verdad.

Se ha pasado los últimos cinco años siendo dependiente y demandante de cojones sin ninguna razón en absoluto, y ahora que tiene todo el derecho a serlo, no le da la gana.

—Quiero hacerlo —le digo.

Una pausa.

—Vale —me dice, pero oigo el alivio filtrándose en su voz.

Le digo que la quiero y cuelgo.

Christian me señala con la barbilla mientras me siento.

—¿Acabas de mentirle?

—¿Qué? —Parpadeo mecánicamente—. No... No del todo.

—¿Por qué le has dicho que estábamos en otro sitio? —Jo frunce el ceño.

Los miro y pongo los ojos en blanco.

—Últimamente está un poco rara con la comida, ¿verdad, Hen?

Mi hermano me lanza una larga mirada, frunce un poco el ceño, pero luego asiente a regañadientes.

—Un poco, sí.

Y entonces la conversación avanza hacia qué haremos para su cumpleaños, porque es dentro de poco. Se me antoja raro por varias razones.

La primera, es que estamos juntos.

Estos últimos años he tenido que celebrar todos sus cumpleaños a medio gas o no he podido celebrarlos en absoluto. El año pasado estaba en Nueva York sin mí. Le envié un regalo, me dijo que se lo había guardado, pero que no lo había abierto. Lo abrió después de volver a estar juntos.

Una primera edición de *El principito*, con todas las partes que me recuerdan a ella subrayadas. Un poco una broma, porque todo el libro me recuerda a ella. Ella es la rosa, lo que me domesticó.

«Desde luego que te quiero. Es culpa mía que no lo hayas sabido todo este tiempo», es lo que le escribí al principio.

Le encantó como yo sabía que le encantaría. De hecho, lloró.

Tiene muchas expectativas para su cumpleaños. Le encantan los acontecimientos.

Hemos tenido muchos muy buenos... Un par de malos también.

Su decimoctavo cumpleaños fue lo nunca visto. La llevé de acampada.

No, lo sé, cállate, no hace falta que lo digas, no sé en qué cojones estaría pensando. Se lo tomó tan bien como te estás imaginando.

—¿Tienes alguna idea para mi cumpleaños este año? —me preguntó con desparpajo.

Estábamos sentados en mi cama a finales de verano.

Ya había pasado mucho tiempo de lo de Billie y quedaba muchísimo tiempo hasta la mierda con Paili. Estábamos bastante unidos en aquel entonces. Ahora me hace reír, joder, pensar que ella accediera a hacerlo siquiera.

—Pues sí. —Asentí, orgulloso de mí mismo por alguna razón.

Ella enarcó las cejas, con una expectativa esperanzada.

Otras cosas que habría podido hacer para su cumpleaños: llevarla a París; llevarla a navegar por la Polinesia francesa; haberle organizado una fiesta de cumpleaños normal; haberla llevado a un puto Nando's.

Ella habría preferido cualquiera de estas cosas antes de lo que planeé de verdad.

—Ir de acampada —le dije con una gran sonrisa.

Parpadeó unas veinticinco veces.

—Disculpa, ¿qué?

—¡Vamos de acampada! —insistí—. Tú y yo. Y los chicos —añadí a modo de advertencia.

Hizo una mueca con toda la cara.

—¡Será divertido! —exclamé con una carcajada, empujándole la cabeza con la mía.

Ella se apartó un poco, me miró con muchísima cautela, luego tragó saliva y me acarició la mano con dulzura.

—BJ —se aclaró la garganta antes de decir con delicadeza—: ¿Marcha bien el negocio familiar?

—¿Qué? —me reí—. Claro. ¿Por qué?

Me miró dubitativa.

—Es que me suena a algo que podría proponer una persona pobre...

Puse los ojos en blanco.

—Pensé que sería divertido.

Ella me miró fijamente un par de segundos y luego negó con la cabeza.

—Si estás pasando una mala racha, Beej, te prometo que no cambiará nada entre nosotros, pero... si ese es el caso, te quiero y, por favor, déjame organizarme el cumpleaños yo misma.

—No soy pobre. —La miré con el ceño fruncido—. Creo que te gustará.

Entrecerró los ojos.

—¿Te has dado un golpe en la cabeza?

—Parksy —Me eché a reír—. Piénsalo... tú y yo... —Enarqué las cejas en un intento de convencerla—. En una tienda de campaña...

—No. —Negó con la cabeza.

—Bajo las estrellas más brillantes que hayas visto en tu vida... —Le pegué un codazo juguetón y lo de las estrellas le llegó un poco porque nosotros estamos escritos en ellas. Su expresión empezó a suavizarse—. En un saco de dormir...

—Disculpa, ¿en un qué? —me interrumpió.

Hice una mueca.

—En un saco de dormir.

Me miró con suspicacia.

—¿Qué es eso?

—Es una especie de bolsa en la que te metes para dormir cuando te vas de acampada.

Aquello le llamó la atención. Por mí que entendió «bolso», porque le encantan. A decir verdad, a mí también. Bueno, ya no tanto, y en cualquier caso ella se estaba imaginando lo que no era.

—¿De qué está hecho? —preguntó, con un interés creciente.

—Pues, ¿es como si fuera una colcha con cremallera o algo así?

—Mmm. —Frunció el ceño, planteándoselo todo—. Interesante.

Me incliné hacia ella y empecé a darle besos por el cuello.

—¿Sabes?, el material de acampada puede ser bastante caro...

Ella me miró con los ojos abiertos como platos tal y como ha hecho un millón de veces a lo largo del transcurso de nuestras vidas.

—También puede serlo un viaje a la Costa Amalfitana, lo cual imagino que disfrutaría mucho más, y aun así, aquí estamos.

Aquello me hizo reír.

Ojalá no me pareciera graciosa cuando actúa como una niña consentida, pero sigue pareciéndomelo. La he convertido en un monstruo. Aunque no cambiaría nada.

Al final sí nos fuimos de acampada. A Suiza. No salió muy bien.

Duramos treinta y dos horas antes de que ella y Paili lloraran tanto que tuvimos que buscar un motel por allí cerca.

Lo del motel tampoco salió muy bien, se echó a llorar allí también.

Fue al baño una sola vez durante esas treinta y dos horas. Volvió a casa con una infección de orina, así que todos pagamos el precio ese fin de semana.

La segunda razón por la que este cumpleaños va a ser distinto es la obvia.

Bridge no está. Y el hecho de que Bridget no esté, le ha quitado la gracia para ella. Como si ahora no pudiera celebrarlo, como si quizá no estuviera bien hacerlo.

Y eso se está manifestando de maneras raras.

Le pregunté qué quería, no me dijo nada.

Y le solté:

—¿Quién eres tú y qué has hecho con Magnolia Parks?

Y ella me sonrió débilmente antes de echarse a llorar. Joder, mátame. Me destrozó porque no puedo arreglar esta mierda.

Es el primer cumpleaños que estamos juntos de verdad en... ¿qué? ¿Cinco? ¿Seis años? Eso debería ser razón suficiente para hacer un desfile, pero todo es una mierda igualmente porque es el primer cumpleaños sin Bridge y lo sentimos en todo.

Deseo tanto ser capaz de arreglar todo esto por Parks, pero no puedo. Es una bajada en picado en una montaña rusa y ya nos hemos puesto el cinturón. El trayecto ya ha comenzado.

Después de cenar, Henry y yo volvemos andando a casa.

Ahora es un hábito. A ella no le van los coches, de modo que a mí tampoco.

Está callado los primeros quince minutos.

Intentar hablar es como pedir peras al olmo.

—¿Estás bien? —acabo preguntándole, dándole un codazo.

Hen niega un poco con la cabeza.

—No vuelvas a hacerlo.

Pongo mala cara.

—¿El qué?

—Ponerme contra ella. —Aprieta los dientes—. Obligarme a mentir por ti.

Niego con la cabeza.

—Hermano, ha vuelto a ponerse como una loca con la comida, tú mismo lo dijiste...

—Vale. —Asiente con impaciencia—. ¿Y qué vamos a hacer al respecto?

—Esto... —Me quedo boquiabierto y por alguna razón, su modo de hablar de ello me sienta como un puñetazo. Joder. Vuelvo a negar con la cabeza. Espero que no se me vea tan desesperado como me siento—. No estoy listo...

Henry pone mala cara.

—¿Qué?

—Nada. —Me adelanto un par de pasos. No puedo meterme en esto

ahora mismo—. No pasa nada. —Vuelvo a mirarlo para asegurarme de que se lo cree—. Estoy bien. No volveré a mentirle, ¿vale?
Solo que hasta eso era mentira.
Le estoy mintiendo, activamente.
Cada día hoy por hoy.
Todo está hecho una mierda.
No tienes ni idea.

SIETE
BJ

La verdad es que no sé cuándo empezó.
No sería mucho después de lo de Bridge.
No sé qué fue. ¿Las emociones desatadas o algo? ¿Todo el mundo distraído? Quizá el hacerlo a escondidas ponía cachondo, no lo sé. No creo que fuera planeado. Pasó sin más, supongo.

Estamos en casa de sus padres para celebrar el cumpleaños de Magnolia, que es mañana.
Cena familiar. Su familia y la mía.
Cuando entramos en el comedor, Arrie está sentada enfrente de Mars y Harley, y nos miramos a los ojos. Los suyos están colmados de culpa. Me hace pensar que ella sabe que está mal.
Vamos a ver, joder, todo el mundo sabe que está mal.
No es una zona gris, es algo bien jodido.
Aparto la mirada porque no quiero que Parks lo sepa, no quiero que vea nada, que saque conclusiones de nada. Sé que tarde o temprano tendré que contárselo, lo que pasa es que no me parece que ella fuera a tener el coraje para asimilarlo ahora mismo. La dejaría del revés. Ni siquiera sé cómo empezaría a gestionarlo sin Bridge, ¿sabes?
No creo que esté procesando nada en absoluto sin Bridget, si te soy sincero.
Harley va tan perdido como siempre.
¿Qué crees que su padre le ha regalado para su cumpleaños?
Un coche.
Un Mercedes-Benz S 580 2023 blanco. Interiores marrones. Motor de ocho cilindros, cuatro litros. Un buen coche, la verdad.

Pero mira a tu puto alrededor, pedazo de idiota. Llevo cuatro meses sin poder ir con ella en coche y no acabar con heridas en las manos de lo hondo que me clava las uñas.

Ella no lo sabe. No sabe que tiene tantísimo miedo.

Sin embargo, todo el mundo lo sabe o, al menos, lo sabría si prestara un puto poco de atención, y quizá ese es el problema. No creo que ninguno de ellos esté haciéndolo.

Mars ha pedido un cáterin para esta noche. Últimamente no cocina mucho. Lo cual es bastante una mierda porque es una cocinera de puta madre, pero supongo que si no estás obligado, lo evitas, ¿puede ser? Tras años de servir a la gente, imagino que se te pasan las ganas de cocinar para ellos si no estás obligado a hacerlo.

Aunque me parece un poco curioso, creo. Porque Mars era la madre. Aunque no era la madre, era la madre. El ancla en su casa, lo que hacía que todo tuviera sentido para las chicas. Por eso cuando se supo que se tiraba a Harley, Parks perdió el hilo. No me gusta que ya no cocine para las chicas… para Parks, supongo. Hace que parezca que todo fue una pantomima.

Que no es que tengas que cocinar para ser una madre. 2023 y todo ese puto rollo, lo pillo. La maternidad tiene mil caras distintas. No pienses ni por un segundo que cuando Parks sea madre, de repente estará pegada a los fogones con un cucharón… ni siquiera sé si ella sabe lo que es un cucharón. Yo qué sé, mi madre cocina porque le encanta; bueno, supongo que le encanta que halaguen lo que cocina, si te soy sincero. Casi nunca pide comida a domicilio. Y Mars cocinaba cada día cuando trabajaba para los Parks, y parece que ya no pase un solo día en el que venga un puto chef privado a cocinar o se pida la comida fuera. No sabría decirte por qué se me antoja extraño, pero lo hace.

Hen llega poco después que nosotros, luego llegan mis padres con Allie y Maddie.

Le regalan un reloj Panthère de Cartier. Mini, oro amarillo, diamantes. Le gusta, se lo noto. Se le ilumina un poco el rostro. No del todo, pero un poquito sí.

Al también lleva mal lo de Bridge, como te pasaría a ti si muriera tu mejor amiga. Magnolia se alegra de verla, la hace sentir más cerca de su hermana. Verla la distrae de sí misma, y lo entiendo. Yo fui capaz de evitar durante años la mierda que me pasó esa noche volcándome en asegurarme de que Parks jamás sintiera dolor. No te libra de tu propia mierda, solo la desplaza.

Sin embargo, eso no le gusta al dolor, no le gusta que lo recoloquen, no le gusta que lo ignoren. Exige ser sentido, y Magnolia solo lo está sintiendo a golpes que hacen que parezca que el dolor está en el aire y ella está aguantando la respiración. De vez en cuando da una bocanada, ahogada, lo respira, siente su peso, se desmorona debajo de él. Aun así, la mayor parte del tiempo se limita a ignorarlo.

Sirven la cena y empezamos a comer. La mayoría de nosotros, al menos.

Parks y Henry nos entretienen con una anécdota de cuando eran renacuajos e iban al colegio, una vez que Magnolia inventó una elaborada mentira sobre por qué Henry estaba ausente (una chica) que escaló hasta unos niveles increíbles cuando le dijo al director de la residencia de Henry que había aparecido con un puto resfriado tísico y luego fue y describió los síntomas de la peste bubónica. Tuvieron que poner en cuarentena a toda su residencia.

A mitad de la anécdota, Harley mira el móvil.

—Joder —suspira, luego se disculpa ante mis padres como si yo no lo dijera cada dos palabras—. Tengo que responder.

Le da un beso en la mejilla a Mars.

Magnolia está muy distraída ahora mismo. Maddie tiene unas setenta y cinco mil preguntas sobre nuestra boda: qué debería ponerse, quién está invitado, qué tarta habrá, qué canción sonará en nuestro primer baile, quién serán sus damas de honor, etcétera, etcétera. Y Parks las responde todas como si cada una de esas respuestas no la estuvieran destrozando, teniendo en cuenta que todo aquello sucederá sin su hermana.

Y no pienses que se me escapa ni por un segundo, cuando Arrie se excusa de la mesa.

Aprieto la mandíbula cuando se pone de pie y cruzamos una mirada mientras lo hace. Traga saliva, avergonzada.

Siento un retortijón y noto que el cuerpo me arde debajo de la piel.

Otra vez no.

Apuro mi copa, espero un par de minutos y luego digo que me voy al baño.

Ojalá estuviera yendo al baño, pero no voy. Me voy derechito al despacho de Harley, agarro el pomo de la puerta, me armo de valor y abro la puerta de par en par. Joder, ni siquiera está cerrada con llave.

Y ahí está. Lo que sabía que estaba a punto de ver.

Arina Parks, con el vestido levantado y rodeando con las piernas la cintura de su exmarido.

Tardan una fracción de segundo en verme y luego Harley suelta un improperio en voz baja y Arrie desmonta.

—¿Qué cojones? —Niego con la cabeza, mirándolos.

—No —me gruñe Harley mientras vuelve a abrocharse los pantalones.

—No. —Lo fulmino con la mirada al tiempo que entro en el despacho y cierro la puerta detrás de mí—. Tú sí que no, hostia.

—¡No estaba planeado! —insiste Arrie mientras se estira bien el vestido.

—¿En serio? —Le lanzo una mirada—. Porque lo parece un poco.

Se coloca el pelo detrás de las orejas.

—Me refería a la aventura.

Exhalo por la nariz, lanzándoles una mirada asesina.

—¿Entonces esto es una aventura?

Harley me lanza una mirada desdeñosa.

—Desde luego que es una puta aventura.

Asiento una vez, hago una mueca con toda la cara.

Harley me mira de hito en hito.

—No veo en qué momento es de tu incumbencia...

Parpadeo un par de veces, los miro a ambos.

—No veo en qué momento no lo es.

—Pues porque ninguno de los dos está follando contigo —me suelta.

—Aunque es puramente por Magnolia, cielo. No le des un significado que no tiene... —me dice Arrie—. Créeme, si no estuvieras con mi hija...

Harley niega firmemente con la cabeza.

—No. No, lo odio.

Arrie se encoge de hombros con bastante brío.

—Tenéis que parar. —Los miro a los dos y niego con la cabeza—. Ahora mismo ella no puede lidiar con esto...

Harley pone los ojos en blanco.

—¿Qué tiene nada de esto que ver con ella?
Lo miro fijamente con los ojos como platos.
—Si no es broma, tío, eres un padre más de mierda de lo que creía...
Harley suelta un bufido.
—¿Qué has dicho, hombretón?
Cuadro los hombros. Estoy listo para pelear. Sinceramente, no me importaría pegarle a algo. De todas las cosas a las que podría pegar ahora mismo, Harley Parks ocupa uno de los puestos más destacados.
Avanzo hacia él y Arrie se tensa a su lado igual que hace Magnolia cuando está nerviosa.
Y entonces la puerta se abre de par en par detrás de mí y la única voz en este mundo que me importa de verdad dice:
—Oh, aquí estás.
Me vuelvo para mirarla. Disuelvo la expresión de mi rostro tan rápido como puedo, paso de estar a punto de pegarle una puta paliza a su padre a sonreírle a ella de oreja a oreja.
—Aquí estoy. —Le paso las manos por la cintura y la atraigo hacia mí (sigo sin cansarme) para darle un beso en la cabeza.
Parece confundida, desvía la mirada entre sus padres y yo.
—¿Qué estáis haciendo los tres aquí?
—Oh. —Me encojo de hombros y vuelvo la mirada hacia su padre—. Venga, díselo ya, Harley.
Se queda paralizado, el gran hombretón. No dice una puta palabra.
—No puedo ocultarle un secreto ni para salvar la vida... —Hago un ademán y suelto un bufido como si el idiota fuera yo—. Tu padre se ha dado cuenta de que un coche era un regalo un poco de mierda... —Lo miro a él a los ojos—. Así que te ha comprado una isla también.
Harley gira sobre sus talones y puede que Arrie reprima una sonrisa.
Magnolia abre los ojos como platos.
—¡Una isla! ¿En serio?
Asiento una vez.
—En el Caribe.
Sonríe, curiosa, mirándome a mí y no a su padre.
—¿Más grande que la tuya?
Reprimo una sonrisa.
—Mucho más.

Su padre aprieta la mandíbula y luego Parks gira sobre sus talones para mirarlo.

—¡Gracias! —Lo mira radiante—. Es un regalo maravilloso.

—Claro... —contesta él con la voz ahogada, asintiendo—. Desde luego. Sí.

Parks se mueve hacia él un segundo, como si tuviera el impulso de darle un abrazo, pero se detiene en seco, alarga un brazo y le da un par de palmaditas en lugar del abrazo.

Él le hace un asentimiento, tan incómodo como ella (si no más).

Parks se va del despacho brincando y yo le lanzo una sonrisa petulante a su padre antes de ir tras ella.

La noche avanza a trompicones. Los padres planean la boda. La tarta de cumpleaños anual de Parksy, Lily Vanilli; la única tarta que le he visto comer en la vida, la verdad. Más preguntas sobre la boda por parte de mis hermanas. Su padre y yo lanzándonos dagas con la mirada de un lado a otro de la mesa; a él no le gusta que le digan lo que tiene que hacer, a mí no me gusta que nadie haga nada que pueda hacerle daño a ella. ¿Hasta qué punto sería maravillosa la vida si fuera al revés? Que a mí no me gustara que me dijeran lo que tengo que hacer, que a su padre no le gustara que nadie hiciera nada que pudiera hacerle daño a ella. Pero, mira, aquí estamos.

La he llevado a casa después. Hemos dejado el coche que le han comprado en la calle y hemos ido andando. En silencio, casi todo el rato, pero me ha encantado cada segundo del camino. Ella me sujetaba una mano con las dos, se ha inclinado hacia mí y se ha apoyado en mí todo el rato.

Me encanta la sensación de que ella me necesite.

No he encontrado un subidón mejor, y he buscado en todas partes. Lo único que se le acerca un poco es que ella me desee, pero aun así, no es lo mismo.

Desear es un lujo, pero necesitar es indispensable. No puedes arreglártelas sin lo que necesitas. Es una finalidad inherente.

Cuando llegamos a casa tenemos sexo en la ducha. Una de mis cosas favoritas de nosotros, y es probable que yo lo olvidara durante un tiempo (porque habría sido una puta mierda recordarlo durante todo el tiempo que estuvimos separados), pero se me olvidó lo buenos que somos juntos.

Que no necesitemos palabras, que tengamos un idioma entero en nuestras miradas.

Ella no ha dicho nada, se ha limitado a entrar en el baño y se ha dado la vuelta para mirarme. He corrido hacia ella, adiós a la ropa, la ducha abierta.

Me ha agarrado muy fuerte esta noche, pero últimamente lo hace casi siempre. Como si le preocupara perderme a mí también.

Después, nos hemos ido a dormir. Ojalá pudiera decir que me he levantado temprano por la mañana del día de su cumpleaños y he salido a hurtadillas de la cama para montar toda la historia; flores, cafés, globos... ¿sabes? No puedo.

Se despierta con demasiada facilidad. Siempre ha tenido un sueño ligero. De un tiempo a esta parte ni siquiera tengo claro que duerma en absoluto, y si lo hace es sobre mi pecho.

El día de su cumpleaños se despierta por la mañana y yo le sonrío, le acaricio la cara como suelo hacer y se viene abajo.

¿Recuerdas esas bocanadas de aire ahogadas que te decía? ¿Esas que inhala dolor como si fuera aire? Pues ahora le pasa.

Es la peor sensación del mundo, sentir todo su cuerpo temblando entre mis brazos y que yo no pueda hacer absolutamente nada para remediarlo.

Solo abrazarla. ¿Qué otra puta cosa podría hacer?

Lloro con ella un poco.

Le digo que todo irá bien y, a veces, me lo creo, pero ahora mismo se me antoja una mentira.

Al cabo de unos veinte minutos, da una enorme bocanada de aire y se seca la cara. Vuelve a guardar en su interior todo el caos que ha dejado escapar un segundo y me lanza una sonrisa que es completa, abierta, entera y jodidamente perfecta a todos los niveles posibles y, aun así, no me hace sentir ni por un minuto que está bien.

—Doña Bridget Dorothy Parks jodiéndome el cumpleaños desde la tumba —dice mientras se sienta, lanzándole una mirada a las cenizas de su hermana, que ahora están en el alféizar de la ventana. Las va moviendo mucho. Como si pensara que Bridge se aburriría de estar siempre en el mismo sitio.

Suelto una carcajada.

—Muy propio de ella.

—Supongo que sí. —Me sonríe con ternura. Se sorbe los mocos y aprieta los labios. Traga saliva. Otra gran sonrisa—. Bueno, ¿qué me has comprado?

Me inclino hacia delante, rozo sus labios con los míos.

—No lo suficiente.

Le he comprado todo lo que se me ha ocurrido que podría hacerla feliz, aunque no creo que nada lo haya hecho.

Otra edición del libro *El principito* porque creo que ya estoy haciendo una colección para ella, un par de bolsos, zapatos, una pulsera de diamantes de Harry Winston que sé que quería, un viaje que haremos pronto, un oso Paddington vintage del año en que nació…

Le ha gustado el oso, la verdad, y el libro. Se ha puesto sentimental.

Pero ya está, para ella solo son cosas, las hay a patadas, ¿verdad? Ya lo ha visto todo, puede comprarse lo que le dé la gana.

Y, en definitiva, solo quiere una cosa, y es la única que no le puedo dar.

23.02

Bridge 💩✨

Hoy BJ y yo hemos llevado a comer a Bushka y Jason Statham estaba en el restaurante y ella le ha tirado los tejos.

Te juro que no se ha cortado un puto pelo.

Pobre hombre.

A ver, que yo tampoco he intentado pararla ni nada, pero igualmente, pobrecito, pobre hombre.

...

OCHO
Magnolia

Beej nos ha llevado a Tausie y a mí a Clos Maggiore a comer. Es uno de mis favoritos, por eso lo ha escogido.

Finjo que no veo que se le entristece un poco la expresión cuando pido solo la sopa de chirivía, que me ha parecido lo más ligero del menú, y además verdaderamente está muy rica (ya la había probado), solo que tras pedirla, me acuerdo de que las chirivías pueden ser peligrosas.

BJ hace un gesto con el mentón hacia mi bol prácticamente lleno.

—¿No te gusta?

Niego enseguida con la cabeza.

—No, me encanta...

Desvía la mirada hacia mi plato, que apenas he tocado.

Niego con la cabeza como si fuera bobo.

—Es que las chirivías llevan mucho potasio, lo cual es estupendo menos cuando tienen demasiado, en cuyo caso te puede dar una hiperpotasemia en la sangre y te causan náuseas, fatiga y te dan calambres.

Taura me mira con el ceño fruncido.

—Has tomado mucho potasio recientemente, entonces, ¿no?

Levanto la nariz.

—Me he tomado un batido de plátano para desayunar.

No, no lo he hecho.

Taura hace una mueca.

—¿Por qué has pedido la sopa, pues?

No digo nada y levanto la cuchara para aplacarlos.

BJ me mira con más atención de la que yo querría.

—¿Quieres ir a otro sitio? —me pregunta.

Niego con la cabeza.

—Pídete otra cosa, pues —me propone con una sonrisa esperanzada.

Y lo hago, pido las judías verdes acompañadas de brotes verdes con aliño francés, pero no creo que eso lo aplaque.

—Mucho mejor —diría mi hermana poniendo los ojos en blanco si estuviera aquí. Solo que no está aquí, así que...

Después vamos a por un café de % Arabica que hay en la calle de enfrente y BJ me sujeta la mano con las dos y hay algo en ello que me pone nerviosa.

Creo que es porque detecto en él cierto nerviosismo. Y BJ nunca está nervioso, ¿sabes? Siempre es valiente, siempre chulito, siempre seguro de sí mismo, pero esta tarde le veo un ángulo en el ceño y me va a cortar la circulación de la mano de lo que me la está apretando, y por eso lo miro, mis ojos abiertos por la preocupación, y desearía que él soltara una carcajada como hacía antes y yo me sentiría ligera y feliz y despreocupada, pero él solo sonríe y está triste y lleno de preocupación.

Sé que no te lo imaginas por todas las locuras de nuestros años que has presenciado, pero en realidad, en la vida real, BJ y yo somos bastante estables, a decir verdad. Al menos en general. O lo éramos hace unos cinco años y pico.

Antes él me habría sonreído, habría ahuyentado todas mis preocupaciones, pero no lo hace... Hay algo en su rostro que me genera todavía más incertidumbre y me pregunto, en voz muy muy baja, si quizá, tal vez, podría estar siéndome infiel.

La idea apenas se ha puesto de pie antes de que yo suelte un improperio mentalmente en voz baja. Desde luego que no lo está siendo... él no lo haría...

Solo que ¿ya lo ha hecho?

Y en un segundo veloz e inconsciente, se me ocurre que necesito llamar a mi hermana para que me ayude a calmar la mente y sacarla de allí, y alargo la mano para coger el móvil y mandarle un mensaje... y luego me acuerdo. Y es como si me arrollara un tren.

A veces es verdad que le mando mensajes.

Aunque últimamente es algo bastante unilateral. Claro que, en realidad, si te soy sincera, antes también era bastante unilateral.

Guardo su móvil bien cargado en el cuarto de invitados para que el iMessage siempre funcione en azul porque no puedo soportar la idea de mandarle un mensaje y que se enviara a través del verde. Hay algo extrañamente definitivo en un mensaje de texto verde, ¿no crees?

Ha pasado dos veces desde que Bridget falleció que BJ ha salido, una vez con los chicos y la otra en una sesión de fotos en la que se le murió el móvil.

Antes no me preocupaba cuando no ponía «Entregado» debajo de mi burbuja azul, solo me mosqueaba. Sin embargo, ahora si no pone «Entregado» o peor: si se envía verde, inmediatamente tengo la sensación de que él podría haber muerto.

Para ser justos, ninguna de las dos veces que ha ocurrido ha tenido que ver con la muerte. Ambas se han debido a que, aunque Apple no para de subir los precios de sus dispositivos, de forma simultánea, ha ido bajando su calidad.

¿Qué te estaba diciendo?

Que no puedo hablar con mi hermana, aunque lo necesito. A eso iba.

Y no puedo decírselo en voz alta a nadie porque: ¿a quién podría decírselo?

Si se lo cuento a Henry, se lo podría decir a él. Si se lo cuento a Taura, vamos a ver, históricamente, cabe la posibilidad de que sea la persona con la que él me está siendo infiel. Mi mejor amiga, digo, no Taura en sí.

Que no es que piense que lo está haciendo, porque no lo pienso, él no lo haría, solo que, de nuevo: lo ha hecho. Pero aun así, ella no lo haría... solo que, ya lo han hecho, supongo, ¿no?

Las cosas pasan, los accidentes y eso. La gente pasa largos periodos de tiempo con la otra persona, te acomodas demasiado. Cualquier noche que me están cuidando hasta las tantas, a mí, el hilo que les une, que estoy hecha un desastrito torpe y desconsolado... Podría pasar, ¿sabes? No sería la mayor locura del mundo.

Estoy hundida hasta las rodillas, preguntándome cuándo pasó y cuántas veces ha pasado, cuando el rostro de Taura aparece delante de mí, con las cejas enarcadas, esperando impaciente.

—¿Qué? —parpadeo mucho.

Ella señala hacia atrás con la cabeza. Estamos en la cafetería. Ni me había dado cuenta.

—¿Que qué quieres?

—Oh. —Frunzo el ceño—. Un cortado, por favor.

BJ ladea la cabeza, tiene el ceño más fruncido, está más preocupado.
—¿Estás bien?
—¿Mmm? —Le sonrío tan radiante como puedo—. Estoy estupenda.
Eso no sirve de nada para convencerlo.
—Tienes una cara rara.
Frunzo el ceño.
—Oye, qué borde.
—Vale. —Suelta una sonrisa y luego me roza los labios con los suyos—. Tienes una cara maravillosa. Tu expresión es rara.
Niego enseguida con la cabeza.
—No hay expresión.
Me toca la cara y lo conozco demasiado bien como para permitirme pensar siquiera un momento que me cree, pero me dice: «Vale» de todos modos y yo me siento sola y solitaria, que son cosas parecidas, pero no son lo mismo y es horroroso sentir las dos a la vez y me asusto, de modo que le agarro la mano con la que todavía me acaricia la cara y la sujeto contra mí.
—¿Me quieres? —le pregunto en voz tan baja que me sale un susurro.
—¿Qué? —Pone cara de confusión—. ¿Estás...? ¿Tenemos que irnos?
No digo nada, me limito a mirarlo con los ojos enormes, esperando que me responda aunque sé la respuesta.
—Parks... —repite.
—¿Por favor? —parpadeo.
Él agacha la cabeza para que nuestros ojos queden al mismo nivel.
—No ha pasado un solo día desde que te conozco en el que no te haya querido.
Me bebo esas palabras como si fueran agua, dejo que empapen el miedo ardiente que vive en mi interior de que volverá a hacerme daño.
—¿Lo prometes?
Él vuelve a asentir mientras me lanza media sonrisa, confundido.
—Lo prometo.
—¡Dios mío! —exclama Taura, dándome un codazo—. Es el ex de Daisy.
—¿El policía sexy? —Me espabilo, miro a mi alrededor.

Taura asiente, señala con la nariz hacia detrás de mí.

Está ahí de pie, solo, esperando a que le pongan el café.

Vaqueros de corte recto deshilachados de color azul claro desteñido de Palm Angels; la sudadera con capucha negra de algodón con el bordado de AMI Paris y unas Converse x Comme Des Garçons Play Chucks en gris acero.

—A ver, ¿cómo de sexy estamos hablando? —BJ vuelve la mirada por encima de su hombro con muy poca sutileza.

—Como muchísimo… —Taura le lanza una mirada a Beej.

BJ ubica a Killian Tiller y solo hace un gesto de acuerdo con los labios antes de volver a mirarnos y asentir.

—Está jodidamente bueno, sí. Caray.

Taura se ha quedado extrañamente callada.

—Está buenísimo, ¿verdad? —La miro con suspicacia—. ¿A ti te parece que está buenísimo, Taura?

—¿Qué? —Parpadea, se le han sonrosado un poco las mejillas—. Sí, no, claro. A ver, es atractivo. Obviamente… pero, no, porque…

Dios mío.

—Vamos a hacer que se acerque —anuncio.

—¡No! —contesta Taura enseguida, negando con la cabeza.

—¡Sí! —asiento yo, emocionada.

Tausie me mira y vuelve a negar con la cabeza, apretando los dientes.

—No te…

—¡Tiller! —Lo saludo con la mano.

Taura se aleja de nosotros corriendo y vuelve a hacer cola para pedir algo que no le hace falta.

Él viene hacia nosotros y parece sorprendido de verme.

—Magnolia.

Me da un abrazo. Abraza bien, ya te lo digo. Mejor de lo que todos esos chicos querrían que abrazara. No debería estar permitido ser sexy que te mueres e increíblemente dulce, se me antoja ilegal.

Tiller se separa y me sonríe con calidez, luego desvía la mirada hacia BJ y de vuelta hacia mí.

Niega con la cabeza, hace un gesto para señalarnos a Beej y a mí.

—No me había enterado de que volvíais a estar juntos.

—Hace unos meses ya. —BJ asiente—. No sé si nos han presentado bien en alguna ocasión. BJ.

Le tiende la mano a Tiller y él se la estrecha.

Miro a Tiller.

—¿En serio no sabías que habíamos vuelto?

Tiller aprieta los labios, esboza una sonrisa tensa.

—En serio que no.

Me cambia la cara.

—¿No lees las páginas de sociedad?

Tiller enarca las cejas y mira de soslayo a BJ.

—No puedo decir que lo haga, no...

—Oh. —Frunzo el ceño—. ¿Por qué no?

Se encoge de hombros.

—Porque no conozco a nadie que salga en ellas.

—Oh —suspiro—. Lo siento.

—Esto... —Él y BJ vuelven a cruzar una mirada, y es posible que se estén riendo por encima de mi cabeza—. No pasa nada.

Me pongo las manos en las caderas, reflexionando sobre ello.

—Entonces ¿cómo te enteras de las cosas de tus amigos?

Tiller deja de mirar a BJ para mirarme de nuevo a mí.

—Pues... hablo con ellos.

Abro los ojos como platos.

—¿Con todos?

Él se encoge de hombros.

—Bueno, tampoco es que tenga un regimiento, así que...

Hago una mueca por él.

—¿Y tú por qué pones esa cara? —BJ hace una mueca—. Tienes cuatro amigos. —Se encoge de hombros para sí—. Cinco, si me cuentas a mí.

—Lo cual no hago cuando te pones en el plan que te estás poniendo ahora. —Le lanzo una mirada y él pone los ojos en blanco. Luego vuelvo a centrarme en Tiller—. Bueno, pues, estás estupendo. ¿Cuánto hacía que no nos veíamos? Supongo que desde...

—Ambos sabemos desde cuándo. —Asiente muy rápido—. No hace falta que lo digas.

—Oh —asiento—. ¿Sigue siendo un tema delicado?

—Esto… —Tiller pone mala cara.
—¿Porque sigues albergando sentimientos no resueltos hacia ella?
—Esto… —Tiller desvía la mirada hacia BJ, quizá para que lo ayude.
—¿Porque sigues enamorado de ella? —insisto.
—¿Qué…? —Echa la cabeza para atrás—. Yo… no. Yo no he…
—¿Entonces no sigues enamorado de ella? —pregunto enarcando las cejas, curiosa—. ¿Lo has superado? ¿La has superado a ella? *Sayonara*, Daisy…
—Bueno… —Frunce un poco el ceño.
BJ me sonríe con dulzura y firmeza.
—Magnolia.
—Oh… —Miro a mi prometido—. ¿Demasiado?
Me contesta con una sonrisa tensa.
—Podrías intentar dejar de hablar durante veinte segundos. Ver qué pasa.
No lo hago. En lugar de hacerlo, le sonrío a Tiller a modo de disculpa.
—Verás, hace poco me diagnosticaron TDAH.
—Oh. —Tiller asiente sin saber qué decir.
—Me afecta el córtex prefrontal, no sé qué de un neurotransmisor en el cerebro y luego también me baja los niveles de dopamina, lo cual es muy desagradable, ¿no te parece que es muy desagradable? La dopamina está muy bien. En el médico me dijeron que probablemente eso explica por qué me gusta tanto ir de compras. Y el sexo…
—Magnolia no… no tiene mucho filtro —me corta BJ, haciendo un gesto con la cabeza.
Tiller también va asintiendo, tiene los ojos bastante abiertos y no dice nada.
—En el médico me dijeron que si mis padres me hubieran prestado más atención y si mi niñera no hubiera estado teniendo una aventura con mi padre, probablemente se habrían dado cuenta, pero en su defensa diré (aunque tampoco puedo decir mucho) que es mucho más difícil de diagnosticar en niñas que en niños.
—Bueno… —BJ ladea la cabeza—. Tengo la sensación de que yo sabía que tenías TDAH.
—¿Cómo? —Lo miro con el ceño fruncido.

—Esto... —Baxter James Ballentine me lanza una sonrisa fugaz—. Más que nada porque te conozco.

Me cruzo de brazos y lo miro con los ojos entrecerrados. Qué desagradable. Se lo contaré luego a su madre. Me vuelvo hacia Tiller.

—Bueno, sin duda hoy solo tengo cuatro amigos. ¿Has coincidido alguna vez con esta? —Alargo la mano para agarrar a Taura y arrancarla de la cola—. ¿Conoces a Taura?

—Esto... —Asiente una vez y quizá, posiblemente (¡Dios mío!) repasa con los ojos el cuerpecito sexy de mi amiga—. Sé quién eres, sí. Hola.

—Hola —contesta ella, probablemente con la voz más discreta que le haya oído nunca.

Ella nunca es discreta. Vamos, jamás.

Ni siquiera en el internado antes de que fuéramos amigas. Siempre llamaba la atención, y en ese entonces a mí me parecía una especie de bravuconería autoritaria, pero en realidad, ahora que la conozco, creo que lo que pasaba es, sencillamente, que ya entonces ella sabía que era la mejor porque lo es.

Tiller la señala y le lanza una sonrisa lúgubre.

—Cuadro nazi en el sótano.

Ella pone los ojos en blanco.

—Estuvimos muy orgullosos.

Para que quede claro: no lo estuvieron.

—Lo devolvisteis —dice Tiller, como si eso fuera mucho consuelo por todo el saqueo en el que tomó parte la antepasada de Taura.

—Lo hicimos. —Sonríe, incómoda.

—¡E hicieron una donación considerable al Fondo Nacional Judío! —le digo al instante para que no piense que ella es una racista asquerosa—. ¡A Taura le encantan los judíos!

Tiller suelta una carcajada, desconcertado.

—Vale.

—¡A todos nos gustan! —añado con entusiasmo, y BJ se tapa la boca con la mano—. ¿Eres judío, Tiller? —le pregunto.

—Pues sí. —Asiente sonriendo, quizá un poco desconcertado—. Por parte de madre.

—Vaya —me río, incrédula, apenas logro contener mi regocijo. Me inclino hacia BJ y susurro—: ¡Menuda historia que contar a los nietos!

Y entonces él me dice:

—Relaja.

De modo que vuelvo a aclararme la garganta y pruebo un camino distinto.

Le sonrío a Taura con cariño.

—¿Verdad que es preciosa?

—Esto... —A Tiller le cambia la cara—. Sí.

Entorno los ojos.

—Interesante.

BJ gruñe por lo bajo y me lanza una mirada de advertencia.

—Magnolia...

—¿Qué? —Me encojo de hombros con inocencia, porque soy, independientemente de lo que pueda decir el chico que amo, una inocente.

BJ pone los ojos en blanco mientras señala con un gesto al pobre Tiller, que cada vez está más incómodo.

—Bueno, que tampoco podía decir que no, ¿no? La tiene delante de las putas narices...

—¿En qué planeta iba a decir que no? —Pego un pisotón y hago un ademán hacia ella—. ¡Mírale la cara!

—Me voy. —Taura asiente y luego mira de reojo a Tiller—. Me sabe mal que esta sea... la personificación humana de la diarrea verbal.

—Repugnante. —La fulmino con la mirada antes de volver a fijarme en Tiller y señalarla a ella con la cabeza—. Aunque menudo dominio de la lengua, ¿no te parece?

—A ti te voy a dominar yo el pescuezo dentro de un segundo —me dice Taura a través de una sonrisa tensa, con los dientes apretados y la vena grande de su cabeza volviéndose (lamentablemente) evidente y visible a los ojos de todo el mundo (y también a los de Tiller).

—Está de broma —le digo a Tiller—. En realidad es muy cariñosa.

Taura entrecierra los ojos y luego me apunta a la cara con un dedo.

—Para de dejar de tomarte la medicación.

Hundo el mentón y la fulmino con la mirada.

—¡Métete en tus asuntos!

Me mira a mí y luego a Tiller, y de nuevo a mí, como si quisiera comunicarme algo que gustosamente dejo pasar de largo por mi cabeza y, después, se va con paso airado.

Me disculpo profusamente con Tiller, hago una broma sobre los modales de los alemanes (que luego me traerá una bronca de BJ), y salgo corriendo tras ella.

Taura va como una exhalación por King Street y cruza la calle a toda velocidad.

—¿Has sentido una chispa? —le grito mientras voy tras ella.

—Eres un incordio —me contesta sin darse la vuelta.

Me giro hacia BJ.

—Yo he notado una chispa entre ellos. ¿Y tú?

—¿Era la chispa de la furia? —me pregunta él, y yo pongo los ojos en blanco.

—¿Y tú? —insisto.

—¿Quizá? —Hace una mueca, no quiere ponerse a Taura en contra—. No sé...

—No ha habido chispa —sentencia Taura, muy irritada, mientras entra en Sandro y no nos sujeta la puerta. Se cierra (¡pam!) en mis narices.

La tipa.

—Vamos a ver, digamos las cosas por su nombre, ese policía es tan sexy que podría haber encendido una chispa con un pez empapado... —le susurro a BJ con un hilo de voz.

Él pone los ojos en blanco al tiempo que abre la puerta para que pase.

—Cálmate.

Me paseo hasta un exhibidor y miro las prendas. Me comporto como si estuviera viendo el cárdigan largo de punto *pointelle* por primera vez, como si yo misma no lo tuviera en el armario.

Hay un chaleco. De punto de tricot, crema y negro, con bolsillos y rayas en contraste. «Bridget habría estado perfecta con esto», pienso para mis adentros mientras lo miro con el ceño fruncido.

BJ lo ve. Noto sus ojos fijos en mí. Me abraza por detrás.

—Es muy de su rollo, sí —me dice antes de darme un beso en la mejilla.

Taura está mirando el expositor de al lado.

—¿Podría ser que te gustara, Taurs? —le pregunta BJ con más delicadeza de la que he tenido yo.

—¿Tiller? —Lo mira fijamente—. ¡No! Estaba con Daisy...

—¿Y qué? —suelto, y Beej me pincha en las costillas para que me calle.
—¡Pues que es raro! —Frunce el ceño.
BJ se encoge de hombros.
—Saliste con dos mejores amigos a la vez...
Taura le lanza una mirada.
—Sí, y creo que todos estamos de acuerdo en que acabó siendo jodidamente raro.
BJ asiente, observando con atención a nuestra amiga.
—¿No le has olvidado?
Ella lo mira como si estuviera perdiéndose algo.
—¿Me estás diciendo que debería hacerlo?
Beej mira con cierta tristeza a nuestra amiga y, a continuación, ella asiente una vez aunque ninguno de los dos ha dicho una palabra.

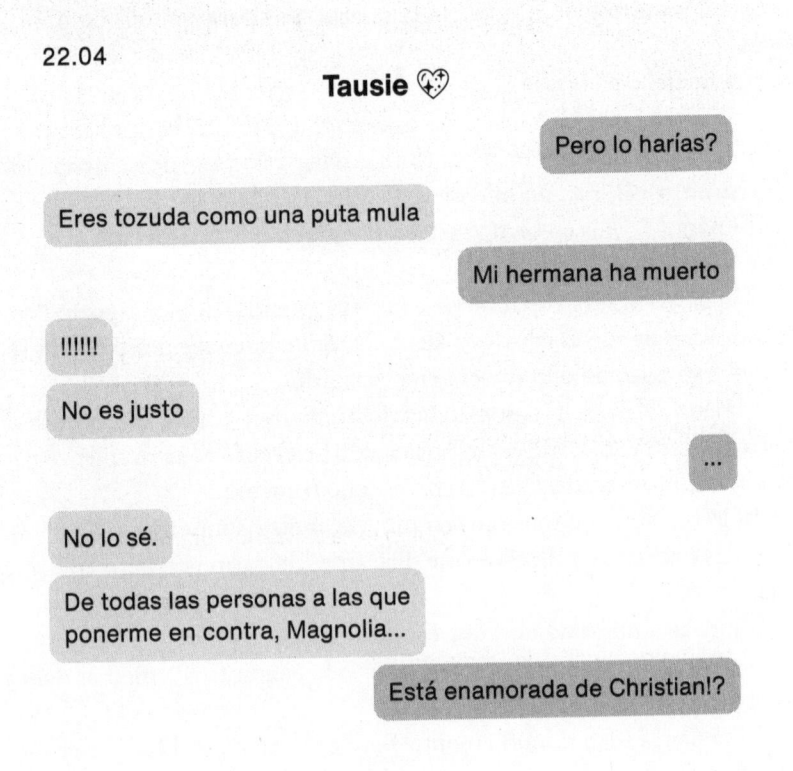

22.04

Tausie 💚

> Pero lo harías?

Eres tozuda como una puta mula

> Mi hermana ha muerto

!!!!!!

No es justo

> ...

No lo sé.

De todas las personas a las que ponerme en contra, Magnolia...

> Está enamorada de Christian!?

> Verdad?

> ???

No lo sé.

He oído que, esté donde esté, está con Romeo.

> oh.

Sí. Entonces...

No lo sé.

> Has hablado con ellos?

> Con ella, vaya.

Nadie lo ha hecho

Pero fijo que está enamorada de Christian.

Estaba enamoradísima antes, una cosa así no se acaba sin más.

> Bueno pues. No puede ser avariciosa...

A ti no te gustaría que alguien saliera con tu exnovio.

> Alguien está saliendo con mi exnovio

> Y se llama Daisy Haites.

Ahora decimos que Christian es tu ex?

> Por supremacía conversacional, sí

Qué le parece esto a BJ?

> Brillante, supongo.
>
> Le encanta que gane las discusiones
>
> Vrkfjghkjbn
>
> Fkgj

Has añadido a **Beej** 🌞 🐯 al grupo

> Gtgh

Tausie

?

Beej

No me encanta.

> Vete
>
> Se ha añadido él.

Tausie

Oh, bien.

Hola, Beej

Beej

Hola, taus

@parks pero entonces erais novios o no

Tausie 💖 se ha ido del grupo

Flipa

Jaj

NUEVE
BJ

Cuando éramos pequeños yo pensaba que Parks era la chica más guay y con más cojones del mundo porque siempre intentaba conseguir exactamente lo que quería sin importar nada más.

Lo del TDAH, mamá fue la primera que lo detectó, la verdad. Si vuelves la vista atrás y miras su vida, quién es, cómo es, ha estado ahí desde siempre. Entretejido en su forma de ser, y parte de la razón por la que es tan jodidamente loca y brillante como es. Pero fue mi madre quien lo detectó, la verdad. Al menos de adultos.

Cuando les contamos lo del bebé, tuvimos una conversación sobre cómo nos quedamos embarazados porque aunque exteriormente no sabía que manteníamos relaciones sexuales, mamá nos dijo que sabía que papá había hablado conmigo sobre el sexo seguro y a través de eso también se enteró de que Arrie había llevado a Magnolia a por la píldora anticonceptiva, así que ¿qué ocurrió?

Magnolia pasó, la verdad. Se le olvidó tomarse la píldora y cuando pudimos parar, no quisimos porque ¿por qué íbamos a querer? «Miopía futura» es el término que han acuñado.

Para que conste, yo no tengo TDAH y no paré..., no quise.

Ahora puedo volver la vista atrás hacia nuestra vida y ver indicios en todo. Bueno y malo. Genial y terrible. Me parece una putada llamarlo trastorno. Es una mierda hacerle llevar siempre ese sombrero porque tiene el mejor cerebro del mundo; me flipa cómo mira las cosas, cómo lo ve todo. Ni siquiera me molesta la parte en que va y dice todo lo que le pasa por la puta cabeza en cualquier momento dado. La única parte que me cuesta últimamente (bueno, siempre), es la miopía futura.

—¿Y ella cómo está? —me pregunta Claire, observándome con atención.
—No estoy seguro... —Pongo mala cara—. Rara, creo.
—¿Rara? —repite con amabilidad.
—Su trastorno alimentario ha vuelto —digo de repente.
Es la primera vez que lo digo en voz alta.
Hay un abismo en mi estómago que se me antoja sin fondo.
Estar enamorado es jodidísimo. ¿Que su dolor sea tu dolor? No puedo creer que volvamos a estar aquí... Es que, después de todo, joder, no puedo creerlo.
Claire cambia de expresión, sonríe con el ceño fruncido.
—Ah, ¿sí?
Confirmo con la cabeza.
—¿Cómo te sientes? —me pregunta.
—Como una mierda —digo, asintiendo. Trago saliva una vez—. Asustado.
Ella también asiente.
—Es natural, teniendo en cuenta... —Me lanza una sonrisa seca y yo no muerdo el anzuelo. No quiero hablar de eso.
Mira sus notas.
—¿Recuerdas dónde lo dejamos la semana pasada?
Asiento.
—Billie.
—Exacto. —Asiente—. Y que no se lo contasteis nunca a nadie.
—Decidimos no hacerlo. —Me encojo de hombros.
—¿Y tú querías?
Frunzo los labios, reflexiono.
—Quizá. A veces.
—Pero no lo hiciste.
Niego con la cabeza.
—No se trataba de mí.
Un poco sí, supongo, pero no de la misma manera.
Mi cuerpo no cambió, yo no la tuve en mi interior, no fue mi cuerpo el que sangró y sufrió. La pérdida me deprimió, claro, aunque a ella casi la aplastó.
El TCA empeoró antes de mejorar después de aquello. Otro periodo en Bloxham.

Si ella mejoraba, quizá yo habría estado peor, pero solo éramos dos los que lo sabían, y uno de nosotros tenía que estar bien.

Ella empezó a verme distinto después de lo de Billie, pero igual, supongo.

De todos modos, para entonces ya estábamos bastante atados, pero cuando Parks y yo estemos muertos, seguramente la gente se fijará en nuestras vidas y dirá que la época alrededor de Billie fue nuestro «periodo de inoculación».

Dejó de mirarme como si fuera su novio a quien amaba, para empezar a mirarme como si solo me tuviera a mí.

Sentí la presión que conllevaba, pero me gustaba. Lo sentía como un objetivo.

Ahora comprendo, al echar la vista atrás, el putísimo desastre que era.

Ella y sus padres de mierda, todas sus disfunciones que nacían de eso, cómo funciona su cerebro; luego que yo nunca me sintiera, en fin, suficientemente bueno a ojos de mi padre. Y de algún modo indigno de todo lo que tenía... Empeoró después de la lesión y de no poder seguir jugando al rugby.

Le veo a Claire en la cara que no está de acuerdo en que no se trataba de mí, pero no me presiona.

Se lo agradezco. Nunca ha sido de presionar. Siempre me ha dejado un poco que llegue yo solo adonde sea que me dirijo.

—Y dijiste que después de la muerte de Billie, tú empezaste a sentirte... —Hace una pausa para escoger bien sus palabras— apático.

Sus palabras, no las mías. Yo no diría «apático», no soy el puto Shakespeare.

Le lanzo una sonrisa, divertido.

—Claro. Sí.

Aunque creo que mis palabras exactas fueron: «Después de su muerte todo se jodió».

—¿Y eso por qué? —me pregunta, sonrisa cálida, cejas enarcadas.

Me encojo de hombros.

—Porque sí.

Me lanza una mirada.

—Venga.

Suspiro.

—El rugby siempre fue el plan. Lo único que se me ha dado bien de verdad en mi vida.
—¿Y te lesionaste?
Asiento.
—Me destrocé los isquiotibiales entrenando en pretemporada, casi se me separaron del hueso.
Me habían fichado tanto el Ulster como los Harlequins.
Yo habría preferido jugar con el Ulster por papá, pero creo que mi madre y Parks habrían perdido la puta cabeza si me hubiera ido de Londres.
Todo fue una puta mierda, el momento de la lesión fue durante una pachanga. Los chicos y yo siempre jugábamos al fútbol o al rugby los sábados por la mañana en el Paddington Recreational Ground con algunos chicos mayores de Varley.
Los partidos atraían a bastante gente. En parte porque éramos buenos, en parte porque querían vernos y punto, creo.
Fue hacia finales de julio. Yo justo me había graduado en mayo.
Ya había tenido algunas lesiones en los isquiotibiales. Un par de roturas de primer grado, una de segundo grado, pero llevaba cerca de un año bien, creo; solo hizo falta un puto mal salto hacia el balón, y pop.
Jo jura que él también oyó el «pop».
Mira, escucha, tengo buena tolerancia para el dolor. Me he dislocado los hombros, como, joder, infinidad de veces; a mitad de un partido, me los he vuelto a poner en el sitio y he seguido jugando. Me he roto dedos pegando a peña y he seguido pegándolos igualmente.
Una vez una traumatóloga me realineó un hueso roto sin ningún tipo de analgésico (aunque eso fue jodidamente duro), pero aquello me tumbó.
No sabría decirte, cuando recuerdo el momento, si me dolió como me dolió porque literalmente dolió como recuerdo que dolió, o si lo sentí así porque supe incluso entonces que se había jodido todo y que me había ido a la mierda.
Recuerdo caerme al suelo, y miré hacia mamá y Parks, que estaban en la banda, creo que pusieron la misma cara, la exhalación a cámara lenta para ver si volvía a levantarme, la esperanza pendiendo en sus rostros durante un segundo o dos y luego la aparición del miedo.

Ambas vinieron corriendo hacia mí, pero Parks llegó primero porque es la más rápida del universo. Se dejó caer en el suelo y yo tuve ese extraño momento en que, en fin, todo mi mundo cambió en un segundo.

Pasé de saber exactamente qué iba a hacer con mi vida a no saber una puta mierda. El rugby en el internado era un poco una identidad.

Y mamá y papá estaban rematadamente orgullosos de lo bueno que era.

No sentía que mi padre estuviera orgulloso de mí por muchas cosas aparte de esa, ¿sabes? Porque las chicas son las chicas, y mi padre es un puto blandengue, y Henry era el hijo perfecto. Buenas notas, bastante bueno jugando al rugby y todavía mejor al fútbol.

Sin embargo yo, no lo sé, quizá las expectativas eran más altas por ser el mayor de los chicos, ¿quizá? Parks dice que son imaginaciones mías, que está claro como el agua que mi padre me quiere, y es verdad.

Jamás he pensado que no me quisiera. Aunque no sé si está orgulloso de mí.

—¿Y no pudiste jugar más? —pregunta Claire.

—Exacto —asiento con calma—. Ese fue mi fin.

—Con el rugby —aclara ella con una mirada.

—Claro. —Me encojo de hombros.

Ella se apoya en el respaldo de su silla.

—Entonces, cuando de repente el rugby dejó de ser una opción, ¿qué significó eso para ti?

Vuelvo a encogerme de hombros.

—¿Tuviste miedo? —me pregunta.

—Supongo.

Se inclina un poco hacia delante.

—¿Sigues teniéndolo?

Aquello me desconcierta y creo que se me nota en la cara.

Trago saliva.

—A veces.

Ella asiente apoyándose de nuevo en el respaldo de la silla.

—El control es algo verdaderamente interesante, BJ. Es importante sentir que tienes un poco, y por lo que me estás diciendo, en tu vida, hasta ahora, es probable que no hayas sentido que tenías el control de mucho.

—Ya. —Me cruzo de brazos. No puedo decirte que me esté flipando todo esto.

—Billie, tu lesión, lo que pasó con Zadie, que Magnolia rompiera contigo, que Magnolia huyera, que Magnolia saliera con Christian, la muerte de Bridget… Todo esto…

—Es una putada —la interrumpo asintiendo.

Deja el boli a un lado.

—Supongo que sí. —Me lanza una sonrisa seca—. Y ahora, ¿qué vas a hacer al respecto?

DIEZ
Magnolia

Beej, Hen y yo vamos a cenar a Chiltern Firehouse, que no sigue mucho la línea de mi fijación por lo orgánico, pero he decidido ceder un poco por ellos. Además, ahí tienen un gratén delfinés de apiorrábano que me gusta bastante.

Al ver que solo pido eso, Henry se revuelve un poco en el asiento y cruza una mirada con su hermano y me entra la preocupación de que hayan estado hablando de mí y no quiero meterme en un lío, de modo que pido también la ensalada de rábano y pomelo, que no voy a comerme por nada del mundo porque no creo que un rábano tenga necesidad alguna de tocar un pomelo, y sospecho que BJ lo sabe tan bien como yo, porque entrecierra los ojos cuando lo pido.

Ignoro su mirada y me concentro en su hermano, sentado enfrente de mí, que le está poniendo ojitos a una chica cualquiera que está en la barra sentada junto a Daniela, y debo decirte que no me apasiona ver a Henry en ese plan.

—Es guapa —le dice Beej a Henry, mientras me rodea con un brazo—. Pídele su número.

Reprendo a BJ con la mirada.

—No le animes.

Henry pone los ojos en blanco.

—Ni que me hubiera puesto Beej total…

—Vale —gruñe BJ—. ¿Cuándo retiraremos ese término?

—Jamás —contestamos Henry y yo al unísono y luego BJ pide otro negroni.

Le doy un beso en la mejilla y le digo que lo quiero más que a nada en este mundo sin decírselo en voz alta, y él me dibuja un corazón en lo alto del muslo con el dedo.

Henry lanza una mirada a BJ desde el lado opuesto de la mesa.
—Has vuelto a faltar a una reunión de la junta.
Beej pone los ojos en blanco.
—Es una invitación de cortesía.
Hen le lanza una mala mirada.
—No lo es.
—Sí lo es.
—Que no lo es. —Henry me mira a mí y luego a su hermano—. Estás en la junta.
—Sí, pero no estoy preparado para estar en la junta, tío. Es nepotismo.
—Sí, ¿y? —Henry se encoge de hombros—. Será nuestro algún día. Quizá deberíamos hacerle un poco de caso.
Miro a BJ.
—¿Tu padre se ha enfadado porque no has ido?
Da un sorbo de su copa.
—Pues sí.
—Tendrías que haber ido. —Le pincho en el brazo.
Él se encoge de hombros sin poder evitarlo.
—Es que no me importa lo que pase en un supermercado.
Henry inhala, molesto.
—No en «un» supermercado… —Le lanza una mirada a BJ—. En la cadena de supermercados más grande de Gran Bretaña.
Beej baja el mentón hacia el pecho.
—¿Qué cojones dices tú ahora? Si no has pisado un supermercado en tu vida.
—Correcto. —Asiento con una sonrisa seca—. Y me encantaría que siguiera siendo así el resto de mi vida, así que sé buen chico y ve a esas reuniones con el único padre que tú y yo tenemos en el horizonte.
No dice nada, se limita a rascarse la nuca y a tomarse otra copa.

—Dios mío —dice Henry de pronto, y se queda paralizado.
—¿Qué? —Me siento más erguida y se me ponen los nervios de punta. Claro que últimamente siempre tengo los nervios de punta.
—Mierda. —Henry baja la mirada hacia los langostinos abiertos en mariposa que tiene delante.

BJ mira alrededor con el ceño fruncido.

—¿Qué?

—Mierda, mierda, joder... —Henry aprieta los puños antes de mirarme con unos ojos muy abiertos y, tal vez, nerviosos—. Romilly está aquí.

—¿Qué? —Giro el cuello como un resorte para mirar por todo el local.

Romilly Followill. Ya me has oído hablar de ella alguna vez, ¿verdad? El primer amor de verdad de Henry, ¿te acuerdas? No sé si llegaron a estar juntos oficialmente en serio, no sé si ella llegó a ser su novia, pero no creo que eso le importara mucho realmente a Henry. Estaba perdidamente enamorado de todos modos. La adoraba de los pies a la cabeza. Ellos también eran mejores amigos, más o menos, solo que parecía que no lograban encontrar su momento. Y después, a los diecisiete años, por fin, se acostaron. Ella perdió la virginidad con él y, de algún modo, el loco de su padre, que era estadounidense y pastor, se enteró y por orden suya la familia entera se trasladó de vuelta a Estados Unidos. Un poco de la noche a la mañana y muy en secreto. Fue terrible.

Hen la llevó a casa después, le dijo que la quería, ella entró y, no se sabe cómo, su padre lo dedujo. Se mudaron a Estados Unidos al cabo de una semana.

Henry se quedó destrozado. Nunca vi que nadie volviera a gustarle de verdad hasta Taura.

—Ve a hablar con ella. —Henry la señala con la cabeza y me pega una patadita por debajo de la mesa.

—¿Qué? —Echo la cabeza para atrás—. ¿Yo?

—Tú. —Me pega otra patadita—. Ve. Ya.

—¡Ay! ¡No! —Pego un pisotón—. ¡Ve tú! No seas crío...

—¡Era amiga tuya! —Me señala con un gesto, molesto.

Le devuelvo el gesto, imitándolo.

—¡También era tu amiga!

Henry pone cara de irritación.

—Más que mi amiga.

—Exacto. —Le lanzo una mirada—. Con más razón.

Henry me mira con unos ojos ligeramente enloquecidos y, sin lugar a dudas, desesperados.

—Después de todos los dolores de cabeza que vosotros dos, pedazo de idiotas, me habéis causado durante años, ¡años, Magnolia! ¡Años!

—Oh, venga ve. —BJ me empuja con el codo y lo miro, con los ojos abiertos como platos porque no se está poniendo de mi parte, pero él me devuelve la mirada, impasible, luego frunce un poco el ceño con impaciencia, señalando con la cabeza hacia nuestra vieja amiga—. Pip, pip.

Suelto un bufido ante su descaro, pero hago lo que me dice de todos modos porque... Pues la verdad es que no lo sé. Lo veo relacionado con los problemas con su padre.

Voy hacia la chica guapísima que tengo delante, tiene la belleza que suele ser propia de las chicas mestizas, no es para echarme flores, pero en fin, tú ya me entiendes.

Grandes ojos marrones, piel oscura, labios rosados, melena color caramelo.

—Esto... —Me aclaro la garganta y lanzo una mirada airada y fugaz a los chicos—. ¿Romilly?

Me mira y se queda boquiabierta un par de segundos.

—Dios mío —acaba diciendo por fin, parpadeando mucho—. Magnolia.

—Hola... —Le sonrío con inseguridad porque «Dios mío, Magnolia» no suele ser la respuesta que recibo cuando saludo a alguien que llevaba mucho tiempo sin ver.

—¡Hola! —Luego, de repente, va y me rodea con ambos brazos y odio a Henry por ello.

Odio que la gente que no conozco me abrace e incluso que lo hagan algunas personas que sí conozco. Sin embargo, justo entonces noto que mi cuerpo se destensa un poco y no lo entiendo.

—Qué increíble verte. —Me mira radiante, se separa un poco y baja la mirada para fijarse en mi cárdigan corto de punto bucle embellecido de color crema de Self Portrait que llevo abotonado y meticulosamente (y estratégicamente) pegado con cinta adhesiva especial para revelar el *bralette* metálico Cult Gaia de Asha, conjuntado con la minifalda plisada de *tweed* en negro y dorado de Balmain y las botas Diane con hebilla y de piel brillante hasta las rodillas de Saint Laurent—. Dios mío, estás fantástica.

—¡Gracias! —Le sonrío con cariño—. Tú también. Tienes el pelo más claro, me encanta.

—Magnolia... —Dice mi nombre con un suspiro mientras ladea la cabeza. La pena hace que a la gente se le desvíen las cabezas—. Me enteré de lo de Bridget, lo siento muchísimo, yo...

—Gracias, no pasa nada —digo muy rápido porque sí que pasa y eso no cambiará nunca, pero no puedo echarme a llorar delante de esta chica que llevo como siete años sin ver, aunque lo haría porque hay un no sé qué en las viejas amigas que resulta seguro y familiar y tienen la habilidad de hacer que te sueltes, y no quiero soltarme en mitad de Chiltern Firehouse un jueves por la noche; quiero estar increíblemente contenida de la cabeza a los pies, y por eso bajo la mirada y la clavo en sus zapatos. Parpadeo mirando los zapatos sin talón de color marrón caramelo con la piel de la marca que lleva puestos y doy una diminuta bocanada de aire y vuelvo a mirarla a ella con mi mejor sonrisa—. ¿Saint Laurent? —Los señalo con la cabeza.

Ella asiente y suelta una carcajada.

—No has cambiado.

—Estás en Londres. —Le dedico una gran sonrisa.

—Pues sí —asiente—. He vuelto.

Ay, Dios. Me quedo con la expresión congelada. Henry va a perder la cabeza.

Miro más allá de ella, hacia al hombre que tiene detrás, ahora consciente (por el bien de todos nosotros) de que tengo que recabar tanta información como sea humanamente posible.

—¿Es tu novio? —Señalo con un gesto al apuesto caballero que tiene al lado.

—¡No! —Hace una mueca y se ríe—. Es mi hermano.

Él se vuelve justo entonces.

—¡Cassius! —Lo miro fijamente. Iba un curso por debajo del nuestro—. ¡Dios mío, estás enorme!

Mide fácil un metro noventa y cinco y desprende una energía de verdadero seductor. Es endiabladamente atractivo y, sin lugar a dudas, conoce un par de bailes de TikTok o tres.

Él suelta una carcajada, despreocupado y me contesta con un poco de acento. No acaba de ser americano, pero no suena tan británico como yo.

—Y tú estás... flipa... —Se echa para atrás y me repasa descaradamente con la mirada—. Siempre pensé que estabas, en fin, ya sabes, pero... joder.

Romilly mira a su hermano con una mueca y yo abro la boca para decir no sé qué, porque ¿qué respondes a eso?, en ese momento, un brazo me rodea el hombro por detrás y todos nos libramos de seguir con esa conversación.

—Hola, tío —dice BJ con la voz un pelín demasiado fuerte, y me pregunto si está mandando un mensaje mientras alarga su otra mano hacia Cassius.

—¡Ballentine! —Cassius se ríe y le encaja la mano—. Cuánto tiempo, hermano.

Beej se vuelve para mirar a Romilly y a mi chico se le ilumina muchísimo la cara con una alegría dulce que no es propia.

—Rom. —Le sonríe cálidamente y se inclina para darle un beso en la mejilla.

Veo que se pone nerviosa al instante al ver un Ballentine, porque ahora sé que se pregunta...

Jonah y BJ no la conocían tanto porque eran mayores que nosotros, pero tienes que comprender que, Henry y Christian, Paili y yo, éramos todos muy amigos suyos. Vamos, que Romilly habría estado en Varley, no sé, en lo alto de nuestro segundo círculo de amistades. A decir verdad, seguramente habría sido del primer círculo, de haberse dado unas circunstancias distintas. Lo que pasaba es que sus padres nunca la dejaban ir a ningún sitio con nosotros, criticaban mucho a mis padres (y la mayoría de cosas eran ciertas, pero resultaba raro oírselas decir a un cristiano cuando no sabe que las estás escuchando). Aunque eran raros en general. Ella nació en Estados Unidos y ambos eran pastores de, en fin, ¿sabes esas iglesias de pasta? Las que tienen jets y cadenas de oro y las gilipolleces esas que resultan confusas de comprender si las miras desde fuera.

El padre tuvo una aventura y, bueno, se largó, huyó del país con su familia, se trasladaron a Inglaterra (de donde es originaria la madre de

Romilly). Con el tiempo él se convirtió en el pastor de una pequeña iglesia de Kent, pero seguía teniendo todo el dinero de antes, de modo que ella acabó en nuestro internado. Y Henry... Dios mío, es que la adoraba total y absolutamente.

Por eso lo que sucede a continuación se me antoja un momento casi sagrado y trascendental.

Henry aparece por detrás de mí, su dulce pecho sube y baja con esos nervios del pasado.

El firmamento metafórico se ilumina y el mar se separa, y sus ojos se encuentran y Henry se queda ahí parado como un bobo, con los brazos pesados a ambos lados, como si estuviera asustado de ella. Y creo que lo está. Creo que siempre lo ha estado.

Traga saliva.

—Hola. —La ternura se filtra en sus ojos como si estuviera mirando una foto antigua. Que un poco es así. Ella está prácticamente igual. Ahora tiene el pelo un poco más claro que cuando íbamos al internado.

—Hola —responde ella suavemente.

Y entonces ninguno de los dos hace nada. Se quedan ahí parados como un par de raritos durante más que demasiados segundos mirándose fijamente hasta que BJ le pega un codazo a Henry.

—¿Has vuelto? —Henry se medio ahoga.

Romilly asiente, con las mejillas coloradas.

—Sí, he vuelto.

—¿Para siempre? —pregunta él, bebiéndosela con la mirada.

Ella asiente casi imperceptiblemente.

—Sí.

Y no vuelven a decir nada.

Miro a BJ, estoy despistada y perturbada a partes iguales. Los señalo sutilmente con la cabeza. Le pregunto con los ojos: «¿Y ahora qué?», Beej se encoge de hombros, un poco confundido y asqueado.

—Mmm. —Miro entre Romilly y Cassius—. ¿Queréis sentaros con nosotros?

—La verdad —Cassius arruga la nariz y se frota la nuca— es que he visto a una chica con la que estoy quedando, así que luego os pillo...

Se va, y Henry y Romilly, una vez más, no se mueven, de modo que señalo hacia la mesa y BJ empuja a su hermano para que eche a andar.

—No puedo creerlo —dice Romilly mientras se sienta con nosotros tres, pero en realidad solo tiene ojos para Henry.

Hen niega con la cabeza, le brillan mucho los ojos.

—¿Cuánto tiempo ha pasado?

—U... —Rom parpadea muy rápido—. Sie... ¿ocho? Ocho años.

Henry pone mala cara como si el tiempo que ha pasado le hubiera hecho daño. El tiempo puede ser un poco así, ¿no crees? Cuando lo estás perdiendo no duele tanto como cuando miras en retrospectiva lo mucho que has perdido. A veces me siento así con Beej y yo. A veces, si no voy con cuidado, todo el tiempo que desperdiciamos se apodera de mi cuerpo y deja a mi corazón sin respiración. Los años que desperdicié sin él, los días que desperdicié sin mi hermana, y sé que los días no parecen mucho tiempo pero lo son cuando ya no los tienes... y, entonces, por segunda vez en dos minutos, la muerte de Bridget se me acerca por detrás y me pone una bolsa de plástico en la cabeza. Me estoy sofocando. Me estoy ahogando dentro de mí misma por una pizca de alivio, por algún tipo de aire que sienta verdaderamente aire como lo opuesto al fuego que es la pena que ahora vive dentro de mí.

Y creo que podría estar empezando a tener un ataque de ansiedad. Necesito ir al baño. Empiezo a buscar una escapatoria rápida. Y, en ese momento, BJ me agarra la muñeca y le da la vuelta.

Lo miro y él me dedica media sonrisa, amable, mezclada con esta marca específica de tristeza que guarda en el estante de arriba del todo solo para mí, luego pesca un cubito de hielo de su vaso de agua y me lo sujeta contra la muñeca, dibujando círculos. Me distrae lo suficiente, me saca del momento, me devuelve a la tierra.

Mi respiración cambia deprisa, y lo miro y mis ojos le dicen lo agradecida que estoy de una manera que mi boca no sería capaz de hacer. BJ me guiña el ojo sutilmente y luego me de la mano, y sé, aunque ya lo sabía, que me voy a casar con la persona correcta.

—Ocho. —Henry exhala sin poder creerlo y traga saliva con esfuerzo.

Entonces se quedan mirándose el uno al otro, ¡como si BJ y yo no estuviéramos allí!, lo cual sé que suena increíblemente improbable, porque, es que vamos, es imposible ignorarnos, y sinceramente, la verdad es que no es algo que hasta la fecha yo haya experimentado. Pero ahora sí, y no puedo decirte que me haya parecido demasiado agradable.

Es como si fuéramos invisibles. En serio. Lo digo de verdad. Henry y Romilly están atrapados el uno en el otro de la manera en que nos pasa a BJ y a mí cuando compartimos espacios y, de repente, comprendo en un solo instante lo completa e insoportablemente insufribles que tenemos que ser casi todo el rato.

—Di algo —me susurra BJ con urgencia en voz baja—. Haz que pare, haz que pare.

—Bueno. —Toso mientras cojo la cestita del pan que tienen delante y la sacudo entre los dos para sacarlos de su ensoñación.

Henry me mira enfadado, pero BJ se ríe.

—Mmm. —Le dedico una gran sonrisa a Romilly porque no he pensado qué iba a decir—. Estados Unidos.

—Sí —asiente ella, colocándose el pelo detrás de las orejas mientras mira de reojo a Henry un instante—. Tú pasaste una temporada allí, ¿verdad?

—Pues sí —asiento—. Así es.

—Oí que rompisteis durante un tiempo. —Nos mira a Beej y a mí.

—Bueno, como estoy segura de que ya sabes, BJ tuvo una aventura con Paili, de modo que...

—Yo... Caray... No tenía ni idea. Joder.

BJ asiente una vez.

—Gracias, Parksy.

Veo la mente de Rom intentando procesarlo.

—¿Paili? Mierda. ¿Entonces vosotras...?

—A ver —suelto un bufido—. Ella y yo no...

—Como si estuviera muerta —dice Henry, asintiendo.

—Pero nosotros... —Hago un gesto entre BJ y yo y la miro con una gran sonrisa—. Estamos bien.

Henry nos fulmina con la mirada.

—Solo han necesitado novecientos años...

—Pero han merecido la pena —BJ le dice a su hermano antes de mirarme a mí con ojos tiernos.

—¿En qué parte de Estados Unidos estabas? —le pregunto porque ahora soy tremendamente consciente de las miradas románticas e irritantes.

—California. —Alarga la mano para coger la copa de Henry y dar un sorbo. Últimamente se ha aficionado bastante al Gibson. Bebe para coquetear con él, no porque la copa esté buena, porque es asquerosa y tanto ella como yo lo sabemos. Veo la sombra de una mueca danzando en su rostro y reprimo una sonrisa—. Laguna, sobre todo. —Da otro sorbo del Gibson antes de devolvérselo a Henry y las puntas de sus dedos se rozan—. Tú estuviste en Nueva York, ¿verdad?

—Sí —asiento.

—Y salías con ese rubio tan sexy, ¿verdad? El de las pelis. —Deja de mirar a BJ para mirarme a mí y que se lo confirme.

Henry hace un ruido raro y apura el resto de su copa.

Yo lo miro y pongo los ojos en blanco.

—No fue salir-salir.

—¡Claro que salíais! —ruge Henry.

—¡Joder si salíais! —exclama BJ a la vez que su hermano.

Y yo los fulmino a ambos con la mirada.

—Bueno... —digo para mandarlos callar a los dos, y luego miro a Romilly a los ojos—. ¿Y qué es lo que menos te gustó de Estados Unidos?

—Los tampones —contesta sin dudar un instante.

—¡Dios mío! —Dejo caer la cabeza hacia atrás en un gesto de desesperación mental—. ¡Los tampones!

—Horribles. —Niega sinceramente con la cabeza.

BJ hace una mueca.

—¿Por qué?

—Bueno. —Coloco las manos encima de la mesa delante de mí—. No puedo tener la certeza absoluta, pero cuando te pones los tampones de allí tienes la clara sensación de que los ha hecho un hombre virgen.

Henry entorna los ojos.

—¿Cómo dices?

Romilly ladea la cabeza.

—Es casi como si al entrar en contacto con un agente líquido, en lugar de expandirse parece más que se desplieguen. Como los biombos japoneses.

Henry parece disgustado.

—¿Por qué?

—¡Exacto, por qué! Sí —asiento—. Una solo puede suponer que o bien quieren que te manches todo el minivestido de punto de canalé de Balmain o que los diseñadores de los llamados productos de higiene femenina no han visto en su vida la forma de una vagina o un útero, ni tampoco están excesivamente preocupados por la higiene. —Lo admito con un encogimiento de hombros mirándolos a todos—. En fin, lo mires por donde lo mires, el tampón estadounidense no se diseñó para las menstruaciones de la Commonwealth —anuncio, y Henry se atraganta con el agua, lo cual hace reír a Romilly.

—Oye… —BJ le lanza una mirada a su hermano desde el lado opuesto de la mesa—. Entre nosotros, me parece muy probable que podamos diseñar, bueno, un tampón bastante decente.

Le dirijo una sonrisa educada.

—No fardemos de eso, ¿te parece?

Romilly mira a Beej, con las cejas enarcadas y juguetona.

—¿Es que has visto muchas vaginas o úteros?

—No —niego con la cabeza—. Solo ha palpado unos cuantos centenares.

BJ pone los ojos en blanco y Henry empieza a reírse por lo bajo.

—Oh. —Romilly lo mira, confundida—. ¿Eres ginecólogo?

—No —le contesta él con una sonrisa firme.

—Prácticamente —contesto yo al mismo tiempo con un encogimiento de hombros.

—Ay, joder. —Beej se frota la cara, cansado, antes de mirarme de reojo—. Parks, no creerás de verdad que cuando mantenemos relaciones sexuales, te toco el… útero… —Me mira fijamente un par de segundos—. ¿Verdad?

Me encojo de hombros, bastante contenta.

—Pues a mí me da la sensación de que sí.

Romilly cambia la cara, ligeramente sorprendida.

—*Mazel tov.*

—Gracias —le digo, con la nariz levantada.

—Pues no —dice BJ, mirándome a mí y luego a Romilly, con las cejas enarcadas—. Claramente no… —Niega con la cabeza—. Dios, ¿quién te enseñó sexualidad?

Lo señalo haciendo mucho énfasis.

—Tú.

—No... —Vuelve a negar con la cabeza—. Nosotros solo lo hicimos un montón. Nunca hablamos del tema...

Me inclino hacia él y susurro:

—No me extraña que nos quedáramos embarazados.

Suelta mi carcajada favorita porque me sienta como una taza de té en un día lluvioso, y su cara refleja la clase de felicidad que yo siempre quiero verle con una sonrisa que le llega a los ojos.

Me besa en la comisura de los labios.

—Dios. —Nos mira fijamente—. Es como si no hubiera cambiado nada.

—La verdad —doy un sorbo de mi copa—. Han cambiado muchísimas cosas.

—Ya, bueno... —Hace una mueca—. Supongo que es normal. ¿Sabéis qué?

—¿Qué? —pregunta Henry, aunque no creo que, en realidad, ella le estuviera hablando a él.

Romilly niega con la cabeza.

—Da igual.

—No —le sonrío confundida—. ¿Qué?

Pone mala cara y se encoge de hombros antes de mirar a Beej.

—Siempre pensé que igual a Paili le gustabas.

Él asiente.

—Ya.

Le sonríe, incómodo, y ambos nos ponemos tensos aunque no lo pretendemos. Intento que no me importe. Lo hemos superado, lo hemos superado del todo... solo que a veces sigue siendo algo que me provoca pesadillas, y a veces me pregunto si, cuando no estoy mirando, si es posible que él esté flirteando con otras personas, y luego pienso que no, que él nunca lo haría, y luego pienso «solo que lo hizo durante años».

Y si Bridget estuviera viva me diría:

—Igual que tú, pedazo de idiota asquerosa.

Y entonces yo me disgustaría porque me habría llamado asquerosa, pero no tanto por lo de idiota porque a veces puedo serlo un poco, supongo.

¿Me estoy preocupando por si él vuelve a serme infiel? Quizá. ¿Quién sabe?

—Una vez me dijo algo —comenta Romilly con la mente en otra parte un momento antes de volver a mirarme a mí—. Esa noche, la fiesta en tu casa de Dartmouth...

BJ alarga la mano, me agarra la mía y la aprieta sin decir nada.

Yo trago saliva.

—¿Qué te dijo?

—Tú nos echaste de la habitación, ¿te acuerdas? A ella y a mí... —le dice a BJ. Él asiente—. Bueno, pues cuando bajábamos las escaleras me dijo algo así como: «¿Qué crees que tiene ella?». Y yo me puse en plan: «¿Qué?». Y ella dijo «¿Qué crees que tiene ella que lo ha enamorado?». Y yo no le di importancia. Ni siquiera recuerdo qué le contesté, algo así como: «Da igual, son perfectos juntos». Y ella dijo: «¿Tú crees?». Y fue raro, pensé que era raro y me pregunté si... ya sabes... —mira a BJ, incómoda—. Bueno, obviamente lo sabes.

Él da una profunda bocanada de aire y exhala, y la luz de sus ojos parece un poco atenuada por un momento, lo cual posiblemente es culpa mía y cualquier clase de atenuación en él es un crimen contra la humanidad, y pagaré por ello más tarde.

—En fin, puedes estar contenta de haberte ido, Rom. —Henry nos señala con la cabeza—. Eran un puto desastre...

—Tranquilo, campeón —bufa Beej—. ¿Quieres ponerla al día de tu vida amorosa reciente?

Henry le lanza una mala mirada.

—Pues mira, no.

—Oooh —gorjea ella, inclinándose hacia delante—. Ponme al día.

—Sí, Hen. —Le lanzo una mirada entre amenazadora y juguetona—. Ponla al día.

Henry se pasa la lengua por el labio inferior.

—Pues nada, en realidad, solo que... No es nada del otro mundo...

Beej pone mala cara.

—¿Y por eso llevas tres meses siendo un peso muerto en nuestro cuarto de invitados?

—No. —Hen inhala irritado—. Lo que pasa es que me gusta la cama.

BJ le lanza una mirada afilada.

—Hermano, te daré esa puta cama si te largas...

—Ni hablar —lo interrumpo al instante—. La hicieron a medida para la habitación...

—Háblame de tu vida amorosa —pide Romilly, recuperando las riendas de la conversación.

Henry suspira.

—¿Te acuerdas de Taura Sax?

—Claro. —Asiente y se le ponen los ojos un poco redondos—. Muy atractiva, divertida. Problemillas con su padre...

—Ya, pero... —Me encojo de hombros—. ¿Quién no los tiene?

—Bueno, pues que me enamoré un poco de ella. —Henry se encoge de hombros.

Romilly lo mira fijamente un par de segundos.

—Solo un poco.

—Ajá. —Henry asiente despacio.

—A ver... Lo entiendo —contesta ella, y le veo en la cara que le resulta incómodo oírlo, y me parece increíble cómo el tiempo y el espacio pueden no significar absolutamente nada con los temas del corazón—. ¿Qué hay de malo en ello?

—Pues que se enamoró de ella al mismo tiempo que lo hizo Jonah —anuncia BJ sin circunloquios.

—Uy, sí —asiente ella—. Eso es mucho peor.

—Pues sí. —Henry suelta una carcajada.

Romilly hace una mueca.

—Es horrible.

Hen se encoge de hombros.

—¿No pasa nada?

—¿En serio? —pregunta ella con las cejas enarcadas.

—Bueno... —Hen vuelve a levantar los hombros, ladea la cabeza—. Un poco sí pasa, porque... terminamos.

—Me sabe mal. —Ella le sonríe con ternura, pero Henry niega con la cabeza.

—No, que no te sepa mal. —La mira fijamente—. Ahora me alegro.

BJ me pega un codazo, los ojos como platos, y yo los miro fijamente, un poco sin poder creerlo.

Y estoy tan emocionada por mi mejor amigo. Tan emocionada por poder verle en los ojos que está esperanzado, que ve una vieja promesa que olvidó y que quizá se ha mantenido. Que se me permitiera estar aquí para verlo, es como si el universo hubiera retirado una cortina secreta para mostrar cómo se desarrollaba esto, y quiero que me escuches bien cuando te digo que estoy total y genuinamente encantada.

Y, entonces, pienso en Taura.

ONCE
BJ

Alrededor de una semana después de la muerte de Bridge, quedamos con sus padres en The Savoy. La verdad es que era para planificar qué hacer con su cuerpo, lo cual es muy jodido. Taura le preguntó por qué quería tomar esa decisión en público y Magnolia contestó que porque era solemne, pero yo sé que, realmente, era porque se controla mejor a sí misma cuando sabe que la miran y no quería que el peso de esa decisión la aplastara.

Lo que pasa es que sus padres no se presentaron.

Le dije a Parks que se olvidara, que no los necesitábamos, ella se cabreó bastante con el tema. Lo cual es natural.

Se fue andando a toda velocidad desde Covent Garden hasta Holland Park, que como su ritmo estándar de andar ya viene a ser andar a toda velocidad, cuando de verdad anda a toda velocidad porque está enfadada no tienes jodidamente nada que hacer.

Es un buen trecho, además. Yo pensaba que se le habría bajado un poco el enfado en algún momento de los sesenta y ocho minutos que necesitamos para llegar hasta allí. Pero no. Seguramente habría llegado antes de no haber llevado puestos unos zapatos tan poco prácticos.

—¿No sabíais que salíamos a correr hoy? —le gritó Taura con ironía mientras intentaba seguirle el paso.

Mars estaba en casa de las chicas, recogiendo las cosas, decidiendo qué hacer con ellas. Magnolia no volvió a poner los pies en el piso de Grosvenor Square una vez que Bridget murió. Todavía no ha vuelto y han pasado ya cuatro meses.

La única razón por la cual Harley no se presentó en The Savoy esa mañana sería que no puede organizar una mierda él solo, y Mars no estaba allí para organizarlo a él.

Magnolia subió pisando fuerte mis escalones favoritos del mundo entero y abrió la puerta para que pasáramos y luego la cerró de un portazo detrás de ella.

Y después... nada.

Puso mala cara como si hubiera tenido un fallo técnico en el cerebro.

Volvió a acercarse a la puerta y la abrió de nuevo, luego la cerró con otro portazo.

Intenté no sonreír porque, vamos a ver, no había nada gracioso en todo aquello.

Solo que aquello fue, en fin, jodidamente Parks vintage. Y ella siempre es divertida.

—¿Hola? —gritó Magnolia, tan fuerte como pudo, pegando un pisotón al mismo tiempo.

—¡Magnolia, cielo! —contestó Arrie desde el salón.

No supe entender por nada del mundo qué estaba haciendo ella allí, pero la verdad es que en ese momento tampoco le di muchas vueltas.

—Ay, Dios —dijo Taura con un hilo de voz.

Parks se fue hacia ella con paso decidido, los brazos bien cruzados (resulta bastante innovador que se cabree con alguien que no soy yo) y se quedó de pie en el umbral de la puerta, con las cejas enarcadas.

—¿Qué estás haciendo aquí? —le preguntó Parks a su madre antes de mirar con fijeza a la desconocida que estaba sentada delante de ella. La mujer tenía un dictáfono. Miró a Parks y le sonrió de una manera que se me antojó circunstancialmente extraña, de modo que rodeé a mi chica con el brazo y la atraje hacia mí.

—Arrie. —La miré con el ceño fruncido—. ¿Quién es?

Ella me miró de modo inexpresivo, no respondió. Quizá iba colocada, ahora que lo pienso.

La mujer se puso de pie y me tendió la mano. Yo se la estreché cautelosamente con la mano que no rodeaba a Parks.

—Sally Belasco. *Mente, cuerpo, alma, mujer.*

¿Una reportera? Parks se tensó y yo le di un beso en la coronilla para que recordara que seguía allí con ella.

Taura se cruzó de brazos.

—¿Y tú qué estás haciendo aquí, Sally Belasco?

—Estamos escribiendo un artículo sobre el duelo —anuncia su madre con una sonrisa ausente.

—Claro. —Parks miró fijamente a su madre—. Vale. Ahora resulta que eres una experta en eso, ¿no?

—Sencillamente es de gran actualidad en nuestras vidas, cielo. Increíblemente relevante, ¿no te lo parece, tesoro?

—Ya. —Parks asintió una vez—. Se suponía que tú y Harley habíais quedado conmigo hace una hora en The Savoy.

Arrie la miró parpadeando, confundida.

—Ah, ¿sí?

—Para hablar del cuerpo —dijo Parks con las cejas enarcadas.

—Oh... —Arrie tragó saliva e hizo un gesto con la mano para quitarle importancia—. No. No, eso decídelo tú.

—¿Qué? —dijo Magnolia, aunque lo que salió en realidad fue una especie de susurro.

Pude sentir que se le aceleraba la respiración, de modo que la abracé con más fuerza.

—Tú decides, cielo. —Meneó la cabeza, sonreía de esa especie de manera distraída y ausente—. Completamente cosa tuya.

Eso último lo dijo casi con voz cantarina, como si le pidiera a Parks que escogiera la cena.

—Sally. —Taura alargó la mano hacia la reportera, que se la estrechó y, de repente, Taura tiró de ella y la levantó—. ¿Sabes qué? La verdad es que ahora, lo creas o no, no es un buen momento para una entrevista.

Arrie se puso de pie, negando con la cabeza.

—No seas boba, Taura, tesoro. No pasa nada... Es un buen momento.

Magnolia no dijo nada, se limitó a negar un poco con la cabeza.

—Cielo —suspiró Arrie—. Como familia, ahora más que nunca, tenemos que presentar un frente unido.

Parks la miró de hito en hito.

—¿Un qué?

—Un frente unido, cielo.

—No estamos unidos, mamá. —Magnolia siguió negando con la cabeza—. No creo que lo hayamos estado nunca...

—Magnolia, tesoro... —Arrie se puso colorada, igual que le pasa a Parks cuando se avergüenza. Arrie volvió la vista a la reportera antes de fijarla de nuevo en Magnolia; alisándose la falda en un intento de recuperar la compostura—. No seas boba.

Parksy hizo un gesto entre las dos.

—Estáis divorciados, Harley se ha vuelto a casar, tú estás saliendo con un puto Bratwurst de la puta Alemania, no vives con Bushka, no vives aquí y Bridget está muerta. —Lo coronó con su mejor sonrisa de niñata—. Estamos literalmente lo desunidos que puede llegar a estar una unidad familiar.

Sally abrió los ojos como platos con la exclusiva de su putísima vida que estaba consiguiendo, pero entonces Taura le quitó el dictáfono de las manos y lo borró, y joder, la quiero. ¿Alguna vez te has sentido agradecido por todo aquel que demuestra que quiere bien a tu persona? Siento una oleada de eso.

—¡Eh! —gruñó la mujer—. ¡Eso es mi trabajo!

Taura se irguió y la miró fijamente a los ojos.

—Lárgate. Búscate un poco de clase.

Arrie no dijo nada más, se limitó a observar a Sally recogiendo sus pertenencias y marchándose con el rabo entre las piernas.

—Eso ha sido un poquito desagradable, tesoro. —Su madre sonrió incómoda a Taura cuando Sally se hubo ido.

Parks ladeó la cabeza de aquí para allá.

—¿Desagradable o jodido?

La agarré con un poquito más de fuerza, intenté recordarle que estoy con ella sin tener que decírselo en voz alta.

—En fin. —Arrie dio dos palmadas—. Seguidme.

Luego nos condujo hasta el comedor y, sin decir nada, hizo un gesto de «¡tachán!» hacia nosotros.

Bushka estaba sentada a la mesa, los ojos rojos, la cabeza entre las manos. Y mi corazón llegó a su límite. Me sonrió con cansancio. Le di un beso en la mejilla a Parks y me fui corriendo hacia su abuela, y la rodeé con los brazos.

—¿Cómo estás?

Me miró con ojos vidriosos e intentó sonreír.

—No bien.

—¿No? —Fruncí el ceño—. ¿Puedo hacer algo?

Ella señaló a Parks con la cabeza y bajó su voz, rusa y áspera.

—Cuidar.
Le lancé mi sonrisa más tranquilizadora.
—Lo hago.
Me agarró por el brazo y me hizo agacharme para susurrarme algo.
—Se doblará hasta que se rompa. —Señaló a Magnolia con muy poca sutileza.

Asentí, me obligué a sonreír como si esa no fuera la puta frase más aterradora que pudiera decirme alguien en toda mi vida.

Y entonces bajé la mirada hasta la mesa del comedor, reconectando con lo que estaba pasando a nuestro alrededor. Estaba cubierta como por mil millones de pañuelos de tela.

—Recuerdos —me dijo Arrie, que los miraba fijamente con las manos en las caderas.

—¿Qué? —parpadeó Magnolia.

—Recuerdos. —Arrie le dedicó una brillante sonrisa casi maniaca.

Me rasqué la nuca y me aclaré la garganta antes de preguntarle con tanta educación como pude:

—¿Para qué, Arrie?

Ella me miró fijamente con esa mirada anestesiada que me resultaba familiar. La conocía. Yo mismo lo había hecho.

No lo juzgo. Aunque me resultó jodidamente difícil de ver.

—Para el funeral, cielo, desde luego. —Se rio como si fuera una pregunta tonta—. Dejaremos pañuelos con las iniciales de Bridget bordadas en las sillas de la ceremonia de despedida. Será espectacular.

Magnolia negó con la cabeza.

—No.

—¿No te gustan las telas? —preguntó su madre, levantando la mirada—. Son muestras, desde luego. Esta —le tiró a Parks un cuadradito de color crema claro con el monograma de «BDP» bordado en oro en un extremo— es lana vicuña.

—¿Eso es...? —empezó a preguntar Taura, pero Arrie la cortó.

—¿Hilo de oro? Desde luego —respondió con ligereza.

Taura me lanzó una mirada que gritaba «¿Qué cojones?» y yo fruncí el ceño.

—No —repitió Parks, y pude oírle en la voz lo cerca que estaba de romperse.

—Tienes razón. Es una tontería un pañuelo de lana. —Arrie tamborileó con los dedos en su cintura, negando con la cabeza para sí misma—. Lo que no sé es si el lino es lo suficientemente suave. ¿Tú qué crees? —Me miró, profundamente preocupada.

—Estás loca —le dijo Magnolia con los ojos como platos.

Arrie miró fijamente a Parks, parpadeando. Un par de segundos se quedaron ahí pendidos, tensos y densos, como si todo el aire se hubiera esfumado del comedor, y a continuación Arrie dijo de pronto:

—¿Y una mezcla de seda y lino, quizá?

—¡No! —gruñó Parks, pegando un pisotón en el suelo, y le di la mano en un intento de darle estabilidad.

—Cielo. —Arrie le sonrió con una paciencia extraña y forzada—. No pasa nada, no te preocupes por ayudarme a escoger la tela, lo haré yo sola. —Luego me miró a mí—. ¿Y si usamos seda normal?

—¡Mamá! —gritó Parks.

Arrie negó con la cabeza.

—Seda de lino, tienes razón. Bordar en seda normal sería como intentar darle una puntada al agua.

—¡Pero qué cojones te pasa! —gritó Magnolia y el resto de sonidos desaparecieron. Taura estaba muda. No dijo nada, todavía no, se limitó a ver cómo se desarrollaban las cosas.

Arrie miró a su hija mayor con los ojos un poco vacíos. La miró fijamente, pero también miró más allá de ella.

Entonces, Arrie chasqueó los dedos.

—¡Podríamos estamparlo encima! —le dijo a nadie en particular—. Se puede estampar sobre seda. Un pañuelo de seda con estilo monograma con sus iniciales en el estampado en oro.

—Bridget odia el oro —le dijo Parks, y la voz empezó a quebrársele un poco. Me moví incómodo a su lado.

—¿Qué? —Arrie frunció el ceño—. ¿Desde cuándo?

Magnolia tragó saliva, se puso la coraza.

—Desde siempre.

—¿Estás segura? —Puso los brazos en jarras.

—Sí.

—Oh, vaya —suspiró Arrie—. Seguro que habría agradecido el esfuerzo…

—Has perdido la cabeza. —Magnolia la miró fijamente, miraba a su madre como si fuera una desconocida—. Está muerta. Y tú estás cotorreando sobre un pañuelo y una entrevista para poder enseñarle a Inglaterra que estamos bien. No estamos bien. Tú no estás bien, tu hija está muerta y tú vas dando charlas TED sobre el puto duelo y ni siquiera sabes que a ella no le gusta el oro. ¿Qué clase de madre eres?

—Parks… —le dije en voz baja.

A la vez, su madre negó con la cabeza y susurró a duras penas:

—Basta.

—La trajiste al mundo. —Magnolia hizo un ademán hacia Arrie—. Vivió dentro de tu cuerpo. Y ahora está muerta. ¿Y tú solo puedes hablar de pañuelos? ¿Qué cojones te pasa?

Una única lágrima escapó del ojo de su madre, luego levantó la mirada al cielo mientras se la apretaba contra la cara y se la secó en un instante.

Dio una profunda bocanada de aire, grande y para recuperar la sobriedad, y luego parpadeó dos veces.

—Quizá los pañuelos deberían llevar pedrería. —Asintió para sí misma—. Puedo llamar a Swarovski. —Luego reunió unos papeles que tenía delante en un montoncito a medio organizar, los recogió y salió del comedor.

Parks se volvió para mirarnos a mí y a Taura. Tenía los ojos pesados y arrasados de lágrimas, de modo que le cogí la muñeca y la atraje hacia mí.

—Intenta no discutir con ella, Parksy —le dije con dulzura.

—¡Está loca de remate! —Se sorbió la nariz con la cara enterrada en mi pecho.

—Ya —me aparté un poco para mirarla, ladeando la cabeza—. Pero siempre lo ha estado.

A Parks empezó a temblarle el labio inferior.

—Está destruyendo a Bridge.

—Nadie podría destruir a Bridge —intervino Taura, corriendo hacia ella—. ¡Es indestructible!

Le coloqué un par de mechones de pelo detrás de las orejas a Parks.

—Lo que pasa es que… creo que tu madre está gestionando la pena de la única forma que sabe. —Me encogí un poco de hombros—. Vamos, que estar tan bien como lo está tu madre es una forma de pasar el duelo, Parks. A nadie le importan una mierda los pañuelos del modo en que tu madre está dando por saco con esos pañuelos. —Le lancé una mirada a Parks, le pinché en las costillas, intenté hacerla sonreír porque si no todo era demasiado jodido y triste—. Ni siquiera en el funeral del tipo que inventó el pañuelo nadie dio tanto por saco con los pañuelos. —Le aparté otro mechón detrás de la oreja—. Está gestionando la pena, Parksy. Y quizá por fuera se ve distinta a la tuya. Quizá suena distinta. Quizá incluso no te lo parezca en absoluto a ti, pero está ahí... Yo se lo noto.

—¿Cómo que no te han gustado los pañuelos? —dijo su padre desde el umbral de la puerta por la que acababa de salir Arrie.

Parks lo miró fijamente.

—Desde luego que no me han gustado los putos pañuelos.

Harley se cruzó de brazos.

—¿No crees que estás pensando un poquito de más en ti?

Taura cambió la cara, confundida. Yo enarqué las cejas.

Magnolia lo miró de hito en hito con cautela.

—¿En serio quieres que haya pañuelos?

Él se encogió de hombros, desconcertado.

—¿Por qué odias tanto los pañuelos?

—¡La cuestión no son los pañuelos! —gritó Magnolia, y la voz le sonó un poco frenética.

—¿Entonces cuál es la puta cuestión? —contestó Harley un poco más fuerte de lo que a mí me habría gustado.

Parks señaló a su madre, que acababa de reaparecer y estaba de pie detrás de su padre.

—Ella siempre ha estado majara, de ella me espero estas mierdas, pero tú... —Parks dio una bocanada de aire que sonó como si se estuviera rompiendo—. Harley, tú eres...

La expresión del hombre se convirtió en un ceño fruncido cuando la cortó:

—¿Me estás diciendo que ella no... que no conocemos a nuestra propia hija?

Magnolia inhaló por la nariz, rápida y afilada, y supe adónde se dirigía todo aquello.

—Sí —les dijo a ambos con rostro impasible—. Si me estáis diciendo que creéis que ella querría esto, entonces sí.

Harley le lanzó una mirada asesina, se apretó la lengua contra la cara interna de la mejilla, miró fijamente a Parks con una expresión tan lúgubre que podría haberlo matado por ello, quizá.

Harley es un hueso duro de roer. Nunca le haría daño a ella, no a propósito, lo observé intentando trabajarse la culpa sobre lo que pasó durante la última década, y lo dejó tocado aquello que ocurrió cuando Parks estaba tonteando con Tom. Lo de la lámpara, ¿te acuerdas? Estuvo jodido por aquello durante un tiempo, me lo contó Bridge, pero el hombre tiene un no sé qué con el que no te la juegas. Tiene un golpe certero con las palabras y una lengua viperina, y te apuesto a que también tiene fuego en los puños.

La única persona que he visto jamás hacerle frente es la chica que vive entre mis brazos, y recuerdo que no me gustó cómo la estaba mirando en ese momento.

—Creo que estás un poco exaltada, cielo —le dijo. Solo que ese «cielo» sonó como un insulto por el modo en que lo dijo—. ¿Por qué no te vas a dar una vuelta, te relajas un poco y luego vuelves?

Magnolia entrecerró los ojos.

—¿Y tú por qué no te vas a la mierda?

Su padre echó la cabeza para atrás.

—¿Disculpa?

Joder, macho. Exhalé por la nariz, me crují la espalda. Recuerdo que pensé: «Voy a tener que pegarme con su padre, ¿verdad?».

—¿Piensas hablarme de esa manera? —La señaló con un dedo un poco amenazador—. Estás en mi casa.

—No, no lo estoy. —Ella empezó a retroceder—. Me voy a dar una vuelta, ¿recuerdas?

Harley puso los ojos en blanco al mismo tiempo que ella se daba la vuelta y se largaba.

Tausie y yo salimos corriendo tras ella y se echó a llorar en el porche de la entrada.

—Eh... —La rodeé con los brazos y apoyé la cabeza encima de la suya—. Estás bien, no pasa nada...

Tuvo una de sus lloreras que son como el estallido de una presa y sacó con ella toda la pena que llevaba dentro en un único y preciso instante en que fulminó con el láser del cíclope todas sus emociones de golpe. Luego se apartó de mí y paró de repente.

—Oh… —Negó con la cabeza—. Me he dejado el bolso dentro.

Asentí.

—Voy a por él. Tú espérame.

Le di un beso en la cabeza y volví a entrar muy rápido. Me fui de vuelta hasta el comedor y allí me quedé paralizado de puto golpe.

Ahí de pie estaba Harley acunándole el rostro a Arrie entre las manos. Ella estaba llorosa, con la mirada baja. Y había una especie de ternura extraña entre ellos que no creo que yo hubiera visto nunca hasta entonces. No creo que se hubiera visto en… ¿cuántos?, ¿veintidós años?, que actuaran así el uno con el otro.

Era extrañamente íntimo. Habría sido dulce de no ser porque Harley hacía poco que se había vuelto a casar y tenía a una hija muerta guardada en un congelador en alguna parte y estaba ignorando a la hija viva que tenía en la puerta de su casa.

Me aclaré la garganta y se separaron de golpe.

Ambos me miraron fijamente, aunque con energías distintas.

Harley estaba cabreado. Arrie estaba avergonzada.

—¿Qué? —ladró Harley.

Señalé el bolso de Parks, impertérrito.

Harley hizo un gesto desdeñoso con la mano, como si yo estuviera esperando su permiso o algo.

Caminé hacia allí, recogí el bolso. Me gusta este bolso. Gucci; bolso de piel marrón con ondas en la solapa. Lleva mucho marrón últimamente, la verdad, le queda bien. Le compre este bolso hará un par de semanas.

Luego hice una pausa y miré fijamente a sus padres.

—No. —Los señalé a ambos—. Sea lo que cojones sea esto… no.

El rostro orgulloso de Harley volvió a aparecer.

—¿A ti te parece que…?

—No. —Lo interrumpí y lo señalé a él directamente—. Cállate la puta boca y espabila.

DOCE
BJ

El cumpleaños de mamá es esta noche. Cincuenta y dos. La fiesta es en Claridge's. Hemos ido en coche. Me ha costado un poco convencer a Parks. Me ha cogido de la mano todo el trayecto, lo cual suena dulce, aunque en realidad es bastante triste si lo piensas bien.

Entramos en la sala de baile y todo el mundo nos mira.

Todo el mundo nos ha mirado siempre, los ojos no son el problema, ahora ya estamos acostumbrados a ello, es lo que dicen.

Los susurros apresurados, las preocupaciones superficiales sobre mi prometida, que quizá ahora ya está suficientemente delgada como para que la gente haga preguntas.

Y no me malinterpretes. Ella es ella, perfecta, la amo y la acepto como es. La mejor chica allá donde vaya, pero antes me apretaba la mano llena de emoción cuando entrábamos en cualquier sitio y todo el mundo nos miraba. Esta noche me ha apretado la mano de la misma manera que lo hace en el coche. Como si el mundo entero fuera una amenaza.

Magnolia ve a Allie y se va derechita hacia ella. Siempre han estado unidas, pero desde lo de Bridget se usan la una a la otra como un puente para seguir estando unidas a ella.

Le agarra la mano a mi hermana y la sienta en la silla que tiene al lado, luego no le suelta la mano.

Parks se está riendo de verdad por una anécdota sobre Bridget que Al le está contando. Habían planeado un viaje antes de que sucediera todo, irse de mochileras por el sur de Asia, Bridge reservó los vuelos. Los compró en clase turista.

—¿A propósito? —le pregunta Magnolia a mi hermana con voz fuerte al tiempo que aparece un camarero. Les ofrece un poco de comida, Allie coge una tartaleta de cebolla. Rica. Diminuta.

Parks dice que no. Yo me digo a mí mismo que no significa lo que creo que significa. Me hace daño igualmente. Pillo un negroni.

Miro a mi alrededor en busca de Hen, pero no lo encuentro. Sin embargo, sí localizo al resto de los Parks.

Voy para allá y le doy un abrazo a Bushka.

Me sonríe y me da unos golpecitos en el pecho.

—Chico sexy.

—Aaah. —Miro sonriendo el traje que su nieta me ha escogido—. ¿Te gusta?

Ella asiente.

—Me gusta más sin.

Me río y sacudo mi copa delante de ella.

—Quizá necesite tomarme un par más.

—¡Camarero! —grita ella, y yo me río todavía más.

Marsaili me mira a los ojos.

—¿Cómo está?

Me encojo de hombros.

—Ya sabes...

Y las cosas como sean, seguramente sí lo sabe. Si cualquier otra persona fuera a saber si ella en realidad... ya sabes... seguramente sería Mars. Estuvo ahí a tope la primera vez.

Mars suspira mientras la observa.

—¿Ha bajado una talla?

Se me queda la boca seca. Podría haber bajado un par, pero niego con la cabeza porque no quiero que sea verdad.

—No lo sé.

—¿Ha ido de compras más de lo normal últimamente? —pregunta buscando las señales que veíamos entonces, pero le lanzo una mirada.

—Siempre va de compras más de lo normal.

Ella suelta una carcajada, pero le sale triste, revestida de preocupación. La conozco bien, yo mismo lo hago mucho últimamente.

Me toca el brazo de una manera que nunca habría hecho hace un año, lo cual es bonito, y luego va a ayudar a Bushka a encontrar algo de comer.

Arrie se me acerca con cautela, me sonríe nerviosa y me da un abrazo.

—BJ... —Pone cara de cansada—. Siempre es un placer. Tan guapo.

Harley aparece detrás de ella y me tiende la mano.

—BJ.

Lo miro fijamente un segundo y luego estrecho la mano.

—Harley.

—¡Harley! ¡Arrie! —gorjea mi madre mientras se acerca y les da un abrazo a ambos antes de girarse hacia mí—. ¡Tesoro, tesorito! ¡Ay, estás guapísimo! ¡Mira qué traje! ¿Te ha vestido Magnolia? ¿Dónde está? —Mira alrededor, buscándola, y yo no digo nada, en realidad, no me está hablando a mí, está hablando por hablar.

Localiza a Parks con Al y luego se vuelve para mirarme con unos ojos llenos de ternura. Llorosos, incluso.

—No es sencillamente preciosa... —dice mi madre, bebiéndose con la mirada a mi prometida, que ahora está rodeada por varios miembros de la élite social londinense, algunos entrometidos, algunos intrigados, algunos que lo único que quieren es estar cerca de ella.

Y voy a decirte algo: Magnolia está a tope hoy. Es su mecanismo de afrontamiento. No puede estar vulnerable alrededor de esta gente, hay demasiadas personas, demasiadas maneras en las que alguien podría ver algo y malinterpretarlo, queriendo o sin querer.

Está para perder la cabeza por ella: lleva un voluminoso vestido de gala de color rosa palo de Oscar de la Renta, unos tacones que son rosas o lilas en función de cómo les dé la luz, el bolsito en forma de conejo de pedrería más ridículo del mundo y una diadema con flores de pedrería. Está tan hermosa que resulta difícil mirarla a los ojos, pero lo ha hecho a propósito.

Fue una lección difícil de aprender, y es una que aprendió hace ya tiempo: la belleza es una herramienta y una moneda. Esta noche no la está cambiando por nada, pero la está usando para desestabilizar a todas las personas que la rodean, para asegurarse de que tiene el control de la situación. Ese estar bien que se ha pintado por toda la cara (un estar bien que los pocos de nosotros que la conocemos de verdad podemos ver que es una máscara) deslumbra a todo el mundo, igual que su valentía, que su voluntad de seguir adelante. Está ahí sentada, con los hombros cuadrados, los tobillos cruzados, respondiendo las preguntas indiscretas de cojones que la puta pesada de mi tía abuela le está haciendo sobre nuestra boda, y cómo y dónde estará sentado todo el mundo y su vestido y todas las mierdas más que la tía Sandra quiere saber, y Parks está riendo y sonriendo y asintiendo y haciendo que todo el mundo a su alrededor se sienta especial. Pero yo veo en las respiraciones ahogadas entre frases, en cada bocanada de aire que da, ahí pendiendo... esta putísima pena horrenda que no puede dejar atrás, que la sigue allá donde va.

Oigo a Parks hablando con ella a veces. Con Bridge. Sé que es ella, la única persona con la que ella sería tan jodidamente borde, aparte de conmigo.

¿Que hable con su hermana muerta cuando cree que nadie la oye?

Joder.

—Y siguiendo adelante tan bien —comenta Arrie, con la cabeza ladeada, orgullosa como si ella tuviera parte en ese bienestar.

La miro fijamente, sorprendido, la verdad.

—¿Tú crees?

Harley asiente.

—Estamos muy orgullosos.

Lo miro de hito en hito con las cejas enarcadas.

—¿En serio?

Mi madre me enseña las cejas agresivas, me dice que cierre el pico sin decir nada, como solo pueden hacerlo las madres. Me doy cuenta de que quiere que me disculpe, pero no pienso hacerlo. No quiero hacerlo, no se lo merecen. De modo que niego con la cabeza como si estuviera cansado de sus mierdas, que lo estoy, y me voy.

Encuentro a los hermanos Hemmes en un rincón y ubico a Hen atrapado por la amiga de la universidad más pesada de mamá, me disculpo con una sonrisa y le digo que tengo que llevarme a mi hermano un segundo.

Él me lo agradece con los ojos mientras se sienta junto a Jo.

Christian me sonríe a medias.

No está llevando muy bien la ausencia de Daisy, pero no de la manera que estás pensando. No la ha liado, es como si se hubiera quedado atrapado en el hecho de haberla perdido, como si se hubiera perdido él también. Jo me contó que Christian ni siquiera sabe dónde está Daisy.

—Eh. —Jo me señala con el mentón.

Henry entorna los ojos.

—¿Estás bien?

—Claro —asiento deprisa, no quiero meterme en eso.

140

—Oye, tío... —Jo le pega en el pecho a Henry—. ¿Dónde has estado? Tengo la sensación de no haberte visto en siglos.

Hace un par de semanas, esa pregunta habría sonado peligrosamente cargada, pero ahora es una pregunta sin más.

Miro a mi hermano.

—¿No se lo has contado?

Christian frunce el ceño, parece interesado.

—¿Contarnos qué?

Hen me fulmina con la mirada y yo le lanzo una gran sonrisa solo para cabrearlo.

Pone los ojos en blanco.

—Romilly ha vuelto.

Jonah se queda mirándolo.

—Y una mierda.

—¿Estás de broma? —Christian enarca las cejas.

Yo voy asintiendo, feliz por él.

—Qué loco, ¿eh?

Henry pone los ojos en blanco y niega con la cabeza.

—No hay para tanto...

—¿En serio? —Hago una mueca—. Es la primera vez que sales a respirar en, ¿qué?, una semana y media...

Hen me lanza otra mirada asesina y yo le contesto con otra sonrisa.

Christian señala a Henry con la cabeza.

—¿Sigue estando buena?

Henry se ríe.

—Sí.

—Bien por ti, tío —oigo que le dice Jo mientras yo observo a Parks rechazando educadamente el cuarto camarero que veo ofreciéndole comida.

Se me cae el alma a los pies. Son crudités. Tan pequeños que ni siquiera llegan a un bocado. Es como comerte una puta gominola.

Entonces Jo me pega un codazo y baja la voz.

—¿Estás bien?

—¿Qué? Sí. —Niego muy rápido con la cabeza—. Bien.

No se lo cree.

—¿Sí?

Asiento.
—Mmm.
Jonah ladea la cabeza un poco.
—Es que pones cara de… Se te ve cabreado.
Frunzo los labios.
—No estoy cabreado.
Sigue mi mirada hasta ella, que se está bebiendo un Martini a sorbitos y riéndose por algo que le está diciendo una marquesa.
—Pero estás preocupado por ella.
Asiento.
—Sí.
Jo me da una palmadita en la espalda, en un intento de hacerme sentir mejor.
—Siempre se ha puesto un poco así cuando se agobia. —Me dice como si no lo supiera, como si eso hiciera más fácil ver a la persona que amas marchitándose.
—Ya —solo contesto eso porque él no lo entiende. No puede. Él nunca ha amado a nadie como yo la amo a ella.
Solo al poder, tal vez.
Parks me mira desde la otra punta de la estancia y nuestras miradas se encuentran como lo han hecho siempre desde el día que se encontraron por primera vez.
Le guiño el ojo y ella me sonríe un poco. Señalo con la cabeza hacia la salida.
—¿Quieres irte? —articulo en silencio.
Ella asiente.
Tardamos unos quince minutos en despedirnos de todo el mundo, pero al final conseguimos irnos.
Es un paseo de un poquito más de treinta y cinco minutos a través del parque desde Claridge's hasta nuestra casa, y claro, los paseos tienen un toque disfuncional, pero me gustan bastante. Me gusta lo mundanos que son. Antes hacíamos largos viajes en coche juntos, ahora damos paseos. Largos, cortos, los que hagan falta para que ella no se suba a un coche.
Y no lo pretendo, no empiezo el paseo pensando que vaya a decir algo al respecto, pero me quito la americana para ponérsela por encima de los hombros y no parece que nade en ella, sino más bien que se esté ahogan-

do. Ya ha llevado esta americana. Un montón de veces. Hoy le queda como si fuera un saco de huesos.

Suspiro.

—¿Hasta cuándo vamos a estar así?

Ella me mira, quizá confundida de verdad.

—¿De qué estás hablando?

Me froto la boca.

—¿Has comido hoy?

Durante una décima de segundo casi deja de andar, parece una sacudida más que otra cosa, supongo. Y enseguida sigue andando.

—Desde luego que he comido hoy.

—¿Cuándo? —La miro—. No te he visto comer en la fiesta...

Me fulmina con la mirada.

—¿Me estás observando?

—Siempre. —Asiento con énfasis—. Dime qué has comido.

Se echa a reír, ligera y relajada, pero es controlado.

—No me acuerdo —me contesta como si nada, y luego niega con esa cabecita suya y me lanza esa sonrisa que ha usado durante toda la velada para engañar a la gente, pero conmigo no funciona.

Adelanto el mentón.

—Y una mierda.

—¡Una mierda, no! —Pega un pisotón y luego recupera la compostura y me lanza una sonrisa contenida—. Tengo una retentiva de memoria a corto plazo muy pobre...

Pongo los ojos en blanco.

—No, lo sé...

—¡Igual me he comido una hamburguesa! —Se encoge de hombros con dramatismo, pero le lanzo una mirada—. ¡No lo sabes!

—Claro que lo sé —le contesto—. Hace nueve años que no te he visto comerte una hamburguesa estando serena.

Me mira haciéndose la tonta.

—¿Quién dice que esté serena?

Niego con la cabeza, ahora sí que estoy molesto.

—Esto no tiene ni puta gracia.

—¡Beej! —Suelta una única carcajada, pero no parece suya—. ¡Estoy bien!

Le lanzo una mirada. Está mintiendo como una puta bellaca. Ni siquiera ella piensa que esté bien.

Deja de andar, exhala por la nariz, pone los ojos en blanco.

—Relativamente hablando, estoy bien. —Se cruza de brazos—. A ver, claro que estoy triste y estoy... —Se calla de golpe. Niega con la cabeza. Vuelve a exhalar por la nariz—. Dado el contexto, estoy bien. Todo el mundo dice que lo estoy llevando muy bien —me dice con la nariz levantada.

Le lanzo una mirada.

—Todo el mundo...

—Sí —se obstina.

La miro con una ceja enarcada.

—¿Quién es todo el mundo?

—No lo sé... —Pone los ojos en blanco—. Todo el mundo.

Ya noto que me estoy cabreando, y debería ser más inteligente, porque últimamente no se nos está dando bien discutir, siempre pasamos de cero a cien, y sé que debería dejarlo, pero la quiero y se está haciendo daño y estoy enfadado porque esto ya lo habíamos pasado, hostia.

—Vale... —asiento—. Pues dame un par de nombres, porque tenemos, no sé, cuatro amigos en total y ni uno de ellos cree que estés bien.

La miro fijamente, con el ceño fruncido y el mentón adelantado. Ella no dice nada, se limita a fulminarme con la mirada.

Señalo con la cabeza hacia Claridge's.

—¿Te refieres a toda la gente que engatusas en las fiestas? —Niego con la cabeza—. No cuentan, eres una puta encantadora de serpientes.

—Basta —suspira, y echa a andar.

Niego con la cabeza.

—No estás bien.

—Sí lo estoy.

—Ah, ¿sí? —le grito desde atrás.

—Sí. —Sigue andando.

—Vale. —Asiento y le digo con cierta distancia entre nosotros—: Pues no me tomes el pulso esta noche.

Frena en seco y se gira.

—¿Qué? —pregunta en voz baja.

—No me tomes el pulso. —Asiento con frialdad—. No me tomes la temperatura, no me pongas esa puta pincita en el dedo. Si estás bien, compórtate bien.

Suelta un soplo de aire y se gira sobre sus talones. Levanta la mano para detener un taxi.

Pongo los ojos en blanco.

—¿Adónde vas?

—Pasaré la noche en un hotel —me dice sin perder un instante.

Finjo que no me duele, que no me mata del puto miedo de que quizá sea yo el imbécil y que me esté dejando de nuevo.

Aunque no puedo decirlo, de modo que me limito a asentir.

—Sí. —Le lanzo una sonrisa seca—. Me parece estupendo.

—Vete a la mierda —escupe mientras se sube.

Le hago una peineta desde la calle y desaparece con el coche.

22.47

Beej ☀️ 🐯

Estás bien?

Sí

A salvo?

Sí

No tendría que haberme mofado de esa forma.

Lo siento

Yo también 🖤🖤🖤

Puedes volver a tomarme el pulso

Ni siquiera sé de qué me estás hablando.

Vale. 🙃

Si no te importa, ¿podrías venir al Mandarin y pasar la noche conmigo?

Ya estoy en la cama.

Subo en un minuto

Qué???

Eres muy predecible.

Y estoy en el vestíbulo.

TRECE
Magnolia

Al final sí subió y le dimos buen uso a esa habitación de hotel, por si acaso te lo estabas preguntando.

¿En el vestíbulo, mandándome mensajes? Qué mono.

Aunque no puedo decir que me encantara que supiera lo del pulso por las noches, aquello me hizo sentir imbécil.

Me negué a tomárselo esta noche y por eso he dormido increíblemente mal. Y cuando digo «increíblemente mal» quiero decir que apenas he pegado ojo.

Me he levantado temprano y de buen humor por la mañana. Tan temprano que podría haber ido corriendo a casa a por ropa, pero en lugar de hacerlo mandé a Daniela que nos la trajera porque BJ me dijo que dejara que la asistenta me asistiera.

He tenido que hacer FaceTime con ella para acompañarla mientras escogía las cosas.

No es que estilísticamente sea una inepta absoluta, pero tampoco tengo previsto pedirle consejos de moda en un futuro cercano.

La verdadera estrella del espectáculo es la falda MacAndreas de tartán con pelo artificial en el dobladillo de la colección de otoño-invierno de 1993 de Vivienne Westwood, que le he pedido que conjuntara con el corpiño de satén rojo con ribetes de picot de Dolce & Gabbana, las botas altas hasta las rodillas Lispa de ante negro de Isabel Marant, el abrigo de mezcla de lana con doble solapa Thea de Rag & Bone y, finalmente, el minibolso bucket Marcie de ante rojo con detalles en piel y adornos metálicos de Chloé.

Beej sale de la ducha, solo lleva una toalla blanca alrededor de la cintura, con el pelo perfecto hacia delante, empapado.

Lo repaso con la mirada y se me calienta la nuca.

Es injusto lo guapo que está con luz natural.

Camina hasta mí, me rodea la cintura con los brazos y me roza los labios con los suyos.

Lo miro radiante.

—Qué bonito es que discutamos y tú no te vayas a un bar y te tires a la primera chica que pilles, ¿eh?

—¿Verdad? —Asiente—. Y que tú no salgas huyen... Ay, espera... —Me lanza una mirada y yo lo fulmino con otra.

Se echa a reír y me sonríe.

—Todo esto ya es una mierda muy de adultos, Parks. —Finge un suspiro como si fuera algo malo—. Estamos hasta el cuello.

—También estamos a punto de llegar tarde. —Le pincho en las costillas desnudas y él se echa a reír, espabilando de golpe.

Bajamos las escaleras y nos paseamos por el hotel como si no hubiéramos estado ya mil veces aquí. Vamos haciendo uuums y aaahs sobre si deberíamos o no celebrar la boda aquí. Creo que hacerla fuera de Londres sería más fácil por tantísimas razones... Menos prensa, menos fanfarria, pero bueno, no creo que ninguna de nuestras familias esté a favor de eso. La mía sin duda no quiere menos prensa y la suya, decididamente, no quiere menos fanfarria.

Lily y (al parecer) mi madre han soñado con esta boda desde que éramos críos.

—¡Antes incluso de que estuvierais juntos! —me dijo Lily hará un par de meses—. Es que lo supe.

Le dije que no acababa de creérmela y ella me contestó que una madre siempre lo sabe. Le pregunté a la mía un par de semanas después si ella lo supo y me contestó con una expresión desconcertada y un:

—Pues claro.

Sin embargo, muy pronto quedó más que claro que nuestra boda no se centraría tanto en BJ y en mí, sino más en la esperadísima ocasión de nuestras dos buenas familias uniéndose por fin.

Al principio me entristeció, me pareció injusto que después de todo lo que hemos pasado para llegar hasta aquí, que nos lo arrebataran todo para contentar a una tía abuela del lado de la familia del padre de BJ con la que he hablado tres veces en toda mi vida. No a ella de forma literal, sino figuradamente.

Lloré después de la primera reunión con nuestros padres para hablar de la boda. Mi boda de ensueño, seguro que no te la imaginas.

BJ y yo, nuestros amigos (solo los de verdad), su familia, la mía también supongo, en algún lugar escondido de cualquier rincón perdido de Inglaterra. Sin miradas ni susurros, solo nosotros.

Me di cuenta esa misma noche que esa clase de boda estaba completamente descartada para nosotros. Para empezar, Bridget no estaría allí y eso ya era algo con lo que yo todavía no he encontrado la manera de reconciliarme. En cierta manera, que Bridget no estuviera allí hacía que yo sintiera un pelín mejor una boda que no fuera íntima, como si aquello pudiera ahogar un poco su ausencia. Dejando eso a un lado, mi madre ya se había adelantado y lo había organizado todo para que yo apareciera en *Vogue*, BJ en *GQ* y que la boda fuera presentada exclusivamente por *Vanity Fair*.

La privacidad ya se había ido al traste. Además, como BJ no para de decir tan desagradablemente, tenemos cuatro o cinco amigos a lo sumo. La mayoría de la lista de invitados se rellenaría con los Parks y los Ballentine respectivos que no somos nosotros.

De modo que empezamos a mirar espacios para bodas en Londres. Más que nada porque no quería verme atrapada en algún lugar lejano con un montón de gente que no me apasiona, ¿sabes?

Miramos el Four Seasons. Miramos el Museo de Historia Natural y me gustó mucho, la verdad, pero sentí que Christian y Daisy deberían casarse allí si encuentran la solución a sus problemas, de modo que no lo reservé.

Old Billingsgate la verdad es que es muy hermoso, pero es un poco un sitio sin más, ¿sabes?

One Marylebone está un poco visto, en mi opinión. The Savoy es una preciosidad, y también lo es Claridge's, pero ya vamos bastante a menudo, lo cual le quita un poco de magia…

Y entonces BJ hizo una sugerencia y yo sentí que era lo más obvio del mundo entero y por eso ahora estamos aquí.

El Mandarin.

Como si hubiera cualquier otro lugar en Londres donde podríamos casarnos, además. A ver, sí, la catedral de San Pablo, claro, pero en realidad esta es nuestra iglesia.

Al principio no lo veía muy claro por la falta de tradición, pero cuando nos han mostrado el espacio, cuando nos hemos puesto de pie el uno frente al otro, mirándonos como si estuviéramos en la cima de un altar falso, se ha generado esa solemnidad por lo que este lugar significa para nosotros. Algo sagrado, casi.

Ha sido divertido, estar ahí de pie con él, de esa manera. Seguramente nos hemos puesto de pie el uno delante del otro un millón de veces, nos hayamos dado las manos el doble de veces, y aun así, aquí, ahora, en este lugar, con lo que significa para nosotros... Ya está.

Beej enarca las cejas, haciendo la pregunta sin hacer la pregunta, me sonríe esperanzado.

—Sí.

—¡Sí! —Sonríe de oreja a oreja, da un par de palmadas y luego me besa.

—Y dijeron que serías una novia pejiguera.

Me cambia la cara, me quedo boquiabierta.

—Disculpa... ¿Quién dijo eso?

—Esto... Nadie... —Se encoge de hombros—. Ninguno de nuestros amigos.

Le lanzo una mirada, impertérrita, y él se echa a reír y me besa de nuevo.

—Venga.

Me acompaña fuera y vamos a pagar el depósito.

Cinco de junio del año que viene.

Sé que queda un montón de tiempo, pero es que aquí ya ha acabado el verano, y ¿quién quiere una boda en invierno en Londres? Quizá si la hiciéramos en la campiña, pero en Londres cuando hace frío y la nieve se queda marrón a medio derretir, es que es asqueroso.

Nos metemos en el ascensor para volver a subir a nuestra habitación y él me mira con una sonrisa radiante mientras se guarda bien el recibo del depósito.

—Ahora sí que ya hemos cerrado el trato, Parks.

Le lanzo una miradita.

—Antes ya lo habías cerrado, Ballentine.

Suelta una risa y yo le echo los brazos al cuello y le beso en el rincón del ascensor.

Y entonces se abren las puertas y BJ suelta:

—Joder, mierda... —Y deja de besarme, ha echado la cabeza hacia atrás.

Me doy la vuelta y me encuentro a Harley Parks ahí de pie.

En el quinto piso del Mandarin Hotel.

—Harley. —Lo miro fijamente.

Él suelta una carcajada seca.

—Magnolia, hola. —Se me acerca para abrazarme. Y lo hace. Es horrible, rarísimo, me quedo paralizada. Él nunca me abraza. ¿Por qué cojones me está abrazando?

BJ y yo salimos a toda prisa del ascensor.

—¿Qué estáis haciendo aquí?

BJ no dice nada, pero tiene la mandíbula apretada. Está raro. Enfadado, o algo.

¿Quizá porque me ha abrazado? No lo sé.

Le lanzo una sonrisa fugaz.

—Teníamos un asunto de la boda.

—Ah, ¿sí?

Asiento.

—La haremos aquí.

—¿Aquí? —Ladea la cabeza, un poco sorprendido.

Asiento.

—La ceremonia, no el banquete.

Eso también le sorprende.

—Interesante. ¿Por qué?

—Perdí mi virgini... —empiezo a decir, pero BJ me cierra la boca con la mano.

—Motivos sentimentales —contesta BJ en mi lugar, mientras me arrastra hacia atrás.

Harley pone los ojos en blanco y entra en el ascensor.

—¿Qué estás haciendo tú aquí? —le pregunto frunciendo el ceño por la curiosidad.

—Una reunión —asiente él.

Me cambia la cara.

—¿En el quinto piso?

—Necesitaba una habitación. —Se encoge de hombros.

151

—¿Para qué? —Hago una mueca.
Él me la devuelve.
—¿Para ti todo tiene que tener que ver con el sexo?
Me cruzo de brazos, irritada.
—Harley, no digas sexo.
—Sexo —dice mientras toca el botón de cerrar las puertas del ascensor y me lanza una sonrisa arrogante.
BJ exhala por la boca y echa a andar por el pasillo hacia nuestra habitación.
—Qué raro —digo andando tras él.
Beej asiente, no dice mucho.
—Me ha abrazado.
BJ me mira y hace una mueca.
—Un poco raro, sí.
—¿Tú crees que está teniendo una aventura? —le pregunto.
—¿Qué? —BJ suelta una carcajada. Suena irónica—. No… ¿Por qué? ¿Porque te ha abrazado? Parks, es tu padre.
Me encojo de hombros.
—Ya, pero es que nunca me ha dado abrazos.
BJ me devuelve el gesto de encogimiento.
—Quizá está intentando cambiar.

CATORCE
BJ

Me sentí como una puta mierda mintiéndole de esa manera.
Me dejó bien jodido.
Hacerla quedar como una loca por pensar que es raro que su padre le diera un abrazo. Para empezar, ese hombre puede irse a la mierda por ser así, que le dé una muestra de afecto a su hija y que eso la lleve a pensar de inmediato que algo va mal y, para seguir, Parks tiene toda la razón del mundo, fue raro de cojones y es un puto imbécil.

Intenté quitárselo de la cabeza tan rápido como pude, y ya sé qué estás pensando: que tengo que decírselo, sé que tengo que hacerlo, pero todavía no puedo. Y ahora todavía menos. Desde que hice ese comentario sobre mi pulso como un puto idiota, no ha vuelto a tomármelo. ¿Y sabes qué no ha vuelto a hacer tampoco? Dormir.

Lleva sin dormir, qué sé yo, una semana y media. Se está volviendo loca a cámara lenta. Está a una conspiranoia de creer que la Tierra es plana.

Paranoica con todo. La seguridad, la comida, su padre siéndole infiel a Mars. Me contó que lo siguió. Durante un día. Casi me dio un puto infarto cuando me lo dijo. Podría haberlos visto.

Tuve que quitarle importancia, decirle que estaba siendo una boba, que no estaba pasando nada. Le estoy haciendo luz de gas y, total, ¿para qué? ¿Para que su padre pueda tirarse a su madre y que ella no tenga ni puta idea? Es jodido. Estoy jodido.

La verdad es que me lo planteé. Pensé en sentarme con ella y contárselo, pero no quiere ir al psicólogo. Le pido cada pocas semanas si quiere ir conmigo a la mía y ella me contesta con una gran sonrisa y dice:

—Uy, no, hoy estoy bien, ¡pero gracias!

Sin embargo, estoy preocupado de verdad por lo que pasará después si acaba descubriéndolo.

Sin Bridge o al menos un psicólogo, está jodidamente perdida.

Y esta semana en particular, su locura se ha desatado.

Nunca ha funcionado mucho si no duerme. En general, le da por llorar mucho cuando duerme menos de la cuenta.

Ese rostro perfecto suyo se vacía, se le oscurecen los ojos.

Empieza a escribir las cosas hiperfonéticamente sin querer cuando manda mensajes y hoy por hoy tenemos un festival de faltas de ortografía.

Pronto tenemos el viaje de su cumpleaños, gracias a Dios. La sacaremos de Londres.

Henry preguntó si podía traerse a Romilly, y Parks preguntó si ya había hablado con Taura, y él le dijo que no, con lo cual ella le dijo que no y entonces tuvieron su única discusión anual así que, en serio, a la mierda, estoy hecho polvo.

Me meto en la cama pronto por la noche porque cuando ella no duerme, yo no duermo. Bueno, sí duermo, pero muchísimo peor. Ella se mueve mucho en el mejor de los casos. Cuando está falta de sueño, es una pesadilla.

Me estoy planteando darle una pastilla de melatonina sin que se dé cuenta. Le hace falta.

Al final decido no hacerlo porque me parece que podría ser de legalidad cuestionable.

Le he preparado una infusión para dormir, eso sí. El sabor la ha ofendido tantísimo que la ha escupido en la taza.

—¡Estás loco! —Me ha mirado con los ojos muy abiertos antes de devolvérmela—. Ni pensarlo.

Son cerca de las once de la noche y llevo en la cama desde poco después de las ocho intentando dormir. Todavía no he pegado ojo porque comparto la cama con una puta Theragun, así que me he puesto a mandarle mensajes a su padre porque él me parece el objeto más razonable contra el que apuntar mis frustraciones.

23.04

Harley Parks

> Dime que no estabas con Arrie el otro día.

> Vale

> Colega

> No me llames colega

> Qué cojones estáis haciendo?

> Nada de tu puta incumbencia

Y cuando estoy respondiendo, cabreado de cojones ya, Parks se inclina hacia mí e intenta mirar mi móvil.
—¿Con quién hablas? —me pregunta con dulzura.
—Con nadie. —Bloqueo el móvil.
Se queda medio quieta.
—¿Qué?
Le lanzo una mirada y una sonrisa fugaz.
—Con nadie.
Enarca las cejas.
—A ver, claramente hablabas con alguien.
—Con nadie —le digo, y luego presiono mis labios contra los suyos muy rápido, con la esperanza de que lo deje estar.
Se queda ahí tumbada, mirando el techo. No dice nada durante dos minutos enteros.
La observo, intento descubrir qué está pasando.
Se ha puesto rara. Me pregunto si lo habrá visto. Si lo habrá deducido.
Y entonces me dice algo que me deja hecho polvo.
—¿Me estás siendo infiel?
La miro fijamente.
—¿Qué?
Rueda hacia mí, haciéndose una especie de ovillo.
—¿Sí o no? —pregunta con un hilo de voz—. ¿Me estás siendo infiel?
Me siento como si me hubieran arrancado todo el aire de los pulmones.
—Parks...
—No pasa nada si lo estás haciendo... —dice enseguida.
—¿Cómo que no pasa nada si lo estoy haciendo? —la corto.

—Bueno, sí pasa —suspira—. Pero quiero saberlo.

Me pongo panza arriba y fijo la mirada en el techo. Me siento como una mierda.

—Joder.

No me quita los ojos de encima, enormes. Llenos de miedo.

—Contesta mi pregunta.

La miro con mala cara.

—¿Cuándo iba a sacar un puto minuto para serte infiel?

Se le oscurecen los ojos.

—No sería la primera vez que encuentras el momento.

—¡Una vez! —grito y salto de la cama—. ¡Una sola vez!

Niego con la cabeza, ella suspira y no dice nada.

Estoy jodidamente cabreado. ¿O dolido? Quizá estoy dolido.

—Vale, pues, ¿con quién te estoy siendo infiel?

Se sienta y se desliza hasta el cabecero de la cama. Traga saliva, nerviosa.

—¿Taura? —dice con un hilo de voz, metiéndose las piernas debajo del cuerpo.

La miro fijamente, horrorizado hasta la medula.

—¿Se te ha ido la olla?

Se le acelera la respiración.

—Todavía no has contestado la pregunta.

La miro fijamente con los ojos cansados, me pregunto para quién es más difícil, para ella o para mí.

Ya no lo sé.

—No, Parks. —La fulmino con la mirada—. No te estoy siendo putoinfiel.

Asiente muy rápido.

—Vale.

—¿Cómo…? —La miro fijamente—. ¿Por qué iba a…?

—¡No lo sé! —Se pone en pie de un salto—. ¡No lo sé! He notado algo raro…

Niego con la cabeza, casi ni puedo creerlo. ¿Después de todo?

—¿Y has pensado que te estaba siendo infiel?

Exhala por la boca y niega con la cabeza, parece haberse confundido a sí misma.

—Te he notado nervioso o culpable o como si me estuvieras ocultando algo, no lo sé.

Niega la cabeza para sí misma y yo me siento como una mierda al instante, porque su instinto ha dado en el clavo, aunque sus conclusiones sean una puta locura.

Me rasco la nuca y dejo de mirarla a los ojos.

—¿Y eso es lo primero que se te ha ocurrido pensar?

—Sí —contesta, como si le diera vergüenza admitirlo.

Asiento un par de veces.

—Tenemos que ir a terapia —le digo, y ella niega con la cabeza al instante.

—¡Es perfectamente normal que tenga problemas para confiar en ti!

—Sí, claro —asiento—. Pero ¿y si le damos una oportunidad a librarnos de ellos?

—¡No hay nada malo en cómo me siento! —insiste—. Solo tengo que aprender a volver a confiar en ti.

—¿Y qué tal te está saliendo? —me meto—. Porque crees que me estoy follando a tu mejor amiga. Que me estoy follando a la ex de mi hermano. —Niego con la cabeza—. La ex de Jo.

Aquello me impacta, me jode un poco la cabeza en realidad, porque si ella cree que yo soy así de fracasado, ella que me conoce mejor que nadie, que me quiere más que nadie, entonces, joder, ¿quizá lo soy?

Me voy porque no quiero que me vea en la cara la opresión que siento en el pecho.

Voy a nuestro baño. Insisto: nuestro. Incluso pensarlo ahora que la estoy odiando me sigue sonando a novedad. «Nuestro» lo que sea.

Cierro la puerta y voy hasta el lavabo. Abro el grifo, me mojo la cara con un poco de agua y tropiezo con la mirada con algo que tengo detrás.

La bañera. Ahí tirada bajo un pedazo de lona impermeable. Sigue estando rota, sigue siendo un desastre, sigue estando ahí. Es un poco una metáfora de nosotros, ¿o no?

—¿Beej? —me llama una vocecita desde la puerta. La miro—. Lo siento —se disculpa, y le veo en los ojos que lo dice en serio—. No tendría que haber pensado... Es que estoy can...

—Yo no te haría eso —le digo, cerrando el grifo. Vuelvo a tragar saliva, niego con la cabeza, me odio a mí mismo durante medio segundo—. Otra vez.

Ella asiente muy rápido.

—No, lo sé.

Camino hacia ella y le paso los brazos por la cintura. Me agacho hasta que encuentro sus ojos.

—¿Lo sabes de verdad? —le pregunto. ¿Sueno desesperado? Supongo que lo estoy.

Me mira fijamente.

—Yo… —Traga saliva—. Lo estoy intentando.

Asiento. Lo odio, pero no puedo pedirle mucho más que eso.

—Oye —ladeo la cabeza mientras la miro—. Sé que lo haces como mecanismo de enfrentamiento o algo, pero… ¿Crees que podrías parar de bromear al respecto?

Parpadea, confundida.

—¿Qué?

Me lamo el labio inferior.

—Parks, lo que hice jamás me parecerá gracioso. Y sé que te lo hice a ti, de modo que no puedo pedirte que pares porque tienes que procesarlo tú de la manera que te dé la gana, pero te lo pido de todas formas porque me hace sentir como una mierda.

—Oh —dice con un hilo de voz, mirando al suelo. Luego me mira a mí y asiente—. Vale.

Le sonrío, cansado.

—Gracias.

QUINCE
Magnolia

Francia es a donde viajamos por mi cumpleaños y vamos en mi avión porque es mejor que el de todos los demás. Tiene un dormitorio dentro, que no se usa muy a menudo para dormir, pero teniendo en cuenta que no se me ha permitido tomarle el pulso a BJ desde hace casi dos semanas, la calidad de mi sueño se ha ido al traste porque digamos que me limito a quedarme en vela ahí tumbada, asegurándome de que no se muere sin querer mientras duerme.

De vez en cuando voy echando alguna cabezada, pero al cabo de pocos minutos me despierto de golpe con una sensación en mis entrañas de que me he dejado la plancha del pelo encendida y algo está a punto de incendiarse.

Henry y yo seguimos estando raros, lo cual supongo que ya te dice lo que te hace falta saber sobre Romilly. Hasta ese punto le importa.

Es como si hubiera guardado en una caja sus sentimientos hacia ella. Sin resolverlos ni gestionarlos, sino que los metió ahí tal y como estaban cuando teníamos diecisiete años, los apartó de en medio y le hicieron poso.

Ahora que se ha abierto esa caja, han vuelto a tener su tamaño real al instante.

Está mosqueado porque dije que ella no podía venir. Me habría gustado que viniera porque ella me cae muy bien, pero es que... Taura. Y yo no dije que no pudiera venir, dije que para que ella pudiera venir, primero él tenía que hablar con Taura, y como él no habló, ella no vino.

Además, ya fue difícil convencer a Taura para que coincidiera en un viaje con los dos chicos.

Creo que BJ tuvo que jugar la carta de la hermana muerta, que sé que intenta reservarse solo para circunstancias muy especiales.

Gus también ha venido con nosotros, desde luego. Tiene la misión de cuidar a Taura, y ya te digo que la misión hace falta.

Henry está siendo muy capullo en general. Me dijo que no creía que le debiera a Taura una conversación, y no tengo claro si estoy del todo de acuerdo con eso. Aun así, le conté a ella lo de Romilly porque al paso que Henry y Romilly están transitando los recuerdos, alguien tenía que hacerlo. Fue bastante triste.

Aunque como Tausie fue con nosotros al internado, ya sabía lo de Romilly. Se acordaba de cómo eran.

Lloró y se preguntó qué habría pasado de no haber salido con ambos chicos, si habría sido distinto. Lo habría sido, no me cabe ninguna duda, porque cuando Henry se mete en algo, va a por todas. Ahora bien, lo mismo sucede en caso contrario, porque cuando Henry se harta, se larga. Que ella sepa que habría sido distinto si hubiera escogido más rápido no es la clase de cosa que me apetezca decirle ahora mismo cuando todo le está causando ya cierta clase de angustia.

Es mejor que piense que Henry y Rome son una fuerza cósmica contra la cual ella no habría tenido nunca ninguna oportunidad porque así no le dará vueltas a la cabeza.

Henry está sentado junto a la ventana, fulminando con la mirada a las nubes como si lo estuvieran arrastrando hasta la horca para ejecutarlo, y no a la Costa Azul.

Antes Christian estaba intentando hablar con él, pero se ha aburrido y se ha rendido, y ahora él, Beej y Jo están jugando al *Halo*. Justo entonces es cuando la siento acechando detrás de mí como una sombra en un callejón oscuro.

Siniestra y malintencionada, mi peor pesadilla.

Y entonces me agarra por el hombro y tengo la sensación de estar ahogándome, de modo que me levanto y me excuso aunque técnicamente no estoy sentada con nadie ni metida en ninguna clase de conversación.

Me encamino tan rápido como puedo hacia el baño y cierro la puerta con pestillo.

Nunca me había dado cuenta de nada peor: la cantidad de gente que te rodea que no tiene correlación alguna con lo sola que llegas a estar en realidad.

Me temo que estoy, de hecho, increíblemente sola.

Sola con mi pena, sola con mis pensamientos, sola con mi mente. Estoy... sola.

Doy una profunda bocanada de aire, exhalo, cierro los ojos tan fuerte como puedo y espero a que ella llegue.

—Un poco blanda. —Me apartaría de en medio empujándome con el hombro.

—¿Me estás llamando gorda? —preguntaría yo con el ceño fruncido.

Y ella no me diría nada, se limitaría a lanzarme una mirada como las que me no para de lanzarme BJ, aunque él no sabe que las veo.

Ella se cruzaría de brazos.

—¿No es una estampa tristísima?

—No es ¿qué? —le preguntaría haciendo un puchero.

Ella se encogería de hombros, se miraría las uñas como si hubiera ido a hacerse la manicura un puto día en toda su vida.

—Un avión lleno de gente y tú estás hablando con tu hermana muerta en el aseo...

—Eres mi persona favorita —le contestaría con un hilo de voz.

—Mentirosa... —Pondría los ojos en blanco—. Tu persona favorita está sentada ahí fuera, adorable y con la sangre caliente... —Enarcaría esas cejas suyas—. Alto, de ojos brillantes, con un cuerpo como el de una estatua de mármol... ¿Sabes a quién me refiero?

Yo también pondría los ojos en blanco.

—Además de él, lo eres tú.

Ella me lanzaría una mirada.

—Nunca me decías mierdas de estas cuando estaba viva...

—Bueno —le devolvería la mirada—. Eso es porque eras un puto grano en el culo cuando estabas viva.

—Hablando de culos... —Me lanzaría una mirada arrogante. Dios, daría lo que fuera para que volviera a lanzarme una mirada arrogante—. ¿Qué me dices de cuando tú te pusiste de culo como una imbécil el otro día?

—¿Disculpa?

—¿BJ y Taura? —Me miraría, incrédula.

Dejo caer la cabeza.

—Oh.

Ella negaría con un gesto.

—Has perdido la cabeza.

Yo me cubriría los ojos y exhalaría.

—No sabes por qué lo pensé, él estaba con el móvil y se puso raro.

—Él no te haría eso nunca —me diría, sincera. Y yo le lanzaría una mirada y ella, a regañadientes, lo reconocería—: Otra vez.

La miraría con cautela.

—La primera vez también habríamos dicho que él no me haría nunca eso.

Ella asentiría.

—Supongo que es cierto. —Luego un encogimiento de hombros—. Taura tampoco lo haría.

—Lo sé.

—Esa chica te quiere mucho —me diría.

Asiento.

—Lo sé.

Bajo la tapa del inodoro y me siento encima, levanto la mirada hacia donde imagino que estaría mi hermana.

—Bueno, ¿qué vas a hacer hoy?

—Oh, ya sabes... —Se encogería de hombros—. Estaba dando un paseo por un prado de nubes y jugaba con cachorritos.

—¡¿En serio?!

—¡No, Magnolia! —saltaría ella—. Estoy muerta. Y esto es un constructo que te has inventado mentalmente como medio de procesar mi ausencia.

Me lo diría como si nada, sé que lo haría, luego seguiría con la segunda estocada.

—Crees que al hablar conmigo eludes la necesidad de un psicólo...

—No me hace falta uno de esos —la cortaría y entonces ella me miraría como si estuviera loca. Me arreglo el pelo mirándome al espejo—. Deja de mirarme así.

Se encogería de hombros.

—Para de hablar con mi fantasma en los baños.

La miro de reojo.

—No.

Ella enarcaría una ceja otra vez.

—Entonces, también no.
Yo gruñiría para mis adentros.
—Eres muy pesada.
—Y tú... —Me lanzaría una mirada de tiquismiquis porque si te acuerdas, mi hermana es insoportablemente tiquismiquis. Era— tienes un entendimiento muy rudimentario de la vida después de la muerte.
—Otra mirada de tiquismiquis—. Quizá quieres replantearte lo que pasa cuando uno muere, Magnolia.
Miro fijamente el punto donde debería estar su reflejo, un poco dolida.
—¿Por qué me lo dices?
—Porque te da miedo —me contestaría.
Tiro del collar Orbit de ópalo y diamantes de Balint Samad que llevo puesto.
—No es verdad.
—No sabes dónde estoy... —empezaría a decir ella—. Ni dónde está Billie... Si estamos a salvo...
—Para. —Niego con la cabeza.
—Si seguimos existiendo de alguna manera...
—Que pares —repito, porque ahora ya me está haciendo daño.
—Si volverás a vernos algún día...
—¡Te he dicho que pares! —grito y entonces desaparece.
Me quedo ahí de pie mirándome en el espejo y agarrándome al lavabo. Empujo hacia mis adentros hasta que lo aparto todo y todos los modos en que podría venirme abajo.
Están a salvo, claro que existen en algún lugar y que volveré a verlas algún día.
Me mojo las muñecas durante unos segundos, luego vuelvo a la cabina y todo el mundo me mira con distintos grados de preocupación. Me siento cohibida y estúpida.
Acabo de gritar mucho ahora mismo, supongo. Albergaba la esperanza de que los ruidos del avión ahogaran mi voz pero, ¡lástima!, al parecer no lo han hecho.
BJ se pone de pie y viene hacia mí.
Ya ha ladeado la cabeza por la preocupación como de costumbre.
—¿Estás bien? —me pregunta en voz baja.
Asiento.

—Ajá.
Él me devuelve el asentimiento y me observa con cautela.
—Pareces cansada.
—Oh. —Me encojo de hombros como si nada—. Estoy bien.
Más o menos.
Pone cara de tristeza.
—¿Dormiste bien anoche?
Asiento y esbozo una sonrisa seca.
—Genial.
Genial no.
Me lleva hacia la cocina, frunce el ceño como si estuviera preocupado por mí porque lo está.
—¿Cuántas horas?
—¡Millones!
Me lanza una mirada.
—Parks.
—No lo sé... —contesto con un hilo de voz, negando con la cabeza—. Una o dos, quizá.
Se presiona la lengua contra el labio superior y suspira justo antes de asentir.
Me coge la mano y luego me coloca los dedos índice y corazón encima de su arteria carótida, y la siento latir sin parar bajo su piel, estable y constante y confirmando la vida, y no lo pretendo, pero exhalo una bocanada de aire que no sabía que estaba conteniendo y me trago ese nuevo miedo extraño que me atrapa, aunque yo finjo que no.
A BJ se le enternecen los ojos.
—¿Vamos a tumbarnos y a descansar?
Me encojo de hombros despreocupadamente.
—Solo si a ti te hace falta, porque yo estoy bien.
Esboza una sonrisa.
—Sí, estoy molido.
Luego me da la mano y volvemos a la suite.
Que me dejara notar su pulso se me ha antojado, por alguna extraña razón, una de las cosas más románticas que recuerdo que haya hecho para mí recientemente, y ojalá no me hubiera dormido al segundo de tumbarnos porque es una oportunidad perdida, pero lo hago, en cuanto mi ca-

beza toca su pecho. Cuento los latidos de su corazón en lugar de ovejas y no creo que llegue ni siquiera a quince.

Cuando salimos del cuarto todo el mundo exclama un estúpido «Oooh» porque son críos, menos Henry porque evidentemente seguimos lo suficientemente peleados para que no se una a ninguna clase de alegría que vaya dirigida a mí en general.

Ni siquiera acabo de entender por qué ha venido. Ahora está aquí y no me habla.

Él y Beej están pasivo-agresivos durante todo el trayecto en coche hasta el hotel, y que BJ y Henry estén pasivo-agresivos entre ellos me angustia más que el mero hecho de que Henry y yo estemos peleados, lo cual casi nunca sucede por cierto, pero cuando lo estamos, ni que decir tiene que estoy muy agobiada. Sin embargo, que BJ y Henry estén peleados es un poco como que BJ y yo estemos peleados; se conocen demasiado bien. Es demasiado fácil hacerse daño el uno al otro, y tienen demasiada confianza como para no hacerlo.

—¿Y tú qué problema tienes? —le dice BJ a Henry, que ha estado lanzando miradas asesinas a mi mano unida a la de su hermano todo lo que llevamos de trayecto.

Henry me mira con los ojos entrecerrados.

—Ella.

Taura abre los ojos como platos por la sorpresa y yo miro a Henry con ojos oscuros e impertérritos, pero BJ suelta un bufido.

—¿Qué? —pregunta BJ, desafía incluso, con las cejas enarcadas y la mandíbula apretada.

—Ella es mi problema —contesta Henry, fulminándome con la mirada.

Beej le lanza una mirada y ladea la cabeza.

—Tú mírala otra puta vez que...

—No me vengas con putas mierdas —le dice Henry a BJ, no a mí.

—Chicos... —advierte Jo con voz grave—. Basta ya.

BJ pone mala cara.

—Joder, si ni siquiera estoy diciendo nada...

—En realidad sí estás —le coloco una mano encima a mi prometido con cariño—, literalmente, diciendo cosas. No eres, sin embargo, el instigador. Mira... —Niego con la cabeza—. Déjalo en paz. Para de hablar con él.

—¿Y yo qué soy? —bufa Henry—. ¿El puto loco de la colina?

—A ver, más bien el tonto de la colina… —dice Christian mirándolo de hito en hito—. Eso seguro.

Henry le hace una peineta a su mejor amigo, que se la devuelve.

—Venga, déjalo —le pido a Christian, con otra clase de cansancio ya—. No pasa nada.

—No, sí que pasa —me dice Henry, poniéndose impertinente de nuevo.

Beej se inclina hacia delante señalando a su hermano.

—Vuelve a levantarle la voz…

—Beej… —suspiro, pero Henry habla por encima de mi voz.

—Venga, pues. —Henry asiente al tiempo que hace un gesto hacia BJ, y luego yo me interpongo entre ellos.

—Cállate —le digo, sentándome más erguida para cerrarle el paso—. ¿Quieres tener una pataleta porque dije que Romilly no viniera al viaje? Perfecto. Adelante con tu pataleta. —Le lanzo una sonrisa cortante—. Pero haz el favor de recordar que dije que ella podía venir si antes tú hablabas con Taura en persona y no lo hiciste, porque actuaste con una cobardía muy impropia de ti.

Jonah forma una pequeña «O» con la boca.

—Y ahora —continúo, y Henry me mira con los ojos apretados de modo que yo lo miro a él apretando los míos— estás actuando con una gilipollía muy impropia de ti.

—Gilipollía —se ríe Jo, pero Hen le lanza una mirada y él se calla de golpe.

—BJ no te dijo que no, Henry, yo te dije que no. —Me cruzo de brazos—. De modo que si quieres cabrearte con alguien, cabréate conmigo, solo que no te cabrees conmigo porque este es mi viaje. —Miro mi reloj Panthère de Cartier que los Ballentine me regalaron para mi cumpleaños—. Vete a casa si quieres, me da igual. Alquílate un avión para ir hasta allí.

Henry echa la cabeza para atrás, muy mosqueado, y frunce el ceño.

—¿Q...?

—No —le interrumpo levantando una mano—. No quiero que hables más. Eres irremediablemente irritante.

—Joder, tío, te juro que me flipa que se cabree con otra persona —oigo que BJ le susurra a Jo.

Yo le lanzo una mirada y él me contesta con una sonrisa de disculpa exageradamente grande.

Henry no alquila ningún avión para volver a casa porque eso habría sido vergonzoso y él no es tan ruin, pero sí que se encierra en su cuarto y pone mala cara lo que queda de día. Y tampoco es que se le pueda culpar del todo porque las suites del Hôtel de Paris Monte-Carlo son muy hermosas, pero ¿sabes qué?, que también lo es la Costa Azul, que es donde el resto del grupo pasamos el día.

Los Hemmes tienen un yate amarrado aquí, y es donde nos relajamos sin hacer nada.

Jo y Taura están bien. Un poco raros. Porque es posible que sigan coqueteando un poco, aunque siempre lo han hecho, es su único escenario, y le he preguntado a Beej si creía que significaba que seguía siendo viable que pasara algo entre ellos, pero me ha contestado que cree que a Jonah le gusta Bianca Harrington, pero que Jonah no sabe que le gusta Bianca Harrington.

Después de que Jonah tirara a Taura por la borda del yate por tercera vez, la he agarrado y le he preguntado si ahora quería que pasara algo con Jonah y ella me ha lanzado una mirada rara y me ha contestado:

—No, Magnolia. —Y ha negado con la cabeza muy firmemente—. Es evidente que le gusta Banksy.

Y entonces la he visto triste, pero menos triste que con lo de Henry, y me doy cuenta de que es posible que yo no sea la única que se siente sola en este viaje.

Volvemos al hotel para prepararnos para ir al casino.

Personalmente, no me entusiasma apostar, pero por alguna razón a BJ se le da bastante bien el blackjack, lo cual me resulta un pelín sexy.

Además, me encanta cuando lleva traje, así que cualquier excusa me vale.

Sale del baño, recién duchado, y deja caer la toalla.

Aprieto los labios, finjo que no sé qué me estoy poniendo colorada y voy a ayudarle a ponerse el traje que le he preparado.

No es que necesite mi ayuda para vestirse, pero siempre me ha gustado abrocharle los botones y meterle la camisa por dentro. Hay algo en el vestir a alguien casi tan sexy como en el desvestirlo.

Me observa, con la cabeza ladeada, la lengua presionada contra el labio inferior.

—¿Eres feliz? —me pregunta así de repente.
Me echo para atrás, sorprendida.
—¿En qué sentido?
—En todos los sentidos, Parks. —Niega con la cabeza—. Es lo único que me importa.
Lo miro fijamente y enarco una ceja.
—Creo que deberían importarte más cosas.
Él niega con la cabeza.
—No hasta que tú vuelvas a ser feliz.
—Ah —exhalo—. Me temo que esto no puedes arreglarlo.
—Y una mierda —gruñe, pinchándome juguetón en las costillas—. Lil siempre me ha dicho que puedo hacer cualquier cosa.
Frunzo los labios, sonrío un poco.
—Eh… —Vuelve a pincharme en las costillas.
—¿Mmm?
Me lanza una sonrisita.
—Estoy muy emocionado por poder casarme contigo.
Le rodeo el cuello con los brazos.
—Y yo.
Él enarca una ceja.
—¿Estás segura de que no quieres hacerlo antes?
—BJ… —Dejo caer la cabeza hacia atrás—. No puedo casarme en invierno, piensa en mi vestido y la nieve pisoteada y…
—Parksy, sinceramente me importa una mierda si se te jode el vestido.
Lo interrumpo con una mirada.
—Así no vas a convencerme para que me case antes contigo.
—Es que lo único que quiero es casarme contigo —me dice—. Te compraré otro vestido si la nieve te lo estropea.
—Beej, a decir verdad, no imagino que nuestra vida de casados vaya a ser muy distinta de la que tenemos ahora.
—No lo sé. —Se encoge de hombros—. Hay algo en toda esa mierda de «comprometerse en público» que me pone tierno…
—¿Toda esa mierda de comprometerse en público? —repito con una carcajada.
—Sí —asiente.
Pongo los ojos en blanco.

—Qué romántico.

Entorna los ojos.

—Me casaría contigo ahora mismo si me dejaras.

Y me lo planteo un segundo, porque sería un sueño. Solo nosotros y nuestros favoritos… pero destrozaría a nuestras familias.

Le abrocho los botones de la manga de la camisa.

—Compórtate.

—¿Contigo? —Me mira con una sonrisa—. Nunca.

DIECISÉIS
BJ

Pasamos un par de días muy buenos aquí en Mónaco, a pesar de que Henry se haya vuelto un puto gilipollas integral. No es propio de él, lo sé, es que no puedo explicarlo. Siempre se ha puesto raro con Romilly.

Hace que ella parezca la mala, pero no es culpa suya.

Es que no piensa con la cabeza cuando se trata de ella, ¿me entiendes? Un poco como yo con Parks, que, a ver, no es eso, nunca nada lo será, pero bueno, asemejémoslo como representación visual para que no pienses que, de repente, mi hermano se está convirtiendo en un puto imbécil sin una buena razón.

Estamos todos en la piscina, incluso Henry (que ha vuelto a los sudokus), Taura está intentando enseñar a Gus y a Christian un baile de TikTok y Jo está grabando porque todos parecen estúpidos, ¿y Parks y yo? Estamos en una tumbona, su cabeza sobre mi pecho, ambos leemos libros, y la verdad es que no puedo creer la suerte que tengo de que ahora mi vida sea esta.

Que lo hayamos solucionado todo, que a pesar de todo el puto drama estamos juntos, como Dios manda y esas mierdas. Esto es lo que estoy pensando de verdad, y quizá era demasiado idílico, tendría que haber captado la indirecta, pero no lo he hecho. A veces la vida es una gozada y quieres deleitarte en ella. Y más o menos entonces suele ser cuando se te acerca sigilosamente y te da un buen golpe en la cabeza.

Y es entonces cuando Henry dice en voz alta.

—No me jodas.

Jo desvía la mirada. Últimamente siempre está alerta. Es un poco raro.

—¿Qué? —pregunta.

Henry hace un gesto con la cabeza hacia algo y yo sigo su línea de visión. Y me encuentro a Paili Blythe y a Perry Lorcan de pie delante de Parks y de mí, toallas en mano.

—Mierda —digo con un hilo de voz.

—¿Qué? —Magnolia me mira antes de mirar alrededor. Y entonces los ve.

—¡Magnolia! —exclama Paili, quitándose las gafas de sol.

—Oh, no. —Magnolia niega muy rápido con la cabeza.

—¡Hola! —prosigue Paili, esperanzada.

—No —dice Magnolia al instante, sin dejar de negar con la cabeza. Y entonces, chas, Henry está a su lado. Parks lo mira. Niega con la cabeza, traga saliva nerviosa.

Tengo ganas de vomitar.

—¡Chicos! —sonríe Perry.

Christian y Gus se cruzan de brazos.

—¡Menuda casualidad! —Paili suelta una carcajada que suena despreocupada, pero hace demasiado tiempo que nos conocemos todos. Es jodidamente forzada.

Magnolia se vuelve para mirarme.

—Quiero irme.

Asiento.

—Vamos.

—Parks... —Perry se le acerca un paso.

—Ahora. —Magnolia mira a Henry con los ojos muy abiertos.

—Magnolia, escucha... —Perry ladea la cabeza como si mi chica estuviera siendo irrazonable.

—No. —Niega ella con la cabeza.

—Magnolia —dice Paili, asomando por detrás de Perry—. Siento muchísimo lo de Bridget.

Henry echa la cabeza para atrás.

—¿Se te ha ido la putísima cabeza?

Paili exhala.

—Henry...

—Hola —saluda Taura, entrando en escena—. ¿Os acordáis de mí?

Paili hace un rictus con la boca. Está incómoda.

Rodeo a Parks con un brazo, intento hacerla sentir segura en medio de este puto caos.

Taura mira a Paili y a Perry, les lanza una sonrisa seca a ambos.

—Sigo esperando mi disculpa.

Perry suelta un bufido.

—¿Una disculpa por qué?

—¡Cuánto me alegra que preguntes! —Taura da una palmada. Empieza a hacer una lista enumerando con los dedos—. Por mentir sobre mí. Por perpetuar un rumor. Por separarme de quien sería mi mejor amiga. Por dejar mi nombre a la altura del betún...

Perry pone los ojos en blanco.

—Tu nombre ya estaba a la altura del betún en el internado.

Jonah lo señala con un dedo.

—Vaya par de huevos tienes, colega.

—¿Me vais a pedir disculpas o no?

Perry niega con la cabeza, impertérrito.

—No.

Paili está ahí de pie, incómoda.

Henry aprieta los puños y cruza una mirada con Christian por si empieza una pelea.

—¿Qué te ha pasado? —pregunta Magnolia, mirando a su viejo amigo.

—¿A mí? ¿Hablas conmigo? —pregunta Perry con las cejas enarcadas, y no me hace ni puta gracia su tonito—. ¿Qué me ha pasado? Veamos... Descubriste algo que era tan jodidamente obvio que lo sabía todo el mundo...

Hen niega con la cabeza y Christian se coloca a su lado.

—Todo el mundo no.

—Vaya, ¿ahora hablas? —Suelta una carcajada irónica—. Un clásico. Todo el mundo lo sabía menos tú y estos dos, al parecer...

—Lo cual no es todo el mundo, por cierto —interviene Taura—. Son cuatro personas. En todo el planeta. Cinco si me incluís a mí porque yo lo sabía. Pero, aun así, cinco personas son estadísticamente una minoría indiscutible.

—Me jodiste la vida —le medio grita de repente Perry a Parks, y luego señala con la cabeza a Paili, que sigue detrás de él—. Y a ella también.

Magnolia se pone de pie, ofendida.

—¡Ni siquiera os dirigí la palabra en todo un año!

—Tampoco lo hizo nadie más —le suelta Perry.

Ella niega con la cabeza.

—Yo no le pedí a nadie que no os hablara…

Paili la mira, dolida.

—Pero que tú no lo hicieras fue suficiente.

Magnolia me mira, incrédula, y yo también me pongo de pie.

—¡¿Para qué?! —pregunta Magnolia.

—¡Para que nos convirtiéramos en putos parias de la sociedad! —chilla Perry.

—¿Estás hablando en serio? —Parks lo mira fijamente un par de segundos. Parpadea un montón de veces—. Hay muchísimas personas culpables de lo que pasó, muchísimas cosas que se hicieron mal, muchísimas líneas que se cruzaron, y ninguna de ellas, ¡ninguna! —se pega con su dedito índice contra su propio pecho—, la crucé yo.

Perry hace una mueca y fulmina con la mirada a mi prometida. Henry ya puede pegarlo, yo me alegraría. Hace un rictus con los labios.

—Bueno, pero eso no es estrictamente cierto, ¿verdad, querida?

Paili le tira de la manga.

—Para.

Magnolia niega con la cabeza, confundida.

—¿De qué estás hablando?

—Perry, para —le pide Paili, de modo que Parks la mira a ella.

Las chicas siempre han hecho lo que decía ella, exceptuando su hermana. Y Daisy, supongo. Magnolia tiende a ser la alfa entre las chicas. No creo que ella lo sepa, creo que ella cree que siempre tiene razón y que, sencillamente, tiene ideas geniales, que ni tiene una cosa ni la otra, lo que pasa es que no es la clase de persona a quien puedas decirle que no con facilidad. Da igual quién seas.

Magnolia mira a Paili con fijeza, cuadra los hombros y le sostiene la mirada de una manera que, sinceramente, me daría miedo si me lo estuviera haciendo a mí.

—¿De qué está hablando? —repite enfatizando mucho.

Paili suspira, pone los ojos en blanco. Traga saliva. Vuelve a tragar saliva como si estuviera intentando no decirlo en voz alta. La mira desafiante dos segundos enteros antes de que se le caiga la careta.

—La botella me apuntó a mí.

Exhalo por la boca y niego con la cabeza.

Jonah suelta un «ja, ja» y la mira fijamente.

—Estás jodidamente zumbada.

—No, no lo estoy —contesta Paili—. A veces lo veía, por cómo me mirabas antes, que...

Exhalo ruidosamente, con la mandíbula tensa, sigo negando con la cabeza. Ni siquiera la miro a la puta cara, me limito a agarrar a Parks por la muñeca y a girarla hacia mí.

No dice una sola palabra. No hace falta. Sus ojos lo dicen todo. «¿De qué cojones está hablando?».

Enarco las cejas, le lanzo esa mirada que le dice sin decirle que esa chica está loca de la cabeza.

—Yo lo vi —le anuncia Perry a nadie en particular.

Y entonces Henry le pega un empujón.

—Y una puta mierda viste.

Perry recupera el equilibrio y se yergue.

—¿Quieres que nos peguemos?

—Me muero de ganas, tío —asiente Henry—. Venga.

—Para. —Le coloco una mano en el hombro a Hen y luego miro a Paili—. Tú y yo tenemos que hablar.

Magnolia se queda boquiabierta, me mira como si me hubiera vuelto loco.

Hago un gesto para alejarnos del resto, pero ella niega con la cabeza, deprisa, enfadada.

—Parks... —La aparto del resto y le pongo ambas manos en la cintura—. Magnolia, tengo que hablar con ella.

Me mira fijamente con los ojos muy abiertos y no dice nada.

Vuelvo a señalar hacia Paili, exasperado.

—Ha perdido la puta cabeza y no entiende de qué iba esa noche en realidad.

Parks frunce el ceño, exhala ruidosamente por la nariz. Sus sonidos contrariados de estar entrando en razón.

Se cruza de brazos, busca otra cosa que la cabree.

—¿De qué está hablando? ¿Cómo la mirabas...?

Me cubro el rostro con las manos un segundo y suspiro.

—Las chicas ven lo que quieren ver, Parks. —Niego con la cabeza—. Tengo mensajes directos de chicas que me dicen que han pensado en mandarme un mensaje porque me vieron mirarlas en Sketch una vez hace cuatro años. Y juro por Dios que el noventa y ocho por ciento de las veces no las he visto en mi puta vida...

—¡Pero esto es distinto! —Pega un pisotón—. Te acostaste con ella.

—Por eso tengo que hablar con ella. —Suspiro—. Ven —le digo, y voy en serio—. Siéntate ahí. Ven conmigo. Me da igual.

—¡No quiero sentarme ahí! —exclama con voz fuerte, más fuerte de lo que pretende exclamar delante de todas esas personas, por eso traga saliva y recapacita—. No quiero oírlo.

—Parksy —exhalo, le acaricio la cara—. Si no quieres que hable con ella, no lo haré. Pero creo que debería. Creo que debería cerrarlo...

—¿Qué cojones, BJ? —Me pega en el pecho, con una mueca de consternación—. ¿Por qué no está ya jodidamente cerrado?

Me agacho para que mis ojos queden a la altura de los suyos.

—Porque nunca he querido volver a estar a solas con ella después de que pasara.

—Ni siquiera cuando me fu...

—¡Especialmente cuando te fuiste, Parks! —la interrumpo—. No quería que me vieras en una foto con ella, no quería que pensaras que cuando te fuiste, yo me fui con ella... —Niego con la cabeza y exhalo—. Intentó hablar conmigo una vez después de que pasara todo y Jonah tuvo que sacarla a rastras del edificio.

Habría sido bastante divertido si no hubiera estado absolutamente desconsolado.

Alguien sacó una foto, ella me acorraló... Los chicos y yo habíamos salido a cenar y ella me interceptó cuando yo volvía del baño, y un capullo sacó una foto y Christian, joder que Dios le bendiga, rompió el móvil (me flipa ese temperamento suyo cuando me va a favor) y yo le dije a ella que se largara y ella se echó a llorar y siguió intentando hablar conmigo, de modo que Jonah la levantó en volandas y la sacó fuera.

—Quiero terminar con todo esto —le digo—. No quiero casarme contigo teniendo esta mierda sobre nuestras cabezas. Podríamos encontrárnosla siempre...

Me mira boquiabierta.

—¡Espero que no!

—Pero es posible. —Asiento—. Y si lo hacemos, quiero que no signifique nada...

Le cambia la expresión, dolida.

—Para mí, jamás no significará nada.

Exhalo al tiempo que le cojo la mano.

—No lo decía en ese sentido. Sino que sea algo anecdótico. Vamos, que no signifique nada que nos la encontremos porque lo hemos superado.

Me mira fijamente.

Señalo a Paili con la cabeza.

—Voy a hablar con ella. ¿Quieres venir?

Niega con la cabeza.

—¿Confías en mí? —pregunto.

Se encoge de hombros con cierta debilidad.

—Supongo.

Rozo sus labios con los míos y luego ella vuelve con nuestros amigos, sujetándose las manos porque está nerviosa.

Miro a Paili y le hago un gesto con la cabeza para apartarnos del resto.

—Venga, vayamos a hablar tú y yo.

Henry echa la cabeza hacia atrás.

—No.

Christian hace una mueca.

—¿Estás loco?

—No pasa nada —dice Magnolia con un hilo de voz, los ojos fijos en mí, asintiendo. Me está diciendo a mí que no pasa nada, pero también me lo está preguntando un poco porque soy yo lo que ella mira para controlar—. Confío en él —le dice a todo el mundo, aunque incluso yo sé que es una exageración.

Perry le sonríe, casi irónico.

—Valiente.

—Mmm. —Henry inhala y le lanza una sonrisa tensa—. Sí, voy a darte tres segundos para callarte la puta boca y largarte de aquí, o me parece que te voy a pegar un puñetazo.

Perry pone los ojos en blanco.

—¿En serio, Hen?

—Tres —empieza a asentir Henry.

—¿Cuándo te has convertido en un niñato? —pregunta Perry, cruzándose de brazos.

—Dos —sigue Henry.

—Hermano, yo me iría… —le advierte Christian.

—Uno —termina Henry, que se arremanga y Magnolia me mira, con los ojos muy abiertos, preocupada y no queriendo un espectáculo.

—Paili —dice Perry, mosqueado, pero retrocediendo—. Vámonos.

Paili se ajusta la toalla alrededor del cuerpo.

—Voy a hablar con Beej.

—Y tú… —Jonah se agacha para que Perry lo mire—. Te vas a ir a tu puta casa.

Perry pone los ojos en blanco.

—Nos hospedamos aquí.

—Dirás que os hospedabais. —Gus le lanza una sonrisa seca—. Venga, te ayudaré a hacer las maletas.

—No… —Perry niega con la cabeza, verdaderamente cabreado ya—. Yo…

—O… —Jonah le sonríe con aburrimiento—. Si lo prefieres, puedes ayudarme a darle de comer a los peces.

Perry exhala mientras fulmina a Jo con la mirada, y luego Gus se lo lleva de allí.

Yo miro a Magnolia, que tiene los ojos tan grandes y asustados que parecen piscinas en las que uno podría caerse.

—Te quiero —le digo.

Ella no me contesta nada, se limita a sonreírme nerviosa. Henry la rodea con un brazo y se la lleva hacia el bar.

Me alejo un poco, encuentro unas tumbonas libres, me siento en una y le hago un gesto a Paili para que ocupe la que tengo delante.

Lo hace. Esboza una sonrisa extraña. ¿Puede que albergue un poco de esperanza, tal vez? Nervios también, no lo sé… Me revienta la cabeza ver que es capaz de sonreírme por algo remotamente relacionado con esto porque yo sigo sin poder pensar en esa noche sin sentir que estoy en una pesadilla y me han prendido fuego.

Todo va a cámara lenta, no puedo pararlo, no puedo expresar lo mucho que me está doliendo todo esto, es uno de esos recuerdos que me duelen hasta el tuétano cuando pienso en ello. No solo porque hice algo que ahora si intentara pensarlo de verdad, lo más probable es que acabara vomitando literalmente, sino por el daño que le hizo a Parks, lo mucho que nos desvió de nuestro camino.

Claire y yo hablamos del tema de vez en cuando, sobre todo, porque creo que sigue siendo un problema para Magnolia. Claire me dijo que seguiría siendo un problema para ella hasta que lo afrontara, lo cual es cierto, lo sé. Lo que no sé es el margen que tengo para empujarla a hacerlo ahora mismo.

En fin, esta parte del proceso no es ella quien tiene que afrontarla.

Paili enarca las cejas, expectante, al tiempo que se pellizca el dedo índice.

—Mira, Paili... —empiezo a decir—. Siento muchísimo lo que sucedió.

—Yo no —replica, y me pilla jodidamente desprevenido lo segura de sí misma que está—. Sé que debería, pero no lo siento. Me sabe mal que le hiciera daño a ella. —Se encoge de hombros—. Pero...

—No. —Niego con la cabeza—. No hay pero ni oración subordinada aquí, limítate a lamentar que le hiciera daño a ella.

Suspira y me sonríe.

—Tengo la sensación de que... quizá habríamos podido ser muy grandes juntos.

Niego con la cabeza.

—No.

—Y sé que ahora estás con ella... —Está gesticulando mucho con las manos y se me antoja ensayado. Como si ella mentalmente ya hubiera tenido esta conversación, ¿sabes?

—Paili...

Niego con la cabeza, dejo de mirarla y, ¿te lo puedes creer?, hace ademán de cogerme la puta mano. Me aparto como si me hubiera quemado. Busco a Magnolia con la mirada para ver si lo ha visto, pero no sé dónde está.

—No lo digo con ninguna intención de intentar remover nada... —me dice Paili.

—Para.

—Pero creo que hubo algo más esa noche —prosigue con serenidad.

—Pails, no... —Niego con la cabeza—. Yo estaba hecho una puta mierda esa noche.

—¡No ibas borracho, Beej! —me dice—. Me acuerdo.

Suspiro, cansado.

—Te lo dije, Paili, vamos a ver, estaba verdaderamente jodido. Solo que... no por algo que tu sepas.

—¡Pues cuéntamelo!

—No. —La miro fijamente—. Yo no... Nosotros no somos...

—Pero lo fuimos.

—Ahora ya no —le digo con firmeza.

—BJ... —Me lanza una mirada, ladea la puta cabeza y todo—. Esa noche significó más de lo que se te permite reconocer, sé que t...

—Joder, tía —suspiro, ahora ya estoy agobiado, me tapo la boca con la mano, un poco como si hubiera abierto la caja de Pandora—. Estás zumbada.

—¡Sé que es así! —insiste—. Lo sentí. Te conozco, conozco tu cara y siempre he...

—Hasta aquí. Vale. —Niego con la cabeza—. Podría haber sido cualquiera, Paili, literalmente cualquiera. Con cualquier mujer, en ese momento, yo habría hecho exactamente lo mismo con ella. —Empieza a descomponérsele la expresión—. No me lo habría pensado dos veces, nunca tuvo nada que ver contigo. Sencillamente, estabas ahí.

Frunce el ceño.

—Pero...

—No, déjame terminar. —Levanto una mano para decirle que me deje hablar—. Y fue muy jodido por mi parte porque creo que lo sabía. Sabía que te gustaba un poco. Es verdad que lo sabía y está fatal y soy yo quien tiene que cargar con ese muerto. Pero necesito que lo entiendas, pero que lo entiendas de verdad, y luego nos dejes en paz.

Menea un poco la cabeza y me mira, nerviosa.

—No lo dices en serio...

—Escucha —La miro fijamente—. Lo digo muy en serio.

Frunce todavía más el ceño.

—Nunca he sentido nada remotamente romántico hacia ti, Paili. Nunca te he mirado y, yo qué sé, he recordado con ternura lo que hicimos. No guardo ninguna connotación positiva hacia ti o hacia esa noche. Te miro y veo... —frunzo los labios— el objeto que usé para tirar mi vida por un acantilado.

Se echa para atrás.

—¿Objeto?

Aquí no he estado fino.

—Sí.

—¿Me usaste y punto?

—Exacto. —Asiento porque he aceptado esa parte de quien era antes—. Y lo siento muchí…

Y entonces me pega una bofetada.

Me cruza toda la cara. Con los ojos llenos de lágrimas, sonrojada por la vergüenza, se pone de pie, me lanza una mirada asesina y luego tiene que apartar a Magnolia de en medio para irse.

No sé en qué punto de la conversación ha aparecido.

Parks me observa, con el ceño fruncido, creo que la veo un punto complacida de que me acaben de pegar un tortazo en la cara.

Camina hasta mí y se me sienta en el regazo.

—¿Estabas escuchando a escondidas? —pregunto frotándome la mejilla.

—¿A escondidas? —Parpadea—. Estaba espiando sin reparo alguno.

Me río, divertido.

—Disculpa… —Llama a un camarero—. ¿Podrías traernos un poco de hielo?

Parks vuelve a mirarme y me toca la cara con cariño.

—Te ha pegado bastante bien.

Asiento.

—Me lo merecía.

Me devuelve el asentimiento.

—Supongo que sí.

Le doy un beso en el hombro.

—¿Estás bien?

—No, no mucho. —Niega con la cabeza y yo suspiro, aunque supongo que era de esperar.

Me pasa la mano por el pelo.

—Pero te quiero de todos modos.

DIECISIETE
BJ

Me apoyo en el respaldo de mi asiento en The Guinea Grill, estiro los brazos por encima de la cabeza y, de repente, Henry pregunta:
—¿Qué método anticonceptivo usa Magnolia?
Me quedo mirándolo, parpadeo un par de veces.
—¿Qué?
Se encoge de hombros.
—Anticonceptivos. Cuando estudiábamos tomaba la píldora...
—Raro —le digo mirándolo con los ojos entornados.
Pone los ojos en blanco.
—Es mi mejor amiga.
Le lanzo una mirada.
—Pues pregúntaselo tú.
—Oh, no... —Niega con un gesto—. Me arrancaría la cabeza de un bocado.
Suelto una carcajada y luego pongo los ojos en blanco antes de contestar.
—Condones. ¿Por qué?
—¡Condones! —repite él, sorprendido.
—Sí —asiento con el ceño fruncido—. Condones.
Condones, por si te lo preguntabas, porque últimamente tiene migraña, de modo que ya no puede tomarse la píldora. Y luego probó el DIU durante una temporada, pero se volvió jodidamente loca, así que sí, condones mientras encontramos la solución.
—¿Por qué? —vuelvo a preguntar.
—Es que... —Niega con la cabeza—. No es la zona de confort de Rom. Estamos encontrando nuestra manera y esas mierdas.
—Ah —asiento antes de mirar de hito en hito a mi hermano—. Joder, qué pesadito te pusiste ese viaje.

—Lo siento, sí. Lo sé... —Hen pone mala cara—. A Rom le jodió bastante que no la invitáramos.

Viento en popa van ese par. Es curioso, pero, vamos, que no se basan excesivamente en el sexo, por lo que veo. Creo que es, no sé, que de algún modo es totalmente nuevo para ellos. ¿Conoces su historia? Ahora no me acuerdo de si ya hemos hablado del rollo o no... Eran mejores amigos en el internado, como Parks y Henry pero con química, supongo. Se conocieron en Varley, Rom no fue al mismo colegio que ellos. Henry se enamoró de ella hasta las putas trancas en cuanto se conocieron. Estuvieron siglos que si sí que si no, no sé por qué. Creo que a él le gustaba tanto, que le daba miedo meter la pata.

Sin embargo, un día al fin se armó de valor y la besó y estuvieron juntos un tiempecito. Se acostaron. El loco de su padre, que es pastor, se enteró y a la semana estaban viviendo de vuelta a Estados Unidos. Henry se quedó hecho mierda, la verdad. Nunca vi que le gustara de verdad otra chica hasta Tausie.

Le sonrío, empático.

—No tenía nada que ver con ella.

—Lo sé, pero...

—Tendría que haberte grabado y habérselo mandado a Romilly. —Le lanzo una mirada—. Ella te habría puesto en tu sitio.

Hen pone los ojos en blanco.

—No fue para tanto.

—Tío, estuviste de morros todo el puto viaje... —Le sonrío—. Fue horrible.

Bebe un poco de vino.

—Es que adora a Parks.

—Y Parks la adora a ella, pero, hermano, tienes que entenderlo. Taura ahora es importantísima para ella, la primera amiga que ha hecho en años.

—Lo sé —suspira Henry—. Pero ella y Romilly son...

—Que Romilly le encanta, Henry. —Me encojo de hombros—. Pero no esperes que cambie su lealtad de la noche a la mañana, ¿sabes?

Mi hermano me mira fijamente, le veo en los ojos que le está dando vueltas a la cabeza. Entonces hace una mueca, incómodo.

—¿Crees que es posible que la quiera? —le pregunta a su copa de vino, y no a mí.

Suelto una carcajada.

—Sí, tío.

Me mira, un poco alarmado.

—¿Tú crees?

Asiento.

—Claro.

Frunce el ceño.

—¿Es una locura?

—Sí. —Vuelvo a asentir y luego me encojo de hombros—. Aunque… ¿Quién soy yo para decir nada?

Él dice que a la mierda todo. Henry es demasiado pragmático para el amor, en muchos sentidos.

No en el sentido de que sea robótico, no es eso, ya sabes cómo es, fiel como un perro, pero le gustan los planes, le gustan las cosas que se pueden pedir, quiere tomarse su tiempo. Enamorarse, pero, vamos, enamorarse a conciencia. Enamorarse sin su permiso no entraba en sus planes.

—No puedes cuantificarlo, tío… No puedes hacer que tenga sentido. Es lo que es. —Me encojo de hombros—. Un día estás bien, todo es normal, y de repente, ¡pam! —Dejo caer el puño sobre la mesa y la mujer que tenemos al lado me reprende con la mirada. Le lanzo una sonrisa de disculpa y ella se anima un poco—. Estás enamorado, nada va bien, todo está jodido y aun así, de algún modo, es mejor.

Aquello no le brinda a mi hermano el alivio mental que creía que le daría, él no funciona así.

—Y habéis… —Arrugo la nariz—. Habéis llegado hasta el final, ¿verdad?

Henry hace una mueca.

—¿Qué?

—Romilly y tú.

Pone cara de mosqueado.

—Ya sabes que sí.

Pongo los ojos en blanco y aclaro:

—Recientemente.

—Oh. —Frunce el ceño—. Vete a la mierda, eso no es de tu incumbencia.

—Entonces sí.

—Vete a la mierda —gruñe.
Suelto una carcajada.
—La quieres.
Me señala, parece mosqueado. A mi hermano no le gusta que lo presionen.
—Vete a la mierda.
Lo señalo con el mentón.
—¿Has hablado con Taura desde entonces?
Niega con la cabeza.
—No.
Sí habló con ella en el avión de vuelta a casa, gracias a Dios. Intentó disipar tensiones, creo que funcionó. A ella la vi un poco tierna después. Aunque agradecida, ¿quizá?

Le dijo que iba a salir con Romilly, que es estupenda, que espera que no se le haga raro a ella, que comprendería que sí y que intentará ser consciente de ello, pero que no va a no invitarla con todos solo porque Taura vaya a estar allí.

Añadió que él había tenido que verla saliendo con su mejor amigo durante todo el año anterior, de modo que creía que a ella no le pasaría nada.

La verdad es que no sé cómo acabarán yendo las cosas, pero ahora están mejor que antes.

Taura y Jo están bien, lo cual es una prueba de lo que fueron en realidad.

No sé si Jo la hubiera encontrado tan interesante si Henry no se hubiera enamorado de ella como lo hizo. Suena fatal, no es un desprecio hacia Taurs... Es que él es así.

Odia perder, no puede perder. Y cuando tiene algo, le resulta verdaderamente difícil renunciar al poder que tiene sobre ese algo, aunque ya no lo quiera. No creo que él supiera que en realidad no quería a Taura, creo que él pensaba que sí. No creo que sospeche que su propio interés en tener una relación cerrada con ella posiblemente tuviera su origen en el deseo de ella de tener una relación cerrada con otra persona.

Todo suena bastante dramático, pero está ahí en el trasfondo.

En fin, no puedo demostrarlo, tampoco creo que fuera a sentarle muy bien a Hen... Al final es solo una corazonada mía.

Y entonces una chica preciosa dobla la esquina y le da un beso en la mejilla a mi hermano y se sienta en su regazo. No sobra el espacio en The Guinea.

—¡Hola! —me saluda Romilly radiante.

—Hola. —Le sonrío—. ¿Bien el día?

—Pues sí. —Rodea un hombro de Henry con un brazo—. Buscando un lugar en el que vivir…

—Ah, ¿sí? —Me inclino y birlo una copa de vino de la mesa contigua a la nuestra, le sirvo un poco y se la tiendo—. ¿Alguna pista?

—¡Pues sí! —Asiente—. Hay un lugar estupendo en Kensington Square…

Enarco las cejas al oírlo. Sería bastante bonito…

—He oído que tiene una cama escandalosamente cómoda y algunos muebles muy puntiagudos.

Henry aprieta los labios y suelta una carcajada contra el hombro de ella.

Yo contengo una risotada, no quiero darles la satisfacción, pongo los ojos en blanco en lugar de reírme.

—En tu vida.

Ella se ríe, complacida, y entonces cambia la cara.

—En fin, ¿qué tal está Parks?

—Bueno, ya sabes… —Me encojo de hombros porque no sé qué decir.

—¿Mal?

Vuelvo a encogerme de hombros.

—Depende del día.

—¿Ha vuelto a dejar de comer?

Giro la cabeza como un resorte hacia Henry, lo fulmino con la mirada. Puto traidor.

Él niega con la cabeza muy rápido.

—Yo no… Te juro que yo no he dicho…

Romilly me mira con el ceño fruncido, parece casi ofendida.

—*Panton nos postulo* —dice mirándome a los ojos, y yo me vuelvo a apoyar en la silla, teniendo la sensación de que estoy viajando en el tiempo. Latín, en Varley nos obligaron a todos a darlo. Las escuelas antiguas adoran el puto latín, ¿verdad que sí?

—Mierda. —Henry exhala—. Llevaba años sin pensar en eso.

Era algo que nos decíamos los unos a los otros en el internado cuando las cosas se ponían particularmente de culo.

Romilly ladea la cabeza y me sonríe con dulzura:

—Yo estuve ahí la primera vez, ¿recuerdas?

Exhalo por la nariz. Pues mira, no quiero acordarme, la verdad.

Seguramente me echaría a llorar si me lo permitiera, de modo que aprieto los dientes y bebo un poco de vino.

—No le pasará nada —les digo a ambos.

Aunque me preocupa un poco que sea mentira.

DIECIOCHO
Magnolia

Me miré en el espejo.

Me gustaba el vestido que había escogido, era increíblemente hermoso. Sigue siéndolo, aunque el corazón me duele cuando pienso en él. Claro que creo que el corazón me duele todo el rato de un tiempo a esta parte. Aunque tiene un no sé qué que te rompe el corazón este vestido, negro, desde luego. Corpiño de corsé, encaje Chantilly dispuesto a capas de forma divina, y me pareció suficientemente hermoso como para honrar a mi hermana, y suficientemente atemporal para que dentro de un año las revistas no se mofen de mí por habérmelo puesto.

«¿A quién narices le importa cómo te vistas?» podrías preguntar, si fueras un necio. La respuesta es: a todo el mundo. A todo el mundo le importa cómo me visto, siempre, pero entonces más que nunca, en ese evento específico, me estaban observando. BJ intentó ocultarme los artículos, pero una semana antes o así vi uno en un quiosco. El puto *Daily Star* predecía que sería el funeral más estiloso del siglo.

¿Qué coño significa eso?

En cierta manera, la conversación sobre qué podría ponerme para el funeral de mi hermana era casi suficiente para hacer que quisiera ponerme un par de mallas o algo horrible, que no es que tenga ni una cosa ni la otra, por cierto; así que tampoco es una cuestión muy polémica, pero a mí me importaba.

No tenía importancia en el plano general de la vida, eso lo sé, ni importaba ni importa, de hecho, de un modo verdaderamente relevante, me pusiera lo que me pusiera no haría que mi hermana volviera, pero sí me daba un ápice de control. Control sobre cómo me veían los demás, control sobre cómo me juzgaban, porque sí me juzgan, siempre lo han hecho. «Triste pero fuerte» rezaba un titular que salió al cabo de pocos días tras la filtración de la muerte de Bridget. ¿Qué era aquello tan valiente que estaba haciendo? Beej y yo bajamos a la calle a por un café en Holland St. Kitchen. Intrépido, lo sé, algo verdaderamente rompedor. Me alimento a mí misma, o algo parecido, ¿y soy valiente?

Están siendo amables conmigo hoy por hoy, lo han sido desde que ella murió. Últimamente les caigo bien porque estoy triste y soy de lo más fascinante. Pero se equivocan, no estoy triste, estoy destrozada; no soy fascinante, solo soy un cascarón.

Por eso me puse un vestido que era exquisito y precioso y hacía que se me hundiera el corazón cada vez que lo miraba, sabiendo que escribirían sobre él, sobre los zapatos con los que lo conjuntaría, el bolso, las joyas... El vestido negro de gala de encaje Chantilly con el detalle del lazo de Giambattista Valli, el bolso de mano Cloud negro de Jimmy Choo y un puñado de brazaletes de perlas de Mizuki, Sydney Evan y Sophie Bille Brahe. Pensé que si el conjunto era suficientemente sensacional, quizá lograría ganarme un minuto para mí sola para llorar la muerte de mi hermana sin estar debajo del microscopio.

Alguien llamó a la puerta de mi cuarto. Contesté con un murmullo, creo. Se abrió. BJ y Henry llenaron el umbral.

—Estás p... —empezó a decir BJ y yo lo miré, no dije nada y dejó de hablar de todos modos. Cerró la boca y me sonrió con tristeza.

El esmoquin Shelton de lana de mohair negra y la camisa de corte entallado de algodón de popelina blanco con los gemelos Onyx Round, todo de Tom Ford, y luego los zapatos derby Chambeliss de piel embellecidos con cordellate de Louboutin. Apuesto como siempre. Vestí a todo el mundo ese día, ¿lo sabías? A todo el mundo. Todos los chicos me permitieron escogerlo todo, de la cabeza a los pies. Incluso Harley.

Henry me colocó las manos en los hombros.

—¿Estás bien?

Me volví para mirarlo, fijé mis ojos en los suyos y contesté con bastante tranquilidad:

—No.

Él exhaló, eso es todo. No dijo nada más. ¿Qué podía decirme?

BJ señaló con la cabeza hacia mis salones de satén negro Hangisi 90 con la hebilla enjoyada de Manolo Blahnik.

—¿Te pondrás esos?

Asentí y él fue a buscarlos, se arrodilló y me los calzó. No me miró mientras lo hacía, no pudo, apenas estaba logrando mantener la compostura.

Alguien llamó suavemente a la puerta dos veces y Gus asomó la cabeza.

—El coche ya está aquí, cielo.

Lo miré fijamente, asentí o algo parecido. Miré fijamente la americana de lana Shelton azul marino de Tom Ford, la camisa de algodón azul pálido con apliques de pedrería de Gucci y los pantalones de traje con raya diplomática de ETRO que llevaba como le dije, pero fue por libre con los gemelos. Se puso los gemelos chapados en oro y madreperla de Lanvin. «Interesante —recuerdo que pensé—. Aunque son bonitos. Buena elección».

—¿Lista? —preguntó Mars, llorosa, desde detrás de él.

Beej se puso de pie y me dio la mano.

—Nunca lo he estado menos.

Me la apretó y me sacó de la habitación y bajamos las escaleras hasta el coche negro de lujo que nos esperaba. Mulliner, Bentley. BJ y yo fuimos en un vehículo distinto al resto, no sé por qué pero lo agradecí. Ya entonces no me gustaban los coches. Intenté con todas mis fuerzas programar las cosas de tal manera que yo pudiera llegar andando, pero el consenso general fue que seguramente llegaría tarde si iba a pie. Marsaili se ofreció a ir andando conmigo, para hacerme llegar puntual, pero la persona que organizaba el funeral dijo que era probable que nos siguiera la prensa durante todo el camino hasta allí y, en fin, eso fue suficiente para quitarme las ganas.

Yo subí primero y luego Beej entró detrás de mí. Me atrajo hacia él en cuanto estuvo dentro. Me rodeó los hombros con un brazo y con la otra mano cogió la mía y me la besó durante todo el trayecto hasta la catedral.

No vamos mucho a la iglesia (si es que hemos ido alguna vez). Harley cree que es agnóstico, pero no lo es, sencillamente es demasiado rico para necesitar saber nada de ningún dios que pudiera existir, y hasta que sucedió todo esto con mi hermana, tampoco había vivido muchos descalabros en otros sentidos.

«La buena gente no necesita ningún dios», oí que le decía una vez a un rapero.

No creo que se trate de eso, sin embargo. Pienso que si crees en un dios, tienes que adherirte al código moral de dicho dios; follarte a modelos y drogarte, y ser infiel y ser un marido y un padre ausente no pertenecen al código, y el código es el pensamiento que me llevó hasta la iglesia. Sigo pensando en ello cuando me doy cuenta de que estoy en la escalinata de entrada, y fue, precisamente en ese momento en concreto, cuando me di cuenta de que la próxima vez que me había imaginado a mí misma en una iglesia era cruzando el pasillo para llegar a BJ en el altar.

Curioso, ¿no crees?, que ese día cruzara de todos modos el pasillo hasta el altar junto a BJ. Sin embargo, circunstancialmente, fue bastante distinto de lo que había anticipado en un principio.

El funeral fue precioso y horrible. Mamá siguió adelante con el oro. Había oro por todas partes. Y un millón de rosas Vendetta blancas. Bastante probable que hubiera literalmente un millón. Si me dijeras que había quedado una sola rosa blanca en toda Inglaterra al día siguiente del funeral, me dejarías patitiesa. La verdad es que a Bridget las rosas tampoco le quitan el sueño. Su flor favorita son las *Geum triflorum*, porque cómo no iban a serlo. Raras e inaccesibles, tengo bastante claro que le gustan porque no las conoce nadie más, y en defensa de mi madre diré que yo tampoco habría adornado los bancos de Brompton Oratory con putas *Geum triflorum*, pero bueno, que tampoco los habría adornado con rosas. ¿Quizá rosas Senlitsu? ¿O ranúnculos, incluso? Unas amarantas verdes también. A Bridge le habría gustado eso.

Sin embargo, en su lugar hubo una explosión de rosas Vendetta y una especie de parra trepando desde la entrada hasta el altar. Parecía una boda y no un funeral y algo en ello me dolió en lo más profundo, sobre todo, teniendo en cuenta que mi hermana a raíz de ese día estaría claramente ausente en la mía.

Había una inmensa fotografía suya sobre un caballete junto al féretro. Sé a ciencia cierta que es una foto que ella odia. Lo sé porque se la hice yo.

Era una foto preciosa. No porque la hiciera yo, sino porque ella lo es (aunque no le digas que lo he dicho). A ella no le gusta porque parece que esté posando. No le gustaba, quería decir. Yo no se la di. No sé de dónde la sacó la gente de la organización.

Ese día hizo un calor inusual para esa estación, muy desagradable por parte del tiempo, ¿no crees? Uno desea de corazón que llueva el día de un funeral, por lo maravillosamente melancólico de la lluvia, y aun así ahí estábamos, la iglesia iluminada de manera espectacular por un puto sol radiante, proyectando sobre la alta sociedad londinense una luz resplandeciente que no merecíamos ninguno de los presentes porque una luz como esa está específica y exclusivamente reservada para mi hermana y BJ y nadie más.

Todas esas personas presentes que nos conocen y conocen a nuestra familia, pero que en realidad no nos conocen, en realidad no la conocen a ella; me he fijado en los ojos llorosos de personas que, la verdad, creo que con toda probabilidad mi hermana las habría llamado sinceramente «extraños» (quizá con suerte «conocidos»), no lloraban por ella, eso lo sé.

Para empezar, el funeral no había empezado cuando les vi los ojos llorosos mientras BJ me llevaba hasta la primera fila de la iglesia, pero para seguir, sé que no lloraban por ella porque no tenían ningún derecho de hacerlo.

Lloraban porque la muerte da miedo y es incómoda, y subraya ciertas cosas que llevamos dentro y que ignoraríamos de no tener la amenaza de la mortalidad presionando nuestras conciencias, pero todas esas cosas son justamente las que exigen tu atención en un funeral. La mortalidad no se limita a presionarte, te aplasta contra el suelo con todo su peso.

Me senté en la primera fila con mi familia, encajonada entre los hermanos Ballentine; el resto de los Ballentine, Taura, Gus y los Hemmes estaban detrás de nosotros, y el sacerdote se puso de pie para empezar lo peor que ha pasado jamás en toda la historia de los tiempos. BJ no me había soltado la mano desde que salimos de Holland Park, pero me la apretó igualmente por si acaso.

La misa empezó y tocaron una canción que estoy convencida de que mi hermana no había escuchado jamás y el párroco habló de ella como si la conociera pero no la conocía.

Y habló de la muerte de esa manera fantasiosa que tienen de hacerlo los cristianos en que la muerte está envuelta de esperanza porque no es el fin y Jesús murió para que nosotros pudiéramos vivir, pero aquello no le sirvió a Billie y tampoco le sirvió a mi hermana, así que dejé de escuchar. No quiero saber nada de esas puertas del cielo ni de los brazos de los santos que los recibirán. No quise oír que se ha ido a casa y que ha encontrado la paz, porque su casa está aquí conmigo y, total, yo no soy tan ruidosa. Un poco ruidosa sí, supongo, pero no lo suficiente como para morirse.

Mi madre se puso un velo negro, lo cual fue tan demencialmente dramático que me entraron ganas de arrancárselo de su maldita cabezota, un poco también porque me dio envidia que no se me hubiera ocurrido hacerlo a mí porque ¿cuándo cojones más va a ser adecuado ponerse un velo negro? Menuda oportunidad perdida por mi parte, y eso hizo que me enfadara con Bridget porque es culpa suya, todo esto lo es, de algún modo, si la echara menos en falta, quizá se me habría ocurrido pensar en un velo negro. O, supongo, si no le hubiera dado por morirse, ninguno de nosotros habría tenido la necesidad de un velo negro, y yo no habría estado sentada en la primera fila de la iglesia asesinando con la mirada a mi madre, preguntándome a quién le pidió que se lo diseñara.

Sin embargo, ella no se levantó para decir nada. Tampoco lo hizo Marsaili, se dieron las manos. Raro, pensé. Deseé con todas mis fuerzas que Bridget estuviera ahí para diseccionar la rareza de ese gesto conmigo, pero no estaba. No está, supongo.

Harley tampoco dijo nada, pero sí se levantó y tocó el piano para Stevie Nicks cuando cantó «Landslide».

Allie se levantó y dijo algo, habló de todos los planes que tenían ellas dos, las cosas que iban a hacer, los viajes que iban a llevar a cabo, la redacción que Bridget iba a escribirle para una asignatura que ahora no aprobaría nunca y se preguntó cómo iba a explicar a sus profesores de la universidad el repentino descenso en la calidad de su trabajo en dicha asignatura, y recuerdo que yo pensé que Bridget tenía que querer mucho a Allie como para hacerle los deberes, porque yo me pasé años pidiéndole que me hiciera los míos y ella siempre fue muy borde al respecto. Dijo que nunca iba a encontrar otra mejor amiga como Bridge, que estaba tan segura de ello que ni siquiera se molestaría en buscarla, que se limitaría a echarla de menos para siempre.

Bushka no dijo nada, pero tampoco esperaba que lo hiciera. La verdad es que estaba muy muy quieta. Extrañamente quieta, de hecho. Tan quieta que me convencí de que le habían dado algo para calmarla, porque no es que estuviera quieta y ya, estaba apagada. Lo único que hizo fue mirar el féretro con el ceño fruncido. Como si fuera un rompecabezas que era incapaz de comprender.

La misa avanzó, la orquesta volvió a tocar, y sí, antes de que lo preguntes, se decantó por los pañuelos de seda de lino, y en ese momento, el párroco me miró con fijeza.

—Tengo entendido que la hermana de Bridget, Magnolia, compartirá unas palabras. —Me sonrió alentadoramente.

BJ me apretó la rodilla para infundirme ánimos mientras Henry me pasaba el paquete que le había pedido que trajera para mí.

Arrastré el retrato al óleo gigante de mí misma que hice pintar por adelantado para el próximo cumpleaños de Bridget y lo coloqué en el suelo junto a su féretro antes de encaminarme hasta el púlpito. Se generó un murmullo de confusión.

—Um. —Lo miré de reojo y luego miré hacia los presentes, frunciendo los labios—. Nadie va a comprender el sentido de esto, pero mandé pintarlo como parte de su regalo de cumpleaños y ella lo habría odiado muchísimo, y por eso tenía que hacerlo.

El público soltó una carcajada.

—Así era nuestra relación, supongo. Nada dice tanto «Buenos días, te quiero» en el idioma de Bridget que «Esa es la falda más ridícula que he visto en mi vida» junto con algún hecho terrible sobre el origen de las tostadas. —Exhalé por la nariz, y aterricé mis ojos en BJ. Me sonrió para infundirme ánimos y yo me mordí un poco el labio inferior—. No tuvimos grandes ejemplos de ello, de cómo amar bien a alguien… —Apreté los labios y me revolví, incómoda—. Mis padres pensarán que es un ataque contra ellos, pero no pretendo que lo sea. —Negué con la cabeza y vi a Tom England, esa dulzura de hombre, sentado entre la multitud con sus padres, Clara y ese novio que tiene ella ahora. Tom me sonrió de tal manera que se me llenaron los ojos de lágrimas y parpadeé muy rápido para ahuyentarlas—. Aunque ahora están divorciados —añadí deprisa, como si todos los aquí presentes y hasta sus primas del pueblo no estuvieran ya más que enterados del divorcio de mis padres, como si no hubiera sido el tema que ha mantenido al puto *Daily Mail* a flote el último año y medio entero—. De modo que no creo que ni el uno ni la otra mantengan la ilusión de que se quisieron bien…

El público volvió a reírse y me sentí culpable un segundo porque no pretendía dejarlos mal.

—Sí se quisieron el uno al otro en breves lapsos de su disfuncionalidad —aclaré, asintiendo, y Henry se revolvió en el asiento e inclinó la cabeza, y Beej se apretó la boca con una mano, se le iluminaron los ojos con una diversión que no estaba permitida—. Mi madre siempre le abrochaba los botones a mi padre, todas las mañanas, para todas las reuniones, todas las cenas, incluso para las ocasiones que creo que era probable que ella supiera que las cenas o los viajes eran de naturaleza extramatrimonial... —Otro murmullo. Oh, vaya—. Le abrochaba los botones. Lo ha hecho también esta mañana. Y Harley me lo compraba todo, y a mi madre también... ¿No sé si será resultado de la culpa?

BJ se apretó ambas manos contra la boca llegado ese punto y me pregunté si tendría que haberme escrito todo eso antes de haber subido ahí arriba.

Hablar en público no suele ponerme nerviosa, la verdad. El público siempre habla, de todos modos, me gusta bastante tener la plataforma y un momento para decir lo que me apetece.

—Quizá era la manera fácil de comprar nuestro amor... —me planteé en voz alta y entonces se generó otro murmullo, y vi que Lily le pegaba un manotazo a Jonah en el brazo porque siempre ha sido el chico más travieso de todos—. Pero por si sirve de algo... —les dije con voz fuerte—, a mí me encantan las cosas, pero a Bridge no. Harley intentaba comprarle cosas a ella también, solo que ella nunca mostró mucho interés. A veces incluso le pedía que donara el dinero a organizaciones benéficas en lugar de dárselo a ella, lo cual sé que parece de piadosa y, buen ojo, tenéis razón, ella lo era.

Volvieron a reírse.

—Era sincero, sin embargo, eso creo —dije asintiendo—. Y aunque no lo fuera, sigue siendo una rebelión bastante gloriosa, ¿no creéis?

Tomé aire y lo solté antes de cuadrar los hombros.

—¿Sabéis que ahora se pueden mandar las cenizas al espacio? ¿O convertirlas en fuegos artificiales o en un programa de rehabilitación del arrecife de coral? Y en un diamante. Puedes hacer que compriman tus cenizas dentro de un diamante. Es raro llevar una chica muerta en el dedo, ¿no os parece? Lo del arrecife no está tan mal... —BJ volvía a sonreírme para entonces, sus ojos cargaban el peso de lo mucho que me quiere y de un atisbo de lo boba que cree que soy también, una mirada que creo que lucía ese día en particular en nombre de mi hermana—. A ver, que tampoco lo odio. Solo que mezclan tus cenizas con cemento...

—Gesticulé con las manos como si mezclara—. Lo cual es asqueroso, ¿no?

Christian soltó una carcajada suficientemente fuerte como para que yo la oyera y su madre le pegó un cachete.

—Esto... —Inhalé—. En realidad, no hay un cuerpo en ese féretro. —Lo señalé—. No porque haya pasado algo malo. No porque Bridget no siga siendo la chica más hermosa y taciturna del mundo entero. Esta habría sido mi única oportunidad de vestirla sin sus comentarios sarcásticos, pero no he podido porque ella no está aquí. Porque soy incapaz de decidir qué hacer con su cuerpo. Ella me habría dicho qué hacer. Pero, mmm, está... —Me aclaré la garganta—. Previsiblemente no disponible. —Forcé una sonrisa porque me sentía muy cerca de venirme abajo por completo—. De modo que tengo que decidir qué hacer con su cuerpo yo sola, y no lo sé, porque todavía no puedo. De modo que no lo he hecho, así que eso no es más que una caja. —La señalo—. ¿Cuántos amores te tocan en una vida? Es una pregunta que me he planteado muchas veces. Si preguntáis a *The Sun*, he tenido más que demasiados, y en ciertas maneras es cierto, los he tenido. Pero la verdad es que solo he tenido dos grandes amores. —Evité los ojos tanto de Tom como de Christian y miré fijamente al único gran amor que me quedaba—. Uno está aquí sentado hoy, dándole la mano a mi abuela, y la otra está muerta y dentro de una nevera en Weymouth Street porque no sé qué cojones hacer, y no sé cómo decidirlo sin ella. Me preocupa que la gente mire la vida de mi hermana y se lamente de su brevedad. Que tenía veintidós años. Que es una canción de Taylor Swift que fingía que odiaba pero adoraba, pero además no son muchos años vividos, ¿verdad? Y hay muchísimas cosas malas en la muerte de mi hermana. Una de las peores para ella, imagino, sería la lástima de los desconocidos, de que apenas había vivido su vida. Que no hizo nada importante, que no tuvo tiempo de encontrar la cura del cáncer todavía, ni de la pobreza ni... y lo habría hecho. —Levanté la mirada hacia ellos para decirles con severidad—: Ella lo habría logrado si hubiera tenido el tiempo para hacerlo; ella lo habría logrado todo. Habría dejado un legado que habría llevado a la gente a recordarla y honrarla por él, por los siglos de los siglos. Y me parece una locura, me hace tener un poco hasta ganas de vomitar, de hecho, que dentro de unos años, es probable que no os acordéis de ella en absoluto, pero yo sí.

Una lágrima se me escapó y me la sequé de un manotazo al instante, pero si puedes creer el puto descaro de la gente, vi que se disparaba el flash de una cámara o dos.

—Ella me ha dado forma, me hacía tener los pies en el suelo, me ha dado estabilidad, me ha protegido, cuando todas y cada una de las demás personas de mi vida me han fallado, ella no lo ha hecho jamás... —Para entonces ya estaba llorando, de modo que busqué a BJ con la mirada para recuperar la compostura, pero él también lloraba, lo cual fue peor, de modo que miré a Christian porque él es un estoico profesional. Asintió una vez y me guiñó un pelín el ojo.

Me sequé la cara y tomé aire.

—Era un tremendo grano en el culo, pero una buenísima hermana —reí entre lágrimas, antes de negar con la cabeza—. No voy a decir nada inspirador. Nada sobre que ahora que ella ya no está, yo voy a sacarle todo el jugo a mi vida. No sé cómo voy a sacarle todo el jugo a la vida sin ella, no sé cómo voy a hacer nada sin ella. —Les sonreí con toda la valentía que fui capaz de conjurar, pero con suerte me salió una sonrisa imposiblemente débil. Esa gente, cualquiera en realidad, podía ver mi interior como si yo fuera un prisma hecho de cristal y pérdida—. Todos vosotros estáis aquí para enterrar a la chica más inteligente de todas, la persona más sincera del mundo entero. Pero yo estoy enterrando a mi faro y mi guía.

DIECINUEVE
BJ

El velatorio fue una puta locura lo mires por donde lo mires.

Sé que uno no se enfrenta a esa clase de días pensando que será el más tranquilo de su vida, pero probablemente fue un poco más caótico de lo que había anticipado.

Por un lado, para entonces las grietas entre Hen, Jo y Taura ya habían más que superado la superficie.

También fue, sin lugar a dudas, cuando Parks empezó a hablar con Bridge. La oí en el baño del dormitorio. No sabía que yo estaba ahí, eché un vistazo asomándome por el quicio de la puerta.

—¿Cómo has podido hacerme esto? —le preguntó a nadie que hubiera en el baño. Se cubrió la cara, soltó un pequeño sollozo.

—No sé qué hacer sin ti —afirmó, y estuve a punto de entrar cuando ella volvió ligeramente la cabeza hacia la derecha, como si de verdad estuviera mirado a alguien.

—Desde luego que no —dijo.

Forcé el cuello para ver con quién hablaba. Sin duda no había nadie ahí, ¿verdad? Lo comprobé de nuevo. Pensé que me estaba volviendo loco y luego volvió a hablar.

—Que no, ¿por qué iba a decir que no si sí? —Ese rostro que adoro hizo un puchero—. ¡No soy dramática! —Una pausa—. A veces. Vale. —Otra pausa—. No quiero ir abajo. Prefiero estar aquí contigo.

Me planteé entrar, pero me pareció demasiado íntimo. Como si ella fuera a avergonzarse si se enterara de que yo las había visto, que la había visto a ella, vaya. En general, odio que se avergüence, pero, por supuesto, no quería hacerla sentir rara justo ese día.

La esperé en el pasillo, delante de la habitación, y cuando me vio abrió los ojos como platos.

Le sonreí con cansancio y ella caminó derechita hasta refugiarse entre mis brazos, me apoyó la cabeza en el pecho. Se abrazó a mí y soltó otro sollozo antes de negar con la cabeza, recuperar la compostura y cuadrar los hombros.

—¿Se me nota que he llorado?

«No» es la respuesta que ella quería oír, pero sus ojos parecían putas piedras preciosas, así que sí, era la verdad. Puse mala cara.

—Un poco.

Se secó la cara y se sorbió la nariz.

—Se te permite llorar —le dije.

—No. —Negó con la cabeza—. No quiero que me vean así.

Fruncí el ceño, confundido.

—¿Triste?

Ella bajó las cejas, resuelta.

—Vulnerable.

—Parks… —suspiré.

—Lo usarán en mi contra —me dijo mientras se alisaba el vestido.

—¿Cómo? —pregunté observándola con atención.

Ella se encogió de hombros mientras echaba a andar por el pasillo.

—Siempre lo hacen.

Sin embargo, tiene razón, lo hacen.

Corrí tras ella porque esa chiquilla anda rapidísimo y le cogí la mano mientras bajábamos juntos las escaleras, y ¿quién estaba ahí al pie de dichas escaleras sino la tercera locura del día?

England.

El ex, no la nación. Aunque, probablemente podría argumentarse a favor de la nación también porque ahí había un puto millón de personas.

Parks se alegró de verlo. Pensarás que eso me hizo sentir como una mierda, pero no lo hizo. Ella no lo mira como me mira a mí, nunca lo ha hecho. Ese fue el problema, supongo; para ellos, no para mí. Genial para mí, mal para England.

Le dedicó una puta sonrisa preciosa y tranquila cuando ella avanzó tímidamente hacia él.

Se detuvo a un par de escalones del suelo para que sus ojos quedaran al mismo nivel. El tipo es alto, eso se lo concedo. Ella lo miró fijamente.

—Has venido.

—Desde luego que he venido. —Soltó una carcajada—. ¿Creías que me iba a perder el funeral de la segunda persona más aterradora que conozco?

Ella cuadró los hombros.

—¿Quién es la primera?

Él sonrió todavía más.

—La estoy mirando.

Relajó un poco la expresión, aliviada o algo. Parks no sabe estar a malas con nadie, la pone muy nerviosa. Tuvo que haberla destrozado, que Tom no le dirigiera la palabra durante todo este tiempo.

Él alargó la mano más allá de ella para estrecharla con la mía y me dedicó una cálida sonrisa.

—De veras que no puedo creer que estés aquí. —Ella lo miró un poco asombrada.

La cogió de la mano y la atrajo hacia él.

—De veras que no puedo creer que pensaras que no iba a estar.

—Oh, ¿en serio? —Ella se apartó un poco, lo miró a él y luego a mí—: ¿No puedes creerlo? Entonces, dime: ¿qué tal están vuestros rematadamente odiosos tatuajes a conjunto?

Le sonrió cortante.

Él soltó un «ja, ja» y me miró.

—Radiante.

Yo hice una mueca.

—Tres sesiones ya y ligeramente borrado.

Tom fingió que me fulminaba con la mirada.

—Traidor.

Yo me encogí de hombros como si no pudiera evitarlo y luego señalé a Parks con la cabeza.

—Voy a casarme con ella.

—Otra vez traidor. —Negó con la cabeza como si estuviera decepcionado, pero estaba sonriendo un poco—. Es broma, me alegro por ti. —Me miró sincero—. Por los dos. Enhorabuena, de verdad.

Parksy le sonrió.

—Gracias.

Él asintió.

—Aunque ya era puta hora, la verdad…

—¡Ay, Dios! —Gus dio una palmada cuando apareció tras ellos—. ¡Calma, corazoncito mío! ¡El equilibrio ha vuelto a mi mundo!

Me incliné hacia Parks, le susurré que iba un segundo al baño, le pregunté si estaría bien ese rato, ella me lanzó una sonrisa fugaz y asintió, y luego siguió hablando con los chicos, de modo que yo volví a subir las escaleras corriendo. Había demasiadas personas esperando para ir al de la planta baja. Me apetecía un poco tener un rato a solas, de modo que me dirigí al más alejado. Quería sentir mi tristeza a solas un momento, ¿sabes? Que yo esté triste es irrelevante ahora mismo en general, pero especialmente ese día. Y yo lo sabía. Lo sentía de todos modos, pero quería sentirlo a solas, y eso hice.

¿La razón principal por la cual ese día fue una puta locura?

Fui a un baño al que no va nadie nunca, abrí la puerta sin pensar.

Igual que ellos no la habían cerrado con pestillo sin pensar... Y ahí estaban.

Arrie encaramada al mueble del lavabo, con el vestido subido hasta la cintura, Harley embistiendo sin parar.

—¡Dios! ¡Joder! —grité, antes de cerrar la puerta de un golpazo.

Me quedé ahí parado, paralizado. Parpadeando, intentando comprender lo que acababa de ver.

Me cubrí la boca con la mano al tiempo que mi cerebro trabajaba a toda máquina intentando descifrar lo que podría significar.

¿Era una aventura? Técnicamente, supongo que sí. Pero bueno, él le fue infiel a Arrie con Mars, de modo que ¿lo es? ¿Se estaba reestableciendo el equilibrio? ¿Y qué están haciendo? Vamos, ¿era algo serio o era un polvo en un momento raro?

Y ¿qué hay de...?

La puerta del baño volvió a abrirse, y esta vez Harley llenó el umbral, aclarándose la garganta.

Arrie estaba de pie detrás de él, tenía el puente de la nariz sonrojado, las mejillas también. Lo mismo le pasa a Parks cuando nosotros...

Me apreté la boca con las manos, negué con la cabeza.

—¿Qué cojones? —lo miré fijamente.

—Escucha. —Él negó con la cabeza—. Acaba de pasar.

Negué más con la cabeza.

—¿Qué acaba de pasar? ¿Qué es est...?

—¡No es nada! —atajó Arrie enseguida, avanzando hasta nosotros mientras se recolocaba el vestido—. No ha sido nada. ¡Y tú lo has parado! —añadió como si acabara de ocurrírsele.

Le lancé una mirada.

—No, no lo he hecho. Joder, estabais… Os he visto.

—BJ… —empezó a decir Harley.

—¡Es su funeral! —Lo corté—. Su funeral.

—¡Lo sé! —gritó él con voz fuerte, y Arrie se tensó y presionó los labios.

Le tocó el brazo para tranquilizarlo y se interpuso entre los dos (lo cual supongo que no fue mala idea), no me gusta nada que me griten en general, la verdad, pero todavía menos que lo hagan dos capullos que están dando bandazos despreocupadamente pudiendo cargarse a Parks en el proceso.

—No es nada. —Arrie asintió suplicándome con los ojos que lo dejara pasar—. Yo estaba disgustada, he subido, él me ha seguido. Nos hemos besado sin querer…

—Habéis hecho más que besaros —la corté.

—Sí. —Asintió con solemnidad—. Pero no volverá a ocurrir.

Asentí una vez y los miré fijamente a los dos.

—Ya te digo yo a ti que no, hostia.

VEINTE
Magnolia

Gus, Taura y yo vamos a ver *Mamma Mia* en el Novello. Obviamente, todos lo hemos visto ya mil millones de veces (si te soy sincera, es probable que vuelva a verlo la semana que viene), es una de las cosas que al parecer hacemos ahora. Fue idea de Gus.

Siempre he disfrutado del West End tanto como cualquiera. Nunca me he muerto de ganas de ir, pero lo disfrutaba bastante. Hasta hace poco, vaya.

Ahora se podría decir que me encanta.

No hay muchos sitios a los que pueda ir en Londres ahora mismo que me brinden mucha privacidad. Pero aquí, se da por hecho. Aquí, el espectáculo no soy yo. Nadie me mira a mí, y aunque lo hagan, las luces se apagan de todos modos.

La verdad es que vamos bastante a cualquier espectáculo, en función de mi humor. Si necesito llorar, vamos a ver *Les Misérables* o *Miss Saigon*. Si me encuentro bien, veremos *Wicked* o *Mamma Mia*, *El Rey León*, tal vez... Taura siempre quiere ver la obra de Harry Potter, pero a mí me va así-así. Sé que lo llaman un canon, pero tomémoslo con calma un momento, ¿vale?

En fin. Es algo que puedo hacer con mis amigos, y que, en realidad, no requiere mucho de mí. Solo tengo que vestirme, presentarme y saludar. Apenas tengo que mantener una conversación, exceptuando el entreacto, y, a decir verdad, Taura y Gus saben ver qué noches tengo ánimo para charlar y qué noches no.

Esta noche sí. De hecho, estaba parlanchina.

Me he alegrado de oír el drama interminable en el que están inmersos Gus y Jack. Gus dice que lo ha superado, pero yo le noto que ni de lejos. Está hundido hasta las rodillas y ojalá no lo estuviera, porque Jack sigue (según se dice) bastante colgado de Taj Owen.

Están intentando ser amigos, y la verdad es que a Gus se le dan muy bien los límites. Bueno, al menos normalmente. Aunque con Jack le cuesta. Para empezar, es imposiblemente hermoso; vamos, que sería rival de BJ en lo que respecta a la belleza, lo cual todos sabemos lo mucho que significa, por eso apenas podemos culpar al pobre Gus. Además, creo que Jack podría ser «esa» persona para Gus. Lo cual podría decirte que odio, porque a veces me pregunto si «esa» persona para Jack es Taj.

Es bastante desafortunado cuando tienes una persona y la persona de esa persona no eres tú. BJ siempre ha sido mi persona. A veces la gente cambia de persona. Yo fui la persona de Christian una vez, aunque estoy casi segura de que ya no lo soy. La gente puede cambiar. Los corazones pueden pasar página. ¿Quizá el de Jack lo hará? Yo me alegraría sobremanera por ellos.

—Joder —dice Taura de pronto.

Hasta hace un segundo estábamos a mitad de camino, mis amigos son encantadores y han accedido a andar durante una hora hasta casa por mí, ahora ella se ha parado en seco y se ha quedado mirando fijamente el escaparate de una tienda.

—¿Qué? —Gus se para y sigue su mirada—. Mierda.

Los miro a ellos y luego desvío la vista hacia la tienda y tardo un minuto en verlo, pero lo veo. Ahí mismo en la portada de *The Sun*:

¡LA AMANTE SECRETA
QUE BALLENTINE TENÍA EN EL INSTITUTO
LO REVELA TODO!

Yo niego con la cabeza, entro a buen paso en la tienda y cojo el periódico del estante.

—Magnolia —suspira Taura—. En serio, solo serán gilipolleces...

—Sí, cielo. —Gus niega con la cabeza—. No vale la pena, es...

Los ignoro, paso páginas hasta que lo encuentro. Una doble página. Una foto gigante de Beej a la izquierda y en la derecha, la amante secreta que supuestamente tenía en el instituto.

Allegra Fiscella.

A Taura le cambia la cara cuando la reconoce.

—Mierda.

Allegra estuvo obsesionada con BJ durante años. Todo el mundo lo sabía. Era peor que Alexis Blau, y todo el mundo sabía lo loca que Alexis estaba por BJ.

Sin embargo, Allegra aprovechaba todas las oportunidades que se le presentaban, todas y cada una de ellas, incluso hasta hace poco. Justo antes de que BJ me propusiera matrimonio, oí que Henry le contaba a Christian que habían salido y que Allegra intentó llevárselo a casa. Está completamente loca, vamos, que es una pirada de manual, pero Dios mío, qué preciosa es.

Y qué concreta, también. Da hasta miedo.

«Le encanta que le den besos en el cuello», confiesa con una risita. «Tiene el cuello supersensible. Y le gusta que juegues con su pelo».

Noto que frunzo el ceño porque es verdad.

«Siempre me sentí un poco mal cuando íbamos al instituto, porque él estaba con Magnolia casi todo el rato...».

—¿Casi todo el rato? —gruñe Taura—. ¿Cuándo cojones no estabais juntos en el instituto?

Luego mira a Gus y añade con un hilo de voz:

—Resultaba hasta irritante, la verdad.

Me encojo débilmente de hombros.

—Antes de que nos marcháramos, ¿supongo?

—No es cierto, Parksy... —me dice Taura, pero su voz delata agobio—. Lo sabes, ¿verdad?

Miro a Gus y él no dice nada.

Vuelvo a bajar la mirada y sigo leyendo.

«Magnolia y yo íbamos juntas a la mayoría de las clases. Me caía bien. Aquello me hacía sentir mal a veces, pero BJ y yo teníamos una conexión tan especial, que resultaba difícil de ignorar. Yo iba a una residencia distinta a la de Magnolia, por eso era bastante fácil que él se metiera a hurtadillas en mi cuarto o yo en el suyo. Siempre me encantó su cuarto, la cama con dosel, esas sábanas grises que eran tan agradables, de tela como de franela. Él tenía una foto de Magnolia pegada a la pared junto a su cama. A veces la quitaba cuando nosotros...». Se le apaga la voz y parece cortada, pero quizá merece la pena remarcar que no se avergüenza.

—¿Es cierto? —Gus me mira—. Lo que dice de su cuarto.
Creo que voy a vomitar. Asiento.

Cuando le preguntamos por qué finalmente está rompiendo su silencio sobre esa infidelidad que duró años, nos sonríe como si estuviera triste.

«Es que creo que Magnolia tendría que saber con qué clase de persona va a casarse. Que mientras ella iba a clases de tenis, nosotros manteníamos relaciones sexuales bajo las escaleras de su residencia».

Se me hiela la sangre cuando leo eso último. Como si me hubiera caído en un lago, o como si me hubieran arrancado todo el aire de los pulmones.

Enrollo el periódico.

—Me lo llevo —le grito al tendero.

—¡Vale 1,10 £! —me grita con rudeza—. ¡Tienes que pagarlo!

Taura se vuelve hacia él y lo fulmina con la mirada.

—Ha pagado suficiente por ello, ¿no le parece?

Paro un taxi y me meto dentro, ni siquiera pienso en el miedo que me dan los coches porque aquello me da todavía más miedo.

Durante todo el trayecto hasta casa, Taura no para de decirme que seguro que no es cierto, pero Gus está callado y aquello me parece bastante aterrador.

La verdad es que no recuerdo cómo he llegado del taxi a nuestro piso, pero cruzo el portal trastabillando y apenas me fijo en que en el salón no solo está BJ, sino también todos los chicos y Romilly.

Debo de tener una pinta rara, porque BJ se pone de pie de un salto, dice mi nombre y alarga la mano hacia mí, pero no le permito que me toque.

Levanto una mano para mantenerlo alejado. Él frunce el ceño, confundido, y luego ve el periódico que llevo en la mano.

Beej me lo quita al tiempo que Henry se pone de pie, se acerca y se coloca a mi lado, cruzándose de brazos mientras mira fijamente a su hermano, esperando una explicación.

BJ mira la portada y luego pone mala cara.

—Parks... —empieza a decir con un suspiro, y Jo se pone de pie de un salto, mirando por encima del hombro de su mejor amigo.

—¿Es cierto? —pregunto fulminándolo con la mirada.

—¿Qué? —Me mira y parpadea.

—¡¿Es cierto?! —pregunto con voz más fuerte, enfatizando.

Un aspirador de silencio succiona toda la estancia.

Beej da una profunda bocanada de aire y parece no saber cómo proceder.

El universo entero pende de un hilo encima de un volcán que está esperando a consumirlo por completo.

—A ver... —Exhala, pasea la mirada alrededor, cohibido—. Sí, nos acostamos...

—No me jodas —gruñe Christian mientras se cubre la cara con las manos.

BJ mira por encima del hombro, enfadado, y luego me mira a mí.

—Pero no te fui infiel cuando lo hicimos.

—Entonces ¿cómo sabe lo de la foto mía que tenías junto a la cama?

Se encoge de hombros.

—¿Lo dedujo?

Henry frunce un poco el ceño.

—¿Cómo sabe lo de las sábanas grises? —le pregunto lanzándole dagas con los ojos.

Ahora BJ frunce el ceño.

—¿Mis qué grises?

—Tus sábanas —gruño—. ¿Cómo sabía ella de qué color eran?

—Yo qué sé. —Vuelve a encogerse de hombros, mira por el salón en busca de ayuda, pero nadie se la brinda.

Enarco una ceja.

—Y que eran de franela.

BJ frunce el ceño.

—No, no lo eran.

Le quito el periódico de un manotazo y voy al artículo para señalarle la cita.

Él me mira y pone los ojos en blanco como si fuera una idiota.

—Oh, vaya, ¡mierda! Si *The Sun* lo dice, entonces será verdad. —Me quita el periódico, negando con la cabeza y leyéndolo él mismo—. Odio las sábanas de franela, abrigan demasiado para dormir. La puta caldera ardía en la residencia Carver.

—Pues sí —asiente Jonah.

Llevo la mirada hacia Henry y él también asiente, de modo que tal vez me los creo un centímetro.

—Las mías eran de tela jersey —me dice BJ con el ceño todavía fruncido.

Aprieto los labios, recordando la cama de su residencia, todas las noches que pasé en ella, las sábanas con las que él me envolvía y luego abro los ojos como platos.

—Mierda, eran de tela jersey de algodón.

Asiente como diciéndome «te lo dije».

Me cruzo de brazos. Todavía no estoy lista para dejar de estar enfadada.

—Bueno, pues, ¿cómo sabe ella lo de debajo de las escaleras entonces?

—No lo sé. —Vuelve a encogerse de hombros, y si te soy totalmente sincera, conociendo una cara tan bien como conozco la suya, me doy cuenta de que está confundido de verdad—. Como ya he dicho, me he acostado con ella. Quizá preguntó, no me habría callado al respecto diez putos años más tarde...

Henry se cruza de brazos.

—Pero ¿cómo sabía ella que tus sábanas eran grises, entonces?

BJ mira a su hermano, herido por la pregunta que le ha hecho, pero Henry está impasible y se limita a enarcar una ceja, a la espera.

—A ver —se mete Jonah—. Yo sí follé con ella algunas veces en el internado. Y él y yo compartíamos cuarto.

Dejo caer la mirada sobre mi viejo amigo con desconfianza.

—No sería la primera vez que mientes por él.

BJ exhala ruidosamente, negando con la cabeza, todavía más herido. El rostro de Jonah se ensombrece un poco y todos los presentes se ponen un poco más tensos.

—Bueno, pero ahora no estoy mintiendo, joder.

Miro a BJ y luego a Jonah.

—Entonces ¿está mintiendo ella?
—Sí. —BJ asiente convencido ya.
El enojo empieza a abandonarme y me siento como si flotara, pero no de un modo agradable. Un poco como te sientes cuando eres pequeño y descubres que papá Noel no existe.
Intento tomar una bocanada de aire, pero entonces creo que doy como cuatro sin querer.
—¿Por qué lo ha hecho?
Él me mira, exasperado.
—Porque la gente es una mierda. —La tristeza vuelve a adueñarse de su rostro, quizá incluso el miedo. Odio que tenga miedo—. Tienes que creerme, Parks. Te lo estoy diciendo. Igual soy un puto desastre, pero no soy un mentiroso. Yo no...
—Vale —asiento.
—Lo prometo —me dice.
Vuelvo a asentir.
—Vale. Lo siento. —Miro más allá de él, hacia todos los demás; siento la nuca muy caliente y las mejillas me arden—. Lo siento —les digo a todos antes de girar sobre mis talones y salir del salón.
—Hola, Taura —oigo que Romilly saluda nerviosa mientras me voy.
—Hola —responde Taura, también nerviosa.
Y me siento dividida porque me moría de ganas de ver cómo se comportarían en un mismo espacio, pero no tanto como me muero por esconderme de todos porque ahora todos conocen mi horrible y ardiente secreto: que estoy aquí sentada esperando cada día descubrir que él lo ha vuelto a hacer.
—Eh... —BJ me sigue, me agarra por la muñeca y me lleva a un cuarto vacío. Ladea la cabeza—. ¿Estás bien?
—Claro... —Niego con la cabeza—. Lo siento. Ha sido una estupidez. No tendría que...
—No, yo lo siento. —Agacha la cabeza para que nuestros ojos queden al mismo nivel—. Sé que tiene que haber sido duro leerlo.
Asiento.
Me pasa la mano por el pelo y lo miro, me siento derrotada.
—¿En serio la gente puede ser tan horrible?
Él niega con la cabeza.

—Ella siempre estuvo fatal, Parks. ¿Acaso no te acuerdas de todo ese rollo con mi camiseta del equipo?

Lo miro fijamente, entornando los ojos, recordando.

—Haz memoria. —Asiente—. Yo me tiré como una semana sin encontrar mi camiseta de rugby, Bardwell se cabreó que te cagas porque la había perdido y entonces fue ella y apareció en un partido con la camiseta puesta.

—Oh, ¡mierda! —Parpadeo un par de veces—. Se me había olvidado.

—Ya. —Asiente—. Era muy rara.

Le pego en el brazo de inmediato.

—Entonces ¿por qué luego te acostaste con ella?

—Ah, bueno, a ver. —Se encoge de hombros—. ¿Porque está bastante buena?

Abro los ojos como platos y lo miro fijamente.

—¿Cómo dices?

—Esto... —Niega con la cabeza y se ríe por lo bajini—. ¡Estaba perdido sin ti! Perdí la cordura, estaba... Me volví loco. Completamente loco de atar.

Lo fulmino con la mirada, esforzándome por no sonreír.

—Ya...

Me rodea con los brazos.

—Te quiero.

Me acurruco contra él.

—Yo también te quiero.

No dice nada durante un par de segundos y luego exhala.

—Gracias por creerme.

VEINTIUNO
BJ

Cenas semanales en casa de mis padres, siempre las hemos hecho.

Es la clase de lugar al que siempre quieres volver. A ver, que todo Londres lo es, pero Belgravia lo es en particular; al menos para mí. Una casa adosada de tres plantas en Cadogan Place, bastante difícil decirle que no.

Es la misma casa donde vi a Parks por primera vez, espero que no la vendan nunca. Tendré que comprarla yo si lo hacen.

Ella está en la cocina ayudando a mamá a recoger; lo cual es una forma de hablar, porque evidentemente no lo está haciendo. No ha recogido una sola cosa en toda su vida, lo único que hace es seguir a mamá de aquí para allá por la cocina, sujetando cosas, abriendo cajones, ya sabes… Al final, le preparará un té a mi madre y se sentará en el banco mientras mamá se ocupa de toda la limpieza, pero ella está contenta y mamá está contenta, de modo que yo estoy contento. A mamá le encanta tenerla en nuestra casa, siempre ha sido así.

Siempre ha sentido una responsabilidad maternal con ambas hermanas Parks, creo. Una vez vio lo merdosos que Arrie y Harley podían ser, creo que se impuso la misión de acogerlas.

Aun así, siguen teniendo una relación estrecha, no me malinterpretes. Mis padres consideran que los de ella forman parte de sus amigos más íntimos. Ahora bien, puedes tener amigos íntimos con cuyas vidas no estés completamente de acuerdo. Míranos a mí y a Jo, por ejemplo: no podría decir que me flipe su trabajo, pero aquí estamos. Ha sido mi mejor amigo desde que teníamos… qué sé yo, ¿once años?

He salido fuera a chutar la pelota. La verdad, si te soy sincero, he salido porque mi padre ponía cierta cara y me he dado cuenta de que estaba a punto de caerme una buena chapa porque, una vez más, no me había presentado a una reunión de la junta.

Henry me dijo que papá estaba cabreado. «¿De qué sirve tenerlo aquí si nunca se presenta?», que es exactamente la pregunta que me hago yo. Por favor, por el amor de Dios, hostia, sacadme de aquí. No lo quiero.

No tendría que haber salido fuera, sin embargo, ha sido un gesto de novato por mi parte. Si quiero que me dejen en paz, el único escudo que necesito es Parks. Si ella estuviera aquí fuera conmigo, él no habría salido nunca. Aunque es una pescadilla que se muerde la cola, porque si yo hubiera estado con mamá y Parks en la cocina, él habría entrado y me habría pedido que fuéramos a dar una vuelta.

Así que supongo que es inevitable, esto (sea lo que sea que se viene), porque ya sale y viene hacia mí.

Se queda de pie al otro lado del jardín y espera a que yo le pase la pelota.

Tomo una bocanada de aire. Me preparo.

Chuto.

—¿Entonces, hoy tenías otra cosa? —pregunta intentando sonar relajado, y no enfadado.

Asiento con calma.

—Sí, Parks me necesitaba.

No es del todo cierto, me siento como una mierda por mentir de esa manera. Estoy mintiendo bastante últimamente, no sé por qué.

—¿Está bien?

Me encojo de hombros. La verdad es que no quiero meterme en ese tema.

—¿No podía estar una hora sin ti? —insiste.

Le lanzo una mirada.

Se ha pasado la mayor parte del día trabajando, en realidad. Ha usado mi regazo en lugar de una silla, eso sí.

¿Y yo? He dado el visto bueno a unos azulejos para una casa que estoy reformando en Saint-Jean-Cap-Ferrat. He movido algo de dinero de Ethereum a XRC solo para ver qué pasaba. Un día tranquilo, la verdad.

Podría haber ido. Lo que pasa que... no es para mí.

—Ser un buen marido conlleva mucho más que estar físicamente ahí, BJ.

Lo miro con suspicacia.

—Podría decirse que esa es la parte más importante.

—Una de ellas. —Asiente observándome. Luego chuta la pelota para pasármela—. ¿Cómo vas a cuidarla? A nivel económico —aclara al final.

Lo miro un segundo, me quedo atónito.

—Ella está bien.

Había cinco nietos para heredar la fortuna de Bushka. Ahora solo cuatro. Alexey le dijo a Parks tras la muerte de Bridget que Bushka legaría la parte de la herencia de Bridget a nuestros hijos.

Que no es que yo vaya a meter mano en ese dinero ni nada, pero es que el dinero no es una preocupación para nosotros.

—¿Y qué me dices de ti? —pregunta papá.

—Yo también estoy bien.

Me lanza una mirada elocuente.

—Con el dinero que yo te he dado.

Me froto los ojos, cansado. Intento poner mi cara de partido e ir a por ese balón que nos hemos pasado ya tantas veces.

—Que tu padre te dio a ti, papá, que yo he diversificado. —Le lanzo una mirada—. Obtengo grandes ingresos de rentas pasivas de, te diré, veinte propiedades. Mi portfolio es sólido. Estoy bastante interesado en la adquisición de minerales. Mis acciones están...

—En criptomonedas —me interrumpe pasándome la pelota, literalmente, de nuevo.

—Sí, en criptomonedas. —Pongo los ojos en blanco.

Me mira con fijeza.

—Peligroso.

—El riesgo sale rentable —le digo devolviéndosela—. Mucho. En dividendos. Tú me lo enseñaste.

—¿Se me olvidó enseñarte a tener una ética laboral? —me suelta.

Me pongo las manos en la cabeza, la dejo caer hacia atrás y exhalo por la boca.

—Joder. —Suspiro para mis adentros. Parpadeo un par de veces antes de volver a mirarlo—. Tengo una buena ética laboral. En el colegio me levantaba cada mañana a las cuatro de la madrugada para entrenar durante dos horas, luego me iba al entrenamiento de natación y después de las clases al entrenamiento de rugby.

Papá asiente. No me lo puede negar. Trabajé como un puto jabato cuando estudiaba.

—¿Y ahora? —me pregunta observándome.

—Soy uno de los modelos más requeridos de toda la plantilla de mi agencia —le digo, y lo veo: mi padre haciendo un esfuerzo titánico por no poner los ojos en blanco. Bien por él. Quizá le ha dado un tirón en algún músculo reprimiendo ese gesto, casi espero que sí.

—No es que sea un trabajo duro, Beej... —me dice, y no reacciono aunque es una mierda.

Cualquiera que haya hecho de modelo sabe que no es cierto. Es jodidamente duro a veces. ¿Es ingeniería aeroespacial? No. Pero tampoco lo es ocupar un puesto en la junta de una cadena de supermercados.

—Si estuvieras la mitad de comprometido con un trabajo como lo estás con Magnolia, estarías...

Niego con la cabeza.

—Para —le digo.

No lo hace.

—¿Qué pasa si llegas al final de tu vida y no has conseguido nada?

Lo fulmino ligeramente con la mirada.

—Define «conseguir»...

Pone los ojos en blanco porque odia los putos tecnicismos.

—BJ...

—No... —Le hago un gesto con el mentón—. Lo digo en serio. Dime qué significa «conseguir». ¿Qué estoy consiguiendo? Porque y si llego al final de mi vida y tengo un buen matrimonio e hijos a quienes les caiga bien...

—¿Me estás diciendo que yo no te caigo bien?

—Mira, pues ahora mismo no —resoplo poniendo los ojos en blanco.

Echa la cabeza un poco para atrás. Eso le ha hecho daño. No lo pretendía. ¿O quizá sí? No lo sabría decir.

—Solo intento ayudarte —me dice.

—A ser como tú. —Acabo la frase por él—. Yo no soy como tú, papá. Henry sí, yo no...

—No intento hacer que seas como yo, BJ. —Suspira—. Intento asegurarme de que estarás bien el resto de tu vida. Que serás capaz de cuidar de ella... —Hace un gesto hacia Magnolia a través de las puertas acristaladas que llevan a la cocina. Tenía razón. Está sentada en el banco ya, con un té en la mano—. Durante el resto de su vida.

Lo miro fijamente, me siento un poco como si me hubiera pegado. Como si estuviera insinuando algo.

—La he cuidado toda mi vida —le digo, y vuelve a poner mala cara, como si no le pareciera que aquello es del todo así, y siento que algo estalla en mi interior—. Cállate. —Lo señalo con el dedo. Podría contar con los dedos de una mano la cantidad de veces que he mandado callar a mi viejo en toda mi vida—. Lo he hecho.

Él no dice nada, se limita a mirarme con fijeza, de modo que yo aparto la mirada y vuelvo a entrar en casa y me voy a la cocina.

—Venga —le digo a Parks mientras la levanto del banco y la planto en el suelo—. Nos vamos.

—¿Qué, cariño? —parpadea mamá.

Magnolia me mira, confundida.

—¿Estás bien?

Papá entra detrás de mí, no dice nada.

—¿Qué ha pasado? —pregunta mamá, que percibe algo de inmediato. Me mira con el ceño fruncido y luego a papá.

Agarro la mano de Parks.

—Vámonos…

—Hamish, ¿qué ha pasado? —pregunta mamá.

Yo no digo nada, le doy un beso en la mejilla y saco a Parksy de la cocina y la llevo hacia el portal.

—¡Gracias por la cena! —les grita Parks.

—BJ, cariño… —me llama mamá, pero yo no me detengo.

—No, deja que se vaya. —Oigo que dice papá y luego cierro la puerta de su casa.

Sigo sujetándole la mano mientras la conduzco («tiro de ella», supongo que sería más preciso) por la calle hacia la embajada.

Ella no dice nada durante más o menos medio minuto.

—¿Qué ha pasado? —acaba preguntando al fin.

—Nada —le contesto sin mirarla—. ¿Quieres parar en Muse a tomar una copa?

—No. —Para de andar—. Quiero que me cuentes qué ha pasado.

Exhalo y me vuelvo para mirarla.

Me siento más triste de lo que querría.

—Te he cuidado, ¿verdad? —le digo sin ni siquiera pensarlo, porque quiero que me diga que lo he hecho. Necesito que me lo diga.

—¿Qué? —Parpadea, confundida—. Sí.

—Sé que la he cagado... —Niego con la cabeza—. Pero estás bien. Vaya, estamos bien...

—Sí —asiente frunciendo el ceño.

—Y vamos a seguir estando bien.

Ella vuelve a asentir.

—Sí.

Exhalo.

—Es que no he conseguido mucho.

Vuelve a estar confundida.

—¿Cómo?

—En la vida.

—BJ. —Suelta una carcajada y me coloca ambas manos en la cintura—. ¿Qué está pasando?

—No puedo... —Niego con la cabeza, mosqueado. No con ella, mosqueado y punto—. Es difícil de explicar.

Difícil de cuantificar, en realidad. ¿Qué he conseguido en esta vida? A ella. Es ella. Quererla a ella. Eso es lo único que tengo, y él me está diciendo que ni siquiera eso lo he hecho tan bien, joder.

Todo el mundo tiene marcadores en su vida. Maneras de recordar ciertas cosas y momentos. Estacas en el suelo.

Ella es la mía. Toda mi vida está marcada con y por cosas que recuerdo sobre ella. Ella es con lo que concibo mi mundo.

Hasta ahora nunca había pensado que fuera algo malo. ¿Es malo?

Ladeo la cabeza y la miro fijamente.

—Tom y Julian, ¿te gustaban porque hacían cosas?

Pone mala cara.

—¿Qué?

—Rush... —Me encojo de hombros—. Él era actor...

Parpadea.

—¿De qué estás hablando?

—¡Yo no hago nada! —digo más alto de lo que pretendo.

La verdad es que no pretendía decirlo en general.

Ella me mira fijamente, el rostro más precioso del mundo entero. Parece sobrecogida. Triste, incluso, ¿tal vez?

—¿Eso te ha dicho tu padre?

Suspiro, niego con la cabeza.

—Me ha preguntado cómo iba a cuidarte.

—¿Económicamente?

—Sí.

Cambia la cara, divertida.

—Estoy bastante asentada en ese aspecto.

—Lo sé.

Se cruza de brazos.

—¿Cree que soy pobre?

Suelto una carcajada.

—No.

Se echa un vistazo, cohibida de pronto.

—¿Tengo pinta de ser pobre?

—No… —Pongo los ojos en blanco—. ¿Podemos, por fa…?

—Lo siento. Claro. —Asiente—. ¿Tienes la sensación de que no haces nada? —me pregunta con cautela.

—No lo sé… Yo… —Niego con la cabeza—. Tú eras lo que hacía —le digo, y se le enternece la expresión—. Durante mucho tiempo. Recuperarte, conseguir que estuviéramos bien era, en fin, la razón por la que me levantaba por las mañanas.

—Beej… —dice y parece estar a punto de besarme.

—Y ahora te he recuperado… —me encojo de hombros.

Ella me devuelve el encogimiento.

—Siempre me has tenido.

Le lanzo una mirada.

—Tú ya me entiendes.

Me observa, me escruta la cara con los ojos.

—No mucho…

Y por eso me echo a reír. No porque sea divertido, sino porque ya no sé cómo seguir hablando de esto, porque me lleva a pensar de nuevo que no soy lo suficientemente bueno para ella. No lo soy, es la verdad, aunque no quiero que ella se dé cuenta, por eso la rodeo con los brazos y la atraigo hacia mí. Le doy un beso en la cabeza.

—Lo siento —le digo con una sonrisa. Espero que se distraiga.
No lo hace.
Parece que frunce el ceño y sonríe a la vez.
—Beej...
—Parks, estoy bien. —Vuelvo a encogerme de hombros—. Papá me ha agobiado y ya está... Estoy bien.
—BJ... —Vuelve a decir mi nombre, de modo que la beso para que pare.
—Te he dicho que estoy bien.

22.17

Mamá

BJ, cariño, estás bien?

Bien, mamá 🖤

No le hagas caso a tu padre, es un antiguo

Yo sé que hacer de modelo es duro, cariño mío

Y lo haces muy bien

Gracias, mamá

Al final entrará en razón.

Por favor, que esto no estropee el yate

No lo hará

Lo prometo

Gracias

Te quiero!

Yo también te quiero.

Me da igual que no piense que hacer de modelo es duro, por cierto...

Lo que tú digas, cariño

VEINTIDÓS
Magnolia

Reservo una habitación en el Mandarin y mando a Daniela que vaya a recoger todos los vestidos en los que por ahora estoy interesada.

Ha sido un poco un jaleo, intentar encontrar un vestido sin que el mundo descubriera cuáles podrían ser.

Sé que tarde o temprano lo acabarán descubriendo, pero me gustaría que fuera un secreto al menos un rato. Me gustaría que al menos BJ supiera qué es antes que todo el puto resto de Londres.

Últimamente, cada vez que entro en cualquier tienda, siempre hay un poco de frenesí: «¿Este será el diseñador?», «¿Quién te vestirá?», «¡Danos una pista!». Y, por favor, imagínate el dilema personal que eso me supone. Me encanta entrar en las tiendas.

Que es como se me ocurrió esta idea.

Otra persona iría a recoger todos los vestidos en los que estoy interesada, y entonces yo me los probaría alejada de los ojos indiscretos de *OK! Magazine*.

Daniela está esperando al otro lado de la puerta. Ha dicho que era para asegurarse de que no había nadie fuera, pero la verdad es que no creo que esté tremendamente interesada en mis vestidos, lo cual me gusta bastante, pero a la vez me resulta un poco extraño además de francamente sorprendente.

—¿Por qué estoy aquí? —pregunta Henry malhumorado, mientras se arrellana en la cama, mirando la gran cantidad de fundas de vestidos que Taura está colgando por la habitación—. ¿No puedo esperar fuera yo también?

—Eres mi dama de honor —le digo sin mirarlo.

—«Damo» —me corrige, y yo le lanzo una mirada afilada.

Taura suelta una carcajada y nos sirve un poco de champán. Le tiende la copa a él antes que a mí, lo cual me parece borde, aunque su rostro sugiere que tal vez a él le hace más falta.

Henry señala todos los vestidos.

—Soy un chico —se queja.

—¡Dios mío! —Lo miro como si fuera una verdadera revelación—. ¿En serio?

—¡Sí! —asiente Taura con brío, siguiéndome la broma—. Yo lo he visto.

Henry nos fulmina a ambas con la mirada, y luego yo niego con la cabeza como si me disculpara.

—Lo siento muchísimo, se me había olvidado que estábamos en 1956 y que a los hombres no se les permitía que la ropa les importara un carajo...

—Pero es que a mí la ropa no me importa un carajo —se queja él.

Lo fulmino con la mirada antes de coger la primera funda con un vestido que pillo y encerrarme en el baño. (Solo que dejo la puerta un poco abierta porque soy una cotilla y quiero oírlos).

—Henry —oigo que Taura lo reprende en voz baja, impasible.

—Lo siento... —Suspira. Parece que esté un pelín decepcionado consigo mismo, lo cual es adorable por su parte—. En mi defensa —me dice en voz muy alta—, a Bridget tampoco le importaba, de modo que estoy haciendo su papel a la perfección...

—Ella habría fingido que le importaba —le dice Taura.

—No —contesta Henry, y ahora parece triste—. A ella le habría importado de verdad.

Aquello me hace sentir como si fuera a ponerme a llorar, de modo que cierro los ojos tan fuerte como puedo y los aprieto cerrados, y me digo a mí misma que luego hablaré con ella.

—Me importa de verdad, Parks —me grita Henry—. Enséñame qué tienes.

—Buen chico —oigo que le dice Taura.

—¿Convincente? —pregunta él, encantado consigo mismo, y eso me hace reír un poco.

Doy una profunda bocanada de aire.

—Vale... —Me aclaro la garganta—. Voy a salir ahora y voy a llevar uno que es... Creo que es precioso, pero me parece que es más bien el vestido para la fiesta, y no tanto el vestido para ir hasta el altar...

—Por curiosidad —me contesta Henry—. ¿Cuántos vestidos vas a...? —Entonces oigo un golpazo extraño y un alarido, y luego Henry se aclara la garganta—. ¡Da igual! Seguramente, no suficientes. ¡Nunca hay suficientes vestidos, en mi opinión! Podrías ponerte doce vestidos y yo pensaría: «Joder, ojalá hubiera más vesti...».

—Vale, para —le digo desde el baño.

—Sí, mejor.

—Recordad... —Tomo una profunda bocanada de aire—. No es el vestido para ir hasta el altar.

Y entonces salgo a la habitación ataviada con el vestido de gala Hunter de Alon Livné. Un corpiño de corsé, mangas caídas y una cola larga. Es bastante transparente en general, de tul drapeado. Absolutamente maravilloso.

—Hostia santa —dice Taura, mirándome boquiabierta.

—Joder —dice Henry, y pone una cara rara—. Estás...

Se queda mudo.

Lo miro fijamente, cohibida, a la espera. Pero él sigue sin decir nada.

—¿Mal? —aventuro.

Él niega con la cabeza y entonces me parece que veo...

—¿Estás llorando? —lo miro parpadeando.

—No —resopla él—. Vete a la mierda.

—¿Estás llorando? —pregunta Taura, acercándose mucho a su cara—. ¡Estás llorando!

Henry se la quita de encima de un empujón y yo siento cierto alivio al verlos así de normales.

Vuelvo al baño, Taura viene conmigo para ayudarme a quitarme el vestido y a ponerme el siguiente.

—Joder, tía, se va a desmayar cuando te vea —grita Henry.

—He dicho que este no era mi vestido para el altar...

Henry gruñe.

—*Vogue* va a cubrir la boda —le dice Taura, asomando la cabeza por la puerta del baño—. Tiene que llevar más de un vestido.

—Bueno, pues venga... —dice Henry mientras se pone de pie; ya parece más implicado con el tema—. ¿Cuál te vas a poner para ir hasta el altar?

Exhalo por la nariz.

—Todavía no lo sé.

La verdad es que me tiene un poco agobiada, si te soy completamente sincera.

—Tiene que ser grande —le dice Taura.

—Grande en plan… ¿voluminoso? —pregunta Henry.

Taura le lanza una mirada asesina.

—Grande en plan digno.

Vuelvo a suspirar y me meto en el siguiente vestido.

Para conseguir este he tenido que tirar de algunos hilos. Es un vestido de gala con corpiño de corsé esculpido en tono rosa maquillaje de Zac del desfile RTW de la primavera de 2014. La falda es tan grande que pensarías que lleva un aro dentro, pero no lo lleva, sencillamente son kilómetros de (te diría…) tafetán de seda aplastado. Es dramático y precioso, y tiene sentido para la clase de boda que vamos a tener.

—Es un poco un espectáculo, la boda, ¿sabes? —le dice ella a él.

—Venga, eso son gilipolleces —gruñe Henry desde la habitación.

—La boda no es para nosotros, Hen —le digo yo, intentando con todas mis fuerzas que no se me note excesivamente triste al respecto.

—Entonces ¿para quién cojones es?

Asomo la cabeza por la puerta del baño y le sonrío como si fuera bobo por no saber la respuesta.

—Para todos los demás.

Pone una cara triste.

—Magnolia…

—No pasa nada, Henry. —Le lanzo una gran sonrisa—. A ver, ¿qué tal este Zac Posen?

VEINTITRÉS
Magnolia

Al cabo de unas semanas tras la muerte de Bridget (después del funeral) me desperté una mañana y anduve hasta el salón.

«Despertar» es un término impreciso, supongo. El dormir es algo curioso para mí desde que ella se fue. El lapso de tiempo en que mis ojos están cerrados no es ni largo ni corto. Nunca me siento descansada, no logro tener paz. Cierro los ojos, lucho contra la oscuridad que se llevó a mi hermana y luego llega la mañana.

Esa mañana en particular, cuando abrí los ojos, BJ no estaba ahí conmigo.

«Qué raro», pensé. No se había separado de mi lado desde que sucedió. Y entonces lo oí. También otras voces. Dos de mis favoritas.

Henry y Taura.

En ese entonces técnicamente no estaban en disputa, pero bueno, supongo que un poco quizá sí lo estaban. La muerte tiene una tendencia aterradora de activar los sentimientos que llevan mucho tiempo apagados. Me pregunto, en retrospectiva, si Taura estaba perdiendo a Henry antes de que ninguno de los dos se percatara de que así era.

Salí en pijama. Unos pantalones cortitos de satén de Miu Miu en tono gris nube con una sudadera de BJ que usaba para dormir porque hace que la oscuridad de mi sueño sea un poco menos oscura.

Todos me miraron, con los ojos muy abiertos como si estuvieran colectivamente nerviosos.

BJ dio un golpecito a su lado en el sofá.

Fruncí el ceño un segundo, pero me senté con él de todos modos.

Henry me miró a los ojos y su pesada mirada me hizo tener ganas de vomitar.

—Parksy. —Beej me cogió la mano y luego exhaló. Se aclaró la garganta. Exhaló de nuevo—. Tenemos que hablar.

—Vale. —Sentí que se me fruncía mucho el ceño y Henry se sentó en la mesita de café enfrente de mí, Taura se arrodilló en el suelo delante de mí y me ofreció un té.

Lo miré con recelo.

—¿Cuántos azucarillos?

Frunció los labios.

—Dos.

Mierda. Parpadeé, mirándolos a los tres.

—¿Qué está pasando? —Fruncí el ceño con desconfianza.

—Marsaili ha vuelto a llamar. —Beej se aclaró la garganta—. Esto... Necesitan una decisión sobre el tema de qué hacer con el cuerpo.

Fruncí más el ceño.

—¿Qué cuerpo?

Seguía sin parecerme real.

Las comisuras de los labios se le curvaron hacia abajo.

—El de Bridget, Parksy.

Y en ese momento me golpea de nuevo, como un tren, que está muerta, siempre con los trenes de la muerte, cada mañana, como si fuera un reseteo en mi cerebro, ¿cuánto durará?, me preguntaba. Sigo preguntándomelo, de hecho. ¿Cuánto tardará en dejar de radiar por todo mi ser y se convertirá en un zumbido permanente de conocimiento en que no tengo que recordar de nuevo cada día que mi hermana está muerta ni volver a perderla cada vez que me acuerdo? Meses, descubriría, me llevaría meses no sentirlo cada día como algo radicalmente nuevo. Me llevaría meses de recibir los golpes de esos trenes cada mañana y meses de sentir diariamente que su pérdida me golpea como si yo fuera un pequeño bote y la pena fuera la ola que me hace volcar.

Taura me puso las manos en la rodilla derecha, con los ojos muy grandes y llorosos.

Como todos sabemos, no soy muy tocona, por eso supongo que de algún modo esa clase de afecto me resulta bastante rara, pero me hizo sentir menos sola, y Bridget siempre decía que me daba miedo estar sola así que lo permití.

Ya habíamos hecho el funeral (doce días después de su muerte), intentaron hacernos decidir qué hacer con el cuerpo antes de entonces, pero yo no pude, ¿cómo iba a poder? Ni siquiera era capaz de asimilar que se había ido, decidir qué hacer con su cuerpo se me antojaba imposible cuando todavía no había aceptado su ausencia.

Todavía no lo he hecho.

Beej me tocó la barbilla, de modo que lo miré.

—Tus padres creyeron que tú querrías decidirlo, ¿te acuerdas? —continuó Beej.

Yo no dije nada, me limité a mirarlo fijamente, iba vestido con ropa informal. La sudadera de algodón con capucha gris con el logo estampado de Palm Angels, los pantalones de chándal con el estampado de la estrella de Gucci en negro y las Tasmans negras de UGG. Me encanta que vista de gris. Me pregunto si lo hizo para suavizar el golpe. Le favorece ese color, siempre ha sido así.

Tausie se secó una lágrima que se había abierto paso por su mejilla y Henry ladeó la cabeza, sintiéndolo por mí. Entonces, de repente, me estaba ahogando y nada que nadie llevara puesto era suficiente para mantenerme a flote.

Miré a BJ porque, en fin, durante la mayor parte de mi vida, incluso cuando nada en absoluto tiene sentido, de algún modo él sí lo tiene.

Negué con la cabeza.

—No puedo. Beej, no pue…

—No hace falta —me dijo negando muy rápido con la cabeza—. Si es demasiado duro, no tienes que hacerlo.

Parecía enfadado, de hecho. Se lo noté, los dientes apretados, el ceño fruncido, los nudillos blancos.

La verdad es que lo hice sin pensar, alargué la mano para tocarlo y él suavizó la expresión.

Henry se movió delante de mí antes de decirme con dulzura:

—Pero ¿de verdad quieres que sean ellos quienes decidan qué hacer con ella?

Lo miré fijamente mientras me planteaba lo que me estaba preguntando.

Negué muy rápido con la cabeza. BJ se inclinó hacia mí y me dio un beso en la mejilla. Luego me llevó hacia atrás en el sofá.

—Bueno. —BJ inhaló mientras me rodeaba con un brazo y enterraba la nariz en mi pelo—. Las formas más comunes de tratar los cuerpos para que descansen en paz es enterrándolos o incinerándolos.

Miré fijamente mi té, sin bebérmelo.

—Si se entierran —dijo Taura—, escoges un féretro, escoges un cementerio y una lápida. Highgate Cemetery es verdaderamente hermoso... —Me ofreció una sonrisa triste—. Es donde yo quiero que me entierren.

La miré fijamente.

—¿Quieres que te entierren?

Asintió.

—¿Por qué?

—No lo sé. —Se encogió de hombros con cierta modestia—. Es que creo que hay algo bastante digno en ello.

Parpadeé dos veces.

—¿En pudrirse dentro de una caja? —La miré fijamente y ella no dijo nada.

BJ me quitó de entre las manos el té que, total, no me estaba bebiendo, lo dejó en la mesa junto a Henry y luego me cogió de la mano.

—La otra opción —Beej me apretó la mano— es incinerarla.

Volví la cabeza hacia él como un resorte.

—¿Quieres que le prenda fuego a mi hermana?

Se le llenó la mirada de tristeza y, probablemente, de no haber sido succionada por la aspiradora de mi propia pena, habría sido capaz de ver que esa conversación también le estaba haciendo daño a él. Sin embargo, yo no estaba muy interesada en el dolor de las otras personas en esa época. Resulta difícil estarlo cuando cada bocado de tu propio ser está completamente abrasado por el dolor.

—Son las bacterias, ¿sabíais? —Los miré a todos—. Que viven en tu cuerpo, eso es lo que se te come. Es cómo te descompone.

Beej asintió un par de veces.

—Ese lo vimos juntos.

Henry frunció el ceño.

—¿Qué cojones veis vosotros dos?

—National Geographic —contestamos Beej y yo en sincronía, solo que a él le salió la voz tierna y a mí sin expresión.

Henry frunció los labios.

—¿Sabéis?, existen unos ataúdes biodegradables que hacen que el ataúd y el cuerpo se degraden a la vez y entonces al tiempo te conviertes en, qué sé yo, hierba o flores... —Se inclinó hacia delante y me tocó la rodilla—. Es bastante bonito, ¿no?

Me encogí de hombros, poco convencida. Miré a BJ.

—¿Tú crees que tengo que dejar que se pudra en una caja?

Él me dedicó una larga mirada, exhaló, se le hundieron los hombros (sus hombros jamás se hunden) y luego negó con la cabeza.

—Parksy, no creo que vaya a haber nunca una buena manera para que entierres a tu hermana. —Se encogió de hombros, cabizbajo—. Así que opta por lo que vaya a hacerte menos daño a ti, o por lo que de algún modo sientas como un cierre más adecuado.

—¿Qué crees que debería hacer? —Miré a Henry, apretando los labios—. ¿Qué haría ella? —les pregunté a todos y, de algún modo, se me antojó una súplica.

Taura me sonrió débilmente mientras sacaba una libreta y un boli.

—Ella haría una lista de pros y contras.

De modo que eso hicimos. Nos tomamos nuestro tiempo. Nos descubrimos buscando por internet las cosas más extrañas del universo, como esa gente que mencioné en el funeral, ¿recuerdas? «Cenizas convertidas en diamantes», menuda metáfora. Pero imagínalo: llevar una persona muerta en el dedo. ¿No es un poco de asesino en serie? A una parte de mí le gustaría la sensación de tenerla siempre cerca, pero... Dios, ¿te lo imaginas? A Bridget le daría un auténtico parraque y se moriría si no estuviera ya, en fin, ya sabes, lo que pretendía decir es que ella lo habría odiado.

CONVERTIR A BRIDGET EN UN DIAMANTE

Pros: Bridget lo habría odiado; estaría siempre cerca de mí.

Contras: Seguro que me perseguiría su fantasma.

Hoy día existe un proceso llamado «aquamación» en el que se usan químicos para, no sé, deshacer tu cuerpo o algo así y te convierte en un material estéril que puedes guardar en un tarro, lo cual al principio me pareció muy interesante hasta que encontré a Big Manny el científico de

Instagram haciéndoselo a una pechuga de pollo, y Henry literalmente vomitó, así que...

AQUAMACIÓN
Pros: Es mejor para el medio ambiente.

(Eso a Bridget le importaría).

Contras: Superasqueroso.

Hay otra cosa llamada «traje de hongos», y consiste en que te entierren vestido con un traje que tiene esporas de hongos cosidas en el interior, que aceleran la velocidad de descomposición y de algún modo neutraliza un montón de las cosas malas que viven en nuestro cuerpo como el plomo y el mercurio que son malos para el medio ambiente cuando se liberan.

—¿Qué pasa si alguien se come las setas sin querer? —preguntó Henry, incómodo.

Taura puso mala cara y BJ soltó un improperio y se pellizcó el puente de la nariz.

TRAJE DE HONGOS
Pros: Seguramente a Bridget le habría gustado.

Contras: Es algo raro; alguien podría comérsela en tipo hongo;

viene a parecer tan estiloso como el armario de Bridget.

—Los ataúdes de mimbre son bastante bonitos —sugirió Taura.

Y la verdad, lo son. Hay algo bastante extravagante en ellos, y quizá es algo que a Bridge le habría gustado, pero a mí me costó relacionar cualquier pista de extravagancia con su muerte en ese momento. Y ahora.

ATAÚD DE MIMBRE
Pros: Precioso.

Contras: Me recuerda una cesta de pícnic.

Hay un nuevo tipo de entierro que básicamente convierte el cuerpo sin vida en fertilizante humano, lo cual me parece de una poca dignidad tan insoportable que ni siquiera sé cómo procesarlo por completo, y me niego a escribirlo.

Luego está el entierro en el agua, vamos, que te entierran en el mar. Pero me parece que no he oído a mi hermana mencionar el océano una sola vez en toda su vida. Aunque sí es verdad que parece transmitir mucha paz, ¿no te parece? Que el mar sea su lugar de descanso definitivo.

ENTIERRO EN EL AGUA
Pros: La calma y que es bastante bonito.

Contras: No se la puede visitar; ¿un poco arbitrario?; además, tiburones.

—Podríamos enterrarla en el árbol —propuso Beej, con las cejas enarcadas.
—¿Nuestro árbol? —Lo miré.
Él asintió.
—Pero mis padres no lo saben.
Se encogió de hombros.
—Podríamos contárselo.
Negué muy rápido con la cabeza.
Él puso mala cara.
—¿Qué pasa? ¿Crees que nos meteremos en un lío? Estamos prometidos, ¿qué iban a...?
Pero yo negué más con la cabeza y él se calló.

La verdad es que no puedo explicar por qué en ese momento sentí que el hecho de que mis padres lo supieran lo echaría a perder o nos llevaría a un tiempo distinto que yo todavía no quería visitar, vamos, que no me pareció una buena idea.

Durante un ratito más, seguimos buscando cosas por internet que probablemente nos llevaron derechitos a la lista de vigilados de la MI6, hasta que lo único que nos quedó fue una lista rara y horrible de maneras en que podría deshacerme del cuerpo de mi hermana, y lo sentí extraño y abstracto, y en absoluto real.

—¿Significa esto que tenemos los resultados de la autopsia? —pregunté al papel que tenía delante.

Beej negó con la cabeza, triste, se lamió el labio superior.

—Necesitan saber qué harán con el cuerpo antes de...

—Oh. —Me miré las manos y me sentí todavía peor que un segundo atrás.

Taura me empujó suavemente.

—¿Alguna idea, cielo?

Beej se acercó mi mano a los labios y la besó distraídamente.

—¿Y si lo consultamos con la almohada?

—No —contesté al instante—. Quiero acabar con esto. Lo que pasa es que no sé cuál es la manera correcta de actuar...

—No hay una manera correcta de actuar —me dijo Beej con ternura—. Haremos lo que tú quieras hacer, sea lo que sea.

Miré a Henry y le hice un gesto con la cabeza.

—¿Tú qué votas?

Él negó con la cabeza tímidamente.

—Mi voto no importa.

—Me importa a mí.

Mi mejor amigo asintió una vez.

—Incineración.

Miré a Taura con las cejas enarcadas.

—Highgate —me dijo—. U otro de los Magnificent Seven.

—Entonces ¿tú crees que un ataúd? —Los miré alternativamente, mordisqueándome el labio inferior—. ¿Sabíais que leí en alguna parte que un ataúd de roble auténtico ralentiza la descomposición durante años? Casi cincuenta años para que el cuerpo se descomponga... —Todos fruncieron el ceño cuando dije eso—. Eso es algo bueno o malo, ¿vosotros qué pensáis?

—Parksy, no hay nada «bueno» aquí. —Beej negó con la cabeza, luego me atrajo hasta su regazo, colocó mi cuerpo de espaldas a los otros de tal manera que estábamos solo él y yo en el salón aunque no fuera así. Él me miró con unos ojos que adoro y todo se volvió negro en el buen sentido, aunque la circunstancia general era manifiesta e innegablemente no buena.

Apreté los labios con fuerza y tragó saliva.

—Todo es una puta mierda, ¿vale? —Me miró con dulzura—. Ella no debería estar muerta y tú no deberías tener que escoger, pero lo está y te toca y todo es una puta mierda. —Me colocó un par de mechones de pelo detrás de las orejas—. Pero escúchame bien: conociéndote, conociendo cómo funciona tu cerebro, vas a pensar en su cuerpo dentro de una caja todo el rato. Te atrapará. No te sentirás jamás en paz. Te preguntarás sin parar en qué punto se encuentra el estado de descomposición de su cuerpo y será la imagen que veas cuando cierres los ojos.

Le asentí levemente. Tenía razón.

Ya me lo estaba preguntando. Estadio tres habría sido mi conclusión si no la hubieran embalsamado. Seguro que lo hicieron. Dios mío, el pánico que se apoderó de mi pecho en ese momento cuando deseé que lo hubieran hecho.

Me apreté los dedos contra los ojos y exhalé por la boca, intentando no ver el cuerpo de mi hermana volviéndose verde en una nevera de cuerpo entero.

Exhalé y el aliento me salió tembloroso.

—Entonces ¿crees que tendría que incinerarla? —le pregunté a BJ.

Miró a Hen de reojo y luego volvió a mirarme a mí, se encogió levemente de hombros.

—Creo que deja menos cabos sueltos de los que tu mente puede tirar después.

—Vale —asentí.

Él me devolvió el gesto.

—Vale.

VEINTICUATRO
Magnolia

No te lo vas a creer, pero adivina quién ha vuelto.
Daisy.
Solo Daisy, por si acaso te lo preguntabas, Julian no. Lo cual está bien, no importa, no me hace falta verlo, ni siquiera quiero. No he sabido nada de... en fin.
La cosa es que me alegro por Christian.
También me alegro por nosotros porque al parecer lo han retomado justo donde lo dejaron, y parece que ninguno de nosotros tendrá que soportar el tedioso proceso de todo su que si sí que si no, de modo que vamos a cenar la Colección Completa en Scott's Richmond.
Que está en Richmond, ¿lo sabías? Eso está lejísimos, pero BJ lleva tiempo queriendo ir allí y ni siquiera me importa salir de Londres a no ser que esté saliendo de veras de Londres.
Sin duda no se puede ir andando, eso ya te lo avanzo de gratis.
Cuando Beej y yo llegamos, todo el mundo ya está ahí. Los de siempre de la Colección Completa + Daisy + Romilly.
Taura está sentada junto a Daisy, tiene un asiento libre al otro lado, que está esperando que ocupe yo y así la cubramos de Rom por ambos flancos.
Jonah suelta un silbido desde el otro lado de la mesa cuando me ve.
Me miro a mí misma. Llevo el minivestido con cerezas estampadas y adornos de diamantes de imitación de Dolce & Gabbana conjuntado con el cárdigan de cachemira embellecido con lentejuelas de Saint Laurent por encima. Las sandalias de tacón con pedrería Black Ava de Balmain en los pies con unas medias casi transparentes con la raya negra detrás de Wolford. Llevo un bolso redondo acolchado a rombos con asa en la parte superior CC de Chanel 1995, la diadema de terciopelo acolchado roja Tori de Jennifer Behr coronando mi cabecita.

—¿Qué?

—Si te hubieras puesto ese vestido para que él te viera hace dos años y medio, nos habrías ahorrado a todos un montón de problemas.

BJ suelta una carcajada y le planta un beso en la cabeza a su mejor amigo.

—Uy... —Daisy se pone de pie sonriéndome—. Yo no estaría tan segura.

Me rodea con los brazos.

—Qué alegría verte. —Le sonrío.

Me agarra el hombro.

—Magnolia, siento muchísimo lo de Br...

—Oh, ¡pfff! —Hago un gesto desdeñoso con la mano como si no me importara absolutamente nada. Como si no tuviera que frenar a la gente antes de que digan su nombre en voz alta por si acaso el cascarón en el que me he convertido se agrieta delante de ellos bajo el peso de toda mi pena.

—Por si no lo habíais pillado —Henry me mira mientras se levanta para darme un abrazo—, has dicho «oh, pfff».

Le lanzo una mirada en parte porque él es el único lo suficientemente valiente o lo suficientemente estúpido como para hacer algo parecido a una broma dentro del reino de mi hermana.

Daisy me mira fijamente, concentrándose en mí de esa manera tan rara que solo domina ella.

—¿Estás bien?

La miro parpadeando y siento que empieza a burbujear en mi interior. Mi gran e inmenso no.

Tomo una bocanada de aire y voy a decir algo justo cuando me doy cuenta de que no sé cómo contestar, de modo que tiro del dobladillo de su minivestido vaquero negro sin mangas de Saint Laurent.

—Qué monada, me encanta. ¿Lo has escogido tú sola?

—¿Si lo he escogido yo sola? —gruñe, ofendida—. No eres la puta Anna Wintour.

—Y tendrías que dar las gracias por ello —le digo mientras me fijo en las mercedítas de piel negra engrasada de Chloé que lleva—. Combinándolo con estos zapatos cuando, claramente, pide a gritos una bota alta hasta la rodilla. Se te comería para desayunar y luego seguramente te escupiría por culpa de tus Mary Jane.

Daisy me mira fijamente un par de segundos y luego suelta una risotada. Sonríe como si, quizá, me hubiera echado de menos. Le hace un gesto con la cabeza a Taura.

—Cámbiame el sitio —le dice a Tausie porque es más mandona que yo, y eso es difícil de creer.

—¿No quieres sentarte con tu novio? —pregunta Taura, un poco molesta.

—Ya me he sentado con él otras veces. —Daisy se encoge de hombros.

Christian le hace un gesto con el mentón.

—Yo también te he echado de menos, Daisy.

Nos sentamos y todo el mundo pide.

La comida parece bastante rica, aunque a decir verdad, no espero comer mucho. Pido media langosta, que es una opción estupenda, porque parece un montón de comida, pero en realidad al final no da para mucho.

BJ me observa mientras me colocan el plato delante y tomo una bocanada de aire que podría sonar como si me estuviera armando de valor, pero no es así. ¿Por qué iba a hacerlo?

—¿Estás bien? —susurra.

—¿Mmm? —Lo miro, cejas enarcadas. Asiento—. Sí. Me muero de hambre.

—¿Sí? —Frunce el ceño, luego niega con la cabeza—. Digo... Qué bien.

Y entonces me pregunto si lo sabe, que no es que haya nada que saber, de hecho, no está pasando nada, es solo que en estos días no me pirra la comida. El apetito fluctúa, es normal. Nos lo enseñaron en Bloxham House. De modo que ahora mismo no tengo apetito, en general. No pasa nada. No hay nada por lo que nadie tenga que preocuparse, solo es una respuesta al estrés. Algunas personas comen cuando están estresadas. Yo no.

Beej sigue mirándome, no con el ceño fruncido exactamente, pero tiene una expresión extraña en la cara que no termino de ubicar, y esboza una sonrisa que me parece forzada, y me agarra la cabeza bruscamente con la mano y me atrae hacia él para besarme en la frente.

No dice nada. Luego no pasa nada más. Solo un beso, y me abruma una vez más esa sensación de que me está mintiendo o escondiéndome algo. No sé por qué.

Daisy me pega un codazo.

—Pero bueno, ¿no seréis la viva imagen de la dicha premarital?

La miro de reojo.

—De vez en cuando.

—Os queda bien —me dice—. Que estéis juntos de verdad.

—Es como tiene que ser. —Me encojo un poco de hombros mientras la miro.

Ella me responde con un asentimiento, casi con frialdad, casi como si la hubiera ofendido mi comentario.

Los ojos se le van hacia otro punto de la sala, pero realmente se van mucho más lejos, y yo sé adónde van.

Me inclino hacia ella y bajo la voz para susurrarle:

—¿Dónde está?

Entorna los ojos.

—Lejos.

Exhalo una pequeña bocanada de aire y la miro a los ojos.

—¿Qué? —me dice, frunciendo un poco el ceño, a la defensiva. Estándar Daisy.

—Nada. —Niego con la cabeza.

—No. —Pone mala cara—. ¿Qué?

—No me llamó —le digo, y estoy muy segura de que la voz no me ha temblado ni por lo más remoto hacia el final de esa frase—. Cuando Bridget...

—No pudo —me corta.

—¿Por qué? —La miro fijamente, impertérrita.

—Porque no... —Desvía la mirada—. No pudo.

Ladeo la cabeza y le lanzo una mirada elocuente.

—Tu hermano podría hacer cualquier cosa si quisiera. Literalmente, cualquier cosa.

—Magnolia... —Suspira—. Querer, para él, rara vez tiene preferencia.

Daisy se cruza de brazos, y tengo la sensación de que lo está protegiendo de algún modo con el gesto.

—Se puso triste cuando se enteró... —me dice.

Pongo los ojos en blanco porque está hablando de él como si estuviera intentando evitar una desgracia política y yo lo único que quiero es saber por qué alguien a quien yo pensaba que, tal vez, posiblemente, le importaba un poco, no me ha dirigido una sola palabra durante los peores meses de mi vida.

—Y aun así... —La fulmino un poco con la mirada.

Pone los ojos en blanco, parece molesta.

—¿Está bien? —le pregunto en voz baja.

—Define «bien» —me dice echando chispas por los ojos. Lo cual me lleva a preguntarme...

Me acerco todavía más hacia ella y bajo la voz.

—¿Está triste?

Ella frunce el ceño.

—¿Por qué?

Me aclaro la garganta con delicadeza mientras miro por encima de mi hombro para asegurarme de que nadie nos oye. No intento ser cotilla, lo que tampoco intento es empezar la Tercera Guerra Mundial.

Y susurro:

—Por mí.

—¿Por ti? —Suelta un bufido y me lanza una mirada que me hace sentir como una hormiga—. Dios, eres una puta egocéntrica.

Me echo para atrás. Caray.

—Perdona, yo...

—Puto increíble. —Niega con la cabeza, apartando la mirada, y yo me descubro levantándome de la mesa.

BJ se inclina hacia mí.

—¿Estás bien?

—Claro. —Asiento muy rápido y espero no tener los ojos llorosos porque si los tengo, él se dará cuenta—. Solo voy al baño.

Me aprieta la mano y yo me voy al aseo a toda velocidad.

No me importa que Julian no esté triste por mí, no estoy aquí parada esperando que esté triste por mí. Y, de hecho, probablemente solo estoy siendo una boba. Hacía meses que nadie me gritaba, la verdad. Las únicas dos personas que me han gritado en la vida son Daisy y Bridget, y las dos desaparecieron más o menos a la vez, de modo que... Solo es una especie de recalibración.

Christian grita a veces, supongo. Pero últimamente no mucho.

Me coloco ante el espejo y me ajusto el collar. Un colgante con una esmeralda engastada en oro de 42 Suns.

Una chica que hay junto al lavabo me reconoce y me pide una foto.

Nos hacemos una, es bastante educada, y se va justo cuando aparece Romilly.

Me mira con cautela.

—¿Estás bien?

—Claro. —Me encojo de hombros como si no hubiera estado a punto de echarme a llorar si esa desconocida no hubiera interrumpido mi descenso a los abismos, bendita sea.

—Esa chica es… —se le apaga la voz— peleona.

Está, desde luego, hablando de Daisy.

—Sí. —Me río.

Romilly se muerde el labio, observándome.

—Henry me ha dicho que estuviste con su hermano.

—Oh. Esto… —No tengo claro por qué eso me ha descolocado—. Brevemente, supongo —contesto sintiéndome a la defensiva por alguna razón. Solo que esa respuesta se me antoja una mentira o quizá algo peor. De modo que luego añado también—: Sí.

—¿Lo amabas? —me pregunta con dulzura.

Durante unos segundos, miro fijamente al lavabo al que ni siquiera me había dado cuenta que me estaba agarrando, y luego suelto una risita despreocupada mientras niego con la cabeza.

—Es que Daisy a veces es muy quisquillosa, ¿sabes? —Me encojo de hombros y Romilly asiente, pero tiene los ojos entornados. ¿Qué sentido tiene responder? Yo sé la respuesta.

Me aclaro la garganta y vuelvo a mirar hacia el espejo.

—Terriblemente borde, la crio una panda de chicos, en particular, uno perdido del todo. —Me echo el pelo por encima de los hombros y me inclino hacia el espejo, fingiendo que tengo que retocarme el maquillaje, aunque no me hace falta.

—Magnolia, venga, ¿estás llorando aquí den…? —dice Daisy mientras irrumpe por la puerta del baño—. ¿Ahora no se me permite ser borde contigo porque tu hermana se ha muerto?

Romilly la mira con el ceño fruncido, pero yo ni siquiera la miro cuando contesto:

—A ver, sería mi preferencia personal, sí.

Daisy gruñe.

Romilly frunce todavía más el ceño.

—¿Por qué tienes que ser borde con ella, para empezar?

Daisy se vuelve hacia Romilly y pone mala cara.

—Lo siento… —Niega con la cabeza—. ¿Y tú quién eres?

Romilly me mira a través del espejo y yo me giro, me pongo de cara a Daisy, con los brazos cruzados y la miro desde arriba porque soy más alta (aunque podría decirse que ella es más letal). (Aunque sigo afirmando que probablemente no me mataría). (A pesar del repentino y ligeramente doloroso, además de podría decirse insensible, desinterés que su hermano muestra hacia mí, sí sospecho que a él no le traería sin cuidado mi muerte).

—Es Romilly —le digo a Daisy y señalo hacia el restaurante—. Estaba en la mesa con nosotras. Es la novia de Henry.

Parpadea.

—¿Henry tiene novia?

Ahora Romilly parece ofendida.

—¿Christian no te ha hablado de mí?

—Llevo cuatro meses sin ver a Christian. No hemos… hablado mucho precisamente —le dice Daisy.

Y yo pongo los ojos en blanco porque habla como si solo importara el sexo, pero sé que no es verdad.

—En fin. —Daisy le lanza una sonrisa fugaz—. Un placer. ¿Puedes irte ya?

—No. —Romilly niega con la cabeza, mirándola impasible.

Daisy señala hacia Rom con la cabeza.

—¿Esta tía va en serio?

—No sabe quién eres.

Daisy pone mala cara.

—Pues igual deberías decírselo.

—¿Decirme qué? —pregunta Romilly, que ya se ha molestado y nos mira a las dos.

—¡Aquí estáis! —Taura abre la puerta del baño con fuerza—. ¿Por qué me habéis dejado sola en la mesa? Ha tardado un segundo en convertirse en un campo de nabos.

—Lo siento. —Le lanzo una sonrisa.

Taura nos recorre rápidamente con la mirada a las tres y frunce el ceño.

—Vale. ¿Qué está pasando aquí?

Romilly niega con la cabeza.

—No tengo ni idea.

—Ni yo. —Me encojo de hombros y miro a Daisy de reojo—. Daisy ha desaparecido durante cuatro meses y ha vuelto a casa con su capacidad de ser borde totalmente reseteada a la configuración de fábrica.

Daisy pone los ojos en blanco.

—Solo quiero hablar con Magnolia a solas —le dice ella a Taura, exasperada.

—¿Por qué? —le pregunto con una sonrisa radiante—. ¿Para que puedas hacerle un placaje a lo que queda de mi alma contra esa pared?

Daisy gruñe por lo bajo y niega con la cabeza.

—Cómo no te abandonaron en una estación de bomberos cuando naciste se escapa de...

—Has hecho exactamente lo que esperaba, Daisy. —La corto—. Gracias.

Taura señala con la cabeza hacia el restaurante.

—Vamos —le dice a Romilly.

—Es una borde —le dice Romilly (y no flojito) mientras se van.

Taura se encoge de hombros.

—No está mal cuando la conoces...

—¿Perdona? —Daisy la mira con fijeza, ofendida, y Taura la ignora.

—No lo sé —digo mirándola mientras se cierra la puerta, de brazos cruzados—. Yo igual habría escogido una expresión menos amarga.

Se pasa la lengua por el labio inferior y suspira.

—Perdona.

La miro fijamente. La fulmino un poco con la mirada incluso.

—Me gusta cómo te queda ese cárdigan —le digo señalándolo con la cabeza mientras me cruzo de brazos de nuevo. Cárdigan *oversize* de punto buclé The Kids de Petar Petrov—. Ese tono de negro te va que ni pintado con la maldad de tu alma.

—¡Magnolia! —gruñe mientras pega un pisotón—. Lo siento, ¿vale? Lo digo en serio. Estaba preocupada por ti...

Frunzo el ceño.

—¿Por qué?

Daisy hace un ruido gutural.

—¿No sabes aceptar un cumplido?

Pongo mala cara.

—¿Eso era un cumplido?

Se apoya en el lavabo.

—Supongo que no.

Retrocedo hacia uno de los cubículos del aseo y sigo fulminándola con la mirada.

—No me llamaste cuando ella murió. —Intento no sonar enajenadamente herida por ello—. Y él tampoco.

—Lo sé. —Suspira. De hecho, sí parece, si soy completamente justa, que lo sienta—. Era...

—Tu amiga, Daisy. —Niego con la cabeza—. Éramos amigas.

Ella ladea la cabeza, un poco triste.

—Somos amigas, Magnolia.

—Dios mío. —Parpadeo—. ¿Cómo les hablas a tus enemigos?

Suelta una carcajada, divertida, y aparta la mirada.

Yo no, sin embargo.

—¿Dónde está?

Me mira y sus ojos cargan con el peso propio de los suyos.

—No lo puedo decir.

Cuando Julian y yo éramos lo que fuera que fuimos, siempre que ocurría algo y yo no acababa de comprender qué estaba pasando o él decía algo que se me escapaba, a veces había algo en todo aquello que hacía que sintiera que el alma se me caía a los pies; ahora tengo esa sensación.

—¿Tiene problemas?

—No —contesta demasiado rápido—. Está... No lo sé. —Frunce el ceño mirando al suelo y luego levanta la mirada hasta mis ojos—. Estaba triste, al principio.

—¿Lo estaba?

—Sí —asiente.

—¿Por mí? —pregunto con un hilo de voz.

Vuelve a asentir.

—Vale. —Frunzo los labios, en realidad, no sé qué decir.

Me mira, instantáneamente a la defensiva.

—¿Quieres que esté triste?

—La verdad es que no. En absoluto... —Le lanzo una mirada—. Quiero que esté bien.

Se lame el labio inferior y suspira.

—Ya, yo también.

—¿Lo está? —le pregunto con un hilo de voz.

Me mira y se pone más erguida.

—¿Y tú?

Vuelvo a cruzarme de brazos, un poco incómoda esta vez.

—Cuando murieron tus padres, ¿cuánto tiempo tardaste en recordarlo como una parte normal de tu vida? —pregunto, y me mira confundida—. Vaya, que cuándo te levantaste una mañana y supiste que estaban muertos sin tener que recordarlo.

—Oh —dice. Me mira con tristeza—. Meses.

—¿En serio?

—Sí —asiente—. Unos nueve o diez.

—Me pasa cada mañana. —Aprieto los labios—. Y durante el día, ¿sabes? De repente, soy consciente de ello... Y no me parece la clase de hecho que puedas olvidar, pero no paro de olvidarlo. Vamos, que veo algo en Instagram e inmediatamente voy a enviárselo. Tengo tantísimos pantallazos en el móvil de cosas que quiero mandarle... A veces, se las mando...

—¿Siguen llegándole? —pregunta.

La miro y se me ponen las mejillas coloradas. Ya puestos lo confieso. Total, ya piensa que soy una idiota de remate.

—Tengo su móvil enchufado en uno de nuestros cuartos de invitados. No me gustó la primera vez que el mensaje se envió en verde, de modo que volví a enchufarlo.

Y también me he escrito un mensaje a mí misma desde su móvil y no lo he enviado para que siempre me aparezcan esos puntos suspensivos, como si ella me estuviera respondiendo los mensajes.

—Magnolia... —suspira.

—A veces llamo y le dejo un mensaje en el contestador. Finjo que solo me está ignorando porque está enfadada porque me compré un abrigo de piel de visón de The Row...

Frunce el ceño.

—¡Es que no sabía que era real! —le digo muy rápido—. No lo supe

hasta que llegué a casa y le comenté a BJ que me parecía que 17.000 libras era exagerar un poco por un abrigo de piel falsa, y él me dijo: «Eres una idiota...».
—Y lo eres —me interrumpe, poniendo los ojos en blanco—. Una idiota.
Asiento una vez.
—Bridget siempre lo pensó.
Suelta una carcajada.
—Bueno, era la más lista de todos vosotros.
Le lanzo una mirada.
—¿No quieres incluirte en el grupo?
Se encoge de hombros.
—Soy bastante lista.
Pongo los ojos en blanco.
—Magnolia... —Me mira—. Estás deshaciendo toda una vida de conexiones neuronales. Pensamos en las personas como hábitos. El año que estuve sin hablarme con Julian, seguía pensando en él cada día... como un reflejo.
—¿En serio? —pregunto, solo que ya sé que es verdad.
Pensé en BJ cada día cuando estuve en Nueva York. Había pensado en él cada día desde que tenía quince años, era imposible parar de repente. No quería parar.
De hecho, pensaba en él como si fuera un entrenamiento, su aroma, la sensación de sus manos sobre mi cuerpo. Estudiaba mentalmente cómo le caía el pelo sobre el rostro, y era una absoluta tortura, y supongo que eso te dice todo lo que te hace falta saber.
Creo que sabía, en cierto sentido, que si paraba de pensar en él, lo estaría dejando ir, y por eso en ese mismísimo sentido, sigo teniendo el contacto de mi hermana anclado junto al de BJ al inicio de mis mensajes de iPhone.
No pienso dejarla ir.

15.41

Papá

Me sabe mal lo de la otra noche.

Qué te sabe mal?

Haberte disgustado.

Te sabe mal haberme disgustado?

Sí

Pero no te sabe mal lo que dijiste?

BJ, no te dije nada malo.

Solo quiero que seas feliz

Ya, claro

VEINTICINCO
Magnolia

Desde Kensington son casi dos horas en coche hasta Varley. Técnicamente, está en Kent, que obviamente es bastante grande. En el distrito de Dover, si nos ponemos específicos.

Hamish estudió ahí, lo cual creo que es la razón por la que todos acabamos yendo allí, la verdad.

Dwerryhouse es la escuela primaria de Londres a la que fuimos todos, que es donde conocí a Henry. Mis padres eran (como sabrás deducir sin equivocarte) bastante inútiles en lo que respecta a esta clase de cosas.

Se enteraron de que Henry iría a Varley, así que Harley hizo una llamada y entonces yo también fui a Varley.

Lil estaba muy disgustada porque los chicos irían al internado, recuerdo una conversación durante una cena un par de semanas antes de que Henry y yo empezáramos el curso. Ella lloraba de lo triste que estaba porque él se iba.

Me acuerdo de observar a mis padres, mi madre iba asintiendo como si lo comprendiera, como si tuviera una célula de maternidad en todo el cuerpo, como si yo no le viera el alivio en el ceño ante la idea de ser un poco menos responsable de una de las personas de las que apenas era ya responsable llegado ese punto.

—Le encantará —le dijo Harley a todo el mundo, aunque no me lo había preguntado y yo no tenía tan claro que fuera a encantarme—. Te encantará, ¿verdad, cielo?

Yo esbocé una sonrisa fugaz, asentí y bajé la mirada hacia el plato. Henry me pegó un codazo.

«Al menos él estará ahí», recuerdo que pensé.

Mis padres se las arreglaron para que yo me fuera con Lil, los chicos y Jemima (ella estaba en el último curso ya). Fue raro, me hirió los sentimientos, de hecho, que no quisieran llevarme ellos.

Era algo muy fuerte, ¿sabes? Al menos para mí. Ir a secundaria, ir a un internado… Aunque, claramente, a ellos les importaba un pimiento.

Salió durante la cena.

—¿A qué hora tienen que estar allí? —preguntó mi madre, embobada.

—A las siete de la mañana. —Lil le sonrió—. Normalmente un poco más tarde, un lunes normal es a las siete y media, pero el primer día de curso, a las siete.

Harley se rascó la cabeza al oírlo y le hizo un gesto con la barbilla a mamá.

—Le pondremos un coche.

BJ me miró fijamente desde el otro lado de la mesa. Siempre se sentaba enfrente de mí en las cenas. Tiempo después me contó que era para verme mejor. Qué mono. Un poco acosador, pero mono.

Él tenía doce años entonces, yo rondaba los once. Él no dijo nada, se puso triste por mí.

Recuerdo mil ocasiones a lo largo de mi vida en las que algún miembro de la familia Ballentine se ponía triste bien por mí o bien por Bridget.

—Yo la llevaré —dijo Lily enseguida. Me sonrió.

—¡Estupendo! —Harley dio una palmada y listo.

La mañana llegó y con ella absolutamente cero unidades de fanfarria.

Mamá tenía resaca de la noche anterior, me la encontré tumbada con la cara contra la cama. Harley ni siquiera estaba en casa.

Fui a decirle adiós y ella me dijo:

—Fantástico, bien hecho. ¿Serás una buena chica y me traerás un café cuando vuelvas?

A lo que yo contesté:

—¿Cuando vuelva el viernes?

Y ella respondió:

—Viernes, sábado. Mis días favoritos. Te quiero.

Así que bajé las escaleras y Marsaili estaba despierta, desde luego que lo estaba. Para empezar, porque en aquellos tiempos era su trabajo, y para seguir, en esa época todavía no era una zorra.

Me estaba preparando el desayuno; estaba nerviosa, le importaba que me fuera. Me di cuenta porque la vi llorando mientras me preparaba las gachas de avena que de todos modos no me iba a comer porque era demasiado pronto para comer, pero sin duda alguna no iba a comerme después de ver cómo las preparaba, habiendo presenciado cómo removía sus propias lágrimas sin darse cuenta. Salado. Asqueroso.

Me quedé en el vestíbulo, esperando a que los Ballentine me recogieran. Y ¿quién cruzó trastabillando el portal de nuestra casa sino mi padre?

Las cinco menos diez de un lunes por la mañana, con los ojos empañados y la camisa desabrochada.

—¡Hola! —saludó, animado cuando me vio.

—¿Has venido a casa a despedirme? —Lo miré radiante.

—Mmm. —Frunció el ceño—. Claro. ¿Adónde decías que ibas?

Tragué saliva.

—Al instituto.

—Eso. —Asintió—. Claro, he venido a casa por eso, ¡sí!

Me dio unas palmaditas en el brazo.

—Pásalo bien.

Lo miré fijamente.

Fue un momento desgarrador por muchos motivos.

Antes de entonces ya sabía, probablemente de modo subconsciente, que mis padres no eran como los otros padres. Yo veía cómo Hamish y Lily eran con los chicos, cómo Barnsey y, en ese entonces, Jud eran con Christian. Padres que hacían de padres sin una indiferencia total y absoluta hacia sus hijos. En un rincón de mi mente era consciente de ello igual que tu visión periférica se fija en el color de un coche que pasa por la calle, sin embargo, esa mañana fui consciente de ello igual que te fijas en el color de un coche que está a punto de atropellarte.

—¿Me llamarás cuando llegues? —dijo, pero hizo una inflexión creciente al final. Como si no tuviera del todo claro qué tenía que decirme. Frunció el ceño para sí—. ¿Tienes móvil?

Asentí. Marsaili me dio uno. Un iPhone 3GS.

Le dio otro a Bridget, y ella también tenía uno, así podíamos hablar entre nosotras. iMessage todavía no había salido, era todo verde (asqueroso) pero en esa época no teníamos ni idea.

—Genial —asintió Harley—. Hablamos pronto, pues, cielo.

Me dio unas palmaditas en la cabeza y subió corriendo las escaleras. Me quedé mirándolo y me pregunté, de forma consciente por primera vez tras una vida entera de preguntármelo inconscientemente, por qué se molestaron en tenernos.

—Hola —saludó una vocecita desde la cima de las escaleras.

—Oh, hola. —Levanté la mirada hacia mi hermanita, que en esa época era un renacuajo, nueve añitos o por ahí.

Bajó corriendo las escaleras y se quedó a un par de peldaños del final para ser más alta que yo.

—¿Estás nerviosa? —preguntó.

—No. —La miré con mala cara.

—Vale, bien —asintió.

—Estoy bien —le dije, aunque no me lo había preguntado.

—Lo sé. —Asintió con calma—. Henry estará ahí. Y Paili.

—Y Christian —le recordé, porque yo estaba «enamorada» de él en esa época.

—Y BJ —añadió ella, pero yo la miré raro porque aquello era increíblemente irrelevante en ese momento específico.

—¿Estarás bien? —le pregunté, paseando la mirada por nuestra gran casa.

—Sí. —Asintió muy rápido y convencida—. Genial. Me muero de ganas de tener silencio.

Volví a mirarla con mala cara.

—Eso no es bonito.

En ese momento me respondió con la misma mirada que me pone siempre que mis comentarios no la impresionan.

—¿Sabes que hay chicas por todo el mundo, Magnolia, que se morirían por la oportunidad de aprender?

Qué pereza de niña de nueve años.

—Literalmente. —Me lanzó una mirada excesivamente elocuente—. De hecho, mueren para ir al colegio…

—Ya, pero…

—Además, ¿qué te da miedo dejar? —Volvió la vista hacia las escaleras, por donde se había ido Harley—. Total tampoco están nunca aquí.

La miré con el ceño fruncido.

—A ti.
—Yo estaré bien. —Se encogió de hombros.
Yo fruncí más el ceño.
—Ya sé que estarás bien, tú siempre estás bien, pero yo no...
Ella puso los ojos en blanco.
—No estoy tan lejos, Magnolia.
—Tú me das igual —gruñí, soné irritada, aunque la verdad era que ella me importaba muchísimo—. Yo no... Eso no me... —Solté un bufido—. ¿Estarás en casa cuando llegue el viernes por la noche?
Asintió.
—Sí.
—¿Lo prometes?
Asintió.
—¿Te asegurarás de que Marsaili prepare un pastel de carne?
Bridge puso los ojitos en blanco.
—Vale.
—¿Y tú, Allie y yo veremos juntas la final de *Gran Hermano*?
Volvió a poner los ojos en blanco.
—Sí.
—¿Prometes que no la veréis antes sin mí?
—Lo prometo —asintió.
Y, en ese momento, sonó el timbre. Marsaili soltó un grito desde la cocina y Bridget soltó una risita mientras Mars cruzaba corriendo el vestíbulo y abría la puerta de golpe.
BJ estaba ahí de pie.
—Buenos días. —Le sonrió a Marsaili.
Ella le acarició el pelo, que en ese entonces tenía un poco más dorado, y bajó las escaleras para ir con Lily, que estaba de pie junto al maletero del coche, llorando también, de modo que se abrazaron y empezaron a hablar.
Bajé la mirada y Henry me saludó desde el coche.
—Hola —me dijo BJ con una gran sonrisa.
—Hola —le contesté con otra, nerviosa.
—¿Lista?
Asentí, aunque no lo estaba.
—Sí.

—¿Esta es tu bolsa? —Señaló mi maleta.

Asentí.

—Te la llevo yo —me dijo. Al ir a cogerla, le sonrió a mi hermana—. Hola, Bridget.

Ella le sonrió con timidez.

—Hola, BJ.

Mi hermana y yo nos miramos a los ojos y yo no dije nada, y luego bajé las escaleras detrás de BJ.

Él hizo una pausa.

—¿Quieres despedirte de ella?

—Pues no, la verdad es que no —contesté, y él frunció el ceño porque pensó que yo estaba siendo una borde con ella, pero ella me sonrió porque sabía que no era así.

¿Lo ves?, nunca he querido despedirme de ella. Jamás lo haré.

VEINTISÉIS
BJ

Sigue pasando, cada vez que salgo sin ella, lo cual es una locura; no tengo una relación secreta con ella, no es que seamos amantes secretos, Gran Bretaña no habla de otra cosa últimamente, y creo que eso lo empeora.

Voy con Henry hacia la mesa que los Hemmes tienen siempre en el rincón del fondo de Boisdale. Pasamos junto a unas chicas yendo hacia allí que nos miran a los dos como si fuéramos el plato principal que han salido a comerse para cenar.

Les lanzo una sonrisa fugaz, porque la fama requiere un equilibrio complicado. No puedes ser borde, no puedes ignorarlas de plano, porque necesitamos a las fans (a las chicas como esas), las necesito, por eso tienes que prestarles cierta atención, estar lo suficientemente disponible para que sigan interesándose, pero no excesivamente disponible como para comprometer mi vida real.

El ambiente con los chicos está raro últimamente, y no por culpa de Henry y Jo.

Aquello ha pasado al olvido, ¿puedes creerlo? Estuvimos en la puta mierda de un túnel de viento durante cinco años entre Christian y yo, y luego están Henry y Jo.

Ahora ya está, cielos despejados y todo eso. Solo que algo se siente distinto.

No mal, pero diferente sí. Vamos, verdaderamente cambiado, ¿quizá? No lo sé.

Esta noche me pido una hamburguesa casi por compulsión. Me siento como si tuviera que aprovechar hasta la última oportunidad para comerlas a escondidas de un tiempo a esta parte, antes de volver a casa y encontrarme con una nevera llena de hortalizas verdes y tés laxantes.

Jo pide un puro, de modo que todos pedimos. Sé que me llevaré una buena chapa por ello; si no quiere que coma hamburguesas, no querrá que fume puros, pero llegaré a casa oliendo a ambas cosas me las haya tomado o no.

Intentaré meterme en la ducha antes de que pueda olerme, le diré que solo lo han hecho los chicos si me pregunta. No quiero que se preocupe.

Miro a Henry y le hago un gesto con el mentón.

—¿Te gusta lo que haces?

—¿Qué? —Frunce el ceño.

—¿Te gusta lo que haces? —repito—. Con papá.

Se encoge de hombros.

—Es un trabajo.

—Ya, pero ¿te gusta? —pregunto cruzándome de brazos.

Henry entorna los ojos.

—He oído que discutisteis.

—¿Qué? —Jo frunce el ceño, metiéndose—. ¿Otra vez tu padre?

—¿Qué ha pasado? —pregunta Christian.

Y yo lanzo una mirada de irritación al público del gallinero antes de repetirles:

—No hago nada con mi vida.

Christian se encoge de hombros.

—A ver, te las apañas bien para ocupar los días.

—Vamos a ver... ¿Qué está haciendo nadie con su vida, en realidad? —dice Jo, reflexivo, y su hermano pone los ojos en blanco.

—Ya empezamos.

—Lo digo en serio. —Jo lo reprende con la mirada—. ¿Qué está haciendo nadie? —Se encoge de hombros—. Hay demasiados frentes abiertos.

Me quedo mirándolo, confundido.

—¿De qué estás hablando?

Exhala el humo del cigarro y levanta los hombros.

—Todo el mundo hace lo que hace, o bien por amor, o bien por poder, o bien por dinero.

—O por sexo —añade Christian.

Jo asiente mientras lo señala con un dedo, de acuerdo.

—O por sexo.

Yo le lanzo una mirada a Henry. Me he perdido.

—Vale —digo mirando dubitativamente a Jo.

—En mi caso, es por poder. —Jonah se encoge de hombros. Dice «poder» como dirías que quieres otra cerveza—. Lo quiero, es en lo que pienso cuando me despierto por las mañanas. Lo primero que pienso.

Me lanza una sonrisa seca y me pregunto si es cierto. ¿Lo primero en lo que piensa por las mañanas es el poder?

—Entonces, en mi caso —prosigue—, lo que estoy haciendo con mi vida está enfocado a eso. Sin embargo, tú... —Me señala—. A ti eso te importa una mierda.

—Y tú... —Henry mira fijamente a nuestro amigo—. Vas colocado.

—Sí —asiente Jo—. Pero eso ahora no viene a cuento.

Henry y yo intercambiamos una mirada. ¿Jo va colocado por diversión un martes por la noche? Históricamente no augura nada bueno.

—Tío, ¿de qué estás hablando? —le pregunta Henry.

Christian suelta una carcajada.

—Estoy diciendo que todo es por nada.

Apura su copa y, ahora que me fijo bien, veo que tiene los ojos vidriosos. ¿Por qué antes no me estaba fijando bien?

—Si escoges el camino del poder, Beej, o el camino del dinero, harás crecer la empresa de tu padre, y él estará orgulloso de ti un instante y luego morirá —anuncia, y Henry echa la cabeza para atrás—. Lo siento —dice Jo, mirándonos a los dos—. Pero lo hará. Y entonces ese orgullo desaparecerá, y tú te pararás un momento y te pondrás en plan: «¿Por qué cojones lo he hecho?».

Henry se encoge de hombros, haciendo un verdadero esfuerzo por seguirle el ritmo a la puta paja mental de Jonah.

—Bueno, él ha sacado adelante una empresa. Se la entregará a sus hijos y...

—Para que sus hijos se torturen también bajo la presión de no querer hacer lo que, para empezar, él tampoco quiso hacer —dice Jonah, arrastrando las palabras antes de encogerse de hombros, aunque parece que lo haga para sí mismo—. No se trata de querer, vamos a ver, yo no quiero hacer lo que estoy haciendo, pero lo hago —me dice, pero está mirando más allá de mí, en realidad—. Y probablemente moriré haciéndolo —dice al espacio que queda detrás de su hombro.

—Jo... —Christian frunce el ceño, se le ve preocupado de verdad.

Lo agarro por el hombro.

—¿Qué está pasando?

Jonah me mira parpadeando.

—¿Mmm? —Niega con la cabeza—. Nada.

Me pega una palmada en el hombro y fuerza una sonrisa.

—Hay muchas cosas distintas de las que puedes enamorarte en este mundo, Beej. Yo estoy jodido. —Señala a Christian—. Él está jodido.

Señala a mi hermano.

—Ese podría estar jodido, está por ver. Pero tú... —Me señala con el mentón—. Podría decirse que el que antaño estuvo más jodido de todos nosotros, probablemente, ahora eres el único que lo está haciendo bien.

VEINTISIETE
Magnolia

Para el cumpleaños de Lily, Hamish reservó un superyate para que ambas familias fuéramos juntas a navegar por Córcega.

BJ y Hamish siguen tensos. Le pregunté a Henry si deberíamos hacer algo y él me contestó algo en la línea de: «Sé que te resulta escandalosamente complicado no entrometerte, pero inténtalo», lo cual me pareció un poquitín desagradable, pero no puedo decir que yo sea una gran experta en relaciones paternales, de modo que ni siquiera sé por dónde empezaría.

El reparto de las habitaciones resultó ser un poco una catástrofe para las chicas Ballentine (actualmente ninguna de ellas tiene una relación con otra persona), porque implicó que las tres hermanas tuvieran que compartir habitación (Madeline, desde luego, tuvo un ataque absoluto), mientras que ambos chicos, que tienen una relación con otra persona (o, como tan finamente lo describió su padre, van a «Pasarse toda la semana haciéndolo»), consiguieron una habitación para cada uno.

Mamá y Bushka también tuvieron una habitación para cada una, Harley y Mars, y luego Lily y Ham.

La cosa está hasta arriba. La embarcación. ¿El barco? ¿Cuándo una embarcación se considera yate? ¿Y qué tamaño tiene que tener un yate para considerarse un barco? Pregunto.

Somos un montón de gente, vaya, es lo que intentaba decir.

Los dos primeros días han sido de ensueño, de una forma curiosa. Casi parecían sacados de una película dado su nivel de perfección. El perfeccionismo, desde luego, se hacía pedazos de vez en cuando, si alguien hablaba de Bridge o mencionaba su nombre tal y, como se suele hablar automáticamente de las personas que quieres y que te importan; surge en la conversación. Ella surge en la conversación y entonces todo el mundo se queda mudo, y nadie más aparte de BJ y Henry se atreve a mirarme, como si mi aflicción fuera ofensiva o demasiado grande y brillante como para mirarla a los ojos.

En esos casos, yo fuerzo una sonrisa y digo que estoy bien y luego me levanto y voy al baño. Creo que todo el mundo cree que tengo gastroenteritis, pero en realidad solo hablo con mi hermana.

Ella diría que estoy siendo pretenciosa al referirme al sombrero cordobés de paja de ELIURPI que llevo como mi «sombrero del yate», y sé que sería borde conmigo por haberme llevado quince bañadores para un viaje de seis días, pero a una le hacen falta opciones y, además, ¿has visto la última colección de trajes de baño de Magda Butrym? Por favor, todo el mundo tendría que agradecerme haberlo dejado en quince.

Esta mañana, Allie y yo nos hemos tumbado en una de las cubiertas, nosotras solas, y la verdad es que no hemos hablado mucho, pero ha sido agradable estar a su lado, sentir la enormidad de su pena apretándose contra la mía, como si fueran dos globos de agua gigantes que se están llenando cada vez más y más y un día, pronto, los globos estarán tan llenos de pena y se habrán estirado más de la cuenta hasta tal punto que estallarán y empaparán a todo aquel que ande cerca, pero hoy no es ese día.

Hoy es el día de los deportes acuáticos.

A Hamish Ballentine le pierden los planes y las actividades programadas.

Paravelismo, esquí acuático, esquí acuático sobre tabla, motos de agua... Lo que se te ocurra: hoy lo hacemos.

Lily una vez me pegó un rodillazo en la cabeza cuando yo iba al instituto durante una de las actividades programadas de Hamish. Íbamos en un plátano hinchable. Estuve a punto de ahogarme. Me hundí de verdad, me desmayé y todo. Jonah me vio, se zambulló y me sacó del agua.

Pobre dulzura, le afectó un montón en contexto con lo de su hermana. BJ dice que cree que igual reparó algo en el interior de Jo, porque todos esos años había cargado con el hecho de no haber podido salvar a su hermana cuando ocurrió, y que tras ese día, que yo estuve a punto de ahogarme, pero él me salvó, Jo sintió un alivio que no había sentido en muchísimo tiempo.

Todo eso para contarte que ni Lily ni yo nos acercamos nunca a los plátanos hinchables.

Mi familia sí lo hace, porque vienen a tener la consideración y la conciencia de una bolsa de patatas fritas.

—Es bastante increíble, ¿no? —comenta Lily, con las manos en las caderas de su falda tipo pareo de seda con estampado floral midi y de algodón blanco con ribetes en azul marino de Gucci, con los salones de ante con hebilla Belle Vivier en azul marino de Roger Vivier. Estos últimos podría decirse que no son especialmente apropiados para un yate, pero la moda pasa por encima de la funcionalidad por estos lares. Yo misma los escogí para ella. Está observando a mi padre, que está encajonado entre Marsaili y mi madre encima del plátano hinchable.

—Supongo. —Me quedo mirándolos, no me está gustando particularmente la sensación de que los alaben por algo, pero lo reconozco—. Un poco.

BJ los observa, se revuelve incómodo. Parece casi enfadado con ellos, pero eso no es necesariamente algo nuevo.

BJ y mi padre siempre han tenido una tensión extraña.

Cuando empezamos a salir, sé que a BJ le daba un miedo atroz, pero muy pronto resultó evidente que la persona a quien debía temer en realidad era a Marsaili.

Marsaili gobernaba con mano de hierro. A veces.

Ella era quien tenía reglas, firmes, en todo caso.

Harley tenía reglas en los contados minutos en los que le daba por comportarse como un padre.

Yo nunca sabía qué lo arrastraría hacia la paternidad; a veces, él era quien me tendía el vodka Grey Goose, y luego en algunas ocasiones, por ninguna razón que yo supiera identificar ni entonces ni ahora, de pronto decidía que no estaba bien que yo durmiera en casa de BJ cuando tenía diecisiete años y se presentaba en casa de los Ballentine a las tres de la mañana y exigía que yo volviera a casa con él.

A BJ siempre le ha flipado sacarlo de quicio. Y, por favor, imagínate a BJ saliendo con tu hija adolescente, una verdadera pesadilla.

Posiblemente su dinámica es culpa mía.

Algo pasó cuando yo era más joven que, en realidad, no sabe nadie más que BJ, lo cual creo que los colocó en un punto de partida raro. Seguramente no tendría que habérselo contado a Beej, se lo conté antes de que estuviéramos juntos en serio (¿esas vacaciones en San Bartolomé?), la verdad es que ni siquiera sé por qué se lo conté, sencillamente lo solté cuando me preguntó algo. ¿Cómo iba a saber yo entonces que estaríamos juntos para siempre y que eso sembraría un trasfondo de pasivo-agresividad a su relación en las décadas venideras?

Fuimos a la boda de alguien famoso cuando yo tenía diecisiete años por uno de los cantantes con los que Harley trabaja a menudo; BJ fue mi cita. Harley nos encontró durante el banquete con la mano de BJ debajo de mi vestido y su boca en mi cuello, y Harley se aclaró la garganta ruidosamente, esperando que paráramos.

BJ lo miró con una sonrisa y los ojos empañados y dijo:

—Oh, hola, tío.

Y entonces Harley perdió la puta cabeza. Lanzó a BJ contra una pared y le apretó el antebrazo contra la garganta. Alguien sacó una foto, la vendió y la prensa se volvió loca con la anécdota.

«Problemas en el paraíso de los gánsteres» creo que fue el titular que sacó *The Sun*.

Estúpido y un poco racista porque no había un solo gánster a la vista, y no creo que él produjera la canción Gangster's Paradise.

En realidad, todo eso te lo cuento para decirte que ellos siempre han tenido una tendencia a estar irritables, así que ni me alarma ni me sorprende ni siquiera recelo de la cara que pone BJ mientras mira a mi padre, en el mar, apretujado entre su exmujer y su mujer actual, con una expresión imprecisa como si, tal vez, tuviera ganas de pegarle un puñetazo.

—De veras —dice Lily, que todavía los observa—. Algunas parejas, cuando el matrimonio se rompe, ni siquiera pueden compartir espacios. ¿Conoces a nuestros amigos Vrille y Tommy Thurstan? Cuando ella se enteró de que Tommy le había sido infiel, Dios mío, invitarlos a los dos a vuestra boda, encontrar la manera de encajarlos en el plano de las mesas... Es casi una cumbre de la OTAN. Pero luego —Hace un gesto hacia mis padres, de aquí para allá encaramados a un plátano hinchable en la Costa Amalfitana—, ahí están estos tres, completamente funcionales y...

Le lanzo una mirada.

—A ver, yo tampoco diría completamente...

Lily me pega un cachete en el brazo y me lanza una mirada juguetona.

—Oye, vámonos... —BJ me agarra por la mano de pronto y me aleja, y me pregunto si detecto un pequeño agobio en el gesto de su ceño. ¿Tal vez sí? ¿Tal vez no? ¿Puede ser que siempre esté un poquito agobiado conmigo últimamente?

—¿Adónde? —Me río. Le sonrío a su madre a modo de disculpa.

—A nadar —me dice llevándome hacia la otra punta del yate—. Con Hen y Rom.

Están en la popa del barco, besuqueándose como llevan haciendo todo el viaje.

—¡Todas las manos donde pueda verlas! —grita BJ cuando nos acercamos.

Henry, que estaba tumbado encima de Rom en la cubierta, se aparta de ella, le lanza una mirada bastante desalentadora a su hermano, y suspira mientras rueda hacia un lado.

—Mira quién fue a hablar —bufa Henry—. Tus dedos índice y corazón estuvieron desaparecidos durante la gran mayoría de tu decimosexto año en este planeta, campeón.

Romilly le pega un palmetazo por el comentario, BJ suelta una carcajada y yo pongo mala cara.

—Qué comentario tan tremendamente inapropiado, Henry. —Lo fulmino con la mirada y él me contesta con una risita, satisfecho consigo mismo—. Escandalosamente grosero.

—No, Magnolia. —Henry niega con la cabeza—. Lo que fue escandalosamente grosero fue que intentaras contarme paso por paso la primera vez que sucedió.

Lo miro boquiabierta, furiosa, pero BJ sonríe radiante.

—¿Qué tal lo hice?

Henry pone los ojos en blanco.

—Vio en color por primera vez en su vida.

—¡Yo no dije eso! —exclamo.

—¿Qué dijiste? —pregunta BJ, sonriendo como un niño con zapatos nuevos.

Me cruzo de brazos y echo a andar.

—No es asunto tuyo...

—Coincidirás conmigo que sí lo es —me dice, pero yo lo ignoro y me tumbo junto a Henry y Rom.

Pasamos la hora siguiente riendo y charlando bajo el sol de tal manera que creo que somos la viva imagen de un montaje de Instagram sobre un verano europeo, y estoy feliz y relajada, y siento la mente liviana durante un minuto, un poco como creo que me sentía en otros tiempos. Un poco liberada, desatada de mi nueva y siempre constante compañera, la pena, que lo hace todo peor cuando vuelve a acecharme en cuanto las luces empiezan a bajar.

El sol empieza a esconderse por el horizonte y yo me caigo en la bañera helada que es recordar a mi hermana.

Me excuso rápidamente y BJ me sonríe con tristeza porque me conoce. Es el único que lo hace, el único que sabe ver a la legua que las nubes se ciernen sobre mí.

—¿Por qué solo hablas conmigo en los baños? —me preguntaría mi hermana mientras me coloco ante el lavabo del baño en suite de BJ y mío.

Y yo contestaría algo parecido a que ella es la personificación de un retrete y entonces me sentiría mal inmediatamente, y lo retiraría.

—¿Acaso te gustan los barcos? —me preguntaría echando un vistazo por ahí.

—Son socialmente precarios —reconozco—. Pero no nos hemos alejado demasiado. Si me agobiara terriblemente, obligaría a uno de los chicos a que me llevara remando hasta la orilla y listo.

Ella se quedaría mirándome con una sonrisa un poco borde.

—Qué suerte tiene BJ de que seas tan fácil de tratar...

Pongo los ojos en blanco, no digo nada, quizá me miro las uñas, le enseño mi anillo de compromiso como un gesto de poder reflejo que a ella le traería sin cuidado porque no creo que nunca la haya preocupado estar prometida y, por supuesto, no querría casarse con BJ.

—¿Qué tal van los planes, por cierto? —me preguntaría.

Yo me encogería de hombros porque no sé qué responder a eso. Van. La organización va tirando, creo que soy yo quien lo organiza todo, la verdad es que no me acuerdo. Se me antoja triste y desenfocado hacerlo sin ella.

—¿Papá te llevará hasta el altar? —me preguntaría, y yo levantaría la vista para mirarla, un poco desconcertada por la pregunta.

—Supongo. —Me encojo de hombros porque no había pensado en ello hasta ahora.

Lo que encontraría en el altar ha sido siempre mi objetivo, no cómo llegar hasta allí.

—Sería desagradable que no lo hiciera, ¿no? —le pregunto.

Y ella se encogería de hombros.

—Podrías ir tú sola —me dice—. No eres propiedad de él, BJ no va a darle ninguna dote por tu mano...

—¿La tradición no es bonita? —pregunto.

—Solo si a ti te lo parece. —Se encogería de hombros otra vez—. Papá nos entregó hace mucho tiempo.

—Eso inferiría que en algún momento nos tuvo... —Le lanzo una mirada elocuente.

Ella pondría los ojos en blanco.

—Guardamos algunos recuerdos felices con ellos —me recordaría.

—Ah, ¿sí? —pregunto con las cejas enarcadas—. No me suena.

VEINTIOCHO
Magnolia

Sí me suena, la verdad.

Me suena de contadas ocasiones, pero es verdad que ha habido un par cada media década.

No tengo muchísimos recuerdos felices de mis padres juntos ni tampoco de una clase de familia idílica e increíblemente feliz; no como era la de BJ, que tenía una vida en la que podías colocarte en el umbral del tiempo, cerrar los ojos, girar sobre tu propio eje y señalar, sin importar adónde acabaras, sin importar el año o la circunstancia, Lily y Hamish eran un frente unido, unos padres estables y constantes que adoraban la compañía de sus hijos.

Una serie de recuadros increíblemente hermosos, clásicos y tradicionales, que crean una colcha de la experiencia familiar unida de BJ, mientras que la mía son más bien pedazos de recuerdos que te quedan después de una noche de borrachera que te deja hecha polvo.

Total y absolutamente patas arriba, pero en ciertas ocasiones, atravesando la desolación de todo aquello aparecen deslumbrantes flashes cinematográficos.

—Tus padres son bastante divertidos —recuerdo que me dijo BJ una vez cuando yo tenía quince años y fuimos a Cirque le Soir, donde nos encontramos a mi madre y a mi padre, una borracha, el otro colocado, respectivamente.

Se creó ese extraño momento en que todos nos vimos a todos, como si nos hubieran pillado.

Yo tenía quince años, BJ tenía dieciséis, éramos claramente menores y sin lugar a dudas no tendríamos que haber estado allí, pero bueno, ¿mis padres tendrían que haber estado en el local donde nos estábamos metiendo de extranjis? Seguramente no.

No habría pasado nunca jamás, ni en un millón de años, con los padres de BJ. Lily antes se moriría que poner los pies en Ganton Street de noche un fin de semana. Por eso quizá ellos también lo estaban haciendo mal. El momento quedó ahí suspendido, BJ y yo mirábamos fijamente a mis padres, ojipláticos, y ellos con unos ojos empañados por el alcohol y las drogas que habían estado tomándose antes de que llegáramos nosotros.

Y entonces Harley negó con la cabeza, sonrió y rodeó a BJ con un brazo. Mi madre dio una palmada y sendos achuchones a Jonah y a Henry. Creo que hasta le habría plantado un beso en los labios a Christian. De tal palo tal astilla, supongo.

BJ siempre ha estado un poco rarito con Harley por aquello que le conté esa vez, pero cumplió las reglas. Se suponía que no lo sabía, no podía reaccionar al respecto.

Esa noche fue la primera vez que más o menos lo vi abrazar a Harley de un modo u otro, dejarse llevar por el caos, intentar divertirse.

Fue un buen ejemplo de lo divertido que puede ser que los padres no actúen como tales. Si echas una hojeada al libro de las vidas colectivas de Bridget y mía, encontrarás unos cuatro mil quinientos ejemplos de lo terrible/aterrador/peligroso/ilegal y/o traumático que puede llegar a ser tener unos padres que no actúan como tales, pero creo que ya sabías eso de nosotras. Lo que quizá no sepas, las historias que guardo muchísimo más cerca de mi corazón, son los pocos recuerdos increíbles que atesoro de momentos en los que sentí que (a) realmente se querían el uno al otro y (b) yo formaba parte de una verdadera familia.

Era tarde, un lunes por la noche. Yo tenía dieciséis años. Uber Eats todavía no se había inventado. BJ y yo acabábamos de hacer lo que a menudo hacen los adolescentes que se dejan a su libre albedrío sin supervisión de un adulto en una habitación con una cama increíblemente mullida en el centro, y bajamos a la cocina para obligar a Marsaili a prepararnos algo para comer, cuando de repente descubrimos que se había tomado la noche libre.

—El descaro. —Parpadeé mirando la nevera llena de comida que no tenía ni idea de cómo cocinar—. Es de lo más irresponsable. —Miré fijamente a BJ, horrorizada.

—A ver, no tanto. Tus padres están arriba, Parks...

Puse los ojos en blanco.

—¡Como si ellos supieran cocinar!

Soltó una risita.

—Venga... —Bufé y lo arrastré hasta el cuarto de mi hermana.

Allie y ella estaban tumbadas en la cama leyendo libros la una junto a la otra en silencio, como las adorables ratitas de biblioteca que eran.

—¿Tú sabías que Marsaili no está aquí y que no hay nada para comer? —Miré fijamente a mi hermana, incrédula.

—Claro, ha vuelto a Escocia a pasar el fin de semana...

—¿EL FIN DE SEMANA? —grité, y Bridget puso los ojos en blanco.

—Es el cumpleaños de su anciano padre.

Me puse las manos en las caderas.

—Será el funeral de su custodiada dentro de un minuto si no como algo.

Bridget puso los ojos en blanco para hacerme rabiar como hacen las hermanas.

—¿Acaso te gusta la comida?

BJ me rodeó con un brazo y yo le devolví la mirada a Bridge.

—A veces.

—Yo también tengo hambre —les dijo él, encogiéndose de hombros.

Y eso, mira si no es irritante, es lo que puso en movimiento a mi hermana.

—Hemos cenado hace tres horas. —Allie miró a su hermano con el ceño fruncido.

—Bueno, Al, ¡he quemado toda esa energía! —le dijo, satisfecho consigo mismo.

Allie frunció más el ceño.

—¿Haciendo qué?

BJ me señaló con el pulgar y nuestras dos hermanas esbozaron una mueca.

—Venga, pues. —Bridget suspiró liderando la carga por el pasillo hacia el cuarto de mis padres, cuya puerta abrió de par en par sin apenas haber llamado.

Y ahí estaban ellos. No entraré en muchísimos detalles, pero no te quepa duda de que tenía toda la pinta que ambos se lo estaban pasando en grande, y de haber sido una película, estoy convencida de que alguien habría pagado su buen dinero por ella.

La cuestión es que no era ninguna película y, aun así, alguien (ellos) estaban a punto de pagar un buen precio por ella de todos modos, claro que de una manera bastante distinta.

—¡DIOS MÍO! —chilló Bridget, pegándose las manos a los ojos.

Yo me hundí en el pecho de BJ y le tapé la cara con las manos.

—¿Todo el dinero del mundo y no podéis comprar un pestillo? —les grité yo.

Al instante, como locos, hicieron acción de taparse, acompañada de gruñidos de irritación por parte de mi padre y de risitas por parte de mi madre mientras intentaban ocultar sus cuerpos.

—¡Qué asco! —chilló Bridge.

—¡Son las nueve de la noche! —gimoteé yo, y BJ se echó a reír a mi lado al tiempo que Harley se nos acercaba, con el tren inferior ahora ya envuelto en una sábana. Me apartó de la cara las manos de BJ y me lanzó una mirada.

—¿Y cuándo quieres que lo hagamos?

—No lo sé. —Me encogí de hombros—. ¿Una vez? ¿En 1997?

Él puso los ojos en blanco mientras mi madre avanzaba y se colocaba a su lado, envuelta en otra manta. Estaba muy hermosa, de veras recuerdo pensar eso. Se le veía esa satisfacción posterior tan curiosa y especial que te nace cuando mantienes relaciones sexuales con una persona que quieres de verdad, lo cual era algo que yo no supe hasta el año pasado cuando me acosté con un puñado de chicos a quienes no quería de verdad y no me nació la mágica satisfacción posterior que siempre y únicamente me había nacido con BJ y quizá con uno de los otros alguna vez, pero probablemente no.

Alargó la mano y le acarició el brazo con cariño a mi novio, lo cual nos llevó tanto a Harley como a mí a poner los ojos en blanco, aunque hay que reconocer que resulta difícil culparla porque mientras el resto de cuerpos del planeta están hechos de un sesenta por ciento de agua, Baxter James Ballentine está hecho de un sesenta por ciento de rayos de sol, y si pudieras darle un apretón al brazo del Sol, desde luego que lo harías.

—Y luego otra el año 1999 —les dijo Bridget.

—¡O! —Me crucé de brazos—. Estrictamente entre la una y las tres de la madrugada, cuando podríais haberme drogado para dejarme inconsciente.

—Por Dios... —Harley puso los ojos en blanco.

—¡Inconsciente! —grité.

Beej se apoyó contra el quicio de la puerta del dormitorio y miró fijamente a mi padre, con esa vieja sonrisita arrogante que tantísimo adoro, bailando por las comisuras de sus labios.

—¿Por qué te agobias tanto, Parksy? —Me miró—. No es nada que no hayamos hecho ya...

Harley lo apuntó con un dedo amenazador.

—¡BJ! —gritó Allie, tapándose los oídos.

—Bueno. —Ladeé la cabeza, reconociéndolo—. No hemos hecho exactamente eso.

Bridget negó con la cabeza, insegura.

—Y tampoco sé si deberíais.

—Ya podéis marcharos todos. —Harley señaló hacia el pasillo, pero miró a BJ en particular.

—Vaya, ¿no habéis terminado? —preguntó Beej con desparpajo—. ¿Necesitáis un minuto?

—Necesito un minuto para pegarte un tortazo en esa puta cabeza.

—Harley... —Puse los ojos en blanco.

—Papá. —Harley me miró de hito en hito.

—Si tú lo dices... —Me encogí de hombros—. Podría decirse que no me parezco en nada a ti.

Aunque un poco sí me parezco, de hecho. No sé por qué se lo dije. ¿Para cabrearlo, tal vez?

Bridget exhaló por la boca.

Harley puso mala cara, quizá se ofendió.

—Te pareces mucho a mí.

—No —le dije con las cejas enarcadas—. Bridget se parece. Yo me parezco a ella...

Señalé a mamá.

Él puso los ojos en blanco, exasperado.

—¿A ti te parece que tu color de piel te viene del culo blanco de tu madre?

—Cielo... —suspiró mamá, decepcionada—. No digas «culo», es muy vulgar.

—Eso, Harley... —Me metí yo—. No seas tan vulgar.

Beej me rodeó con un brazo y no dijo nada, pero enarcó una ceja y miró a mi padre con una sonrisa altanera.

—¿Y tú puedes irte a tu puta casa, tío?

—No. —Negué con la cabeza—. Esta noche se queda a dormir aquí.

Mi padre entrecerró los ojos.

—En el cuarto de invitados.

Bridget soltó una carcajada y yo puse los ojos en blanco.

—Claro —solté con una risita por su absurda sugerencia.

Harley miró a mi madre.

—Este duerme en el cuarto de invitados, ¿verdad?

Mi madre le lanzó una mirada y Harley negó con la cabeza, señalando a mi novio con gesto amenazador.

—Voy a borrarte esa puta sonrisa engreída de la cara...

—Disculpa. —Me coloqué entre mi padre y mi novio—. Pero has amenazado a mi novio unas cuatro veces a lo largo de esta conversación cuando eres tú quien está aquí arriba teniendo S-E-X-O...

—¡Con mi mujer! —berreó.

—Vomito —gruñó Bridget.

—Qué asco —murmuré yo a la vez, con un hilo de voz, mientras lo fulminaba con la mirada.

Miré a mi madre, con los ojos entornados con cautelosa precaución.

—Aquello parecía bastante incómodo...

Harley siguió negando con la cabeza mientras exhalaba lo que creo que probablemente fue el intento de un pobre hombre de una exhalación medida.

—Odio esto.

Mi hermana hizo una mueca.

—Claro, ¿estás bien?

Allie miró a su mejor amiga y habló con mucha más autoridad sexual de la que estoy convencida que tiene en realidad, incluso a día de hoy. Aunque claro, es una Ballentine, así que ¿quién sabe?

—A algunas personas eso les gusta, ¿sabes? —le dijo a Bridge.

BJ forzó el cuello para mirar de hito en hito a su hermana pequeña.

—Pero a ti no, ¿verdad?

—A algunas personas, sí. —Mi madre asintió y yo la miré con el ceño fruncido—. En efecto.

—¿En efecto? —Hice una mueca con toda mi cara—. ¿En efecto te ha gustado?

Harley pareció ofendido.

—Desde luego que le ha gustado.

BJ me pegó un codazo juguetón y señaló con la cabeza hacia mi cuarto.

—Deberíamos...

Harley hizo un gesto de ahogar a mi novio.

—Voy a...

—Oh. —Beej negó con la cabeza—. La verdad es que no nos van mucho estas cosas, tío. —Le lanzó a Harley una sonrisa radiante, gozando de cada segundo de su irritación, no así Harley. Él dio un paso amenazador hacia BJ de modo que yo lo protegí con mi cuerpo.

—Aparta —me dijo Harley.

Lo miré a los ojos.

—No.

Harley señaló con la cabeza a mi novio, detrás de mí.

—Rompe con él.

—Tampoco.

Harley soltó un gruñido gutural y luego se tapó los ojos con las manos antes de exhalar de nuevo.

—¿Qué estáis haciendo todos en mi habitación?

—Todos tenemos hambre —digo haciendo un puchero.

Harley volvió a suspirar.

—Sí —BJ asintió también, tan tranquilo—. Parks y yo acabamos de hacer una sesión de ejercicio jodidamente estelar y...

Ni siquiera fue capaz de acabar la frase sin echarse a reír, pero aquello no frenó a Harley de abalanzarse hacia él. BJ lo esquivó al tiempo que echaba a brincar por el pasillo.

—La verdad, cielo —le dijo mi madre a su marido—. Tu mujer también tiene hambre.

Fugazmente, BJ le hizo el gesto de la victoria a mi padre.

—¡Buena! —Beej lo miró con una risita, a media carrera, que recibió el gruñido número tres de la velada por parte de Harley Parks, ¿o fue el número cuatro? Perdí la cuenta. Tantos gruñidos. Le encanta una pizca de exasperación. Marsaili siempre ha dicho que el hombre jamás sentiría emoción alguna de no ser por la exasperación. Supongo que es bastante cierto, la verdad.

Harley volvió fatigosamente hacia su dormitorio, y señaló hacia las escaleras.

—Id a esperar junto a la puerta, todos.

Esos dos fueron a vestirse (gracias a Dios) y luego nos amontonamos todos en el Range y fuimos al McDonald's.

El contexto lo es todo, ¿verdad? Los buenos recuerdos de nosotros cuatro como familia eran atolones e islas perdidas hacia los cuales yo nadaba y casi me ahogaba intentando mantenerme a flote, mientras que para BJ los momentos felices con su familia representaban un continente entero. Tal vez es patético que ese sea uno de los recuerdos más tiernos que Bridget y yo tenemos con nuestros padres, tal vez no lo es. ¿Quizá subjetivamente está bien?

Porque cuando escuchas esa anécdota aislada, te la cuentan por lo que supuso en el momento, ignoras que dos semanas antes de esa noche yo misma vi a Harley besando a esa chica de *Factor X* en un local en el que él no sabía que yo estaba, y te concentras en el hecho de que en ese momento (en ese momento en concreto), era un marido atento, un padre presente y, así en general, una persona divertida a la que tener cerca; quizá, a fin de cuentas, no estaban tan mal.

VEINTINUEVE
BJ

El par de días siguiente en el yate van bien. Son fáciles, ¿sabes?

Lo que más hacemos es tumbarnos a tomar el sol, atracamos en algún puerto, comemos en los mejores restaurantes. Resulta difícil decir qué tal lleva Parks la comida hoy por hoy, porque en su mayoría son cosas de estilo familiar o entremeses italianos. Lo que está comiendo (o no) es un poco más difícil de controlar.

Lo que no cuesta tanto controlar es su cara algunas veces cuando me observa mientras pido: unos *fra diavolo* de langostinos y ella parpadeó unas cuarenta veces.

Me incliné hacia ella.

—¿Estás bien?

Ella asintió muy rápido.

—No parece que estés bien —susurré, y el camarero siguió con Hen.

—Nada, es que los crustáceos son alérgenos muy comunes.

—Ya. —Asentí con el ceño fruncido mientras me señalaba a mí mismo, confundido—. Pero yo no les tengo alergia. Y tú tampoco.

—Pero se pueden desarrollar alergias a los crustáceos en cualquier momento, de una forma totalmente inesperada.

La miré con los ojos entornados.

—Pero a mí no me ha pasado.

—¿Cómo lo sabes?

Me apreté el labio superior con la punta de la lengua.

—Porque no soy alérgico a los crustáceos.

Se cruzó de brazos y apartó la mirada.

Dejé caer la cabeza hacia atrás y observé el techo de ese antiguo restaurante que, probablemente, ha sido testigo de incontables discusiones conyugales a lo largo de sus ciento cincuenta años de historia. Me pregunté cuántas de ellas nacían de una hipotética y absolutamente inexistente alergia a los crustáceos.

Le rodeé los hombros con un brazo.

—¿Quieres que pida otra cosa?

—¡No! —Me miró—. Eso sería una locura.

Se echó a reír nerviosa y, joder, te juro que odio que esté nerviosa, de modo que rocé sus labios con los míos y pedí un pollo *cacciatore*.

Aparte de pequeños roces como ese, todo ha ido bien.

Es bueno salir de Londres, siempre lo he pensado. Nos va mucho mejor cuando estamos fuera de Londres. En Italia a nadie le importa una mierda quiénes somos.

Magnolia de un lado para otro con sus padres en Londres suele ser noticia que copa portadas. Aquí nadie se inmuta.

Sin embargo, ese par se ha relajado un poco. He visto unas manos largas. Un puto puñado de miradas robadas, mierdas así.

Anoche le dije a su padre que se cortara un poco; él hizo un ruido gutural como si pensara que estoy siendo un idiota, excesivamente cauteloso o algo, qué sé yo. La cuestión es que él nunca ha sido cauteloso. No es cauteloso con nada. Nunca lo ha sido. Igual me atrevería a llegar tan lejos como para decir que, de hecho, es casi obstinadamente imprudente (en la mayoría de los aspectos de su vida), pero creo que ahora voy a decir con una seguridad lamentable que ese hombre es particularmente frívolo con todo lo que tiene que ver con esa chica que he amado toda mi vida.

En momentos como ese siempre me cuesta no decirle que lo sé. Que sé qué hizo él; qué le hizo a ella. Siempre he querido echárselo en cara, pegarme con él por ello, pero tienen una relación complicadísima ya estando como está.

Ella lo odia... casi. Vamos, que guarda un nivel escandaloso de rencor hacia él en general (sin saber nada de su nueva mierda extramarital), de modo que no quiero añadir otra puta cosa a la lista, ponérselo peor a ella, porque la cuestión es que, en realidad, ella no lo odia. Se comporta como si lo hiciera, tal vez se llena la boca que te cagas, pero no creo que haya nadie en el mundo que le haya hecho más daño que él, exceptuándome a mí.

Lo cual hace que lo que está a punto de pasar sea jodidamente peor.

Está atardeciendo, hemos pasado todo el día en la costa de Fiordo di Furore, con los botes, tumbados en la playa. Ha sido un poco tortura para Parks, que a cada minuto que pasa tiene la piel más y más oscura, y los ojos se le están poniendo más y más brillantes. Ha habido un par de veces durante el día que estaba tan preciosa que la miraba, soltaba una carcajada y me tenía que ir a nadar un rato.

Todos volvemos al yate para la puesta de sol; ella, yo, Hen y Rom estamos en el balcón de arriba. Las chicas llevan ya unas cuantas copas de champán; en otros tiempos esto no habría significado mucho, pero bueno, ahora queda poca cosa de cómo es ella. No tiene donde meterlo.

Están intentando bailar un Dougie. Para ser la hija de un músico negro famoso, el poco ritmo que tiene es alarmante.

Hen y yo nos estamos riendo, todo va bien y luego cometo un error (aunque podría decirse que, en realidad, no es culpa mía). La alejo del resto, la arrastro hasta la barandilla del balcón para ver juntos la puesta de sol. Nunca le han flipado las puestas de sol a Parks. Sin embargo, a mí me gustan, me parecen románticas, siempre ha sido así, de modo que ella me complace.

Me agacho un poquito, coloco la barbilla en el hueco de su cuello y encajamos como si nos hubieran tallado en la misma piedra. Y logramos unos cuarenta y cinco segundos de esa especie de paz extraordinaria, feliz, de gozar de la vida... cuando noto que su cuerpo se tensa.

—Dios mío —dice, y tengo un presentimiento antes de verlo, que es lo que es, que ella ha visto lo que ha visto.

Su padre, de pie detrás de su madre, un poco como estamos nosotros. El cuerpo de él tremendamente apretado contra el de Arrie. No podría parecer algo entre amigos, de ninguna manera. Ni siquiera algo propio de una especie de intimidad residual o de la clase de comodidad en la que podrías caer sin querer con un ex. Aquello es claramente sexual.

La barbilla de él no está en el hombro de ella, sin embargo, ¿por qué iba a estarlo? Ellos no están tallados en puta piedra.

Y entonces desaparece. Parks gira y baja corriendo las escaleras.

Me cubro los ojos, exhalo y digo «Mierda» con un hilo de voz antes de salir corriendo tras ella.

Es rápida, ¿recuerdas? Odiaba el deporte. Seguramente tendría que haberlo hecho igualmente, de modo que llego justo cuando ella se planta a un par de metros de sus padres y grita con voz fuerte:

—¿Qué cojones?

Harley y Arrie se dan la vuelta al instante como si nada y los ojos de su padre aterrizan sobre mí antes de oscurecerse.

—¿Se lo has contado? —Me fulmina con la mirada y su hija se vuelve para mirarme, instantáneamente ha abierto los ojos como platos por la angustia.

—¿Lo sabías?

Cierro los ojos con fuerza. Puto gilipollas.

—No —le digo a su padre, con los ojos ensombrecidos, luego me vuelvo hacia ella y asiento una vez antes de decirle—: Sí.

Luego exhalo, por fin se ha terminado lo que coño fuera que estaba pasando. Entonces Hen y Rom bajan corriendo las escaleras, siguiéndonos.

—Os ha visto. No estáis disimulando una puta mierda, tío...

—Lo sabías —repite Magnolia, pero ahora le sale un hilo de voz.

Ladeo la cabeza.

—Parksy, escucha...

Baja las cejas y empieza a rebuscar entre todos sus recuerdos.

—Cuando entré en su despacho en mi cumpleaños y os vi a los tres...

—Estaban follando —asiento—. Los pillé haciéndolo.

—Dios mío. —Frunce el ceño y veo que tiene los ojos llorosos.

—Magnolia... —Su madre se acerca a ella.

—Os podéis ir a la mierda... —Señala a sus padres y luego se vuelve hacia mí, parece herida o algo—. ¿Me has mentido?

—Estaba inten...

—¿Hace cuánto que lo sabes? —me corta.

Aparto los ojos de ella y miro a sus padres, su padre no me mira a los ojos, desgraciado de mierda. Ahora está muy calladito el hombretón. Vuelvo a mirar a Parks.

—Cinco meses —le respondo.

—La madre... —exhala Henry, y oigo que Romilly ahoga una exclamación.

¿Parks? No dice ni mu, se limita a inhalar, toma una bocanada de aire corta y afilada, es una bocanada de dolor. Esto le está haciendo daño. Le está haciendo el daño que yo sabía que le haría, el daño que esperaba que no le hiciera.

—¿Cómo has podido no contármelo? —me pregunta sonando pequeña de nuevo. Suena como la chica de la que me enamoré.
—¿Decirte qué? —pregunta Marsaili desde detrás de todos nosotros.
Magnolia se queda paralizada, no despega los ojos de sus padres, pero especialmente de su viejo.
Él le lanza una mirada, inhala abruptamente por la nariz.
—Cielo...
Magnolia se vuelve para mirar a Marsaili.
—Te está siendo infiel —le dice a Mars—. Con ella. —Señala con la cabeza hacia su madre antes de fulminar con la mirada a Harley una vez más—. Es muy shakespeariano, la verdad.
Suena mezquino, viniendo de ella. Como si estuviera apuñalando por el gusto de apuñalar, pero está apuñalando para evitar echarse a llorar, me doy cuenta.
Y todo se queda ahí suspendido durante un minuto, suspendido en este momento extraño. Yo he estado en el lugar de Harley, la mente te va a toda velocidad mientras intentas descubrir cuándo caerá la espada de Damocles.
Como si estuvieras a punto de leer la última frase del capítulo que estás viviendo en ese preciso instante.
Y entonces...
—Lo sabía —dice Mars en voz baja, negando con la cabeza—. ¡Lo sabía! Me dijiste que estaba loca... Dijiste que yo... —Se le apaga la voz y mira a Harley—. ¿Cómo has podido?
—Mars —suspira él, frotándose los ojos—. Escucha, nunca pretendí...
—Y tú... —Marsaili mira más allá de su marido, hacia su exmujer, que está detrás de él—. Confié en ti, te abrí las puertas de nuestro hogar...
—Yo te abrí las del nuestro primero —dice Arrie sin perder un segundo, sin una sola gota de arrepentimiento en su voz.
—Marsaili —empieza a decir Harley—. Lo sien...
Pam. Un tortazo de Marsaili en toda la cara.
—¿Qué está pasando? —pregunta mi madre, apareciendo también en el balcón, y al cabo de un segundo, en cuanto comprende la escena, añade muy rápido—: Ay, Dios.

Mars da media vuelta y se va corriendo y Harley va tras ella por instinto y luego se detiene. Hace una pausa. Vuelve la vista hacia Arrie. Le lanza la sombra de una sonrisa triste y sale corriendo tras su mujer.

Y entonces Parks echa a correr, de modo que yo la sigo.

—Magnolia... —la llama mi madre, pero ella no se detiene.

Mi hermano sale corriendo detrás de nosotros dos.

—Parks... —la llamo yo.

—¡No me hables! —me escupe sin volverse, plantándose ya en la popa del yate.

—¿Adónde vas? —la sigo.

—Voy a bajarme de este barco —dice, enfadada, con las manos en las caderas, buscando la manera de salir.

—Estamos en mitad del mar Tirreno.

—Qué va. —Pone los ojos en blanco al tiempo que baja un bote de remos de su soporte—. Estamos a solo un par de millas de Vettica Maggiore.

Le lanzo una mirada, finjo que no me impresiona un poco aquel espectáculo de fuerza.

—¿Vas a escalar esos acantilados para subir a tierra firme?

—¿Tal vez? —Me lanza una mirada asesina con malevolencia. Sigue arrastrando el bote hacia la rampa y me da la sensación de que me espera una noche de las divertidas.

—Vale, pues iré contigo —le digo—. Deja que...

—¡No! —gruñe.

Echo la cabeza un poco para atrás.

—¿Por qué no?

—¡Porque eres un mentiroso!

Parpadeo un par de veces.

—¿Qué?

Se yergue, me fulmina con la mirada, el dolor la desgarra.

—Igual eres un puto desastre, pero no eres un mentiroso, ese es tu mantra, ¿no?

Exhalo.

—Magnolia...

Se cruza de brazos. Mala señal.

—¿Eres ambas cosas, pues?

Esa me ha dolido, la verdad. Me ha destrozado. Me gustaría decir que ha sido un golpe bajo, pero quizá no lo es.

Adelanto el mentón.

—Dímelo tú.

Me fulmina con la mirada un par de segundos y luego le veo en los ojos eso que me resulta tan familiar, y ahora ya lo tengo claro, sin lugar a dudas, hoy me espera una puta noche de las divertidas porque se da la vuelta sin decir palabra, empuja el bote hasta el agua y se sube trastabillando.

Gruño para mis adentros. Me quito por la cabeza la camisa abotonada de Dolce & Gabbana que me compró, porque ni puto loco voy a meterme en un lío por mojarla con agua salada. Y luego me zambullo tras ella.

—¡Parks! —grito nadando hacia ella—. ¡Para!

Ella sigue remando, pero por suerte, no lo hace muy bien.

Tras un par de minutos remando para alejarse del yate, ha perdido ambos remos y está ahí sentada, de brazos cruzados, sin moverse bajo la luz poniente.

Nado hasta uno de los remos. El otro ha desaparecido; una ofrenda a los dioses del mar. Lo recupero, nado hasta ella para devolvérselo y lo tiro dentro del bote.

Descanso los brazos en la borda del bote y la miro fijamente, bajo ese cielo que se oscurece a marchas forzadas.

—¿Has terminado?

—No —hace un mohín.

—Vale. —Asiento—. ¿Pero te importa que me suba al bote? Hay tiburones...

Abre los ojos como platos.

—¿Estás de coña?

Me encojo un poco de hombros.

—Cazan al anochecer, así que...

Chilla y se abalanza hacia mí, me sube al botecito, y yo me caigo encima de ella, empapado, pero una vez más impresionado con esos músculos de hacer pilates.

Nuestros ojos se cruzan y la miro fijamente, el mejor rostro del mundo, le coloco unos mechones de pelo detrás de las mejores orejas.

Verás, eso la relaja un poco, pero no quiere relajarse, quiere estar de morros, así que me aparta de un empujón y se sienta, con los brazos cruzados de nuevo. Intento no sonreír, porque es una malcriada y no quiero que sepa que la mayoría de las veces me parece divertido, tengo la sensación de que si lo supiera, se convertiría en una megalomaniaca de campeonato.

—Mira, ¡ya me has echado completamente a perder la falda midi de seda Georgette con apliques de lentejuelas y flecos de Des Phemmes!

Le lanzo una mirada.

—Sobrevivirás.

—Me has mentido —rebate.

Asiento, arrepentido.

—Sí.

Me lanza una mirada asesina.

—¿Por qué?

Trago saliva, me planteo suavizar el golpe, decido no volver a mentir.

—No pensé que pudieras gestionarlo...

Eso parece ofenderla.

—¿Tan mal estoy?

—¿Sinceramente, Parks? —La miro con el ceño fruncido—. Sí.

Se echa para atrás.

—No es verdad.

—Y con razón. No quería que te enteraras de eso y no pudieras hablarlo con Bridge...

Al oír el nombre de su hermana, esboza esa expresión como hace siempre ahora, las comisuras de esos labios que amo, y siempre he amado y siempre amaré, caen bajo el peso de una tristeza de la que no puedo liberarla.

—Pero habría podido hablarlo contigo.

—Sí —asiento y alargo la mano hacia ella—. Supongo que sí. Lo siento... —Niego con la cabeza—. Intentaba protegerte. A tu padre nunca se le ha dado demasiado bien —le digo mientras acaricio la cicatriz que tiene en la muñeca desde el accidente.

—No. —La mira fijamente, arqueando las cejas por el centro—. Nunca se le ha dado bien.

Señalo con la cabeza hacia el yate.

—¿Volvemos?

—No. —Adelanta el labio inferior.

Me encojo de hombros.

—Bueno, nos falta un remo y a mí se me acaba de caer el móvil al mar, así que…

—¡BJ! —suspira.

Señalo con la cabeza hacia el yate.

—Venga, volvamos. Haremos las maletas, pasaremos la noche y mañana por la mañana volveremos a casa cuando atraquemos en Arienzo.

—Vale. —Frunce el ceño y me tiende el remo, luego se acurruca junto a mí como si tuviera frío, aunque yo estoy empapado—. Pero espero que bloquees físicamente a mi padre si intenta hablar conmigo.

Le doy un beso en la cabeza.

—Nada que no haya hecho ya.

TREINTA
Magnolia

—¿Quién es tu acosadora? —Daisy señala con la cabeza a Daniela.
—Oh… —Hago un gesto con la mano para quitarle importancia—. Solo es mi siempre presente asistente personal.
—Estamos cenando.
—Nos ha traído en coche —le dice Taura.
Daisy parece confundida.
—Son las nueve de la noche.
—Lo sé… —me encojo de hombros—. Trabaja más horas que un reloj. Y más días. ¡A veces duerme en casa! Se me olvida un poco que está ahí.
—Ya —Taura da un sorbo de su copa—. Es muy sigilosa.
Daisy se queda mirando fijamente a Daniela un par de segundos más y luego niega con la cabeza para ahuyentar un pensamiento.
—En fin, ¿qué tal está Marsaili? —pregunta Taura.
Es una buena pregunta. «No muy bien» es la respuesta.
Se ha trasladado a The Savoy, y siento lástima por ella porque a mí también me han sido infiel, y aun así sospecho que, tal vez, ella siente que ha recibido su merecido.
Ella no me lo ha dicho y quizá soy yo que proyecto porque, sin lugar a dudas, es un poco como me siento (en silencio, a susurros, con los labios pegados a la oreja de mi prometido bajo las mantas para que no me oiga nadie), pero me pregunto si ella también lo siente, porque está triste, de hecho tiene el corazón roto. Sin embargo, no se queja de él, no está dejando el nombre de Harley a la altura del betún y mira que se lo merece.
Se ha hecho a la situación.
—¿Triste? —Me encojo de hombros mirando a las chicas—. Se ha ido a un hotel. Creo que se siente estúpida.
Daisy da un trago largo de su copa de vino.

—Y debería. Cuando se es infiel una vez…

Taura le pega una patada por debajo de la mesa y ella se da cuenta de lo que ha dicho.

—Digo… —niega muy rápido con la cabeza—. Joder. Lo siento. Él ha cambiado, tú sabes que, vaya…

Asiento muy rápido y sonrío para quitarle importancia como si me pareciera una tontería, como si no fuera una agonía pensar en ello, como si esa idea no fuera la rodilla mala de mi corazón cada día de mi vida. Hago ademanes como para quitarle importancia, queriendo que la conversación termine ya porque, la verdad, en silencio, entre nosotros, en lo más oscuro de la noche, la parte mala de mi cerebro sufre por si mi amiga tiene razón.

Taura me mira con una mueca.

—Magnolia, voy a serte sincera…

—¿Vale? —Frunzo el ceño, más asustada de lo que querría.

—Si no fuera tu padre…

—¡Oh! —gruño y le arrojo un panecillo que no me estaba comiendo. Le rebota encima y cae al suelo. Ahora seguro que no puedo comérmelo.

Daisy arruga la nariz.

—Lo siento, cielo —suspira Taura—. Pero es un puto pibón que te cagas.

Pongo los ojos en blanco.

—Cállate.

Daisy aprieta los labios como si intentara no decir nada, pero habla de todos modos.

—Vale, pero no, a ver, está muy bueno…

Suspiro.

—No lo está.

—Sí —asiente Taura—. Lo está.

—Bueno —me miro las lúnulas de las uñas—. Es un tipo de mierda.

—Tal vez —asiente Daisy—. ¿No fue el soltero del año justo el anterior a casarse?

Pongo los ojos en blanco de nuevo.

—Sí, pero eso no significa nada…

—Creo que técnicamente sí significa algo —reflexiona Daisy—. Al menos, en fin, a nivel estético…

—Tiene que ser un puto espectáculo en la cama, estoy segura... —anuncia Taura, dejando la mirada perdida hacia un lugar lejano que no quiero visitar nunca jamás.

Daisy se muerde el labio inferior y asiente despacio, muy reflexiva.

—Es verdad que tiene toda la pinta.

—¡Daisy! —Me quedo mirándola—. Te imploro que pares o me veré obligada a contarte con todo lujo de detalles cómo es hacerle una mamada a tu hermano.

—¡Oh! —Taura enarca las cejas al instante—. Yo también tengo información al respecto, de hecho.

—Yo... —hago una mueca, pongo mala cara— creo que lo odio.

Siento un retortijón extraño en el estómago y noto un aguijonazo no de celos exactamente, pero sí de algo que se le acerca y que es probable que no tendría que notar, y esquivo mentalmente lo que sea que significa porque no tengo la capacidad de gestionarlo.

Taura se encoge de hombros mientras Daisy nos fulmina con la mirada.

—Pues nada, ahora os odio a las dos.

Sigue así un rato. Es raro, creo, que sean mis amigas.

Una chica que, en el mejor de los casos, me la trajo tremendamente floja durante todos los años que compartimos en el internado, y en el peor de los casos, odié sin ningún tapujo por algo que ni siquiera hizo. Y luego, una chica cuyo hermano y cuyo novio han tenido una relación conmigo. Es curioso el funcionamiento de la vida, la gente que te encuentras que se convierte en tu gente.

—¿Qué vamos a hacer con esta? —Daisy señala a Taura—. Claramente está hecha un trapo.

—Solo en los asuntos del corazón —suspira Taura antes de apurar su copa de vino.

Me siento como si el universo me estuviera ofreciendo una oportunidad para fluir orgánicamente hacia la conversación.

—Claro. —Asiento con mucho énfasis—. ¿Conocemos a alguien que esté soltero?

Daisy esboza una mueca.

—Tu padre...

Y le coloco un dedo en los labios para silenciarla.

Taura se atraganta un poco con la comida y Daisy me mira parpadeando.

—Sabes que he matado a gente. —Sigue parpadeando—. A lo largo de mi vida.

Pongo los ojos en blanco.

—Vale.

—En serio. —Mueve la cabeza para apartarla de mi dedo—. Lo he hecho. He matado a gente.

Le lanzo una mirada.

—Vale —me río—. Yo también.

—Ya… —Daisy entorna los ojos—. Pero romperle el corazón a alguien no es exactamente lo mismo que matar a una persona.

—Y gracias a Dios. Porque si no tendríamos a una pequeña Jack el Destripador entre nosotras, ¿o no? —Taura me mira con una sonrisa radiante.

—Cállate. —La miro y pongo los ojos en blanco.

—Aunque, para dejarlo claro, Magnolia… —Daisy me mira fijamente con los ojos como platos—. Va en serio que he matado a gente.

—Daisy —Le toco el brazo con cariño—. Igual te interesa rebajar un poco la broma. Es una vena cómica un poco rara, sin duda. Vamos, es que podrías llamar la atención de la policía…

—¡Ya tengo la atención de la policía! —dice con voz más bien fuerte, y pongo mala cara ante la profundidad de su compromiso con esa bromita suya tan rara.

No, pero en serio, yo nunca le miro el diente a un caballo regalado, así que allá voy de nuevo.

—¿Te refieres a Tiller? Porque la verdad es que yo…

—Espera. —Daisy niega con la cabeza—. Un segundo… ¿Estás hablando en serio? —Deja de mirarme para mirar a Taura y luego vuelve a fijarse en mí—. ¿Cómo pudiste estar como estuviste con mi hermano y no saber lo que hacemos?

—¡Dios mío! —Pongo los ojos en blanco, un poco irritada ya por la cantidad de veces que están siendo desviadas mis intenciones hacia esa conversación—. Sois tan dramáticos los dos. Seguro que es cosa de familia…

—Claro —asiente Daisy—. ¿Sabes qué más es cosa de familia? El crimen.

Taura se está riendo a carcajadas ya y yo la miro y pongo los ojos en blanco.

—Daisy.

—¡Magnolia! —Daisy me mira fijamente, incrédula—. En serio, esto es... increíble. ¿Qué te pasa, tienes un par de gafas de color de rosa pegadas con cola o algo?

Taura asiente.

—Y un verdadero don para negar lo absolutamente obvio.

—¡Hablando de dones y de cosas evidentes! —Levanto un dedo—. El culo de Tiller es... ¡Ay! —Alguien (Taura) me pega una patada por debajo de la mesa—. ¿Por qué lo has hecho? —le gruño.

—Lo siento... —Taura está negando con la cabeza—. Tú nada, ignórala. Está bebiendo y no ha comido nada.

Daisy nos mira a ambas.

—¿Qué está pasando aquí?

—Bueno... —Me inclino hacia delante y apoyo la barbilla en las manos—. Estaba pensando que me parece genial que hayas vuelto. Me encanta tenerte aquí, bromitas raras sobre la muerte aparte, es maravilloso que hayas vuelto. Y que tú y Christian lo hayáis retomado donde lo dejasteis.

—Vale —dice y, de repente, parece recelosa.

—Y estás con Christian, súper, súper al cien por cien comprometida y lo quieres locamente, ¿verdad?

Daisy mira a Taura y luego a mí.

—Sí —dice mirándome de hito en hito.

—Y eres una persona superequilibrada —le digo con una sonrisa—. Y eres una buena chica que quiere cosas buenas para las personas que le importan, ¿verdad?

Daisy entorna los ojos.

—Sí.

—¿Y Taura te importa?

—Claro —responde Daisy, que me observa con cautela.

—Y es que ella está tan sola y tan triste sin... ¡Ay! —Taura me pega otra patada—. ¿Puedes parar de una vez? Llevas pedrería en los zapatos, teniendo en cuenta tus ancestros y los míos, ¡podría considerarse prácticamente un crimen de odio!

—¿Puedes callarte? —dice Taura con los dientes apretados.

—Oh, no te preocupes... —Hago un gesto con la mano para quitarle importancia—. Todas las familias tienen una oveja negra. Y dado que, claro, la tuya quizá era negra hasta el alma, pero aun as...

—¡Sobre eso no! —Taura me mira con ojos desesperados.

—¡Oh! —asiento comprendiendo—. No.

Daisy nos está mirando alternativamente a Taura y a mí, confundida, expectante.

Me aclaro la garganta.

—Creo que Tiller y Taura estarían genial juntos, ¿no crees? —Le lanzo a Daisy mi sonrisa más brillante.

—Esto... —Daisy pone mala cara.

Taura alarga la mano para coger la de Daisy.

—Le supliqué que no... Lo siento muchísimo. —Tausie niega con la cabeza—. Ignórala. Está pirada. ¡Loca de remate! Ella... ¿Oye, te has tomado la medicación hoy o qué? —Taura me fulmina con la mirada.

—Pues mira, sí. —Miro a Taura con gesto petulante—. Muchísimas gracias, borde.

Daisy me mira con el ceño fruncido, curiosa.

—¿Qué tomas?

—Vyvanse.

—Ah, claro. —Daisy asiente reflexionándolo—. Sí, totalmente. Lo veo.

—Sí, sí... —Pongo los ojos en blanco—. Al parecer mi TDAH le resulta increíblemente obvio a todo el mundo ahora en retrospectiva, la mirada retrospectiva es veinte/veinte, bla, bla, bla... Miremos un poco hacia delante. Taura y Tiller, ¿lo ves?

—¡No! —gruñe Taura—. Cállate. Lo siento... Lo siento muchísimo, yo...

—Un poco. —Daisy entorna los ojos—. ¿Sí?

Taura mira fijamente a Daisy, parpadeando.

—¿Qué?

—Bueno, él también me importa. —Daisy se encoge de hombros—. Quiero que esté con alguien increíble, y no conozco a una chica mejor...

A Taura se le enternece la expresión.

Y entonces me aclaro la garganta.

—Mmm. Caray...

Daisy pone los ojos en blanco y me lanza una mirada desdeñosa.

—Eres agotadora.

—A ver —me señalo a mí misma—. Estoy justo aquí sentada...

—Ya sé quién será mi siguiente víctima. —Daisy asiente para sí.

Niego con la cabeza y la miro con cariño.

—Menuda imaginación tienes...

Hago como que me chupo los dedos y ella pone los ojos en blanco.

Daisy mira a Tausie.

—Me alegraría por ti y Tills. En serio.

Taura la mira fijamente, con los ojos muy abiertos.

—¿En serio?

Daisy le lanza una sonrisa que parece un poquitín tensa, pero intenta que parezca fácil, y creo que es increíblemente madura para alguien tan joven como ella. Yo tenía veintidós años cuando ella y Christian empezaron y yo estaba locamente enamorada de BJ y aun así no me entusiasmó mucho su unión, y ella era prácticamente una perfecta desconocida.

Qué adulta.

—Claro —dice Daisy—. En serio.

TREINTA Y UNO
BJ

He ido a comer algo esta tarde con Maddie y una amiga suya con la que me pidió que hablara sobre ser modelo. Se llama Dylan. Es bastante guapa, tiene esa cara típica de modelo, ¿sabes? No necesariamente siempre queda perfecta en las fotos, es un poco angulosa, interesante sin duda, alta costura... El tipo de cara que las chicas creen que es increíble y ante el que los hombres son un poco indiferentes.

La han fichado, quiere meterse en el mundillo.

Maddie me llamó el otro día y me preguntó si quedaría con ella y le dije que no, la verdad es que no quería ir. Y mi hermana me contestó: «Lo siento, qué pena. Ya le dije que lo harías así que no seas borde», y por eso Allie es mi favorita.

Total, en fin, que estoy en una cafetería ecológica en Westbourne Grove.

La amiga, en realidad, no está tan mal. La mayoría de las amigas de Maddie pierden bastante el culo por Hen y por mí, pero esta es bastante normal. Cuando he llegado, le he dado un abrazo y un beso en la mejilla a Mads, he hecho lo mismo con esa chica y ha girado la cabeza hacia donde no tocaba y me he acercado peligrosamente a su boca. En fin, no pasa nada, nos ocurre a todos. Me sucedió lo mismo con otra amiga de Maddie una vez y luego no se apartó de mi puto lado durante un año y medio. A Parks no le flipó. Pero esta, Dylan, cuando ha sucedido, se ha reído sin más. Yo me he reído, Maddie se ha reído, nos hemos sentado.

Llevo unos veinte minutos aquí, charlando por los codos con las chicas, y me suena el móvil.

Bajo la mirada y aparece mi nombre favorito del mundo entero.

En el transcurso de nuestra vida hubo quizá unos tres o cuatro meses en los que no me llamaba. El resto del tiempo me llamaba tan normal, cinco o seis veces al día a no ser que estuviéramos peleados, lo cual (quizá te acordarás), pasaba de vez en cuando. Sus llamadas salían y ahora vuelven a salir hasta de debajo de las putas piedras, por eso podrías pensar que lo he superado, que el brillo de mi chica se habría atenuado un poco, pero no lo ha hecho. Espero que no pase nunca.

Enchufo la oreja y respondo la llamada.

—Hola.

—Hola. —Oigo su sonrisa—. ¿Dónde estás? Acabo de llegar a casa. No estás aquí...

—Vaya, ¿has terminado pronto?

—Sí —suspira—. Más o menos, la verdad es que quería trabajar desde casa lo que queda de día.

—Lo siento... Es que estoy con Maddie y su colega, Dylan. —Lanzo una sonrisa rápida a las chicas.

—Oh —contesta—. ¿Dónde?

—Daylesford. El de Notting Hill.

No ha sido elección mía, por cierto, pero resulta agradable estar en un restaurante sin Parks y no tener que mentirle al respecto.

—Oh, ¿me traerás un caldo?

—Claro.

No es que le esté mintiendo un montón, por cierto. Solo los lunes a la hora de comer, que voy a Patty&Bun a por una hamburguesa. Empecé a hacerlo, no sé, hará un mes o una cosa así. No puedo decírselo a Parks, perdería la puta cabeza, como si los aneurismas fueran contagiosos y yo pudiera pillar uno de una hamburguesa barbacoa con beicon y queso. En otros tiempos le mentía sobre las chicas con las que me acostaba, de modo que mentirle sobre unas patatas fritas no me parece tan grave. Tampoco me parece genial, no te pienses. Preferiría no hacerlo en absoluto, pero la verdad es que necesito el espacio mental de los lunes, seguir sintiendo que soy yo mismo, no un puto títere que come comida de conejo porque estoy enamorado de una dictadora vegetariana.

—¿Quieres que salgamos esta noche? —me pregunta.

—No. —Me encojo de hombros—. Quedémonos en casa.

Sinceramente, estoy cansado. Cansado de encontrar la manera de llegar a los sitios, cansado de vigilar si está comiendo de verdad, cansado de descubrir cómo protegerla de toda esta mierda que está pasando con sus padres ahora mismo. Salir conlleva demasiado a día de hoy.

—Vale —dice, creo que suena aliviada.

—Te veo en un ratito. —Luego cuelgo y me disculpo con una sonrisa.

—¿Cadenas y grilletes? —dice Maddie con una sonrisa provocadora.

Yo pongo los ojos en blanco.

—¿Cómo conseguiste a Magnolia Parks, por cierto? —pregunta Dylan, mirándome por encima de su batido de frutas del bosque.

Pongo mala cara.

—No la he conseguido, siempre hemos estado juntos.

—Siempre no —me corrige mi hermana.

Me cruzo de brazos y vuelvo a sentarme en mi silla.

—Si hacemos la media.

—¿Por qué íbamos a «hacer la media»? —pregunta la amiga con el ceño fruncido.

Joder, no lo sé, ¿porque he conformado mi vida con el hecho de amarla? Porque las cosas que me han pasado y más me han definido en esta vida (quitando, quizá, dos) han tenido que ver con ella o por ella o estando con ella y, francamente, no estoy interesado en vivir o haber vivido nunca ninguna puta clase de vida separado de ella. Aunque no voy a decirle todo esto a esta media desconocida.

—Llevamos mucho tiempo juntos —le digo a la amiga—. Incluso cuando no estábamos juntos, estábamos juntos.

Mi hermana pone los ojos en blanco.

—¿Si haces la media?

—No —niego con la cabeza—. Si prestabas atención y punto.

TREINTA Y DOS
BJ

Me costó lo suyo convencerla, pero al final conseguí que accediera a ver a sus padres.

Tampoco le flipó la idea. Me costó un bolso de Hermès, pero al final conseguí que, para replicar sus palabras: «Hiciéramos la penitencia hasta Holland Park».

—Tampoco es un penitencia, Parks.

—Emocionalmente lo es —me dijo con un rostro muy serio, y es probable que tenga razón y no creo que estuviera pretendiendo ser graciosa, pero aun así casi me hizo reír. Lo disimulé porque no quería que le diera un berrinche.

Su padre me ha estado persiguiendo para que la convenciera para hablar con ellos en general, pero especialmente desde que la prensa sensacionalista se enteró. La verdad es que eso tampoco me flipó, como si yo fuera una especie de conspirador con ellos, como si yo estuviera conchabado con su puta infidelidad, como si no hubiera sido un absoluto dolor de cabeza para mí cargar durante meses con toda esa mierda por ellos.

Al final, no la convencí de ir por su padre, fue por Arrie.

—Por favor, BJ —me dijo Arrie por teléfono el otro día por la noche—. No puedo perderla a ella también.

Ni siquiera sé si fue sincera cuando lo dijo, pero yo nunca he perdido a una hija.

Bueno, en realidad, supongo que sí. Aunque fue un poco distinto. Ellos tuvieron tiempo con Bridge; nosotros no. No sé qué es peor.

No sé si siquiera existe el concepto «peor» cuando hablamos de pena. Creo que he acabado pensando en la pena de la misma manera que podrías pensar en ahogarte.

Cuando te ahogas, te ahogas; hay personas que se ahogan durante más tiempo que otras, algunos ahogos pueden ponerte en un camino radicalmente distinto cuando lo has superado, algunas veces puede cambiar el funcionamiento de tu cerebro si se te priva de oxígeno demasiado tiempo, incluso podría costarte la vida. La severidad del incidente del ahogamiento puede ser ampliable, pero el ahogamiento en sí, la pena en sí, es todo agua en la que no puedes respirar.

Todo ha sido un poco incesante, la cobertura, los fotógrafos, el interés en la aparente reconciliación de sus padres y, como siempre, Magnolia en contexto de todo eso.

Es una puta locura verlo, la verdad, estar en este lado de las mierdas que la gente escupe sobre ti que no son más que putas mentiras descaradas. A Parks y a mí nos ha pasado un millón de veces, evidentemente. En ocasiones, las historias se basan en un diminuto jirón de verdad, y luego en otras, es como si alguien se lo hubiera sacado del puto culo.

Hace tiempo se dijo que a Parks la había dejado preñada Edward de *Crepúsculo*. Ni siquiera éramos amigos, nos encontramos todos en un local una noche, yo estaba ahí. De todos modos, ella era Equipo Jacob, nunca ha sido muy fan de ese niño-hombre victoriano de piel cetrina. Aun así, alguien sacó una foto, desde un ángulo específico, hizo que pareciera lo que no era, y todo se convirtió en un puto festival de trucos y patrañas. Nada es real, aunque sea real. Aunque estén informando de algo cierto, como ahora, con lo de sus padres, siguen siendo mentiras.

Hay titulares del estilo «Magnolia entusiasmada con el oportuno reencuentro de sus padres» y «¡Magnolia la Celestina! Cómo la *it-girl* favorita de Gran Bretaña ha usado la muerte de su hermana para maquinar la reconciliación de sus padres».

Todo mentiras, todo verdaderas tonterías. A nadie le importa, se imprimen los titulares y a vivir.

No sé cómo tomármelo, pero me he fijado en que Magnolia ha pegado una carita sonriente amarilla en un lado de la urna de Bridget y una cara con el ceño fruncido en el otro. Parece que va cambiando la cara en función de... algo. ¿Su humor? ¿El de Bridget? No lo sé.

Tenía el ceño fruncido cuando nos hemos ido.

—¡Magnolia, cielo! —canturrea su madre a su hija cuando aparecemos en los escalones de la entrada de la casa de su exmarido de la cual supongo que, de algún modo, no acabó de irse nunca—. Qué maravilloso verte... —Arrie se inclina hacia delante para darle un beso en la mejilla a Parks, pero ella la esquiva y entra directa.

Arrie exhala, suena un poco descorazonada, pero solo dura un segundo. Parpadea para ahuyentarlo, me mira a mí a los ojos y se le ilumina la cara; planta el beso en mi mejilla en lugar de en la de Parks.

—BJ. —Me dedica una cálida sonrisa y yo le devuelvo otra.

Siento debilidad por ella, no puedo evitarlo. Es la versión blanca y más desastrosa del amor de mi vida. Los mismos ojos, solo eso ya basta para ganarte mi lealtad, pero añade el hecho de que todos nosotros echamos de menos a la misma chica y me vuelvo arcilla entre las manos de Arina Parks.

Harley intenta captar la atención de Magnolia con una sonrisa, pero ella avanza a buen paso a su lado, de brazos cruzados, y se coloca en el «sillón del mando» del salón formal.

No creo que sea algo real, por cierto. Es solo el nombre que ella y Bridget han usado siempre para referirse a ese asiento de su casa. El sillón en sí ha cambiado infinidad de veces a lo largo de nuestras vidas, pero el poder que ejerce ese asiento sigue siendo legendario entre los Parks. Arrie negoció su gran trato con Harrods en ese sillón. Cuenta la leyenda que Harley compró el catálogo del que podría decirse que es el artista blanco más grande del mundo estando sentado en ese sillón. Las chicas juran del derecho y del revés que Bushka se sentó allí una vez con alguien del MI6 y le dio información confidencial que evitó que ocurriera algo con el KGB. Quién sabe, pero incluso sus padres se lo tragan, porque en cuanto Harley ve que ella se ha sentado allí hoy, pone los ojos en blanco y ocupa un asiento menos poderoso.

Parks dobla las manos sobre su regazo y mira a sus padres, con los ojos apretados, serena, a la espera. Como si fuera una puta mafiosa, y me pregunto durante un segundo fugaz hasta qué punto el tiempo que pasó con Julian (por breve que fuera) pudo haberla marcado.

Al ver que nadie dice nada, Magnolia enarca una ceja.

—Bueno, me habíais convocado, ¿no?

—¿Convocado? —Harley pone los ojos en blanco—. No eres el puto Fantasma de las Navidades Pasadas.

Magnolia frunce los labios mientras hace una pausa de un par de segundos.

—La verdad es que creo que una visita del espíritu navideño podría hacer maravillas para tu alma.

El hombre pone los ojos en blanco.

—Mi alma está bien.

—No, tienes razón. —Magnolia lo mira con sarcasmo—. Eres la viva imagen de la salud emocional.

Su padre se frota la cara, muy cansado.

—Nos alegramos mucho de que hayas venido... —nos dice Arrie con una sonrisa tanto a mí como a Parks, pero intentando con más ahínco establecer contacto visual con su hija.

Magnolia se cruza de brazos.

—Estoy aquí porque se me ha prometido una Picnic Kelly de mimbre.

Tanto su padre como su madre me miran, supongo que se preguntan quién de nosotros va a pagar esa factura de 80.000 libras.

—Voy a... —hago un gesto con la cabeza señalando a la nada— recogerlo luego en Sotheby.

Harley enarca las cejas mirando a nadie en particular, parece aliviado. Quizá le mandaré la factura a él, el muy imbécil.

—Sé lo que estás pensando, cielo... —dice su madre, parece más sabia y más maternal de lo que la he visto en años—. No te preocupes, firmaron un contrato prenupcial.

—No lo estaba pensando —contesta Parks, negando con la cabeza una vez.

Sin embargo, de camino aquí, es verdad que Magnolia me ha preguntado: «¿Tú crees que firmaron un contrato prenupcial?», pero me gusta estar prometido, de modo que me muerdo la lengua.

Parks mira a su padre con el ceño fruncido.

—¿En serio te estás planteando divorciarte? ¿Otra vez?

Harley parpadea un par de veces y se inclina hacia delante.

—A ver... Lo estoy pensando.

Magnolia suelta una breve carcajada y niega con la cabeza.

—¡Tu abogado tendrá un traumatismo cervical! Joder, yo tengo un traumatismo cervical...

Harley exhala por la nariz, lenta y pausadamente. Finge que lo mucho que la ha decepcionado no le pesa en la conciencia, pero sí lo hace porque aquí todos somos meros mortales y, por alguna razón, que ella se cabree contigo hace que tu mundo se desvíe un poco del eje.

—No tengo por qué darte explicaciones, Magnolia —le dice, lo cual me parece tanto una estupidez como algo valiente que decir.

Ella se inclina un poco hacia delante, lo mira con fijeza.

—Claro que sí. Ella nos crio.

—Os crio... —Pone los ojos en blanco. La segunda estupidez que ha hecho en menos de diez segundos.

—Sí —dice Magnolia con voz clara—. Nos crio. No es una cantante emergente cualquiera venida de Estados Unidos. Ella nos crio. Y luego te la follaste y te casaste con ella e hiciste que fuera totalmente dependiente y ahora la estás jodiendo de otra manera...

—No voy a dejarla sin nada... —interviene Harley.

—¿Pero vas a dejarla? —pregunta Magnolia con las cejas enarcadas.

—Esto... —Harley niega con la cabeza—. ¡No lo sé! Esto es nuevo... Estamos... —cruza una mirada con Arrie, traga saliva— viendo adónde va.

Magnolia se echa para atrás en el sillón, se arrellana, si te soy sincero. De morros como una adolescente.

Dicen que las personas se quedan congeladas a la edad en que se hicieron famosas. Lo cual significa que ella está atrapada en los quince años, Arrie a los diecinueve y Harley a los veintidós. Esto es un puto desastre absoluto.

—Sois demasiado viejos para estas mierdas —les dice Magnolia, mosqueada.

—No somos tan viejos —le contesta Harley.

—Sois bastante viejos —le replica Magnolia, mirándose las uñas.

—Yo tengo cuarenta y cinco —le dice Arrie con una sonrisa.

—Y yo cuarenta y ocho —añade Harley.

—Pues eso, ancianos. —Magnolia pone mala cara, mirándome fijamente, como si yo fuera a meterme y a llamar a mi futura suegra vieja en la cara—. Qué asco —añade Parks arrugando la nariz, solo para cabrearles porque se le da jodidamente bien.

Harley le sonríe con sarcasmo.

—De veras que me encanta que vengas a visitarnos.

—¿Ah, que hay un plural? —pregunta Magnolia, señalando a sus padres, y aunque ella no quiere que lo haya, y sin lugar a dudas ella no querría que nadie lo oyera, yo lo oigo porque la conozco como la conozco, y ni siquiera sé cómo llamarlo, ¿una ternura nerviosa, quizá? Una resaca de miedo que arrastra la pregunta que acaba de formular.

Y, entonces, su padre responde como yo me temía que hiciera.

—¡Magnolia! —gruñe un poco—. Joder… ¿No puedes darnos un puto minuto para resolverlo entre nosotros…?

—¡No! —le contesta con otro grito, poniéndose en pie de un salto porque discuten como lo hacíamos nosotros. De la planta baja a la nonagésimo novena pulsando un solo botón—. ¡No puedo! Todo esto tendría que haberse resuelto antes de que yo naciera, ¡pero seguís comportándoos como críos cuando tenéis ya dos crías!

A continuación, todo el mundo se pone tenso, incluso yo, porque Bridget es el cadáver que yace en mitad de cualquier habitación en la que ponemos los pies últimamente, ni uno solo de todos nosotros está preparado para enterrarla.

—¿Una cría? —rectifica Magnolia, frunciendo el ceño, planteándoselo. Me mira en busca de una aclaración—. ¿Crías?

—Crías —le dice Harley con firmeza y el ceño fruncido. Se lame el labio inferior y asiente un par de veces, no sé a qué—. Magnolia, comprendo que esto te resulte difícil. Para mí también lo es…

—¿Cómo? —le pregunta ella con voz fuerte, y no creo que se haya percatado de que su madre se está secando una lágrima—. ¿Cómo va a ser difícil para ti? —pregunta Magnolia de nuevo—. ¿Cómo? ¡Porque eres tú quien lo está haciendo! Nadie te está obligando. ¡Lo has hecho tú solito!

Arrie le sonríe con dulzura y lo defiende.

—Sabes que no fue él solo, cielo. Yo también lo hice.

Un momento raro para defenderlo, si te soy sincero. Valiente, pero raro.

Parks mira a su madre por el rabillo del ojo.

—Sé que no. —Cuadra los hombros—. No quieres oír lo que tengo que decirte…

Arrie asiente con valentía, la muy loca.

—Claro que sí.

Le toco la parte baja de la espalda a mi prometida. Le acerco los labios al oído tanto como puedo.

—Parksy, quizá deberíamos irnos…

—No seas bobo, BJ. —Arrie me sonríe de una manera que sé que pretende ser valiente, pero en realidad veo que está llena de miedo—. Estoy segura de que me ha dicho cosas mucho peores.

Me aprieto la boca con la mano porque lo putodudo mucho. Lo estoy viendo, arremolinándose en la marea de sus ojos, a todas horas desde que Bridget murió, un enojo filtrado, un resentimiento creciente hacia la manera en que (o en que no, en función de su predisposición de ese día) las criaron.

—Vale. —Magnolia asiente una vez, su voz suena tranquila, pero conozco esa mirada. Está afilada y ha retrocedido hasta el borde del precipicio—. Eres patética. —Magnolia lanza dagas con los ojos—. ¿Te fue infiel y ahora volvéis a estar juntos como si nada? ¿Tan desesperada estás?

Y la quiero, sé que sabes que la quiero, pero, joder. Su conciencia de sí misma a veces… ¿Ni siquiera se le ocurre que…?, ya sabes. Es incapaz de verlo. Que ella es su madre y yo soy su padre en este caso.

Todo el mundo lo ve menos ella. Su madre no despega los ojos del lugar que han encontrado en el suelo, pero su padre desvía los suyos hacia mí y yo le lanzo una mirada asesina. No me gusta la insinuación viniendo de él.

Lo que él hizo es peor y yo solo lo hice una vez. Él le ha puesto los cuernos a Arrie más veces de las que puedo contar con ambas manos.

Ha sido algo extraño que presenciar a lo largo de los años, de hecho. Parks cree que el matrimonio de sus padres era de conveniencia porque han llevado vidas bastante separadas desde hace mucho tiempo ya, pero creo que eso es un mecanismo de afrontamiento de Arrie.

Lo he comentado otras veces, las caras que pone son como las de Parks. Las conozco. Veo cómo se le ilumina la cara cuando Harley entra en una estancia, cómo se sienta más erguida cuando él pasa a su lado, cómo se le tensaba el estómago cuando lo veía tocando a Marsaili como si estuviera esperando un golpe físico. A Harley no lo comprendo. Es un puto misterio. Le ha sido infiel a Arrie desde que yo ando por aquí de un modo u otro ¿y luego la persona por la que finalmente la deja es la niñera de sus hijas?

Arrie levanta la mirada hacia Harley igual que Parks me mira a mí, en busca de alguna clase de seguridad de que todo está bien, y él no la trata de una forma coherente en la vida cotidiana, al menos no lo ha hecho en la última década, sin embargo, hoy le lanza una mirada estabilizadora, un pequeño asentimiento, no le dice ni una palabra, pero veo que la hace sentir mejor de todos modos.

Magnolia está demasiado cabreada para verlo, no quiere que la realidad de las circunstancias la enternezca. Tiene un sentido demasiado apasionado de la justicia además de una inclinación hacia el drama. No sé qué le está pareciendo más injusto de todo esto: que deje a Marsaili, que su madre perdone a su padre, que él se vaya de rositas con toda esta mierda, que sus padres intenten arreglar sus mierdas cuando ella ya es mayor, o tal vez que todo ello esté pasando sin tener a Bridge.

Probablemente todas las anteriores, pero en especial la última opción.

Le doy la mano a Parks y tiro de ella hacia la puerta.

—Nos vemos pronto, ¿vale? —les digo a sus padres con una sonrisa pesarosa.

Su padre asiente, fuerza una sonrisa que, realmente, no quiere mostrar.

Luego Magnolia se detiene ante el portal y los mira airada por encima del hombro.

—Yo no estaría tan segura.

TREINTA Y TRES
Magnolia

La he evitado, si te soy sincera.

Está mal por mi parte, lo sé. Es egoísta. Que lo soy, por cierto. Especialmente en un sentido de preservación emocional, soy increíblemente egoísta. Bridget me lo decía todo el rato, y siento una especie de irritación ardiente en el pecho hacia mi hermana por morirse y no estar aquí conmigo lidiando con los absolutos fracasos que nos hemos visto obligadas a llamar padres.

Inicialmente, ella no quiso ver a nadie. Solo a esa hermana mayor que tiene, que vino en avión desde Escocia (la mierdosa), y se quedaron encerradas en la habitación del hotel durante un par de semanas.

Llamé un par de veces, pero Marsaili no me respondió. Lo hizo la hermana.

Lo que sí hizo fue mandarme mensajes, lo cual supongo que ya es algo, aunque no fue exactamente a la vez.

Al cabo de dos semanas después del hecho, finalmente, se me pide que vaya a verla al hotel donde se hospeda.

Solo yo, BJ no. Una petición específica que no puedo decir que me haya entusiasmado, pero BJ me ha dicho que lo acepte sin quejarme y que vaya a verla, que él me esperará abajo en el vestíbulo, lo cual hace, porque él es así.

El amor es de lo más extraño, ¿no crees? La última vez que vi a Marsaili antes de todo esto, estaba en un yate en la Costa Amalfitana, besada tanto por el sol como por mi padre, con esa especie de fulgor rosado encantador en las mejillas que tienes cuando estás enamorada y crees que todo va bien, y resulta difícil mirarla directamente a los ojos cuando me abre la puerta de la habitación del hotel porque la disparidad es tremenda.

Piel pálida, pelo despeinado, ojos muy hundidos y la piel de alrededor rozada de tanto secarse unas lágrimas que cada vez estoy más convencida que no merece la pena derramar por mi padre.

Me abre la puerta y apenas me ha hecho entrar que ya está llorando otra vez.

—¿Crees que soy una tonta? —pregunta sin mirarme, con el rostro enterrado en un pañuelo.

Me siento en el borde de su cama y niego con la cabeza.

—No, desde luego que no.

—Sí lo crees. —Asiente andando hacia mí.

—¡Que no! —Insisto antes de hacer una pausa sin querer—. Bueno… Un pelín, pero…

—Lo he echado todo a perder. —Solloza—. ¿Y para qué? ¿Para que él volviera corriendo con ella? ¿Para que él me echara a perder a mí también?

—Mars. —Le agarro la mano—. No te ha echado a perder, solo…

—¿Soy una tonta? —dice, y yo no digo nada.

Quizá está mal por mi parte, pero no sé qué decir. Hubo una vez, hará un par de años, yo habría sido increíblemente firme respecto a que esto era exactamente lo que se merecía, pero aquí, ahora, con un poco de tiempo y de vida y de distancia entre las circunstancias de entonces y las circunstancias actuales, considero que nadie debería sentirse como una tonta por otra persona, incluso aunque lo fuera un poco.

El amor te hace tonta, supongo.

Es uno de los peores atributos del amor.

—Él es el tonto —le digo—. Y mil palabras peores. Siempre lo ha sido.

Asiente muy rápido, como si mencionarlo a él le hubiera hecho daño a ella. Ni siquiera he dicho su nombre, la mera alusión o algo… y me siento triste por ella porque es un dolor que conozco bien, y creo que una persona solo puede conocer esa clase de dolor a pesar de amar a alguien de una manera cierta y terrible. Nunca había pensado en ella queriendo a mi padre ni en mi padre queriéndola a ella, ni siquiera en mis padres queriéndose el uno al otro de una manera auténtica. En absoluto. Siempre me había parecido abstracto o distante, una especie de amor adulto, elevado y bidimensional, que no era visceral, que no era algo que sientes hasta el tuétano de tus huesos, ni tampoco que esté arraigado en la crudeza de la especie de amor verdadero que tenemos BJ y yo, o que tienen Christian y Daisy, que hemos cavado en la tierra y nos hemos ensuciado las manos por él, pero que hemos cultivado algo especial. Sin embargo, viéndole el rostro ahora mismo, me pregunto si ellos también tuvieron su propia versión del amor verdadero.

—Y la prensa... Sé que es una mierda, pero se calmará —le aseguro—. Lo que pasa es que al principio son horribles.

Mars asiente sonándose la nariz con otro pañuelo.

—Y sé que pueden parecer imposiblemente implacables. Son monstruos. De veras que yo no tuve nada que ver, lo prome...

—Lo sé. —Me pone una mano encima de la mía—. Sé que no lo hiciste.

—Te prometo que dentro de una semana y media, empezarán a decir que el duque tiene otra aventura con la marquesa de Cholmondeley, o que Rush y yo nos habremos fugado para casarnos en secreto o algo y seguirán adelante y dejarán de hablar de ti y sentirás que puedes volver a salir a la calle...

—Magnolia, cielo... —Me coge la mano y se me acerca. Abre la boca para decir algo y no le sale nada. Frunce el ceño un instante, como si se hubiera sorprendido a sí misma con su silencio. Aprieta los labios y luego vuelve a intentarlo—. Voy a volver a Escocia por un tiempo.

—Oh. —Esbozo una sonrisa fugaz—. ¿A pasar el fin de semana?

—No. —Ladea la cabeza con los ojos apretados—. No quiero estar aquí ahora mismo. Tus padres no están siendo nada sutiles... y yo... la prensa, yo... —Esboza una sonrisa fugaz—. Tú eres mucho más fuerte de lo que nadie te reconoce, Magnolia. Espero que lo sepas.

Para ser justos con ella, ha sido una cobertura mediática muy agresiva. De todo, desde «La niñera recibe su merecido» hasta «Harley vuelve a las andadas» pasando por «Arrie Parks vs. Marsaili MacCailin: Todo lo que necesitas saber sobre el mayor escándalo de Gran Bretaña».

Y ha sido interesante. Ha habido cierta división. Ni todo el mundo siente pena por Marsaili, ni todo el mundo se alegra por mi madre.

Veo portadas de revistas en las que aparezco en medio, con fotos de mi madre y de Marsaili una a cada lado de mí, Harley en el rincón... «Una familia hecha pedazos».

Al menos eso último es cierto. Y todavía más cierto sería este titular: «Una familia haciéndose pedazos a cámara lenta».

Si Bridget era el pegamento que nos unía a todos, cada día que pasa sin ella es una pieza que se separa del resto. Y no sé cuántas quedan.

Menos de las que pensaba, supongo, con todo lo que está pasando.

—Bueno —frunzo el ceño—. Entonces ¿cuándo volverás?

Traga saliva, incómoda.

—No estoy segura.

Frunzo los labios.

—¿No tiene fecha tu vuelo de vuelta?

—Iré en coche. Me llevaré mi coche —me dice, y luego hace una breve pausa—. Y mis cosas.

—Espera... —Parpadeo un par de veces—. ¿Tus cosas? —Niego con la cabeza—. ¿Te mudas a Escocia? ¿Me dejas?

—¡No, tesoro! —Hace ademán de agarrarme la mano y yo la aparto al instante.

Aprieta los labios y exhala por la nariz. Me lanza una mirada delicada.

—Vuelvo a casa con mi familia para recuperar fuerzas... Tienes que comprender lo doloroso que me resulta todo esto...

—¡Él tiene aventuras! ¡Siempre las ha tenido! —Me encojo de hombros, un poco descontroladamente—. ¡Es su rasgo distintivo!

Ella niega con la cabeza.

—No es un rasgo que me interese.

—¡Pues antes te interesaba! —le replico al instante, y me mira como si le hubiera hecho daño—. Lo siento —me disculpo enseguida porque no pretendía ser borde, se me ha escapado. Me miro las manos con fijeza—. Entonces, te vas —le digo, no es exactamente una pregunta, más bien una afirmación.

—De momento —me dice de una manera que me hace pensar que son palabras para tranquilizarme, no para verbalizar una intención verdadera.

—¿Y qué pasa conmigo? —pregunto, y me siento como si tuviera siete años, intentando conseguir que Harley despegara la vista de su periódico para mirar el vestido que me había puesto para ir a su fiesta.

—Magnolia... —suspira—. Tienes veinticuatro años. No vives en casa, tienes a BJ...

—¿Qué pasa con Bushka?

Me sonríe con tristeza porque quiere mucho a Bushka.

—La echaré de menos, pero estará bien.

Y entonces empiezo a encontrarme mal. De vez en cuando tengo la sensación de que hay un ave rapaz rascándome el estómago desde dentro sin parar. O un elefante pisándome la tráquea. ¿Sabes a qué me refiero? Pero solo es a veces, y estoy bastante convencida de que, en realidad, estoy perfectamente bien y solo estoy siendo dramática. Las aves rapaces rascan estómagos y los elefantes pisan tráqueas y la gente viene y se va, es la vida. Los padres y los tutores vienen y se van, lo mismo para los amantes. De hecho, y a los hechos me remito, las hermanas también. La gente se va, las relaciones cambian, un día alguien es como de la familia y luego tiene una aventura con tu padre y luego rompen y luego se va porque realmente no es tu familia, y tú eras un trabajo y eso es todo y está bien. Está bien, todo está bien.

—Vale. —Trago saliva muy rápido y yergo los hombros—. Parece un buen plan. Pásalo bien.

—Magnolia... —suspira—. Estoy segura de que tú más que nadie puede entender la necesidad de salir de Londres en una situación como esta.

—Naturalmente. —Asiento con énfasis mientras me pongo de pie—. Espero que Escocia sea la bomba.

—Cariño... —suspira. Se pone de pie y hace intención de tocarme, pero yo me aparto un paso de ella.

—Estoy bien —le digo, aunque no me lo ha preguntado. Me voy hacia la puerta—. Me alegro por ti. Sin duda te mereces un descanso después de estos últimos dos años de desempleo, ser una mantenida tiene que ser agotador...

Frunce el ceño.

—Magnolia...

Miro por encima del hombro.

—Adiós, Marsaili.

TREINTA Y CUATRO
BJ

Magnolia se tomó que Mars se pirara mucho peor de lo que me esperaba. Es probable que incluso peor de lo que Mars se esperaba, de hecho.

Intenté hablar con ella del tema, suavizar un poco el golpe... No fue superbién que le recordara que ella misma se marchó cuando descubrió lo de Paili y yo.

—Tú no lo entiendes —me dijo, de brazos cruzados, molesta conmigo—. Tú tienes padres que te quieren.

Dice mierdas de estas de vez en cuando, lo ha hecho desde que éramos pequeños. Es bastante duro. No hay mucho margen para que yo tenga una disputa con mis padres, ni siquiera cuando las tengo, solo porque en comparación con los suyos, los míos son putos santos. Ahora bien, los santos también son personas, y las personas la joden. Sin embargo, no sirve de mucho hablarle de ellos. Los ve bajo la misma luz áurea bajo la que me ve a mí, lo cual agradezco sobremanera, pero de vez en cuando me resulta una desventaja.

Que Mars se vaya (que quizá volverá, no lo sé) o lo que sea que esté haciendo, es un tipo de abandono. Aunque no lo sea, Parks se lo está tomando como si lo fuera.

A Magnolia le gusta irse antes de que la dejen. La he visto con un pie dentro y un pie fuera con todo el mundo exceptuándome a mí y a la Colección Completa.

Más o menos.

A veces, si Jonah o Christian no le contestan lo suficientemente rápido, Parks me pregunta si están enfadados con ella, y yo le digo que no, y ella me responde: «¿Estás seguro?». Y entonces digo: «Claro». Y aun así ella mentalmente se inventa una situación en la que Jo está mosqueado con ella por algo que no ha pasado y se tira la siguiente hora y media inventándose un plan para eliminarlo de su vida para siempre hasta que Jonah le contesta el mensaje con un: «Hola, perdona, no llevaba el móvil encima». Y ella me sonríe avergonzada como si fuera una idiota (que lo es), pero creo que es cosa de su familia porque se pone de esta manera por una buena razón.

Su madre se piraba de viaje con sus amigas durante dos semanas cuando le daba el punto, no llamaba, no dejaba ni una nota. Con suerte, advertía a Marsaili; sin suerte, nos enterábamos por la prensa cuando los *paparazzi* sacaban un puñado de fotos.

Magnolia miraba las fotos de su madre sirviéndole champán en la boca a algún príncipe belga y hacía un ruidito como de «mmm» y apartaba la mirada.

Las mierdas con su padre eran casi lo mismo. Se iba mucho, mentía mucho, se follaba a todo lo que pillaba, nada la sorprendía, aunque yo veía el daño que le hacía, más que lo de su madre. Esta tristeza extraña que la arrollaba como una ola, que aparecía un segundo y luego desaparecía al siguiente.

Las niñas y los padres, ¿sabes? Mayer tenía razón en su canción. Madres, sed buenas con vuestras hijas, cien por cien. Pero, padres: dad el callo de una puta vez.

Nunca se lo he preguntado, no creo que haga falta. Creo que la conozco lo suficientemente bien para saberlo sin necesidad de confirmación: para ella, hacer de modelo era por su padre. O debido a su padre, o enraizado en algo que tuviera que ver con él.

No llevábamos mucho tiempo juntos cuando la ficharon.

Una agente de Nueva York que fijo que su padre se estaba tirando. Él se las llevó, a ella y a Bridge, a no sé qué entrega de premios, hizo todo el numerito en la alfombra roja, las fotos llegaron a todas putas partes, toda Gran Bretaña se lo tragó enterito. Padre del año, radiante y rodeando con los brazos a sus hijas. «Las acompañantes más hermosas del lugar», fue la cita que le sacó *OK!*

Mi chica volvió de aquel viaje tan feliz que parecía ser unas putas castañuelas.

—¡Beej, adivina qué! —Se lanzó a mi regazo en la sala común de Carver Hall.

Se había pasado alrededor de una semana fuera. Nuestro internado no era muy indulgente con lo de saltarse clases, a no ser, claro está, que tu padre fuera famoso e hiciera cuantiosas donaciones.

—¿Qué? —Le coloqué un par de mechones de pelo detrás de las orejas.

—¡Ford quiere contratarme! —Esbozó una gran sonrisa.

Se me cambió la cara.

—¿Quién?

—¡La agencia! —Puso los ojos en blanco como si yo fuera un idiota—. De Nueva York. La agencia de modelos.

—¡No! —Le puse una mano en el muslo y la otra en la cintura—. Digo, ¡claro! Desde luego, vamos...

Entonces la besé. Mucho. Lo convertí en un buen espectáculo. Me encantaba ser su novio en el internado. Me encantaba la fanfarria de ser esa pareja en Varley. Ahora me da la risa, seguro que dábamos puta pereza. Tan enamorados, tan asquerosos al respecto.

¿Y sabes qué? Te mentiría si te dijera que al principio no me gustó, que mi novia fuera modelo.

¿A qué persona de dieciséis años no le gustaría?

Ella siempre ha sido bastante poca cosa. Huesos finos, complexión delgada. Es una persona pequeñita que resulta que tiene unas piernas muy largas.

Claro que su conducta alimentaria no tardó mucho en cambiar. Al principio era solo antes de una sesión de fotos o un desfile, luego fue filtrándose en todo lo demás. En general, pasaba, sobre todo cuando se agobiaba.

Tenía toneladas de campañas. ¿Esa cara y esa piel con ese cuerpo adolescente? El sueño de la alta costura.

Fue más o menos entonces cuando empezó la fascinación con ella. Pasó de ser la hija de un famoso a convertirse en una famosa ella también. Al cabo de un año, más o menos, de que ella empezara con lo de ser modelo, empecé yo también y entonces todo comenzó a ir puto viento en popa. A mí me parecía bien, un poco lo hice por echarme unas risas y pasar más tiempo con ella; nos contrataban para los mismos encargos muchas veces, me gustaba poder viajar con ella, ir con ella a sitios raros, solo nosotros. Sin embargo, para ella, cuantos más encargos tenía, más se estresaba, naturalmente, más se retrasaba en las clases, pero ella no se permitía ni una cosa ni la otra, de modo que se presionaba. Sentía que no tenía el control en ningún ámbito de su vida. Encontró el control en un ámbito en particular: su aspecto.

A los quince años fue la primera vez que ingresó en Bloxham House por ello. No fueron sus padres quienes la obligaron a ir, ni siquiera fue Marsaili, aunque ella me lo comentaba a veces, cuando yo estaba preocupado, si tenía que preocuparse ella también… Yo no sabía qué contestar, no sabía que podía decir algo sin traicionar a Parks, de modo que estuve mucho tiempo sin decir nada. Para empezar, fue una locura de difícil conseguir que Magnolia admitiera que tenía un problema, de hecho. Pero lo tenía. Yo sabía que lo tenía. La regla dejaba de bajarle durante meses, se mareaba muy a menudo, se emborrachaba a la mínima. Una vez se desmayó en la piscina, en el internado, casi se ahogó. Ms Hurtwood, la jefa de la residencia de las chicas, contactó con Bloxham House ella misma después de eso. Me dijo que había muchas maneras distintas en las que puedes traicionar a alguien que quieres, y una de ellas era permitirle que se haga daño a sí mismo.

Fuimos mi padre y yo quienes la llevamos. Harley la convocó en su despacho antes de que ella se fuera, le dijo que estaba orgulloso de ella. Lo decía por lo de pedir ayuda, pero a veces creo que ella pensó que su padre se refería a ella, en general, en esa época. Probablemente la puso un poco en el mal camino.

Dejó de hacer de modelo tan a menudo después del 3 de diciembre. Sencillamente no tenía la capacidad de hacerlo como antes. Siguió haciendo algunas cosas, alguna gran campaña esporádica, pero en general, ahí puso el punto y final.

Pensamos que ya habíamos dejado atrás sus mierdas con la comida, pero entonces cada vez que se estresaba o que nos peleábamos o que pasaba algo con sus padres o su hermana, algo que ella verdaderamente no podía controlar, aparecía de nuevo. No creo que fuera algo consciente, sencillamente se le quitaba el apetito. En general, eran períodos cortos. Al menos estos últimos años. Pero esta vez no. Han pasado ¿cuántos?, ¿cinco meses desde que Bridge falleció? ¿Alguna vez has visto a la persona que amas consumiéndose delante de tus propios ojos?

Yo sí. Demasiadas veces ya.

Daisy Haites 🚲

> Me he alegrado mucho de verte

Gracias

> "Yo también me he alegrado mucho de verte, Magnolia". Vale

Ok

> Para! Me quieres.

Ok

> Que sí!

A regañadientes.

Con suerte.

A decir verdad, me ha abrumado tu presencia.

> Qué refrescante suena.

No lo ha sido

> Menuda cebolla estás hecha...

> Tienes tantas capas

Por favor, no cites a Shrek

> Qué es "Shrek"?

Te odio

> ???

TREINTA Y CINCO
BJ

Henry y yo vamos a comer algo en Goodman, el de Mayfair. No cenamos pronto, supongo que hemos llegado antes de que se pusiera el sol, luego ¿qué, las ocho? Estamos a finales de agosto, no se hace de noche pronto, y tampoco cenamos rápido. La tostada de cangrejo Brigham no te la puedes perder, igual que el entrecot de Wagyu australiano. También tienen Pappy Van Winkle's 23, que si bebes whisky (y deberías) es imperativo, así que nos lo tomamos. Además, un par de copas antes de salir y volver paseando hasta Maddox Street para subir por Grosvenor.

Hen me está poniendo la cabeza como un bombo contándome la primera discusión entre él y Romilly, que ha sido porque Henry ha hablado mal de su padre, lo cual, vamos a ver, es normal, la verdad. Ese hombre está loco de atar, pero las chicas y sus padres, tío. Vamos, que no juegues con fuego, eso le estoy diciendo cuando Henry me arrea en el pecho y señala con la barbilla a una persona que está al otro lado de la calle.

Frunzo el ceño y entorno los ojos. No puede ser... Pero es.
Bushka.
En la calle, sola. Pasadas las diez.
Oye, mira, gracias al puto cielo que no estamos en el barrio turbio de la ciudad, ella está tan segura como en casa cerca de las embajadas de la plaza, pero no me gusta ver lo que veo. Tampoco podría decirte que lo haya visto nunca hasta ahora, la verdad, a Bushka paseando sola por la calle.

Es bastante raro.
—¡Bushka! —la llamo mientras cruzo la calle a toda velocidad, con Hen detrás.

No me oye, de modo que vuelvo a llamarla, y cuanto más me acerco a ella, más me doy cuenta de que creo que no está bien. Se la ve desorientada.

—Ksenyia —Le toco el brazo y ella pega un salto del susto antes de darse cuenta de que soy yo.

—¡Oh! —exhala, aliviada. Me agarra el brazo con ambas manos—. BJ. —Me sonríe y luego mira a mi hermano, le hace un gesto para darle un beso en la mejilla—. Henry.

—¿Qué estás haciendo aquí? —le pregunta Henry con una sonrisa, pero la acompaña con un ceño fruncido.

Bushka exhala por la nariz y mira alrededor.

—He salida a tomar un copa y... —Se le apaga la voz y mira a su alrededor.

—¿Te has perdido? —aventuro.

Me mira con el ceño fruncido, orgullosa.

—Has girado por la calle que no era —ofrece Henry como alternativa, y por eso todo el puto mundo lo adora.

—*Da* —asiente ella.

—¿Estabas sola? —le pregunto mientras me quito con un gesto la chaqueta gris de lana de oveja joven Mastermind World y se la coloco en los hombros.

—Нет. —Niega con la cabeza—. Estaba con Arina y Harley. —Frunce el ceño, murmura algo en ruso con un hilo de voz—. Я не знаю, куда они пошли.

Henry y yo nos miramos a los ojos.

—Bueno, no podemos quedarnos toda la noche en la calle. —Le sonrío—. Ven con nosotros a casa a tomar una copa, ¿eh?

Ella asiente, sigue pareciendo confundida. Probablemente no le daré ninguna copa cuando lleguemos a casa, porque cabe la posibilidad de que ya vaya un poco piripi, resulta difícil de decir, no hay lugar a dudas, Bushka ha sido desde que la conozco una alcohólica medio funcional.

Henry para un taxi y yo la ayudo a subirse.

Cuando cruzamos el portal de nuestra casa, Parks levanta la mirada y luego parpadea sorprendida al ver a su abuela.

—¡Mira a quién hemos encontrado! —Le lanzo a Magnolia una gran sonrisa tensa acompañada de una mirada.

Le cambia la cara, confundida.

—¡Qué sorpresa tan agradable! —dice brincando hasta nosotros—. ¿Encontrado? —articula con los labios en silencio por encima de la cabeza de Bushka, y le lanzo otra mirada.

—En Grosvenor Street —le susurra Henry—. Deambulando sola.

Magnolia abre mucho los ojos, alarmada, y me mira antes de centrarse en su abuela, enfadándose con ella de pronto.

—¿Qué estabas haciendo tú sola deambulando por las calles de noche?

—¡No estaba! —Bushka pasa a su lado arrastrando los pies hasta el carrito bar y se sirve un vodka—. He salida a cenar.

—¿Sola? —Magnolia enarca una ceja.

Bushka se exprime un limón en el vaso.

—Нет.

—С кем? —pregunta Parks, cambiando al ruso.

—Padres —le dice Bushka, sin mirarla, mientras se pone un cubito.

Magnolia entorna los ojos como rendijas.

—¿Los míos?

Bushka la mira de reojo, con una expresión difícil de descifrar, pero entre avergonzada y triste, luego asiente una vez.

Oigo el cambio en la respiración de Magnolia. Más rápida y fuerte, se le pone la mandíbula tensa y aprieta los labios con fuerza.

—Они оставили тебя?

—Нет. —repite Bushka.

Parks entorna de nuevo los ojos.

—Ты лежишь?

Yo no domino mucho el ruso, he ido aprendiendo cosas sueltas a lo largo de los años por las chicas. Algo sobre mentir.

—Я не вру?! —le dice Bushka, con los ojos un poco abiertos por una emoción que no sé ubicar—. Пожалуйста, забудь об этом, моя дорогая.

No pillo absolutamente nada, únicamente un «cariño mío» al final.

Magnolia se cruza de brazos, con el enfado reflejado en los ojos.

—Vale —dice—. Dormirás aquí esta noche.

—Marcho a casa —le contesta Bushka.

Magnolia mira por encima de su hombro con aspereza y le lanza una mirada.

—ы останешься здесь сегодня вечером.

Bushka me mira y luego sigue a su nieta con gesto avergonzado hasta el cuarto de invitados.

Más o menos unos diez minutos más tarde, oigo la ducha y luego Parks vuelve corriendo con nosotros, tiene el ceño fruncido. Sus manos ya le han llegado a las caderas cuando nos mira a Henry y a mí, impaciente.

—Hablad —dice—. Y rápido. Contádmelo todo.

—Estaba sola, parecía perdida… —Me encojo de hombros porque no sé qué más decir. Estoy tan jodidamente confundido como ella.

—Esto es putoincreíble. —Está negando con la cabeza, tiene los ojos muy abiertos, está horrorizada.

Le toco el brazo y le sonrío.

—Bushka está bien, Parksy.

—El tema no es ese —me contesta bruscamente, y tiene razón.

—Ya —admito—. Supongo que no. ¿Qué quieres hacer?

Exhala, a borbotones, de hecho, con cara de estar pensando.

—¿Quién es la persona más aterradora que conocemos? —Nos mira a mí y a mi hermano.

—Tú —le contesto y ella pone los ojos en blanco.

—Julian —dice el idiota de mi hermano.

Magnolia asiente una vez y saca el móvil, que le quito rápidamente de entre las manos. Ella me lanza una mirada asesina y yo niego con la cabeza, firme.

—No. —Le lanzo una mirada—. No, no vamos a llamar a nuestros exnovios mafiosos al menos hasta que sea de día.

—Pero…

Otra mirada.

—Nada de peros, Parksy.

—¡Tú ni siquiera tienes un exnovio mafioso! —me recuerda Henry con desparpajo.

Exhalo por la nariz.

—Ni yo tampoco, en realidad —reconoce Magnolia, desviando la mirada—. Solo es un comerciante de arte.

Hen me lanza una mirada antes de toser.

—Desde luego —le digo a ella, asintiendo, y hago un verdadero esfuerzo por no destrozarla con esa verdad que ella ignora.

309

Cuando le pilla la puta ceguera, Dios mío. Aunque en realidad no puedo quejarme, muy a menudo yo mismo soy un beneficiario absoluto de esa ceguera.

—En fin —le coloco las manos en los hombros—. Lo importante es que Bushka está aquí, y está a salvo y...

—¿Y que mis padres son unos monstruos? —interviene ella.

Henry asiente en silencio y yo aprieto los labios con fuerza antes de suspirar.

—Sí, eso también.

TREINTA Y SEIS
Magnolia

—Ya estás bien —me diría mi hermana mientras escruto mi reflejo en el espejo.

Top corto de punto con calados en negro y la minifalda de piel de cuadros rojos, ambos de Balmain y encima el abrigo de lana negro de solapa sencilla con «GG» bordado de Gucci.

—¿Bien? —Enarcaría una ceja ante su descaro—. ¡Maravilloso! Todos sabemos que «bien» es mi adjetivo favorito absoluto.

Bridget me lanzaría una mirada.

—¿De veras importa lo que te pongas cuando crucifiques a nuestros padres?

Levantaría la nariz, me ajustaría el pelo, yo misma me colocaría un par de mechones detrás de las orejas.

—Creo que siempre importa lo que me ponga.

—Bueno. —Se encaramaría al mueble del baño y se miraría las uñas. Aunque no sé por qué, porque todos sabemos que no llevaría la manicura hecha. Es como mirar un jardín que solo tiene césped—. Eso es porque tienes una perspectiva bastante distorsionada de la mayoría de cosas y una comprensión muy poco firme de la realidad. —Me lanzaría una sonrisa seca.

La miraría con el ceño fruncido.

—Comprendo muy firmemente la realidad.

Ella se cruzaría de brazos y me lanzaría otra mirada.

—Estás hablando con una chica muerta a través de un espejo —me diría, y yo la miraría fijamente, con los ojos muy redondos, con los sentimientos heridos porque es una traidora, ¿cómo pudo dejarme aquí de esta manera? Y ella pondría los ojos en blanco, que es la manera que tendría Bridget de medio disculparse conmigo sin tener que decirlo nunca con palabras. Los ojos en blanco y un cambio de tema.

—¿En serio esto nos parece una buena idea? —me preguntaría, y yo asentiría convencida.

—Sí nos lo parece.

—¿Quién forma ese plural? —me preguntaría.

—Tú y yo. También hablo en tu nombre...

Al oírlo, enarcaría ambas cejas, estoy segura.

—Por encima de mi cadáver.

Y yo la miraría con fijeza porque es una gilipollas.

—¿Lo pillas? —me preguntaría sonriendo, orgullosa de su broma.

—Bridget.

—Lo siento... —Otra vez los ojos en blanco—. Mira, se lo merecen.

—Obviamente. —Me miro a mí misma en el espejo.

—Pero... —Bridget se encogería de hombros—. ¿Qué pasa si va mal y te pones más triste y empeora?

La miro con el ceño fruncido.

—¿El qué empeora?

Y, en ese momento, haría una especie de ademán hacia mí con ambas manos.

Y luego yo soltaría un pequeño bufido, y ahora quiero discutir con ella, Dios mío, lo que llego a echar de menos discutir con ella. Sobre cualquier cosa: sobre ropa, sobre que no contesta mis llamadas lo suficientemente rápido, sobre palomitas (dulces o saladas) (yo, saladas; ella, dulces) (yo, bien; ella, clínicamente loca), sobre los chicos con los que he salido, cualquier cosa... Daría lo que fuera por volver a discutir con ella, cualquier cosa por oírla murmurar algo mordaz e irritante tras tomar aliento.

Tomar aliento, qué extrañamente precioso, ¿verdad?

Alguien llama a la puerta del baño antes de abrirla un poco.

—¿Lista? —me pregunta Beej con una sonrisa dulce.

—Claro.

Me señala con la barbilla.

—Estás genial.

Yergo los hombros y le lanzo una gran sonrisa.

—¡Genial es mucho mejor que bien!

Él suelta una sonrisa confundida.

—¿Quién ha dicho que estabas bien?

—Oh, Br... —Me contengo—. Nadie.

Él cambia la cara, triste, prudente quizá.

—Bueno. —Me rodea los hombros con un brazo mientras me acompaña hacia la puerta—. La próxima vez que hables con Nadie, salúdala de mi parte.

Daniela nos lleva en coche porque está lloviendo a cántaros y he intentado decirle a BJ que estadísticamente era más probable que tuviéramos un accidente de coche estando lloviendo y él me ha respondido que, estadísticamente también, era más probable que yo me echara a llorar a medio camino bajo la lluvia cuando el agua eche a perder mis botas por encima de la rodilla de ante negras Joplin 105 y puedo discutir muchísimas cosas, pero no puedo discutir con Aquazzura.

Estamos de pie bajo el paraguas ante los escalones que llevan al hogar donde crecí. Phillimore Gardens. BJ y yo habíamos hablado algunas veces sobre comprársela a mis padres algún día para poder conservarlo, la verdad es que no sé por qué. No es donde nos enamoramos, en realidad no, pero él guarda cierto sentimentalismo hacia ella, y supongo que hubo una vez en la que yo también lo sentí.

No nos enamoramos aquí, pero gran parte del amor que cultivamos sí tuvo lugar entre esas paredes. Y ahora se me antojan muy frías y vacías en ausencia de Bridget, lo cual es raro, lo sé. No son pensamientos correlacionados, pero lo mucho que esta casa me hace pensar en ella para mí ahoga todo lo bueno. Y no es que pensar en ella esté mal, pienso en ella todo el rato ya de por sí, es que su cuarto ya no es su cuarto. Cuando la obligué a independizarse y nos mudamos a nuestro piso de Grosvenor Square, mantuvieron mi cuarto casi como estaba para que sirviera de cuarto de invitados, pero Marsaili convirtió el cuarto de Bridget en un cuarto de costura porque estaba (y ahora voy a citarla) «increíblemente orientado al oeste».

Yo pregunté qué tenía que ver la orientación hacia el oeste con la costura, pero Bridget dijo que no importaba, que ya no vivía allí («Gracias a ti, Magnolia»), que era su casa valorada en 38 millones de libras, que podían convertirlo en cuarto de costura si eso era lo que querían, y yo discrepé pero fue una discusión que perdí, aunque al final resultó que yo tenía razón. Sí importaba.

Ahora el único santuario que tengo para mi hermana es su cuarto en el que no he vuelto a poner los pies desde la noche que murió en él en nuestro viejo piso de Upper Grosvenor, en el cual obviamente ya no vivo, pero a cuyos propietarios se lo compré porque necesitaba conservarlo, y a veces, los lunes, normalmente por las mañanas, dejo unas flores a los pies de la puerta cerrada de su cuarto porque no tengo ningún otro lugar hacia el que apuntar mi pena exceptuando la urna con sus cenizas que vive en mi Parks House, que, si recuerdas, fue una discusión que también perdí.

BJ señala el portal con la cabeza antes de apretarme la mano que no ha dejado de sujetarme desde que hemos salido de nuestra casa.

Daniela se queda en el coche.

Hago ademán de llamar al timbre, pero entonces Beej saca una llave y abre mi puerta, pero no antes de guiñarme un pelín el ojo.

Hay magia en esos guiños suyos, creo. Siempre he sospechado que es cierto. Te hacen más valiente y más estúpida. He hecho miles de cosas cuestionables porque BJ Ballentine me ha guiñado el ojo y me ha dedicado media sonrisa y el estómago se me ha caído a los pies de mi cavidad torácica. Ojalá me guiñe el ojo para siempre. Si es que existe un para siempre porque la gente es de lo más temporal. Podría decirse que todos estamos muriendo, solo que quizá a cámara lenta, ¿sabes a qué me refiero? Le compré vitaminas para mantenerlo con vida lo máximo posible, una buena colección: LYMA, Elysium, Thorne y Verso, las mejores vitaminas del mundo. Él casi nunca se las toma, por eso a veces las machaco y se las echo en la comida cuando no me ve, lo cual Henry dice que tal vez es ilegal y yo le digo que se calle, hombre ya.

Bushka también se está muriendo.

Literalmente no. Al menos que yo sepa. Pero sí de la manera en que todos nos estamos muriendo, solo que probablemente más rápido que el resto de nosotros. Que eso tampoco quiere decir que uno de nosotros no pueda irse antes que ella, Bridget lo hizo, la muerte no hace distinciones, ¿verdad? En realidad no discrimina, aprovecha todas las ocasiones que se le presentan.

Que por eso el hecho de que mis padres permitan que Bushka deambule sola por Londres siendo la viva imagen de la mujer más robable del mundo, con su Birkin, sus pendientes de diamantes de tres quilates, su anillo de compromiso con un diamante en forma de lágrima de nueve quilates que no se ha quitado nunca y que me indica que su marido, técnicamente mi abuelo al que no conocí, que murió mucho antes de que yo naciera, que de hecho murió cuando mi madre era bastante joven, probablemente era un oligarca, lo cual puede que a todo el mundo se le antoje un poco incómodo en los tiempos que corren, pero por favor recuerda que soy medio negra de modo que no dispares al mensajero genético.

El bolso, los pendientes, el anillo y el abrigo de visón de 20.000 libras (no me hables de pieles, por favor. Ella es una rusa de unos mil años, ¿a ti te parece que no va a llevar pieles de verdad si las tiene?, venga ya) deambulando pasadas las diez de la noche, una mujer mayor sola… Me digo a mí misma que Londres es seguro porque vivimos aquí y necesito que lo sea, pero puede ser una ciudad peligrosa. El crimen se está disparando aquí, desde atracos a agresiones pasando por asesinatos y apuñalamientos. Sí, gracias al cielo que ella estaba Mayfair, pero hay malas personas en todas partes.

De hecho, abro la puerta con ímpetu, sospecho que estoy a punto de hablar con dos de ellas.

—¡Oh, cielo! —dice mi madre cuando me ve, levantándose del sofá donde estaba tumbada—. ¿A qué debemos el placer?

Paseo la mirada por la casa, confundida.

—¿Vives aquí?

Ella hace un gesto desdeñoso con la mano.

—Durante unos días.

Se mueve hacia BJ y le da un beso en la mejilla.

—¿Habéis venido a hablar de cosas de la boda? —pregunta, emocionada.

Me cambia la cara.

—No…

Beej frunce un poco el ceño y se acerca a mi madre.

—Arrie, hemos venido a hablar de lo que pasó con Ksenyia.

—Oh… —Mi madre se abanica con la mano—. Está bien…

—Sí. —La miro de hito en hito—. Por suerte, pero no gracias a ti.

—¿De qué se trata entonces? —dice mi padre mientras sale de su despacho con una sonrisa aprensiva.

Mi madre me señala con un gesto.

—Magnolia y BJ han venido a asegurarse de que Bushka estaba bien tras lo de la otra noche.

—Ah. —Mi padre asiente—. Como una rosa. Arriba, en su cuarto.

Beej se cruza de brazos, frunce el ceño.

—¿Queréis explicarnos qué pasó exactamente?

Harley toma una bocanada de aire, medida, y está irritado. Le noto que está irritado.

—Solo fue un malentendido... —dice mamá.

Pongo mala cara.

—¿El malentendido fue que cuidaríais de ella y no lo hicisteis?

—Calma... —Harley me mira con fijeza.

BJ me mira y nuestros ojos se encuentran. Él o yo, es lo que me está preguntando sin preguntarlo. Preferiría que él, pero probablemente debería ser yo.

Tomo una profunda bocanada de aire y me yergo.

—Bushka está en esa fase loca de la vida de una persona mayor en la que prácticamente vuelven a ser niños. Bien, escuchad... —Los miro fijamente a los dos—. Metisteis la pata con Bridget y conmigo, no podéis hacerlo con ella. Con nosotras fue diferente porque nos teníamos la una a la otra y teníamos a Marsaili, pero Bushka no tiene a nadie.

Mi madre pone mala cara, como si algo le estuviera haciendo daño.

—De modo que estad pendientes de ella. O mandadla con Alexey... —les digo con una mirada—. Pero no podéis desatenderla.

Mi padre suelta un bufido.

—Yo no he desatendido una sola cosa en toda mi vida.

—Una sola tarea, dirás. —Lo miro con el ceño fruncido—. Nunca has desatendido una tarea.

Mi padre frunce el ceño también, y la verdad es que no estoy intentando insultarlo de forma activa, lo digo con total sinceridad.

—Eres una persona que funciona a unos niveles increíblemente altos, Harley. Tienes un talento asombroso, de eso no me cabe ninguna duda. —Lo miro con serenidad antes de decir el resto—. Pero has desatendido muchísimo.

Frunce todavía más el ceño.

—No, no lo he hecho.

—Tal vez todas las listas que hayas escrito estén terminadas, hayas tachado todos los puntos, pero yo nunca he hecho esa lista y ella tampoco... —Señalo a mi madre con el mentón, ahora sí, preparándome para insultarlo un poco—. Al menos, no hasta que te casaste con otra persona.

Harley baja el mentón al tiempo que se le oscurecen los ojos.

—Vigila esa boca. —Me apunta con un dedo.

BJ se coloca delante de mí, cuadrándose.

—Y tú vigila esos dedos.

—Ah. —Mi padre asiente con frialdad—. Veo que hoy eres un gran hombre.

BJ exhala y niega con la cabeza mientras le sonríe un poco a mi padre.

—Oh, últimamente todos somos grandes comparados contigo, campeón.

Harley se echa para atrás.

—¿Vas a hablarme de esa manera en mi puta casa?

—Sí —asiente BJ, impertérrito—. O podemos salir fuera, si quieres…

Harley señala la puerta con la cabeza.

—Venga, sí, vamos fuera.

—No. —Me interpongo entre ellos, vuelvo la mirada hacia BJ para decirle que pare. Miro de nuevo a Harley—. Si alguien va a causarte lesiones corporales, esa seré yo.

Harley pone los ojos en blanco.

—Y ya que nos ponemos… —Lo fulmino con la mirada—. No pienso vigilar mi boca, muchas gracias. Todo lo que tengo bajo la manga —miro a mis padres— os merecéis con creces oírlo. Aun así, resulta que tengo la intención de ser más bien reservada con lo que voy a deciros, así que, por favor, escuchadme bajo el peso de mi contención.

Tomo otra bocanada de aire.

—No tengo unas expectativas excesivamente altas respecto a ninguno de vosotros dos, ni individual ni colectivamente. Lo que sí hice, sin embargo, quizá por error, fue dar por hecho que tenías suficiente decencia en tu interior para cuidar de tu madre anciana. —Fulmino a mi madre con la mirada.

Ella abre la boca para decir algo y yo levanto una mano para silenciarla.

—Sé que ni al uno ni a la otra os nació el instinto para cuidar de Bridget y de mí cuando éramos pequeñas, pero ahora… —Niego con la cabeza, mirándolos—. Bushka es pequeña de otra manera. Y tenéis la oportunidad de demostraros a vosotros mismos (y quizá incluso a mí) que no sois personas completamente despreciables.

Mi madre me mira, boquiabierta.

—¿Crees que somos despreciables?

Parpadeo un par de veces y luego miro a BJ.

—¿No he sido clara?

BJ niega con la cabeza, sereno.

—Muy clara.

Harley se aprieta la lengua contra el labio inferior y niega con la cabeza.

—Sé que tienes un puto don absoluto para hacer que todo gire en torno a ti, pero esto no...

—Lo sé —asiento—. Esto va de mi abuela anciana a quien BJ encontró deambulando sola por las calles de noch...

—Vale. —Harley pone los ojos en blanco, exasperado ya—. Vamos a calmarnos un poco con el puto tema, estaba paseando por Mayfair, no Dorset Street.

—Claro... —Beej le lanza una mirada—. Porque el tema es este.

—Magnolia, cielo —suspira mi madre—. Tienes que entenderlo... Todo lo que ha pasado con Bridget nos ha hecho...

La corto.

—¿En serio vas a cargarle a Bridget por morirse la culpa de dejar a tu madre desatendida a las tantas de la noche para irte a echar un polvo?

Harley me lanza una mirada.

—¿Y cómo cojones sabes que era eso lo que estábamos haciendo?

Lo fulmino con la mirada.

—Una conjetura desafortunada pero certera, me temo.

Mis padres intercambian una mirada y sé que tengo razón. Probablemente habría preferido no tenerla, pero veo a la legua que he dado en el clavo.

—Decidme, ¿en qué momento eso es culpa de Bridget? —pregunto cruzándome de brazos al tiempo que los miro con el ceño fruncido—. La verdad es que tengo bastante interés en ver cómo os salís con la vuestra...

Mi madre suspira.

—Yo no he dicho que fuera culpa suya, he dicho que después de todo lo que ha pasado, todas nuestras emociones están intensificadas y estamos sintiendo muchísimo y...

Vuelvo a cortarla.

—Sí, el azul es más azul, la comida tiene un sabor más dulce, las canciones suenan mejor... *Carpe diem*, desde luego, está perfecto. не облажайся. —le digo.

—No lo haré —me contesta cambiando de idioma.

—Ya lo has hecho —le digo, y luego me giro para irme.

BJ sale corriendo detrás de mí, vuelve a rodearme los hombros con un brazo.

—¿Te sientes mejor?

Tomo una bocanada de aire y se me atraganta.

—No.

En absoluto.

TREINTA Y SIETE
Magnolia

El lunes por la mañana decido trabajar desde casa. Sin razón, la verdad. Sencillamente, me ha apetecido.

Estaba nublado cuando me he despertado, cuesta más salir de la cama.

BJ está guapo bajo cualquier luz, pero un hombre de gris tiene un no sé qué especial, y hoy en cuanto he abierto los ojos cuando él ha descorrido las cortinas para despertarme (porque los prometidos son la mejor clase de reloj despertador), he visto que él estaba iluminado por el cielo gris que tenía detrás y hemos tenido sexo porque no he podido evitarlo porque al fin y al cabo soy humana, y después de eso ya no me apetecía mucho ir a la oficina.

—Me voy. —BJ ha asomado la cabeza en la ducha.

—¿Adónde vas? —le pregunto con una sonrisa.

—Al gimnasio un rato, luego quiero ir a Hatchards a recoger un libro y después quizá vaya a comer.

—Oh, ¿con quién?

La más ligera de las pausas, en la que no me fijo en ese momento porque ¿para qué iba a fijarme en ese momento?

—Jo —dice.

—Vale... —Rozo su boca seca con la mía mojada—. Te veo luego.

Él asiente.

—La Colección Completa viene a cenar, encargaremos algo.

Y se va y mi mañana transcurre bastante como había imaginado.

Un Zoom con un fotógrafo con el que trabajaremos el mes que viene, un par de correos electrónicos, y luego me paso casi todo el rato hojeando unas *Vogue* y *Harper's Bazaar* y revisando la página de Net-A-Porter para ver si encuentro algo que quiero comprar.

Me salto el desayuno, pero Daniela me ha traído un café aunque le he dicho que no lo hiciera, digamos que me lo ha encasquetado en la mano y me ha mirado con desdén antes de irse a la cocina a guardar unos comestibles que han llegado.

No sé para quien vienen, yo nunca les he dado uso.

Solo a la leche, el té y el azúcar. Son los únicos comestibles que necesito. Y esa agua que mando traer de Nueva Zelanda en contenedores, 1907. Es perfecta. Pruébala, me encanta. Ahora no puedo beber otra agua.

Y Evian, desde luego. Pero no para beber (¡para beber nunca!), para lavarme la cara.

Oh, y Perrier. Tampoco para beber (aunque si es un traguito, supongo que no pasa nada), pero va genial para lavarse el pelo. Y no me mires así, no seas bobo, ni que fuera culpa mía el estado absolutamente nefasto del agua corriente de Londres, no vas a esperar que vaya a lavarme la cara con agua sin quelantes. Y ni una palabra sobre el medio ambiente ni sobre los plásticos de un solo uso, tampoco, porque obviamente pido todas las botellas en formato de cristal.

Salgo hacia la hora de comer para ir a dar un paseo. Le digo a Daniela que quiero ir a pasear por el parque y ella me lanza una mirada y me contesta: «El parque» entrecomillando con los dedos porque ambas sabemos que eso significa, ni más ni menos, que quiero tomar el camino bonito hasta Selfridges.

Me siento increíblemente convencida de que si me compro el bolso pequeño con solapa en tono rosa coral de Chanel y en piel de ternera con los metales en tono dorado, la nube que se ha instalado hoy en mi cerebro se disipará y seré capaz de volver a concentrarme.

Sí, le digo que no hace falta que venga y que puedo ir yo sola, pero ella me ignora de pleno y se pone la chaqueta de todas formas.

Es curioso porque requiere un enorme esfuerzo consciente lograr que Daniela ande a mi lado, siempre intenta caminar por delante de mí incluso cuando le hablo.

Al principio pensé que quizá, sencillamente, era que ella camina rápido de forma agresiva, pero entonces BJ me recordó que yo misma soy alguien que camina rápido de forma agresiva, de modo que para que alguien esté siempre por delante de mí, probablemente está corriendo un poco o lo está haciendo a propósito.

Llamo a BJ de camino para ver si quiere quedar para comer, pero él me dice que ya está de camino a encontrarse con Jo.

Llegamos a Selfridges, encuentro el bolso que quiero y luego subo (¿subimos?) a la sección de hombre a escoger un par de piezas para BJ.

Dos camisas con el monograma estampado de Balmain (una en blanco y negro y otra en tonos marrones), y luego la sudadera negra de algodón con las letras en formato de parches bordados de Undercover porque dice «A wolf will never be a pet», y puede que sea verdad, pero sigo queriendo al lobo igualmente.

Estoy echando un vistazo a las piezas de la sección de Off-White cuando el rostro de Jonah Hemmes aparece justo delante de mí, sonriéndome como un bobo.

—¡Oh, hola! —Le sonrío.

Él me planta un besazo en la mejilla.

—Hola, Parksy.

—¿Qué estás haciendo aquí? —pregunto.

Él pone los ojos en blanco.

—De vez en cuando me escojo yo mismo la ropa, ¿sabes?

—No… —Le lanzo una mirada—. Tienes que estar llegando imposiblemente tarde.

Frunce el ceño.

—¿Por qué?

—Porque has quedado para comer con Beej.

A Jonah le cambia la cara.

—No he quedado para comer con Beej.

—Sí, claro que sí, acabo de hablar con él.

Jonah piensa para sus adentros. Intenta concluir si se le ha olvidado algo. Luego niega con la cabeza y me mira con ojos cautelosos.

—Parks, yo no he quedado en ningún momento para comer con Beej hoy.

De repente, oigo la sangre retumbando en mis oídos y la siento muy caliente debajo de la piel alrededor de las costillas.

Oigo ese ruido punzante en las orejas, aunque nada me está punzando e intento tomar una profunda bocanada de aire, pero en su lugar acabo dando tres cortas.

—Oye… —Jo me agarra por los hombros y me lleva detrás de unos percheros para quedar más escondidos de la vista de la gente—. No hagas eso. No sabemos nada. —Me lanza una mirada—. Podría estar comprándote un regalo. Podría estar probándose un traje para la boda…

—Entonces ¿por qué al menos tú no sabes nada al respecto?

Enarca las cejas y me lanza una mirada tramposa.

—Quizá sí lo sé.

—Jonah. —Lo miro fijamente—. Me mentiste una vez. Durante tres años. Sobre algo que tenía todo el derecho de saber. —Trago saliva y respiro superficialmente—. Por favor, no vuelvas a mentirme.

Él asiente deprisa.

—Vale. Bueno, localízalo.

—¿Qué?

—Compartís las ubicaciones, ¿verdad?

—Sí, pero Bridget me dijo que no era sano mirarlas y que nos hacía codependientes.

—Bueno, y lo sois, así que…

—Y Henry dijo cuando BJ y yo volvimos a estar juntos que si yo miraba su ubicación cada vez que no estábamos juntos, era un claro indicador de mi falta de confianza en él. —Se me empañan un poco los ojos—. Y de veras quiero confiar en él.

—¿Y lo haces?

—Bueno, ahora mismo no. —Frunzo el ceño—. Pero ahora me parece el momento en que debería intentarlo, ¿no?

Jonah asiente como si lo entendiera, pero no lo entiende. ¿Cómo iba a hacerlo?

—Dame tu móvil. —Extiende la mano abierta.

—¿Qué?

Se encoge de hombros.

—Tú no quieres romper su confianza, a la mierda, lo haré yo. Dame tu móvil.

Hay algo en ello que se me antoja remotamente mejor, de modo que se lo doy y él ni siquiera me pide el pin, lo introduce directamente.

—¿Cómo sabías…?

—Todos sabemos tu pin —ataja sin levantar la vista—. Eres absurdamente predecible.

Frunzo el ceño.

—Está cerca —me dice Jonah, mirándome.
—¿Qué? —parpadeo.
—James Street. —Señala hacia la puerta con la cabeza—. Vamos.

De alguna manera, esperaba que Jonah se pasara todo el camino asegurándome que no pasaba nada y que todo iba bien, pero la verdad es que lo veo agobiado y con la cara un poco pálida. Todo el mundo quiere a BJ, absolutamente todo el mundo, es una persona amable en esencia, pero nadie lo quiere más que Jonah y yo.

Jonah quiere incondicionalmente a BJ, mentiría por él (claro está), pelearía por él, haría cualquier cosa por él, Jonah le cubre las espaldas el cien por cien del tiempo. Cree ciegamente en BJ, por eso si Jonah está frunciendo el ceño como Jonah está frunciendo el ceño, estoy jodida.

Esa es la corazonada que tengo.

Solo son cinco minutitos desde Selfridges, en realidad.

Jonah sigue teniendo mi móvil, lo mira, lo sigue.

—Nos estamos acercando —me dice Jonah, sin despegar los ojos del móvil.

En otras circunstancias, esto podría ser una nueva afición mía, de hecho. Espiar a la gente es increíblemente divertido, ¿lo sabías? Desde luego, si hablamos con propiedad, ahora mismo no es muy divertido, pero entraña cierta adrenalina y eso no se puede negar.

Sin embargo, esa adrenalina queda rápidamente desperdiciada cuando me encuentro a mí misma de pie ante el cristal de una hamburguesería (¿Patty&Bun?) mirando hacia el interior.

Jonah está de pie a mi lado, sigue mirando alrededor con el ceño fruncido.

BJ está sentado a una mesa con una chica que no conozco. Bastante guapa. Parece una modelo.

Se me hunde el corazón.

—Llámalo —me dice Jonah, con los ojos pegados en su mejor amigo, oscuros y enturbiados—. Ya.

Me devuelve el móvil y ya está llamando.

Lo estamos observando a través de la ventana.

BJ coge el móvil y levanta un dedo hacia la chica con la que está.

—Un segundo —veo que le dice—. ¿Hola? —saluda cuando descuelga el teléfono.

—Hola —respondo con tono neutro.

—¡Hola! —Él sonríe un poco.

Me aclaro la garganta e intento que la voz me salga lo más normal posible.

—¿Dónde estás?

—Comiendo, ¿recuerdas?

—Ay, sí —contesto muy rápido—. ¿Con quién has dicho que comías?

Veo cómo frunce el ceño y luego responde:

—Oh, ¿por qué? ¿Qué está pasando?

—¿Con quién, BJ?

Y entonces levanta la vista y mira a su alrededor por el restaurante, me ve al otro lado de la ventana con la persona que supuestamente estaba comiendo con él.

—Mierda —dice—. Parks...

—Vete a la mierda. —Y luego cuelgo el teléfono.

TREINTA Y OCHO
BJ

Es jodidamente rápida.

Nunca en mi vida he sido capaz de correr más rápido que ella, ¿sabes lo irritante que resulta eso? Estar con alguien como ella, una puta corredora, que no ha sido corredora, nunca, que odia correr, que no correría nunca para hacer deporte, no es ese tipo de corredora, sino que es del otro tipo. Del tipo dañino, vamos, del tipo de corredor que sale corriendo para huir de las mierdas. Siempre lo ha sido. Que ella sea esta clase de corredora y que, además, sea también de la otra clase de corredora que es físicamente imbatible resulta jodidamente irritante, ni siquiera puedo explicarlo bien con palabras. Lo intento de todos modos. Corro tras ella, pero la pierdo en Oxford Street entre el gentío.

Sí me lo había planteado, por cierto, decirle la verdad. Esta mañana cuando me ha preguntado adónde iba, he tenido el presentimiento de que quizá debería decírselo. Es raro, nunca había tenido un presentimiento sobre esto, el lunes pasado no lo pensé dos veces, pero hoy he sentido algo que me ha hecho pensar que quizá debía decírselo y lo he ignorado.

El universo hace mierdas de estas, ¿verdad? Te da pistas, empujones, te guía un poco. Y durante un minuto he estado a punto de decirle: «Pues mira, hoy iré a comerme una hamburguesa», pero luego me he acordado del gesto triste que hizo con las cejas el otro día cuando me vio comiendo un champiñón portobello frito; no por juzgarme, se asustó. Es irracional, obviamente, sé que lo es, está jodidamente un poco loca. Pero bueno, siempre lo ha estado, ¿no?

Y ya está suficientemente nerviosa, por eso no he querido empeorarlo y por eso me he visto diciendo que me iría a comer con Jo en Mildred y ella ha estado contenta.

Joder, odio que se asuste. Se asustó el otro día por la noche con la seta, porque es una idiota; se asustó el otro día por la noche cuando salimos a cenar y yo bebí un vino que no era natural; se asustó al día siguiente por la mañana cuando yo tenía resaca y por pura desesperación pedí un McMuffin de salchicha (que estaba jodidamente bueno, por cierto), ella tiene una manera extraña de asustarse. No tiene origen. Es algo a lo que decide apuntar su miedo que no está relacionado con nada porque, realmente, lo que le da miedo es la mortalidad en sí y no sabe hacer las paces con el hecho de que la gente que quieres puede morirse sin más. Tal cual.

A lo que, por cierto, está más que justificado tenerle miedo, pero, verás, ella no puede tenerle miedo porque no puede controlarlo. La comida puede controlarla. Ha controlado la comida durante mucho tiempo. Es algo que a ella le resulta fácil tanto demonizar como usar de arma contra el verdadero objeto de su miedo.

Se ha asustado cuando me ha visto.

Ha sido un miedo distinto que sí tenía un origen. Mierda.

No he ido a Patty&Bun para ver a Dylan, por cierto. Sencillamente ha aparecido por allí y yo estaba solo, ella también, me ha preguntado si podía sentarse, le he dicho que sí, porque ¿por qué iba a decir que no? Las probabilidades se me antojan en contra ahora mismo. Vamos, es que qué posibilidades había de que Parks se encontrara a Jo y que luego ellos me encontraran a mí y vieran lo que les ha parecido ver. Y sé qué le ha parecido ver a ella.

Magnolia dice que me ha perdonado y que lo ha superado, pero ese perdón es una delgadísima capa de hielo que cubre un lago jodidamente profundo.

Primero he ido a nuestra casa. No sé por qué. Porque soy un idiota, guardando la esperanza de esa manera. Que ella se enfrentaría a mí en lugar de correr junto a otra persona. No lo ha hecho, obviamente. No es lo suyo.

La llamo unas cuarenta veces, pero entonces apaga el móvil.

Llamo a Jo, pero él tampoco contesta, lo cual me dice que ella está con él, al menos, de modo que está a salvo.

Me la juego y voy hacia su casa.

Jonah y Christian se fueron a vivir juntos en algún momento de los últimos meses.

Jo finalmente dejó la casa de Park Lane, no porque quisiera, sino porque Christian no quería quedarse mi antiguo cuarto porque, y aquí lo cito: «qué puto asco». Obligó a su hermano a irse.

Aunque bien por él, creo.

Las casas pueden cargar cosas, como energías o lo que sea. Esa casa estuvo bien para lo que fue, para cuando la tuvimos.

Los «años perdidos», como los llama Jo.

Aunque ya no estamos en ellos, era hora de avanzar.

Harcourt House en Cavendish Square, ahí es donde han ido. Como adultos de verdad y esas mierdas.

No paro un taxi, puede llevar desde veinte minutos a casi una hora entera llegar de Kensington a la parte alta de Marylebone a esta hora del día, pero es un trayecto superdirecto con la línea roja.

La verdad es que no voy mucho en metro. Ojalá pudiera, sin duda es el modo más rápido de moverse por Londres. Pero ¿te lo imaginas? ¿Magnolia Parks en el metro?

Me bajo en Oxford Circus y luego voy corriendo como un puto loco hasta Regent, giro a la derecha en Margaret Street hasta que llego a la plaza.

Un poco menos de treinta minutos.

Aporreo el portal de casa de mi mejor amigo.

Parks se caía por el hielo a ese lago profundo todo el rato antes de Nueva York, volvió a caer por el hielo ese día en las piedras con Taura y Jo, y esa vez que nos encontramos por casualidad a Paili por la calle, pero desde entonces, no le había pasado, no mucho. Se lo veo en la cara de vez en cuando, vemos un artículo de mierda sobre mí en un periódico sensacionalista y a ella le cambia la cara, casi puedes oír un crujido pero luego nada, ella ya no cae.

Sin embargo aquí, ahora, está hundida, totalmente sumergida y las condiciones eran, por desgracia, perfectas para que el agujero por el que se ha caído volviera a congelarse al instante y la dejara atrapada debajo.

Voy a tener que abrirme paso a golpes para llegar hasta ella.

Oigo una discusión detrás y la voz ahogada de mi prometida gruñéndole algo a Jonah, él respondiéndole algo a ella y, luego pasos apresurados, y otra puerta cerrándose de un portazo.

Esta puerta se abre de par en par.

Jo me fulmina con la mirada y yo lo aparto de en medio.

—¿Magnolia? —la llamo buscando por todo el piso—. Parks, por favor… Deja que te lo explique.

Jo suelta una carcajada irónica.

Lo señalo advirtiéndole que se calle.

—¿Parks? —vuelvo a llamarla, yendo hacia la puerta cerrada del cuarto de Christian.

Agarro el pomo y abro la puerta de par en par. No sé qué espero ver. Ella acurrucada en su cama y él abrazándola, la puta misma pesadilla de siempre desarrollándose delante de mí, pero no lo veo. Ella no está aquí.

Él tampoco.

—Mi hermano no está en casa —me dice Jonah bruscamente.

Lo miro por encima de mi hombro, no digo nada. Me voy hacia su cuarto.

Llamo dos veces antes de abrir la puerta y allí está ella.

Con los ojos vidriosos, regueros de lágrimas cruzándole el rostro, las rodillas abrazadas contra el pecho, sentada contra el cabecero de la cama de mi mejor amigo.

Me lamo el labio inferior y exhalo por la nariz.

—Parks…

—No. —Me corta.

Avanzo hacia ella negando con la cabeza.

—Sé qué crees que ha pasado…

—Ah, ¿sí, Sherlock? —Jo se ríe detrás de mí—. Estás al puto día, ¿verdad?

—Pues sí. —Me vuelvo como un resorte y me acerco mucho a su cara—. Y tú no lo estás en absoluto, de modo que ¿por qué no cierras la puta boca y me dejas hablar con mi prometida?

Él enarca las cejas y echa la cabeza hacia atrás.

No le gusta que le griten. Aunque la verdad es que no me importa una mierda. Me vuelvo hacia Parks.

—Oye, escucha… —Me muevo hacia ella—. La he cagado.

—¿Quién es esa? —Magnolia me lanza una mirada asesina.

—Literalmente nadie. —Niego con la cabeza—. La amiga de Maddie. Pero ni siquiera hemos ido allí juntos…

—Estás loco de la cabeza, tío… —Jo entra más en la habitación.

—¡¿Puedes callarte de una puta vez?! —le grito.

—¡Te hemos visto! —Magnolia se levanta de un salto, se queda de pie encima de la cama para ser más alta que los dos.

—¡Que no estaba con ella! —le repito, exasperado.

Jo me mira de hito en hito, negando con la cabeza.

—No sigas por ahí, tío, que tenemos ojos en la cara.

Pongo los ojos en blanco.

—Me la he encontrado allí.

Magnolia me lanza una mirada, enfadada y maliciosa.

—Menuda coincidencia.

—Te había hablado de ella, Parks. —Le lanzo una mirada—. Es colega de Maddie. Que quería ser modelo...

—¡Colega significa «chico»! —chilla Magnolia, con los puños apretados.

La miro fijamente y pongo mala cara.

—¡No es verdad!

—¡Claro que sí! ¡Desde luego que sí! ¡Me engañaste!

Niego con la cabeza, mirándola fijamente, aún confundido.

—Le has puesto género a una puta palabra sin avisarme.

—¡Todo el mundo sabe que colega significa «chico»!

Jo hace un ruido de no estar seguro y niega con la cabeza.

—Joder, no sé... Para ser justos con él, si alguien dijera: «blablablá bliblibli que es colega de Magnolia...».

—Lo cual no diría nadie, porque todos sabemos que odio esa palabra.

—Vale... —Jo me lanza una mirada—. Pero podrías estar hablando de Taura o podrías estar hablando de Henry o de mí o...

Ella lo corta hablando por encima de él:

—Me dijiste que tenía un nombre de chico. —Magnolia me fulmina con la mirada.

Pongo los ojos en blanco.

—Te dije que se llamaba Dylan. —Le lanzo una mirada elocuente—. Porque se llama Dylan.

Magnolia sigue de pie encima de la cama, con los pies juntos. Se cruza de brazos y me mira por encima de la nariz.

—Entonces ¿por qué mientes sobre lo de ir a comer con ella?

Suspiro y la miro fijamente con ojos tristes.

—No miento sobre ir a comer con ella, te miento sobre ir a comer hamburguesas.

Frunce el ceño.

—¿Qué?

La agarro por la cintura y la bajo de la cama. La dejo en el suelo.

—Estoy jodidamente hambriento.

Parpadea, irritada.

—¿Qué?

—Todo el rato, Parks. Me muero de hambre. No quiero comerme una alcachofa crujiente. —Niego un montón con la cabeza—. Quiero comer pollo frito, quiero esas putas tortitas holandesas del puesto del final de la calle, quiero comerme todo lo que hay en el menú de Smoky Boys y no quiero sentirme que al hacerlo te haré llorar.

Suelta un suspiro superficial y se encoge de hombros una vez.

—Vale.

—No, vale no. —Niego con la cabeza—. Porque no estás bien.

Pone los ojos en blanco y me da un poco la espalda.

—Sí lo estoy.

La atraigo hacia mí, le muevo la cara para que me mire.

—Escucha, sé que estás viviendo una puta pesadilla, Parks, y lo siento muchísimo. —Tomo una bocanada de aire. Aprieto los labios antes de seguir hablando—. Sé que comer de esta manera te ayuda a sentir que tienes más control sobre todo lo que sucede a tu alrededor...

—No... —Suelta un suspiro que suena como una carcajada—. Yo no... esto no es...

—Creo que sí —le digo.

Ella vuelve a encogerse de hombros.

—Bueno, pues te equivocas.

—Ah, ¿sí? —Le lanzo una mirada y luego la señalo con el mentón—. ¿Qué has comido hoy?

—Un café...

Asiento, esperando más cosas.

Frunce los labios mientras reflexiona.

—Unas aceitunas. —Se encoge de hombros—. Distintas clases de uva... Unas... patatas hechas un puré bastante líquido...

La miro fijamente, impertérrito.

—Te has tomado un Martini.

—Que sacian un montón —me dice.

—No es verdad.

—Bueno, pues el mío llevaba cuatro aceitunas, de modo que era prácticamente una ensalada.

—No tiene ninguna gracia. —Niego con la cabeza y me tapo los ojos—. No puedo volver a pasar por esto, Parks.

Me aparta las manos de su rostro.

—Estoy bien —me dice, pero yo niego con la cabeza.

—Estás midiendo la comida. La estás pesando, cuentas las bayas que te pones en el batido...

Jo suspira desde la otra punta del cuarto.

—Magnolia...

Y entonces se le hunden un poco los hombros, le veo la cara triste y me siento como una mierda por hacerla sentir como una mierda.

La miro con la cabeza ladeada.

—Ya pasamos por esto en el instituto, Parks, no voy a pasarlo otra vez.

—¡No estoy intentando adelgazar! —Da un pisotón con su piecito.

—Has perdido otros diez kilos aunque no podías perder ni cinco...

Me señala con un gesto.

—Tú no has perdido nada de peso y comes lo mismo que yo...

—Eso es porque después de comerme tus mierdas verdes espero a que te distraigas y me como unas tostadas como una puta persona normal.

Me lanza una mirada alarmada.

—Dime que al menos comes pan Ezequiel...

Niego con la cabeza, no quiero mentir más.

—Es pan blanco normal y corriente de Waitrose.

Abre los ojos como platos, presa del pánico.

—¿Sabes lo mala que es para el cuerpo la harina refinada?

—Parks. —La miro fijamente—. La harina refinada no mató a Bridget, lo hizo un aneurisma.

Me fulmina con la mirada.

Me aprieto los ojos con las manos un segundo, exhalo y luego la miro.

—Lo siento —le digo—. No tendría que haber dicho eso.

Me mira fijamente con ojos llorosos.

Desde la otra punta del cuarto, Jo me mira a los ojos y me hace un gesto discreto con la cabeza, luego se va en silencio y cierra la puerta tras él.

—No tendría que haberte mentido —le digo—. Lo siento.

—¿Me lo prometes? —Parpadea—. Que no ha pasado nada.

Le paso las manos con el pelo, niego con la cabeza mirándola fijamente.

—No ha pasado nada. —Le doy un beso en la cabeza—. Te lo prometo.

9.46

Henny Pen 🎙️

Me he enterado

Estás bien?

Sí, supongo?

Me he cagado.

Ya, lo imagino.

Él no volvería a hacerte eso

Seguro?

Seguro.

TREINTA Y NUEVE
Magnolia

Es el cumpleaños de mi madre y ha contratado The Ritz Restaurant. No me había dado cuenta hasta que hemos llegado, creía que íbamos a cenar aquí y ya está, no me había dado cuenta de que había reservado todo el restaurante.

BJ me mira para darme fuerzas cuando entramos. Se para en la puerta, redobla la mirada, ladea la cabeza y me mira con los ojos entornados.

Todas las personas que hay en la estancia que desearía que no estuvieran e incluso las personas que no me importa que estén, desaparecen como lo han hecho siempre, como espero que lo hagan siempre.

«Tú puedes», me dice la comisura de su sonrisa.

Asiento muy rápido, aunque no me ha dicho nada en voz alta.

Me toca la cara con la mano y se aprieta contra mí de una manera sutil, pero intencionada, y yo trago saliva con esfuerzo.

—¿Soleado? —me pregunta.

—Cada vez más —asiento de nuevo, encontrando complicado mirarlo a los ojos porque es sencillamente así de hermoso.

Una revista de aquí nos hizo una vez un estudio de nuestros rostros, la mayor parte de mi rostro está entre el noventa y el noventa y cinco por ciento de la proporción áurea, exceptuando mis cejas (97,98 por ciento y mis ojos (98,20 por ciento). Sin embargo, BJ tiene todos los rasgos entre el noventa y cinco y el cien por cien. ¿Su boca? 99,87 por ciento.

Su boca es 99,87 por ciento perfecta. Eso yo ya lo sabía por experiencia propia. Sin embargo, la verdad es que tras años de estudios e investigaciones y recopilación de datos rigurosos, puedo confirmar que esa cifra está, de hecho, un pelín equivocada. La boca de BJ está empíricamente demostrado que, realmente, es un cien por cien, perfecta del todo.

Se pasa la lengua por los labios mientras me sonríe más.

—Bien —me dice, y señala con la cabeza hacia el exterior de nuestro momento y el mundo entero reaparece.

Nos adentramos más en este paisaje infernal creación de mi señora madre.

Para serte enteramente sincera, BJ va escandalosamente mal vestido para este evento ahora que hemos llegado, más que nada porque de entrada no sabíamos que asistíamos a un evento. La chaqueta *bomber* negra y teja con el logo en relieve de Brunello Cucinelli, una camiseta de cachemira y algodón blanca de la colaboración de Zegna y The Elder Statesman, con los pantalones rectos de piel con el monograma PA de Palm Angels. Y unas Vans, obviamente.

Eso es lo bueno de una cara como la suya, que eclipsa un poco lo que sea que lleve puesto. Podría haberse puesto un chándal y habría seguido siendo el hombre más guapo del lugar, aunque me alegro de que no lo haya hecho porque habría sido ligeramente incómodo.

—Se viene... —me susurra BJ con los labios pegados a mi oreja cuando un buitre de la alta sociedad se planta delante de nosotros.

Verity Colson. Así en general, es una persona increíblemente marginada que está increíblemente desesperada por no serlo. Además es entusiasta de una forma exagerada. No acaba de ser tan rica como el resto de los invitados, que no es que importe en absoluto, sin duda a mí no me importa, nadie aquí es tan rico como yo exceptuando quizá tal vez a Carlos Felipe Arturo Jorge, pero él casi no cuenta porque él es él y lo digo tanto en el buen sentido como en el malo, pero en fin, que sí sospecho que es algo que siempre le ha importado bastante a Verity. Los nuevos ricos son así de curiosos. Tienen tanto que demostrar, sobre todo, a ellos mismos, creo. A ella le gusta ser vista estratégicamente con ciertas personas, le gusta saber tanto como puede, diminutos detalles que sugieran que tiene una relación más cercana contigo de la que tiene en realidad. Además, viste la ropa que muestra más visiblemente de qué marca es, solo para demostrar que lleva ropa de marca. A menudo, parece que Fendi le haya vomitado encima. Aunque esta noche no, esta noche lleva el vestido de fiesta Midnight de Jenny Packham, ¿sabes el de degradado de rosas? Que está bien, no es un vestido feo, aunque su largo resulta irritante llevándolo Verity puesto, claro que podría ser que Verity sea irritante independientemente del largo de su vestido, quién sabe.

—¡Magnolia, cielo! —Me da un beso rápido en la mejilla.
—Verity. —Me esfuerzo para sonreír—. Hola.
Luego se pone de puntillas para darle un beso a BJ, que dura mucho más que el mío y (extrañamente) resulta mucho más sensual.
BJ me mira alarmado por encima de la cabeza de ella y yo sofoco una carcajada.
—¡Menuda fiesta! —Ella mira a su alrededor, complacida por estar aquí.
Y no sé por qué está aquí, francamente.
No tiene una relación cercana con mi madre. De hecho, mi madre incluso la detesta. Hay un diálogo en *The O.C.* en el que Anna le dice a Seth: «Las chicas quieren que les vayan detrás los chicos que no les hacen caso», y creo que eso es bastante cierto en el caso de mi madre. Se lo comenté a Bridget una vez y ella me miró mucho rato antes de decir: «Sí, estoy familiarizada con esa gente».
Le lanzo una sonrisa cordial a Verity.
—La verdad es que no sabíamos que era una fiesta.
—Ay, vaya. —Hace una mueca, mira a BJ y luego a mí—. Qué embarazoso.
—Pues no te creas. —BJ se encoge de hombros sin inmutarse, pero ahora un poco molesto con ella. Lo sé por el ángulo de sus cejas.
—¡Y vosotros dos! —gorjea tocándonos el brazo a ambos, y yo me quedo mirando la mano que me ha puesto encima—. ¡Al fin juntos!
Mi prometido frunce más las cejas.
—Llevaremos ya cuarenta años juntos a estas alturas, pero…
—¡Oh, ya sabes a qué me refiero! —Hace un gesto desdeñoso con la mano y le lanza una mirada como si fueran mejores amigos y él estuviera siendo un bobo. Verity me mira y me lanza una sonrisa radiante que está tan cargada de ansias que casi siento pena por ella, pero solo casi a causa de lo que dice a continuación—: ¿No te mueres de ganas de convertirte en su mujercita?
Se me cambia la cara.
—Disculpa, ¿qué?
—¡Su mujercita! —repite.
—¿Por qué no paras de repetir esa horrenda palabra? —Niego con la cabeza un millón de veces y me cruzo de brazos para resguardarme de su vitriólico discurso de odio—. ¿Quién te ha invitado?

—Yo —dice Brooks Calloway, dándose la vuelta y sonriéndome como un tonto.

BJ exhala.

—Vaya por Dios.

—Ballentine. —Brooks le hace un gesto a Beej con la barbilla antes de inclinarse hacia mí para darme un beso en la mejilla.

Yo levanto una mano para detenerlo.

—Está bien, gracias.

—Magnolia —asiente poniendo una carita—. La viva imagen de la calidez, como siempre.

Le contesto con una sonrisa seca.

—¿Qué estás haciendo aquí?

—¿Yo? —Se señala a sí mismo y yo asiento—. Oh, me han invitado.

—¿Quién? —pregunto con las cejas enarcadas.

Brooks entorna los ojos.

—Tu padre.

Le lanzo una mirada a BJ antes de volver a mirarlo a él.

—¿Por qué? —Parpadeo dos veces, pero le lanzo otra sonrisa rápida porque hay que tener modales.

—Esto… —Brooks deja de mirarme a mí, desvía los ojos hacia BJ y luego vuelve a mirarme a mí—. Porque me ha contratado.

BJ echa la cabeza para atrás.

—¿Para qué? —pregunto.

Brooks se encoge de hombros y suelta una carcajada.

—Bueno, soy su artista.

—¿Su artista? —parpadeo.

—Síp —asiente, complacido consigo mismo.

Miro a BJ, con una especie de desconcierto, y él me contesta con esa especie de encogimiento de hombros.

Pongo mala cara al recordar el tiempo que estuvimos juntos, o como quieras llamarlo, y lo miro fijamente con ojos entornados.

—Disculpa, ¿pero tú no eras de economía?

Asiente.

—Pero siempre sentí pasión por la música, ¿recuerdas?

Frunzo los labios al tiempo que niego con la cabeza.

—Pues la verdad es que no.

337

—¡Sí! —Asiente enérgicamente—. De hecho, fue por eso por lo que me interesé en ti...

Parpadeo un par de veces.

—¡Oh!

BJ ha puesto la cara de aviso. Mentón hundido, ojos desafiantes.

—¿Pretendes que te partan la cara? —le pregunta Beej, y yo lo miro negando con la cabeza.

—No... —le digo mientras le cojo la mano—. Él me usó a mí, yo le usé a él.

Brooks va asintiendo cordialmente, pero ladea la cabeza.

—¿Cómo me usaste tú a mí? Por saberlo.

—Bueno —me encojo de hombros—. Obviamente estuve terriblemente enamorada de BJ todo el tiempo que estuvimos... en fin...

—¿Juntos? —propone Brooks.

—Claro. —Me encojo de hombros—. Pues eso, que te usaba como una especie de... última línea de defensa.

—Ya veo —asiente pensándolo—. Bueno, bien jugado. Te salió bien... —Nos lanza a BJ y a mí una sonrisa de indiferencia.

Me cruzo de brazos sobre el pecho, sintiéndome un pelín incómoda.

—Dime —me suelta Brooks mientras hace girar su copa de vino—. Siempre me lo he preguntado... ¿Vosotros dos follabais?

BJ bufa, irónico.

—Ojalá...

Brooks mira a Beej y luego a mí.

—Es que pensé que como nosotros no lo hacíamos...

—¿Vosotros dos no os acostasteis juntos nunca? —repite Verity con voz fuerte, y BJ le lanza una mirada y yo la ignoro.

—No, es que... —Niego con la cabeza—. No podía soportar la idea de tener sexo con otra persona. ¡Ni con él! —Señalo a BJ con un gesto como si se me acabara de ocurrir, como si pudiera suavizar un posible golpe.

Brooks se vuelve hacia Verity.

—Hacíamos otras cosas, no te pienses...

—Vale... esto... sssh... —Le acerco la copa a la boca y se la enchufo—. Ya has dicho bastante.

BJ se presiona los ojos con las manos.

—De hecho, podrías decirme... —Miro a Brooks—. Por curiosidad... ¿Sabe mi padre que me fuiste infiel?

Brooks vuelve a ladear la cabeza.

—A ver, ¿te fui...?

—Creo que coincidirás que literal y técnicamente sí, lo fuiste. —Le lanzo una sonrisa tensa—. Con esa otra chica que no era yo.

Él exhala por la nariz, un poco picado.

—Sé que tú no me querías...

—Me da igual que supieras que no te quería. Ni siquiera me importa. —Lo miro con altivez—. Conecta un poco, estaba enamorada de BJ. —Lo miro con sarcasmo.

Brooks me mira y pone los ojos en blanco, y yo cuadro un poco los hombros.

—Lo único que quiero saber es si Harley lo sabía cuando te contrató.

Brooks aprieta los dientes mientras lo piensa. Hay mil adjetivos terribles con los que podría describirlo, pero nunca ha sido un mentiroso. A veces, de hecho, era despiadadamente sincero.

Asiente un par de veces.

—Harley lo sabe, sí.

—Maravilloso —asiento una vez y BJ me coge de la mano sin decir nada. Luego le digo a Brooks—: Gracias.

A él le cambia un poco la cara, muy confundido.

—¿Nos vemos?

—Bueno —niego con la cabeza—. No si sigues saliendo con personas que dicen «mujercita», no.

—Vale... —BJ convierte una carcajada en una tos y empieza a alejarme a rastras—. Lo siento, sí. Nos vemos —les dice en voz alta antes de lanzarme una mirada que significa que me he metido en un lío.

—Magnolia, ha usado una palabra que no te gusta, no ha trabajado vendiendo su cuerpo en una esquina.

Lo miro con gesto desafiante.

—Quizá lo habría preferido, sinceramente.

Él suelta una risa, divertido.

—Entonces ¿entiendo que no me vas a llamar «maridito»?

Un escalofrío me recorre todo el cuerpo y niego con la cabeza.

—Creo que mi clítoris acaba de marchitarse y morir.

—Puedo echarle un vistazo, a ver cómo está, si quieres. —Me sonríe juguetón.

—Pues no me haría ninguna gracia, tesoro, sinceramente —dice la voz de su madre desde detrás de nosotros—. Y, Magnolia, cielo —me toca el hombro con dulzura—, no digas «clítoris».

—Bueno, ¿y qué quieres que diga? —le pregunta Hamish, solo para cabrearla.

—Ay, gracias a Dios. —Rodeo con los brazos a los padres de BJ.

Hamish mira alrededor.

—Creía que habían dicho que era una cena íntima para su círculo de amigos más cercanos.

—Bueno. —Me encojo un poco de hombros—. Es posible que mi madre no sepa qué significa exactamente el concepto de intimidad...

Lily dice mi nombre con un hilo de voz y me pega un palmetazo en el brazo, intentando no echarse a reír.

Yo me encojo de hombros con recato.

—Eso explicaría muchas cosas.

Ella me mira con fingida severidad.

—Pórtate bien.

—Estás preciosa, mamá —comenta BJ mientras se inclina para darle un beso.

Hamish le tiende la mano a Beej, que la mira un par de segundos antes de estrecharla a regañadientes.

Yo repaso con la mirada a Lily, que lleva el vestido de gala Victoire de crepé drapeado en tono rosa maquillaje de Maticevski.

—¿Has escogido el vestido tú misma, Lil?

Ella asiente, orgullosa.

—¡Sí!

—¡Oh! —La miro de arriba abajo—. Estoy tremendamente impresionada. Espléndida elección.

A partir de ahí, esquivamos a un puñado de miembros de la familia real (tanto íntimos como parientes lejanos), además de tres famosas con las que BJ sin duda se ha acostado y un jugador de rugby union francés con el que casi me acosté una vez en los viejos tiempos cuando disfrutaba poniendo celoso a BJ.

Cuando mi madre nos ve monta un buen numerito, me abraza a mí, abraza a Beej, gorjea al ver mi vestido, se vuelve loca con mis zapatos… Al menos cuando concentra su adoración por mí en la ropa que llevo, me resulta verosímil.

Mi vestido es sublime y mis zapatos son una fantasía, eso es un hecho. Y también es un salvavidas porque me da algo de lo que hablar con las tres personas ante las que nos está exhibiendo mi madre. Y puedes dar por seguro que nos está exhibiendo.

Mi madre ha estado, desde que tengo uso de razón, mucho más preocupada por la percepción del estado de nuestra familia que por el verdadero estado de nuestra familia.

Casi todas las vacaciones escolares que he tenido en mi vida académica estuvieron abarrotadas de al menos una sesión de fotos aleatoria para un artículo que alguien estaba escribiendo sobre mi madre y la clase de mujer que era. Lo que se me antoja raro es que ella ha confeccionado su percepción pública muy meticulosamente a lo largo del transcurso de nuestras vidas, pero luego la han fotografiado haciendo *topless* en un yate con una botella de champán en las manos y quizá también un porro en la boca, y ¿sabes qué? Les encantó.

«¡Bien por ella! —decía la gente—. ¡Nos encantan las mujeres que saben hacer ambas cosas!». Fue un tipo de experiencia curioso, observar a Gran Bretaña celebrando públicamente la negligencia materna que sufrimos.

La única vez que se pusieron un poco en su contra fue el año pasado, después del divorcio; cuando ella se desvió del camino, la percepción que la gente tenía de ella también lo hizo. Que empezara a salir con un hombre tras otro que tenían la edad de sus hijas no resultó tan fácil de asimilar, por lo que sea.

Sin embargo, desde lo de Bridget, han vuelto a ver a mi madre con buenos ojos. De hecho, casi la adoran.

De vez en cuando me pone celosa, no sé por qué conmigo pueden ir de un extremo a otro de esa manera, pero ella es capaz de permanecer con bastante facilidad en el saco de los buenos de la prensa sensacionalista.

Por qué a ella pudieron fotografiarla cayéndose borracha en la puerta de una discoteca cuando tenía treinta y ocho años y que la alabaran por ser la madre más molona de Gran Bretaña, y luego cuando a mí me fotografiaron cayéndome borracha al bajarme de una limusina cuando tenía diecisiete años me colgaron el sambenito de «la hija problemática de la familia Parks».

—¿Tú crees que es porque ella es blanca y yo no? —le pregunté a BJ en aquel momento, frunciendo el ceño, con ojos tristes.

El artículo en sí se dedicaba, nada más y nada menos, a enumerar varias de mis indiscreciones del año anterior, incluyendo las notas que yo sacaba en clase, que seguían estando bien, pero no eran tan buenas como lo habían sido antes. Desde luego, nadie sabe lo que pasó en realidad ese año. Y, sinceramente, aunque lo hubieran sabido, no creo que nada hubiera cambiado. Siempre les ha gustado hablar de mí, cómo me afecte es irrelevante, al parecer.

BJ me rodeó la cintura con los brazos estando en el dormitorio de casa de sus padres. Era diciembre, él tenía casi diecinueve años y su sempiternamente hermoso rostro se tensó al pensarlo.

—No. —Rozó sus labios con los míos—. Eres perfecta.

Y, de hecho, tiene razón. Puede que yo misma esté bastante lejos de ser perfecta, la verdad, ahora bien, ¿mi piel? Mi piel es un sueño de caramelo chocolateado. Bridget luego dijo que, de hecho, eran desagradables conmigo sencillamente porque resulta fácil odiarme. (¿O quizá porque me refiero a mí misma como un sueño de caramelo chocolateado?). (A la gente tiende a no gustarle que seas atractiva y lo sepas, lo cual soy y sé). (¿Y no es raro que si le decía a alguien: «Tengo un cerebro privilegiado para los números, soy tremendamente rápida con las mates», esa persona me contestaba: «Pues bien por ti, encanto de cerebrito matemático», pero si yo decía: «Soy bastante guapa», me contestaba: «Vete a la mierda, pedazo de niñata consentida», aunque ambas cosas son ventajas personales?).

En fin, que BJ y ella discutieron un poco cuando ella dijo aquello, pero creo que sí comprendo lo que quería decir.

—Es un golpe bajo. —BJ puso mala cara desde el umbral de la puerta mientras me observaba, tumbada en la cama de mi hermana, leyendo otro artículo que contaba que me había ido a París y me había gastado 500.000 libras en un día de compras.

—Sí, tal vez —contestó Bridget—. Pero hiciste algo desagradable.

—Sí, ¡pero no lo hice! —insistí.

Probablemente me gasté un par de cientos de miles, eso sí, pero también me hicieron un montón de regalos. Solo que la verdad es que eso tampoco podía decirlo porque a la gente normal no le hace mucha gracia que a la gente rica le den cosas gratis.

—Eres demasiado guapa, estás demasiado delgada y estás demasiado enamorada. —Bridget se encogió de hombros—. Claro que van a intentar hacerte pedazos.

Llevan una temporada sin hacerme pedazos, supongo que por lo de Bridge. Un pequeño consuelo, supongo.

Aunque BJ y yo felices juntos resulta una fascinación para todos los presentes, lo cual no es ningún pequeño consuelo. Me siento como si fuéramos peces de colores dentro de una pecera, por eso nos escondemos en un rincón con Bushka y sus padres, lo cual normalmente es la manera perfecta para mí de pasar cualquier noche, pero la tensión entre BJ y Hamish sigue estando manifiestamente presente. Le está costando mucho a Beej, me doy cuenta. Le está dando muchas vueltas, y no pretendo ser insensible, pero está cargándose el ambiente entre nosotros cinco a solas en el rincón.

Hamish está esforzándose por hablar con su hijo más de lo que mi padre se ha esforzado en toda su vida por hablar conmigo, y no es que BJ no le hable, sino que le responde con monosílabos.

Justo cuando creo que Lily está al borde de tener una embolia por los nervios que le provocan Beej y Ham, alguien da unos golpecitos a una copa de champán y levanta la mirada.

Es mi padre, que está de pie junto a mi madre, vestido con un traje de lana de mohair verde oscuro de Gucci, con un jersey de cuello vuelto de cachemira en color crema de Fedeli, con los zapatos derby de piel cordovan en tono caramelo de Brunello Cucinelli. Está muy apuesto, lo cual resulta irritante.

Mira a mi madre y le sonríe.

—Gracias a todos por venir a celebrar el cumpleaños de Arrie esta noche. Es verdaderamente maravilloso teneros a todos aquí con nosotros. Arrie, yo mismo, Magnolia y Ksenyia estamos muy agradecidos por el apoyo que nos habéis brindado estos últimos meses.

Bajo la vista al suelo, no quiero cruzar la mirada con nadie aquí presente que pueda pensar que yo nunca he recibido o querido su apoyo. Ni lo he hecho ni lo quiero. BJ me rodea los hombros con un brazo y me atrae hacia él.

—Solo quería aprovechar esta oportunidad para anunciar una cosita. Obviamente, Magnolia y BJ Ballentine, por fin... —Harley nos mira, le guiña el ojo a BJ como si fueran amigos— van a darse el sí en junio del año que viene. Estáis todos invitados, desde luego, y estamos increíblemente emocionados.

—¿Todos invitados? —miro fijamente a BJ, horrorizada, y él aprieta los labios con fuerza.

—Magnolia será la novia más hermosa del mundo —dice al tiempo que me sonríe. Aunque entonces se corrige—: O la segunda.

Y ahí, sin duda, siento que se me frunce el ceño, porque ¿qué cojones? Menuda grosería, ¿por qué él iba a...? Y entonces lo comprendo, sé lo que se viene. Mierda.

Noto a BJ tensándose junto a mí.

—Arrie y yo renovaremos nuestros votos el verano que viene —anuncia Harley a todo el mundo, que inmediatamente sofoca exclamaciones entre muchos «Ooooh».

Mi madre levanta la mano izquierda. Lleva un anillo de compromiso nuevo en el dedo y suelta un gritito de emoción.

Yo estoy muy quieta, menos por los ojos. Se me abren y dejo caer la mirada sobre mis manos, que tengo en el regazo, al tiempo que todo el restaurante al completo arranca a aplaudir.

Me siento mareada. De pronto, verdaderamente aturdida. Los bordes de mi visión empiezan a oscurecerse y me pongo de pie. Ni siquiera pretendía levantarme, pero estoy de pie igualmente, quizá trastabillo un poco o algo porque ahora tengo a BJ al lado, con un brazo me rodea los hombros y me coloca el otro en el estómago para mantenerme erguida.

Todo ha empezado a dar vueltas, ¿o quizá fluye? ¿Todo está fluyendo? Quizá me estoy desmayando. ¿O será que estoy entrando en pánico?

Él me está diciendo algo que no soy capaz de oír, está negando con la cabeza. Parece irritado y preocupado a la vez. Tiene los ojos tristes, el ceño fruncido.

Me saca al vestíbulo, se queda de pie delante de mí, cerca. Me coloca las manos en los hombros y me mira a los ojos.

—Respira hondo —me dice sin apartar la mirada, tiene los ojos fijos en los míos.

Lo hago sin darme cuenta, pero tengo que haberlo hecho porque él asiente y dice:

—Bien, otra vez. Otra bocanada.

Y la doy. Esta vez la he notado, el aire frío a través de mi nariz y luego bajando hasta mis pulmones, mi tripa expandiéndose con él.

BJ vuelve a asentir, se lame el labio superior.

—Bien...

—¡Cielo! —me grita mi madre desde detrás de nosotros, caminando a toda velocidad hacia aquí.

—No. —Niego con la cabeza, solo tengo ojos para BJ.

—Arrie... —BJ le lanza una mirada a mi madre cuando ella llega a nuestro lado—. Dale un minuto.

—Pero...

—Solo un minuto —le dice con educada firmeza.

—¡Magnolia! —me llama mi padre, caminando hasta nosotros con el ceño fruncido—. ¿Va todo bien? ¿Qué está pasando?

Y es esa última pregunta la que de algún modo me empuja al vacío.

Tomo una profunda bocanada de aire que me sienta como si alguien me hubiera dado cuerda con una manivela que tengo en la espalda, y miro fijamente a mi padre.

—Estás loco —le digo.

Él se echa para atrás.

—¿Qué?

—Clínicamente quizá. —Asiento para mí misma.

Harley parece confundido, mira a BJ, luego a mamá y, al final, otra vez a mí.

—¿Cómo dices?

—¿Estáis de coña? —Lo miro a él y luego a mi madre—. ¿Así es como me lo contáis?

—¡Era una sorpresa, tesoro! —Mi madre sonríe como si yo fuera una boba—. ¡Queríamos darte una sorpresa!

Me quedo un par de segundos mirándola fijamente, incrédula.

—¿Creíais que esto me pondría contenta?

Ella se encoge de hombros recatadamente, con la nariz levantada.

—Tal vez.

La miro, exasperada y perpleja.

—¿Por qué iba a ponerme contenta?

—Uy, no lo sé… —se mofa Harley—. ¿Porque nosotros estamos contentos?

—Oh… —Pongo los ojos en blanco—. Bueno, si tú estás contento, entonces ¡genial!

Harley niega con la cabeza, apretando los dientes.

—¿Se puede saber a qué viene esto ahora?

—¿Has contratado a mi exnovio, que me fue infiel, para ser tu, y lo cito literalmente, «artista»?

—Bueno —Harley pone mala cara—. Pero ¿te fue infiel?

Me quedo mirándolo boquiabierta.

—Vaya —prosigue—. Que no pasa nada porque te vas a casar con él ahora… —Señala a Beej con un gesto—. Pero BJ estaba en tu cama todas las noches.

—¿Tenías que contratarlo a él? —enfatizo el «él».

Harley niega con la cabeza, mirándome con aires de superioridad.

—A quién contrate no tiene nada que ver contigo. No es asunto tuyo.

—¿Y no podías contratar a cualquier otra persona?

—No. —Se encoge de hombros con indiferencia—. Quería contratarlo a él.

Voy asintiendo como si lo comprendiera.

—Y tú siempre haces lo que quieres.

—Sí —responde Harley con voz fuerte. Suficientemente fuerte para que un par de personas que andan por ahí nos miren de reojo, y suficientemente fuerte para que BJ se interponga un poco entre él y yo—. Pues sí —nos dice, con voz más baja, pero asintiendo igualmente.

Suelto una carcajada vacía.

—¿Piensas en alguien más que en ti mismo?

—No lo sé… —Se encoge de hombros—. ¿Y tú?

—Repítelo —le suelta BJ, colocándose abiertamente delante de mí.

—Bueno —se burla mi padre—. Ya está aquí.

Le hace a Beej un gesto con las cejas un punto amenazador. Nunca han llegado a las manos, ni una sola vez en todos estos años. Sin embargo, a menudo tengo la sensación de que serían capaces y me pregunto qué pasaría si lo hicieran.

Mi padre no es un tipo pequeño. Mide un metro ochenta y tres, BJ un metro noventa, pero es innegable lo cachas que está. Vamos, que está verdaderamente fuerte. Pero bueno, a BJ pelear se le da increíblemente bien (además de lamentablemente). Lo he visto meterse en peleas tantísimas veces desde que éramos adolescentes, tanto en la vida real como en el campo de rugby, y probablemente lo he visto perder dos veces. Ahora bien, él contra mi padre... no sé qué pasaría porque sospecho que mi padre sería capaz casi de cualquier cosa para ganar. Dicho esto, BJ lleva literalmente años esperando para pegar a Harley, de modo que quizá toda esa energía reprimida podría hacerle subir una categoría de peso.

Que tampoco es que piense en serio que vaya a pasar, solo que últimamente resulta más y más palpable.

Harley señala a Beej con el mentón.

—Mucha boquita y luego nada.

Y entonces BJ se le acerca, con el mentón hundido y las narinas hinchadas.

—Qué va, tío. —Beej niega con la cabeza—. Te pegaría en el vestíbulo del Ritz sin problema.

Hago girar a Beej sobre sus talones, le coloco una mano en el pecho a mi prometido y lo miro negando con la cabeza. Él deja de mirar a mi padre a regañadientes, fija sus ojos en los míos, tiene la respiración agitada, la mandíbula tensa.

Me vuelvo hacia Harley y le lanzo una mirada asesina.

—Eres increíble.

—¿Increíble, soy? —Se echa para atrás, divertido—. Creía que era despreciable.

—Eres ambas cosas. —Lo fulmino con la mirada.

Él suspira, cansado.

—Magnolia, no era consciente de que Brooks te importara...

—¡Brooks no me importa! —bufo, molesta. ¡Menudo descaro!—. Brooks nunca me ha importado. Que tú hayas contratado a Brooks es otra muestra de un problema mucho más grande que tienes en tu interior...

—¿En mi interior? —Bufa y me señala con un gesto—. Ilumíname.

—Tú nunca piensas en cómo nada de lo que haces podría afectar a las personas que te rodean.

Pone los ojos en blanco.

—Como, por ejemplo, cómo podría hacerme sentir que contrataras a un exnovio mío. O cómo podría haberme afectado que te tiraras a mi agente en la habitación contigua a la mía en Nueva York cuando yo tenía quince años. O qué nos haría a Bridget y a mí que tú, digamos, oh, no sé, te follaras a nuestra puta niñera.

Mi madre traslada el peso del cuerpo de un pie al otro, incómoda.

—Magnolia, sé que todo esto te ha resultado difícil, pero en el conjunto de mi vida Marsaili fue un desliz que...

Lo corto.

—¿Entonces mandaste a la mierda todas nuestras vidas por un desliz?

Mi madre no despega los ojos del suelo de mármol, está triste. Creo que puede hacerle daño hablar de esto. Harley no dice nada, me mira fijamente (me fulmina con la mirada, probablemente, es un término más preciso), respira con dificultad, me mira como si me odiara.

Aunque, ¿sabes qué? Estamos en las mismas.

—Vete a la mierda —le digo.

Y nos largamos.

CUARENTA
BJ

Te juro por Dios que estoy a un comentario de pegarle la paliza de su puta vida a Harley.
    Han pasado un par de días tras la fiesta. Joder, fue un poco un desastre, ¿verdad?
    Magnolia se subió al coche (una buena hazaña en sí misma fue aquello, pero estaba lloviendo y llevaba unos tacones de ante) y luego me dijo que tenía que llamar a Marsaili.
    Y yo le pregunté si de veras quería hacerlo en ese preciso instante y ella me contestó que, probablemente, nunca había querido menos hacer algo, pero que no quería que Marsaili se enterara o lo leyera en otra parte.
    De modo que la llamó en cuanto llegamos a casa. Fue la clase de mierda altruista que Magnolia hace a veces y que no quiere que la gente sepa que es capaz de hacer, pero yo me sentí orgulloso de ella. Se quedó hablando por teléfono con Mars mientras lloraba y entonces, cuando Parks finalmente colgó el teléfono, me apoyó la cabeza en el pecho y lloró hasta quedarse dormida.
    ¿Sabes lo inaudito que es que se duerma sin ducharse primero?
    Ha pasado, no sé, dos veces. En toda la vida.
    Cuando se despertó al día siguiente por la mañana, le faltó tiempo para señalar que estábamos durmiendo en el sofá y que no estaba (y aquí la cito literalmente): «proclamando la instauración de un nuevo régimen de no ducharse en nuestra relación».
    La misma mañana apareció Bushka y nos dijo que creía que querríamos llevarla a desayunar, de modo que lo hicimos. Y desde entonces, la verdad es que no se ha acabado de ir.
    Lo cual es algo de lo que tengo que hablar con Parks.

Por eso, un par de días tras el hecho, senté a Magnolia y yo me senté delante de ella, le agarré ambas manos y las sostuve.

—¿Podemos hablar de una cosa?

—Oh… —Se inclinó hacia mí—. Vale. ¿Va todo bien?

—Claro, genial —asentí—. Te quiero.

—Vale… —Me miró sonriendo, confundida.

—Vale, a ver… —Reflexioné un segundo—. Tus padres son una puta mierda.

—Sí, gracias. —Me lanzó una mirada y yo se la devolví, exhalé por la nariz.

—Tenemos que traernos a Bushka.

Me miró, confundida.

—¿Adónde?

Enarqué las cejas.

—Aquí.

Ella imitó el gesto de mis cejas.

—Aquí, ¿adónde?

—A casa. —Puse los ojos en blanco—. Con nosotros.

Magnolia me miró fijamente y parpadeó un montón de veces.

—¿Quieres que viva con nosotros?

—Sí. —Me encogí de hombros.

Magnolia negó con la cabeza.

—¡No es un perro abandonado, Beej!

—Lo sé. —Volví a encogerme de hombros—. Pero, a ver, por definición… un poco abandonada sí está…

Parks me lanzó una mirada antes de cruzarse de brazos, parecía haber entrado en conflicto.

—Beej. —Inhaló profundamente por la nariz—. Tú y yo acabamos de… —Se le llenaron los ojos de lágrimas un instante y tragó saliva con esfuerzo, me miró con una mezcla de culpabilidad y angustia—. Es que… acabo de recuperarte. No quiero compartirte.

Di una profunda bocanada de aire y asentí porque lo comprendía. Yo también me sentía un poco así.

—Lo sé. —Le acaricié el rostro—. Pero es lo correcto, Parks. Además —me encogí de hombros—, tú y yo tenemos una eternidad por delante.

Me incliné hacia delante y apreté los labios contra los suyos.

—Y, vamos a ver, bebiendo como bebe esa señora, su hígado está pidiendo tierra ya...

—¡BJ! —Se rio y me pegó en el brazo.

—Es broma. La quiero muchísimo. Quiero que viva aquí. Tiene que hacerlo.

—Supongo que entonces ya no deberíamos tener el cachorro. —Magnolia suspiró y yo me eché para atrás mientras le lanzaba una mirada.

—Ni hablar. Claro que deberíamos tener el cachorro.

—Eres tontísimo. —Puso los ojos en blanco.

—Solo a veces —le dije antes de besarla.

Pasaron un par de días más y tuvimos otra conversación al respecto para asegurarnos de que ambos estábamos a gusto. Y te estaría mintiendo si te dijera que no se me antojaba un poco un sacrificio; había esperado, ¿qué?, cinco años para volver con Parks y ahora la tengo y desde que encontramos la manera de volver a estar juntos ha sido un puto golpe tras otro, de modo que parte de mí, parte de ella, estamos listos para estar juntos solos, tranquilamente en una casa donde vivimos los dos, casarnos, estar casados, ¿sabes?

Pero esto es lo correcto, ambos sabemos que lo es.

Por eso traigo todos sus favoritos: caviar de beluga, esas galletitas Lavosh que la vuelven loca y el R.D. de 1985 de Bollinger.

Bushka está jodidamente encantada con el despliegue, pero Magnolia me mira con desdén cuando se sienta a mi lado.

Le hago un gesto con el mentón, le digo que hable sin decirle nada.

—Bushka. —Magnolia apoya el mentón en la mano y el brazo en la mesa—. Queríamos hablar contigo de una cosa.

Bushka levanta la mirada mientras se unta tanto caviar como resulta físicamente posible en su tostadita.

—*Da?*

Parks se aclara la garganta y me lanza una sonrisa fugaz.

—Nos gustaría que vinieras a vivir aquí con nosotros.

—Какие? —Bushka nos mira a ambos, confundida.

—Мы хотим чтобы ты жил с нами —le repite Magnolia—. Aquí —Vuelve a nuestro idioma—. Convertiremos el cuarto de invitados en tu cuarto y...

—Нет. —Bushka niega con la cabeza.

Magnolia la mira fijamente, molesta.

—¿Cómo que no?

—Por favor... —Alargo la mano para tocar la de Bushka—. Te queremos aquí, nos lo pasaríamos genial...

Bushka me sonríe con ternura y me da unas palmaditas en la mano.

—Tan dulce y bueno —me dice antes de volver a mirar a Magnolia—. Мой ангел —'ángel mío', esa me la sé—. Esta amabilidad es demasiado para mí.

—¡Genial! —Magnolia se sienta más erguida y le sonríe—. Bueno, organizaré la mudanza...

—Нет.

—Bueno, vale... —Magnolia pone los ojos en blanco—. Daniela organizará la mudanza.

—No —repite Bushka, poniendo los ojos en blanco—. No traslado aquí.

Magnolia la mira fijamente, ofendida.

—Почему?

—Я возвращаюсь в Россию —contesta Bushka, y yo las miro a las dos, esperando a que alguna me haga de intérprete.

—¿Qué? —Magnolia frunce el ceño sin despegar los ojos de ella.

Bushka exhala por la nariz y me mira, vuelve a sonreírme con ternura.

—Voy a vivir con Alexey.

—No. —Magnolia niega con la cabeza.

—Bushka... —empiezo a decir.

—¿Por qué? —Magnolia se pone de pie—. ¡Londres es tu casa!

Bushka niega con la cabeza.

—Rusia es mi casa.

Magnolia mira fijamente a su abuela, con el ceño fruncido, casi la fulmina con la mirada.

—¿Por qué haces esto?

Bushka se pone de pie y le agarra una mano a Parks.

—Me hace muy feliz que queráis a mí aquí... Vendré visitar —le dice haciendo un gesto hacia el cuarto de invitados que acabamos de ofrecerle—. Será mi habitación de todas modos, puedes hacer como cuarto santuario para mí...

—Bueno... —Magnolia la corta con el ceño fruncido—. Probablemente no lo haremos si no vas a vivir con... —Entonces le pellizco el brazo mientras me pongo de pie a su lado—. ¡Ay! —Me mira fijamente, indignada y traicionada.

—Haré cartel que dice: «Cuarto de Bushka» —le dice Bushka.

—¡Y con luces de neón! —añado yo, solo para cabrear a Parks—. ¡A Magnolia le flipa el neón!

—Bushka —suspira Magnolia—. No tienes que irte.

—*Da* —asiente—. Sí, es hora. Alexey ha pedido años y siempre dicho нет, pero ahora es buen momento.

—¿Por qué ahora? —Magnolia hace un puchero.

—Вы знаете почему сейчас.

Magnolia niega con la cabeza y se le llenan los ojos de lágrimas.

—Пожалуйста не оставляй меня с ними. —Magnolia se sorbe la nariz y Bushka parece triste. Alarga la mano para agarrar la de su nieta y se la aprieta.

—Я не. —Bushka le sonríe a duras penas y luego me señala a mí—. Te dejo con él.

Aquello me hace sentir un poco como si me estuvieran nombrando caballero, con la misma confianza.

Ladeo la cabeza y miro a Bushka.

—Al menos quédate aquí hasta que te vayas.

—Vale, sí —asiente Bushka—. Esos demasiado sexo.

—No... —Magnolia empieza a negar con la cabeza.

—Que sí —asiente de nuevo Bushka—. Como animal. Bang, bang, bang, todo el día.

Magnolia hace una mueca con toda la cara.

—Pero vuestro sexo —prosigue Bushka— ¡está bien!

—Vaya, genial. —Miro a Parks con los ojos abiertos como platos.

—Vosotros estáis jóvenes —nos dice Bushka—. Pasadlo bien, está bueno tener orgasmo, ¿sí? —Me da unas palmaditas en el brazo por haber hecho un buen trabajo—. Bien.

—Lo retiro... —Magnolia niega con la cabeza—. Puedes irte.

—Voy a mi cuarto ahora —anuncia Bushka, ignorando a Parks, y yéndose para allá.

—¡No es tu cuarto! —le grita Magnolia por el pasillo.

—Sí lo es —le digo yo.

Y entonces miro a Parks, en cuyos ojos se refleja la tristeza y el miedo, y estoy a punto de abrazarla con todo mi cuerpo cuando Bushka sale de su cuarto a toda velocidad y rodea a Magnolia con los brazos desde atrás.

—Спасибо —le dice Bushka. 'Gracias'.

Magnolia asiente muy rápido. No quiere que su abuela la vea llorar.

—Desde luego.

Bushka me aprieta la mano y se va a su cuarto.

Nos volvemos a sentar a la mesa, Parks y yo, pero ella no come mucho después de aquello.

Solo un bocado. Uno. Lo he contado. No debería contar, lo sé, es jodidamente controlador por mi parte, pero eso la ha dejado un poco del revés, me doy cuenta. La ha dejado hecha pedazos.

Cree que todo el mundo la está abandonando. Y para ser justos con ella, sí parece un poco un patrón recurrente.

La levanto de su silla y me la subo a mi regazo.

La tengo ahí sentada un par de minutos, sin más, le coloco el mentón en el hombro. Acepto que deje la mirada perdida, que piense en lo que sea que esté pensando.

—¿Estás bien? —le acabo preguntando al rato.

—¿Mmm? —Vuelve a mirarme, está tan cerca que sus labios rozan los míos aunque no estemos besándonos—. Oh, sí... genial —asiente—. Estupendamente.

Le sonrío con ternura.

—Le ha hecho mucha ilusión que se lo pidiéramos.

—Sí. —Parks asiente, al principio no me mira a los ojos y luego sí. Joder, qué triste está. Odio que esté triste—. Aun así, se irá de todas formas.

—Ya... —Hundo el mentón en su hombro sin fijarme—. Es mejor para ella.

Magnolia me mira, no lo tiene claro.

—¿Tú crees?

—Sí —asiento—. Alexey es genial. La cuidará muy bien.

Ella asiente con los ojos fijos en la pared.

—Pero ella se habrá ido.

La observo con atención.

—Lo sé.

Se queda mirando fijamente la pared y veo, aplastándola, ese miedo de que todos la estén dejando. Traumas de abandono, tío. Ya lo he dicho otras veces y volveré a hacerlo. Son una putada.

Le toco el rostro, lo giro hacia mí. Le digo lo único que se me ocurre que puedo decirle:

—Yo no me iré a ninguna parte.

CUARENTA Y UNO
BJ

Una noche fuera con los chicos. Jonah no hablaba de otra cosa, de modo que hemos ido a Tramp.

Al principio dije que no podía, que creía que Parks me necesitaba, pero me pareció que se ponía triste cuando se lo dije. Pero triste en plan que casi nunca se pone tan triste.

Es un tipo bastante difícil de desanimar, si te soy sincero, y eso lo puso triste, de modo que tengo la sensación que algo va mal, así que salimos.

Las noches fuera con los chicos ahora son distintas.

Antes nos íbamos de discotecas, ahora cenamos y nos tomamos algo, y cuando estamos ahí la dinámica está rara, porque en otros tiempos toda la noche habría consistido en ligar con la primera chica que pasara y ahora tres cuartos de nosotros estamos pillados, de modo que ya no es viable, excepto esta noche.

Muy pronto ha resultado evidente que el único objetivo de Jonah para esta noche era drogarse y follar.

La relación de Henry es demasiado reciente, joder es que está demasiado encoñado para estar aquí, por eso se larga bastante rápido en cuanto se da cuenta de la deriva de la noche.

—¿Vienes? —me pregunta cuando se va.

Niego con la cabeza.

—Me quedo un poco, a ver si Jo está bien.

Él mira a Jo de reojo, que se está morreando en la barra con la chica número cuatro de la noche, y me lanza una mirada elocuente.

—Mucha suerte.

Miro a Christian y ambos soltamos una carcajada.

—Es raro —me dice—. ¿No crees? Salir sin ellas.

—Sí, un poco.

—¿Estamos jodidos? —pregunta, medio riéndose.
—Al cien por cien —asiento—. ¿Qué tal va con Daisy?
—Bien… —Se encoge de hombros—. Es la mejor.
Lo dice como si fuera un hecho. Que lo es. Es la puta hostia, es una tía superguay y mola estar con ella. Salta a la vista que tiene hermanos, que creció entre chicos. No finge, no se anda con gilipolleces, dice las cosas como son.
Christian me mira. Se queda mirándome un par de segundos con los ojos entornados, reflexiona antes de hablar.
—Julian ha vuelto.
Lo miro.
—¿Qué?
—Eso —me dice.
—Oh. —Asiento, me aseguro de que no se me note en la cara que oírlo me pone un poco nervioso—. Bien por él. —Me encojo de hombros.
Christian me observa un par de segundos más, no dice nada, luego aparta la mirada.
¿Julian ha vuelto?
Mierda.
Me molesta más de lo que desearía, me ha jodido la puta noche.
Voy con Jo (que está con la chica número cinco) y pido otra ronda de copas para todos y estamos charlando sobre un documental de tormentas que hemos visto los dos y que era una puta locura. La Tierra es una pasada.
Christian me está hablando de un episodio que acaba de ver, sobre volcanes, cuando percibo un cuerpo colocándose muy cerca del mío.
Miro por encima del hombro hacia la persona en cuestión (es una chica) y fija sus ojos en mí.
Y es una mirada, vamos, penetrante de cojones.
—Hola —me dice, poniéndome ojitos con esa mirada felina.
Me vuelvo hacia Christian y hago una mueca.
—¿Hola?
—¿Te acuerdas de mí? —me pregunta ladeando la cabeza.
Me aprieto el labio superior con la lengua al tiempo que pongo mala cara.
—Esto, ¿no? —Le lanzo una sonrisa fugaz—. ¿Debería?

Ella aprieta los labios, me mira con los ojos entornados, juguetona.

—Nos acostamos.

—No me jodas... —Suelto una especie de carcajada. Vuelvo a mirar a Christian en busca de ayuda, pero él se limita a encogerse un poco de hombros—. Lo siento. —Niego con la cabeza mirándola—. Me he acostado con mucha gente.

Ella pone los ojos en blanco, fingiendo que se ha ofendido.

—Qué romántico.

La miro y echo para atrás el mentón.

—No estoy intentando ser romántico.

—Ah, ¿no? —Me sonríe de forma sugerente.

De hecho, ahora que la estoy mirando en serio, me acuerdo. Recuerdo el polvo, recuerdo por qué lo hice.

Lo hice porque se parece un poco a Parks.

Nunca he sabido decidir si es mejor o peor cuando se parecen un poco a Parks.

Peor, supongo. Vamos a ver, todo es peor.

Tiene la piel como la de mi chica, el pelo también es un poco parecido pero no tan increíble, tiene los ojos marrones en lugar de verdes, una boca menos perfecta... aunque la disfruté bastante en ese momento. No pensé en ella una sola vez durante ni después.

Me pregunto si, de saberlo, se largaría de una puta vez.

Levanto el mentón, la fulmino un poco con la mirada.

—¿Sabes quién soy?

Me lanza una miradita como si le hubiera hecho una pregunta tonta.

—Desde luego que sé quién eres.

—Entonces sabes que tengo pareja. —Le lanzo una mirada elocuente.

Ella hace un ruidito como de «mmm» al tiempo que pasea la mirada alrededor del local. Entonces se encoge un poco de hombros.

—No la veo por aquí.

Ahora ya tengo el ceño fruncido, me he mosqueado.

—No voy a serle infiel.

—Ya lo has hecho —me recuerda esta absoluta imbécil desconocida.

Tanto Christian como yo echamos la cabeza hacia atrás.

—Vete a la mierda —le suelta Christian, negando con la cabeza ante su descaro.

—Una sola vez —le digo a la chica, aunque igualmente no tengo que decirle nada.

¿Y sabes lo que hace? Se me acerca un paso más, me mira de hito en hito a los ojos y dice:

—No diré nada. Puede ser nuestro secreto.

Luego me agarra la mano y se la coloca en la cintura.

Me quedo mirándola un segundo entero y luego retiro la mano de un tirón.

Niego con la cabeza.

—No quiero ningún secreto contigo.

—¿Estás seguro? —pregunta con voz seductora.

Y ahora sí que me he cabreado pero bien.

—Pues, mira, sí. —Asiento una vez mientras me pongo de pie y me coloco justo en su cara—. Escúchame bien. Follé contigo porque te pareces a la chica de la que he estado enamorado toda mi vida.

Ella se queda quieta y yo continúo.

—En ese entonces ella no me deseaba, pero ahora sí, de modo que ¿por qué cojones crees que yo iba a querer un segundo plato aquí contigo cuando la tengo a ella esperándome en casa? —Enarco las cejas, esperando a que diga algo, pero no lo hace, obviamente.

Aunque sí se la ve muerta de vergüenza.

Me siento bastante complacido conmigo mismo y ella se larga bastante rápido.

Christian pone mala cara, como si estuviera incómodo, pero me pega un palmetazo en la espalda como si estuviera contento conmigo. Intentamos tomarnos otra copa después de aquello, pero la verdad es que ya estoy cansado. Tengo ganas de vomitar.

A veces sigue pasando. No es la primera vez, las chicas lo intentan aunque la prensa habla de nuestra puta boda día sí, día también. La mayoría de veces lo intentan una vez, las rechazo y se van.

Sin embargo, la chica de esta noche, ha sido insistente y no sé qué le ha hecho pensar que tenía derecho a hacerlo.

No sé cómo cambiar la puta imagen que se tiene de mí, que soy un desgraciado infiel que se follaría a cualquiera con tal de pasar un buen rato.

Durante un tiempo fue verdad, pero ahora ya no lo es.

Ahora ya me he hartado de follar con cualquiera.

Ahora me entran putas ganas de vomitar cada vez que veo a alguien con quien estuve o Parks ve a alguien con quien estuve. Ahora quiero pegarle un puñetazo a una pared cada vez que alguien menciona que le fui infiel a mi chica.

Voy a ver qué tal está Jo una última vez y luego le digo a Christian que me voy a casa.

Una cosa positiva de no salir con Parks es que puedo moverme con la puta limusina.

A ver, que sí, que andar está bien. Ella nunca ha tenido mejor las piernas y creo que eso lo dice todo. Pero ¿no es genial conducir?

Y ni siquiera estoy conduciendo yo. Joder, echo de menos conducir.

Cuando cruzo el portal, ella me mira desde el sofá, tiene un montón de revistas de moda a su alrededor, un taco de Post-it y un rotulador.

—¡Llegas pronto! —Me sonríe.

Asiento mientras voy hacia ella.

—Sí.

Me mira con más atención un par de segundos y luego se pone de pie.

—¿Estás bien?

—Claro —asiento muy rápido—. Más o menos.

Frunce un poco el ceño.

—No… —Niego con la cabeza—. En realidad no.

Se me acerca y me toca la cintura.

—¿Qué ha pasado?

Me aprieto los ojos con las manos y exhalo.

—Me he cruzado con una chica que me follé antes de…

—¿Vale? —Magnolia frunce el ceño.

Me lamo los labios, nervioso, me entran ganas de vomitar por decírselo, como si hubiera hecho algo mal.

—Me ha tirado los tejos —le digo atropelladamente.

—Oh —apenas logra decir Magnolia.

Trago saliva.

—Me ha agarrado una mano y se la ha puesto encima.

—¿Dónde?

—En la cintura.

Magnolia asiente una vez.

Ladeo la cabeza buscando sus ojos.
—Le he dicho que se fuera a la mierda.
—Vale. —Vuelve a asentir—. Y luego ¿qué?
—Y luego he vuelto a casa.
—¿Por qué? —pregunta con un hilo de voz.
—No lo sé. —Me encojo de hombros—. Me he sentido raro. Ya no quería estar por ahí.
Le agarro la cintura.
—Odio salir sin ti.
—Ya. —Asiente, un poco distraída, sin mirarme. Su rostro se ha puesto raro, ¿pálido, tal vez?
—¿Estás bien? —le pregunto observándola con atención.
—¿Mmm? —Me mira con los ojos demasiado abiertos, finge que está mejor de lo que sé que está—. Desde luego, sí.
Exhalo por la nariz.
—Lo siento.
Ella me mira deprisa, nerviosa.
—¿Por qué?
Niego con la cabeza y me encojo un poco de hombros.
—Porque sí.
—Vale —contesta forzando una sonrisa antes de tragar saliva, nerviosa.
—Te quiero —le digo.
—Yo también te quiero —me responde, pero lo dice de una manera que me hace sentir raro.
Vuelve al sofá, con el ceño triste, respirando superficialmente, mordiéndose el labio inferior sin querer.
Y entonces lo veo, eso que odio, la parte de su mente donde habita la duda, se enciende en el fondo de sus ojos y luego se le ponen más redondos.
Traga saliva con esfuerzo. Mueve mucho las manos.
Las mueve tanto que se sienta encima de ellas durante unos veinte segundos antes de volver a trastear con ellas.
Y no puedo ni mirar. Odio ver cómo lo que hice hace ya tantísimos putos años sigue destrozándola aún hoy, de modo que me quito la camisa y me meto en la ducha.

Sé que me seguirá. Tiene que hacerlo. Hay un cabo suelto en su mente.

Me pregunto durante cuánto tiempo habrá esos cabos sueltos y si voy a pasarme el resto de mi vida atándolos.

Transcurren unos cinco minutos hasta que una vocecita suena desde el otro lado de la mampara de la ducha.

—¿Beej? —me llama.

—¿Sí?

—No ha pasado nada más, ¿verdad?

Abro la mampara de la ducha y la miro con el ceño fruncido.

—Parksy, no. —Niego con la cabeza—. Sabes que no te lo haría, ¿verdad?

Y ¿sabes qué? No dice nada. Ni siquiera mueve un músculo.

La miro fijamente, siento una opresión en el pecho.

—¿Lo sabes?

Esta vez asiente, pero no es muy convincente.

—Parks. —Suspiro—. No lo haría.

—Vale —asiente.

Me froto la boca con la mano. Creo que voy a vomitar.

—¿Me crees? —le pregunto.

—Sí, desde luego —responde automáticamente.

Luego, antes de irse, me lanza una sonrisa que esconde timidez y miedo, pero ella no lo sabe, tampoco lo pretende. Sin embargo, yo se lo veo, justo ahí, acechando bajo nuestras aguas.

Hay un monstruo que se alimenta de su segunda mayor ansiedad y su peor miedo de todos, antes era el número uno. Gracias a Bridge, ha bajado de categoría, pero a duras penas.

—Parks —la llamo otra vez.

Ella vuelve la mirada.

—¿Sí?

—Lo prometo —suspiro—. No ha pasado nada.

11.17

Julian

Eh, muñeca

> Bueno, bueno...

> Mira quién viene por ahí

He vuelto

> Vale?

Puedo verte?

> Estoy prometida.

Lo sé.

Puedo verte?

> Para qué?

Tú di que sí.

> No.

Sé que tú también quieres verme

> No quiero

Sí quieres.

Venga...

> Cuándo?

Dímelo tú...

> Martes.

Ok

                                              La semana que viene. A las 14 h.

Jaj. Ok.

¿Dónde?

                                                          Daylesford

Marylebone?

                                                         Notting Hill.

Mandona...

                                                                 ?

Lo echaba de menos.

                                                               No.

Jaja

Vale.

                                            Julian, va todo bien?

Te veo el martes. 😘

CUARENTA Y DOS
Magnolia

No mencioné nada hasta la noche anterior. No porque intentara ocultar algo ni nada por el estilo, sino porque no tenía claro cómo se lo tomaría y odio discutir con él.

—BJ —digo rodando hacia él, en la cama.

—¿Mmm? —No despega la mirada de su libro. *Mensajero de las estrellas*, de Neil deGrasse Tyson.

—Julian me ha escrito.

—¿Qué? —contesta, sin acabar de asimilar lo que he dicho.

Veo la información procesándose en el fondo de sus ojos, luego cierra el libro y se vuelve hacia mí.

—¿Para qué?

Tomo una bocanada de aire y luego me medio encojo de hombros.

—Me ha pedido que nos veamos.

—Vale. —Beej asiente—. ¿Y qué le has dicho?

Aprieto los labios.

—Que sí.

Se aprieta la lengua contra el labio inferior, asiente un par de veces.

—Vale.

—¿Vale? —repito enarcando las cejas.

—Sí, supongo. —Se encoge de hombros—. No necesitas que yo te dé permiso...

—Lo sé —digo muy rápido, porque es así.

Él vuelve a encogerse de hombros.

—Entonces...

—Solo intentaba ser sincera —le digo.

—Claro. Gracias. —Aprieta los labios—. ¿Qué crees que quiere?

Niego con la cabeza.

—La verdad es que no lo sé.
BJ me recorre la cara con los ojos, siente cierta curiosidad.
—¿No has sabido nada más de él?
—No. —Niego con la cabeza—. Nada desde que se fue.
Echa la cabeza para atrás, sorprendido.
—¿Ni siquiera cuando Bridg…?
—Ni siquiera entonces. —Lo corto asintiendo.
Beej niega con la cabeza, por alguna razón aquello le ha molestado. Luego, me atrae hacia él y roza sus labios con los míos.
—Confío en ti —me dice, pero me pregunto si hay un centímetro de él que revele un poco que quizá no lo hace.

CUARENTA Y TRES
Magnolia

A ver, ¿si me visto de cierta manera sabiendo que voy a ver a Julian Haites y quiero que siga pensando en mí un poco como lo hacía antes?
Posiblemente sí.
¿Me hace eso una mala persona? No lo sé. ¿Será que quizá me hace, sencillamente, una persona? Quizá me hace ser ambas cosas.
Resulta difícil que una persona te mire de una manera durante un periodo de tiempo y luego, cuando al fin vuelves a verla, te mira bajo una óptica distinta. No me gusta mucho que cambie la óptica de los ojos de nadie, pero la idea de que los ojos de Julian sean distintos hacia mí me hace sentir intranquila de una manera que sé que es muy probable que sea inadecuada.
Implica algo, sé que lo hace. La profundidad de esa implicación puede adivinarla cualquiera. Bridget siempre me decía que necesito obtener el máximo de las miradas masculinas debido a lo negligente que fue nuestro padre, a favor de ella, diré que parece haberse demostrado que eso es bastante cierto, y siempre me he preguntado por qué hemos sido siempre tan diferentes en ese sentido. Por qué ella siempre ha sido tan buena y yo tan... yo.
Me pongo el jersey Leni de punto trenzado de lana y algodón en tono crema de SEA remetido en una minifalda negra con una hebilla de adorno de Saint Laurent y el abrigo de doble solapa reversible de borreguito y cuero de color coñac de Loro Piana por encima, con las botas Piper altas hasta la rodilla de ante de becerro en tono caramelo con un tacón de 9 cm de Gianvito Rossi y un pasador de pelo en forma de lazo de terciopelo de Jennifer Behr del mismo tono marrón que todo lo demás. Porque sé que le gustará y quiero que sus ojos respondan como lo habrían hecho antes al verme, que era de una manera que no acabo de saber explicar con

palabras porque a veces me daba por pensar que yo le gustaba (que le gustaba de verdad), pero bueno, ese chico cambiaba en un abrir y cerrar de ojos. Podía ser de lo más frío, de lo más distante, completamente indiferente. ¿Y la manera en que terminamos? Bueno, creo que eso lo dice todo, ¿verdad?

Daniela y yo vamos a pie desde el piso hasta Daylesford, que apenas es un paseo de veinte minutos, y normalmente intentaría mantener una conversación con ella, pero hoy no lo hago porque estoy nerviosa porque voy a verlo. Y no sé por qué.

Qué boba.

No lo veo desde la calle cuando llegamos, de modo que paso y me adentro más en el edificio al no verlo de primeras.

Me voy hacia el fondo. Subo las escaleras y me encaramo en el último escalón, y entonces lo veo.

En el rincón del fondo a la derecha, escondido, solo que no está escondido en absoluto.

Es tan grande como lo recordaba. Quizá incluso más.

¿Sabes cuando con el tiempo a veces recuerdas a alguien más grande de lo que era en realidad? Creo que eso me pasó con Julian.

A él lo sentí como una presencia enorme, inmensa, porque él (al menos al principio) se me antojó algo que era un poco un salvador.

Al final no tanto, supongo.

Si tuviera que volver a pensar en esa noche, en el pasillo del local de Jonah (que no, porque ¿por qué?), pero si tuviera que recordar con viveza cómo me hizo sentir ver a Julian hacer aquello con aquella chica cuando se suponía que estaba conmigo, me sentí un poco como cuando ves que alguien escoge una de tus tazas favoritas para tomarse el té y la rompe a propósito.

Está ahí sentado, viste la chaqueta vaquera negra forrada de borreguito de Levi's por encima de una camiseta de algodón gris oscuro con el logo de Acne, unos pantalones cargo de corte recto en color negro de Daily Paper y las deportivas de piel negra Tournament de Common Projects.

Está bastante moreno, ahí sentado mirando el móvil, bebiéndose un café, y quizá me habría quedado ahí plantada mirándolo un segundo más de la cuenta por hábito, o lo que fuera (quizá porque se me antoja un poco como ver un fantasma, o quizá porque es maravilloso mirarlo y ya), levanta la mirada y la pasea alrededor, como se suele hacer cuando notas que alguien te mira y encuentra mis ojos con los suyos.

Me lanza una sonrisa perezosa y se pone de pie mientras me acerco a él.

—Eh —sonríe de oreja a oreja.

Le lanzo una sonrisa rápida.

—Hola.

Pone mala cara y luego los ojos en blanco.

—Y una mierda… —Me atrae hacia él—. Ven a darme un abrazo ahora mismo.

Me envuelve consigo mismo y yo no me acurruco mucho porque me siento un poco frágil entre sus brazos.

Me sonríe de nuevo y luego mira más allá de mí, hacia Daniela.

—¿Quién es ella?

—Oh. —Niego con la cabeza—. ¡Lo siento! Te presento a Daniela. Mi asistente.

Julian le tiende una mano y al estrechar la de ella, le coge la mano con las dos suyas.

—Julian. —Le sonríe—. Encantado de conocerte.

—Igualmente —asiente ella.

—Daniela, ¿te importaría dejarnos un minuto a solas?

Ella asiente de nuevo.

—Claro.

Y se va a buscar una mesa.

Julian vuelve a mirarme.

—Siéntate —me dice, y yo lo hago, delante de él.

Me observa un par de segundos y se le dibuja una sonrisa en el rostro que no acabo de comprender. Sonríe quizá como lo harías ante un cubo de Rubik que te está ganando.

—¿Qué? —Lo miro con el ceño fruncido y él niega con la cabeza, aparta la mirada.

—Nada… —Suelta una carcajada—. Es esa estúpida cara que tienes.

Frunzo más el ceño, ahora estoy ofendida.

Él me señala con el mentón.

—Me gusta.

Hace un gesto vago en dirección a mi falda.

—¿Sí? —Sonrío mirándome.

Lo sabía.

—Sí... —Asiente, sigue observándome con más atención de la que me gustaría. Se me había olvidado lo transparente que me sentía con él—. ¿Todo bien? —pregunta.

—Sí —asiento fuerte con mi mejor sonrisa—. Genial.

Él niega un poco con la cabeza, tiene el rostro serio.

—No me vengas con mierdas.

—No lo hago. —Me encojo de hombros con ligereza.

Y entonces Julian me mira fijamente durante un par de segundos, no tiene los ojos entornados del todo, pero sí serios.

—Mentirosa —me acusa, y su forma de mirarme me hace sentir pequeña y lo odio.

Inhalo rápidamente y lo fulmino con la mirada, un breve resentimiento hacia él como si él fuera el causante de este desastre y no la persona que, sencillamente, está aquí delante de mí obligándome a mirar al desastre a los ojos.

Imagino que será bastante insólito que alguien baje hasta aquí haciendo rápel por voluntad propia, y tal vez si se hiciera con un conocimiento consciente, al menos sería un descenso controlado y podrías saber dónde estás y cómo has llegado aquí. Sin embargo, para mí la muerte es un valle en el que me han metido, sin mi permiso, con nocturnidad y alevosía, y no sé cómo trepar para escapar de él. Así es como estoy. Aunque, ¿cómo voy a decirlo en voz alta? Sería incapaz. Sería muy poco británico. Cuadro los hombros y levanto la nariz.

—He tenido días mejores —le contesto, en lugar de decirle lo otro.

Él me mira fijamente otro par de segundos, parpadeando, sin decir nada, luego alarga la mano para agarrar mi silla.

—Ven aquí.

Me arrastra a mí y a la silla hasta él cómo hacía siempre y me atrae hacia su pecho.

—Joder, lo siento —susurra negando con la cabeza—. Lo siento muchísimo.

La verdad es que lo parece.

Me aparto un poco y lo miro a él y a su complejo de salvador.

—No es culpa tuya.

Suelta una carcajada hueca y asiente, parece a punto de echarse a llorar. Aprieta los labios con mucha fuerza.

Le tenía mucho aprecio a Bridget.

Vuelve a asentir.

—Lo siento de todos modos.

Le lanzo una mirada asesina.

—¿Lo sientes tanto que me has ignorado durante cuatro meses?

Me lanza una mirada.

—No te he ignorado, estaba…

—¿Qué? —le pregunto con las cejas enarcadas.

Se lame el labio inferior y aparta la mirada.

Asiento con frialdad.

—Qué bien.

—¿Qué querías de mí? —Se encoge de hombros.

—Dios, no lo sé. ¿Qué tal el típico «siento la muerte de tu hermana»?

—No sabía qué decir.

Me quedo mirándolo, impasible.

—Literalmente cualquier cosa habría sido mejor que nada en absoluto, Julian.

Él asiente, resignado.

—Lo siento —se disculpa, aunque ahora no parece sincero.

Exhalo por la nariz, me siento molesta.

—¿Por qué me has citado aquí?

Me mira de nuevo un par de segundos y abre la boca para hablar, pero no lo hace de inmediato.

Traga saliva una vez y luego exhala.

—Solo quería ver si estabas bien.

Le lanzo una mirada impaciente y hago aspavientos con las manos delante de mí como si me estuviera presentando a mí misma para que me vea.

Exhalo por la nariz.

—¿Sabes que es de bastante mala educación preguntarle eso a alguien?

—Solo si ese alguien pende de un hilo —me dice y luego vuelve a observarme con atención—. ¿Es tu caso?

—¿Cómo? —Lo fulmino con la mirada, a la defensiva.

—Que si estás bien —pregunta—. ¿Estás colgando de un hilo? ¿Completamente jodida? Escoge una. —Está impaciente y harto de mis mierdas ya. Claro que siempre ha estado harto de mis mierdas.

Lo miro y mis ojos lo revelan todo sin mi permiso.

—No. Sí. Y sí.

Ladea la cabeza de esa manera triste de ladear la cabeza que parece decir «tu hermana está muerta».

—¿Podemos ir a dar una vuelta en coche?

—Uy —le lanzo una sonrisa de disculpa—. No me va mucho ir en coche últimamente.

Él suspira y se aprieta la mano contra la boca, muy triste y tenso por un millar de cosas que supongo que no comprenderé nunca.

—No permitiré que te pase nada —me dice mientras se pone de pie y deja un fino taco de efectivo que sin ninguna duda es más que demasiado para pagar el único café que se ha tomado aquí.

—Oh, ¿ahora te dedicas a dirigir el tráfico? —Le lanzo una sonrisa irónica.

Él me mira, todavía sentada en la silla, y me coge la mano para levantarme.

—Parks, no volverá a pasarte nada jamás.

Le lanzo una sonrisa débil.

—Eso no puedes prometerlo.

—Claro que puedo —dice, solemne—. Lo hago. Por mi vida. —Señala hacia la salida con la cabeza—. Vamos. —Echa andar hacia la puerta.

—¿Por qué? —pregunto mientras lo sigo de todos modos, aunque no tengo del todo claro que quiera hacerlo.

Él se encoge de hombros.

—Aquí hay demasiados ojos.

Miro a nuestro alrededor.

—¿Y?

—Pues que hablan de ti. —Mira por encima de su hombro hacia un par de chicas que tendrán mi edad y que cuchichean sin quitarnos los ojos de encima—. ¿En serio quieres aparecer en el *Daily Mail* mañana?

Vuelve a señalar hacia las salidas.

—Aparezco en el *Daily Mail* todos los días —le contesto.

—Claro —asiente mientras abre la puerta de atrás de su Escalade negro, que es distinto del que tenía antes. Conocía bastante bien el que tenía antes. Luego me mira, juguetón, con los ojos entornados—. Pero ¿en serio quieres alimentar a la bestia?

Me río, o quizá bufo, no lo tengo claro. De un modo u otro, me cruzo momentáneamente de brazos, luego me acuerdo de Daniela, que ha aparecido a mi lado.

—¿Qué hay de…?

—Puede sentarse delante —me dice, antes de abrir la puerta del copiloto para que Daniela pase.

Se mete en el coche sin más, sin pensarlo dos veces. Él cierra la puerta detrás de ella y luego vuelve a mirarme a mí, con las cejas enarcadas, a la espera.

Lo miro y acto seguido me levanta para meterme en el coche. Luego se sube él.

Me instalo en el mismo rincón en el que me sentaba siempre y él se sienta enfrente, delante mí.

Eso es distinto. Antes se sentaba a mi lado, pero ahora ya no le toca estar a mi lado, de modo que bien por él.

Pulsa un botón que tiene junto a su asiento y un cristal divisor emerge entre nosotros y los asientos delanteros. Espera a que se cierre del todo y luego me mira.

—¿Qué tal van los planes de la boda?

—Bueno… —Me encojo de hombros—. Bien.

Le cambia la cara.

—¿No estáis bien?

—No es eso. —Niego muy rápido con la cabeza—. Estamos bien. La boda es… —se me apaga la voz—. La boda es otra cosa. —Le lanzo una sonrisa seca.

—¿Te está entrando el miedo? —pregunta, con las cejas enarcadas, y yo lo fulmino con la mirada al instante.

—¡No! —Me ajusto la falda, intento que no se me vea ofendida—. ¡Estoy estupenda! ¿Cuándo he tenido yo miedo? ¡Podrían darme una medalla a la valentía!

Vuelve a poner mala cara.

—En fin.

Pongo los ojos en blanco y él me contesta con el mismo gesto.

—¿Qué pasa entonces?

Frunzo los labios.

—Bueno, pues que en la boda... nada, nosotros no somos lo importante.

—¿Cómo?

—Te diría que dejamos de serlo cuando invitaron a Camilla Parker Bowles.

Asiente, empático.

—Es que tú eres muy defensora de Diana de Gales.

—Como tendría que ser todo el mundo —le digo, con la nariz levantada—. Reina de corazones.

Me lanza una mirada.

—Creo que le has arrebatado ese título, muñeca.

Aplasto una sonrisa y niego con la cabeza.

—No hagas eso.

—¿Qué? —pregunta sabiendo muy bien qué.

No digo nada más, pero lo miro con severidad.

Él vuelve a poner los ojos en blanco y se sienta para atrás. Suelta una bocanada de aire que no me había dado cuenta que estuviera conteniendo.

—Oye, tengo que preguntarte algo —dice, con el rostro bastante serio.

—Oh. —Me siento más erguida y, de repente, me pongo nerviosa. ¿Por qué me pongo nerviosa?—. Vale.

Él deja caer la cabeza para atrás y fija la vista en el techo del coche, suelta un poco de aire por la boca. Espera. ¿Está nervioso? ¿Por qué está nervioso? Él nunca está nervioso.

Se queda ahí suspendido durante muchos, muchísimos segundos. No los he contado porque no sabía que tenía que hacerlo, pero el tiempo que transcurre entre el aviso de que se viene una pregunta y la pregunta que todavía tiene que formular se me antoja como una década habitada al borde de un precipicio.

Al final, acaba por volver a mirarme, se lame el labio inferior y traga saliva.

—¿Me quisiste?

Echo la cabeza para atrás y parpadeo cinco veces muy rápido.

Trago saliva, niego con la cabeza mientras lo miro fijamente con unos ojos muy grandes y llenos de confusión.

—¿Por qué...?

—Llámalo cierre —me dice asintiendo con decisión.

—¿Para qué? —Frunzo el ceño—. Siempre dijiste que no estábamos juntos.

—Y tú siempre dijiste que sí lo estábamos —contraataca.

Desvío la mirada hacia el techo del coche, me aprieto la lengua contra el cielo de la boca y exhalo una carcajada superficial.

—¿Por qué me preguntas esto?

—No lo sé... —me dice, con el rostro contraído, mientras me mira—. Lo único que necesito es saber cómo guardar esto en mi memoria.

—¡Esto! —repito, casi chillando—. ¡¿Qué «esto»?!

—Nosotros.

Frunzo los labios y lo fulmino con la mirada.

—No somos un plural —le digo porque es lo que él me decía siempre, y luego suelta una carcajada, molesto porque sabe que lo estoy citando. Lo que me llega a gustar usar las palabras de un hombre en su propia contra...

Julian se recorre el labio inferior con la lengua lentamente.

—Sí, lo fuimos —le dice a la ventana antes de volver a mirarme, y sus ojos parecen un planeta de agua.

Trago saliva y exhalo, con el mentón escondido.

—Bueno, pues... —Niego con la cabeza—. Pues no lo sé. ¿Cómo quieres guardarnos en tu memoria?

Se aprieta la mano contra la boca y mira fijamente a la nada, en el suelo del coche. Está impoluto. Acaban de aspirarlo. Ahí no hay nada.

Julian Haites vuelve a erguirse y me mira fijamente a los ojos, no está respirando con dificultad exactamente, pero sin duda le queda poco para empezar a hacerlo.

—Eres la única persona a la que he querido jamás, Magnolia.

Me oigo a mí misma soltar la exclamación ahogada más tenue de la historia y lo miro fijamente, boquiabierta.

—Quieres a Daisy —le contesto con un hilo de voz, no sé por qué. Es lo único que se me ocurre decir.

Niega con la cabeza y su ceño muestra demasiada tristeza.

—No como te quiero a ti.
Lo miro fijamente, un poquitín asustada.
—Me querías —corrijo—. ¿Verdad?
Él asiente muy rápido, lamiéndose los labios.
—Claro.
Aparto mis ojos de los suyos y miro por la ventana los colores pastel ante los que pasamos a toda velocidad.
Ni siquiera sé adónde vamos. ¿Dónde estamos? En Knightsbridge, creo. Busco el cartel de alguna calle, pero solo hay casas. Ennismore Garden Mews, ahora lo veo. Es una calle preciosa, siempre me ha encantado esta calle. Me fijo en una casa de color rosa y les pido a mis ojos que paren de arderme. Estoy peleándome con el nudo que tengo en la garganta.
—¿Lo sabías? —pregunta Julian con un hilo de voz.
Lo miro. Está ahí sentado, inclinado hacia delante en su asiento, con las manos en el regazo, nunca le había visto los ojos tan redondos y, en ese momento, siento que algo húmedo se escapa de mi propio ojo.
Lo seco rápidamente y me cruzo de brazos para poner alguna clase de barrera entre nosotros porque siento que debo hacerlo.
—No lo sabía. —Niego con la cabeza. Tomo una bocanada de aire que se queda atascada a medio camino de mi pecho—. Te acostaste con otra persona.
—Ya —asiente mirándose las manos.
—¿Lo hiciste aun queriéndome?
—Sí —les contesta a sus manos.
Me aprieto el labio con los dedos y doy una bocanada de aire entre los dientes.
—¿Por qué? —acabo preguntando al fin.
Él suspira, niega con la cabeza.
—Me cuesta decirlo.
Lo miro y asiento despacio, aceptando este destino mío extraño y retorcido.
—Un tema un poco recurrente entre los chicos que me quieren, ¿verdad?
Se señala vagamente a sí mismo.
—No soy un chico.
—Casi me engañas. —Sí, pero te comportaste un poco como si lo fueras.

Él se encoge de hombros.
Y yo le lanzo una mirada lúgubre.
—No vas a dispararme un «Nunca quise hacerte daño», ¿verdad?
—No. —Niega con la cabeza—. Quise hacerte daño.
—Oh. —Asiento enfáticamente—. Vale. Pues buen trabajo. Bravo.
Vuelve a suspirar. Demasiados suspiros.
—No has respondido a mi pregunta. —Me mira fijamente.
Levanto la nariz.
—No sé si mereces mi respuesta.
—No la merezco. —Niega con la cabeza—. No la merezco en absoluto. Pero la necesito de todos modos.
Lo miro con fijeza, frunzo el ceño al tiempo que suelto una bocanada de aire que suena como un quejido.
¿Cuántos amores te tocan en una vida? Joder. Ahora es innegable, ¿verdad? Yo he tenido demasiados. No ha habido dos iguales, no he sentido dos iguales, y a todos ellos los he querido de maneras tremendamente distintas.
A BJ le quiero de un modo incuestionable. Amo a BJ como si él fuera el sol. Cegador, brillante, desenfrenado, inevitable. Él es lo que sostiene la galaxia que soy yo. Él controla las corrientes que hay en mí, él dicta los climas y las estaciones. Siento su calidez en mi rostro y cuando él se va, hace más frío. Él es el centro de todo, y mi gravedad le es leal a él por encima de todo.
Y a Christian lo quise, de veras que sí. Sé que él, si echa la vista atrás, quizá no lo piensa, pero aquí y ahora puedo afirmar que lo hice. No diré que fue un amor puro; fue doloroso y complicado, pero sí lo quise. Lo quise como si fuera el enfermero que me administraba la morfina después de una operación. Me ayudó, adormeció mi dolor, me acompañó hasta que crucé al otro lado de estar bien.
Y después a Tom, que siempre mereció más de lo que nunca pude darle.
Lo quise como quieres la mano de una persona que la ha metido en el agua para sacarte a la superficie cuando estás ahogándote.
De una forma deslumbrada y soñadora, un enamoramiento desarraigado, como adentrándose a la deriva en el mar.
Sin embargo, Julian…

Lo miro fijamente en el asiento de atrás de su coche mientras espera mi respuesta.

Nunca lo había visto asustado. Es de lo más impropio de él. De hecho, no lo soporto.

Me muerdo el labio inferior y asiento.

—Sí. —Inhalo.

Lo quiero como uno podría amar una estrella.

—Sí, ¿lo hiciste? —Me mira con fijeza.

Asiento.

—Sí.

Se le ponen los ojos raros, como nublados, parpadea dos veces y luego suelta un grito tan fuerte que no se acerca ni remotamente a ser algo discreto:

—¡Joder!

Echo la cabeza para atrás y me tenso.

—Mierda. —Exhala negando con la cabeza—. Joder...

Lo observo con cierto horror.

—¿Estás bien...?

—Dilo.

—¿Qué? —Lo miro con fijeza.

—¿Puedes, por favor, decírmelo? —pregunta—. Ahora. En voz alta...
—Niega con la cabeza para sí mismo—. Solo por habértelo oído decir una vez.

Abro la boca para protestar, sin saber por qué y luego me freno a mí misma, trago saliva y lo miro a los ojos.

—Te quise.

Él asiente un par de veces, luego cierra los ojos unos segundos, exhala un poco por la nariz.

—Tengo que preguntártelo... —Vuelve a mirarme con unos ojos muy tristes—. ¿Alguna vez tuve alguna posibilidad?

Es una estrella. No una estrella fugaz. No es un meteorito que de repente revienta la atmosfera. Y las estrellas son innegablemente preciosas, casi mágicas. Solo salen por la noche. Resultan bastante fáciles de ignorar. En un cielo lleno de estrellas, puede resultar difícil distinguir una única estrella de las demás. No afectan al día a día de nuestras vidas, en realidad. Quizá una noche ves una y a la noche siguiente no, y realmente no tiene muchas más consecuencias que, tal vez, el firmamento esté un poco menos maravilloso en esa velada en particular. Una estrella es una estrella.

—En este mundo… —lo miro con delicadeza— ¿con BJ? —Niego con la cabeza—. Lo siento.

—Eso es… —Se le apaga la voz, suelta una carcajada hueca que odio un poco. No le pega. Su risa normal es demasiado maravillosa—. Está bien. —Asiente—. Es bueno saberlo, de hecho…

—Lo siento —le digo.

Él vuelve a negar con la cabeza.

—No, no lo sientas.

Pero, verás, la cuestión de las estrellas es que en otra galaxia esa misma estrella también es un sol.

—Si no fuera él, serías tú —le digo, para bien o para mal.

Exhala un poco más de aire por la boca y me mira a los ojos.

—En otra vida, ¿eh?

Asiento y le ofrezco una sonrisa débil.

—Te veo allí.

Ahora escúchame bien y, por favor, no me interpretes mal. No vivo en esa galaxia y no quiero hacerlo, no soy una exploradora intrépida, y esta es la galaxia donde vivo, y elijo permanecer aquí. Nuestras elecciones importan, yo elegiré permanecer plantada en este planeta hasta que me muera (y feliz), pero sería un descuido no reconocer al menos que en un universo tan grande y expansivo como el que habitamos hay más galaxias aparte de la que he escogido morar. El Can Mayor, la constelación más cercana que tenemos. Ahí es donde está Julian, creo. A veinticinco mil años luz y abarrotada de miles de millones de estrellas.

—¿Está siendo bueno contigo? —pregunta Julian, observándome, y me doy cuenta de que estamos llegando a nuestra calle.

—Mucho. —Asiento.

Él me devuelve el gesto.

—Bien.

Me lanza una sonrisa fugaz antes de tragar saliva con esfuerzo.

—¿Estás bien? —le pregunto.

—Es de bastante mala educación preguntarle eso a alguien… —me dice citándome y lanzándome una mirada, pero no le hago ni caso.

—Respóndeme.
Ahora ya estamos parados enfrente de nuestra residencia.
Él suelta un amago de risa.
—Oye, sabía que me estaba metiendo en la cama con una tigresa en cuanto te vi.
Le lanzo una mirada.
—A la puta espera de pegar un salto y comerme vivo...
—¡Yo nunca te comería!
—¿Solo mi corazón? —bromea.
—Julian... —Frunzo el ceño, un poco herida, aunque me preocupa que, al final, sea siempre yo la persona que está haciendo daño.
—¡Era broma! —dice, pero no lo es, me doy cuenta.
Abro de golpe la puerta de su coche y me bajo.
—Espera —me pide y luego señala con la cabeza hacia la entrada—. Cuando cruces esa puerta, de ahora en adelante, no serás nadie para mí...
—Oh. —Frunzo el ceño.
—La novia de mi colega, a lo sumo.
—Odio la palabra «colega» —le digo.
Él pone mala cara.
—Me da igual.
—Y, en realidad, no soy su novia ya...
—Claro —reconoce.
—Y, además, ¿acaso sois amigos? —Ladeo la cabeza y me pongo las manos en las caderas.
—Joder, tú... —Empieza a negar con la cabeza—. Esto va a ser más fácil de lo que pensaba.
Frunzo los labios.
—¿El qué?
—Lograr olvidarte.
Lo miro, los ojos muy abiertos de nuevo.
—¿Lograr?
Exhala y se me acerca un paso.
—No es en pasado, muñeca. Es en presente.
Esos ojos suyos de medianoche se llenan un instante de lágrimas, pero se aprieta el labio superior con la lengua y se las traga.

—Y siento muchísimo todo lo que ha pasado… —Niega con la cabeza—. Hice lo que pensé que tenía que hacer y no me arrepiento de lo que hice porque ahora estás donde tienes que estar —me dice asintiendo—. Si fuera a escoger una mierda por ti, lo escogería a él. Es un puto grano en el culo, pero es un buen hombre.

Le sonrío con ternura.

—Lo sé.

—Es solo que…

Se me acerca todavía más. No sé cómo. Si me lo hubieras preguntado, no habría dicho que quedara mucho espacio entre nosotros. Solo un par de galaxias, supongo. Se muerde el labio inferior, fija los ojos en los míos.

—Siempre serás un presente para mí —me dice justo antes de agarrarme la cara y apretar sus labios contra los míos.

Es un tipo de beso extraño, no es exagerado ni fanfarrón, pero es bastante profundo. Contiene cierta desesperación, también, y una pizca de pesar. Tiene un dulzor familiar y el roce de su pulgar, que descansa bajo mi pómulo mientras me sujeta la cara justo en el ángulo que quiere tenerla, como hacía antes, me produce la misma sensación que la de salir de la ducha y envolverme con una toalla caliente. Hay cierto ajuste de cuentas en este beso, tiene un carácter definitivo. Como debe ser. No sé cuánto dura el beso, ¿un segundo? ¿Cinco? No lo sé. Pero es Julian quien se separa.

Se agacha para que nuestros ojos queden al mismo nivel.

—He terminado, ¿vale? —me dice, y yo asiento como una colegiala—. Permítemelo.

Vuelvo a asentir, con los ojos un poco abiertos.

Él se medio pelea con una sonrisa mientras me mira fijamente.

—¿Estás bien?

—Esto… —Me encojo de hombros—. No sé qué esperaba que pasara hoy, pero no era esto…

—Ya… —Se ríe—. Lo siento, ha sido una conversación egoísta. Es que necesitaba tenerla. —Me ofrece un encogimiento de hombros.

—Eres muchísimas cosas. —Lo miro con fijeza—. Pero egoísta no es una de ellas.

Él asiente una vez, apenas esboza una sonrisa muy dulce.

—Venga, pues. Vete. —Vuelve a señalar el edificio con la cabeza.

Daniela se baja del coche (casi se me había olvidado que estaba aquí, la verdad), pero la sigo hasta el interior del edificio.

—¡Y no la caguéis, vosotros dos! —me grita Julian.

Miro hacia atrás y asiento obediente al tiempo que él levanta una mano y me dice adiós sin decir nada.

CUARENTA Y CUATRO
BJ

—Hola —dice Parks con indecisión cuando vuelve a entrar en nuestra casa tras quedar con Jules.
—Hola. —Le hago un gesto con la cabeza desde la otra punta de la estancia. Parece nerviosa, se está sujetando el dedo—. ¿Estás bien?
—Mmm. —Aprieta los labios, tiene el ceño triste—. Claro —dice, aunque claramente no lo está.
—¿Claro? —repito.
—No... —Niega con la cabeza y viene corriendo hacia mí, con los ojos muy abiertos y asustados—. Beej, me ha dado un beso.
La miro fijamente, me paso la lengua por el labio inferior y luego asiento.
—Lo sé.
—¿Qué? —Parpadea ella.
—Os he visto... —Señalo hacia atrás con la cabeza—. Desde la ventana.
—Oh. —Se le hunden los hombros.
Ha sido raro... raro de ver.
Si me hubieras pedido antes de que ocurriera que te describiera mi peor pesadilla, esa situación en concreto habría estado fácilmente entre los primeros cinco puestos, y luego ha ocurrido y no he querido matarlo, ni pegarme con él. Ni siquiera quiero discutir con ella.
Solo quería ver qué decía ella cuando los papeles estaban medio invertidos.
Resulta que la verdad.
Le sonrío un poco, le acaricio la cara.
—Pero gracias por decírmelo.
Me mira con cautela.

—¿No estás enfadado?

Niego con la cabeza.

—No.

—¿Disgustado?

—Tampoco.

Empiezo a verla un poco desconcertada.

—¿Celoso?

Suelto una carcajada.

—Claro, pero... —Me encojo un poco de hombros—. No como para perder la cabeza.

Parece confundida. Herida, ¿quizá? Las putas chicas, tío... menudos giros pegan.

—¿En serio? —pregunta con un hilo de voz (herida).

La agarro por la muñeca y la atraigo hacia mí.

—Mira, él fue algo para ti, lo pillo. Más o menos. —Hago una pausa porque verdaderamente odio esta parte—. Él fue algo para ti cuando yo no podía serlo, y yo tendría que haberlo sido, por eso ni siquiera puedo estar, en fin, cabreado por eso, porque en cierto modo me alegro de que él estuviera ahí. Y luego, sé que tú fuiste importante para él. —Me encojo de hombros. Nadie me lo dijo, no hizo falta. Supe verlo por mí mismo viendo cómo la miraba—. Significaste algo para él o lo que fuera...

Traslada el peso del cuerpo de un pie al otro, quizá hasta veo un destello de tristeza recorriéndola.

—Y, claro, un poco hace que me ardan las putas entrañas pensar que fuiste algo para otra persona, pero... —Vuelvo a encogerme de hombros—. Solo ha sido un beso.

Parks parpadea un par de veces, confundida, luego se aclara la garganta una vez mientras me mira con fijeza.

—Me gustaría ser clara: si tú besas a otra persona, yo no voy a reaccionar en absoluto con esta calma.

—Vale —suelto una carcajada, asintiendo.

—¡Ni siquiera me acercaré a la calma! —me dice, y yo sigo asintiendo.

—La doble vara de medir ha quedado debidamente registrada, Parksy.

Se cruza de brazos y me mira con el ceño fruncido.

—Entonces ¿de veras estás bien?

Asiento, una mano en su cintura.

—Estoy bien.
Frunce los labios.
—¿Por qué?
Me lamo una sonrisa antes de lanzar mi mejor carta.
—Porque vas a casarte conmigo.
—Oh —dice, y una sonrisa tímida aparece por fin—. Sí, supongo que sí.
Echo la cabeza para atrás, juguetón.
—¿Supones?
Hace ademán de agarrarme entre risas.
—Decididamente, absolutamente, firmemente, irrevocablemente sí.
—Eso ya está mejor. —La miro con los ojos entornados—. ¿Te apetece que lo consagremos?
Aprieta los labios.
—Creo que nos hemos pasado la última década haciéndolo intermitentemente…
—Ya, pero… —Me encojo de hombros—. Quizá una vez más, ahora, por si acaso.
Ella me mira como si estuviera irritada, y no secretamente complacida.
Le hago un gesto con el mentón.
—Camisetas fuera, Parksy.
Lo hace, callada y obediente. Muy impropio de ella. Casi nunca se calla, casi nunca hace lo que le pido, de algún modo que esté así le da peso a los momentos.
Quitarle la ropa ahora no ha perdido ni una pizca de su fulgor, no sé si lo ha perdido nunca. Sé que pensarás que habría sucedido tras tanto tiempo, y quizá nuestro viaje en concreto, el que nos ha llevado hasta aquí, ha mantenido el hecho de tocarla subido a un pedestal en mi mente, lo cual luego hace que resulte difícil odiar el camino que hemos transitado para llegar hasta aquí, porque joder.
Me siento como me sentía cuando tenía dieciséis años y le quité la ropa por primera vez. Ella mirándome con esos ojos suyos, enormes como lagos que esperan que te sumerjas en ellos, que te hundas, que te metas, que resbales, que caigas, da igual, todos nos ahogamos en ellos.
Dieciséis. Ya manteníamos relaciones sexuales para entonces. Raro. Probablemente éramos demasiado jóvenes. Sin duda, a ella se le subió a

la cabeza. La llevó a pensar que era mucho más mayor de lo que éramos en realidad. También era fácil sentirse así estando en el internado, lejos de todo el mundo, puedes sentirte solo porque de alguna manera lo estás. Vamos a ver, era un poco lo que se hacía en el internado, ¿no? ¿Un colegio mixto en mitad de la campiña? ¿Chicas con uniforme? Venga ya, ¿qué cojones más esperabas que hiciéramos?

No llevábamos tanto tiempo saliendo, de hecho, aunque en esa época se nos antojaba muchísimo, pero fue justo después de las vacaciones de Navidad, por eso no llevaríamos tanto.

Cuatro meses, como mucho.

Parks tiene un no sé qué, algo que te hace tener miedo de romperla. Físicamente es bastante poca cosa, eso de entrada, pero a mí siempre me ha parecido (especialmente cuando era más joven) que la abrazo como sujetarías una flor, con miedo de aplastarle los pétalos.

Fue una puta misión llevarla a mi cuarto esa noche. Y no es que no la hubiera tenido allí ya, sino que durante la semana previa estuvo circulando un rumor sobre que una chica del curso anterior al mío se había quedado embarazada dentro de los terrenos de la escuela y había tenido que irse a vivir a Suiza para parir en secreto porque su padre era barón y la gente de la nobleza está putotarada. Todo el profesorado estaba en alerta roja, lo cual, obviamente, hizo que el moverse a hurtadillas fuera mucho más divertido.

La metí a escondidas en mi cuarto tras burlar a un ejército de profesores, ella era el premio. Ella siempre ha sido el premio.

Estaba tumbada de espaldas en mi cama (yo ya había echado a Jo), yo estaba a su lado y nos estábamos besando. Y ya. Hasta entonces no habíamos hecho más cosas.

Fueron sus manos largas (ella siempre ha sido más valiente que yo con estas mierdas) desabrochándome la camisa del uniforme botón a botón, observándome sin que le vacilaran esos ojos que he amado desde que era un crío. Seguía siendo un crío, eso lo sé. Aunque en ese momento no lo sabía. Llegó al último botón y me quitó la camisa, la arrojó al suelo, luego se tumbó de espaldas, con las manos a ambos costados, y me miró fijamente.

Entorné los ojos al mirarla con fijeza.

—¿Qué estás haciendo?

Ella se encogió de hombros, inocentemente, sabiendo a la perfección lo que estaba haciendo.

—Parksy... —Le lancé una mirada.

—Beej... —Me devolvió la misma mirada y me eché a reír. Le recorrí la pierna con la mano, se la metí debajo de la falda porque no iba a no hacerlo.

—No sé si estamos preparados —le dije, no sé por qué se lo dije. Yo quería. No creo que en ese momento me acordara siquiera de la mierda con Zadie. Durante siglos, de hecho, creo que lo tuve bloqueado. No me permitía pensar mucho en ello aparte del puñado de veces en que los recuerdos que sí tengo de eso irrumpían en mi mente por voluntad propia sin mi permiso. Esa no fue una de esas veces. No estaba pensando en ello, no tenía miedo, no me sentía presionado, y no diría que yo sea una persona con una cantidad espectacular de visión de futuro, pero sí te diré que Parks no tiene ninguna. Nunca ha sido más mayor de lo que era en ese momento y con toda una vida de negligencia parental bien amarrada bajo su brazo, Parks sintió esa mezcla extraña y aterradora de independencia y, no sé, deseo de pertenencia. En cualquier caso, eso es lo que vi. Vi lo muchísimo que ella me necesitaba, sentí el peso de todo ello a los putos dieciséis.

—Estamos preparados —me dijo, cero preparada.

—No tenemos... nada... —se me apagó la voz y la miré con elocuencia.

—Oh. —Hizo un puchero.

Incluso entonces odié la sensación como de haberla decepcionado, no sé cómo lo hace, los chicos y yo lo hemos hablado un montón de veces ya, hemos intentado abrirnos paso a rastras para salir de debajo del puto hechizo que sea, porque ni siquiera es que se ponga quisquillosa (que lo hace), llevará ya seis años consecutivos poniéndose quisquillosa conmigo, ni siquiera me importa una mierda lo de quisquillosa. Es otra cosa. Es como tropezarte delante de una imagen de Jesús y decir «joder» con un hilo de voz y luego sentirte cohibido delante de la estatua; o sentirte un poco pervertido por morrearte con alguien si hay un animal en el cuarto, no sabría explicarlo. Un día me moriré y apostaré mi fortuna a que cuando lo haga llegaré hasta las puertas del cielo y san Pedro consultará su libro, me mirará con una mueca y dirá: «Ah, tú eres el pobre desgraciado que se enamoró de la semidiosa. A la mierda, pasa, hombre».

Por eso me descubrí besándola de esa manera grande y pesada, mayor de lo que había planeado, más pesada de lo que había planeado, solo quería que ella fuera feliz. Además, teníamos el pretexto de no poder tener sexo con penetración porque no teníamos protección.

Total, que le desabroché los botones con muchísima menos paciencia con la que ella me había desabotonado los míos. Pensé que iba a estallar en putas llamas ahí mismo cuando la camisa del uniforme se le quedó abierta y la vi en sujetador por primera vez.

—¡Te gusta! —trinó. Nunca ha tenido ni medio problema para cargarse el momento.

—Me encanta —contesté con la voz un poco más áspera de lo normal.

—Entonces ¿también te gustaría quitármelo? —preguntó con los ojos brillantes y llenos de entusiasmo.

Tragué saliva con esfuerzo y asentí un par de veces.

—Mucho.

Y ahora está aquí en nuestro piso que al fin compartimos, y me está mirando con esos mismos ojos grandes con los que me miró esa noche en la residencia, los mismos ojos con los que me miraría la mayoría de los días desde entonces hasta que todo se fue a la mierda. Y de vez en cuando me pregunto cómo sería mi vida si ella tuviera un par de ojos normales, pero, ¡ay!, a la mierda, aquí estamos…

Le quito el jersey que lleva puesto al tiempo que ha hago retroceder hasta una pared que tiene detrás.

Me aprieto contra ella tanto como puedo, ella me echa los brazos al cuello y entonces sin comunicación alguna, solo un millar de momentos como este bajo nuestras mangas y una memoria muscular que espero que dure para siempre y supere la prueba del tiempo, salta a mi cintura al tiempo que yo estoy a punto de subírmela encima.

Y, sorprendentemente, no se entretiene con los putos botones de mi camisa, los arranca al abrirla y yo los miro mientras rebotan y se esparcen por el suelo. Le lanzo una mirada de desconcierto.

¿Cuántas veces la he visto en mi vida no tratar con respeto una pieza de ropa? Creo que antes le faltaría el respeto al papa.

—¿Estás bien? —me río.

—Ya los coseré luego —me dice al tiempo que me quita la camisa Nahmias a tirones.

Le lanzo una mirada.

—No, no lo harás.

—No, no lo haré —reconoce entre risas.

Vuelvo a mirar alrededor.

—¿Estás intentando demostrarte algo a ti misma con esos botones?

Pone mala cara.

—¿Como qué?

—No lo sé… —Me encojo de hombros. ¿Sobre Julian, quizá? No quiero decirlo en voz alta.

—¿No? —Me mira, a la defensiva—. ¿Intentas tú demostrarte algo a ti mismo?

—Llevo intentando demostrarme algo a mí mismo desde que tenía seis putos años.

—Ah, ¿sí? —Parpadea, tiene las manos en mi pelo—. ¿Y qué es?

—Que soy lo bastante bueno para ti. —Me río, pero ella se queda quieta y se pone seria al instante.

Se baja de mi cintura y me mira fijamente.

—¿Es broma?

—Claro. —Me encojo de hombros, alargando las manos hacia ella—. Estoy haciendo el tonto. Vuelve a subirte…

Le agarro el culo, pero ella me aparta de un manotazo, todavía tiene el ceño fruncido.

—¿En serio lo piensas? —Parpadea.

Suspiro un poco y pongo los ojos en blanco.

—No…

Enarca esas cejas suyas, expectante.

—A veces, es que… —Vuelvo a poner los ojos en blanco, traslado el peso del cuerpo de un pie al otro porque me siento un auténtico cretino—. No sé por qué me escogiste a mí.

—¿Escogerte? —repite, anonadada—. Yo no te escogí. Nunca tuve elección al respecto.

Suelto una carcajada sin saber qué decir.

—¿Eso es algo bueno o malo?

—Posiblemente las dos cosas.

Exhalo por la nariz y ladeo la cabeza, ella me señala con un gesto.

—Cuando apareciste en el salón de la casa de San Bartolomé, sin camiseta, muy fuerte de repente y eras tan locamente apuesto, estabas tan relajado que yo... —Se le apaga la voz. Aplasta una sonrisa que me hace sentir mejor—. BJ Ballentine, como si hubiera tenido elección.

Trago saliva y la miro fijamente.

—En las estrellas. —Asiento con la cabeza.

Ella me devuelve el gesto.

—Algo así.

Luego desliza uno de esos dedos suyos por debajo de la cinturilla de mi ropa interior, la recorre rozándome la tripa y le lanzo un centímetro de sonrisa. Se quita el sujetador (un balconette negro de Fleur du Mal, lo conozco porque lo escogí yo) y deja que le caiga por los hombros como si los tuviera de seda y aterriza suavemente sobre mis pies. Trago saliva con esfuerzo, ahora soy yo quien la mira con ojos grandes.

Ladea la cabeza, se cruza de brazos, parece molesta.

—¿Piensas quedarte ahí parado todo el día o vas a hacer algo?

—Oh —bufo—. Voy a hacer algo.

Y entonces la agarro y la llevo de vuelta a ese banco anguloso en el que ella dice que no se puede follar, solo para demostrarle que se equivoca.

Desgraciadamente, tiene razón. No lograría agarrarme ni aunque la vida me fuera en ello. Cada vez que la embisto ella se desliza más y más para atrás en el banco.

Se echa a reír a carcajadas llegado este punto, y yo no quiero pensar que es gracioso, pero me lo parece, porque todo es divertido con ella y supongo que esa es la razón por la que te casas con una persona. De modo que la levanto en volandas, me la cargo al hombro y la llevo de vuelta a nuestra cama.

Se me pasa por la cabeza arrojarla encima de la cama sin contemplaciones, pero no puedo quitarme la sensación de que es como sujetar unos pétalos con las manos, por eso la tumbo lentamente y con dulzura y entonces ella vuelve a estar seria, ya sin rastro de las risitas.

Me arrastro sobre ella, me quedo quieto, sin tocarla. Ella alarga una mano y me recorre la línea de la mandíbula con un dedo. Yo no hago nada, dejo que lo haga ella, dejo que se ponga impaciente, y no tarda mucho, viene a tener la misma paciencia que una chiquilla en una cola de Disneyland. Me quita los vaqueros. Los azul clarito de Rag & Bone que me compró ella. Sigo sin hacer nada, me quedo ahí arriba.

Y veo que toma una profunda bocanada de aire, sé qué significa porque pasa todo el rato, está a punto de caerme una bronca, por eso es entonces cuando lo hago. Dejo caer mi peso encima de ella, luego la beso y me meto dentro de ella otra vez y todo a la vez porque esto se me da jodidamente bien.

En general, pero especialmente con ella. Se nos da muy bien.

No es lo mismo que estar con cualquier otra persona. Me encuentro cuando estoy con Parks. Perdí todo el resto del tiempo.

¿Quieres una metáfora? Venga, ahí va.

Yo vengo de buena familia, eso lo sabe todo el mundo. Mis padres fueron geniales, tuve un techo bajo el que vivir. Nunca me ha faltado de nada, la verdad, pero bueno. Ella es el único hogar que me ha interesado nunca tener.

Su cuerpo son las paredes, su corazón es el techo.

Viviré ahí para siempre.

—Jo cree que somos shakespearianos —le digo después, mirando a la nada.

Seguimos tumbados en nuestra cama, ella está apoyada sobre mi pecho y tenemos las sábanas hechas un revoltijo a nuestro alrededor.

Me mira.

—Hemos tenido nuestros momentos.

Me lamo los labios, intento que no se me note que estoy nervioso al preguntar:

—¿Todas las parejas shakespearianas están jodidas?

—¡No! —contesta al instante, incorporándose un poco—. Bueno, algunas... —reconoce—. Pero todas no. Las famosas están jodidas, pero las menos conocidas en cambio... Benedick y Beatrice, Orlando y Rosalind, Duke y Viola...

La miro.

—A veces me pregunto si la oscuridad ayuda.

—Estoy segura de que sí. —Asiente, reflexiona para sí durante un minuto antes de volver a mirarme, me apoya el mentón en el pecho—. Yo me perdería en la oscuridad contigo.

—¿Sí? —Le sonrío.

—Felizmente —me contesta.

Me la acerco a la cara para poder besarla de nuevo como es debido, y al cabo de un minuto, se separa.

—¿BJ?

Le aparto del rostro un mechón de pelo.

—¿Sí?

—Me parece importante que sepas que aunque no te quisiera de la forma estúpida y embarazosa en que lo hago; si, hipotéticamente, hubiera tenido de verdad capacidad de elección... Te habría escogido a ti de todos modos.

CUARENTA Y CINCO
Magnolia

Hoy vamos a comprar el calzado de la boda para los chicos, de modo que volvemos a estar en Selfridges. La verdad es que quería ir sola, sé el número de todos. La mayoría de las veces no hacen más que entretenerme. A veces son útiles, pero hoy no es uno de esos días.

BJ no para de decirme que llevará unas Vans con el esmoquin («¡Eso si llevo esmoquin, claro!») y yo estoy al borde de asesinarlo.

¿Vans con esmoquin? ¿Me estás vacilando?

No sé quién se cree que es, pero no es el puto Seth Cohen, lo cual ya le he dicho, y me ha respondido: «A ver, ya. Gracias a Dios». Lo que luego me ha hecho enfadar también (porque Seth Cohen era el mejor chico de esa serie) (aparte de Sandy) (ver: traumas con el padre), total, en fin, que he tirado para delante con mi pataleta, y desde entonces BJ no para de coger al tuntún accesorios absolutamente horrendos y de decir que le quedarían a la perfección con su esmoquin y que se los va a comprar, y yo sé que bromea, sé que en realidad no va a ponerse los mules marrones de borreguito con remates de piel Horsebit de Gucci que, seamos sinceros, parecen un putísimo Chia Pet.

Dios mío, acabo de darme cuenta de que los Chia Pets crecían de semillas de chía, como las que nos comemos. Menuda manera más maravillosa de crecer: ¡pasar de ser una planta encrespada a un desayuno elegante! Es prácticamente el argumento de una película de Jennifer Garner.

—¡Qué bonita! —BJ coge una bufanda de *patchwork* de fieltro, *tweed*, gasa y seda estampada de Kapital Kountry.

—¡Suelta eso! —Se la quito de un manotazo y la devuelvo a su sitio—. ¡Estamos en público!

BJ suelta una risita.

—Cuánta mezcla… —Vuelvo a mirarla, horrorizada.

—Nadie te ha pedido que te la comas, Magnolia —me dice Henry.

—¿A ti te parece bien que el fieltro toque la gasa? —Miro fijamente a mi mejor amigo, anonadada.

—Me encanta —replica con una sonrisa irritante.

—Oooh —gorjeo al ver una corbata de Brunello Cucinelli. La mezcla de lino y algodón tejido de rayas en tono blanco roto—. Obviamente no tiene nada que ver con lo que buscamos, pero resulta bastante increíble.

—Nada de corbatas —me dice Jonah, y yo pongo los ojos en blanco.

—Oh, estamos a la última, ¿eh? —Christian también pone los ojos en blanco mirando a su hermano.

—La verdad es que las corbatas tuvieron bastante protagonismo en el desfile otoño-invierno de 2022.

—En mujeres —le dice BJ a Jo con una ceja enarcada, y yo me siento un pelín orgullosa de él por retener esa información.

—La moda cada vez es más y más fluida… —les explico a los chicos, y estoy a punto de arrancar mi Ted Talk sobre los pantalones de 1966 de Yves Saint Laurent cuando veo a alguien en la sección de Casablanca que parece perdido—. ¡Tiller! —exclamo, complacida.

—Magnolia. —Sonríe, pero es verdad que suena mucho menos complacido que yo.

—¡Qué absolutamente maravilloso encontrarte! —brinco hasta él.

Me sonríe, parece pillado con la guardia baja.

—Menudo derroche de entusiasmo, gracias…

Le sonrío.

—¿Qué tal estás?

—Genial. —Se encoge de hombros—. Bien, sí. Y… ¿y tú?

Luego mira más allá de mí, a Christian y asiente con cautela. Él le responde con una sonrisa no sonrisa desastrosamente triste y hostil.

Hombres.

—Maravillosamente, sí. Gracias. —Le quito la camisa que tiene en las manos y lo miro con los ojos entornados—. ¿Un hombre de Casablanca? ¿En serio?

—Déjalo en paz, Parks —dice BJ, y aunque no lo estoy mirando, puedo sentir que ha acompañado esa frase con el gesto de poner los ojos en blanco.

—¿Qué tiene de malo Casablanca? —pregunta Tiller.

—¡Nada en absoluto! —respondo al instante—. Es veraniega, es Amalfi, es divertida, es alegre... Me encanta. Es solo que nunca no te he visto vestir unos vaqueros azules anchos, unas Cons y una camiseta gris.

Él frunce un poco el ceño.

—A veces llevo una camiseta negra.

—Oh. —Asiento—. Retiro lo dicho.

Tiller me lanza una mirada.

—Quizá me equivoco... —Le digo aunque no me equivoco en absoluto—. Pero tengo la sensación de que tal vez Off-White podría ser más de tu estilo.

—O Sandro —propone Beej.

—¡Sandro! —exclama Henry, mirando a su hermano, confundido—. ¡Son jodidamente escandalosos!

Jonah me planta en las narices una camisa de esa marca con un estampado fluido gráfico en rosa, rojo y blanco.

—Menuda sutileza.

Reprendo a Jonah con la mirada antes de mirar más allá de él, a Henry.

—No lo sé, Hen... —Le lanzo una mirada a Henry—. Es verdad que no tienen problema en usar colores, pero a menudo se ciñen a las siluetas clásicas. Su línea de verano tiene muchos colores básicos, como el crema y el marino y... Dios, estarías guapísimo en azul marino, ¿a que sí? —Vuelvo a mirar a Tiller—. ¿Ya te han puesto en ese calendario?

—¿Qué? —Niega con la cabeza, confundido.

Parpadeo para ahuyentar la idea del calendario.

—¿Estás saliendo con alguien ahora mismo? —le pregunto en lugar de seguir por ahí.

—Eh... —Frunce el ceño y mira a BJ, detrás de mí.

Alargo la mano y le quito el iPhone de la mano.

—Voy a guardarte el número de Taura en el teléfono... ¿Cuál es tu contraseña?

—Eh... ¿Qué? —Me mira confundido y con los ojos muy abiertos.

—Magnolia... —suspira BJ.

—A callar —le digo, y vuelvo a mirar a Tiller—. ¿Contraseña?

—Esto...

—La contraseña, Tiller. ¡Venga, rápido! —Suspiro con impaciencia al tiempo que me pongo una mano en la cadera—. No tengo todo el día. Bueno, podría tener todo el día, supongo. No tengo ningún compromiso tremendamente urgente, y acabo de tomarme un matcha con hielo, ¿te gustan? Son un poco pastosos, pero a veces la cantidad de cafeína que contiene un café puede hacerme hablar... —Lo miro a los ojos—. Y hablar y hablar y hablar y h...

—Cinco nueve cinco nueve —dice casi entrando en pánico.

—Oye... —BJ pone los ojos en blanco y reprende a Tiller con la mirada—. No se la des...

Tiller me mira a mí y a Beej.

—Yo... ¿Por qué?

Jonah asoma la cabeza.

—Porque entonces seguirá haciendo esta mierda con otras personas...

—Vale. —Le devuelvo el móvil a Tiller, ignorando a los otros—. Ahí tienes su número.

—Vale —asiente—. ¿Por qué?

Lo miro con los ojos entornados y le lanzo una sonrisita.

—Oh, ¿por qué no usas esas habilidades de deducción detectivescas tuyas y lo descubres tú solito?

Él pone de nuevo los ojos en blanco y luego cambia el peso del cuerpo de un pie al otro, un poco incómodo.

Se aclara la garganta, deja de mirarme a mí y se fija en Christian, que está un poco alejado de nosotros y la verdad es que no nos hace mucho caso.

Tiller baja la voz.

—¿Alguien ha hablado con Dais...?

—¿Por qué? —pregunto—. ¿Sigues sintiendo algo por ella?

—No.

Me inclino hacia él.

—¿Estás seguro?

—Sí.

Me inclino un poco más, de brazos cruzados.

—¿Sabes?, se me da tremendamente bien que la gente me cuente sus secretos. A menudo, la gente me cuenta cosas porque sí cuando a mí me apetece, no sé por qué, la verdad es que... lo sueltan, ahí mismo donde estemos y me las cuenta, sospecho que es porque...

—Porque si no, no cierras la puta boca —le dice Henry a Tiller, de brazos cruzados.

Lo fulmino con la mirada.

—Qué borde.

—Qué pesada. —Henry me devuelve la mirada y luego se vuelve hacia Tiller—. Soy Henry.

—Tiller. —Alarga la mano y Henry se la estrecha. Entonces Tiller vuelve a mirarme a mí—: Y yo no... a ver, ella me importa, pero no de la misma manera...

Sonrío, complacida.

—Bueno, pues eso es perfecto, ¿o no? —Le doy un golpecito a su teléfono.

Me lanza una mirada.

—Eres muy insistente.

—Lo soy, sí —reconozco—. Al final te gustará.

—No... —BJ niega con la cabeza.

—No lo hará —dice Henry a la vez, arrugando la nariz.

—Nunca llega a gustarte —replica Christian a lo lejos.

—De hecho, hasta te desgasta un poco con el tiempo —responde Jonah a la vez.

Me giro como un resorte sobre mis talones y los miro fijamente a todos, impasible.

—Y, aun así, aquí estáis todos, siguiéndome por Selfridges como patitos un miércoles, aunque yo no os he pedido a ninguno que estuvierais aquí.

Jonah bufa y echa a andar.

—No hace falta que te pongas borde...

Me vuelvo hacia Tiller.

—¡Llámala! —le digo.

—Vale —asiente con una carcajada.

—Y luego llámame a mí para contarme qué tal ha ido.

—Probabl... —Niega con la cabeza y se aclara la garganta—. Eso no lo haré, no te voy a mentir.

—¡Dios mío! —Me giro y miro a BJ—. No hago más que dar y dar y para qué...

—¿Das y das o más bien aprietas y aprietas? —pregunta Henry.

—Hoy te la estás jugando de lo lindo... —le advierto apuntándolo con un dedo.

Henry me lo aparta de un manotazo, impasible.

—Oh, no. —Pone los ojos en blanco.

—Esto... —Tiller señala en dirección opuesta a nosotros—. Voy a..., pero, eh... gracias por esto. —Señala su móvil.

—¡Oh, desde luego! —Le sonrío—. ¡Llámala!

—Vale. —Se ríe y pone los ojos en blanco otra vez.

22.56

Tausie 🐶

> Qué has hecho

Hoy?

Primero me he levantado, a las 9 y algo.

Me he tomado un matcha.

Últimamente me encantan con fresas.

Los has probado?

> Le has dado mi número a Tiller?

Quién sabe, verdad?

> Me lo ha dicho él.

Ah.

Bueno, pues. Sí!

Por qué?

Te ha escrito?

Me ha llamado.

!!!!!!

MARAVILLOSO!

Eres una cotilla

Lo sé, no te encanta?

Joder.

Un poco sí.

Ojalá no, pero sí porque saldremos la semana que viene.

DIIIOOOS MÍÍÍOOO

Cállate

Adónde iréis?

A un bar

¿De veras no sabes a qué bar o no me lo estás diciendo porque crees que me presentaré allí sin avisar?

La segunda

CUARENTA Y SEIS
Magnolia

Los días terribles son de lo más sigilosos, ¿verdad?

Les encanta adormecerte con una falsa sensación de seguridad. Se disfrazan como si fueran de lo más mundanos, te hacen pensar que todo va bien cuando, en realidad, nada va bien.

Comida con Henry, Rom, Christian y Daisy. Solo ellos y yo, Beej no porque tiene una sesión de fotos con Loewe.

Estamos en The Petersham, en Covent Garden, y la tarde está siendo completamente agradable.

Daisy, por fin, ha dejado de comportarse como una absoluta bruta con Romilly, y aunque no iría tan lejos como para atreverme a decir que la ha aceptado del todo en el grupo, quizá sí diría que a regañadientes responde sus preguntas y, al menos, reconoce su existencia.

Le he dicho a Rom que no le dé importancia, que se le pasará, que a mí me odió durante años y años y que ahora obviamente me adora por completo. Más o menos. En función del día de la semana que sea.

Henry, Romilly y Christian empiezan a hablar de un documental sobre un volcán que han visto todos. Daisy se inclina hacia mí y susurra:

—Mi hermano me dijo que fue a verte.

—Sí —asiento.

Me observa un segundo.

—¿Estás bien?

Le sonrío amablemente.

—Desde luego que sí.

Entorna los ojos.

—¿Él no hizo nada...? ¿No pasó nada?

Frunzo los labios y me planteo contárselo. Me muero de ganas de contarle a alguien lo que él me dijo, primero porque Dios santo. Y después, imagínate ser la única chica a la que Julian Haites ha amado en su vida. Menudo honor, así es como me sentí al respecto. Sin embargo, aunque se me concediera ese honor (que claramente lo es), no importa. Un nombre, dos letras, a menudo mi cruz particular y para siempre jamás, para bien o para mal, mi pensamiento favorito.

Además, realmente, no me importa la idea de que nadie más sepa qué siente Julian por mí porque no tengo ninguna intención de infligirle ninguna clase de incomodidad ni dolor, de modo que aunque el impulso de contárselo a ella burbujea en mi interior como una presa, me limito a negar con la cabeza.

—No. —Le lanzo una sonrisa fugaz—. Solo quiso saber cómo estaba.

—¿Quién? —pregunta Romilly amablemente.

—Nadie —le suelta Daisy—. Tú estate a lo tuyo.

Henry fulmina un poco con la mirada a Daisy y rodea a Rom con un brazo.

—Dais... —Christian le lanza una mirada.

Daisy pone los ojos en blanco.

—Vale, perdón.

—Sabes que no me he acostado nunca con Christian, ¿verdad? —le dice Romilly.

Daisy la mira fijamente desde el lado opuesto de la mesa y Romilly sigue hablando.

—Es que estoy recibiendo esta energía superpasivo-agresiva...

—Es más bien agresiva-agresiva... —la interrumpo, y Daisy me lanza una mirada.

—... y territorial del palo quieres a mi hombre de tu parte, y no es así.

Niego con la cabeza.

—La verdad es que es su energía por defecto.

—Vete a la mierda —gruñe Daisy—. No lo es.

—En fin —pongo los ojos en blanco—. Es claramente obvio que sí, de modo que...

—Claramente lo era hacia ti porque tú sí querías a mi hombre. A mis hombres, te diría. Mi novio y mi hermano, has estado con ambos, de modo que...

—Vale... —la interrumpo—. No hay necesidad de ir por ahí proclamando calumnias.

Henry y Christian se echan a reír.

—¡Qué calumnias! —Me lanza una mirada asesina—. Si lo que acabo de decir es un hecho.

Me encojo de hombros con recato.

—Tú dices azul marino, yo digo azul cobalto.

Y, en ese momento, a Rom le suena el móvil porque le llega un mensaje.

Baja la vista, coge el móvil y lo abre.

Le cambia la cara, confundida (es lo único que veo), y entonces, sin apenas moverse, le enseña el móvil a Henry, cuya postura se ensancha y se queda paralizada a la vez.

Desvía los ojos hacia mí.

—¿Qué? —pregunto mirándolo confundida.

Él traga saliva.

Daisy se percata, nos mira a todos con el ceño fruncido.

—¿Qué está pasando? —nos pregunta a todos, pero como ni Hen ni Romilly dicen nada, de malas maneras le quita el móvil de la mano a Rom y luego se queda paralizada ella también.

Yo me estoy estrujando el cerebro para deducir qué ocurre. ¿Algo relacionado con mis padres, probablemente? ¿Ya se han casado? ¿Un embarazo inesperado? ¿Mi madre ha pillado a Harley siéndole infiel? Me armo a mí misma con un gesto preventivo de poner los ojos en blanco.

Christian ya está mosqueado, mira por encima del hombro de Daisy y luego, bastante rápido, se aprieta el labio superior con la lengua y me mira fijamente.

—Magnolia… —dice Christian con cautela.

Y es ahora, es exactamente ahora, cuando se me hace un nudo en el estómago. Christian nunca me llamó Parks cuando me amaba, porque era como me llamaba BJ. Vamos a ver, ahora todo el mundo lo hace, pero cuando éramos adolescentes, Parks, Parksy… eran nombres muy Beej-céntricos. Cuando él no quería que yo perteneciera a BJ, en los momentos en los que él no me asociaba con BJ, entonces era cuando me llamaba por mi nombre.

Hace muchísimo tiempo que no me llama por mi nombre.

Miro fijamente a Christian (a Christian, no a Henry) porque durante mucho tiempo, la infidelidad de BJ fue nuestro pan de cada día, era el enfoque suave de toda nuestra relación, la pared acolchada que nos encerraba.

No puedo mirar a Henry, no puedo mirarlo a la cara cuando vea lo que estoy a punto de ver y sé que estoy a punto de verlo porque ya lo estoy viendo en el ceño de Christian.

Extiendo la mano.

—Dame el teléfono.

Christian exhala por la nariz un segundo, la duda se le refleja en la cara. Luego traga saliva y me lo tiende.

No tengo claro lo que estoy a punto de ver. BJ y otra persona, eso seguro.

Inmediatamente empiezo a disparar fuego racheado al absoluto peor de los casos:

BJ y Paili de nuevo. BJ y Taura. BJ y Bridge. ¿BJ y mi madre?

Pero no es ninguno de esos.

No es ninguno de esos y, aun así, empiezo a sentir un cosquilleo en los dedos, el lugar de mi pecho que tendría que ocupar mi corazón se vuelve hueco y el alma se me cae a los pies en caída libre, probablemente ahora ya no dejará de caer nunca.

Es esa chica. La del otro día, ¿sabes? La de la hamburguesería, con la que «no había quedado». Hay cuatro o cinco fotos.

No sé dónde están. ¿Parece Daylesford? El de Westbourne Grove. Él tiene las manos en la parte baja de la espalda de ella, está inclinado hacia delante, roza los labios de ella con los suyos, ríen, sonríen, ella se agarra a los brazos de él, lo mira. Él parece feliz.

—No sabemos nada seguro —dice Daisy, que es la primera en hablar.

—No seas tonta —le contesta Christian, brusco.

—Estamos sacando conclusiones precipitadas… —me dice Romilly, y Daisy asiente.

Henry las mira a ambas.

—¿Cómo?

—Yo saqué una conclusión precipitada con tu vídeo sexual —le dice Daisy a Christian.

Christian la mira con cierta exasperación.

—Dais, hice un vídeo sexual. No había ninguna conclusión que sacar.

—Ya, pero… —Pone los ojos en blanco—. No era lo que pensaba.

Christian pone cara de confusión.

—¿Pensaste que era un vídeo sexual?

—Sí, pero...

—Entonces es lo que pensaste —ataja Christian, lanzándole una mirada rotunda.

Estoy haciendo todo lo que puedo para escuchar lo que dicen porque siento que estoy empezando a desmoronarme, estoy muy, pero que muy peligrosamente cerca de tener un ataque de pánico y solo hay una persona que sabe ayudarme a pararlos y tiene las manos en la parte baja de la espalda de otra chica.

Necesito a mi hermana. Ella sabrá qué hacer.

—Baño —digo sin pretenderlo.

—¿Qué? —Henry me mira con fijeza.

—Necesito ir al baño —le contesto—. Ahora.

—Vale. —Daisy asiente levantándose de la mesa—. Voy contigo.

—¡No! —replico con urgencia, poniéndome de pie yo también—. No. Necesito ir sola.

Todos me miran con los ojos muy abiertos y asustados.

—Estoy bien —les digo, aunque nadie ha preguntado.

—¿Lo estás? —pregunta Romilly con cautela.

Ni siquiera vuelvo la mirada cuando, ya de camino al baño, contesto:

—Estoy bien, he dicho.

Cierro la puerta con pestillo detrás de mí y apenas llego al retrete antes de empezar a vomitar.

Resulta extrañamente familiar, vomitar por culpa de BJ.

Amarlo tantísimo que tengo náuseas y vomito cada vez que él la jode, lo cual, seamos francos, todos sabemos que no es la primera vez.

Me obligo a vomitar el resto de lo que he tomado durante la comida porque a nadie le gusta dejar las cosas a medias y luego me seco la boca, tiro el papel en el retrete y tiro de la cadena.

Me pongo de pie y miro el espejo. La espero.

Tarda un minuto (eso me asusta), por eso cierro los ojos y espero a notarla.

—Magnolia —me diría mirándome con ojos tristes.

—Dios mío... —empiezo a entrar en pánico.

—Magnolia... —repetiría ella.

—Bridget...
Ella ladearía la cabeza.
—Intenta mantener la calma...
Niego con la cabeza.
—Dime que no es verdad.
Ella exhalaría por la nariz.
—No es verdad.
La miraría fijamente a los ojos, intentaría encontrar un lugar donde agarrarme en las palabras que me dice.
—¿Me estás mintiendo?
—A ver... —Ella pasearía la mirada por el baño—. Todo esto es mentira.
—Para. —Suspiro.
Pero ella seguiría negando con la cabeza.
—¿Por qué estás aquí dentro hablando conmigo?
—Bridget, no...
Ella señalaría hacia mis amigos.
—Cuando hay personas reales, de carne y hueso, ahí fuera que pueden ayudarte...
—Tú eres real —le digo.
—Ya n...
—¡Bridget, para! —le grito.
Y entonces surge el silencio y ella se va.
—¿Magnolia? —me llama la voz de Henry, dubitativo, desde el otro lado de la puerta.
—¡Con nadie! —respondo rápidamente, por automatismo.
Pausa.
—¿Qué?
—Nada. —Niego con la cabeza hacia mí misma. Qué estúpida.
—Parks, aquí fuera se está formando un poquito una multitud...
Me miro a mí misma en el espejo, intento arreglarme la cara.
—¿Por qué?
—No lo sé... —contesta—. Supongo que te habrán visto correr. O quizá lo han visto, no lo sé...
—Oh. —Trago saliva—. Vale.
—Christian está esperando en la puerta con el coche.

Voy corriendo hacia la puerta del baño y la abro.

—¡No quiero ir en coche!

—Créeme, Parks —me dice Henry con una mirada solemne—. Tampoco quieres caminar.

—Oh. —Dejo caer la mirada hasta el suelo.

Se quita la chaqueta (una chaqueta *bomber* de piel en verde y azul marino de Gucci) y me cubre la cabeza con ella antes de pescar mis gafas de sol Sicilian Taste de mi bolsito tote negro Diana con textura de piel (ambos de Gucci).

Me las pone y luego me tiende la mano.

Me quedo un segundo mirándola antes de cogérsela.

—Cara de póquer —me dice con un asentimiento—. No les des nada.

Luego me saca del restaurante (en el interior se disparan un par de flashes) y al llegar a la calle nos encontramos con un par de fotógrafos más. Daisy aparta de en medio a uno de ellos de un empujón.

Henry me mete en el coche y Christian arranca a toda velocidad.

CUARENTA Y SIETE
BJ

Ha sido mi padre quien me ha llamado. No Parks, ni mi hermano, ni mis mejores amigos. Mi padre.

—¿Qué está pasando, BJ? —pregunta mi padre con severidad.

Llevo todo el día en una sesión de fotos. Todavía no había visto sus veinticinco llamadas perdidas. No había visto los cuatro mil comentarios en mi último post de Instagram que me ponen de puta vuelta y media por hacer algo que no he hecho. No había visto los mensajes en los que la pobre amiga de Maddie, asustada, me preguntaba qué hacer.

Niego con la cabeza aunque mi padre no me vea.

—No lo sé... ¿De qué estás hablando?

—¡De las fotos! —contesta mi padre, irritado.

Hago una pausa. Mierda.

—¿Qué fotos? —pregunto.

Podría haber un millón de fotos mías que no quiero que se hagan públicas. Los «años perdidos» que siempre bromea Jo, algunos están legítimamente perdidos para mí. Días, semanas incluso, que soy incapaz de recordar. ¿Tras la marcha de Parks a Nueva York? No sé qué pasó durante los dos primeros meses, lo que sí sé es que estaba jodido. He mandado fotos a chicas, tampoco un montón y normalmente no encontrándome en un estado mental coherente, pero lo he hecho. ¿Un vídeo sexual? Podría haberlo hecho. No lo sé. Tras su marcha yo estaba en un barco naufragando, me hundía sin remedio, así que... de perdidos al río.

—Tú y esa chica rubia —contesta papá, irritado.

Niego de nuevo con la cabeza.

—¿Qué chica rubia?

—¡No lo sé! —Se está impacientando—. Se parece a la amiga de Maddie...

Me quedo paralizado.

—¿Qué?

—Se parece a la amiga de Maddie —repite—. Ya sabes, la que tiene las cejas ra...

—Tengo que colgar —le interrumpo.

—BJ...

—Ya, papá.

Luego le cuelgo, abro el móvil y me cago en mi puta vida.

Es del día que quedé con Maddie y Dilan. Recordarás que comenté que casi nos besamos, que nos acercamos el uno a la otra con un ángulo raro, que fue gracioso, que nos reímos. Pero joder, pinta fatal. Parece íntimo. Han cortado por completo a Maddie...

Putos cabrones. Me quedo mirándolo, incrédulo. ¿Por qué cojones alguien iba a hacer algo así?

Intento llamar a Parks. Directo al buzón de voz.

Mierda.

Le digo al fotógrafo de la sesión que tengo que irme, que lo siento, todavía quedaban un par de piezas por fotografiar, se ha cabreado que flipas, le he dicho que llamaría yo mismo a Jonathan para disculparme.

Prácticamente me abalanzo hacia mi coche y saco el móvil.

Intento llamarla. Directo al buzón de voz.

Joder.

Pruebo con mi hermano. No contesta.

Pruebo con Jo. No contesta.

Pruebo con Christian. Rechaza la llamada.

Empiezo a notar una picazón recorriéndome la piel, me arde. Por debajo, no por fuera.

Ignoro lo mucho que me noto el estómago como si me estuvieran pegando puñetazos y consulto su localización con el móvil.

Vista por última vez hace tres horas en... casa de Henry.

Arranco el coche y conduzco tan rápido como puedo desde la ubicación de la sesión de fotos en el White Studio en St Katherine's Dock.

¿Desde aquí hasta casa de Henry, que está en Chelsea Harbour, a esta hora del día? ¿Quizá tardo unos treinta minutos en coche con el tráfico que hay hoy?

¿Hace tres horas? Tiene que tener el móvil apagado.

Tengo putísimas ganas de vomitar durante todo el camino hacia allí por distintos motivos.

Para empezar, sé que lo ha visto. ¿Por qué cojones habría apagado el móvil si no? Que lo ha visto todo tal y como ellos lo han pintado, así tan felices y jodidamente tiernos. Necesito llegar hasta ella, explicárselo. ¿Ya está en todas partes? Vaya pesadilla.

«Ballentine vuelve a las andadas». «Magnolia Parks, la novia despechada». «Magnolia Parks destruida de nuevo».

Al menos ese último titular es probable que esté diciendo la verdad.

Cada par de minutos me azota una oleada de náuseas cuando pienso en Magnolia viendo aquello, lo mucho que la habrá asustado.

Y entonces llega la parte que me asusta a mí: que se lo cree.

Que se lo cree lo suficiente como para apagar el móvil y huir a casa de mi hermano, hostia.

¿Y mi hermano y mis dos mejores amigos? ¿Ni una puta llamada de ellos?

Mi mente empieza a entrar en bucle. Una cosa detrás de otra, me digo. Llego junto a Parks, se lo explico, en cuanto me vea, me escuchará. Creo.

Llego a casa de Henry al cabo de unos treinta y cinco minutos. Aparco en doble fila, me da igual. Pongo los cuatro intermitentes y subo corriendo las escaleras.

Subo seis pisos, voy de dos en dos, prácticamente me arrojo contra la puerta cuando empiezo a aporrearla.

Y entonces se abre y el putísimo Julian Haites la ocupa toda entera.

Lo miro fijamente, impactado de primeras.

—Oh... —Gruño—. ¿Qué cojones estás haciendo aquí? —Lo aparto de un empujón y entro en el piso de Henry. Giro sobre mis talones y lo miro, le hago una pregunta que no quiero formular, pero lo necesito—. ¿Te ha llamado ella?

—No —contesta Julian con voz grave.

—¿Entonces qué haces aquí? —Lo miro fijamente.

—Estaba conmigo —interviene Jo detrás de mí y es en ese momento cuando miro a mi alrededor por primera vez.

Hay un montón de gente. Los dos Haites, los dos Hemmes, Hen, Rom y Taura. Ni rastro de Parks.

—Pero tendría que haberme llamado —me suelta Julian, fulminándome con la mirada.

Doy un paso hacia él.

—Ah, ¿sí?

—Sí —asiente con frialdad—. Yo te pondré en tu sitio...

Le doy un pequeño empujón a Julian.

—¿Eso harás?

—¡Eh! —Jo se interpone entre nosotros de un salto y me pega un empujón él mismo—. Haz el puto favor.

Me quito de encima las manos de Jonah y vuelvo a mirar alrededor. Ahora ya estoy un poco desesperado.

—¿Dónde está? —Aterrizo los ojos sobre mi hermano—. ¿Hen? No he hecho nada...

—¿Sabes qué, tío? —Henry me mira fijamente y niega con la cabeza—. Que no te creo.

—Hay fotos —me dice Christian.

—¡Están manipuladas! —grito.

—Claro. —Henry pone los ojos en blanco—. Seguro. ¿Lo de Paili también estaba manipulado, entonces?

Voy como una exhalación hacia mi hermano y le pego un empujón con todas mis fuerzas.

—Cállate la putísima boca, joder.

Y empiezo a recorrer todo su piso, llamando a Parks.

Las chicas se revuelven incómodas. Romilly le susurra algo a Henry, y él niega con la cabeza y me fulmina con la mirada.

Me pregunto cómo puedo estar aquí haciendo todo esto de nuevo. ¿Acaso no lo hice justo la semana pasada? ¿Cuántas veces más creerá lo peor de mí? ¿Cuánto tiempo de mi vida tendré que invertir en demostrar que no soy quien todo el mundo no para de decir que soy?

—¡Magnolia! —Vuelvo a llamarla y aporreo la puerta cerrada del cuarto de mi hermano. Sin duda alguna está ahí. Aporreo la puerta.

La oigo llorar ahora que estoy cerca.

Aporreo más fuerte, la llamo por su nombre.

—Tienes que irte —me dice Julian, detrás de mí.

Me giro al instante y lo fulmino con la mirada, el rostro pétreo.

—Y tú tienes que cerrar la puta boca.

—Ella no te quiere aquí —me dice.

—Oye, ¿sabes qué más no quiere? —Cuadro los hombros—. A ti.

Veo cómo eso lo destroza un poco tal y como yo pretendía. No me siento mal, ya iba siendo hora de que se metiera en sus putos asuntos.

Él niega con la cabeza un poco, pone los ojos en blanco, intenta actuar como si le diera igual.

Le hago un gesto frío con la barbilla.

—¿Creías que no me lo contaría? —Lo fulmino con la mirada.

—¿Contarte qué?

—Que la besaste —anuncio. Y todos los demás contienen la respiración.

Julian se queda ligeramente boquiabierto. Contento de llevarle la delantera un minuto, decido arrancar la segunda ronda.

—Tú la besaste y luego ¿junto a quién corrió al volver a casa?

Julian aparta la mirada, aprieta los dientes, está enfadado, y por eso sigo insistiendo. No me importaría pegarle un puñetazo a alguien hoy.

—Tú la besaste y ¿con quién se acostó ella esa misma tarde? —Lo miro con una ceja enarcada—. No te quiere a ti, me quiere a mí.

—Lo sé, tío. —Julian me mira con fijeza, exasperado—. Eres tú, sé que no soy yo. ¿Por qué no puedes parar de meter la puta pata?

—¡Yo no he jodido nada, hostia! —berreo.

—¿Puedes irte? —pregunta una vocecita a mis espaldas.

—Parks... —Alargo la mano hacia ella y se aparta al instante.

Julian se interpone entre nosotros, la escuda de mí, me aleja.

—No la toques... —me dice.

—Suéltame. —Le pego un empujón y luego un puñetazo en la mandíbula en un único movimiento rápido.

Él se toca la boca con la mano y se mira los dedos. Sangre. Suelta una carcajada.

—¿Te apetece morir hoy? —pregunta.

Si soy sincero, un poco.

Y, a continuación, me placa contra el suelo.

Se oye un crujido estruendoso cuando tumbamos una mesa en el pasillo y rompemos un jarrón. Me pega unas cuantas veces, yo le pego otra antes de que los chicos nos separen. Veo a Taura y a Romilly agarrándose la una a la otra por el brazo y a Magnolia llorando detrás de Daisy, que de repente grita:

—¡Basta!

Julian y yo nos quedamos quietos. Ambos la miramos.

Ella nos mira alternativamente a mí y a su hermano.

—Largo —nos dice—. Los dos. Ya. Largo.

—Daisy… —empieza a decir Julian, poniéndose de pie—. Yo…

—Te vas. —Lo interrumpe y lo fulmina con la mirada—. Te vas ahora mismo. —Luego ella niega con la cabeza y baja la voz para preguntarle—: Es que ¿qué pintas tú aquí?

—Yo…

Pero ella lo interrumpe de nuevo.

—¿La besaste? —Lo mira fijamente, incrédula—. ¿Has perdido la puta cabeza? Céntrate.

Julian suspira, niega con la cabeza, callado por su hermanita pequeña que no piensa permitirle pronunciar una sola palabra, de modo que él deja de hablar.

—Y tú… —Me asesina con la mirada—. ¿Acaso no has hecho bastante?

—¡No he hecho nada! —le digo con voz fuerte, suficientemente fuerte para que todos los presentes me oigan, Parks incluida, y aun así, se encierra a sí misma al otro lado de la puerta del cuarto de mi hermano.

Daisy me lanza una mirada penetrante.

—Si eso es cierto, yo en tu lugar encontraría lo más rápido posible la manera de demostrarlo.

CUARENTA Y OCHO
BJ

—¡Eh! —me grita Jo, corriendo por el pasillo.
—¿Qué? —contesto bruscamente.
—¿Hablas en serio? —pregunta con las cejas enarcadas—. ¿Son falsas?
—¡Sí! —grito—. ¡Joder! Sí, Jo... Yo no...
—Vale. —Se encoge de hombros—. Te creo.
Lo miro, exasperado.
—¿Y no podías creerme dentro?
Jo pone los ojos en blanco.
—¿A quién le importa una mierda que yo te crea, tío? —Niega con la cabeza—. Solo hay una única persona en este mundo que importe si te cree o no...
—Lo sé, pero...
—Tiene muy mala pinta, Beej —me dice—. Ya te ha pillado una vez mintiendo con esta misma chica... ¿Qué creías que iba a pensar?
Suspiro, niego con la cabeza.
—Lo sé, ¡pero es un puto montaje!
Él pone los ojos en blanco, lo cual me hace pensar que quizá no me cree del todo.
—¿Cómo?
—Maddie estaba ahí.
Parece confundido.
—¿Qué?
Me paso las manos por el pelo, impaciente, mientras volvemos hacia mi coche.
—La han cortado de la foto.
Me meto en mi coche, él se sube en el asiento del copiloto.

—¿Debería llamar a Maddie? —Lo miro—. ¿O a la otra chica? Le pido que venga...

Él niega con la cabeza y pone mala cara.

—Yo no traería aquí a la chica.

—¿Y a Maddie?

Hace una mueca.

—Ella mentiría por ti.

Eso es verdad. Y Parks lo sabe.

Dejo caer la cabeza hacia atrás, fijo los ojos en el techo de mi coche.

—Entonces ¿qué cojones puedo hacer?

Jo exhala ruidosamente por la nariz, pensativo.

—Bueno, a ver... ¿Quién lo ha publicado primero? —Me mira—. ¿De dónde es la foto inicial?

Me encojo de hombros.

—De un artículo de *Daily Mail*.

Él enarca las cejas, interesado.

—¿Y tiene autor?

Jo y yo nos pasamos los minutos siguientes averiguando quién es el autor; una manera muy generosa de llamar al puto gilipollas de Ian Audley. Northcliff House es donde están las oficinas de DMGT. No quedan muy lejos de aquí, a un tiro de piedra de Kensington. He encontrado una foto de su cara en internet, además, para poder identificarlo y decidimos ir a visitarlo. Es exactamente cómo te lo imaginabas, ¿verdad?

Bajo y fornido, con un pelo raro que no se ha acabado de decidir por ser de ningún color en particular (¿es castaño, es rubio, es pelirrojo?), no tiene sobrepeso, pero tampoco se cuida mucho. Tiene el aspecto de la clase de persona que puede ganarse la vida despedazando personas como yo.

Jo ha llamado a las oficinas de DMGT de camino para asegurarnos de que seguía allí. No estaba. Sin embargo, y esto me ha dado un poco de miedo, Jonah ha mandado un mensaje de texto y en cuestión de tres minutos teníamos la dirección de su casa, de modo que nos hemos dirigido para allá. Todo un viajazo hasta Hackney.

Es una puta hora y media en coche. Menuda broma. Aun así, de algún modo, Jo y yo hemos logrado llegar antes que él.

Hemos llamado a la puerta de su casa, no ha respondido. Seguro que se ha parado a tomar algo para celebrar un día de trabajo bien hecho o algo así.

Jo ha echado un vistazo por las ventanas. No había nadie en casa. Ni medio indicio de que viva con alguien. Supongo que tampoco me sorprende. Se gana la vida mintiendo, no se presta precisamente a construir una relación.

El sol se está poniendo pronto ahora que estamos ya a finales de noviembre, y yo tengo frío sin abrigo, aunque la calefacción de mi coche esté encendida.

Jo me mira.

—Estás hecho una mierda.

—Sí —digo, con la vista al frente.

—¿Estás bien? —pregunta Jo, observándome de cerca.

Lo miro, le sostengo la mirada un par de segundos.

—No, Jo. —Niego con la cabeza—. Todo el mundo cree que soy un puto desgraciado. Incluyendo, pero no limitado a... —enumero con los dedos— mi mejor amigo. Mi otro mejor amigo. Mi hermano. Mi prometida. Mi padre. Todas las chicas que conozco, al parecer. Y...

—Beej... —me corta.

—Es muy jodido —le digo encogiéndome de hombros—. Estoy jodido. Hice una cosa, y fue una mierda, sé que lo fue, pero me he pasado el resto de mi vida desde entonces intentando demostrar que no soy la persona que todo el mundo cree que soy. ¿Y para qué? —Vuelvo a encogerme de hombros—. Ni siquiera he hecho nada y aun así soy lo que coño crean que soy.

Jo asiente despacio, su rostro parece triste.

—Lo siento —me dice.

No contesto nada y ambos miramos por la ventana y nos quedamos un rato sin decir nada.

Podría ser un minuto, podrían ser unos cuantos...

—Oye, ¿es ese? —pregunta Jo de repente.

Sí, lo es. Aparece por la calle andando a toda velocidad, encorvado bajo un abrigo y agarrando una mochila como un maletín.

Jo sale de mi coche de un salto. Le sigo.

—Eh —le grita.

El hombre baja la mirada, camina más rápido.

—¡Eh! —vuelve a gritar Jo—. Estoy hablando contigo.

Audley vuelve la mirada hacia Jonah.

—No quiero problemas.

Jo pone mala cara.

—Bueno, pues se te viene una puta tonelada.

—¿Ian Audley? —pregunto mientras camino hacia él.

Frunce el ceño.

—¿Quién eres?

Está confundido. Entorna los ojos en la oscuridad.

Me coloco debajo de una farola y me reconoce. Abre los ojos como platos.

—Ahí está. —Jo me lanza una mirada.

Audley nos mira a Jo y a mí.

—¿Qué quieres?

—¿Qué quiero? —repito fulminándolo con la mirada. Obligo a mi rostro a mostrar diversión y no desconsuelo. Suelto una carcajada hueca—. Lo que quiero es una vida tranquila en el campo con la que pronto será mi esposa, lejos de ojos indiscretos y de gilipollas como tú, pero no creo que vaya a pasar pronto.

Se lame los labios.

—Yo solo he publicado un artículo.

—No, tú me estás jodiendo la vida, tío. —Lo miro negando con la cabeza—. Mi chica está encerrada en el cuarto de mi hermano, llorando, porque cree que le he sido infiel, otra vez. Mi hermano está enfadado conmigo, mis amigos no me creen, todo porque fui un desgraciado hace tiempo, ¡pero ahora no lo soy! Y como tú estabas teniendo un puto día tranquilo sin noticias, ¿has decidido recortar a mi hermana de una foto y hacer que pareciera que estoy haciendo algo que no es?

Audley me mira fijamente, niega con la cabeza como si no pudiera evitarlo.

—Ya ha ido a imprenta.

—Bueno, ¡pues desimprímelo! —le grito—. ¡Quítalo!

—¡No funciona así!

Y estoy a punto de perder los putos estribos cuando Jo me aparta de en medio de un empujón. Agarra a Audley por la pechera y tras estamparlo contra mi coche, le pone el antebrazo contra la garganta.

—Eh, Beej... ¿Hasta qué punto un tipo tiene que estar mal de la puta cabeza para divertirse publicando mierdas sobre completos desconocidos? ¿Y para hacer llorar a chicas por las mierdas que dice cuando habla de ellas y lo publica en internet? ¿Te hace sentir importante? —Jo enarca una ceja y le aprieta todavía más el cuello.

Audley empieza a ahogarse un poco.

—Jo... —Lo miro de reojo. Me pongo nervioso, la verdad. Jonah no me había puesto nervioso en toda mi vida.

Aprieta con más fuerza y ahora el reportero ya está sufriendo de veras.

—¡Jo!

—Escúchame bien... —Jonah me ignora—. Si él no estuviera aquí... —Me señala con la cabeza—. Estarías perdido, pero aquí está. Has tenido suerte, son días felices...

Lo suelta y el hombre se queda ahí plantado, boqueando para respirar, agarrándose el cuello.

—¿Ahora vas a estar un poco más dispuesto a hacer lo que queremos de ti, Ian?

Audley asiente, claramente asustado.

—Beej. —Jo me hace un gesto con la cabeza.

—Muy bien, aparte de que no solo voy a denunciar a ese puto periodicucho para el que trabajas, sino que te voy a denunciar a ti también. Tú... —Lo señalo con un dedo—. Iré a por ti con todo lo que tengo, y con solo mirarte ya sé de entrada que tengo muchísimo más que tú, y voy a dejarte sin nada igualmente. Voy a arrebatártelo tod...

—Publicaré una rectificación —dice al instante.

—Sí —asiento—. ¿Y?

—Y redactaré una disculpa pública.

Asiento, impasible.

—¿Qué más?

—¿Qué más quieres?

—¿Tienes las fotos originales?

—En el móvil —asiente—. Sí.

Lo pienso un segundo, luego doy unos golpecitos en mi coche.

—Sube —le digo.

—No... —Audley niega con la cabeza—. No pienso ir a ninguna parte con vosotros...

—Ian... —dice Jo con una voz cargada de advertencia.

Miro fijamente a Audley.

—Vas a venir conmigo ahora mismo y vas a decirle a mi prometida que eres un pedazo de mierda que intenta vender periódicos y que por eso te lo has inventado y que sientes haber mentido y haberle causado este dolor.

Ian abre la boca, empieza a decir algo, pero Jonah niega con la cabeza, abre la puerta de atrás de mi coche y lo mete dentro sin miramientos.

La vuelta transcurre más rápido. Quizá treinta minutos, a lo sumo.

Está callado el primer ratito. Parece molesto, la verdad. Como si le hubiéramos importunado.

—¿Estás teniendo un día duro, eh, colega? —Jo se fija y se vuelve hacia él.

Audley no dice nada, fulmina con la mirada a Jo.

—La gente como vosotros cree que puede hacer cualquier cosa —le dice a la ventana, no a nosotros.

—¿La gente como nosotros? —Me giro—. Qué curioso, el mes pasado me fui a comer con mi hermana pequeña y su amiga, esta mañana he ido a trabajar y cuando he vuelto a casa, tú le habías prendido fuego a mi relación. ¿Y para qué?

—Si tu relación está en llamas, no es culpa mía —me dice, bastante convencido de ello.

—Ah, ¿no? —Jo lo mira fijamente y suelta una carcajada—. ¿Qué problema tienes con él? —Jo me señala con la cabeza—. ¿Se tiró a una chica que te gustaba?

Audley pone los ojos en blanco y vuelve a mirar por la ventana.

—Podría hacer que te detuvieran por agresión —le dice a Jonah.

—Vale. —Jonah se ríe—. Veamos qué tal te va.

—¡Podría! —insiste.

—Claro. —Jo asiente con calma—. A ver, yo no lo haría. Pero, sí, inténtalo. Veamos qué pasa...

Le lanzo una mirada a mi amigo, pero no se da cuenta. Tiene los ojos fijos en la carretera, la está fulminando con la mirada.

—Solo es un trabajo.

—No, hostia, no lo es... —Le pego un porrazo al volante—. Somos personas reales, tío. Tengo a una chica real en casa que está derramando lágrimas de verdad porque tú eres un puto mentiroso.

Se queda callado un segundo.

—Si se lo cree es porque ya lo has hecho.

—Bueno, muchísimas gracias, Aristóteles. —Jo pone los ojos en blanco.

Le lanzo una mirada a Jo y luego miro fijamente a Ian.

—Imagínate hacer algo una vez, una sola vez, cuando tenías veinte años y metiste la puta pata, y luego cada vez, a cada oportunidad que se le presenta a todo el mundo que te rodea, la gente despliega ante ti ese error como si fuera una puta alfombra sobre la que tuvieras que caminar. Pero no solo soy yo quien tiene que andar por ahí, también es mi madre, mi abuela, mi prometida. ¿Sabes qué le pasa a ella cada vez que hay un artículo inventado sobre mí y cualquier puta modelo que ni siquiera he visto en mi vida? ¿O cuando publicáis un artículo diciendo que dejé embarazada a no sé qué chica cuando estábamos en el internado? La jode viva. Es una persona real. Sé que para ti y tu pandilla ella es, en fin, una idea abstracta y lejana de persona, pero es una persona de verdad.

Se queda callado después de eso. Se mira las manos, vuelve a mirar por la ventana.

Cuando aparcamos enfrente de casa de Henry, esta vez subimos en ascensor.

Aporreo la puerta de casa de Henry y él abre, a regañadientes.

Todo el mundo se ha ido ya menos Henry y Rom.

—¿Sigue aquí? —Lo aparto de un empujón, buscándola.

Henry asiente al tiempo que Jo mete a Ian en el piso.

Henry lo mira confundido.

—¿Y quién cojones es este?

—¿Magnolia? —grito—. ¡Parks!

—En el cuarto de invitados... —Romilly lo señala con un gesto y Henry mira a su novia y pone los ojos en blanco.

Abro la puerta de par en par. No llamo, no espero a que me deje entrar. No tendría que hacer falta.

Vuelve a estar contra la cabecera de la cama, en el centro, abrazándose las piernas. El cuarto está bastante oscuro, pero aun así, de algún modo, esos ojos brillan como la puta estrella polar, enrojecidos de tanto llorar.

—Hola —digo.

Ella no dice nada.

Luego agarro a Ian por el pescuezo y lo meto en la habitación.

Parks lo mira confundida durante un par de segundos. Luego vuelve a mirarme a mí, impasible.

—Dile quién eres —le digo empujándolo de nuevo.

—Soy... —Se aclara la garganta—. Ian Audley. He escrito el artículo del *Mail* de hoy.

Magnolia se sienta más erguida de inmediato.

Henry gira la cabeza como un resorte hacia Ian y luego vuelve a mirarme a mí.

Enarco las cejas, impaciente.

—¿Y?

Ian suspira.

—Y manipulé la foto.

Magnolia se baja de la cama de un salto y se queda de pie.

—¿Cómo? —le gruñe manteniendo las distancias con ambos.

Ian se revuelve, incómodo. Avergonzado, quizá.

—Había otra chica... —Se encoge de hombros como si no pudiera evitarlo—. Al aparecer ella en la foto quedaba bastante claro que no era una cita.

Parks entorna los ojos.

—¿Cómo lo has hecho?

Ahora él parece sentirse culpable. Difícil no sentirse así con esos ojos verdes perforándote de esa manera.

—La corté de un par. La eliminé con Photoshop de otro par más.

Ahora, por fin, me mira a mí. Un vistazo fugaz.

—¿Quién era la otra chica?

—Maddie —le digo.

Vuelve a mirar al periodista.

—¿Hiciste que se besaran?

Él niega con la cabeza.

—No.

Y entonces ella vuelve a mirarme fijamente, con los ojos muy abiertos y llenos de incredulidad.

Corro hacia ella.

—No la besé, Parks... —Niego con la cabeza—. Fui a darle un beso en la mejilla, nos movimos mal, me encontré con la comisura de su boca...

Me mira fijamente un par de segundos más y luego vuelve a mirar a Ian.

—¿Tienes las fotos reales?

Asiente y le tiende el móvil.

Ella las va pasando a toda velocidad y observo cómo la expresión de enojo se va transformando en tristeza.

Se cubre la cara con la mano y llora.

Quizá es la primera vez en todas nuestras vidas que llora y yo no hago nada, me quedo ahí plantado.

Ian me mira, incómodo. Los chicos me observan, esperando a que me mueva, pero no lo hago porque ella cree que soy un desastre y es un golpe difícil de encajar.

Dura un buen rato, su llorera con el rostro oculto entre las manos. Nadie se mueve, nadie dice nada. Dura casi un minuto, me parece.

Me siento congelado, como si tuviera los pies atrapados en cemento seco.

Quiero abrazarla, desde luego que sí, pero no siento que pueda hacerlo. ¿O quizá que deba? Tendría que estar jodidamente cabreado con ella. Que un poco lo estoy, ahora que sabe que no estoy haciendo lo que ella creía que hacía.

Recupera el control de sí misma, inhala profundamente por la nariz y toma algunas bocanadas de aire.

Se seca la cara con las manos y luego mira fijamente al reportero, le devuelve el móvil con un gesto brusco y le cruza la cara de una bofetada.

Me echo para atrás, sorprendido. Nunca la había visto pegarle una bofetada a alguien que no fuera yo. No me ha disgustado.

—¿Cómo te atreves? —le pregunta negando con la cabeza.

—Lo siento, yo...

—¿Somos un juego para ti? —Lo corta ella—. ¿Algo sobre lo que hablar y mentir?

Ian no dice nada, se limita a mirarla con fijeza, entre fascinado y aterrado, lo cual yo mismo siento a menudo en presencia de ella, de modo que bienvenido al puto club, colega.

—Lárgate —le dice.

Ian se vuelve para irse y Jo le agarra por un brazo antes de que llegue a la puerta.

—Eh. —Le lanza una mirada—. Sabes quién soy, ¿verdad?

Ian asiente.

—Sí.

Jonah le lanza otra mirada.

—Te convendría recordar que están bajo mi protección.

Ian asiente una vez más y luego se va, cerrando de un portazo al salir de casa de Henry.

Magnolia toma una profunda bocanada de aire y mira a los chicos y a Rom.

—¿Podríais dejarnos a solas, por favor?

Todos asienten y se van, cierran la puerta detrás de ellos, y en cuanto estamos solos, viene corriendo hacia mí.

A decir verdad, no quiero abrazarla, pero lo hago. Por hábito y sin pensar, las manos se me van a su cintura y ella me rodea con los brazos.

—Joder... —susurra—. Beej, lo siento.

Yo no digo nada, solo asiento.

Ella niega con la cabeza.

—Lo siento muchísimo. —Parpadea para ahuyentar las lágrimas—. Es que me he asustado y se me ha llevado el pánico y...

—Lo sé —asiento.

—Lo siento —repite.

Nunca me había pedido perdón tantas veces en toda nuestra vida.

—Claro —digo apoyando el mentón en su coronilla. Me paso perfectamente quince segundos en silencio y luego, no sé cómo, se me cae—: Oye, ¿siempre vas a creer lo peor de mí?

Parks se separa y me mira.

—BJ...

—Te lo pregunto en serio. —La miro fijamente—. Necesito saberlo.

Ella niega con la cabeza.

—No creo lo peor de ti.

—Sí —asiento—. Lo haces.

Ella se queda quieta y como congelada entre mis brazos, no aparta sus ojos de los míos.

—¿Estás rompiendo conmigo?

Dejo caer la cabeza hacia atrás, exasperado.

—No. —Me aparto un paso de ella—. Te dije para siempre cuando tenía dieciséis años y lo decía en serio, pero... —Exhalo una bocanada de aire que no me había dado cuenta que estaba conteniendo—. Joder, Parks... No puedo seguir haciendo esto...

Parpadea, parece asustada.

—¿Hacer qué?

—Esto. —Hago un gesto entre nosotros con las manos—. Este puto baile en el que aunque no la cague, sigo siendo un mierda y tengo que demostrarte que soy lo bastante bueno...

—No tienes que demostrármelo —me dice, parece serena al hacerlo—. No tienes que demostrar nada.

Me separo de ella.

—¡Ni siquiera me has llamado, joder, Parks! —grito—. Lo has visto, te lo has creído y has apagado el móvil.

Me siento más traicionado de lo que me había dado cuenta y niego con la cabeza, enfadado.

—Yo el otro día te vi besar a tu exnovio en mitad de la calle y ni siquiera parpadeé...

—Yo no le besé —aclara—. Él me besó a mí.

—¡Ni siquiera parpadeé, hostia! —grito negando con la cabeza—. No hice preguntas, no te presioné porque confío en ti...

—Yo confío en ti. —Me mira con mala cara.

—Y una mierda lo haces —bufo.

Ella se cruza de brazos, parece asustada. Mierda, odio cuando parece asustada.

—Pero bueno, ¿adónde quieres ir a parar?

Me lamo el labio superior.

—Pues a que necesitamos ayuda.

Frunce el ceño, se aparta un paso de mí.

—¿Qué clase de ayuda?

La miro fijamente un segundo antes de decirlo porque sé cómo se va a poner.

Lo digo de todos modos.

—Vamos a ir al psicólogo.

—No... —Ella niega con la cabeza y retrocede hasta la pared.

—Sí —asiento mientras echo a andar hacia ella.

—¡No!

—¡Sí! —Le digo, frente a frente y mirándola con fijeza—. Te quiero, Parks. Te quiero y deseo estar contigo. Haría cualquier cosa por estar contigo.

Se le suaviza un poco la mirada.

—Por favor, haz esto por mí —le suplico, de veras.

Ella bufa con los brazos cruzados y pasea la mirada por la habitación.

Parece nerviosa al instante, casi aturullada.

Me mira de soslayo.

—¿Crees que estoy loca?

—Sí —asiento con decisión—. Todo el rato.

Ella pone los ojos en blanco y yo le lanzo una sonrisa.

—Bueno, ¿y de qué me hará hablar?

—De todo —le contesto.

Ella frunce el ceño.

—¿De mi hermana?

—De todo.

—¿De Billie? —Frunce más el ceño.

Le lanzo una mirada.

—De todo, Parks.

Exhala, pone los brazos en jarras y se apoya contra la pared que tiene detrás.

—¿Me estás diciendo que si no voy, romperás conmigo?

Niego con la cabeza.

—Jamás te diría eso.

—¿Qué me estás diciendo entonces?

Doy un paso hacia ella, alargo la mano y sostengo la suya.

—Te estoy diciendo que estar contigo, estando como estamos, me está haciendo daño.

—Oh. —La tristeza se apodera de su rostro. Los ojos se le llenan de lágrimas—. Y todo porque me he creído un puto artículo del *Daily Mail*.

—En absoluto. —Le acaricio la cara—. Lo necesitamos.

Intento sonreírle para infundirle ánimos, pero ella no me devuelve el gesto, sino que abre mucho los ojos y traga saliva con esfuerzo.

—Hace tiempo que lo necesitamos, Parksy.

Ella me mira fijamente durante un par de segundos y luego se sienta contra la pared, con la habitación todavía a oscuras.

Mira más allá de mí durante un poquito y después vuelve a mirarme.

—Tengo miedo.

Voy a sentarme a su lado.

—¿De qué?

—¿Y si vuelven a vender todos mis secretos a una revista?

Suspiro.

—Me parece improbable.

—¡Ya ha pasado!

—¡Por eso no creo que vuelva a pasar!

—Bueno... —Se cruza de brazos—. ¿Y si soy horriblemente disfuncional?

—Lo eres —asiento convencido.

—¿Y si dice que soy un desastre?

—Uy, lo dirá. —Sigo asintiendo.

—¿Y si tú...?

—Parks. —La corto con una mirada—. ¿Tú crees que voy a oír algo de ti en la consulta de un psicólogo que no sepa ya? Te he querido toda la vida.

Me la subo a mi regazo y presiono los labios contra su coronilla.

—Lo necesito, Parksy. —La abrazo con más firmeza—. ¿Por favor?

Me apoya la cabeza en el pecho y oigo su respiración, noto cómo se acompasa con la mía.

Y, por fin, su vocecita emerge en la oscuridad:

—Vale.

CUARENTA Y NUEVE
Magnolia

Nos despertamos al día siguiente por la mañana cuando la puerta del cuarto de invitados de Henry se abre. Hemos dormido aquí toda la noche, evidentemente. En el suelo, contra la pared.

BJ se aprieta el cuello con la mano libre (con la que no me está abrazando), lo estira y mira entre parpadeos a su hermano, que nos observa fijamente con los ojos entornados.

—Interesante —comenta.

Me froto los ojos, cansada.

BJ se cruje la espalda y se yergue un poco. Me atrae hacia él.

—¿Qué estáis haciendo en el suelo? —pregunta Henry con los brazos cruzados.

—Nos dormimos, supongo.

—¿En el suelo? —Henry frunce el ceño—. ¿Junto a una cama vacía?

—Sí. —Beej se encoge de hombros, cansado.

Henry pone los ojos en blanco.

—Bueno, si eso no es una metáfora de vosotros dos, no sé qué puede serlo...

—¡Buenos días! —exclama Rom con voz cantarina, asomando la cabeza junto a Henry—. ¿En el suelo?

—Mmm. —Bosteza Beej.

—Sexy. —Asiente ella con admiración—. ¿Os apetece desayunar?

Me siento y le sonrío.

—Sí, pero primero tenemos que hacer una llamada.

BJ me mira.

—¿A quién vamos a llamar? Joder, cómo me duele el cuello.

Le hago unas friegas y ladeo la cabeza.

—¿Tienes a algún psicólogo en mente o...?

Pone una expresión curiosa, un poco desenfocada o algo así.
Asiente.
—Pues, mira, sí.
—Vale —le sonrío un poco, nerviosa—. Pues pide cita.
—Muy bien. —Me devuelve la sonrisa, nada nervioso. Roza mis labios con los suyos.
—Ahora —le digo.
—Ah, bueno, es que son… —Cambia la cara al mirar el reloj. Lleva The Submariner en acero Bezel con la esfera verde Hulk de Rolex— las siete de la mañana, así que…
Arrugo la nariz.
—¿Que qué?
BJ mira a Henry y a Rom, y luego a mí.
—Bueno, pues que no estará disponible…
—Por Dios bendito. —Me cruzo de brazos, esto cada vez me gusta menos—. ¿Qué clase de médico es?
—Una psicóloga —asiente él.
Enarco una ceja, impertérrita.
—¿Y no está disponible a las siete de la mañana?
—Pues no. —Suelta una carcajada—. Creo que a eso se le llama poner límites.
Lo miro, dubitativa.
—Creo que a eso se le llama primer *strike*.

21.13

Henny Pen 🎙️

Bueno, Taura y el poli...

> Mmm?

Hay algo?

> Creo que sí.
> Han estado mandándose mensajes.
> Te parece bien?

Claro.

Desde luego, sí.

Es raro verlo...

Pero me alegro por ella.

> Bien!

Es buen tío?

> Creo que mucho.

Bien

CINCUENTA
Magnolia

—No me parece que se lo debamos —le digo a BJ al tiempo que lo miro sujetándole una mano con las dos mías.

—Uy, y así es. —Niega con la cabeza—. No les debes nada, Parks. —Aprieta los labios—. Aun así, creo que deberían saberlo.

—¿Por qué? —Frunzo el ceño, y posiblemente es una pregunta inútil porque ya estamos de camino hacia Holland Park para contarles lo del 3 de diciembre. Daniela nos sigue como de costumbre.

La decisión de hacerlo tampoco es que haya sido tremendamente precipitada, hemos hecho muchos ummms y aaahs al respecto durante meses ya, pero el tema volvió a salir la semana pasada y ahora estamos de camino a contárselo, aunque no necesariamente pienso que merezcan saberlo, BJ cree que debería decírselo, y yo estoy intentando ser una persona más abierta porque tengo la sensación de que, a veces, me precede cierta reputación de ser difícil en algunas ocasiones.

—Porque eres su hija. —Me mira con elocuencia—. Y te sucedió algo importantísimo y...

—Y ellos ni se inmutaron —atajo.

—No sabían que tuvieran que hacerlo. —Me lanza otra mirada—. Además, mis padres lo saben. Saldrá con la psicóloga...

Lo miro de nuevo, vuelvo a sentir ese pánico que me oprime el pecho de vez en cuando al pensar en el mundo sabiendo de ella. Lo que dirán, cómo quizá suspiran con un alivio colectivo porque se salvó de ser la hija de Parks la Problemática y Ballentine el Malote.

—¿En serio?

—Claro —asiente con dulzura—. Vamos a ver, ella ya lo sabe por mí, de modo que...

—Oh —digo y entonces él para de andar.

—Depende de ti, Parksy. No tenemos que contárselo a ellos... —Me lanza una mirada—. Podemos ir, comer con ellos sin más...

—¿Sin motivo? —Lo miro fijamente, horrorizada—. ¡¿Estás loco?!

Él suelta una carcajada mientras niega con su cabeza perfecta y echa a andar de nuevo.

—O podemos irnos a casa y listo.

Lo miro con fijeza.

—Es preferible.

—Pero si fuera yo... —Me lanza una mirada que es un poco de sabelotodo pero bastante sexy y un poco difícil de ignorar porque, como ya he dicho, sexy, y además yo mismo voy (creo) un poco sin rumbo, por eso prefiero que me den órdenes, aunque no se lo digas a él— se lo contaría —me dice con bastante decisión.

Deslizo la mano hasta el interior del bolsillo de su chaqueta *bomber* de estampado ecuestre en tono marrón caramelo y con botones de Gucci.

—Bueno, eso es porque tus padres son buenos...

—¿Por qué no les damos una oportunidad a los tuyos de serlo?

Exhalo por la nariz y fijo la vista al frente.

—Porque me defraudarán.

—¡También podemos hablar de eso en terapia! —me dice con desparpajo, pero al ver que no me río y ni siquiera sonrío, asiente—. Es posible que lo hagan, sí.

Y entonces le planteo la pregunta que me tiene preocupada desde el principio. La voz me sale rara, callada, casi ahogada.

—¿Y si la echan a perder?

Me mira fijamente un par de segundos y le veo los ojos un poco cansados.

—Es imposible.

Es la primera vez que volvemos a Holland Park desde que Bushka se fue a Moscú.

Ella está bien, por cierto. Nos llama por FaceTime casi todas las mañanas, bastante más temprano de lo que querríamos BJ o yo misma.

La verdad es que creo que lo sigue haciendo porque BJ solo lleva ropa interior para dormir y ella intenta echar algún vistazo, y me dijo que desde que está en Rusia, el tío Alexey gobierna con una mano mucho más férrea en lo que respecta a la distribución de vodka y por eso, vamos a ver, ¿qué le queda a la mujer aparte de algún que otro vistazo robado a mi casi desnudo prometido? No la culpo.

Nos quedamos ante el portal y llamamos, y aunque todavía tengo una llave, cada vez siento menos mía esta casa.

Alguien que no reconozco abre la puerta. Eso tampoco es nuevo. Desde que, al parecer, mi madre volvió a mudarse aquí ha habido muchos cambios en el servicio de la casa.

Le dije a Bridget que me parece un intento raro de empezar de cero, como si estuvieran haciendo limpieza de todas las personas que estuvieron ahí durante el «desliz».

La verdad es que no he sabido nada del «desliz». Solo lo mínimo. BJ dice que cree que se está tomando su tiempo para resituarse. Aun así, yo sigo estando muy disgustada.

Nos acompañan hasta el comedor donde nos encontramos un verdadero espectáculo: un cochinillo, todas las hortalizas que existen, cuatro tipos distintos de ensalada y cerca de diecinueve clases distintas de panecillos.

BJ abre unos ojos como platos al verlo y luego mi madre aparece ataviada con un kimono, nos planta un beso en cada mejilla y nos sonríe cálidamente.

—Caray… —Miro fijamente la mesa abarrotada de comida—. Solo seremos nosotros, ¿no?

—Sí. —Mi madre observa toda la comida—. ¿Habrá bastante?

BJ suelta una carcajada, divertido.

—Para alimentar a toda Rumanía, sí.

—Oh… —Mi madre hace un gesto desdeñoso con la mano—. Nunca había tenido que organizar un cáterin para nada yo misma, pero como Mars se ha ido…

BJ me mira de reojo al instante, confundido. Y, francamente, yo también lo estoy.

—Marsaili llevaba bastante tiempo sin trabajar para ti, Arrie.

—Lo sé —contesta mi madre, sentándose con una expresión de desconcierto en el rostro—. Pero siguió ocupándose de todos modos. ¿La culpa, tal vez? —añade como si se le acabara de ocurrir.

—En fin —Me encojo de hombros amablemente—. Le estuvo bien empleado, ¿verdad?

—¿Has sabido algo de ella? —pregunta mi madre.

—Pues sí —miento intentando que parezca que estamos tan unidas como lo estábamos antes, que charlamos todos los días, cuando en realidad no sé más de lo que podrías saber tú si te diera por buscar en Google.

Está en Plockton, viviendo con su familia. No trabaja, aunque tampoco le haría falta volver a hacerlo en toda su vida si prefiriera no hacerlo, con la cifra por el acuerdo que va a recibir.

Sin embargo, sí tiene intención de volver a trabajar. Se está planteando volver a la universidad y sacarse el título para ser docente.

Desde luego no está saliendo con nadie porque solo han pasado treinta segundos y aunque es verdad que yo la metería en el mismo saco que el resto de adultos locos con los que he crecido, ella es la menos loca y hasta podría decirse que la más cuerda de todos. Ni siquiera piensa en tener citas, me dijo.

Y yo le dije: «Ni yo» y pareció que mi broma no le daba ni frío ni calor y solo contestó: «Magnolia».

—Está bien —le dice BJ a mi madre, y de verdad que pienso que este chico es la persona más brillante del planeta, en serio, lo pienso de veras.

Se lo ha dicho de una manera a mi madre que ha evitado por completo que la conversación avanzara un centímetro más, de algún modo ha dejado claro que no era un tema que tuviéramos que tratar mi madre y yo, pero no sé cómo, también ha sido una respuesta lo suficientemente amable como para que mi madre no se sintiera rechazada del todo.

Se le da muy bien cruzar los campos de minas que se esconden en mi familia, creo.

Supongo que por eso te casas con un hombre. Y también porque lo amas.

—Ah. —Mi padre me dedica una sonrisa seca cuando entra en el comedor—. ¡Ahí la tenemos! ¿Has vuelto para gritar un poco más?

Le lanzo una mirada.

—Bueno, no es el objetivo de nuestra visita, pero contigo aquí, tampoco vamos a descartarlo por completo.

BJ me pega un codazo sutil para que me calle y me sienta en la silla contigua a la suya.

BJ le tiende una mano a mi padre y él se la estrecha.

—Vosotros mismos —dice mi padre señalando con un gesto la comida, y luego un miembro del servicio que no reconozco aparece con dos botellas de vino y le digo que quiero las dos porque estoy nerviosa.

—¿Y a qué debemos el placer? —nos sonríe mi madre.

Tomo una bocanada de aire y la contengo sin darme cuenta.

Beej alarga la mano por debajo de la mesa, me aprieta la rodilla y luego habla por mí.

—Es que hay una cosa que Parks y yo queríamos comentar con vosotros. —Les lanza una sonrisa tentativa.

—Vale. —Mi padre frunce el ceño, suelta el tenedor, a la espera.

Miro a BJ y trago saliva.

Se señala a sí mismo con las cejas enarcadas, pregunta sin preguntar y yo asiento.

Me sonríe con dulzura, me rodea con un brazo y vuelve a mirar a mis padres.

—Vale, pues... —Aprieta los labios—. Cuando íbamos al internado, Parks y yo...

Se le apaga la voz y cruza una mirada con mi padre. A Harley ya se le ve profundamente impasible por lo que sea que esté a punto de decir a continuación.

—Se quedó embarazada —dice, justo después niega con la cabeza y se corrige a sí mismo—: Nos quedamos embarazados.

A ambos les cambia la cara de inmediato.

Harley está absolutamente estupefacto y mi madre... La verdad es que no acabo de comprender la cara que pone.

—¿Abortaste? —pregunta Harley.

Niego con la cabeza.

La tristeza se apodera de su cara cuando deja de mirar a BJ para mirarme a mí, pero yo apenas me percato porque solo miro a BJ.

Siempre ha sido lo más difícil para mí, lo que viene a continuación.

Hablar de la vida que planeamos hace tantísimo tiempo, lo difícil que se hizo todo durante tanto tiempo después de lo ocurrido...

Beej me sonríe con ternura antes de volver a mirar a mi padre.

—Teníamos un plan, íbamos a tener a la niña...

—La niña —repite mi madre, mirándonos con la misma expresión extraña. ¿Tristeza? ¿Fascinación? ¿Ambas? ¿Ninguna? ¿Bótox? Tú tienes tanta idea como yo.

—Sí —asiente Beej con cariño—. La niña.

—Entonces ¿qué pasó? —pregunta Harley con muy pocos miramientos.

—No lo sabemos... —le digo, y Beej me mira con los ojos muy grandes y tristes—. Pero tuve un aborto a las quince semanas.

Mamá se queda boquiabierta y ahora, por fin, puedo comprender el rostro de mi madre. Creo que está más bien destrozada.

—¿Quién lo sabía? —pregunta Harley, apartando su plato de comida intacta de delante de él.

—Solo nosotros —respondo—. Y la madre de Christian.

Harley pone mala cara.

—¿La madre de Christian por qué?

BJ se lame los labios y le sonríe delicadamente a mi padre.

—Es discreta.

—Claro. —Mi padre asiente una vez—. ¿Mars lo sabía?

Me acerco a BJ.

—No.

Y se hace un silencio que dura unos cuantos segundos, todo lo que ellos no sabían de nosotros está entrando en sus mentes, está cambiando la química de quienes somos en contexto de esa nueva revelación.

Mi madre me mira fijamente, solo me observa, hasta que, por fin, habla.

—¿Por qué no recurriste a nosotros? —pregunta. ¿Parece herida?

Niego con la cabeza, sin comprender.

—¿Por qué iba a recurrir a vosotros?

—¡Porque somos tus padres! —exclama poniéndose de pie.

—¿Y? —La miro fijamente. Como si significara algo.

Por eso vuelve a intentarlo.

—Porque yo también estuve embarazada y asustada...

—¡¿Cuándo?! —Niego con la cabeza, exasperada.

Toma una bocanada de aire que se le atraganta y apenas consigue señalarme con un gesto, pero logra lo suficiente para hacerse entender.

Bajo el mentón hacia el pecho y la miro de hito en hito.

BJ me agarra la mano.

—Yo podría haberte ayudado... —Mi madre suelta un suspiro pesado y triste. No lo siente por ella, o quizá sí. Quizá lo siente por las dos.

—Bueno —me encojo de hombros—, estabas pasando tu fase de baronesa, de modo que...

—No la castigues a ella por no estar ahí cuando tú no nos permitiste estarlo... —Harley me apunta con un dedo—. Podríamos haberte ayudado.

—Pensamos que podríamos gestionarlo —le dice BJ con firmeza.

—¿Sí? —Mi padre echa la cabeza para atrás—. ¿Y qué tal se os dio?

Resulta bastante cruel, ¿no crees? Teniendo en cuenta todo el contexto.

Aunque, de hecho, me pregunto si tal vez lo que pasa es que es un hombre cruel en general y punto.

BJ no dice nada, se queda mirando fijamente a Harley, es posible que esté teniendo la misma revelación que yo; un hombre puede ponerse muchísimas máscaras, una persona puede poseer muchísimas virtudes, una persona puede ser muchísimas cosas, y aun así nada te destruirá a más velocidad que el orgullo.

Harley enarca una ceja con impaciencia.

—¿Piensas quedarte ahí sentado, decirme que dejaste preñada a mi hija y luego no decir una puta palabra más?

—¿Qué quieres que te diga, Harley? —BJ lo fulmina con la mirada, sincero—. Fue hace diez años.

—Cannes —dice mi madre de pronto.

Parpadeo dos veces.

—Sí.

—Lloraste muchísimo...

La noche que BJ y yo volvimos, ¿te acuerdas? Que nos metimos en tantos problemas. Me pasé horas llorando y tuvieron que llamarlo.

Asiento.

—Sí.

Mi madre no despega sus ojos de mí y luego niega imperceptiblemente con la cabeza.

—Magnolia, lo siento muchísimo.

BJ se aclara la garganta y le sonríe a mi madre.

—Cada año subimos a la casa de Dartmouth…

—¿Por qué?

—Bueno… —Frunzo un poco el ceño—. No es donde está enterrada porque… nosotros no… —Hago una pausa—. Pasó todo muy rápido…

—Después de la intervención de Parks…

—¿Intervención? —Mi padre vuelve a fruncir el ceño.

—Quince semanas —repite BJ.

—Necesitaría un legrado —le dice mi madre.

—Después de aquello… nos fuimos y ya está —les dice BJ, y veo que le resulta difícil decirlo. Siempre he lamentado esa parte—. Colocamos una piedra en un árbol de ahí arriba.

—¿Qué árbol? —pregunta Harley.

—El que hay junto al lago —le responde mi madre, pero nos está mirando a nosotros—. La he visto.

Asiento.

—¿Por qué? —pregunta.

Me paso buen puñado de segundos diciendo «mmm», y BJ hace una mueca.

Miro fijamente a Harley.

—No tengo claro que te vaya a entusiasmar la respuesta.

Él entorna los ojos.

—Ponme a prueba.

Aprieto los labios.

—Fue el… lugar donde… la concebimos.

BJ aplasta una sonrisa.

Harley asiente, impasible, pero (para sorpresa de todos) no suelta ningún comentario impertinente.

Busco sus ojos, intento decirle sin decírselo que es un lugar importante para mí, incluso sagrado. Sin embargo, él no percibe el tono, él no me oye, ¿cómo iba a hacerlo? No sabemos hablar el uno con el otro ni siquiera usando palabras, de modo que dejo de mirarlo a él y me vuelvo hacia mi madre.

—Es el único lugar de sepultura que tenemos.

—El 3 de diciembre es cuando murió. —BJ me rodea con el brazo—. Mis padres vendrán este año. Nos encantaría que nos acompañarais.

—Hombre… —Ladeo la cabeza—. Decir que «nos encantaría» quizá es pasarse un pelín, pero…

Mi madre me corta.

—Ahí estaremos.

CINCUENTA Y UNO
BJ

Contárselo a sus padres fue mejor de como habría podido ir, pero después ella se pasó un par de días bastante alterada de todos modos.

Nunca ha ido al psicólogo. Lo sé, es una puta locura. Aunque, en fin, yo tampoco hasta que empecé a ir.

En Varley tuvimos una orientadora que la verdad es que era muy buena mujer, bastante implicada y observadora. Fue ella a quien Magnolia vio de forma intermitente a lo largo de los años. Tenía que hablar con ella como parte de su programa de paciente externa de Bloxham House. La verdad es que a Parks le caía bastante bien, a mí también. Era muy agradable. Solo que tenía un problema con el juego.

Fue ella quien filtró a la prensa sensacionalista lo del empeoramiento de las notas de Magnolia, quien les contó un montón de las infidelidades de Harley, fue ella quien contó al mundo que éramos activos sexualmente.

Aquello jodió bastante la confianza de Parks en los orientadores. Lo cual está justificado, supongo.

La verdad es que le estaba dando tantas vueltas a la cabeza la noche previa a nuestra primera sesión, que tuve que ponerle una pastilla de melatonina en la boca y decirle que se la tragara. La dejó roque bastante rápido. Durmió unas once horas del tirón, lo cual últimamente no es nada propio en ella.

Muevo la urna para que hoy se vea la cara sonriente, intento ayudarla a sentirse valiente, como si Bridge estuviera con nosotros. Sin embargo, cuando salgo de la ducha me encuentro que ha vuelto a ponerla con el ceño fruncido.

Se pellizca el dedo sin darse cuenta durante todo el trayecto en coche hasta la consulta. No es un trayecto espantosamente largo, cerca de veinte minutos hasta Belgravia. Conduce Daniela. La verdad es que es muy buena conductora. Rápida, segura, casi extrañamente eficiente, incluso cuando el tráfico es una mierda.

Cuando llegamos a la consulta de la doctora, Magnolia entra tan rápido y con tanto disimulo como puede, con las gafas de sol puestas y una bufanda cubriéndole la cabeza.

No habla con la recepcionista, se limita a sentarse en un rincón alejado de las ventanas.

—Ballentine para la doctora Ness —le digo, aunque sé que sabe quién soy. Quiénes somos, supongo.

Para empezar, llegado este punto ya he venido mil veces, y para seguir, somos el tipo de la recepcionista. Tiene exactamente la edad y es la clase de persona que siente interés por la gente como nosotros. O solo por nosotros, supongo.

Nunca me ha hecho sentir raro por venir aquí, así que bien por ella. Y a su favor, diré que no se ha filtrado que vengo aquí.

Me siento junto a Parks, que se está hurgando las uñas muy nerviosa mientras mira el móvil sin mirar nada de lo que está mirando.

Le doy un beso en la mejilla y me mira, me lanza una sonrisa y luego empieza a tamborilear con el pie como una loca. No se ha tomado la Vyvanse esta mañana, veo. Curioso. La lengua se le suelta más que de costumbre con esa medicación.

Se abre la puerta de la doctora y sale Claire.

—BJ, Magnolia... —Nos sonríe a ambos cálidamente—. Por favor, pasad.

Me pongo de pie, le tiendo la mano a Parks (que me la coge) y la guío hasta la consulta.

La doctora Ness cierra la puerta detrás de nosotros y yo me siento en el sofá.

Parks se sienta a mi lado, ridículamente cerca.

Mira con fijeza a la psicóloga como quizá tú mirarías a un extraterrestre que está a punto de investigarte.

—Magnolia. —Sonríe—. Es un placer conocerte por fin. Soy Claire Ness.

—Hola —contesta Magnolia al instante y le lanza una sonrisa fugaz.

—BJ. —Claire me mira—. Me alegro de verte. ¿Todo bien?

—Sí. En fin, mentiras locas del *Daily Mail* aparte, sí.

Ella asiente enfáticamente.

—Fue terrible. Lamento muchísimo que pasara. Aun así, ahora todo está bien, ¿verdad? —Me mira a mí y luego a Parks, y Parks me mira a mí, esperando que responda.

Yo suelto una única carcajada y asiento.

—Estamos trabajando en ello.

—Bien. —Claire se acomoda en el sillón, complacida—. ¿Y qué tal la mañana?

—Pues bien… —Me encojo de hombros, miro a Parks de reojo, dejándole espacio para intervenir si le apetece.

Y no.

Me aclaro la garganta.

—Nos hemos tomado el café en la cama, yo he leído un poco, ella ha trabajado un rato y luego hemos venido aquí directamente.

—¿Habéis venido andando? —pregunta.

—En coche.

Magnolia me mira por el rabillo del ojo.

—En coche. —Claire le lanza una cálida sonrisa a Magnolia, que Parks no le devuelve cuando la mira con fijeza.

—¿Sí? —Parks se encoge de hombros, y ya veo que está a la defensiva.

Claire ladea la cabeza delicadamente.

—BJ me contó que no te gusta ir en coche.

Magnolia la mira fijamente un par de segundos.

—¿A ti te gustaría ir en coche si hubieras tenido un choque lateral con otro coche en Vauxhall Bridge?

—No —concede la doctora Ness—. Supongo que no.

Parks se cruza de brazos y se aparta un poco de mí. Está mosqueada.

—Además, andar es bueno para el cuerpo.

Claire asiente, de acuerdo.

—¿Estás muy pendiente de tu salud?

Parks vuelve a mirarme, nerviosa. Yo le sonrío al instante, parpadeo para indicarle que todo irá bien y que estoy justo aquí.

Magnolia levanta los hombros con gesto despreocupado.

—Supongo.

—¿De qué maneras? —pregunta Claire.

Parks pone los ojos en blanco como si fuera una pregunta estúpida.

—No lo sé… Bebo mucha agua, me tomo muchas vitaminas. Hago ejercicio casi todos los días…

—¿Comes bien? —pregunta Claire, y deja el final abierto, una oferta para compartir.

A Parks eso no le hace ninguna gracia porque no es ninguna idiota, de modo que me asesina que flipas con la mirada.

—¿Qué pasa, que te sientas aquí a quejarte de mí?

—Hablo de ti —reformulo y luego asiento—. A veces, sí. Fuiste mi «razón de ser» durante mucho tiempo.

Se le enternece la mirada al oírlo.

—Ha estado preocupado por ti —le dice Claire.

Magnolia le lanza una mirada.

—Estoy bien.

Yo niego con la cabeza, cauteloso.

—No lo estás.

Magnolia pone los ojos en blanco de nuevo y también se aparta un poquito más. Sin embargo, no sé si sabe que lo hace.

—Magnolia —Claire se inclina hacia delante—, has sufrido una tremenda cantidad de traumas para alguien tan joven.

—No soy tan joven. —Magnolia la asesina con la mirada, y es entonces cuando veo clarísimo que tenemos un camino muy largo por delante. ¿Se ha mosqueado porque alguien la ha llamado joven? Joder, menudo viajecito nos espera—. Tengo la cantidad perfecta de juventud —le dice Magnolia a nadie en particular, con la nariz levantada.

Aun así, Claire sigue sin desfallecer, la viva imagen de una profesional de la cabeza a los pies.

—Has tenido una vida muy complicada… Estoy aquí para ayudarte a empezar el valiente camino de comenzar a transitarlo todo.

Magnolia vuelve a sentarse en el sofá, se cruza de brazos de nuevo y fulmina con la mirada a la doctora Ness.

—¿A ti te parece que hablar de esta manera ha ayudado nunca a nadie?

Un destello de diversión cruza la cara de Claire.

—Pues sí.

Parks pone los ojos en blanco y se levanta de un salto.

—Bueno, pues que Dios te acompañe y vaya idiota. —Se vuelve hacia mí—. Vámonos.

Le agarro la muñeca.

—Parks...

—¡BJ, lo he intentado! —se queja—. Lo odio, está loca...

—¿Cómo? —Pongo mala cara—. Si todavía casi no ha dicho nada...

—Entonces ¿para qué le estamos pagando? —pregunta Magnolia, exasperada. Se está agarrando a un clavo ardiendo para no soltar toda una vida de mierdas, creo.

Bufa ahí mismo.

—Menuda manera de tirar el dinero...

¿Tirar el dinero?

Suelto una carcajada.

—Una vez te vi secando el vino que se había derramado encima de la mesa con un billete de 500 €.

Me pone mala cara y mira a Claire.

—No tenía servilleta —le dice.

—Parks... —le lanzo una mirada—, dijiste que lo haríamos.

—Bueno, vale... —Se encoge de hombros—. En fin, encontraremos a otra persona que...

—Él me encontró porque tu hermana me escogió por él —anuncia Claire.

Magnolia se queda paralizada.

—¿Qué?

La doctora Ness sonríe a Parks con ternura.

—Bridget era alumna mía —empieza a contar, y Magnolia se queda mirándola parpadeando—. Superviso el departamento de Psicología del Cambridge.

—Oh. —Magnolia vuelve a sentarse, se coloca las manos en el regazo.

—Bridget me dijo que me enviaría al exnovio de su hermana porque era, y la cito textualmente, «muy estúpido, pero bastante guay».

Una sonrisa como no le he visto desde mayo se apodera del rostro de mi prometida.

Se sienta a la sombra de las palabras de su hermana, descansa ahí un segundo y luego vuelve a mirarme.

—¿Lo sabías?

—Lo sospechaba. —Le sonrío un poco—. Cuando diez sesiones de terapia anónimas aparecieron en mi casa con una nota vagamente amenazadora pegada…

Frunce el ceño, interesada.

—¿Qué decía?

—Bueno… Esto queda entre tu vagamente amenazadora hermana y yo.

Magnolia entorna los ojos, pero está más contenta.

—Estoy aquí para ayudar —le dice Claire.

Parks entorna los ojos con desconfianza.

—Y vender mis secretos a *The Sun*.

Claire asiente una vez, cautelosa.

—BJ mencionó que habías tenido una mala experiencia con una orientadora…

Magnolia me mira, impasible.

—Parece ser que BJ menciona muchas cosas.

—BJ entiende el objetivo de la terapia —le digo, y ella me saca la lengua, pero no es un gesto juguetón. Vaya, está mosqueada conmigo de verdad, pero no se le ocurre otra manera de mostrarlo en este contexto, lo cual me hace reír, a pesar de saber de sobra que no es buena idea hacerlo.

—Bueno, ¿hasta qué punto conocías bien a mi hermana exactamente? —pregunta Magnolia con voz fuerte para hacerme parar.

—Bridget era una de los alumnos más brillantes que jamás he tenido el placer de enseñar —le responde Claire.

—Obviamente. —Parks le lanza una mirada.

—Era una trabajadora incansable.

Magnolia se encoge de hombros.

—Lo sé.

Claire asiente pensando en Bridge.

—Era bastante sabia de forma natural…

Parks le sonríe con recato.

—Viene de familia.

Niego con la cabeza.

—No es verdad.

Y así me gano la mirada asesina número doce mil de mi prometida hoy.

Magnolia toma una bocanada de aire y mira a Claire.

—¿Hablaba mucho de mí?

Claire reflexiona la pregunta y luego sonríe.

—Era muy protectora contigo —le dice—. De vez en cuando aparecía alguien en clase que intentaba sonsacar cosas de vuestras vidas, le hacía preguntas o comentarios. Ella jamás mordió el anzuelo. —Niega con la cabeza—. Te protegió muy bien.

—Lo sé —dice Magnolia, sin despegar los ojos de las manos.

—Lo que también hizo, sin embargo, es hablar con mucha autoridad de los vínculos traumáticos… —dice Claire, y eso me hace reír otra vez. A Parks también.

Es una risa extraña la de ambos, de hecho. Ubicada entre la diversión más sincera y el dolor más verdadero.

Se le llenan los ojos de lágrimas y se las seca al instante, sonríe a Claire como disculpándose por haber mostrado sus emociones.

Rodeo a Parks con el brazo.

—¿Lo ves, Parksy? Estamos bien aquí. —Le doy un beso en la mejilla—. La mismísima Bridget la eligió.

17.54

Tausie 🐶

Qué tal terapia?

Bien

Sí???

Te ha gustado?

No, desde luego que no.

No estoy loca.

Bueno...

Cállate.

Cuándo es la cita?

Esta noche.

😈☘️🌸💐✨✨🪶🎆🖼️🤙

Llámame después

Qué te vas a poner?

Todavía no lo sé.

Estás de broma... verdad?

😬

👻

Estoy yendo a tu casa ahora para vestirme.

Conmigo?

No, con BJ

Qué cojones?

Claro que contigo, pedazo de idiota

Oh.

Dios mío, Taura. Ojalá me hubieras dado tiempo suficiente para prepararme

¿Qué habrías hecho?

Habría sacado piezas.

Habría preparado collages de ideas.

Te habría hecho un diagrama de cromaticidad.

Me hiciste un diagrama de cromaticidad cuando teníamos quince años y me puse delineador de ojos azul. A ti te parecía ofensivo

Ni siquiera éramos amigas

No lo sé, o quizá yo era tu única amiga de verdad que te dijo lo mal que te quedaba?

Llego a tu casa en 15 minutos.

Venga, vale.

Te has maquillado al menos?

🫠

Eres un desastre total.

CINCUENTA Y DOS
Magnolia

Llega el 3 de diciembre y por primera vez en la vida desde el primer 3 de diciembre el día no amanece acompañado con la pesadumbre de siempre, lo cual es un poco extraño, ¿no te parece?

Sigue siendo un día odioso, sigo estando callada cuando me despierto, BJ sigue sujetándome la mano más de lo habitual en un domingo cualquiera, hablamos menos que de costumbre durante las cuatro horas de coche, pero el peso del día ahora está repartido entre nosotros y un puñado de personas que nos quieren y creo que eso hace que se sienta distinto.

No me sirve de mucho volver la vista atrás hacia todos los otros 3 de diciembre pasados y preguntarme lo distinto que podría haber sido todo si se lo hubiéramos contado a nuestras familias entonces. Si nos hubiéramos sincerado el día que volvimos a casa, ese día que Bridget tuvo que llamar a BJ, si les hubiéramos contado lo que habíamos perdido, lo que nos había pasado, lo que nos podría haber pasado en lugar de seguir adelante.

¿Nos habrían llevado a terapia? ¿BJ habría procesado lo que le pasó con esa chica miserable de una manera que hubiera hecho que cuando la vio esa fatídica noche en una fiesta en la antigua casa de los chicos en la que yo no estaba, nada de aquello habría pasado? ¿Habríamos vivido felices para siempre y nos habríamos ahorrado lo que solo logro imaginar como el dolor propio de unas cuantas vidas, o todo aquello fue necesario para que ahora llegáramos aquí?

Es inútil pensarlo, la verdad, pero aun así me lo pregunto de todas formas mientras recorremos en coche la M5 con BJ poniendo todas sus canciones favoritas de Billie Holiday y cantándolas sin darse cuenta con esa boca perfecta suya.

En realidad, no es ninguna sorpresa, en absoluto, que de todas las figuras paternas y maternas que ahora saben lo que sucedió de verdad, Lily sea la que se lo ha tomado peor. Lily y Mars, pero Mars fue diferente.

Cuando se lo conté, me dijo que sentía que me había fallado.

Se disgustó porque yo lo hubiera pasado sola, lo cual me hizo enfadar porque no lo pasé sola, lo pasé con Beej.

Me dijo que yo nunca habría tenido que poder quedarme embarazada de haber prestado ella más atención (de no haber estado ella tan concentrada en ocultar momentos robados con mi padre), tendría que haber estado más encima de todo, y yo le dije que aunque fue imposiblemente doloroso, que no lo cambiaría. Exceptuando la parte en la que la perdimos.

Le ofrecí también a Marsaili la opción de venir aquí hoy, pero no sintió que pudiera, no estando mis padres allí.

Sin embargo, Bushka ha venido desde Moscú. Henry y Romilly la traerán en coche.

Cuando Beej y yo aparcamos en los terrenos de la casa de Dartmouth, Lily prácticamente me placa contra el suelo del abrazo que me da antes incluso de haber acabado de salir del coche.

Sube muy a menudo, tanto que ahora bromeamos diciendo que tiene una aventura con el señor Gibbs y la única razón por la cual resulta divertido es porque el señor tendrá, literalmente, cien años. A pesar de todo, va tan a menudo que Hamish está buscando una propiedad por aquí para ellos, y yo le dije que creía que deberían mudarse y Lily me dijo: «¿Cómo voy a irme jamás de Londres si ahí es donde tengo a todos mis bebés?», y Henry le dijo: «Sí, pero ninguno de tus bebés es un bebé ya», y entonces Lily contestó: «Hoy tu hermano es mi favorito».

—Mamá... —BJ pone los ojos en blanco, me arranca a su madre de encima, y ella casi se abalanza entre sus brazos, brevemente, solo un instante, y luego nos coloca a cada uno una mano en la mejilla, poniendo cara de ternura y tristeza.

Ha organizado una comida para todos nosotros en el invernadero que hay junto al árbol y ya veo desde aquí en cuanto echamos a andar que está espectacularmente decorado y hay comida más que de sobra para los nueve. Los diez, si el señor Gibbs se une, y Lily está insistiendo en que debe unirse. Espero que lo haga. Ha sido muy bueno con nosotros de una manera muy tierna y cómplice.

Mis padres, desde luego, son los últimos en llegar.

—Nos hemos pasado la salida —ha dicho mi padre al tiempo que nos lanzaba a todos una sonrisa a modo de disculpa mientras se acercaba.

Henry se ha inclinado hacia delante y me ha susurrado:

—¿Así lo llaman ahora?

—Magnolia, cielo. —Mi madre me ha abrazado. Se la veía sorprendentemente conmovida. Repasa con la mirada lo que llevo puesto—. Me encanta. ¿Zimmermann?

—Saint Laurent. —El minivestido negro de crepé con topos blancos y la espalda abierta—. Y el abrigo 101801.

Asiente mirando el negro que llevo antes de abrazarse al cuello de BJ.

Beej me mira fijamente, me sostiene la mirada y me guiña un poco el ojo antes de rodear a mi madre con un brazo y echar a andar con ella hacia el árbol.

Sin querer me encuentro andando junto a mi padre y ninguno de los dos dice nada durante casi un minuto entero.

—¿Estás bien? —me pregunta con un tono raro y casi sin previo aviso.

—¿Qué? —lo miro fijamente—. ¿Por qué?

Le cambia la cara.

—Oh… —Niego con la cabeza para mí misma—. ¿Por lo de hoy?

Él más o menos asiente y se encoge de hombros a la vez. Vaya padrazo. Le lanzo una sonrisa fugaz.

—Estoy bien, sí —le digo, y reprimo el impulso de correr con Henry, lo cual preferiría mil veces. Henry no me preguntaría si estoy bien, él me daría la mano por si acaso no lo estuviera. Sin embargo, no corro junto a Henry, sino que camino con mi padre sumidos en un silencio curioso y casi patético.

Cuando llegamos al árbol vemos que está increíblemente hermoso.

El jardín nunca ha estado mejor, está lleno de vida y vibra en tonos pastel. Beej le pidió al señor Gibbs que instalara un par de colmenas de abejas por el árbol, y aunque hoy las abejas no han salido porque hace frío y es invierno, el mero hecho de verlas descansando bajo nuestro árbol me parece increíblemente poético.

BJ deja unas magnolias como ha hecho siempre sobre la nueva piedra con el nombre de ella que está junto a la antigua piedra que no lo tiene y que sigue gustándome más igualmente, porque era nuestra y durante mucho tiempo fue lo único que tuvimos.

Encuentro una agradable dulzura en ver su nombre escrito de esa forma, eso sí. Nunca lo había visto escrito hasta ahora. Billie Ballentine.

Romilly deja unas hortensias blancas y unas rosas Mayra de color rosado porque son mis favoritas y luego Hamish deposita un anillo con el sello de la familia Ballentine encima de la piedra, lo cual hace llorar a Lily y BJ va a abrazarla.

A mí también me ha dado un poco de ganas de llorar ese gesto, pero no me gustaría hacerlo delante de tanta gente, y me doy cuenta de que, aunque es muy dulce y da mucho apoyo que estén todos aquí, no tengo claro si de verdad me gusta.

Creo que tengo el síndrome de la impostora por mi pena por Billie, y hasta ahora nunca me había preocupado por ello, cuando no lo sabía nadie, cuando se me permitía cargar con su pérdida en mi corazón en silencio y yo sola, pero ahora que su pérdida ya no reside únicamente en mi cuerpo, soy consciente de cómo podría ver mi tristeza la otra gente.

Durante muchísimo tiempo este momento concreto en el tiempo era la única clase de intimidad que BJ y yo logramos mantener entre nosotros, y me duele un poco en el corazón, estar aquí ahora, y no estar solo él y yo como pasaba antes, y me pregunto si a él también le duele un poco porque me mira fijamente durante un par de segundos, todavía rodeando a su madre con el brazo. Nuestros ojos se encuentran y me sonríe con una ternura vestida con toda nuestra antigua tristeza y toda nuestra nueva esperanza.

«¿Estás bien?», me pregunta sin preguntar.

«No lo sé», le digo sin decir, y aun así, lo sabe.

Le da un beso en la mejilla a su madre antes de venir directo hacia mí y rodearme la cintura con los brazos al atraerme hacia él.

Se envuelve alrededor de mí de una manera que creo que no dejaré de amar jamás; es una envoltura completa. Solo puede lograrse, no me cabe duda, cuando dos cuerpos han crecido juntos como lo han hecho los nuestros. Bloquea a todo el mundo a nuestro alrededor de tal manera que no puedo verlos, ladea la cabeza de la forma más imperceptible y no dice ni una palabra. Un diminuto momento de intimidad entre nosotros que me hace sentir mejor con el hecho de que todo el mundo siga estando aquí.

Nos quedamos así, no sé durante cuánto rato, nadie dice nada, nadie más mueve siquiera un músculo. Somos solo él y yo, sin decir nada y compartiéndolo todo entre nosotros, llorando la pérdida de esa diminuta vida que apenas tuvimos y la vida que queríamos darle. Se le ponen los ojos vidriosos como siempre le pasa en esta fecha y entonces los míos hacen lo mismo, pero creo que últimamente lloro casi siempre de modo que quizá no significa nada.

Me sonríe de una manera que me dice que me quiere, pero que probablemente deberíamos volver con el resto y yo arrugo la cara para esbozar una pequeña mueca porque menuda cosa tan desagradable que decir y mira que ni siquiera la ha dicho.

Inhala por la nariz, divertido, y luego mueve mi cuerpo, me gira para que mire al resto y luego me atrae de vuelta hacia él, de espaldas.

Coloca el mentón en mi coronilla y Hamish nos mira.

—¿Unas palabras?

Beej niega con la cabeza.

—No —contesta, y creo que a veces la gente olvida que «dolor indescriptible» no es solo una expresión, sino también una verdad que hemos cargado en las profundidades de nuestro ser durante muchísimo tiempo.

Hamish asiente una vez mirando a su hijo y luego mira a Lily.

—El jardín está precioso, mi amor.

Ella le sonríe y BJ le hace un gesto con la cabeza a su madre.

—De veras que sí, Lil —le digo yo—. Gracias.

Ella me sonríe con dulzura, y BJ echa a andar hacia el invernadero sin soltarme.

—Mamá, ¿quieres que te dé una lista de todos los otros lugares de esta finca donde hemos mantenido relaciones sexuales para que puedas mandar hacer más arcos de flores para esos lugares también?

—Ni hablar. —Harley niega con la cabeza, le da la mano a mi madre mientras andamos.

—Silencio, cielo —le dice Lily—. No habéis mantenido relaciones sexuales en toda vuestra vida.

Beej la mira con los ojos entornados.

—Dada la situación actual, ¿a ti qué te parece?

—De acuerdo —cede Lily, poniendo los ojos en blanco—. De acuerdo, pero solo esa única vez.

—¿No los pillaste una vez? —pregunta Henry, sin ayudar en absoluto.

—Dos —asiente Hamish, luego mira a Lily—. La nieve, ¿recuerdas?

—Pues no. —Ella niega con la cabeza—. Eso no pasó.

—Y luego en la gala... —añade Henry.

Romilly me mira con los ojos como platos.

—¡Lo hicisteis en una gala!

—Antes de la gala —le digo—. Bueno, casi...

Romilly entorna los ojos, llena de curiosidad.

—¿Casi lo hicisteis o casi os pillan?

Mi padre pone los ojos en blanco.

—¿Y eso qué importa?

—Hombre si es la segunda opción... —empieza a decir Romilly, y Henry la corta.

—Lo fue.

—Entonces... —Me lanza una mirada, con las cejas enarcadas, mientras entramos en el invernadero—. ¿Cómo que casi lo hicisteis?

—Bueno —ocupo mi asiento. Lugares asignados y todo, Lil, qué monada—, no me acuerdo del todo si estaba dentro o no...

—¡NO! —exclama mi padre, muy fuerte y muy claro. Luego saca el móvil y atiende una llamada.

—Buen trabajo, Beej. —Henry tamborilea con las manos sobre los hombros de su hermano mayor—. Qué manera de dejar huella.

Beej le pega un empujón y me mira con gesto desdeñoso mientras se sienta delante de mí.

—Si hubiera estado dentro, te acordarías...

—Pero nunca ha estado dentro, cielo —le recuerda Lily—. Así que todo está bien.

Lil ha organizado la comida para que The Hampstead Kitchen hiciera el cáterin y si te soy sincera, todo tiene pinta de estar riquísimo. Esta mesa increíblemente rústica y frondosa a rebosar de un exceso de comida queda de maravilla en el invernadero.

Al principio solo me sirvo un poco de salsa y verduritas en el plato, pero entonces veo que Hamish lo está mirando y no quiero que lo sepa, de modo que me pongo un poco de pollo y un poco de ensalada de higos también.

Al cabo de unos minutos, Harley vuelve a entrar en el invernadero con un aspecto bastante radiante.

Camina directo hacia mi madre y yo.

—Buenas noticias. —Nos mira a mamá y a mí—. No va a pelear por nada.

—¡En serio! —Mi madre lo mira parpadeando—. ¿Acepta todos los términos?

—Todos los términos. —Mi padre asiente, complacido. Tan complacido, de hecho, que me lanza una sonrisa como si estuviéramos conchabados—. No ha pedido una sola cosa adicional...

Mi madre frunce el ceño.

—Qué curioso.

Mi padre se encoge de hombros y ocupa su silla, contigua a la de BJ.

—Son días felices.

Y no pretendo hacerlo, pero lo hago, se me escapa, el bufido irónico más pequeño del mundo, y durante una décima de segundo, creo que no me ha oído, pero lo ha hecho.

Mi padre me mira desde el lado opuesto de la mesa.

—¿Qué?

—Nada. —Niego con la cabeza, no quiero causar una escena delante de Lily y Hamish.

Hay algo un poco lamentable en el hecho de que mi familia sea como es delante de la espectacularmente perfecta y cohesionada familia que han construido Lily y Hamish. Y sé que ellos saben cómo pueden ser mis padres, pero a veces, en silencio, es cierto que me preocupo por si al ver cómo mis padres y yo podemos ser entre nosotros, si Hamish viera lo que seguro que mi padre siente por mí en realidad, que a ojos de todos ellos eso me haría un poco menos adecuada para su hijo.

—No, ¿qué? —Harley me mira fijamente con las cejas enarcadas.
BJ nos mira a ambos, confundido.
Le lanzo una sonrisa apaciguadora.
—He dicho que nada...
BJ me observa fijamente desde el lado opuesto de la mesa, con el ceño fruncido.
—Y yo te digo que y una puta mierda —me contesta. Y toda la mesa se queda muda. Lily, Bushka, el señor Gibbs, el del cáterin y hasta los patos del estaque—. Dime a qué ha venido ese bufido.
Lo fulmino un pelín con la mirada.
—Oh, es solo que pienso que es de lo más maravilloso que hayas jodido la vida a otra mujer. —Le lanzo una sonrisa seca—. Son días extraordinariamente felices.
Harley echa la cabeza para atrás.
—¿Qué puto problema tienes?
—¿Disculpa? —Lo miro parpadeando.
—¡Quizá deberíamos descansar un minuto! —sugiere Lily con alegría, pero se le han puesto los ojos redondos por la preocupación—. Es un día importante, hay muchas emo...
Mi padre levanta un dedo para silenciarla.
—Lil...
BJ aprieta los puños, a Henry se le tensa la mandíbula y Hamish se yergue un poco. Verdaderamente son muy buenos hombres, ¿no te parece?
—Todos los días... —empieza a decir Harley despacio—. Todos los días hay algo contigo. Es un puto dolor de cabeza tras otro, así que dime, ¿qué pasa esta vez? —pregunta, exasperado—. ¿Ahora qué problema tienes?
—¡Tú eres mi problema! —me descubro gritando de pronto.
—Parks... —me dice BJ con dulzura, pero el momento de dispersión ha venido y se ha marchado, Harley ya se ha puesto de pie.
—¿Yo? —me grita—. Te he dado todo lo que has querido en la vida...
De un salto, me pongo de pie yo también.
—Menos la única cosa que verdaderamente he querido de ti en esta vida. —Lo fulmino con la mirada.
Él enarca una ceja.

—¿Y qué es si puede saberse?

—¡TÚ! —grito tan fuerte que hace eco a nuestro alrededor y por el aire y bajo tierra y en las hojas de todos los árboles de toda la finca entera.

Él echa la cabeza para atrás, estupefacto. ¿O quizá retrocede?

—¡Nunca he querido nada de ti que no fueras tú! —le digo.

Mi padre suelta una carcajada negando con la cabeza.

—Y una mierda.

—No, y una mierda, no. —Yo también niego con la cabeza—. Toda mi vida ha tomado forma alrededor de querer tu aprobación y de necesitar tu atención y ¡habría hecho cualquier cosa por conseguirla! Cualquier cosa. —Lo miro fijamente y parpadeo para ahuyentar las estúpidas lágrimas que llevo guardando durante todo el día para llorarlas luego cuando Beej y yo estemos solos—. Cada fin de semana te esperaba para poder cenar contigo y tú nunca volvías a casa.

Harley pone los ojos en blanco.

—Durante el internado, estuviste con él todos los putos fines de semana. —Señala a Beej, a su lado—. ¿Y cenar conmigo? No me vengas con milongas... —Suelta una carcajada—. Tenías un trastorno de la conducta alimentaria...

Todo el mundo en la mesa suelta una especie de exhalación de incredulidad colectiva y quizá incluso de horror, exceptuando tal vez a mi madre, que está ahí sentada en silencio, mirándose fijamente las manos, sobre su regazo.

—Comer con tu viejo no estaba muy arriba en tu lista de prioridades, Magnolia.

Suspira una leve carcajada, intentando romper la tensión, pero no funciona, y yo me limito a mirarlo negando con la cabeza.

—No. —Niego con la cabeza—. Sí lo estaba, solo que no lo estaba en la tuya.

Vuelve a poner los ojos en blanco, desdeñoso.

Lo miro fijamente, con el ceño fruncido, parpadeando, y luego exhalo una bocanada de aire que quizá llevaba conteniendo toda mi vida, antes de decir lo que digo a continuación:

—La verdad es que creo que eres un padre verdaderamente terrible.

Y ese comentario deja sin aire toda la estancia. Todo se queda quieto y triste, porque todos los aquí presentes saben que llevo años y años arrastrando eso escondido en el bolsillo de atrás, nunca lo suficientemente valiente para decirlo, pero jamás lo suficientemente amada para dejarlo estar.

Aun así, ha sonado de una manera rara. No ha quedado exageradamente acompañado de emoción. ¿Quizá ni siquiera ha habido una pizca de emoción? Solo la afirmación de un hecho.

—¿Que yo soy un mal padre? —me pregunta Harley, con voz neutra.

—Harley... —dice mi madre, mirándolo desde su silla.

Él no la mira cuando (apenas) responde. No despega sus ojos de mí. Quizá este es el máximo de atención que me ha prestado en toda mi vida. Lo único que hace es dedicarle a mi madre el gesto de negar con la cabeza más pequeño de toda la historia de los gestos de negar con la cabeza.

—Bueno. —Junto las manos con una palmada y siento que todo el mundo observa con una fascinación morbosa. Es el enfrentamiento que llevan esperando, temiendo incluso, durante años—. Mira, vamos a coger tu pregunta y a darle la vuelta, ¿vale? —Le sonrío educadamente—. ¿Por qué no me dices tú por qué eres un buen padre?

Enarco las cejas a la espera.

Él aprieta los ojos, molesto y ofendido por la pregunta.

—Te he mantenido y lo has tenido todo, no te ha faltado nunca de nada. Te he dado todo lo que has querido en esta vida...

—Todo no —le corto.

—Ah, ¿no? —Ladea la cabeza—. Adelante, dime qué te ha faltado.

—Un padre.

Eso lo deja un instante a contrapié, me doy cuenta. Parpadea un par de veces y luego suelta una carcajada hueca.

—Magnolia, eres tan...

—¿Y sabes qué? —Vuelvo a cortarlo—. Podías haber jugado la mejor carta y la más dolorosamente fácil de todas ahora mismo. Tan obvia para cualquiera, ojalá fuera cierta aunque fuera solo en parte...

Harley enarca las cejas, esperando, impaciente.

—Podrías haber dicho que me quieres.

BJ se revuelve en la silla. No lo estoy mirando, pero puedo percibir sus ojos fijos en mí, triste por mí. Preocupado por mí.

Harley vuelve a poner los ojos en blanco.

—Magnolia...

Vuelvo a negar con la cabeza.

—Hasta qué punto tiene que estar escondido en las profundidades de tu mente el amor que sientes por mí que justo ahora, en este momento concreto de hace solo un instante, ni siquiera se te ha ocurrido decirlo.

Se aprieta el labio superior con la punta de la lengua. Parece molesto.

—Desde luego que... —inhala como si pensara que todo esto es ridículo— te quiero.

Se encoge de hombros y yo no puedo evitar poner los ojos en blanco de nuevo y eso lo enfada.

—Hay más maneras de querer a alguien aparte de decírselo todo el puto rato. —Me señala con un dedo—. Te he dado una muy buena vida...

—Puedes quedártela —le digo encogiéndome al instante de hombros—. Ya no la quiero.

—Ah, vale. Supongo que entonces me llevo todo mi dinero y listo, ¿no? —Enarca una ceja y yo lo fulmino con la mirada.

Toda la mesa está increíblemente tensa. Lily está agarrando una copa de vino con tanta fuerza que creo que corre el riesgo de que se le rompa en las manos.

—No necesito tu dinero —le digo, con los hombros atrás—. Tengo mi propio dinero.

—Claro —salta Harley—. ¿Y de dónde crees que ha salido?

—De mis abuelos —le digo poniendo los ojos en blanco—. Del mismo lugar de donde proviene el tuyo.

—Yo me he ganado todo lo que tengo —me dice, como si fuera una advertencia.

—No, no es verdad —le contesto negando con la cabeza desdeñosamente—. Lo que pasa es que aprovechaste el privilegio.

Adelanta el mentón y me lanza una mirada asesina.

—Siempre has sido un pedazo de mierda desagradecido.

BJ ahora se pone de pie, se encara a mi padre y le toca suavemente el hombro.

—Te lo advierto.

—Siempre... —Harley sigue adelante, ni siquiera rompe el contacto visual conmigo para reaccionar a lo que ha dicho BJ—. Bridge al menos era agradecida, tenía los pies en el suelo, la cabeza bien amueblada.

Ahora Henry se levanta también, a mi lado. No dice nada, solo se levanta.

¿Sabes?, hacía ya un tiempo que percibía que este momento se estaba cociendo. Podía notar que la atmosfera a nuestro alrededor estaba cambiando, igual que notas el olor de la lluvia en el aire antes de verla o de sentirla.

Sabía que estaba a punto de recibir un golpe catastrófico, y pensarás que iba a huir de él, pero no puedo porque se me antoja igual que hurgar una herida, claro que duele, pero entraña algo sanador. Entraña algo cierto y resulta demasiado intrigante como para parar. Como saber cuando abres una puerta que vas a liberar un monstruo horrible sediento de sangre, pero de algún modo necesitas saber qué aspecto tiene el monstruo porque de no hacerlo, te pasarás el resto de tu vida preguntándotelo y por eso abres de todas formas.

—¿Sabes?, cuando él me llamó... —Harley señala con la cabeza a Beej—. Hubo un instante antes de que me lo dijera, en que supe qué estaba a punto de decirme. Lo supe, vamos, que pude sentir que una de las dos... que algo había pasado. —Está pensando en voz alta, con los ojos entonados, perdido en el recuerdo—. Y hubo ese momento, antes de que él me lo dijera, en que yo no sabía de cuál de las dos se iba a tratar y cuando dijo que Bridget, no hubo una sola parte de mí que sintiera alivio por no haberse tratado de ti.

Abro un poco los ojos y me quedo boquiabierta.

Se encoge de hombros desanimado.

—En cierto modo deseé que se tratara de ti.

Y, en ese momento, BJ lo placa y se lo lleva por delante.

Sorprende a Harley, creo, lo pilla con la guardia baja, la ferocidad con que lo ha tumbado. Lily grita al tiempo que se lleva las manos a la boca, y Bushka suelta improperios en ruso. Henry me coloca detrás de él. BJ le pega tres o cuatro puñetazos de los buenos antes de que Harley se lo quite de encima y se ponga de pie, respirando con dificultad, con la nariz y la boca sangrando.

Harley mira a Hamish escandalizado.

—¿No vas a decir nada, Ham?

Hamish deja de mirar a Harley y mira a BJ con ojos lúgubres.

—Henry. —Hamish mira a su otro hijo—. Ve a echarle una mano a tu hermano.

Harley suelta una carcajada. Niega con la cabeza, escupe un poco de sangre y luego se seca bruscamente la boca antes de mirar a BJ a los ojos.

—Llevo muchísimo tiempo queriendo partirte la puta...

Beej asiente fríamente.

—Lo mismo digo, viejo.

Harley invita a BJ a acercarse.

—Venga, pues.

BJ se encoge de hombros, indiferente.

—Ya te he pegado tres veces.

—Cuatro —corrige Henry, un paso por detrás de él.

—Cuatro —asiente BJ con arrogancia—. Venga, te dejo pegarme una.

Harley suelta una carcajada irónica antes de arremeter contra él y BJ lo esquiva con facilidad. Le lanza otra miradita que habría hecho enloquecer a mi padre antes de esquivar otro golpe, pero Harley no falla el tercero (un gancho) y le da a BJ, lo tumba de espaldas, y Henry lo sujeta y lo mantiene de pie. Y la verdad es que a Harley se le ve complicado. Por haberle hecho daño o por haber encajado un buen golpe, quizá lleva queriendo pegar a BJ el mismo tiempo que BJ ha querido pegarle a él, no lo sé. Sin embargo, lo que ocurre a continuación pasa tremendamente rápido y de una forma bastante intuitiva.

Verás, Harley no habría podido saberlo nunca porque jamás asistió a nada que tuviera algo que ver con nuestra escolarización, pero BJ y Henry eran una absoluta fuerza en el campo de rugby, y todo el mundo de todos los colegios contra los que competían sabía que si jodías a un hermano, los dos te joderían a ti.

BJ se queda aturdido quizá cuatro segundos antes de que, sin cruzar una sola palabra entre ellos, Henry y él carguen juntos contra mi padre.

—Ay, Dios santo. —Mi madre lo mira horrorizada.

—¡Hamish! —grita Lily, con las manos en la cara—. ¡Haz algo!

Yo me quedo ahí paralizada, con los ojos como platos, acurrucada entre Romilly y Bushka, ambas lo miran todo boquiabiertas.

—¡Hamish! —vuelve a chillar Lily—. ¡Haz que paren!

Y ahora le están pegando la paliza de su puta vida a mi padre. Una pelea entre BJ y mi padre estaba bastante igualada, pero BJ y Henry contra él... es imposible que gane, ni siquiera puede encajar un solo golpe.

—¡Basta! —grita mi madre, corriendo hacia los chicos—. ¡Por favor, parad!

Le agarra un brazo a BJ y él la mira un segundo y es como si se rompiera el hechizo. Bloquea con la mano un golpe de Henry que claramente, sin ningún lugar a dudas, le habría partido la nariz a mi padre.

Harley se pone de pie, muy malparado, increíblemente iracundo, y me fulmina con la mirada, como si hubiera estado peleando contra mí.

Mi representante, supongo.

—Iba en serio absolutamente todo lo que he dicho —me dice, y luego mi madre suelta un grito diminuto que ni siquiera sé qué hacer con él.

—Dile una sola palabra más y te juro por Dios que te mato —le advierte BJ.

—Ya os podéis largar de mi puta casa —gruñe con un voz grave.

BJ pone los ojos en blanco, absolutamente desdeñoso.

—Pírate de una puta vez, anda.

Harley agarra a mi madre por la mano y tira de ella hacia la puerta, negando con la cabeza mirando a todo el mundo en conjunto, aunque realmente solo va por mí.

Señala hacia el lugar donde descansa la piedra para nuestra niña.

—Pienso talar ese árbol —me dice, impávido, y luego se lleva a mi madre a rastras.

Bushka sale corriendo tras él, gritando obscenidades en ruso, llorando tantísimo que ni siquiera puedo oír bien lo que dice, pero sí que pillo un «Отвали» y un «Ты сын шлюхи». Hamish va tras ella, quizá porque todos estamos preocupados que Harley esté tan desquiciado que sea capaz de decirle algo horrible también a una señora mayor.

Espero tanto como puedo hasta que él está lo más lejos posible de mí antes de soltar un grito que ni siquiera parece mío.

Creo que medio me desmayo un poco, BJ me agarra antes de caer, se sienta en el suelo del invernadero, acunándome.

Su madre, su hermano, Romilly, el pobre y dulce señor Gibbs e incluso el del cáterin se congregan a nuestro alrededor, me miran con esos ojos enormes y terribles y desolados.

Y estoy llorando tantísimo que no puedo decirlo en voz alta, pero oigo que Lily se lo susurra bajito a su hijo:

—¿BJ, y si le hace algo al árbol?

El rostro de BJ transmite una mezcla de miedo y agobio, y no dice nada porque ¿qué puede decir? Llegado este punto me esperaría cualquier cosa de Harley.

El señor Gibbs le coloca una mano en el hombro a Lily.

—No permitiré que cruce la verja.

CINCUENTA Y TRES
BJ

Parks y yo nos quedamos en Dartmouth a pasar la noche, Hen y Rom también. Mamá y papá han llevado a Bushka en coche a casa cuando el caos general se ha calmado. Pero ¿qué cojones?
No sé qué decirle. Al final es la culminación de lo que comentaba de que las bases de nuestras experiencias con nuestros padres son fundamentalmente diferentes. No sé qué hacer.
Es que, ¿qué dices después de algo así?
¿Que él no lo ha dicho en serio? Probablemente eso es cierto, no creo que fuera en serio. Creo que es un puto gilipollas de mierda que no puede perder y que ha notado que perdía, y ha decidido que moriría matando.
No es la primera vez que los veo discutir, que veo las cosas escalando entre ellos en esta especie de disputas catastróficas exageradas, pero lo de hoy ha sido verdaderamente jodido.
Una estocada letal.
La he llevado en brazos hasta la casa de lo agitada que estaba (por eso dormiremos aquí, aunque no era el plan). Le da miedo que su padre vuelva y joda el árbol.
No creo que vaya a hacerlo, en serio, creo que era una amenaza vacía. Cruel y despiadada y, joder, increíblemente insensible e hiriente, pero vacía.
Aunque luego hay una parte de mí que se pregunta ¿y si... sí? ¿Tal vez? Parecía lo bastante enajenado, tenía esa mirada enloquecida, y la conozco bien, yo también la he tenido. Magnolia, tío. Te puede llevar a la puta locura, evidentemente aunque no estés enamorado de ella. Hay un no sé qué en ella que te saca de quicio y te jode vivo. Te hace parecer estúpido, hablar como un estúpido, actuar como un estúpido... Volver

aquí con una motosierra suena estúpido, pero no quiero correr ningún riesgo, de modo que nos quedamos a dormir.

La llevo al dormitorio del piso de arriba, el de esa cerradura que amamos. Me salto la cama, sé que necesita una ducha. La siento en el borde de la bañera, me arrodillo delante de ella, y tengo ganas de vomitar. En serio, todo lo que le ha dicho me da ganas de vomitar.

No sé qué hacer, cómo deshacer lo que ha dicho Harley, asegurarme de que ella sabe que son putas mierdas, que ese tío es un mentiroso, que ella no es nada de todas las cosas que él le ha dicho que era y que, de hecho, sigue siendo la mejor persona que conozco.

Se queda ahí sentada, con los hombros hundidos, cabizbaja, las manos sobre el regazo.

La última vez que la vi así de encorvada estaba jodidamente inconsciente. ¿Sabes lo mucho que tienes que herir a alguien como ella para que se encorve de esa manera?

Deslizo mis manos entre las suyas y busco sus ojos.

—No puedo creer que te haya dicho eso.

Ella parpadea dos veces, aturdida.

—¿En serio?

—Claro —asiento—. Es tan... —Niego con la cabeza, exhalo por la nariz—. Jodido, Parks. Lo digo en serio. Es...

—¿Me hablas del día que supiste que me querías? —me interrumpe de golpe, y yo me echo para atrás.

—¿Qué?

—El día que supiste que me querías —repite—. ¿Puedes hablarme de él?

—¿Por qué? —La miro con el ceño fruncido, confundido—. Ya sabes...

Ella traga saliva y aparta la mirada, reflexiva. Se pellizca la mano sin darse cuenta, pero yo le aprieto los dedos con dulzura para decirle que pare.

Vuelve a mirarme y tiene una expresión rara en el rostro. No triste, sin ninguna duda tampoco contenta, solo... no sé, ¿resignada, quizá?

—Siempre que estamos con tus padres, cada vez, hacen esas pequeñas cosas... —Se empapa de lo que dice, prosigue negando con la cabeza—: Son casi imposibles de ver, son esos pequeños gestos que muestran que te quieren sin decir que te quieren.

Me quedo mirándola. Te mentiría si dijera que sé de qué me habla. Frunce los labios mientras piensa un ejemplo.

—Cómo tu madre ladea la cabeza cuando te mira, o cómo tu padre siempre te enseña cosas que ha visto por internet que cree que te gustarán, o cómo tu madre te atiborra de comida y tu padre siempre intenta jugar a chutar la pelota contigo... Yo sé que ellos te quieren sin que digan una sola palabra, pero si le pidiera a Lily que me hablara del momento en que supo que te quería, sería sin ninguna duda el segundo en que te vio, posiblemente incluso antes. —Se yergue, levanta un poco el mentón antes de esbozar la sonrisa más fugaz del mundo—. Ese momento no existe para mí.

—Parks... —apenas logro decir. Y ella niega muy rápido con la cabeza.

—Realmente, no sé si me quieren.

—Sí, claro que sí... —Asiento muy rápido. No puedo ni concebir la idea—. Sabes que tienen que hacerlo...

—¿Por qué tienen que hacerlo? —Se encoge de hombros.

—Porque... —Yo también me encojo de hombros.

—Porque ¿qué? —me pregunta con calma.

La miro fijamente, la persona que he amado la mayor parte de mi vida. Me resulta absolutamente incomprensible pensar que alguien no la quiera de veras de tener la posibilidad, y veo el aguijón de lo que le ha dicho su padre empezando a apoderarse de ella muy despacio, como una sombra que te cubre cuando el sol se va.

Levanto la mirada hacia ella, ahí sentada en el borde de la bañera, y muevo las rodillas para quedarme sentado en el suelo de cara a ella. Me apoyo contra el mueble del lavabo y tomo una profunda bocanada de aire.

—Bueno, yo te he querido en muchas iteraciones a lo largo del transcurso de nuestras cortas, pero jodidamente eternas vidas...

Me sonríe un poco.

—Tú, para mí, a la tierna edad de seis años, eras la niña de cuatro años que estaba más buena del mundo...

Niega con la cabeza.

—Una frase horrible, ni hablar.

—Sí. —Me río—. Me he arrepentido nada más decirla...

Suelta una carcajada y la miro, no intento ni por un segundo disfrazar el embeleso que siempre reside en mis ojos, pero que a menudo cubro con una manta porque no quiero parecer un puto idiota todo el día.

—Eras mala de cojones chutando la pelota, Parks, pero me dijiste que te gustaba mi cara y aquello me voló la cabeza porque en cuanto la vi, ya me había obsesionado con la tuya.

Esboza media sonrisa.

—Un poco sufrí en silencio un buen puñado de años a partir de ahí. Recuerdo que me regalaste una pelota de fútbol firmada por Beckham las navidades de ese año y yo me puse loco de contento y subí a buscar algo para ti, aparte del regalo que te hubiera comprado mamá, y te di un collar de mi madre que le cogí de su cajón, y tú te pusiste contentísima, pero era de Cartier y quiso que se lo devolviéramos...

Se echa a reír.

—Me acuerdo de aquello.

—Marsaili te obligó a devolverlo y tú lloraste.

Parks sigue riéndose.

—Me hice una promesa a mí mismo ese día: que jamás haría nada que te hiciera llorar otra vez. Lo cual, lo reconozco, me ha salido un poco como el culo...

Me lanza una mirada.

—Pero sí recuerdo esa sensación, la tuve entonces y sigo teniéndola ahora. Tu felicidad a toda costa, ese es mi objetivo. —Asiento.

Se desliza desde la bañera y se acomoda en el suelo, en el espacio que queda delante de mí, me observa con los ojos muy redondos, a la espera.

—Tu primer día en el internado estabas tan nerviosa... Le conté a mi padre la noche anterior a que fuéramos a recogerte que te quería, y yo tendría... ¿qué, trece años? Le pregunté qué tenía que hacer, y él me puso esa sonrisa jodidamente irritante, ahora que la recuerdo... —Me echo a reír, negando con la cabeza—. Joder, ¡qué pereza de sonrisa! Sigue sonriéndome así aún ahora...

—¿Qué te dijo? —pregunta con un hilo de voz. Se coloca los pies debajo del cuerpo y se abraza las rodillas.

—Me dijo: «Creo que hay que jugar a largo plazo». Y yo me puse en plan: «¿Qué significa eso?». Y él me dijo: «Acompáñala hasta el coche por la mañana». Y eso hice.

Le sonrío un poco, la verdad es que ese recuerdo no me suscita una gran sonrisa, ella estaba demasiado triste en ese momento, demasiado asustada.

Y entonces pongo mala cara, enarco las cejas.

—La verdad es que odiaba estar en el instituto contigo en esa época porque estabas jodidamente colada por Christian... —Me río y ella también—. Me ponía enfermo.

Me río otra vez.

—San Bartolomé —le digo—, aparte de aquí mismo, siempre será mi lugar favorito del mundo. No sé con qué luz me iluminó ese lugar que logró que, por fin, me miraras a mí, pero gracias a ese puto cielo...

Suelto una risita y ella me observa con unos ojos enormes.

—Me podría haber muerto de felicidad después de ese viaje, la sensación de que yo también te gustara... Fue una especie de colocón que, joder, y lo digo en serio, hostia, lo he probado todo, he tomado todas las drogas que he podido, he hecho...

Frunce el ceño al oírlo, nunca le han gustado las drogas.

—Absolutamente ninguna se ha acercado a hacerme sentir como me sentí cuando te agarré la mano cuando huíamos de mamá con el champán, y te escondí detrás de una pared y te solté, y tú miraste mi mano fijamente, como si te molestara que ya no agarrara la tuya. Y después diste un paso hacia mí de todos modos.

Hace un gesto con los labios, tiene los ojos tan redondos como se le pusieron esa noche también.

—Y, en ese momento, me besaste —le digo, como si no lo supiera ya, y le sonrío como lo hice entonces, jodidamente complacido conmigo mismo.

Parks se ríe, sentada en el suelo del baño.

—En ese momento, te quise —le digo asintiendo—. Aunque de un modo distinto que antes, porque entonces sentí que eras verdaderamente mía.

—Lo era —me dice.

Alargo la mano y le acaricio el rostro.

—Y no ha cambiado.

—Luego al volver al internado, encontrando nuestro puto camino y estando juntos de verdad... La primera vez en mi vida que me sentí

como un hombre, como si fuera responsable de algo, por fin. Ese primer día de vuelta a las clases, Jo me comió tanto la oreja que tenía que hacerme el duro contigo, que yo fui un puto estúpido porque lo escuché...
—Le lanzo una mirada, como si no lo supiera ya, como si no me hubiera crucificado por ello durante la última década, porque después de San Bartolomé, cuando volvimos al internado, no le hablé durante una semana. En función de a quién le preguntes, eso es una exageración. Jonah se mostró inflexible en lo de no parecer demasiado entusiasta.

«No puedes demostrar demasiado interés con chicas como ella, Beej», me dijo, sabiendo de sobra que yo llevaba toda la puta vida interesado en ella.

Parks me mira y pone los ojos en blanco, en el suelo del baño de Dartmouth, esperando a que siga.

—Pero recuerdo verte salir de esa limusina, con el uniforme, y pensar... —La miro fijamente, me lamo el labio, asiento—: «Joder, este año va a ser la hostia».

Se vuelve a reír, tiene las mejillas coloradas.
La miro.
—Ha sido una vida de la hostia, de hecho.
Se me acerca un poco. Quiere estar cerca de mí, pero no quiere que pare.

—Billie hizo que te quisiera de una manera nueva —le digo—. Aquel fue el mayor cambio de todos, ¿sabes? Si me lo hubieras preguntado antes, te habría dicho que siempre te había querido de una forma absoluta y, no lo sé, un poco desafortunada, supongo, pero luego, después de aquello... —Le sonrío, cansado tras pensar en ese día, hoy, supongo, hace nueve años—. Fui a por todas de una manera irracional. Desesperadamente.

Asiento y ella me devuelve el gesto.
—Aquello nos cambió —le digo—. Antes no nos flipaba no estar juntos, pero después de aquello, dolía. Vamos, cuando te ibas a casa un sábado por la noche...

—¿Cuándo? —me interrumpe ofendida de solo pensarlo.
—Oh... —Me encojo de hombros—. Bueno, a veces.
Pone los ojos en blanco.
—Casi nunca.

—Casi nunca, sí —asiento—. Pero cuando sí que te ibas, en plan, sentía pinchazos en los brazos y el cuerpo, ¿sabes? Como cuando tienes fiebre.

—Oh —dice. Traga saliva con esfuerzo.

La miro fijamente, pienso dos veces lo que me estoy planteando decir. Lo digo de todos modos.

—Romper fue tremendo para mí —le digo, y parece ponerse nerviosa al instante—. Fue como, en fin, una puta revelación de las que te devuelven la sobriedad ya no solo de lo mucho que te quería, y lo mejor que soy cuando estoy contigo, y que no soy una puta mierda sin ti, pero también que, en fin, nunca iba a superarte, jamás... —Me encojo de hombros, me rindo un poco ante la idea—. Y aquello fue... —Se me apaga la voz al recordar. Jodidamente aterrador, fue. Hubo una época en esos tiempos en que no tenía claro, y lo digo en serio, que fuéramos a encontrar la manera de solucionar las cosas de verdad, y supe que tendría que limitarme a vivir queriéndola—. Lo he intentado. En serio, lo he intentado de veras, superarte y... —Me encojo de hombros—. No pude. Aquí estoy. —Le lanzo una mirada—. Sigo aquí.

Me observa, asiente deprisa como si se lo estuviera diciendo a sí misma, lo dice como para creérselo.

—Sigues aquí.

Alargo las manos y le agarro las suyas.

—Ojalá pudiera decirte todas las maneras en que te digo que te quiero sin decirte que te quiero, pero no sé cuáles son...

Suelta un medio suspiro y yo busco sus ojos.

—Porque creo que, llegado este punto, todo mi ser es una puta oda inmensa al hecho de quererte.

Gatea hasta mí, se acurruca con la cabeza contra mi pecho.

—Pero por si acaso eso no fuera suficiente, quizá sí puedo decirte a la cara y hasta el fin de los tiempos que te quiero, y que tu padre es un puto gilipollas.

7.24

Lily 🫶

Cielo, siento mucho que te haya dicho esas cosas

¡No pasa nada! Estoy bien.

Fue una barbaridad por su parte.

Solo decía tonterías, Lil. Estoy bien.

Te quiero 🖤🖤🖤

Yo también te quiero 🖤

Eres maravillosa

Lo sé

Y muy divertida!

Lo sé

Y mucho más fuerte de lo que crees.

Gracias 🖤🖤

Y podría decirse que eres la chica más preciosa del mundo entero.

Tienes tres hijas...

De hecho, cielo, creo que estarás de acuerdo en que tengo cuatro.

CINCUENTA Y CUATRO
BJ

Jo está sentado delante de mí, con el ceño fruncido. Cabreado. Niega con la cabeza.

—¿Había pasado alguna vez?

—No... —Me rasco la nuca—. Así no. A ver... hubo lo de Tom, supongo. —Me encojo de hombros. El accidente con la lámpara, ¿te acuerdas?—. Y otra ocasión aparte de esa.

Jo entorna los ojos.

—¿Qué ocasión?

Ella tendría diecisiete años, ¿algo así? Estábamos en un local una noche, no recuerdo cuál. Cirque Le Soir, ¿tal vez? En fin, que Parksy estaba bien piripi antes siquiera de llegáramos, pero una vez llegamos allí, nos encontramos a su padre. Con otra persona.

—Pero ¿con otra persona, al lío? —Jo se cruza de brazos, mirándome.

—Sí. —Me encojo de hombros—. Entonces ella empezó a chillar, sacó el móvil, empezó a hacer fotos, a grabar, a decir que se lo enseñaría a su madre, que lo mandaría a la prensa... Las mierdas clásicas de Parks...

Jo suelta una carcajada, divertido.

—Pero entonces, Harley saltó, le agarró el móvil y lo tiró en el cubo del hielo...

—Qué bueno. —Jonah se ríe y luego se reprende a sí mismo negando con la cabeza—. Pero no.

—No sé por qué esa fue la parte concreta que de algún modo empujó a Parks hasta el límite, pero lo hizo. Empezó a chillarle, pero fuerte. En plan: «¡Eres una puta mierda!», «¡Eres un puto gilipollas!» y «¡Eres el peor padre del mundo!». Y, entonces, él se le acercó mucho a la cara y con muchísima calma dijo en voz baja: «Pues muy bien, total nunca he querido ser padre».

—Joder. —Jo parpadea por la historia.

Fue fuerte. ¿Oír a alguien decirte en voz alta lo que siempre has temido? Joder.

Ella no dijo nada, se quedó ahí parada mirándolo fijamente y luego pegó media vuelta y se largó, como hace siempre.

Cómo le gusta salir corriendo, ¿eh? Joder. Al menos no le pasa solo conmigo, algo es algo.

Miro fijamente a Jo, asintiendo despacio.

—Después de aquello se armó un poco un circo… Ella bebió más, de hecho, bebió hasta perder el conocimiento. Se quedó frita, se levantó al día siguiente por la mañana… —Tomo una profunda bocanada de aire, casi aliviado por estar soltando todo esto. Le lanzo una mirada—. Y no recordaba absolutamente nada.

Le cambia la cara.

—¿Qué?

Me encojo de hombros.

—Totalmente borrado.

—¿Y no se lo contaste?

Le lanzo una mala mirada.

—¿Cómo cojones iba a decirle que su padre le había dicho todo eso en la cara?

Él frunce el ceño.

—¿Y no debería saberlo?

—No… —Niego con la cabeza—. ¿Por qué? ¿De qué le va a servir saberlo? Saberlo yo me da putas ganas de vomitar y ni siquiera me lo dijo a mí. No quiero que ella lo sepa.

Frunce más el ceño, mientras piensa en ello.

Jo también tiene una relación rara con su padre. Jud desapareció como un cabrón cuando Remy murió. Técnicamente no se marchó, pero tampoco se quedó de ninguna forma que importara. Últimamente ha estado más presente, antes del coma de Barnsey y, sobre todo, después. Aun así, es duro para los chicos. Ambos le quitan importancia, actúan como si no les importara, pero yo he visto de cerca lo que le hace a una persona tener unos padres de mierda. Barnsey podría suavizar el golpe, sin embargo, sigue siendo un golpe.

Jo pone mala cara.

—El otro día y esto… ¿Tú crees que lo decía en serio?

—No. —Niego con la cabeza, convencido—. Lo que pasó en el club es lo que me lo confirma. Estaba con esa modelo de piernas jodidamente largas de la década de 2010, ¿sabes de quién te hablo? La estadounidense. La de las tetas enormes…

—Ah, sí —asiente—. Esa.

—Estaba con ella en ese local, y le vi en la cara la vergüenza que sentía. Como si estuviera quedando mal delante de ella o algo, por eso estalló.

Él es así de orgulloso, siempre lo ha sido. Bridge tenía razón, el orgullo es peligroso, ¿de todas las cosas del mundo que suenan un poco inofensivas, pero que te al final pueden acabar contigo? La primera es el orgullo. Quizá ella lo sabía por Harley. Nunca pensé en preguntar.

El hombre fue al cuarto de Parks al día siguiente por la mañana, se quedó en la puerta muy avergonzado, y ella lo miró como hacen las hijas, enarcó las cejas y soltó:

—¿Qué?

Como si la estuviera molestando, como se lo había dicho en incontables ocasiones. Harley me miró, confundido. La miró a ella…

—¿Qué? —repitió. Entonces me miró a mí, confundida ella también.

—Nada. —Negué con la cabeza, volví a mirar a Harley.

Él miró a su hija con el ceño fruncido.

—¿Salisteis mucho anoche, entonces?

—No. —Se encogió de hombros y le puso ojitos como si fuera una santa. Se irguió—. Fuimos a un local y luego volvimos a casa.

¿Cuántos hijos pueden contar a sus padres que se fueron a un local y que sus padres ni siquiera parpadeen?

—¿A qué local? —Entornó los ojos intentando hacerle morder el anzuelo.

—No lo sé… —Se encogió de hombros, irritada. Me miró con impaciencia—. ¿Por qué?

Él hizo un gesto raro con la boca, perplejo. ¿En serio se le había olvidado? ¿En serio había tenido esta suerte? La observó durante un par de segundos más, esperando ver una sola grieta en la máscara que ella no le habría dejado ver nunca, aunque estuviera ahí. No estaba. Ella no tiene una sola rajadura, es perfecta.

Su rostro no hizo ese gesto que hacen a veces los rostros cuando alguien miente, de modo que su padre se relajó por completo, aliviado.

—Por nada —contestó, luego se dio la vuelta y se fue por el pasillo.

Yo la miré de reojo.

—Bajo a por un zumo, ¿quieres algo?

—Un batido, por favor —me dijo, y yo asentí al instante—. ¡De los verdes! —me gritó mientras me iba.

Volví a asentir.

—Verde, pero si puedes pídele que le dé un sabor un poco más de fresa y plátano, pero con el valor nutricional de, no sé, el apio y las espinacas y la espirulina...

Me paré para reprenderla con la mirada porque tienes que hacerlo si no quieres que te vuelva loco. Y luego eché a correr tras su padre.

—¡Eh! —le grité. Diecinueve añitos tenía yo entonces.

Él se volvió como un resorte con una ceja enarcada.

—¿Estás hablando conmigo?

—¿Qué cojones fue lo de anoche?

Puso los ojos en blanco como si yo fuera un idiota.

—Ambos bebimos un poco más de la cuenta...

Bajé el mentón hasta el pecho y lo fulminé con la mirada por ese comentario.

—Lo que le dijiste...

—Venga ya, no iba en serio. —Puso los ojos en blanco de nuevo—. Si ni siquiera se acuerda.

—Ya, pero yo sí.

Se encogió de hombros con indiferencia.

—Aquí que cada palo aguante su vela —me soltó Harley.

—¿En serio no se lo has contado nunca? —vuelve a preguntarme Jo.

—No pretendo hacerle perder la puta cabeza del todo... —Lo reprendo que flipas con la mirada—. En fin, que lo que dijo el otro día fue peor que lo de esa primera vez.

Aquello le pone triste.

—¿Y ella está bien?

—Sí. A ver, no... —Me encojo de hombros—. Pero sí. No lo sé...
—Niego con la cabeza porque no puedo ser mucho más coherente que hace un instante con esta mierda.

Lo señalo con el mentón.

—¿Y qué hay de ti? ¿Qué tienes entre manos?

—Nada... —Jo da un sorbo de su copa—. Tuve el cumpleaños de Banksy el otro día por la noche.

—Ah, ¿sí?

Jo asiente.

—¿Y estuvo contenta? —pregunto.

—Sí —vuelve a asentir.

—¿Sigue con el profe ese capullo?

Niega con la cabeza. Parece mosqueado.

Interesante.

A ver, en realidad, no es interesante, era jodidamente predecible. Sin embargo, la presencia física de incomodidad en el rostro de Jo es un avance.

—¿Te acuerdas del ex?

Entorno los ojos, reflexivo.

—¿El ex? Al que le...

Pegamos una paliza. Es el final que no digo de la frase.

Él también era un capullo.

Exceptuando a Jo, Bianca Harrington tiene un gusto de mierda para los hombres.

—Sí... —Me lanza una mirada—. Vuelven a estar juntos.

Pongo mala cara.

—Y una mierda.

Jonah exhala por la nariz, parece nervioso al respecto. Vamos, agobiado de verdad. Que hay sentimientos de por medio, vaya. Aunque no sé si él lo sabe.

—¿Juntos... juntos? —pregunto aunque, obviamente, no soy un puto idiota, solo quiero ver adónde va, necesito un poco más para sonsacarle.

Jo me lanza una mala mirada.

—No lo sé.

Ladeo un poco la cabeza.

—Pero ¿te importa...?

—¿Qué? —Pone mala cara—. No... —Niega un montón con la cabeza.

Suelta una carcajada, pone los ojos en blanco, hace como cuarenta y cinco cosas a la vez con ese estúpido cuerpo suyo para demostrar que no ama a la chica a la que, claramente, ama.

—Me importa como me importaba cuando vosotros os juntabais con imbéciles, no me importa en plan me importa...

Entorno los ojos.

—Vale.

—Cállate.

Levanto los hombros.

—No he dicho nada.

Jo hace un gesto desdeñoso con la mano y exhala, le veo un agobio distinto.

—Total, tampoco tengo tiempo para estas mierdas... —dice, pero no sé si me lo está diciendo a mí. Se le escapa, casi inconscientemente. No es una idea real. Al menos no una que tuviera intención de compartir.

—¿Qué está pasando? —le pregunto observándolo con más atención.

—¿Qué...? —Parpadea, como si saliera de un trance—. Nada.

Pero ahora miente, me doy cuenta. No sé qué es, pero ahí hay algo.

—Jo... —Me aprieto el labio superior con la lengua, niego con la cabeza—. ¿Qué está pasando?

Me mira fijamente. Una mirada intensa y larga (y rara). Está a punto de abrirse en puto canal y soltarlo todo, me doy cuenta, burbujea bajo la superficie. Abre la boca para decir algo y luego frunce el ceño, niega con la cabeza para sí mismo, pero, bueno, ¿apenas?

Mi mejor amigo exhala por la nariz.

—Nada.

18.31

Gus W 🖤

Hola. Me he enterado de lo que te dijo tu padre...

¿Cómo?

Da igual.

Entonces, Taura

Sip.

lol

Estás ok?

Por qué todo el mundo me lo pregunta?

No lo sé.

Porque es muy jodido?

Estoy bien.

Ya, pero... en serio?

Sí.

No parece propio de ti.

😏

Has vuelto a hablar con él?

No

Pero eso tampoco es indicativo de nada.

> Nunca ha sido mi primera opción para charlar.

Él ha hablado contigo?

> Tampoco

Ya sabes cómo se pone...

Le encanta exagerar las cosas más de lo necesario.

Tiene un don por el drama.

> Claro

Es hereditario, creo.

CINCUENTA Y CINCO
Magnolia

—Bueno. —Claire me sonríe en modo psicóloga. Ya sabes qué clase de sonrisa digo. Así medio cálida, reservada, especulando sobre mis traumas perpetuos, etcétera, etcétera—. ¿Qué tal estas últimas semanas?

—Excelentes. —Le devuelvo una sonrisa rápida—. Geniales. Realmente maravillosas.

BJ se revuelve en el asiento contiguo al mío, pero no dice nada.

—Fue 3 de diciembre —me dice ella, y yo no permito, ni siquiera por un segundo, que mi cara refleje el dolor que ese día suscita en mí. Le ofrezco otra sonrisa controlada.

—Sí, lo fue.

—¿Te gustaría compartir un poco algo de ese día?

Me yergo un pelín.

—No.

Ella asiente una vez y luego escribe algo.

Parece casi que te juzguen cuando escriben, ¿no te parece?

—BJ me comentó que tu padre y tú tuvisteis un pequeño enfrentamiento.

—Mmm... —Finjo que tengo que recordar el día, como si fuera algo que tuviera que intentar recordar, finjo que lo que me dijo no se ha reproducido en bucle en esta estúpida mente mía desde entonces—. Oh, ¿eso? —Me encojo de hombros para quitarle peso—. Uno pequeñito.

Ella ladea la cabeza. Qué condescendiente.

—Tengo entendido que te dijo algunas cosas muy desagradables.

Me encojo de hombros de nuevo, con aire despreocupado. Como si las palabras de mi padre no fueran más que un puñado de arena llevado contra mi cara por la brisa marina.

Ya lo he mencionado anteriormente, un dolor inexplicable. La verdad es que no puedo hablar en voz alta de lo sucedido (no sé por qué), como si decirlo en voz alta de nuevo pudiera hacerlo aún más real de lo que ya es.

Hay muchísimos aspectos de lo que pasó que odio y que me aterran. Para empezar, que me dijera lo que me dijo. Que me dijera lo que me dijo delante de BJ, ¡delante de la familia de BJ! Porque ahora todas esas personas, quienes sospecho que ya sabían que él no es que de primeras estuviera loco por mí, ahora tienen la flagrante, horrenda e innegable confirmación de que eso es, de hecho, la verdad.

Me tiro el pelo hacia atrás por encima de los hombros.

—Las palabras se las lleva el viento, Claire.

Le veo en la cara que siente tristeza por mí, quizá hasta de una forma auténtica. Pero yo no quiero su tristeza auténtica, no quiero su lástima. No necesito nada de ella ni de ninguna otra persona que tenga más de cuarenta años.

—Pero las palabras pueden hacerte muchísimo daño —me contesta con cierta amabilidad en su voz que no me interesa oír, de modo que le lanzo una mirada como si ella fuera un poco un caso perdido, sobre todo, porque creo que (me pregunto si...) el caso perdido soy yo.

—Claire, llevo años aguantando que la gente mienta y diga mierdas sobre mí. La gente lleva destripándome desde que tenía quince años... —Le dedico mi más brillante sonrisa—. Estoy bien.

BJ se frota la boca con la mano distraídamente.

—Vale. —Asiente y me sonríe secamente. Luego vuelve a escribir algo. Típico. Toma una profunda bocanada de aire mientras mira su libreta y exhala por la nariz—. ¿Y qué tal vas con Bridget?

Miro a BJ de reojo antes de volver a fijar la vista en ella.

—¿A qué te refieres «con Bridget»?

—He oído que has tenido ciertos problemas para dejarla marchar.

Vuelvo a mirar a Beej. Lo fulmino con la mirada, de hecho.

—Conque oído, ¿eh?

—Le envías mensajes, le dejas mensajes en el contestador... Sus cenizas están a los pies de vuestra cama...

—Solo a veces. —Pongo los ojos en blanco al oír eso último.

Me sonríe para darme ánimos.

—¿Qué otros lugares ocupan?

Y la respuesta es: a veces el sofá conmigo o mi escritorio mientras trabajo, pero tengo la sensación de que esas respuestas pueden incriminarme de alguna manera, de modo que me cruzo de brazos y, en lugar de decirlo, pruebo otra táctica.

—Si no es a los pies de la cama, ¿dónde las pondrías tú?

—¿En un estante? —sugiere—. En un armario, en...

—¡En un armario! —la interrumpo—. Bridget odia los armarios, obviamente, ¿acaso no has visto lo que se pone si se la deja escoger su ropa ella misma? Dios mío, si es como un vídeo de Macklemore...

—Era —dice Claire con una firmeza diminuta, antes de observarme a mí y entonces BJ alarga la mano para dejarla descansar sobre mi rodilla.

Parpadeo.

—¿Qué?

—En pasado —me dice ella—. Era como un vídeo de Macklemore.

—Vale. —Me encojo de hombros—. Lo que sea...

Claire me mira fijamente durante un par de segundos antes de soltar el boli y dejar descansar ambas manos sobre su regazo.

—¿Sigues hablando con tu hermana, Magnolia?

Me giro como un resorte hacia mi prometido y le aparto la mano de un golpe al muy traidor.

—Eres increíble...

—Parks...

Niego con la cabeza.

—¿Te estás chivando?

—No, no me estoy ch... —Pone los ojos en blanco—. Primero era mi psicóloga.

—¡A la que me obligaste a venir!

—¡Lo sé! —asiente—. Pero antes de que empezaras, ya le había contado que mi prometida habla con su hermana muerta en el baño...

—¿Por qué? —exijo saber.

—No lo sé... —Echa la cabeza hacia atrás y se encoge de hombros con sarcasmo—. Me pareció relevante.

—¿Por? —le pregunto con los dientes apretados.

—¿Va en serio? —pregunta con voz fuerte antes de parpadear dos veces; ahora parece muy mosqueado—. Joder, Parks...

Se pasa las manos por el pelo, lo cual desearía que no hubiera hecho porque adoro absolutamente su pelo, y me da envidia que alguien que no sea yo lo toque, hasta él mismo. Es que tiene tantísimo, es tan espeso y siempre está despeinado de un modo que parece recién peinado, ¡pero es así! ¡Lo he comprobado! Cuando estábamos juntos en el internado yo estaba rematadamente convencida de que BJ se tenía que levantar temprano para peinarse, por eso una noche coloqué una cámara en su cuarto y nos grabé durmiendo sin decírselo para pillarlo. Imagínate mi consternación cuando luego descubrí que, en realidad, lo que ocurre es que es horriblemente perfecto al natural. Imagínate mi otra consternación cuando al volver a ver el vídeo pillé sin querer a Jonah y... da igual, no hablamos de eso.

—Siempre hemos sido tú y yo, Parks —dice Beej, mirándome fijamente en la consulta de la doctora Ness—. Si tú eres feliz, yo soy feliz; si tú estás jodida, yo estoy jodido; si tú lloras una pérdida, yo lloro una pérdida...

—Esto, de hecho... —Claire se aclara la garganta—. Lo llamamos codependencia.

—Um... —Le lanzo una mirada desdeñosa—. Es muy mal momento para uno de tus arrebatos, Claire...

—A menudo no consideramos que sea algo bueno —prosigue ella.

La fulmino con la mirada.

—Claire, por el amor de Dios, haz el favor de fijarte un poco en el aquí y ahora.

La señalo con el pulgar y miro a BJ con elocuencia y él, al instante, mira a Claire con gesto de disculpa porque es así de irritante.

—Continúa —lo señalo con un gesto impaciente.

—Si tú no superas lo de Bridge, yo tampoco —me dice—. Si tú vives con tu hermana muerta, yo también, Parksy. Tengo permitido hablar de ello...

—¿Pero tiene que ser con ella? —Ahora bajo la voz al tiempo que señalo a Claire con tanta discreción como puedo—. Que tiene las habilidades sociales de una simplona criada en la jungla...

—La verdad es que estudié en Bassett House —puntualiza, y la miro con suspicacia.
—Si tú lo dices...
—Es verdad —me confirma.
Frunzo los labios.
—Vale.
—Magnolia... —Exhala por la boca como si yo la estuviera poniendo nerviosa y la verdad es que me pregunto si esta mujer tiene siquiera un gramo de profesionalidad en el cuerpo—. Entiendo que todas las figuras de autoridad que has tenido en la vida, o bien te han decepcionado, o bien te han traicionado o bien te han abandonado...

Miro a BJ, absolutamente horrorizada por esta mujer horrible.
—Vaya borde... —le susurro a él.
—Yo no soy una figura de autoridad —dice hablando por encima de mí con voz severa—. No pretendo ser tu madre. Pretendo ayudarte a gestionar la locura que tan claramente es tu vida...

Levanto la nariz, indignada.
—¿Se puede saber por qué dices «tan claramente»?
Beej suelta una carcajada y me lanza una mirada desafortunada.
—A ver. —Claire se aclara la garganta—. Tu abuela se ha ido, tu tutora de la infancia se ha ido, tu padre te ha rechazado, tu madre parece increíblemente pasiva...

Me revuelvo incómoda, y le susurro a nadie en particular:
—Qué tremendamente inadecuado es dar por hecho algo así de una persona...

Y ella sigue adelante con su horrible diatriba, imperturbable.
—Estás organizando una boda mientras arrastras un trastorno de la conducta alimentaria desde hace más de una década y hablas con tu hermana muerta en el aseo.

Los miro a los dos.
—Ambos estáis usando mucho la palabra «muerta» hoy...

BJ exhala lentamente por la nariz, tiene los ojos colmados de una tristeza pesada.
—Porque lo está, Parksy.

Lo miro con los ojos desgarrados, como si acabara de darme una bofetada. Parpadeo dos veces, rechazo esa frase, y pienso en esos zuecos de tacón de piel de ternera pulida con estampado de mayólica que he visto por internet esta mañana. Un trabajo exquisito, Dolce & Gabbana. De veras, lo nunca visto.

—¿Lo has dicho alguna vez, Magnolia? —pregunta Claire, que ya vuelve a tener la cabeza ladeada—. ¿En voz alta?

Me cruzo de brazos.

—Si he dicho ¿qué?

—Que está muerta —contesta Claire impávidamente.

Aprieto los labios y trago saliva.

—No.

Vuelve a coger el boli, está a punto de escribir otra cosa, y yo niego muy rápido con la cabeza.

—¡Pero no por ninguna razón que tengas que anotar en tu libreta secreta!

Claire mira de reojo a BJ al instante antes de volver a mirarme a mí.

—No es una libreta secreta —me dice—. Solo es…

—¡Entonces enséñame qué pone! —le digo intentando echar un vistazo desde mi asiento—. Dale la vuelta.

—No. —Pone los ojos en blanco un poco, pero vuelve a soltar el boli. Toma una bocanada de aire y relaja las facciones—. Magnolia, ¿por qué todavía no lo has dicho?

Me encojo de hombros.

—Pues por los motivos normales…

—¿Como cuáles? —pregunta.

—Como… —Levanto la vista hacia el cielo y me estrujo el cerebro en busca de esos motivos normales—. No quiero incomodar a nadie…

—¿Incomodar con qué? —pregunta.

—Con lo que le pasó a mi hermana.

Ella asiente una vez.

—¿Y qué le pasó a tu hermana?

Me lamo los labios y me encojo de hombros.

—Que tuvimos un accidente de coche.

—¿Sí…? —me dice, con una inflexión ascendente al final.

Aprieto los labios.

—Y luego le dolió la cabeza.

—Vale... —Asiente con las cejas enarcadas, sigue esperando ese terrible más.

Vuelvo a cruzarme de brazos.

—Y luego tuvo un aneurisma —le digo y después levanto los hombros como si fuera así de fácil.

—¿Y luego qué pasó, Magnolia? —pregunta en voz baja.

Doy una bocanada de aire.

—Ella... —Se me corta la voz de golpe y me frunzo el ceño a mí misma porque solo son palabras. Trago saliva, tomo otra bocanada de aire—. Ella... esto...

Aprieto los puños al tiempo que fulmino a Claire con la mirada, me hundo las uñas en las palmas. Exhalo todo el aire que contienen mis pulmones, me dejo sin respiración hasta que las costillas se me aprietan con fuerza contra el diafragma y el dolor empieza a esparcirse desde el centro de mi pecho y es un tipo de dolor distinto al que siento sin mi hermana, y pienso para mis adentros lo fascinante que es ese alivio temporal: dolor por dolor.

Y dámelo, por favor, joder, te lo suplico. Pulmones vacíos, cavidad torácica en llamas, una agonía física superficial, pero que me distrae de la que actualmente siento siempre sin importar nada.

Me aprieto la mano contra la boca para ocultar mis labios, que me tiemblan, y luego BJ niega con la cabeza, me agarra la mano y la aprieta con fuerza.

—Murió —dice por mí.

A Claire le cambia un poco la cara, deja de mirarme a mí y desvía los ojos hacia BJ y cuando sus ojos me dejan, parpadeo para ahuyentar una lágrima que no me gustaría que ella viera.

—Sí —contesta Claire con cautela—. Y lo lamento muchísimo.

Aunque no tengo tan claro que así sea, quizá esa mujer no es más que una sádica a quien le encanta hurgar en las cosas dolorosas para verte retorcer de dolor. Si yo fuera una sádica y fuera inteligente (que supongo que tienes que serlo para ser una psicóloga colegiada y la jefa del departamento del Cambridge), escogería un trabajo que me permitiera hurgar en las cosas que hacen daño a la gente, como me está haciendo ahora ella a mí, de modo que me limito a mirarla fijamente y a no decir nada.

Ella se inclina un poco hacia delante, me observa con las cejas levantadas en el centro.

—Tu hermana era una joven exquisitamente brillante —me dice asintiendo con una sonrisa—. Cargada hasta las cejas de muchísimo potencial y muchísimo sarcasmo...

Y no pretendo sonreír al oírlo, pero lo hago.

—Y aunque sé que tú sientes el peso increíblemente personal de su ausencia en tu vida, debo asegurarte, Magnolia... —Vuelve a ladear la cabeza, aunque he de admitir que esta vez resulta ligeramente menos irritante—. Que su pérdida también afecta a la humanidad. El mundo entero es, sin lugar a dudas, peor sin ella.

Asiento una vez porque eso es un hecho, y luego BJ se acerca mi mano a los labios sin decir nada y me la besa.

Claire deja su libreta en la mesilla auxiliar que tiene al lado antes de volver a mirarme.

—¿Puedes hacer una cosa por mí?

La miro fijamente con suspicacia.

—Me siento inclinada a decir que no...

Me sonríe, un poco divertida.

—La semana que viene o la siguiente, ¿podrías ir al cuarto de Bridget de vuestro piso de antes y mirar sus cosas?

Hago una mueca con toda la cara.

—¿Por qué?

—Porque nadie ha tocado sus pertenencias en casi siete meses...

—¿Y?

—Pues que Bridget está muerta, Magnolia —me dice con la cara completamente seria—. Algo que has evitado con bastante éxito estos últimos meses, pero está muerta. Y necesitamos que empieces a aceptarlo.

Me cruzo de brazos a la defensiva.

—Bueno, ¿y si no estoy lista para hacerlo?

—No lo estás. —Se encoge de hombros tranquilamente—. Esto es solo el principio.

23.42

Bridge 💩✨

No paraba de decir que estás muerta.

Te lo puedes creer?

Qué desagradable.

Y, a ver, qué morboso.

...

CINCUENTA Y SEIS
BJ

Hoy, en mi sesión individual con Claire, me he metido en un lío porque el otro día terminé la frase de Parks.

No en un lío, porque Claire no es mi madre, pero sí que me ha dicho que tengo que: «permitir a Parks que llegue a sus propias conclusiones sobre la pena», o algo así. Que hacerle de amortiguador solo prolonga el proceso. Pero es que es muy duro verlo. Casi tuve ganas de vomitar. Y no es que Magnolia haya sido nunca un hacha en el área de procesar emocionalmente la información, ha evitado la mayoría de las cosas dolorosas a base de fuerza de voluntad pura y dura, y de una pizca de abandono durante casi toda su vida, y sí, no es sano y todo lo que quieras, sé que necesitamos un cambio, sé que necesita una mano que la acompañe al transitar toda esa mierda que la vida le ha arrojado a la cara hasta ahora, pero, joder, qué duro fue.

He ido a cenar con Hen después de la sesión, me ha dicho que los chicos se estaban comportando de un modo raro. Que lo están haciendo. Creo que nunca los había visto así.

Hemos sido amigos toda la vida, ¿verdad? Básicamente, de todos los modos posibles. Jo y yo siempre hemos sido bastante sinceros. Estoy seguro que hay ciertas mierdas que él no quiere contarme, y yo igual, pero así en general, confío en que lo que veo es lo que hay con él.

Lo que hacen los chicos nunca me ha preocupado mucho. Nunca he percibido nada al respecto, nunca he sentido que fuéramos tan diferentes... No hago ninguna asociación negativa, supongo. Sin embargo, últimamente no lo sé. Parece que algo va mal. O que ha cambiado, quizá.

Igual son imaginaciones mías.

Voy a casa después de la cena, Daniela me asegura que antes de irse, se ha asegurado de que Parks comía algo, de modo que no me agobio.

Vuelvo andando a casa en lugar de en coche por hábito, ahora hasta me gusta andar. No se lo digas a Parks, que ya se lo tiene suficientemente creído. Tardo unos cincuenta minutos, es un garbeo agradable.

Pulso el botón para subir a nuestro piso en ascensor. Se abre en el interior de nuestro hogar. Y ¿sabes qué?, la oigo antes de verla.

Este llanto absolutamente desgarrador.

Se me cae el alma a los pies.

—¡Magnolia! —grito, pero no sé si puede oírme desde aquí. El llanto no se detiene, ni siquiera pausa lo suficiente para tomar una bocanada de aire. Irrumpo entre las puertas del ascensor en cuanto se abren. Grito su nombre un montón de veces, no sé por qué. ¿Lo hago por mí o por ella? Necesito que sepa que voy corriendo a su lado y yo necesito saber que ella está bien. Y no lo sé, al menos durante diez segundos.

Sigo el sonido hasta el comedor y me la encuentro allí, sentada en el suelo, con una caja llena de mierdas delante de ella y levanta la mirada, tiene los ojos inmensos y aterrados. No dice nada, sigue llorando.

—Eh, eh, eh... —Me siento en el suelo a su lado—. ¿Qué pasa, Parks? —Me la subo a mi regazo—. ¿Qué está pasando?

Ella entierra el rostro en mi cuello y sigue llorando.

Empiezo a buscar pistas. La caja ¿qué contiene? Fuerzo la vista al mirarla. Unos libros, ¿un diario, quizá? Algo de ropa...

Mierda, es una caja con cosas de Bridget.

—¿Parks? —Me separo un poco para verle la cara y ella me mira, tiene los ojos rojos de tanto llorar desde hace no sé cuánto rato. Uso los pulgares para secarle un poco la cara—. Dime algo.

Ella toma un par de bocanadas de aire tremendas, ahogadas y espasmódicas, como si luchara por su vida por conseguir una gota de aire. Y entonces me mira y con el labio inferior tembloroso dice:

—¡Solo soy un reloj hecho en el desierto por un hombre ciego!

Frunzo el ceño y me aparto un poco de ella, confundido. Y veo el libro tirado a un lado.

—Ay, mierda —suspiro, dejo caer la cabeza un poco hacia atrás y luego la miro fijamente—. ¿Quién cojones te ha dado a Richard Dawkins?

Se oculta el rostro entre las manos al instante y rompe a llorar de nuevo. Le aparto las manos de la cara y la obligo a mirarme.

—¡Lo he... encontrado... en el estúpido cuarto... de Bridget! —me dice entre sollozos.

No me había dado cuenta de que iría hoy. Le dije que me avisara cuándo tenía pensado volver al piso que compartieron para poder estar ahí, y tendría que haberme percatado, cómo le quitó importancia, lo dispuesta que estuvo a que yo fuera con ella, tendría que haber sabido que no era así. No sé por qué. ¿Para demostrar algo, quizá? ¿A mí? ¿A ella misma? ¿Demostrar que está bien aunque claramente no lo está?

—No me extraña que estuviera enfurruñada todo el rato —me dice Parks, secándose la nariz con la manga—. El panorama es tremendamente desolador aquí fuera.

—¿Aquí fuera? —repito con cautela—. ¿En la vida?

Ella asiente, con el labio inferior a punto de estallar otra vez.

—Y después.

Exhalo una carcajada, no porque piense que es gracioso, sino porque, quizá, me siento aliviado. Me alegro de que esté bien, o cómo coño esté ahora mismo. Bien no, probablemente desde un punto de vista técnico, pero más o menos bien. La cambio de posición sobre mi regazo y la abrazo con fuerza.

—No se está tan mal aquí —le digo.

—Sí, claro que sí —me contesta, pero le sale la voz ahogada porque está hablando directamente contra mi cuello—. Es espantoso.

—Parksy... —La muevo de nuevo y le acaricio la cara—. No pasa nada... Técnicamente solo es una teoría...

Me lanza una mirada.

—Pero es bastante convincente.

—¿La evolución? —parpadeo—. Sí, diría que sí...

—Entonces ¿ese hombre tiene razón? —Se encoge de hombros y se le vuelven a llenar los ojos de lágrimas.

Aunque, hablando con franqueza, últimamente tampoco es que suelan estar muy vacíos de lágrimas. Todo el rato están llenos o al borde de las lágrimas.

—Nada tiene sentido —logra decir antes de que se le escape otra llorera y se cubra la cara de nuevo.

—Oye... —Niego con la cabeza y vuelvo a apartarle las manos—. Yo no he dicho eso.

Le paso la mano por el pelo, la observo con atención. Si yo estoy tranquilo, ella quizá no está tranquila, pero al menos está más tranquila.

Se sorbe la nariz, me agarra el cuello de la camiseta y se seca la nariz con ella antes de volver a mirarme.

—¿Por eso gritabas ese día con lo de tu padre?

Pongo mala cara.

—No gritaba... —Pongo los ojos en blanco—. Y no.

—Sí lo hacías —me dice—. Sobre el sentido de la vida, ¿te acuerdas?

—No, recuerdo... —Le lanzo una mirada—. Estaba enfadado con él porque me dijo que no tengo nada ante lo que responder en mi vida...

—Ay —chilla—. ¡Eso es tristísimo!

Y, en ese momento, vuelve a echarse a llorar, hecha un ovillo en mi regazo.

Hago una pausa un segundo, pienso lo que estoy a punto de preguntarle, tanto si es buena idea como si no, que probablemente no lo es. Lo pregunto de todos modos.

—Parks —me aclaro la garganta y la miro con cautela—, ¿tienes la regla?

Ella se echa para atrás.

—¡¿Perdona?!

Abro la boca para decir algo, pero no me sale nada. Fuerzo una sonrisa.

—Estás un poco irregular, eso es todo. —Hago una mueca—. Muchas emociones.

—Bueno... —Me lanza una mirada de exasperación mientras se baja a rastras de mi regazo y pone un poco de distancia entre nosotros—. Discúlpame por acabar de darme cuenta de que nada tiene sentido ni esperanza ni significado y...

—Yo sé el sentido de la vida —le digo encogiéndome un poco de hombros.

Ella pone los ojos en blanco.

—No, no lo sabes.

—Sí —asiento—. Lo sé.

—Bueno, pues adelante... —Se cruza de brazos y enarca una ceja—. ¿Cuál es?

—No voy a decírtelo. —La señalo con un gesto—. Eso es hacer trampas.

—No, no lo es… —Hace un puchero y se hace la digna—. ¿Acaso no somos uno, BJ? ¿Qué sentido tiene el matrimonio si…?

Ahora soy yo el que pone los ojos en blanco.

—Todavía no estamos casados —le recuerdo, y ella me pincha.

—Dame una pista… —se queja.

Reprimo una sonrisa.

—Tienes la respuesta, en fin, delante de tus narices…

—¡Dímelo ya! —suspira, abatida.

Me aclaro la garganta.

—«Hay algo infantil en la presunción de que otra persona tiene la responsabilidad de darle un sentido y un objetivo a tu vida. El punto de vista verdaderamente adulto, en cambio, es que nuestra vida tiene tanto sentido y es tan plena y tan maravillosa como decidamos hacerla».

Vuelve a fruncir el ceño.

—¿Qué?

Señalo con el mentón la copia de *El relojero ciego* a la que se está aferrando como si fuera un salvavidas.

—Acábate el libro, Parksy. Encontraremos la solución.

Me mira con petulancia.

—Creía que tú ya la habías encontrado.

Vuelvo a ponérmela en el regazo.

—Bueno, pues te ayudaré a encontrarla a ti también. —Aprieto mis labios contra los suyos y le sonrío encima—. Porque eres de inicio un poco lento, al parecer.

Ella asiente muy deprisa, traga saliva, me lanza una sonrisa, pero me doy cuenta de que tiene la mente en otra parte, alejándose a toda velocidad.

Se pierde entre esos pensamientos suyos en bucle. Siempre lo ha hecho.

—Eh… —Le acaricio de nuevo la mejilla porque, en fin, no puedo evitarlo—. Parks, todo irá bien.

Me mira con el ceño triste y su perfecto rostro, apesadumbrado.

—Pero ¿cómo lo sabes, Beej? —Se encoge de hombros, desesperada—. Todo el rato pasan demasiadas cosas horribles y de mierda. La gente muere. Los bebés mueren. Los hombres ciegos no consiguen sus relojes…

Aprieto los labios y la miro con los ojos entornados.

—Sí, claro… —asiento, me aclaro la garganta—. ¿Te has leído el libro de verdad o…, no sé, lo has abierto y has señalado una página al azar?

Pero ni siquiera me oye, me doy cuenta porque, de haberme oído, me habría pegado en el brazo o algo, pero se ha quedado mirándome con unos ojos enormes y desenfocados, perdida en sus pensamientos.

—BJ… —me mira con el rostro completamente serio—, ¿y si morimos y luego solo hay…? —Niega con la cabeza, parpadea mil veces, abre la boca pero no dice nada, como si le diera demasiado miedo pronunciar las palabras que está pensando.

Traga saliva y coge aire con dificultad.

—Solo hay… ¿una nada negra y vacía?

Le sonrío con dulzura y asiento un par de veces.

—En ese caso, te encontraré, Parksy. —La miro fijamente y la abrazo un poco más fuerte—. Y estaremos en esa nada negra y vacía juntos.

00.41

Bridge 💩✨

En serio, leías los peores libros del mundo.

"Al menos yo leía"

eso me ibas a decir, lo sé, ni te molestes.

Tampoco te haría daño escoger algo agradable y fácil de vez en cuando, como Princesa por sorpresa o algo.

Inténtalo.

...

CINCUENTA Y SIETE
BJ

Voy a comer con mis padres hoy. No sé por qué.

¿Porque hacía ya un tiempo de la última vez y mamá me lo pidió y me cuesta decirle que no porque es la mejor?

El tema está un poco raro todavía entre papá y yo, me he sentido medio desnudo cuando he aparecido sin Parks. No es que la use como escudo ni nada, pero supongo que mis padres... especialmente papá no va a tocar lo que no toca cuando está ella. Y ahora todavía menos.

Empieza bien. Una conversación banal sobre las chicas: que Jemima tiene un novio nuevo, que Madeline quiere cambiarse de grado otra vez en la universidad; y que Al está mejor, que está planteando hacer el viaje que habían planeado ella y Bridge, pero que aún no está genial, pero es de esperar, ¿verdad? La mejor amiga se te muere de la noche a la mañana, ¿qué haces con eso? El mundo no se para cuando lloras una pérdida, lo cual es una puta mierda descubrir a los... ¿qué? ¿Veintitrés años? Y me parece una injusticia inmensa, que lo es, ¿o no?

Parks y yo aprendimos esa lección bastante jóvenes. La pena por la pérdida te para de golpe, pero el mundo sigue girando sin parar siquiera un instante. Y te pasa por encima.

A pesar de todo, no es por Allie por lo que mamá lleva semanas persiguiéndome para esta comida. No están preocupados por Allie; Allie tiene unos padres que dan el puto callo con ella.

Están preocupados por Parks.

Hará unos veinte años que mis padres empezaron a hacerse cargo de preocuparse por esas niñas. Parks y Bridge eran una extensión de nuestra familia antes de que Parks y yo fuéramos lo que somos. Mamá ha estado agobiada hasta la locura preguntándose cómo está Magnolia, y no solo por lo de Harley (aunque en gran medida por lo de Harley), sino en general.

—¿Cómo está? —pregunta mamá en cuanto nos sirven el primer plato.

—Sufriendo, la verdad. —Asiento y añado una sonrisa fugaz al final—. Triste. Pero va encontrando el camino.

—¿En la vida? —pregunta papá.

—Sí. —Me encojo de hombros.

—Bueno —sonríe mamá—. ¿Y quién no?

—Este tipo, al parecer. —Señalo hacia papá con la cabeza—. Él lo tiene todo atado.

—No lo tengo todo atado —me contesta, y da un sorbo de su café—. Tengo algunos cabos sueltos…

Le lanzo una mirada desdeñosa.

—Si tú lo dices.

—Tuve una aventura —dice de pronto. Y me quedo mirándolo, con los ojos como platos, parpadeando un puto millón de veces.

¿Qué cojones?

—Hamish… —dice mamá, y la miro a ella.

No me lo putopuedo creer. ¿Quién cojones le hace a ella algo así? Herirla de ese modo.

No digo nada, me limito a mirarlo. El tejido del que está hecho mi mente se deshilacha a la velocidad del rayo.

Que él ¿qué?

Mi padre mira a mi madre y luego me señala con un gesto.

—Necesita oírlo.

Mamá me mira y pone cara de sufrimiento. Pero tampoco lo comprendo, ¿está triste por ella? ¿Triste por mí? ¿Triste en general?

Vuelve a mirar a papá y asiente.

—Hace un tiempo ya… —dice él.

—¿Cuándo? —pregunto, seco. Estoy enfadado.

—Tú ibas al internado —me dice.

—¿Qué cojones…? —Lo miro fijamente, negando con la cabeza. Miro a mi madre—. ¿Y tú lo sabías?

—Desde luego que lo sabe… —dice papá, poniendo los ojos en blanco a la vez que mamá me mira exasperada.

—Desde luego que lo sé.

Suspiro y la miro. Ahora comprendo bastante rápido en mi mente por qué le supo tan mal cuando se enteró de que la razón de la primera ruptura entre Parks y yo fue una infidelidad.

—Mamá...

—Estoy bien, cielo. —Me dedica una sonrisa digna y orgullosa; esta mujer es una putísima leyenda—. En serio.

—¿Cómo? —Me quedo mirándola.

No tiene sentido. ¿Nunca lo vi? ¿Cómo pude no verlo?

—Estuve triste durante un tiempo, pero las cosas pasan... —dice, y lo único que añade es un pequeño encogimiento de hombros—. Luchas, mejoras.

La miro fijamente un minuto, gano una nueva capa de respeto hacia ella, lo cual no creía posible porque ya es la puta hostia.

Vuelvo a mirar a papá con los dientes apretados.

—¿Con quién?

—Mi secretaria —dice, sin vacilar un instante—. Un poco estereotípico, la verdad... —Me lanza una sonrisa a medio gas que no le devuelvo—. Vergonzoso.

Aprieto los ojos.

—¿Por qué lo hiciste...? —Miro a mi padre como si no lo conociera—. No tiene sentido... —Vuelvo a negar con la cabeza—. Estabas tan enamorado.

—Y estoy muy enamorado —me dice con firmeza—. Sigo estándolo.

—Pero...

—Igual que lo estabas tú cuando le fuiste infiel a Magnolia, ¿o no? —me pregunta como si me estuviera preguntando si quiero un azucarillo o dos.

—Sí, pero...

—Cometí un error, BJ —me dice—. Realmente fue eso. Nuestra relación se volvió más estrecha de lo que debía...

Lo corto mirando fijamente a mamá.

—¿Y a ti qué...? ¿Te pareció bien?

—No, claro que no me pareció bien. —Pone los ojos en blanco como si yo estuviera siendo ridículo—. Pero lo perdoné.

Me quedo un minuto entero sin decir nada, intento sujetar el conjunto de partes de mi vida, que ahora siento un poco como si fueran mentiras. ¿O quizá no lo eran? ¿Tal vez sigue siendo todo igual? ¿Es posible que esto no cambie nada? Me siento un poco como si tuviera que cambiarlo todo, pero cuanto más mayor me hago, más amo a la persona de la que estoy enamorado, y más seguro estoy de que, no lo sé, no voy a dejarla por nada. Me da igual lo que haga ella.

Niego con la cabeza y me quedo mirándolo fijamente a él.

—¿Por qué me lo cuentas?

—Porque quiero que me bajes del pedestal en el que me has puesto —me dice, resuelto.

—Ah, ¿sí? —Pongo los ojos en blanco—. ¿Dónde coño estaba esta confesión hace cinco años, entonces?

Enarco las cejas, lo miro fijamente, impertérrito.

—Cuando estaba hecho polvo por lo que había hecho...

—BJ. —Me lanza una mirada—. No supimos que esa era la razón por la cual Magnolia y tú habíais roto hasta hace un par de años...

—¿Y aun así, nada? —replico—. Te contentaste dejando que me sintiera una puta mierda...

Mi padre exhala por la nariz, tranquilo y calmado.

—Que tú te sientas como una puta mierda no tiene nada que ver conmigo.

Mamá frunce el ceño.

—Hamish...

—Es así, Lil —le contesta con un encogimiento de hombros—. Es porque no está haciendo nada con su vida...

—Joder, macho... —Exhalo—. Otra vez esto no.

—Sí, otra vez esto sí —dice con voz más fuerte de lo que querría mamá. No grita, pero tampoco habla en tono normal—. Porque ¿ante qué respondes en esta vida?

Mamá suspira y le lanza una mirada que parece una advertencia.

—Hamish...

—¡Ella! —grito, y es un grito fuerte. Se oye el estrépito de un tenedor cayendo en una mesa cercana y todo el mundo a nuestro alrededor se queda mudo y te juro que no me importa una puta mierda, de modo que sigo adelante—. Ante ella respondo en esta vida. —Le lanzo una mirada y me encojo de hombros como si lo sintiera, pero no lo siento—. Ella es la única cosa que he querido de verdad en mi vida adulta y la tengo. Ella es el hogar que llevo años construyendo. Y no tengo ningún remordimiento —le digo, y luego me freno a mí mismo, me lo replanteo. Lo reformulo—. Bueno, algunos sí tengo, pero... —Pongo los ojos en blanco al oírme a mí mismo. Sin duda, tengo unos cuantos.

Vuelvo a encogerme de hombros mirando a mi padre e ignoro la cara que ha puesto mi madre, porque sus ojos transmiten esa clase de preocupación pesada y triste, la inquietud que muestra su rostro cada vez que cualquiera de nosotros está un poco a malas con cualquiera de los otros. No me importa. Es mentira. Claro que me importa. Me hace sentir como una mierda verla disgustada por el motivo que sea, pero teniendo en cuenta todo el contexto, no me importa.

—¿Qué se supone que tendría que estar demostrando? —le pregunto a papá—. ¿A quién se lo estoy demostrando? ¿Qué aspecto se supone que tiene que tener, esta cosa que se supone que tengo que poder demostrar? ¿Según quién se supone que tiene que ser aceptable?

Enarco las cejas, espero a que me revele este gran misterio.

—¿Es la falta de un grado universitario? ¿La falta de un doctorado? ¿Te gustaría que fuera abogado?

Papá exhala ruidosamente por la boca.

—No...

—¿Entonces, qué es? —pregunto, pero supongo que más bien exijo saberlo—. ¿Qué es lo que te genera tantísima fijación y que obviamente yo no estoy haciendo? ¿Un trabajo de nueve a cinco?

—No —me contesta con las cejas enarcadas.

Lo miro fijamente, asiento un par de veces.

—Estoy bien, papá. —Me encojo un poco de hombros—. No estoy haciendo el gilipollas. No me drogo. Estoy con la chica que amo, nos vamos a casar, y en cuanto me lo permita, voy a llevármela jodidamente lejos de Londres y nos iremos a vivir a algún lugar donde a nadie le importe una mierda quiénes somos y nos haremos viejos juntos y...

—Me encanta ese plan, cielo —me dice mamá al instante. Es sincera, pero en realidad está intentando suavizar la situación.

Tomo una bocanada de aire y le sonrío.

—Gracias, mamá. —La voz me suena más cansada de lo que pretendo. Más cansada de lo que me había dado cuenta que estaba.

—Hamish... —Mamá lo mira de hito en hito—. ¿No tienes que decirle nada?

Mi padre abre la boca, pero ahora ya estoy de los nervios, sea lo que sea, creo que prefiero no oírlo. No quiero que me diga que es una idea de mierda o que a ella nunca le parecería bien y que sigue siendo una vida que no suma nada que él pueda cuantificar.

—De hecho —me levanto de la mesa—, tengo que irme.

—BJ... —suspira mi padre.

—Tengo que ir recoger a Parks en la oficina.

—Vamos contigo... —me dice, levanta la voz, se le tiñe de... no de nervios, tampoco de tristeza. Pero hay algo.

Niego con la cabeza.

—No, mejor que no. —Le sonrío—. No está para muchas emociones ahora mismo.

Mi padre asiente una vez, como si lo entendiera. O quizá soy un puto idiota. Podría ser cualquiera de las dos cosas.

Me inclino y le doy un beso a mamá.

—Te veremos para cenar esta semana, cielo, ¿verdad? —Me mira esperanzada.

Asiento.

—Vale.

Y luego me voy.

23.19 **Tausie** 🫶

> Crees en Dios?

Qué?

> Dios.
> Crees en él?

Um.

Mierda.

Quizá?

Por qué?

> Me lo preguntaba.

Vale.

Estás bien?

> Claro.
> Y tú crees que lleva un Patek Philippe o es más el tipo de tío normal y corriente que lleva un reloj Swatch?

Quién?

> Dios.
> Obviamente.

Ni siquiera tengo claro que sea un tío

Oh, vale.

Te lo compro

Entonces, quizá es más de Cartier?

Qué???

Déjalo

CINCUENTA Y OCHO
Magnolia

Hoy tenemos terapia, la última sesión antes de Navidad y el año nuevo, y durante la mayor parte de ella hemos hablado de Billie y BJ y yo, exceptuando esos quince minutos en que esta señora sigue intentando husmear en lo que pasó con Harley y le he dicho que no me importa y ella se ha dedicado a intentar demostrarme que sí y ¿con qué fin? ¿Qué fin? no lo sé, la verdad, no me obligues a decirlo, no me obligues, que lo haré.

Me huele a sádica, no voy a decir más.

—Estás enfadada —me dice Claire, y le pido a Dios que no pasara tantos años en la universidad solo para llegar a esa conclusión porque, joder, blanco y en botella.

Sin embargo, no se lo reconozco. Le sonrío educadamente esperando cabrearla un poco.

—No estoy enfadada.

—Lo has internalizado —prosigue.

La miro con cierta condescendencia.

—No he internalizado nada.

De hecho, he internalizado mogollón de cosas, eso lo sé, pero a la gente como nosotros a menudo no se le da mucho tiempo para descomprimir.

—Magnolia... —Me mira severamente—. Tu padre te dijo que deseó que te hubieras muerto...

BJ se revuelve a mi lado, me coge la mano y la sostiene sin darse cuenta.

—Ajá. —Le lanzo una sonrisa fugaz.

—¿Y tú no sientes nada? —pregunta.

Me encojo de hombros con recato.

—Yo no he dicho eso.

—Bueno. —Se acomoda en su sillón—. ¿Qué sientes?

No digo nada y por eso ella me presiona más.

—Sin duda algo tienes que sentir, Magnolia —me dice—. Algo. ¡Lo que sea!

—¿Quieres que esté triste? —le suelto—. ¿Te haría sentir mejor que yo estuviera triste? Porque, verdaderamente, no me importa una mierda. Nunca ha sido un buen padre, por eso cuando dijo eso yo no perdí ni descubrí nada, no fue una revelación rancia y única en la vida del tipo de hombre que es, siempre ha sido un mierda —le digo con mucha claridad y con la voz quizá un pelín más alta de lo que habría querido mi profesor de la escuela de protocolo.

Me aclaro la garganta y me coloco detrás de la oreja un mechón de pelo que no estaba mal puesto.

—Siempre ha sido un mierda —le repito, esta vez con calma—. Solo que esta vez fue un mierda en público.

Ella asiente un par de veces, reflexionando, tomándolo en cuenta.

—Aquello vino a ser catastróficamente de mierda… —me dice—. ¿Siempre ha sido así de mierda, él?

—Sí —responde BJ demasiado rápido. Sin pensar.

Lo miro y le lanzo una mirada.

—No… —Niego con la cabeza sin dejar de mirarlo.

—Magnolia —dice. Mi nombre. Está diciendo mi nombre. Por eso sé que quiere hablar en serio.

Sigo negando con la cabeza, porque sé qué está a punto de decir, de qué está a punto de hablar, pero no quiero que lo diga y no quiero hablar de ello. Para él, eso siempre está ahí, tras un fino velo, tiene el dedo en el gatillo, a la espera del momento adecuado para apretarlo.

No existe el momento adecuado para apretarlo, lo único que conseguiría es meter en problemas a todo el mundo, así que ¿qué sentido tendría?

Lanzo una mirada lúgubre a BJ.

—No.

Él suspira.

—Parks…

—¡BJ! —Lo miro con mala cara, pero en realidad le suplico con los ojos—. Por favor, no…

Exhala por la nariz, apenas levanta las manos en un gesto tácito de rendición, mientras Claire nos mira a ambos, con curiosidad y tal vez un poco de preocupación.

Aunque no hay nada de lo que preocuparse.

Pasado pisado.

—No has respondido mi pregunta... —dice Claire amablemente al cabo de un momento.

Es totalmente de esperar que a lo largo del transcurso de nuestras vidas como humanos con humanos, dichos humanos (inevitablemente) nos decepcionarán o nos traicionarán o nos harán daño o serán menos de lo que esperábamos que fueran. Sin embargo, supongo que la cuestión es cuánto.

¿Cuándo la cantidad normal del error humano que es de esperar cruza la línea y se convierte en una cantidad inaceptable?

¿Cuántas infidelidades? ¿Cuántas modelos en locales? ¿Cuántos cumpleaños y recitales de ballet y cenas familiares olvidados constituyen ese demasiado?

¿En qué punto la comprensibilidad del porqué uno está ausente cede y la mierda entra en escena?

Miro fijamente a Claire y frunzo el ceño, reflexiono sobre la pregunta que me está planteando.

¿Siempre ha sido así de mierda, mi padre?

Abro la boca para decir algo, pero no me sale nada, de modo que en lugar de hablar me encojo de hombros.

—Sí —responde BJ con un hilo de voz, a mi lado, asintiendo con la cabeza, con el rostro serio—. Lo ha sido.

Volvemos andando a casa al salir de la consulta de Claire. BJ me sujeta ambas manos con una de las suyas, y está callado.

Disgustado, creo, porque no le he permitido hablar de ese tema que él quiere comentar, pero que no le toca a él explicar.

No digo nada, aunque me pregunto si debería porque creo que es bastante agotadora la terapia, ¿no crees? Te lleva a beber, casi.

Y entonces mi cerebro se zambulle de cabeza en unos quince pensamientos en pocos segundos.

¿He bebido agua hoy? No mucha. Solo un poco. Tengo la boca seca, pero podría ser de la medicación. ¿Me he tomado la medicación? Me parece que sí. Necesito comprarme un trasto de esos que te recuerdan si te has tomado la medicación. O quizá podría ponerme un recordatorio en el móvil y punto. ¿Tal vez debería hacerlo con el agua? Y comprarme una cantimplora. Givenchy ha hecho una monísima que me gusta, de hecho. Tendría que pedirla cuando llegue a casa. Me pregunto si Daniela ha hecho el pedido de mi caja de 1907. ¿A ti por qué te parece que es tan mala el agua de Londres? Es muy dura y va fatal para la piel y el pelo. Lo cual me recuerda que tengo que pedir hora con George Northwood para probar peinados de novia. Ay, mierda, tengo que pedir mi vestido para el banquete ya. Dudo entre el de Galia Lahav y el de Giambattista Valli.

—Mi padre le fue infiel a mi madre —dice BJ sin venir a cuento de nada, y freno en seco.

Parpadeo un millón de veces, intentando asumir lo que me acaba de decir, pero se me resbala en el cerebro. En absolutamente ningún puto mundo. No.

Me vuelvo y lo miro fijamente, negando con la cabeza.

Él no dice nada, solo asiente un par de veces.

Busco sus manos.

—¿Cuándo?

Suspira.

—Hace años.

Bajo un poco el mentón.

—¿Tu madre lo sabe?

—Sí. —Vuelve a asentir—. Estaba ahí cuando él me lo contó.

—¿Cuándo te lo contó?

Se encoge de hombros, hunde las manos en los bolsillos de su chaqueta *bomber* con capucha y acabados con textura de lana de borreguito en crema (Saint Laurent) sin dejar de andar.

—El otro día cuando comimos.

—Siento muchísimo no haber estado ahí... —le digo, me pica la piel por la culpa. Hasta qué punto llega mi terrible y absoluto egocentrismo hoy por hoy que ni siquiera le noto algo así.

—No. —Él niega con la cabeza, me mira. Me lanza una sonrisa fugaz—. No pasa nada. Creo que no pasa nada.

Me cambia la cara un poco, estoy confundida. Él me lanza una mirada.

—No digo que no pase nada en ese sentido. —Me sostiene la mano sin darse cuenta—. Lo digo porque, en plan, están bien...

Escruto su rostro en busca de pistas.

—¿Y tú?

Frunce el ceño, pesado y triste, y odio ese gesto, aunque, de hecho, la verdad es que también me gusta un poco porque, Dios, es tan precioso, absolutamente siempre, en todos los estadios de la vida y las emociones, incluso las que le pesan y le ponen triste.

—Pensaba que él era... —Beej suspira levantando los hombros como si se sintiera un estúpido— perfecto.

Me encojo un poco de hombros y le sonrío.

—De tal palo, tal astilla.

Hace un gesto con los labios casi de disculpa.

—Viene de familia...

—Sí —le digo, bastante convencida—. Así es.

Me sonríe a medias y asiente una única vez, pero ¿qué más muestra su cara? Parece triste o resignado, o algo.

—Me refería a la perfección. —Dejo de andar para aclararlo, no le suelto la mano—. No a la infidelidad. La perfección viene de familia en tu familia.

BJ desvía la mirada y se le tensa un poco la mandíbula.

—Él no es perfecto.

Enarco las cejas.

—¿Porque cometió un error?

Esboza una mueca, muy incómodo, y verlo así hace que todo mi universo se me antoje absolutamente descentrado.

—No fue solo una vez, Parks —me dice. Y no te mentiré. Ese dato concreto de la verdad me duele y me siento como si me estrujara un poco las entrañas. Hago un gesto con la boca.

Pobre Lily, maravillosa Lily. Amable y bondadosa y que se merece el mundo, Lily. No me extraña que se disgustara tanto cuando se enteró de la verdadera razón por la que Beej y yo rompimos.

BJ traga saliva.

—No sé por qué ella se quedó con él —le dice al suelo, con el ceño fruncido.

—Oh, yo sí —le digo, muy segura, y algo en mi tono le ilumina un poco la cara.

Se lame una sonrisa.

—Ah, ¿sí? —Se medio ríe—. Suéltalo, pues.

—Bueno, la perfección no está exenta de humanidad —le digo irguiéndome—. Tú has hecho muchísimas estupideces, y has cometido muchísimos errores completamente demenciales, y has…

Me mira con los ojos entornados.

—¿Esto va a alguna parte o…?

Le lanzo una mirada y pongo los ojos en blanco, un poco, por su impaciencia.

—Sigues siendo perfecto. —Me encojo de hombros como si no hubiera vuelta de hoja—. Para mí.

Entorna los ojos.

—No porque no hicieras esas cosas, sino porque haces otras que tal vez, teniendo en cuenta el contexto de todo… Y cuando digo «todo» me refiero a la vida… —Le aclaro y él pone los ojos en blanco.

—Te voy siguiendo, gracias.

—Tu manera de quererme y el resto de cosas que te has pasado toda nuestra vida haciendo pesan más en el equilibrio de mi corazón de lo que cualquier error podría pesar nunca. Quizá tiempo atrás nos partiste en dos pedazos, pero ahora no volvemos a estar unidos con un poco de celo de purpurina y todas las cosas brillantes de nosotros que todo el mundo puede ver. Estamos unidos con un hilo de pescar transparente y un hilo blanco que no pueden ver nadie más que nosotros.

Se me acerca un paso, sonriendo ya.

—¿Como qué?

—Como cuando encargaste mi anillo de pedida la semana que te dije que me quedaba en Londres. Y que esa noche del año pasado en que viniste a casa conmigo porque estaba triste y borracha y te necesitaba, aunque tú tuvieras esa novia de mentira…

Se encoge de hombros y aprieta los labios.

—Era una novia de verdad.

Pongo los ojos en blanco.

—Si tú lo dices…

Suelta una carcajada, negando con la cabeza.

—Como cada vez que me has hecho de escudo con mis padres, y me has defendido, y has luchado por mí. Como cuando dejas que te tome el pulso aunque pienses que es raro…

—Es que es raro —me corta.

—Como que ahora andamos —prosigo, haciéndole caso omiso—. Como que me traes una taza de té a la cama cada día con la cantidad justa de azucarillos en función del día en sí. Como tu forma de mirarme cuando crees que no te veo. Como la forma en la estuviste el peor día de todos…

Y ahí vuelve a sonreírme con ternura.

—Y en el otro peor día de todos —añado asintiendo un poco. Trago saliva—. Si eso no te hace perfecto, entonces… —me encojo de hombros— la perfección no existe. Y si existe y no es eso, entonces es una estupidez lo mires por donde lo mires, y no la quiero. Se te clasifique como se te clasifique… —Lo señalo con la cabeza—. Eso es lo único con lo que me interesa comprometerme.

Hace un gesto juguetón con los labios al tiempo que se me acerca más. Desliza ambas manos por mi cintura.

—Me gustaría pensar… —empiezo a decir y luego me detengo un instante porque es posible que esté un poco ebria de poder por sentirme tan escuchada y tan observada por esos ojos dorados (aunque técnicamente no sean dorados)—. O al menos, tengo toda la esperanza de que, de alguna forma brillante y reluciente y rutilante, Lily sigue con tu padre porque él la quiere a ella como tú me quieres a mí.

A BJ se le enternecen los ojos.

—Imposible.

Le acuno el rostro con ambas manos y le sonrío con dulzura antes de decir lo que estoy a punto de decir.

—A ellos casi se les murió un hijo una vez, ¿recuerdas? —le digo, y él flaquea, alcanzado por el recuerdo.

—Tal vez —le digo, y no muevo las manos de su cara— ellos también están versados de algún modo en los vínculos traumáticos.

CINCUENTA Y NUEVE
BJ

El día de Navidad llegó y se fue, y fue raro por un par de motivos.

Primero de todo, porque no vimos a los Parks en ningún momento; nos quedamos con mi familia. Normalmente una Navidad Ballentine tiene mucha fanfarria. Es algo con todo el mundo con quien estamos remotamente emparentados en casa de mis abuelos en Much Hadham, pero este año no.

Henry, mamá y yo decidimos que seguramente sería demasiado para Parks. Entre Bridge y la boda y sus padres... Incluso dentro de nuestra familia, que todos la conocen desde hace décadas, existe un aire de fascinación del que todos queremos mantenerla alejada, de modo que fue una Navidad diminuta en casa de mamá. Y papá.

Esa fue la otra parte rara. Todavía no me ha nacido dirigirle la palabra y a Henry tampoco; él lo sabe porque se lo conté yo, pero las chicas no lo saben, y mamá no quiere que lo sepan, de modo que ni siquiera podemos no hablar con papá, así que ha sido raro. Y punto.

Mamá lloró. Dijo que no era nada, que solo era que estaba cansada y que cocinar el asado de Navidad es complicado, pero para ella nada es complicado, ella es una puta maestra. Sé que fue porque todos estamos un poco distanciados.

Lo de papá y yo aparte, fue la primera Navidad de todas sin Bridge y fue jodida, y no puedo decir nada más al respecto. Sentimos su ausencia en todo. En la mesa a la hora de cenar, al abrir los regalos, al ver las pelis de Navidad...

Parks apenas dijo una sola palabra en todo el día, se limitó a seguirme de un lado para otro como si fuera mi pequeña sombra. Incluso me siguió hasta el baño una vez.

—Es que necesito hacer pis... —le dije señalando el retrete.

—Oh. —Frunció un poco el ceño, como si mis funciones corporales básicas estuvieran causando molestias a su capacidad de permanecer a mi lado.

Solté una carcajada y la hice entrar en el baño.

Le planté los morros sobre los suyos, y luego la miré como disculpándome porque tuve que mear.

No podía estar sola ese día, ni siquiera un segundo.

Me lavé las manos, me las sequé, la levanté y la senté en el mármol. Le coloqué una mano a cada lado.

—¿Qué tiempo hace por allí, Parksy?

Me puso una mano en la cara y me sonrió con cierta tristeza, no dijo nada. Le besé la palma de la mano y luego nos quedamos ahí dentro hasta que Madeline aporreó la puerta y empezó a gritar que nos fuéramos a un hotel.

En Año Nuevo nos fuimos a las islas de Madeira con Henry, Rom y Bushka, y fue (te estoy siendo totalmente sincero) la mejor Nochevieja de toda mi puta vida.

Lo pasamos bien, sin dramas, solo risas y champán y mi(s) chica(s) y mi hermano.

Mamá fue soltando indirectas como una loca para que la invitáramos, y yo nunca no he invitado a mi madre a algo que yo me hubiera dado cuenta de que le apetecía, pero no podía ni soportar a papá en esos momentos, de modo que tuve que disimular. Me sentí como una mierda.

Fue más o menos entonces cuando la cantidad de llamadas y mensajes que recibía de ella a diario pasaron de un total (más o menos) sano de uno o dos a unos catorce.

Eso son muchas llamadas. Más que demasiadas. No quiero hablar con nadie catorce veces al día. Joder, creo que si Magnolia me llamara catorce veces al día, bloquearía su número, pero no puedo bloquear a mi madre porque es mi madre.

Henry me llamó hace un par de días y me dijo que tenía que ir a ver a papá, ni siquiera por el bien de papá, sino porque mamá estaba llamando a Henry también y él ya lo había hecho y, por favor, por el amor del puto cielo, arréglalo o se cambiará el número de teléfono y, entonces, toda su preocupación maternal se encauzará hacia mí y solo hacia mí y creo que preferiría morirme que arriesgarme a que mamá me llame treinta veces al día, de modo que ahora estoy de camino a comer con papá.

Me siento delante de él en Colbert de Sloane Square, no le hablo mucho antes de pedir una copa de Château de Pibarnon de 2017. Él pide lo mismo, y eso es lo que me confirma que intenta hacer las paces. No es muy fan de esa clase de vino así curtido, terroso y como de mineral. Se lo ha tomado igualmente.

Me observa un par de segundos, el rostro neutro, un poco estoico.

—¿Estás bien? —acaba preguntando por fin.

—Sí. —Me encojo de hombros—. ¿Por qué?

—Por mí —Parpadea—. Por lo que te conté el otro día.

Aprieto los labios.

—Sí... —Vuelvo a encogerme de hombros—. No... no lo sé, supongo. —Me rasco la nuca—. No me flipó.

Es raro, no voy a mentir. Pensar durante toda tu vida que tu padre es algo, y acabar descubriendo que es otro desgraciado igual que tú...

Suelta una carcajada.

—No, es normal.

Avisa con un gesto a la camarera y me señala a mí para que pida. Yo escojo el pollo porque los franceses lo cocinan jodidamente bien y él se pide un *croque Monsieur* porque no ha podido rechazar uno en toda su vida si se lo ofrecían.

Se acomoda en la silla.

—¿Tienes alguna pregunta?

Pues sí, la verdad. Tengo un puto millón de preguntas.

Lo miro y asiento.

—¿Cuánto duró?

—Unos cuatro meses —dice con una calma absoluta.

Me echo para atrás.

—Joder.

Papá asiente con un rostro raro. No te diría que está completamente impertérrito, pero tampoco está incómodo.

—¿Cómo le sentó a mamá cuando se lo contaste?

—La destrozó —me contesta, y el corazón se me cae a los putos pies—. El peor día de mi vida. Aparte de... —Me señala con un gesto y me pregunto si tal vez Parks tenía razón—. No pude soportar verla de esa manera. —Ahora no me mira, tiene la vista fija en los recuerdos, frunce el ceño un par de segundos y luego sí que me mira a mí—. Me rompí a mí mismo haciéndole aquello.

Me rasco la nuca.

—¿Por qué lo hiciste?

Exhala por la boca, reflexivo. Niega un poco con la cabeza.

—Si te soy sincero, no lo sé. —Me mira fijamente y entorna los ojos como si estuviera intentando comprenderlo él mismo—. Ahora lo pienso y no hay ninguna clase de excusa excepcional que haga que mis acciones estén bien. Lo hice y punto. —Encoge los labios en lugar de los hombros—. Ella era atractiva, era buena conmigo, se mostró accesible... Y no es que mamá no fuera todas estas cosas. —Hace una pausa y vuelve a desviar la mirada—. Amaba activamente a tu madre mientras lo hacía, no pienso en esa fase de mi vida y siento que no estuviera enamorado de ella en ese momento, sí lo estaba. Creo que solo miré por mí mismo.

Toma una bocanada de aire y la suelta.

—Y luego apareció esta especie de fuegos artificiales emocionantes en medio de la banalidad de mi vida cotidiana, y actué por impulso. —Da un sorbo de agua y por primera vez en toda la conversación, tengo la sensación de verle la clase de vergüenza que esperarías verle—. Y luego seguí actuando por impulso durante un tiempo.

Bebe un poco de vino.

—¿Por qué?

Ahoga una sonrisa al tiempo que me señala con el mentón.

—¿Me creerías si te dijera que ser el CEO de una cadena de supermercados no es tan apasionante como parece?

Aquello me hace reír, pero solo le regalo una risita antes de tragarme el resto. Y luego me mira y niega con la cabeza.

—No lo sé... lo que dijiste el otro día, Beej... La verdad es que me hizo parar en seco. —Frunce los labios—. Me hizo pensar.

Enarco a medias una ceja, a la espera.

—Soy un gilipollas —es lo que dice a continuación.

No digo nada porque me pilla con la guardia baja, de modo que sigue hablando.

—La verdad es que me dejaste pasmado, BJ. He pasado tantísimo tiempo preocupándome por ti, preocupándome por si cometías errores, por si volvías a ir demasiado lejos, por si perdías a Magnolia, por si perdías tu vida que… —Hace una pausa cuando una destellada de dolor le cruza la cara y me siento culpable y como una mierda y como si fuera un mal hijo.

Papá sigue hablando.

—Que no me había dado cuenta, supongo… Estaba demasiado distraído con las preocupaciones y las proyecciones sobre el aspecto que pensaba que debería tener tu vida si fuera sana y estuvieras bien, lo hice hasta tal punto que… la jodí. —Se encoge de hombros como si no pudiera remediarlo—. Y no supe ver que, en realidad, estás bien.

Me quedo mirándolo, sin tener muy claro qué responder. Mis padres son alentadores, siempre han creído en nosotros, siempre nos lo han dicho además, pero en algún momento a partir de cumplir yo los veinte mi plan de vida y el plan de vida que mi padre tenía para mí divergieron y, obviamente, ha sido un tema de contención entre nosotros desde entonces.

—De hecho, creo que tu filosofía es increíblemente admirable. —Asiente con aprobación—. Tienes más razón que yo. Y no puedo decirte que no vaya a preocuparme. Odio la criptomoneda. ¿Qué cojones es un NFT…?

—Papá… —Pongo los ojos en blanco porque se lo he explicado mil veces.

—Es estúpido, Beej.

Me encojo de hombros.

—Parks vendió el NFT de nuestro primer beso a un hombre de negocios chino por unas 500.000 libras…

Arruga la cara entera de pura confusión.

—Yo no… ¿Qué?

Gruño un poco.

—Jonah lo grabó en vídeo en su momento. Y ella quería demostrarle a Henry que los NFT son una estupidez, total, en fin, que es una historia muy larga que no va mucho más allá de que, supongo, le demostró a Parks que estaba equivocada y que tiene un fan acérrimo y muy raro en Pequín.

A papá aquello no le entusiasma, hace otra mueca, pero esta vez creo que es porque se preocupa por ella.

Entonces se lame los labios y suspira.

—Soy tu padre, Beej...

Me suena el móvil, pero lo silencio porque esto me parece importante.

—Siempre voy a preocuparme por ti —me dice, al tiempo que recibo un mensaje de texto—. Por si estás bien, por si tienes lo que te hace falta, para que no te falte de nada el día que yo no esté, pero...

Y recibo otro mensaje. Y otro. Y otro.

Por eso cojo el móvil y compruebo rápidamente que todo vaya bien y entonces es cuando me cambia la cara por completo.

—Hostia puta —susurro con un hilo de voz—. Tengo que irme.

Escribo volando un mensaje, se lo envío a Tausie.

Papá frunce el ceño.

—¿Va todo bien?

—Esto... —No despego los ojos de mi móvil. Niego con la cabeza—. Tengo que ir con Parks.

Vuelve a sonar mi móvil. Es Taura.

—Sí —le digo mientras me pongo de pie—. Ya estoy yendo para allá... No, ve tú también... Nos encontramos allí...

Cuelgo, miro a mi padre.

Pone mala cara, desconfía.

—¿Ha sido una llamada preparada para poder tener una excusa para irte?

—¿Qué? —Echo la cabeza para atrás—. No, papá... Joder. ¿En serio crees que soy tan...?

—No. —Niega muy rápido con la cabeza—. Es que...

Pongo los ojos en blanco.

—Increíble.

Se echa un poco para atrás en la silla, ahora tiene el rostro muy serio.

—Entonces ¿qué está pasando, BJ?

Me aprieto el labio superior con la lengua y exhalo, molesto.

—Alguien lo ha filtrado. —Me paso las manos por el pelo y observo el rostro de mi padre intentando comprender qué se ha filtrado exactamente—. El trastorno de Magnolia... está por todas partes.

Su ceño revela la tristeza que siente, parece destrozado por Parks, la verdad. La quiere muchísimo. Siempre lo ha hecho.

Señala con la cabeza hacia la salida. Me dice que me vaya sin llegar a decir nada y echo a correr hacia el metro.

Es más rápido que un Uber a esta hora del día y llego a casa en menos de treinta minutos.

Lucho para abrirme paso entre la marea de fotógrafos que hay delante de nuestra residencia. Cruzo una mirada con el portero, que parece sentirlo por mí y estar cansado por mí y es probable que también jodidamente cabreado por él mismo. Me pongo las gafas para que no puedan verme la cara, porque es lo que quieren. Una cierta foto en un ángulo en particular para que todos puedan tergiversar la historia y decir lo que les dé la gana para vender.

Llego a nuestro piso y veo que están en nuestro cuarto. Tausie está abriendo un agujero en el suelo de tanto andar para arriba y para abajo y Parks está sentada en el borde de la cama, con los ojos muy abiertos y nerviosa.

—Eh... —digo en cuanto entro.

Ella se pone de pie de un salto en cuanto me ve y se lanza entre mis brazos.

—¿Estás bien? —le pregunto a su coronilla.

Ella se aparta un poco y me mira.

—¿Cómo se han enterado?

—No lo sé... —Niego con la cabeza—. Encontraremos una solución.

—Es demasiado tarde —me contesta con los ojos llorosos—. Ya ha salido...

—¿Dónde, exactamente? —Dejo de mirarla a ella y miro a Taura—. ¿Quién lo ha sacado?

Taura me mira exasperada.

—Todo el mundo lo está sacando.

Magnolia se cubre la cara con las manos, está destrozada, y luego vuelve a sentarse en la cama.

—Parksy... —Me arrodillo delante de ella—. Escúchame, no es justo que te hagan esto. Es una puta mierda, pero no tienes que avergonzarte de nada...

—¡Claro que sí! —Me mira con el ceño fruncido—. Desde luego que sí. Tengo veinticinco años. Tengo un trastorno de la conducta alimentaria que arrastro desde los quince. Los artículos lo dicen, claro como el agua... —Me enseña su móvil para que lo vea.

Uno de los típicos periodicuchos que se dedican a esparcir mierda ha consultado un supuesto experto, que ha insinuado lo verdaderamente curioso que resulta que todavía tenga problemas con la bulimia tras tantos años.

«Lo cual nos lleva a la pregunta: ¿por qué sigue teniéndola?», citaron a dicho experto.

Que no tiene bulimia, por cierto. Odia vomitar más que nada en este mundo, casi. Lo evita a toda costa, si puede. Jamás lo haría de forma voluntaria. Alimentación desordenada, no comer en absoluto, en eso sí que es una maestra.

Y va que ni pintado para demostrarte lo repulsiva que puede ser esta gente. Les da igual lo que dicen, ni siquiera tiene que estar contrastado, solo tiene que ser sensacionalista.

Niego con la cabeza y esto me cabrea que te cagas porque tenga ella lo que tenga, es culpa de ellos. Al menos en parte.

Ella no tenía ningún trastorno de la conducta alimentaria antes de que ellos la colocaran en su pedestal, en sus portadas, de que la llamaran «El mejor cuerpo desde Elle», antes de aquello, ni siquiera había un interés muy extendido por su belleza, ella sabía que era atractiva, supongo. Los chicos siempre perdieron el culo por ella, pero no creo que ella estuviera prestando mucha atención. En realidad, todavía no había descubierto su función ni cómo usarlo como mercancía. No se había dado cuenta de que lo era.

Y entonces cerró ese trato con Ford, y luego Storm, y fue una combinación del hecho que en esa época Arrie tuvo un verdadero resurgir en su carrera y Harley lo estaba petando que flipas, y entonces, un poco porque sí, una noche que ella y yo habíamos salido con la Colección Completa, ella tenía quince años y yo dieciséis, y alguien, algún fotógrafo, nos sacó unas cuantas fotos jodidamente adorables. Mierdas muy básicas, yo en la calzada y ella en la acera, ella me rodeaba el cuello con los brazos y yo le sujetaba la cintura con las manos, y nos estábamos riendo y besando y charlando, y era completamente anodino. Eran mierdas normales y corrientes entre chavales, solo que tenemos el aspecto que tenemos y vestíamos mierda muy guay. Alguien imprimió las fotos, luego todo el mundo imprimió las fotos y entonces nació la fascinación.

Ella no se colocó voluntariamente bajo la lente de su microscopio. Fueron ellos quienes le pegaron con una porra en la cabeza y la arrastraron hasta allí.

Esto se lo han hecho ellos. La subieron a lo más alto y luego la arrojaron a lo más bajo. Publicaban en todas partes fotos de ella borracha y comiendo patatas fritas, y entonces ella se pasaba una semana sin comer. Le sacaban fotos de mierda a propósito; ¿tú sabes lo jodidamente difícil que es sacarle una foto de mierda? Tienes que proponértelo. No resulta nada fácil. La fotografiaban comiendo en restaurantes, a medio bocado, porque son putos monstruos, y decían mierdas en plan: «¿Lo veis? ¡Es igual que nosotros!».

Y no lo es. Es mejor. Es mejor y todos ellos lo saben jodidamente bien, por eso están obsesionados, o lo que narices estén, con ella, y sé que sueno parcial, pero no lo soy. Lo odio, no quiero que le pase, veo cómo la pone. Deseo con todas mis fuerzas que se acabe.

Ellos, quienes sean, la prensa, el público, llámalos como te dé la puta gana. Ellos la adoran y la destruyen arrancándole una extremidad tras otra en el mismo aliento, y cuando tu experiencia básica del amor oscila entre el espectáculo y la indiferencia, ¿qué haces con ella? ¿Cómo coño lo procesas?

—Parksy… —Le sujeto la cara entre las manos—. Eh, es cosa tuya recuperarte, eso es verdad, pero no tienes que avergonzarte de nada. Yo no me avergüenzo…

—Eso no cuenta. —Pone los ojos en blanco—. Tú nunca te avergüenzas de mí.

Pongo mala cara.

—Siempre me avergüenzo de ti. ¿Recuerdas el otro día con Tiller? —Niego con la cabeza—. Joder, cómo me agobié…

—¿Qué pasó? —pregunta Tausie con el ceño fruncido.

—¡Nada! —dice Parks enseguida.

—Lo obligó a darle la contraseña de su móvil —respondo yo a la vez.

Taura se lamenta.

—Magnolia…

Magnolia la mira a ella y luego a mí con la indiferencia total y absoluta que esperarías de ella cuando se mete en un lío. Parpadea dos veces. Se encoge de hombros.

Se hace una pausa, Taura entorna los ojos.

—Oye, pero ¿cuál era? ¿Puedes escribírmela? —pregunta Taura, y yo la señalo con un dedo a modo de advertencia porque estas putas chicas, tío.

Niego con la cabeza, intento que no se me note que me ha hecho gracia. Vuelvo a concentrarme en el desastrito que tengo delante.

—Parks, haces cosas embarazosas todo el rato y te quiero de todos modos, pero esta... —Señalo hacia la oscuridad invisible que lleva pisándole los talones durante casi toda una década—. Esta no es una de ellas. Y esa gente está mal de la puta cabeza por publicarlo. Demuestra que no saben lo grave que puede ser, hasta qué punto esto puede marcar una vida...

Cambiar una vida. Joder una vida. Llevarse una vida.

—Quienquiera que haya hecho esto... —Señalo con la cabeza hacia el artículo del móvil—. Ni siquiera es una persona real.

Ella exhala y niega con la cabeza.

—Da igual, Beej, porque ahora ya lo sabe todo el mundo y hablarán de ello durante meses, y me van a sacar fotos comiendo, y analizarán lo que como, y observaran mi cuerpo para ver si cambia y...

—Sí —asiento—. Eso es verdad.

No tiene sentido negarlo. Lo harán.

Le cojo la mano y se la aprieto.

—Van a hacerlo porque son unos hijos de puta y lo dice todo de ellos y no dice nada de ti, Parks.

La observo un segundo, esta chica que amo más que cualquier otra cosa sufriendo este putísimo ataque otra vez por parte de los mismos putos hijos de puta que hablan de ella y de nosotros por hábito y sin motivo, razón o mérito. Toma una profunda bocanada de aire, triste, con el labio temblándole, me sonríe, intenta ser valiente. Taura alarga la mano, le quita el móvil de la suya, cierra la sesión de todas las cuentas de redes sociales y le borra la aplicación de Safari antes de devolvérselo.

Parks no dice nada, pero le da las gracias con la mirada a su amiga. Y yo desearía que Tausie no supiera que eso es lo que hay que hacer, pero ella también ha tenido que hacerlo antes y, joder, tendrá que hacerlo de nuevo y eso me jode. Me sienta como si se prendiera un fuego en mi interior. Un tipo de fuego alimentado por la rabia, puto harto de estas mierdas, sediento de sangre.

Saco mi móvil.

—Eh —dice Jo al segundo tono—. Joder, acabo de verlo, tío. Estaba a punto de llamarte. ¿Está bien?

Me aparto un paso de ella, vuelvo la vista hacia atrás por encima del hombro y la miro, me destroza vivo verla trasteando con las manos nerviosamente, bajo la voz.

—Pues no —le respondo y luego me meto en nuestro baño—. ¿Ha sido él? —le pregunto a Jo mirando alrededor.

Las obras siguen en marcha aquí dentro, pero de un modo menos evidente. Ya hemos quitado la lona de la bañera. Nuestra señora de la limpieza dijo que no podía soportar seguir viéndola allí y que el encargado de la obra estaba tardando demasiado. La limpió entera como si pudiera usarse, aunque no se puede. Total, como si alguno de los dos se diera nunca un baño.

—No lo sé. Pero me enteraré… —Jo habla más bajo—. ¿Quieres que vaya a verlo?

—Sí —digo por acto reflejo, luego hago una pausa. Nunca había hecho una pausa para pensar tratándose de Jo, pero ahora lo hago—. No hagas nada demasiado estúpido, ¿eh?

—¿Pero un poco estúpido sí? —aclara.

—Sí —asiento—. Un poco estúpido. Merece un poco de estupidez.

—Sí —me dice antes de colgar—. Yo me encargo.

17.28

Mars ♡

Lo siento mucho, Magnolia.

No puedo creerlo.

Estás bien?

> No lo sé.

> No mucho.

Está tan en todas partes como parece?

> Sí

BJ está contigo?

> Sí.

Bien.

Me dan ganas de vomitar, en serio.

Quién iba a filtrar algo así?

Lo siento muchísimo.

> 🫣

SESENTA
Magnolia

—¿Por qué siempre vas vestida con la misma ropa? —le pregunto al reflejo de mi hermana a través del espejo.
—Pf. —Exhalaría un bufido de aburrimiento—. Porque tienes fijación conmigo en mis momentos finales y esto es lo que llevaba puesto…
—Fijación. —Esquivo la parte sobre los momentos finales—. Madre mía, hoy nos tenemos en alta estima, ¿eh?

Ella pondría los ojos en blanco.

—Yo no convoco a diario una aparición tuya en los baños, ¿o sí?

Frunzo el ceño.

—¿Querrías llevar otra ropa, entonces?
—Estoy muerta, Magnolia —me diría—. No me importa lo que lleve puesto.

Doy un pisotón en el suelo y luego me lavo las manos porque sí.

—¿Por qué todo el mundo sigue repitiendo eso?
—¿Repitiendo el qué? —preguntaría Bridget—. ¿Que estoy muerta?

Le hago un mohín al espejo y me encojo de hombros con indiferencia.

—Porque lo estoy…

Me lamo los labios y me quedo mirando mi manicura francesa increíblemente fina antes de negar con la cabeza y volver a mirar el fantasma de mi hermana.

—¿Cómo es? —le pregunto.
—¿Cómo es el qué? —me preguntaría ella a su vez.

Yo la miraría con impaciencia por no estar siguiendo el hilo, porque debería, porque ¿acaso ahora no es mágicamente divina o algo?

—El cielo.

Ella se encogería de hombros.

—No lo sé.
—¡¿Cómo que no lo sabes?!
Ella me lanzaría una mirada.
—Porque tú no lo sabes...
La ignoro.
—Es muy blanco y luminoso, ¿entonces?
Ella suspiraría.
—¿Quieres que sea blanco y luminoso?
—No... —Me echo el pelo por encima de los hombros—. No necesariamente.
—¿Cómo quieres que sea, entonces? —me preguntaría a regañadientes y yo hago todo lo que está en mi mano para no llorar. No lo hago. No lloro. Ni siquiera se me llenan los ojos de lágrimas.
Me yergo y me miro en el espejo.
—Real. —Así es como quiero que sea.
Ella haría un gesto apesadumbrado con las cejas al oírlo, un poco triste por mí, y preocupada.
Claro que todo el mundo está un poco triste y preocupado por mí últimamente.
—En fin —niego con la cabeza. Y me aclaro la garganta—. No hemos hablando de ello... De Harley, me refiero. ¿Puedes creer lo que dijo?
—Bueno —ella se encogería de hombros—. Un poco.
—¡Bridget! —pongo mala cara.
—Es que nunca lo has llamado papá —podría decirme ella.
La fulmino con la mirada.
—No puedo creer que estés diciéndome esto...
—Yo no te lo estoy diciendo, Magnolia. —Me miraría exasperada—. No soy real, soy tú... —Otra mirada elocuente—. Por eso es evidente que piensas que podría ser culpa tuya...
Trago saliva.
—¿Lo es?
Ella se encogería de hombros.
—¿Lo es?
Abro la boca para contestarle algo, cuando BJ me llama.
—¡Parks! —me grita desde nuestro cuarto y luego se abre la puerta del baño—. Tu madre está aquí.

Suelto una carcajada.

—Esa es buena.

—No... —Pone los ojos en blanco—. Está aquí de verdad.

—Oh. —Hago una mueca con toda la cara.

Qué curioso, ¿no?

BJ me mira fijamente, con la cabeza ladeada de tal manera que la mandíbula se le ve... inmaculada. Su ceño revela el peso de la preocupación que siente por mí. Fuerza una sonrisa, y sé que sabe que estaba hablando con mi hermana.

—¿Qué hace aquí? —pregunto.

Pone cara de desconcierto y se encoge de hombros, al tiempo que me dedica una sonrisa tensa y me ofrece su mano. ¿Sabes lo de sus manos? ¿Las has visto? Aparte de todos los tatuajes sobre mí y sobre nosotros que son perfectos y que ya conoces, y de esas dos abejas muertas en el dorso de su mano derecha que se está quitando con láser porque a veces me echo a llorar si las miro demasiado rato. Se ha tatuado «MKJP» en el dedo anular de la mano izquierda, a lo cual me opuse en su momento porque le dije que todavía no estábamos casados y él me dijo que yo llevo un anillo, que él debería hacer lo mismo, y por eso le dije que bueno, que podía ponerse el sello de mi familia y listo, y él me dijo que necesitaba que fuera más permanente y que no se me ha quitado en veinte años, que no empezará a ahora. También se tatuó el nombre de mi hermana en el dorso de la mano izquierda, abajo, cerca del pulgar. Siempre me ha encantado que sus manos estén cubiertas de mí (que todo él lo esté, supongo), pero especialmente las manos, porque durante todos esos años en que tocaba a otras personas, lo hacía con unas manos que estaban repletas de mí, y ojalá eso hiciera sentir a quienquiera que él tocara que no era yo como si estuvieran haciendo el equivalente sexual al saqueo de Notre Dame por parte de los antilegitimistas en 1831. Una profanación absoluta de algo a lo que, para empezar, ni siquiera tenían que acercarse.

Aparte de las razones obvias y ofensivas por las que podrían encantarme sus manos (de las cuales hoy por hoy hay trece y van subiendo) siempre me han encantado por su forma, sencillamente. Hay algo increíblemente sexy en unas buenas manos, ¿no te parece? No tengo claro por qué. Las de BJ son grandes pero no caricaturescas. Dedos fuertes, pero no achaparrados ni rollizos. Lleva las uñas cortas, se las muerde (no por nervios), dice que los dientes son los cortaúñas que Dios nos dio. Bridget una vez le dijo «¿Y qué me dices de los dedos de los pies, entonces?» y él le dijo que estaba «del puto tarro».

No sabría decirte si me encantan por la sensación que me generan cuando me las coloca en el rostro o si es por la sensación que me generan cuando me sujeta la cintura, o por la sensación que me generan de haber retrocedido en el tiempo y de haberme lanzado hacia delante una vez más y yo podría tener quince años u ochenta y cinco y sus manos seguirían generándome la misma sensación cuando me las coloca en la cintura porque, sencillamente tienen algo, aunque solo sean manos. Podría decirse que es una parte bastante mundana de su cuerpo, pero el argumento se desmorona entero cuando te ha tocado Baxter James Ballentine.

Cojo esa mano suya que adoro y lo sigo hasta llegar junto a mi madre.

Ella me obsequia con una sonrisa exageradamente brillante y casi ansiosa cuando me coloco delante de BJ.

—Hola, cielo. —Me sonríe al tiempo que avanza para darme un beso en la mejilla. No me aparto, no respondo en absoluto—. Llevo queriendo venir desde que pasó todo…

—Ah, ¿sí? —pregunto apoyándome contra Beej para hacerme sentir más valiente. Él me rodea la cintura con un brazo.

—Han pasado unas cuantas semanas, Arrie —le dice Beej por encima de mi cabeza con un tono extrañamente neutro.

Él casi nunca le ha reprochado una mierda a mi madre, siente cierta debilidad por ella y eso antes me ponía celosa, pero Taura dice que es porque tenemos los mismos ojos y que por eso BJ no puede remediarlo.

—Navidad llegó y pasó. —Le hace un gesto con la cabeza, impertérrito—. No supimos absolutamente nada de vosotros.

—Bueno. —Ladea la cabeza mirándonos a ambos—. En nuestra defensa diré que nosotros tampoco de vosotros.

Yo no digo nada y BJ asiente con frialdad.

—¿Qué queríais que os dijera ella?

Mi madre exhala y, de algún modo, su mismísimo aire suena diplomático. Ella lo mira a él a modo de disculpa antes de arrastrar hacia mí los despojos de ese gesto.

—Han sido unas semanas bastante duras.

—¿Estás bien, cielo? —me pregunta con las cejas enarcadas.

Me lamo los labios.

—¿Por qué, mamá?

Ella se encoge de hombros con recato.

—Por tu padre, cielo.

BJ me agarra con un poco más de fuerza, no sé si es consciente o no, y yo enarco las cejas al tiempo que frunzo los labios. No cuento hacia atrás para ver cuánto tiempo ha tardado en pensar en tener esta conversación.

—La semana pasada se anunció públicamente que llevo la última década lidiando con un trastorno de la conducta alimentaria y no supe nada de ti...

—Bueno. —Me lanza una mirada elocuente—. Para mí no fue nada nuevo, cariño...

Asiento como si lo comprendiera.

—He perdido a mi hermana, he perdido un bebé, mi abuela se ha vuelto a vivir a Rusia, la persona que me ha cuidado toda la vida se ha vuelto a vivir a Escocia porque... —La señalo con un gesto—. Bueno, ya lo sabes. Múltiples infidelidades. Os he visto a ti y a Harley tener multitud de aventuras, romper y volver a estar juntos. Me han sido infiel públicamente, me han arrancado de cuajo el corazón del pecho y lo han colgado por las calles para que la gente lo señale. He perdido a mis mejores amigos, he huido del país, la prensa me ha hecho pedazos por completo y, aun así, a ti hasta ahora no se te ha ocurrido preguntarme ni una sola vez si estoy bien.

Se aclara la garganta sin hacer ruido, casi nerviosamente, luego traga saliva.

—¿Lo estás?

La miro fijamente y parpadeo un par de veces antes de negar muy rápido con la cabeza.

—Siento extraordinariamente la vulgaridad, esto no es algo que yo diga muy a menudo, pero es que no tengo ni la más remota idea de cómo formularlo sino así...

Ella frunce un poco el ceño, a la espera.

—¿Vale?

—Esto... —Entrecierro los ojos mientras lo pienso—. Por favor, te lo suplico, por favor... Vete a la mierda.

Ella exhala y mira más allá de mí, a BJ.

—BJ, cielo, ¿puedes dejarnos un instante?

Niego con la cabeza.

—No.

Ella pone los ojos en blanco un poco, pero es un gesto raro. No está irritada, sino más bien… ¿insegura?

—Magnolia, yo…

—Me digas lo que me digas, se lo contaré a él igualmente. Sea lo que sea… —Lo único que puedo hacer es encogerme de hombros—. Así que ahórrame el tira y afloja.

Aprieta los ojos, molesta porque no se está saliendo con la suya, pero levanto las cejas desafiante y espero.

—De acuerdo… —Aparta la mirada antes de retroceder y sentarse en la butaca que tiene detrás.

Yo no me siento, no hay una sola parte de mí que se sienta excesivamente inclinada a hacer que le resulte más fácil decir lo que sea que tenga que salir de sus labios.

Exhala un suspiro y coloca las manos, dobladas (tal y como nos enseñaron en la escuela de etiqueta) en el regazo. Me mira con delicadeza.

—Yo era muy joven cuando te tuve —me dice—. Solo llevaba un par de años en Londres, pero mi carrera ya había despegado…

La miro y asiento, aburrida.

—Lo sé.

—Y conocí a tu padre y me pareció que era el hombre más exquisito…

La corto con el ceño fruncido.

—¿Por qué?

BJ me pincha sutilmente en la espalda al tiempo que mi madre me lanza una mirada casi defensiva. Igual que yo miraría a cualquiera que hablara mal de BJ.

—Era tan atractivo y talentoso y rico y…

La miro con incredulidad.

—Madre, el patrimonio de tu familia ascendía casi a mil millones de libras.

Ella se encoge de hombros.

—No tuve acceso a mis cuentas hasta que cumplí los veintiuno…

—¿Y entonces tenías…? —interviene BJ.

—Diecinueve —le contesta ella con un asentimiento—. Cuando conocí a Harley. —Me mira con ojos serenos—. Cielo, tienes que entender que quería muchísimo a tu padre, desde el momento en el que lo conocí...

Arrugo la cara.

—¿No tuviste una aventura que duró años con Hugh Grant después de que yo naciera?

—Sí, pero...

—¿Y por qué a veces hay quien sugiere que Taye Diggs es mi padre biológico?

Ella niega con la cabeza y frunce el ceño.

—Porque hicimos una sesión de fotos juntos una vez, y él es muy atractivo y tú eres hermo...

—¿Y no corrió otro rumor en los noventa sobre que mi verdadero padre era Tupac?

—Sí. —Pone los ojos en blanco—. Corría, pero él ya había muerto para cuando naciste tú... Fue uno de esos rumores tontos que ni siquiera tiene sentido publicar, pero lo publicaron igualmente...

—Sí, claro, pero... —Asiento—. Vamos a ver, no habla exquisitamente del argumento de que has querido a Harley desde que lo conociste, pero continúa...

Vuelve a aclararse la garganta.

—Verás, la cuestión es, cielo, que no diría en el sentido más estricto del término que fueras un «embarazo planeado»...

—Oh. —Entorno los ojos, poco impresionada y poco sorprendida—. ¿No me digas?

Ella traga saliva y luego se lame los labios antes de mirarme con unos ojos enormes.

—Al menos, no por tu padre.

¿Sabes?, durante muchísimo tiempo en mi relación con Harley, ha habido este rompecabezas que no lograba resolver. Es que intentaba descubrir por qué somos como somos, por qué él es como es. La mejor manera que puedo describirlo es que mi cerebro se me antojaba como las tres ruedas de una máquina tragaperras de Las Vegas que no coinciden o no pueden coincidir y que van girando sin parar hasta el fin de los tiempos, diamantes y coronas y sietes silbando a la velocidad del rayo...

Abro los ojos como platos y noto que las manos de BJ alrededor de mi cintura se relajan un breve instante antes de agarrarme de nuevo, con muchísima fuerza.

Me quedo boquiabierta.

—¡Mamá!

Beej la mira y niega con la cabeza.

—¿Qué cojones, Arrie?

—Lo sé... —Niega con la cabeza, lo lamenta—. ¡He dicho que era joven! Y le quería, ¡y quería estar con él! —dice, como si fuera una excusa—. ¡Solo con él! —dice con los ojos como platos—. Y él se veía con tanta gente en esa época, y quería que parara de hacerlo...

—¿Y por eso lo forzaste? —Me quedo mirándola.

Ella niega muy rápido con la cabeza.

—No lo veía de esa forma en ese momento, pero... —Se le apaga la voz y aprieta los labios con fuerza.

Me aprieto el labio superior con la punta de la lengua, pensativa.

La miro fijamente.

—¿Le obligaste a quedarse contigo?

—Se ofreció él —me dice—. Actuó como un hombre de honor...

—Y por eso lo forzaste a ser padre... —asiento despacio y entonces: cling, cling, cling, tres cerezas seguidas.

—«Forzar» es una palabra muy fea —dice, como si fuera política, antes de cuadrarse con una expresión casi orgullosa en el rostro—. Tengo la sensación de que él estuvo a la altura.

—A ver... —Vuelvo la vista un instante hacia BJ, lo miro y parpadeo sorprendida de verdad—. ¿En serio?

Mi madre exhala por la nariz.

—Magnolia, cielo... —Me lanza una mirada—. Entiendo que te hayamos decepcionado muchísimas veces a lo largo de tu vida, pero realmente vives una existencia muy agradable...

—Vale, bueno. Sí, desde luego. Hay aspectos de mi vida que son increíblemente maravillosos —reconozco—. Pero ¿en serio vuelves la vista atrás y ves nuestras vidas, él como marido para ti y como padre para Bridget y para mí, y piensas: «Caray, qué buen trabajo»?

Hace un gesto con la boca que quizá me habría puesto triste si no estuviera demasiado ocupada sintiéndome absolutamente traicionada por ella ahora mismo. Lo cual es raro. No sabía que la tenía en suficiente estima como para permitirle traicionarme.

—No. —Traga saliva sujetándose su propia mano en el regazo—. Supongo que no.

Y entonces se queda callada.

La máquina ha logrado el premio, claro, pero ahora está escupiendo toda una vida de monedas por todas partes, por la boca, escurriéndose entre mis dedos, abarrotando todo el suelo...

—¿Él lo sabe? —pregunta BJ por encima de mi cabeza y me saca de mi ensoñación.

Mi madre asiente y BJ exhala un poco por la boca.

Me da un beso en la coronilla, distraídamente. O quizá es intencionado, no lo sé, no lo estoy mirando. Lo sabría si lo estuviera mirando.

—Por eso le permites tener todas esas aventuras —dice BJ, mirándola con fijeza.

Mi madre cuadra un poco los hombros, levanta el mentón.

—Yo también he tenido algunas.

No sabría decirte si lo dice a la defensiva o a raíz de alguna clase de orgullo extraño y la observo, en silencio, procesando las consecuencias de lo que dice.

Un penalti es lo que había dado por hecho que era hasta ahora.

Básicamente el producto de su imprudencia y su juventud y su fama y su exceso de relaciones sexuales bajo la influencia de demasiado alcohol, que una noche se emborracharon y se les olvidó el condón y *voilà*: yo.

Esta era la historia que me había inventado alrededor de mi concepción, lo cual, a decir verdad, mirándola con ojos subjetivos, no es una historia fantástica, precisamente, aunque supongo que tiene cierto encanto. Desde luego, carece de la conciencia de dos personas que ya están comprometidas la una con la otra y que han decidido que van a tener una criatura juntos y a criarla juntos y a amarla juntos; que es como BJ fue concebido, por cierto. Obviamente. Con grandes intenciones y grandes esperanzas. Desde luego, a la mía le faltaron esas cosas, pero al menos había algo con un poco de rock and roll en ser fruto del amor o de un acto de pasión.

¡Qué lástima!, resulta que la historia de cómo llegué a este mundo no es ni la una ni la otra.

—Entonces, él nunca me ha querido... —medio pregunto, medio afirmo. Y entonces me descubro a mí misma asintiendo al tiempo que añado muy rápido—: Ya lo había deducido...

Le lanzo una sonrisa fugaz y oigo que BJ exhala con tristeza y pesar. He añadido el «Lo había deducido» para suavizar el patetismo de la situación, pero obviamente no ha sido suficiente porque puedo sentir emanando de mi muy querido y equilibrado prometido esta lástima ansiosa. Es la misma sensación que tenía yo por él cuando lo veía recolocarse el hombro a medio partido de rugby sin calmantes para poder seguir jugando.

Lo que no sé es cómo podemos recolocar este hombro.

Mi madre reflexiona un momento, escoge con cuidado cómo formular la respuesta. No pregunto por qué. Llegado este punto de la conversación ya lo sabemos todos. Aun así, lo que sí me resulta un pelín curioso es que no parece siquiera ocurrírsele la posibilidad de mentirme, de ahorrarme este mal trago. Creo que el hecho de que ni siquiera sea algo que se plantea infiere dónde estamos como familia. Ya se ha descubierto el pastel. No hay vuelta atrás. ¿Para qué mentir?

—A veces —dice con delicadeza—, creo que tal vez tú le resultabas difícil a él porque... Aunque no es en absoluto culpa tuya, cielo... —Me lanza una sonrisa fugaz de disculpa—. De algún modo eras la personificación física de mi trampa.

Me he preguntado otras veces cómo tiene que ser recibir un disparo.

No en ningún lugar estúpido como un brazo o una pierna, eso haría daño y punto, por supuesto, sino un disparo de muerte, por Dios, qué interesante suena.

En la cabeza estás muerta, desde luego. Rápido, indoloro... a no ser que fallen. A veces pasa, ¿verdad? Gente que sobrevive a un balazo en la cabeza. Pueden sobrevivir durante muchísimo tiempo siempre y cuando no se mueva.

Un disparo que te perfore el centro. Eso sí que tiene que ser otro cantar, ¿verdad?

¿Qué crees que se siente?

Quizá nada, ¿puede ser? Porque es demasiado, es demasiado grave, demasiado definitivo y por eso tu cerebro sabe que no tiene que permitir que lo sientas.

No siento nada al oír eso. ¿No es curioso? Al menos al principio.

El TDAH es una locura, la verdad. Mi cerebro, lo rápido que se mueve en cualquier momento, que la hiperactividad no sea que yo reboto contra las paredes, sino que un millar de pensamientos por minuto rebotan contra las paredes de mi cabeza.

Y hay partes de ello que son maravillosas, me fijo en cosas que pasan por alto a los demás, me oriento hacia los detalles, identifico bien los patrones, creo que soy bastante lista, sinceramente. Me gusta cómo pienso. No me puse triste cuando me lo diagnosticaron, hizo que muchísimas cosas de mí tuvieran sentido, y sobre nosotros y sobre cómo soy y cómo puedo ser y por qué. Me dio muchas respuestas.

Sin embargo, también puede ser duro. Puede ser una tortura con agua en forma de pensamientos. Como si le pusieran un paño en la cara a mi cerebro y luego todos los pensamientos del mundo se vertieran en la boca y la nariz y no puedes respirar porque si lo haces te ahogan...

Tengo muchos pensamientos sobre esto. Soy el mayor premio gordo de Powerball del mundo y los pensamientos son las pelotas que giran en el interior de esa cosa de cristal y luego el brazo mecánico se levanta con una bola al azar y la suelta en la rampa que llega a la primera línea de mi mente.

Supongo que, a fin de cuentas, de algún modo es comprensible que mi padre sea como es conmigo, pero si mi madre se quedó embarazada a propósito, y si ella decidió que me tendría a mí para conservarlo a él, ¿dónde estaba ella? Si ella me quería, ¿dónde estaba ella? La razón, entonces, concluiría que, en realidad, no era así y que mi existencia no es más que la firma en un contrato vinculante que ella le obligó a firmar a él.

Hay algo en el hecho de que tus padres no te quieran que duele de una manera que resulta bastante difícil de explicar con palabras y de verbalizarle a alguien si no lo ha vivido.

Un nivel de entrada sombrío al mundo, creo. Porque es antidarwiniano. La gente está programada para amar a sus crías. Asegura la continuidad de nuestra especie. Y si las personas que están programadas para amarte no pueden o no lo hacen o se niegan a hacerlo, ¿qué dice eso de mí?

Y ahora lo siento. Desde mi tráquea hasta mis bronquios terciarios, pasando por mis bronquiolos, todo el aire que hay en mí se evapora en el acto. Como si alguien me hubiera tapado la cara con un film transparente y yo estuviera luchando para respirar, pero no hay aire: todo el aire del mundo ha desaparecido. Evaporado.

BJ lo nota, de algún modo, no sé cómo, me hace girar para mirarlo y se agacha para que nuestros ojos queden al mismo nivel.

Me toca la cara, la acuna entre sus manos y me mira con los ojos más serios que me ha puesto en toda nuestra vida.

«Te quiero», parpadea en nuestro idioma.

Aprieto su mano con la mía contra mi cara y me presiono contra mí misma el único amor que nunca jamás me he cuestionado y noto que mis pulmones vuelven a expandirse con el aire que han encontrado.

Realmente ahora todo tiene sentido, ¿verdad? Por qué Bridget siempre fue la favorita de nuestro padre, por qué ellos se entendían con tanta facilidad. Ella fue planeada. Querida. No fue un cepo que atrapó el tobillo de su vida.

Arrie suspira.

—Todo esto es culpa mía —dice ella acercándose a mí, pero BJ levanta una mano para detenerla y ella lo hace, en seco.

Suelta una pequeña bocanada de aire atragantada.

—BJ...

—No, Arrie. —Niega con la cabeza antes de volver a mirarme a mí y de sostenerme la mirada.

Ella se me acerca un poco más, probando suerte.

—Lo que pasó en Dartmouth, cielo... —empieza a decir ella, y yo me vuelvo para mirarla con ojos pesados como el plomo—. Él hablaba desde los años de frustraciones reprimidas... la mayor parte de las cuales tendría que haber dirigido a mí, pero...

—No lo hizo —dice BJ, mirándola con voz grave.

Ella asiente una vez.

—No lo hizo —reconoce ella—. Él siempre ha hablado sin pensar. Adora ganar una discusión, cielo, tú lo sabes... —Se lame los labios, negando con la cabeza—. Sé que él lamentaría sobremanera lo mucho que te ha dolido todo esto...

—Ah, ¿sí? —BJ la mira con la cabeza ladeada—. ¿Por eso estás tú aquí y no él?

Mi madre le lanza una mirada.

—No se le da bien disculparse.

BJ se encoge de hombros.

—En ese caso, poco merece que ella lo perdone...

—Estoy bien —le digo a BJ de repente, y es verdad que personalmente considero que la voz me suena bastante convincente y parece que esté bien. Puedo respirar otra vez, hay aire en lo hondo de mis pulmones, mis pensamientos están volando a la velocidad de la luz, pero ¿qué más hay de nuevo? Cuando tienes padres como los míos, los rechazos pasan y tú los sujetas un momento con las manos y ese momento es terrible y doloroso y luego lo doblas, lo guardas en un armarito que tiene el tamaño del O2 Arena y quizá sea lo que un día te hunda, pero hoy no es ese día.

BJ ladea la cabeza.

—Parks...

—Estoy bien, BJ. —Me encojo de hombros y al hacerlo imagino todo lo que sentía hace un momento resbalándome por ellos—. No dijo nada que no sospecháramos de entrada que sentía...

—Muy bien. —Me responde él, con los dientes apretados—. Pues entonces yo no estoy bien. Te habló como una puta mierda. No permitiré que te hable de esa manera. —Fulmina a Arrie con la mirada—. Y tú tampoco deberías.

Le toco el brazo con dulzura.

—De veras que pienso que tu reacción en ese momento pudo haberle dejado muy claro ya que, bajo tu punto de vista, él había cruzado una línea.

Le ofrezco una pequeña sonrisa y su expresión se suaviza una fracción de segundo antes de volver a ensombrecerse cuando mira a mi madre.

—¿Y bajo el tuyo?

—BJ, cielo —suspira ella—. Por favor, sé paciente con él, acaba de perder a su hija...

—A la que sí quería —le aclaro a BJ con una sonrisa que está hecha de bravuconería y trauma.

Mi madre pone mala cara.

—Cariño...

—Está bien, he dicho. —Niego con la cabeza y la miro con una sonrisa desdeñosa—. Todo en general. Está bien. —Me encojo de hombros—. Ha sido revelador, en cualquier caso.

Ella frunce un poco el ceño, no lo tiene claro.

—¿Estás segura?
Asiento.
—Ajá.
Enarca una ceja, cautelosamente esperanzada.
—¿En serio?
Me encojo de hombros, no tengo claro qué más puedo decirle.
Ella aprieta los labios un segundo, reflexiva.
—Verás, es que no quiero que esto... ya sabes... —Me sonríe como disculpándose—. Que durante la boda se os vea incómodos u os sintáis incómodos él o tú...
BJ entorna los ojos como rendijas, pero mi madre sigue hablando.
—O que nadie tenga algo que comentar que pueda...
—Oh... —La corto con un asentimiento—. Has venido por las apariencias.
—¡No! —Niega al instante con la cabeza—. No, cielo. No, no. He venido para ayudarte a comprenderlo a él...
—¿Entonces tú le entiendes bien? —Pongo los ojos en blanco—. ¿Por eso tenéis un matrimonio tan estelar?
Levanta la nariz, ofendida.
—Os parecéis más de lo que piensas...
Echo la cabeza un poco para atrás.
—Esto... es quizá lo más cruel que nadie me ha dicho en mi vida.
—Ambos atacáis cuando se os provoca —me dice—. Cuando os sentís acorralados...
—Pues igual que un oso pardo —la interrumpo—. Y aun así, no te diría que fuéramos hermanos...
BJ reprime una sonrisa.
Ella se encoge de hombros, con gesto de impotencia.
—Solo quería darte un poco de contexto...
Asiento una vez.
—Te lo agradezco.
Ella traga saliva, de pronto aparece cierta esperanza en sus ojos.
—¿En serio?
—¿Eh? —Frunzo un poco el ceño ante sus ansias por mi agradecimiento—. Sí. ¿Supongo? A ver... —Trago saliva—. Contextualmente, hiciste algo horrible que, en contexto, nos condenó a mi padre y a mí a

toda una vida de pérdidas contextuales, pero… —Miro rápidamente a BJ y luego a mi madre—. Claro, supongo que ¿hay cierto… nivel de agradecimiento al saberlo?

Ella suelta un suspiro como si se sintiera aliviada.

—Bueno… Bien. —Casi sonríe, pero no del todo—. Bien. Estoy… bueno, para serte sincera, bastante aliviada. —Suelta una única carcajada—. Por haberme quitado esto de dentro, ¿sabes? Era una carga muy pesada que llevaba soportando veinticuatro años…

—Tengo veinticinco —le digo, y BJ le coloca las manos en los hombros y la guía hasta el ascensor.

—Muy bien, Arrie, bueno, eso ha sido… —Le ofrece una sonrisa tensa—. Sí. —No logra decir más, y luego pulsa el botón para bajar.

La puerta se abre y antes de entrar, se inclina hacia mi prometido y le dice algo en voz baja.

Él se queda mirándola, con el rostro serio, y luego asiente una vez.

Las puertas del ascensor se cierran y él me mira a mí. Se le ve en la cara que está destrozado por mí.

—¿Estás bien? —me pregunta, con los brazos abiertos, y yo camino hasta ellos como lo he hecho siempre, de la misma manera que entrarías en una iglesia. Un poco rota y buscando la salvación.

No digo nada, solo asiento.

—Mírame… —me dice mientras me tira suave del pelo para echarme la cabeza hacia atrás y encuentra mis ojos—. No me vengas con gilipolleces. ¿Lo estás de verdad?

—Sí… —Niego con la cabeza—. No lo sé.

Pone mala cara.

—Ha sido muy fuerte…

Vuelvo a asentir.

—Supongo.

—¿Supones? —Parpadea—. Joder, Parks… Entiendo que ella quisiera darte contexto, pero eso ha sido…

—No pasa nada, creo —lo corto—. Creo que entraña algo que mejora las cosas.

Me mira con una confusión absoluta.

—¿Cómo?

—No lo sé… —Me encojo de hombros, intentando reflexionar sobre ello por mí misma—. Quizá porque no fue que él me encontrara y llegara a conocerme y luego no quisiera tenerme, sencillamente no ha querido tenerme en ningún momento.

BJ frunce más el ceño, no lo ve claro.

—¿Y eso es mejor?

—No lo sé. —Me encojo de hombros—. Pero supongo que no es peor.

SESENTA Y UNO
BJ

—Cuidarás de ella, ¿verdad? —Eso es lo que me susurró su madre el otro día justo antes de irse.

—Siempre —asentí.

Hay mucha tela que cortar aquí, si te soy sincero. ¿Fue un traspaso? ¿Alguna clase de transferencia oficial del deber de asistencia a su hija? ¿O fue una especie de reconocimiento de que sabe que aunque lo intentara, no creo que Magnolia le permitiera hacer de madre?

Parks está sentada con las piernas cruzadas en nuestro sofá cuando vuelvo por la noche, tiene revistas de bodas esparcidas alrededor, con papelitos asomando por todas ellas y una libreta al lado.

Justo está anotando algo cuando me mira, me sonríe con una sonrisa de lo más anodina, como automática, como si no fuera nada del otro jueves que yo entrara en la casa que compartimos, como si estuviera contenta de verme y punto. Me frena en seco un instante. Parece mundano, lo sé. Lo es.

Llevo persiguiendo la mundanidad con ella desde que tenía diecisiete putos años, y aquí, ahora, por fin, casi diez años más tarde, la tengo.

La mundanidad es relativa, supongo. He tenido que luchar para abrirme paso entre unos diez *paparazzi* para entrar en el edificio y ella sigue en una especie de confinamiento de redes sociales porque la peña puede ser una puta desalmada de mierda, pero aquí está ella, sentada en un sofá que escogimos juntos, en la casa que compré para los dos, con los nombres de ambos en las escrituras.

Camino hasta ella, le doy un beso en la frente y luego me siento en la butaca que queda delante de ella.

—¿Ha ido bien el día?

—¿Sí? —Se encoge de hombros—. He trabajado desde casa. He tenido algunas reuniones… Y justo ahora estaba mirando un par de cosas para la boda. ¿Cuál prefieres?

Me enseña dos fotos de los mismos cubiertos.

La miro con los ojos entornados.

—¿Es una trampa?

Ella frunce el ceño.

—No.

Señalo las fotos con la cabeza.

—Son los mismos…

Echa la cabeza para atrás.

—Desde luego estás bromeando, ¿verdad?

—Esto… —Cierro la boca con fuerza, decido actuar con cautela—. Sí, ¡claro!

—BJ… —Pone los ojos en blanco—. Los platos son de colores enteramente distintos.

Pongo los ojos en blanco yo también, le quito las fotos de las manos y las inspecciono yo mismo.

Ambos son muy dorados. No veo mucho más, la verdad. Uno tiene flores, creo.

—Eden Turquoise y Aux Rois Or —dice ella, aunque no se lo he preguntado. Yo nunca pregunto y eso nunca le impide contarme las cosas de todos modos—. De Bernardaud.

La miro.

—¿Este es el rollo que quieres?

Se encoge de hombros.

—Parecen adecuados para el Mandarin, ¿no?

Asiento mientras vuelvo a mirar las fotos.

Nos oigo a ambos suspirar a la vez y levanto los ojos para mirarla con una débil sonrisa.

Parpadea.

—¿No te gustan?

Ladeo la cabeza, mirándola.

—Son preciosos, desde luego que sí…

Ella asiente con cara de no estar convencida.

—Es que ese día no irá de nosotros, así que… Escoge uno y ya está. Yo no puedo decidir.

—Este de aquí. —Señalo el que es un poco azul, creo—. Siento debilidad por las flores.

Eso la hace sonreír.

—Ah, ¿sí? —pregunta abandonando sus revistas y plantándose en mi regazo.

—Pues sí —asiento—. Me flipan.

Se acurruca contra mí.

—¿Qué has hecho hoy?

—He tenido otra sesión para eliminar el tatuaje.

Se le ilumina la cara y echa un vistazo debajo de mi camisa antes de volver a mirarme, radiante.

—¡Ya casi ha desaparecido!

Asiento.

—Nos queda poco.

—¿Te sientes un poco tonto ahora por haberlo hecho?

La miro de soslayo porque si le das la mano, te coge todo el puto brazo.

—A veces.

Se mueve en mi regazo, acomodándose.

—Bien, deberías.

Le hundo el mentón en el hombro.

—¿Quieres que vayamos a cenar algo? —pregunto, despreocupado.

Lo pregunto como se lo preguntaría a cualquiera, como si no me pusiera nervioso su respuesta, como si no estuviera cargada en absoluto, aunque lo esté.

Unos diez putos fotógrafos en el portal, es lo que la carga.

—Mmm —canturrea fingiendo que se lo piensa—. No.

Asiento, intento que no se me note la decepción ni la preocupación. Eso nunca ayuda.

Le aparto el pelo de la cara.

—¿Ya has comido hoy?

Desvía los ojos hacia la izquierda, pensativa, hace un puchero y se encoge de hombros.

—No.

Asiento de nuevo, trago saliva, ladeo la cabeza.

—¿Quizá deberías?

—No lo sé... —contesta bajándose de mi regazo y empezando a recoger las revistas que tiene en el sofá—. Total, ¿qué sentido tiene comer?

Lo suelta como otra persona preguntaría: «¿Qué tiempo hace hoy?». Y se lo dice al sofá, no a mí.

—¿Qué? —pregunto observándola con atención.

Se da la vuelta, abraza las revistas contra el pecho y el ejemplar de su hermana de *El relojero ciego* contra el pecho.

—Es como regar una planta que vive en un cohete, que se está quedando sin combustible y que, por la razón que sea, se está dirigiendo de todos modos a una velocidad vertiginosa hacia nada más que la negrura absoluta —me dice, sus ojos parecen profundos charcos de miedo.

Y te juro por Dios que le pegaré una puta paliza a Dawkins si me lo encuentro por la calle.

—¿Tú la regarías? —me pregunta con las cejas enarcadas. La pregunta es sincera.

Exhalo.

—Sí, supongo que sí... —asiento y me encojo de hombros a la vez.

—¿Por qué?

Camino hacia ella, le quito las revistas de las manos y también el puto libro, lo dejo todo en la mesita de café y luego le paso las manos por la cintura.

—Porque no sabes qué hay en el otro lado de la negrura, Parksy —le contesto.

Me mira, la preocupación se filtra en su rostro.

—Quizá nada.

—O quizá todo. —Le lanzo una mirada—. Parks, no tiene sentido que no te cuides mientras tengas la posibilidad, ¿y si de lo que se trata es de nutrir la vida que tienes?

—Pero ¿para qué? —Frunce el ceño, un poco angustiada—. ¿Qué sentido tiene si todos vamos a vivir hasta que nos muramos y luego qué?

—Muy bien —asiento ante su argumento—. Pongamos que esto es todo, Parks. Pongamos que todo lo que siempre será es lo que tenemos ahora en estos momentos en este planeta mientras giramos salvajemente por el espacio... —Le lanzo otra mirada—. Incluso si eso es verdad, es lo único cierto que tenemos, de modo que es tu deber, Parks, para con el universo, cuidar de esto...

Le doy un golpecito en el pecho, espero que conteste algo, pero no dice nada.

Inhalo por la nariz y vuelvo a exhalar, suena como un suspiro. Supongo que lo es.

—Y si eso no es razón suficiente para cuidarte, Parksy... —Ladeo la cabeza—. ¿Tú me quieres?

Le cambia la cara.

—Desde luego.

Asiento una vez.

—¿Cuánto?

Hace un pucherito.

—Hasta más no poder.

—Me hace daño —le digo—. Me estás haciendo daño, Parks. Cuando haces esto... Cuando no te cuidas...

—Beej... —me interrumpe frunciendo el ceño.

Y yo niego con la cabeza.

—No, escúchame... —Ajusto mis manos para sujetarla con más fuerza contra mí—. Un día, quiero que te importe comer porque te preocupas por ti misma, porque te preocupas por tu bienestar porque es tuyo y, como es tuyo, es inherentemente valioso, sin embargo, hasta que llegue ese día... —La miro con firmeza—. Si me quieres como sé que me quieres, preocúpate por ello por mí.

Suspira y aparta la mirada, y yo le muevo la cara hacia la mía, la sujeto ahí para que me mire a los ojos.

—Parks, tu bienestar está intrínsecamente atado al mío —le digo—. Me estoy dejando la puta piel para estar bien. Y, va en serio... —Niego con la cabeza, ahuyento el nudo que tengo en la garganta que me dice que podría echarme a llorar—. Necesito que estés bien, ¿vale? —le digo con un asentimiento.

Ella me contesta con otro, diminuto y débil.

—Vale.

Le doy espacio durante un par de segundos. Y vuelvo a intentarlo.

—¿Podemos pedir algo a domicilio, por favor? —pregunto con cautela—. Lo que a ti te apetezca.

Asiente y saco el móvil y empiezo a repasar Uber por encima de su hombro, hasta que encuentro Kensu Kitchen y espero a que me lo diga. Tiene los labios fruncidos, sumida en sus pensamientos.

—Sushi —acaba diciendo por fin, y le doy un beso en la frente, sonrío como si no lo hubiera escogido ya y hubiera pedido nuestros favoritos.

SESENTA Y DOS
BJ

Tras la conversación que tuvimos, siento que Parks ha dado unos cuantos pasos muy firmes.

Salimos de casa para ir a tomar un café al día siguiente por la mañana, y luego ella fue a la oficina para una reunión.

Se quedó por Hanover Square para que yo pudiera ir a recogerla al terminar. Luego paseamos hasta Liberty y nos fuimos de compras.

Los *paparazzi* nos siguieron, pero ya sabíamos que lo harían. Hasta lo planeé. Me llevé mis AirPods, le di uno a ella y yo me quedé el otro, y le puse un montón de canciones cuyo tema se movía entre «a la mierda esto» y/o «vete a la mierda».

No los silenció por completo, pero al menos la hizo reír.

Hoy vamos a terapia, ha pasado cerca de una semana de aquello, y sé que Claire va a sacar el tema de la comida porque, en realidad, nunca lo hemos tratado como es debido.

Pregunta por el contexto, cuándo fue la primera vez, cuándo me fijé yo por primera vez, cómo se ha sentido ella... Todas las mierdas que esperas que te pregunte.

Cuándo empezó, qué detonantes emocionales hay, cuántas veces ha estado ingresada por ello...

Magnolia vacila al responder eso último, de modo que intervengo yo.

—Dos veces —digo por ella, y le cambia la cara y frunce los labios.

La miro, confundido.

—Tres veces —dice ella, mirando a Claire, no a mí.

Me echo para atrás.

—¿Cuándo fue la tercera?

La tristeza se filtra en su ceño y parece incómoda.

Toma una bocanada de aire rara, como si estuviera nerviosa o algo.

Traga saliva. Confirmamos: está nerviosa.

—Cuando estaba con Christian.

—¿Qué? —Me quedo mirándola.

Toma una profunda bocanada de aire y se lame los labios.

—Bueno, cuando rompimos, tuve una racha bastante mala…

—¿Cómo de mala fue esa racha? —la interrumpo.

Se cruza de brazos y apenas me mira a los ojos.

—Sin querer, acabé ingresada en Weymouth Street un par de días…

—Parks…

—Y entonces Christian me llevó en coche hasta Bloxham House y tuve que quedarme un mes allí.

—Joder… —Suspiro contra mis manos, me cubro la cara con ellas. Una vieja y archiconocida oleada de náuseas me alcanza, y no sé por qué. Niego con la cabeza—. ¿Por qué no me lo contaste?

Se queda mirándome, parece pequeña. Se sujeta las manos a sí misma.

—Pensé que te haría enfadar.

Enarco una ceja.

—¿Qué parte?

Traga saliva.

—Todas.

La miro de reojo, impertérrito.

—Muy aguda.

—Bueno… —Se cruza de brazos, irritada—. No creo que tengas que estarlo.

—¿Cómo dices? —Me cruzo de brazos yo también.

—Es que no tiene nada que ver contigo. —Levanta esos hombros suyos—. Te estás poniendo en el centro de algo que no tiene absolutamente nada que ver contigo.

Y la interrumpo de nuevo.

—¡Que estés en peligro tiene que ver conmigo, Parks!

Pone los ojos en blanco.

—¡No estaba en peligro!

Le lanzo una mirada.

—Estuviste sola en un hospital porque no puedes cuidar de ti misma…

Me fulmina un poco con la mirada.

—No estaba sola.

Aprieto los dientes. Respiro.

—¿Él fue contigo?

Traga saliva.

—Sí.

Exhalo lentamente por la nariz.

Desde luego que fue, hostia.

También sé cuándo. Sé exactamente cuándo…

En esa época yo no veía mucho a Parks porque todavía no habíamos arreglado nuestras mierdas, por eso no supe que en realidad ella no estaba, no esperaba nada.

Durante la fase inicial de nuestra ruptura, de vez en cuando ella se escondía de todos modos, sencillamente, porque si en algún momento salía de casa, era demasiado duro.

Cada vez que la veían con alguien (Henry, Christian, Jonah, cantantes que habían trabajado con su padre, literalmente cualquier puta persona), lo publicaban como si estuviera con él, realmente «con él» con él, por eso ella no salía mucho. Sin embargo, nunca até cabos cuando él tampoco estuvo.

Hubo un mes ese año que Christian estuvo ausente todo el rato. Y todos dimos por hecho que estaba quedando con alguien y que no quería contárnoslo o que ese alguien vivía lejos. Me pregunto si Henry lo sabía. Desde luego que el puto Henry lo sabía. ¿Lo sabía y no me lo dijo? ¿Ni siquiera ahora? Sí, estoy cabreado.

Parpadeo dos veces sin dejar de mirarla.

—¿Y no pensaste que podías recurrir a mí?

Parks pone mala cara.

—¿Por qué iba a «recurrir a ti»?

—¡Porque soy yo! —le digo con voz fuerte, tal vez más fuerte de lo que debería, porque Claire se revuelve en su butaca.

Magnolia la mira, solo un instante, y luego vuelve a fingir que no está.

—¿Y?

—¡Pues que haría cualquier cosa por ti! —le digo, niego con la cabeza y añado con un hilo de voz—: Aunque supongo que tú eres tú, de modo que…

Magnolia echa la cabeza para atrás.

—¿Qué has querido decir con eso?

Me quedo mirándola, me planteo si es el momento de decírselo... Sé que tendré que hacerlo tarde o temprano, pero ahora está ahí sentada, parece a la defensiva, y tiene los ojos muy vidriosos.

—Nada —digo apartando la mirada. Lo dejo correr.

—No... —Niega con la cabeza, sin dejarlo correr en absoluto—. Obviamente algo has querido decir, ¿qué has querido decir?

Exhalo por la nariz.

—Nada, Parks.

Claire se inclina hacia delante con una sonrisa amable.

—BJ, quizá ahora es un buen momento para...

—No —respondo al instante y con firmeza.

Magnolia nos mira a ambos.

—¿No, qué?

—Nada. —Niego con la cabeza—. Déjalo.

—Dímelo —replica ella, observándome con el ceño triste.

Sigo negando con la cabeza, indiferente.

—No.

La sesión se va un poco a pique después de eso, todo se vuelve un poco jodido y de mierda. Ella se apaga y yo estoy demasiado cabreado para seguir charlando sobre lo que sea, de modo que se va acabando y nos vamos. Volvemos a casa sin hablar mucho.

Digo que tengo que quedar con Jo, aunque no tengo que hacerlo, pero quiero la excusa para alejarme de ella un rato.

El dolor no se filtra en sus ojos cuando se lo digo, ella también está cabreada. Quiere espacio.

Me contesta con una sonrisa tensa y se vuelve caminando a casa, seguida por Daniela.

Para cuando llego a casa, ya ha pasado la hora de cenar y ella ya está en la cama, con el pelo recogido, todas las ediciones de este mes de *Vogue* de todo el mundo alrededor y ella las va marcando y poniendo puntos a todo lo que le interesa. Echo un vistazo a la urna de Bridget en busca de pistas: ceño fruncido. Era de esperar, supongo.

Me quedo en el umbral de la puerta y ella levanta la mirada sin mover la cabeza.

Sigue cabreada, sospecho.

—Hola —saludo.

—Hola —responde antes de volver a bajar la mirada hacia la revista.

Suspiro, me quito la camiseta mientras me voy hacia el baño.

Me ducho aunque no me apetece porque me voy a casar con una puta tarada, me cepillo los dientes, me pongo un pantalón de chándal y me meto en la cama con ella.

Llevo allí solo un segundo cuando ocurre, y sabía que lo haría.

Es predecible. No quiere serlo, intenta no serlo, pero incluso intentando con todas sus fuerzas ser impredecible es predecible de cojones, así que sé qué está pasando antes de que pase.

Se queda quieta, ni siquiera la estoy mirando y sé qué cara pone. Probablemente ha fruncido el ceño, ha arrugado la nariz y está haciendo un mohín con la boca.

—¿De qué hablaba? —pregunta al cabo de un minuto de silencio.

Exhalo, no digo nada, dejo que quede ahí suspendido.

Se vuelve para mirarme, pero solo a medias. Gira un poco la cabeza hacia mí, pero no me ofrece la mirada.

—Te he preguntado una cosa —me dice.

—Y yo te he dicho que lo dejaras.

—¡No! —estalla, y ahora sí que me mira—. La última vez que no quisiste decirme algo que quería saber, te habías follado a mi mejor amiga, así que dímelo ahora mismo...

Adelanto el mentón al oírlo. Vaya golpe más jodidamente bajo.

—No.

—BJ...

La miro, advirtiendo con la mirada.

—No, Parks...

Ella pone los ojos en blanco, se aparta la colcha de encima y se levanta de un salto.

—En fin... —dice, ya casi en la puerta y a punto de cruzar el pasillo como una exhalación.

Exhalo, cabreado. Jodidamente típico.

—¿Adónde cojones vas? —le pregunto y ella no responde, de modo que yo también me levanto y voy tras ella—. ¡Te estoy hablando!

Ella se gira sobre sus talones como un resorte y enarca mucho las cejas.

—Oh, ¿ahora sí que me estás hablando? —Parpadea dos veces—. Qué curioso, porque ahora soy yo quien no te habla a ti...

—Muy bien —asiento con frialdad—. Venga, pues a la mierda, ¿por qué no?

Ella se encoge de hombros, pasivo-agresiva.

Le lanzo una mirada.

—¿Estás preparada?

Ella me responde con una sonrisa de niñata impaciente que esboza casi solo con las cejas.

—Estoy enfadado contigo.

Suelta una carcajada irónica.

—¿Estás enfadado conmigo?

Asiento una vez.

—Pues sí.

—Vale. —Frunce el ceño, dubitativa—. ¿Y puedo preguntar por qué?

—Por dejarme —le digo sin perder un instante.

Le cambia la cara.

—Por dejarte ¿cuándo?

—Joder... —Suelto un bufido irónico, casi niego con la cabeza y asiento a la vez—. ¡Exactamente, sí! Gracias. Escoge una vez...

Frunce muchísimo las cejas, reflexiva, confusa.

—Yo nunca te he dejado.

Me quedo mirándola, incrédulo.

—¿Que nunca me has dejado? —repito. Suelto una bocanada de aire que suena un poco como una carcajada, solo que rezuma lo mucho que esto me está matando. La señalo a ella, allí mismo en el pasillo—. Acabas de hacerlo.

Pone los ojos en blanco y da una bocanada de aire, exasperada.

—¡Estoy enfadada contigo! No quería dormir a tu lado...

—¡Nosotros no hacemos esto! —la corto gritando. Seguramente no debería gritar. De veras que no quiero ser la clase de hombre que le grita a su mujer, pero lo hago de todos modos—. No nos dejamos tirados y punto, Parks. O, al menos, yo no lo hago...

—¿De qué cojones estás hablando? —Me fulmina con la mirada, con los brazos en jarras—. ¿Cuándo te he dejado yo a ti?

—Paili —le digo, y echa la cabeza un poco para atrás.

—¿Qué? —pregunta con la voz un poco más relajada.

—Paili —repito, la fulmino un poco con la mirada aunque no lo pretendo—. Me dejaste cuando descubriste lo de Paili...

Baja la mirada y entrecierra los ojos.

—Estás de coña —me dice observándome con esos ojos que delatan que cree que he perdido la cabeza. Enarca una ceja—. ¿Estás enfadado porque te dejé cuando descubrí que te habías acostado con Paili?

Asiento una vez.

—Sí.

Pone los ojos en blanco y suelta un bufido irónico.

—Has perdido un tornillo... —Casi se ríe, pero niego con la cabeza para cortarla.

—Si le diéramos la vuelta, Parks... —Nos señalo a ambos con un gesto—. Yo me habría quedado.

Se cruza de brazos a la defensiva.

—Y una mierda.

—No, y una mierda no. —Me paso la lengua por el labio inferior—. Si tú hubieras venido y me hubieras dicho que te habías follado a Christian, lo cual...

Aprieta los puños con fuerza y grita:

—¡Yo nunca me he follado a Christian!

Y la miro como si no me lo creyera, pero creo que lo hago. La miro de esa manera más que nada porque me está cabreando y quiero cabrearla yo a ella también.

—Pero pongamos que lo hubieras hecho. —Me encojo de hombros—. Pongamos que lo hiciste una noche de fiesta borracha, y que viniste y me lo contaste... Sí, me habría destrozado que flipas. Y sí, seguramente me lo habría cargado a él. Pero, aun así, yo no te dejaría por nada...

Ha levantado los ojos, no los ha puesto en blanco, pero los ha dejado permanentemente hacia arriba.

—Todo esto solo es una hipótesis —me dice—. No sabes qué habrías hecho si te hubiera ocurrido eso a ti...

—No, sí lo sé. —Me encojo de hombros con los dientes apretados—. Porque irte es lo que haces tú, no yo...

A veces hace un gesto así como un parpadeo dolorido mientras se yergue, con la barbilla hacia abajo, ofendida o algo.

Ahora soy consciente de mi respiración. Es rápida, pero estoy enfadado. Y asustado, si te soy sincero.

—¿Parks, sabes lo que es amar a alguien como te amo yo a ti y estar siempre preguntándote si realmente va a quedarse contigo o no? —La miro fijamente, espero no sonar tan jodidamente patético como estoy seguro de que ha sonado—. ¿Sabes cómo te hace sentir?

Se queda ahí parada un segundo, mirándome con el ceño fruncido mientras exhala por la nariz y luego traga saliva y camina hacia mí, se para muy cerca y alarga las manos hacia mí.

—Voy a quedarme contigo, Beej —dice, superflojito.

La miro respirando todavía con bastante dificultad.

—¿Sí?

Asiente al instante, con los ojos muy abiertos y un hilito de voz.

—Sí.

La miro y adelanto el mentón.

—Demuéstramelo.

Vuelve a fruncir el ceño y traga saliva.

—¿Cómo?

Me encojo de hombros una vez.

—Quedándote.

14.12

Christian

> Eh, tenemos que hablar

Ah, joder

Qué he hecho ahora?

> Bloxham House

Oh.

Ya, mierda.

Es justo

Tomamos una cerveza?

> Lamb and Flag?

Llego en una hora.

SESENTA Y TRES
Magnolia

Esta noche salimos a cenar con Taura y Tiller. Es nuestra primera cita oficial de parejitas. Una monada. Y ellos son también tan monos, en serio. Es la primera vez que los veo juntos así en la capacidad de estar juntos, y es sencillamente... Hacen cosas el uno por el otro de una forma bastante automática. Él le retira la silla para que ella pueda sentarse, le sirve agua, ella tira el chicle y le ofrece a él el envoltorio para que lo tire también... Están muy en sincronía en las cosas mundanas, pero cuanto mayor me hago, más comprendo que las cosas mundanas son las que construyen las relaciones.

Creo que mi gran objetivo en la vida será ser mundana.

BJ pide en nombre de la mesa, un poco porque es así de sexy, pero sobre todo (creo) para que yo no tenga que hacerlo, en un espacio lleno de gente que observa con ojos indiscretos y cámaras de móviles descaradamente preparadas para ver qué como.

Me quedo mirando a Tausie y Tiller, me los bebo con la mirada, por así decirlo.

Ella es absolutamente hermosa, eso ya lo sabemos. En general, su pelo ronda el término medio del rubio oscuro, y puede ir hacia un lado o hacia el otro. Aunque hoy por hoy es muy e innegablemente rubia, a lo largo de nuestra pequeña mejor amistad, ha lucido un pelo tanto absolutamente castaño como rubio de verdad, y me molesta un punto informarte de que estaba completamente espectacular con ambos. Por su piel, creo. Bastante olivácea, con un manto de pecas de ensueño. Y luego esos enormes ojos de color avellana verdoso (cuyo color heredó de su padre alemán), pero con una maravillosa forma almendrada, casi felina, gracias a esa madre suya. Medio singapurense y medio malaya. Es una cantante de bastante éxito allí en Singapur, ¿lo sabías? Tiene una voz de infarto. Es escandalosamente hermosa, por supuesto, hizo a Taura.

Y luego tenemos a Tiller… Joder. Creo que todos podemos soltar un suspiro colectivo de alivio por no haber aparecido mucho en mi radar durante los «años perdidos» porque sin lugar a dudas me habría arrojado a los brazos de ese hombre.

Tiene la sonrisa más grande y más brillante del mundo y le llega hasta sus ojos sobrecogedoramente azules. Luego ese pelo rubio ondulado y esa piel que no es demasiado blanca para ser un hombre blanco.

Es que son…

—Sois una pareja muy atractiva —les digo cruzándome de brazos—. Si no me sintiera tan segura, casi me sentiría amenazada por vosotros.

—No te sientes tan segura —me responde BJ con una agradable sonrisa antes de dar un sorbo de agua.

Le lanzo una mirada como si fuera ridículo.

—¡Me siento muy segura!

Taura y Beej intercambian una mirada, como si no lo vieran tan claro, y me quedo mirándolos a ambos, horrorizada.

Me señalo a mí misma.

—Soy preciosa.

—Sí —asiente BJ una vez con entusiasmo—. Tremendamente, pero…

—¡Pero qué! —lo interrumpo, muy molesta, y Tiller, en el lado opuesto de la mesa, pone cara de sentirse incómodo.

—¡Pero! —interviene Taura con voz fuerte, cogiendo el relevo. Se aclara la garganta y sigue hablando con más delicadeza—. Hay ciertos traumas de abandono en juego… A veces.

Pongo los ojos en blanco y hago un ruidito como de «pfft».

—Pues como los tenemos todos.

—Yo no… —dice Tiller.

A la vez, BJ dice:

—Quizá solo contigo, pero…

Mientras Taura dice:

—No, yo estoy bien.

Los miro fijamente a todos, uno por uno, disgustada.

—¿En serio, Taura? —La fulmino con la mirada—. ¿No tienes ningún trauma de abandono cuando tu madre se pasa la vida recorriendo Singapur, viviendo su vida de ensueño como cantante sin ti a su lado?

Tiller se inclina hacia delante por encima de la mesa y asiente despacio.

—Eso me ha sonado muy seguro —susurra, pero no tengo claro que esté siendo sincero.

Taura se ríe, pero luego se encoge de hombros despreocupadamente.

—No, se le da muy bien llamarme.

Vuelvo a poner los ojos en blanco y aparto la mirada, murmurando con un hilo de voz algo parecido a que emocionalmente está muerta por dentro.

Tiller nos mira a todos, como si intentara no perder el hilo de nuestra dinámica y jugara a ponerse al día. Supongo que lo hace.

—Bueno, ¿y de qué os conocéis vosotros?

—A ver.—Me aclaro la garganta y nos señalo a BJ y a mí—. Estamos prometidos.

Tiller pone los ojos en blanco.

—Sí, lo sé.

—Fuimos todos al mismo internado —le dice Taura—. Magnolia y yo íbamos al mismo curso...

—Pero no éramos muy amigas —añado.

—Vaya —dice Tiller.

—Bueno, tampoco es que no fuéramos amigas, supongo —me corrijo pensándolo mejor. No me caía mal durante los años que estudiamos juntas, es solo que yo sentía una indiferencia total y absoluta hacia cualquier persona que no formara parte de nuestro grupo de amigos más inmediato—. Yo no era muy amigable cuando iba al internado, ¿te lo puedes creer?

—Pues sí, me lo creo —asiente, con bastante convicción, y tanto Taura como Beej sueltan una carcajada.

Yo los miro a todos con mala cara.

—He sido extremadamente amigable contigo... —le digo a él, un poco ofendida.

—Incluso demasiado amigable... —BJ le comenta a Taura con un hilo de voz, pero yo también me entero, así que lo fulmino con la mirada.

—Lo has sido —asiente Tiller, agradecido—. Pero cuando hemos entrado y nos hemos sentado, ha venido una chica y ha empezado a charlar con Taura y tú no has dicho nada, más bien la has mirado con mala cara todo el rato.

Miro a BJ.

—Creía que estaba sonriendo.

Pone cara de estar pensando en ello y luego asiente.

—Quizá no has hecho diana por tres o cuatro centímetros.

—O diez —replica Tiller, y el resto se ríen.

—Bueno, vale… —Lo fulmino un poco con la mirada—. Eres nuevo así que chitón.

—¡Y ya volvemos a ser amigables! —Tiller me sonríe juguetón y yo pongo los ojos en blanco, un poquito molesta con él, pero no demasiado molesta con él porque, joder, qué atractivo es, y una no es de piedra y ya que te tengo aquí, ¿qué crees que dice de mí que encuentre un poco sexy que un hombre sea borde conmigo? ¿Sabes qué?, no importa. Y no se lo cuentes a Claire.

Tiller se vuelve hacia Taura.

—Bueno, ¿y cuándo empezasteis a tener una relación más íntima?

—¿Hará un año y medio? —calcula Taura, encogiéndose de hombros.

—Bueno. —Hago un gesto con las manos entre Taura y BJ—. Estos dos obviamente tuvieron una relación más íntima muchísimo antes de que…

A Tiller le cambia la cara.

—Oh… —Parpadea—. ¿Vosotros dos…?

—Magnolia… —suspira Taura.

—Joder, Parks… —dice BJ a la vez.

Hago una mueca.

—Oh, oh…

Miro fijamente a Taura y me disculpo un millón de veces con los ojos, pero su manera de fulminarme con la mirada está frustrando cualquier disculpa.

Taura toma una bocanada de aire como si se estuviera preparando para decir algo, y entonces Tiller se adelanta.

—No, no pasa nada. —Niega con la cabeza, mirándome a mí y luego de nuevo a ella—. Es que no hemos… —Se le apaga la voz, nos mira a BJ y a mí, que estamos sentados enfrente de ellos, si bien ahora uno de nosotros está un poquito más incómodo que el otro.

Tiller traga saliva y se aclara la garganta.

—No hemos tenido la, esto… —Se encoge de hombros—. La conversación sobre… quiénes.

—Bueno. —Le lanzo una sonrisa a modo de disculpa—. Si ayuda a arrancar la conversación, todos sabemos que te has acostado con Daisy...

—¡Magnolia! —gruñe BJ y lo miro. Me contesta negando singularmente con la cabeza y mirándome con firmeza.

—¡Y! —vuelvo a mirar a Tiller, con una sonrisa de oreja a oreja (y de disculpa) ahora (y Taura dice: «Ay, Dios»)—. Si hace que las cosas sean menos incómodas, específicamente con este par... —Señalo con un gesto a mi prometido y a mi mejor amiga—. Yo también he visto desnuda a Taura.

—Vale... —Tiller se ríe una vez y mira a Taura.

—Y está estupenda —le digo asintiendo con la cabeza—. Tiene un cuerpazo. Y unas tetas sorprendentemente grandes...

Tiller esboza una sonrisa entre de agradecimiento y de conocimiento.

—Estoy familiarizado con ellas. —Mira a Taura y reprime una sonrisa—. Muy fan.

Taura se cubre la boca con ambas manos y borra una sonrisa que delata tanto diversión como una vergüenza absoluta.

Y luego nadie dice nada durante unos doce segundos, que es un lapso de tiempo muy largo, por eso suelto:

—Yo no tengo las tetas muy grandes.

—Ay, joder... —Taura deja caer la cabeza entre las manos y Tiller se echa a reír.

BJ me rodea con un brazo y echa un vistazo al minivestido con corpiño con lentejuelas negras y doradas de Balmain.

—Qué va, no están nada mal.

Me vuelvo hacia él, ligeramente ofendida.

—¿Nada mal?

—No... —Él niega al instante con la cabeza.

—No, ¿no están mal? —parpadeo.

—¡Nada mal! —contesta BJ con voz fuerte, intentando corregirse de más.

Frunzo los labios.

—Sí, no están nada mal...

—Joder —se ríe él, rascándose la nuca—. ¡Perfectas! Están... perfectas, eso mismo... quería decir.

Taura pone mala cara y dice por lo bajini:

—Has tardado un poco en encontrar las palabras.

—Sí, Taura, ha tardado, ¿o no? —La miro a ella de reojo antes de volver a centrarme en BJ—. ¿Preferirías que fueran más grandes? —pregunto cruzándome de brazos y fingiendo que estoy más enfadada de lo que estoy.

Él reflexiona un par de segundos.

—Responde más rápido —le susurra gruñendo Taura, y yo reprimo una sonrisa.

BJ exhala.

—Yo… preferiría… que esta conversación… terminara.

Corona la frase con una sonrisa fugaz.

—Yo también —asiente Taura una vez.

—No lo sé, a mí me gusta bastante… —dice Tiller, con admiración.

—¿El qué? ¿Las tetas pequeñas de Magnolia? —pregunta Taura, señalándolas desde el lado opuesto de la mesa.

—No… —Tiller niega con la cabeza al instante.

—Vaya, eso es un poco borde… —dice Taura, fingiendo que se ofende por mí, pero riéndose, satisfecha consigo misma por haberlo metido en el barro con el resto.

Tiller mira a BJ, sigue negando con la cabeza.

—Yo no…

—Uy, lo sé, tío. —Beej niega con la cabeza—. Son putoincorregibles.

—Lo somos —reconozco—. Y, al parecer, estamos planas.

Taura me lanza una sonrisa por encima de la mesa.

—Habla por ti…

Tiller se frota las sienes.

—Creo que me está entrando dolor de cabeza.

—Oh, no… —Alargo la mano por encima de la mesa y le toco el brazo—. ¿Sabes? Creo que todos, en conjunto, nos sentiríamos mucho mejor si… te pusieras el uniforme de bombero y…

—¡Parks! —gruñe BJ entre risas.

—Es policía —me dice Taura.

—Detective —la corrige Tiller.

—Espera, pero… —Hago un puchero—. Pero su uniforme es horrible…

Me mira durante un par de segundos negando con la cabeza.

—No tenemos uniforme.

—Sí —asiento—. Lo sé. De ahí lo de horrible.

Tiller me sostiene la mirada, esboza una risita. Sospecho que encajará sin problema, ¿no te parece?

Luego vuelve a echarse para atrás y se cruza de brazos y mira entre BJ y Taura.

—Bueno, ¿y vosotros dos cuándo...? —No termina de formular la pregunta.

—Hace años. —Tausie niega con la cabeza y parece un pelín nerviosa—. Fue una tontería. Él seguía enamoradísimo de Magnolia y eran un desastre total y absoluto y...

—Verás. —Apoyo la barbilla en la mano—. Yo pensaba, hace tiempo, que BJ me había sido infiel con Taura, pero no fue así. —Pausa dramática—. Se había acostado con mi antigua mejor amiga, Paili, que...

—Es imbécil —interviene Taura.

—Muchísimo. —Asiento una vez—. Ella me dijo que BJ se había acostado con Taura, y por eso la odié durante muchísimo tiempo.

Tiller esboza una especie de expresión triste bajo el peso de toda esa información, reflexiona sobre ella, busca la respuesta a la única pregunta que él había formulado y que, por supuesto, ni Taura ni yo hemos le hemos proporcionado.

—Hará unos cuatro años, tío —le responde BJ con un asentimiento breve que parece ser el código entre tíos para decir: «Siento haberme tirado a tu chica».

Tiller le sostiene la mirada durante un par de segundos y luego asiente. Nos mira a los tres.

—Todos vosotros sois muy... —Hace un ademán poco preciso.

—A ver... —Suelto un bufido—. Ellos sí. —Señalo a mi prometido y a mi mejor amiga—. Yo solo he tenido sexo con BJ en nuestro grupo de amigos.

—Claro —asiente BJ, menos convencido—. Y Julian.

Arrugo la nariz, insegura.

—No sé si a él lo clasificaría como parte de nuestro gr...

—Y Christian —añade Taura con desparpajo.

—Bueno... —empiezo a decir—. Yo no diría...

—Espera... —se mete Tiller, mirándome con los ojos como platos—. ¿Christian y tú?

Levanto la mano y niego con la cabeza.

—No, no...

—Sí, sí —dice BJ, imitándome.

Miro al hombre que está peligrosamente cerca de dormir en ese banco angular y terrible que a él le gusta tanto, y lo señalo con un dedo amenazador y espero a que se calle antes de volver a girarme hacia Tiller.

Le sonrío como si pensara que todo el mundo está siendo un poco bobo.

—La verdad es que me encantaría que, como grupo, avanzáramos y acordáramos la aprobación de una moción para clasificar la experiencia sexual colaborativa entre Christian y yo como un lanzamiento fallido...

BJ pega con el puño en la mesa como si fuera el mazo de un juez al tiempo que Taura declara:

—¡Moción denegada!

—¿Por qué? —Hago un puchero—. A ver, sinceramente... ¿Cómo puede una definir el sexo de forma verdadera, correcta y concluyente?

Y al unísono:

—P dentro de V —dice Taura.

—Penetración —dice BJ.

Y yo pongo los ojos en blanco y gruño para mis adentros.

—Bueno, desde luego que un par de falocéntricos como vosotros iban a definirlo así...

Taura me lanza una mirada por encima de la mesa y yo miro a Tiller y le dedico una gran sonrisa.

—A ver... —Me aclaro la garganta—. Esta muchacha es una falocéntrica encantadora.

—Y hasta aquí el champán —dice BJ, asintiendo al tiempo que me aparta la copa.

Tiller se echa a reír y se levanta de la mesa.

—Voy un segundo al baño —nos dice a todos, pero le toca el brazo a Taura y le sonríe de una forma que me encanta.

En cuanto ya no puede oírnos, me inclino por encima de la mesa y le agarro la mano a mi amiga.

—¡Rápido, rápido! —susurro con urgencia—. ¿Os habéis acostado?

—Magnolia... —Taura pone los ojos en blanco—. Eres una cotilla.

Me quedo mirándola, poco impresionada además de impertérrita.

—Entonces, sí —deduzco.

—Parks… —BJ enarca las cejas y ya veo por cómo me mira que estoy a punto de recibir un soliloquio aburridísimo sobre ser descortés y preocuparme por mis asuntos y respetar los límites de la gente—. Puedes, por favor…

Pero entonces Taura interrumpe como una boca de incendios conversacional.

—¡Sí! —chilla, emocionada—. ¡Y fue sensacional!

—Bien —asiente Beej, con admiración, y yo lo fulmino con la mirada.

—Un poco pervertido.

Él pone los ojos en blanco.

—He dicho «bien», no le he pedido que me mande una foto de sus pies.

Taura lo mira con el ceño fruncido.

—¿Ahora te ponen los pies?

Él suspira, exasperado.

—No.

—¿Sensacional hasta qué punto, Taura? —pregunto con las cejas enarcadas, y repaso con la mirada toda la sala para asegurarme de que todavía no está volviendo.

—Pues… —Niega con la cabeza y se le ponen las mejillas muy coloradas y se la ve extasiada—. De lo más diez sobre diez sobre diez…

Aprieto los labios, emocionada.

—¿Está tan increíble sin ropa como me lo imagino yo?

—Claro. —BJ me lanza una mirada—. Y yo soy el pervertido…

Taura asiente mirándome a mí e ignorando a Beej.

—Escultural.

BJ nos mira con el ceño fruncido.

—¿Sabéis? Yo también tengo bastante buen cuerpo… —dice, pero no le estamos escuchando.

—Increíble. —Asiento mirando a mi amiga, admirada—. ¿Y qué le va?

A Taura le cambia la cara.

—¿En qué sentido?

—En el gastronómico —le digo, con el rostro muy serio, y luego la reprendo con la mirada—. Pues en el sexo, Taura, por Dios. Espabila.

BJ me mira con los ojos como platos. Me señala con un dedo amenazador.

—Tienes que ponerte un puto tope, Parks. No puedes ir por ahí preguntando...

—Ay... —le dice Taura, y él suspira y deja caer la cabeza hacia atrás y se queda mirando el techo—. Um. Dulce al principio, pero controlando bastante la situación todo el rato...

Frunzo los labios, reflexiva.

—¿Vainilla?

—Sí —asiente Taura.

—Vaya... —BJ frunce el ceño por ella, pero Taus niega con la cabeza al instante.

—No, creo que me gusta...

—¡Oh! —Me quedo mirándola, sorprendida—. Dios mío...

—Para... —Pone los ojos en blanco.

Pero yo niego con la cabeza, no voy a parar.

—Que te guste el sexo vainilla es enorme.

—A ver. —Nos mira a BJ y a mí—. Enorme sí es, y eso ayuda.

La miro con los ojos entornados, suspicaz.

—¿Cómo de enorme?

—No... —Taura niega con la cabeza como si con esta pregunta sí que estuviera cruzando una línea.

—¡Venga ya! —Hago un puchero—. Yo te diría lo grande que la tiene BJ...

Nos mira a ambos de nuevo, incómoda.

—Sé lo grande que la tiene BJ.

Beej y yo chocamos los cinco sin mirarnos y Taura pone los ojos en blanco.

—Venga, pero dímelo —le pido de nuevo.

Ella me reprende con la mirada.

—¡No!

—Venga —frunzo el ceño.

Y entonces BJ suspira, apretándose las manos contra los ojos.

—Oh, no.

—¿Qué? —preguntamos Taura y yo al unísono, mirándolo.

Él niega con la cabeza y tiene la mirada perdida.

561

—Es que ahora estaba pensando que... —Me mira de reojo—. Algún día voy a tener que ir a reuniones de padres y profes contigo.

—Bueno —bajo el mentón y lo fulmino con la mirada—, eso ha estado muy fuera de lugar.

Él me lanza una mirada juguetona.

—Veremos.

Avisa al sumiller para hablar de vino.

—¡Oh! —Doy una palmada y le pego una patada a Taura por debajo de la mesa y vuelvo a inclinarme hacia ella—. Escoge una hortaliza alargada...

—¡No! —gruñe Taura.

—¡Una zanahoria! —digo, atenta a su rostro en busca de pistas. Nada—. ¡Un calabacín! —digo al cabo de unos segundos—. ¿Una mazorca de maíz?

—Ay, Dios... —Suspira.

—¿Una berenjena? —sigo intentando adivinar, impertérrita.

Me lanza una mirada.

—Magnolia...

—Oh, no, Tausie... ¿No será como un nabo sueco?

—¿El qué no será como un nabo sueco? —pregunta Tiller con una sonrisa amable, volviendo a sentarse en la mesa.

—¡Nada! —salta Taura.

—¡Hola! —chillo yo a la vez, y debo admitir que con una sonrisa exageradamente entusiasta—. ¡Hola! —repito—. ¡Qué pronto has vuelto! Menudo intestino más eficiente tienes que ten...

Entonces Taura me pega una patada por debajo de la mesa y yo suelto un alarido y sonrío menos. Tiller nos mira a ambas, confundido pero tal vez empieza a sentir cierta diversión ya.

—¿De qué hablabais?

—Esto... —Frunzo los labios—. ¿De hortalizas?

—¿Qué? —pregunta Beej, volviendo a la conversación.

—Tiller... —Le sonrío con amabilidad.

—No... —dice Taura, lanzándome dagas con la mirada desde el lado opuesto de la mesa.

Yo la ignoro.

—Si tuvieras que identificarte como una de las siguientes hortalizas, ¿con cuál dirías que tienes mayor afinidad?

—Te mato —me susurra Tausie con un hilo de voz.

Tiller me mira perplejo.

—Cierta familiaridad, por así decirlo…

—Estás muerta para mí —articula mi amiga en silencio desde el lado opuesto de la mesa.

—Esto… —Me aclaro la garganta—. Zanahorias… Calabacines… Mazorcas de maíz… Berenjenas… Un pepino…

—Un pepino —dice BJ, asintiendo para sí mismo—. Si yo fuera una hortaliza sería un pepino.

Reflexiona un poco más al respecto.

—Pero el grande. No esos que vienen en esos paquetitos. Y tampoco a temperatura ambiente. Superfrío y fresco. Y no larguirucho, sino de los gordos, ¿sabes? Nada flexible.

Taura suelta una carcajada y BJ la mira a ella y luego a mí antes de atar cabos, entonces pone los ojos en blanco y niega con la cabeza. Apenas logra ocultar en ese rostro inmaculado suyo lo mucho que nos quiere.

Alargo la mano por encima de la mesa y pincho a Tiller.

—Escoge —le digo.

—Discúlpala… —le dice BJ desde el lado opuesto de la mesa.

—Los calabacines están bien —les digo tanto a Tiller como a Taura.

—Un poco acuosos —comenta Taura, y yo pongo mala cara.

—¿Qué significa eso?

Tiller desvía los ojos muy rápido entre nosotros, confundido.

—Esto… —Niega con la cabeza y se aclara la garganta—. ¿Tiene que ser una de esas?

Taura ladea la cabeza, reflexiva.

—Esto…

Tiller frunce el ceño mientras lo piensa.

—Mi hortaliza favorita es la calabaza violín.

—¡Au! —apenas logro exclamar antes de que BJ me rodee con un brazo y me tape la boca, riendo con los ojos muy abiertos.

—¿Qué? —le pregunta Tiller a Taura, confundido.

Ella me mira, BJ sigue tapándome la boca, y aplasta una sonrisa.

—Nada.

SESENTA Y CUATRO
Magnolia

Jemima cumple treinta años y lo celebra en Coworth Park, que está a unos cuarenta y cinco minutos a las afueras de la ciudad.

BJ y yo subimos solos con el coche. Tuve que tener una miniintervención con Daniela, de hecho, creo que es posible que sea un poco adicta al trabajo. Cuando se enteró de que iríamos en coche, insistió en venir, y yo le dije: «Es sábado», y ella me contestó que no le importaba, y yo dije que no hacía falta, y ella me dijo que sería un placer para ella, y entonces yo le contesté que tal vez, en ese caso, teníamos que buscar la manera de expandir su concepto de «placer», y luego BJ me dio un golpe en la espalda y retomó él la conversación.

Insistió en que no la necesitaríamos y que de hacerlo, le prometía que la llamaría, pero que, de veras, estaba bastante convencido de que podríamos sobrevivir un fin de semana sin ella.

Ha sido un agradable trayecto en coche, exceptuando la parte del coche. Aun así, nos hemos sentido un poco como en los viejos tiempos.

La mano de BJ en mi rodilla, yo apartándosela de un manotazo cuando empezaba a subirla cada vez más y más, ambos riéndonos a carcajadas, ambos fingiendo que cada vez que nos acercamos a otro coche mi cuerpo entero no queda atrapado en un intenso pánico en que durante una décima de segundo no puedo ver ni oír bien.

Él no dice nada al respecto, no me hace sentir tonta por ello, sino que cada vez que nos acercamos a otro coche, él sube el volumen de la música, intenta ahogar mi mente y el chirrido de los neumáticos y el roce metálico que oiría yo si no lo hiciera.

La fiesta es tanto en el interior como en el exterior, lo cual es ambicioso por parte de Jemima, pero solo cumples los treinta una vez, supongo, así que bien por ella. Estamos a mediados de enero, de modo que la parte al aire libre está cubierta bajo tantísimos braseros de exterior que ni podrías contarlos y apenas hay ningún invitado porque todo el mundo está dentro.

Saludamos a Lily y a Hamish, y la verdad es que BJ y Ham están mucho mejor, por cierto.

BJ le da un beso en la mejilla a su madre y, de algún modo, la envuelve consigo mismo como suelen hacer los hijos con las buenas madres, y luego se vuelve hacia su padre y le da un abrazo a él también. Dura menos tiempo, pero hacía bastante que no los veía abrazarse.

Aquello ilumina los rostros tanto de Lily como de Ham como si fueran un puto árbol de Navidad.

Y luego veo a Allie en un rincón junto a Madeline y una amiga de ellas, pero parece aburrida.

Alejo a Beej de una de esas señoras mayores que conoces porque es amiga de tu madre y ella te insiste en que la llames «tía», aunque no es tu tía, y su interés por BJ es de una naturaleza absolutamente no familiar, ya te lo digo yo. Reconozco los ojos hambrientos en cuanto los veo, especialmente cuando se fijan en mi prometido.

—Gracias —me susurra al oído, y me besa la oreja mientras nos acercamos hacia las chicas.

Madeline le da un abrazo de oso a su hermano y apenas me mira a mí, y la amiga no parece que nos mire ni a BJ ni a mí a los ojos, pero da igual.

Allie se pone de pie bastante rápido y tiene una expresión extraña en la cara.

—¿Jonah está bien? —nos pregunta.

La miro a ella y luego a BJ, sin entender mucho por qué pregunta.

BJ pone mala cara.

—¿Qué?

A Allie se le queda el rostro inmóvil, pero nos mira alternativamente a ambos muy nerviosa.

—¿No os habéis enterado?

Beej frunce mucho el ceño.

—¿Enterarnos de qué?

Y entonces Allie me mira un momento, parece un poco angustiada, de hecho, pero no sé por qué. Traga saliva.

—Hubo un tiroteo en uno de sus locales anoche, lo he visto en las noticias.

—Dios santo. —Parpadeo, y BJ abre los ojos como platos y el rostro se le queda pálido al instante.

Se lleva la mano al bolsillo para sacar el móvil y yo alargo la mía para coger la suya.

Allie da una bocanada de aire, nerviosa, ella no habría querido ser quien le dijera algo así a otra persona. Ella no es así.

Miro a Beej.

—¿Lo sabías? ¿Te ha dicho algo?

No sé por qué pregunto porque sé la respuesta por la cara que pone.

Beej niega con la cabeza de todos modos mientras se acerca el móvil a la oreja, su rostro perfecto se está hundiendo bajo el peso de la preocupación que ha empezado a sentir al instante por su mejor amigo, y yo me quedó ahí de pie, esperando ver si nuestro amigo está bien; siento en la garganta el latido desbocado de mi corazón durante los nueve segundos enteros que Jonah tarda en contestar.

—Joder... —suspira BJ, aliviado, al teléfono, al tiempo que niega con la cabeza—. ¿Qué cojones, Jo? —Ahora parece enfadado, me mira a los ojos y hace un gesto con la cabeza para alejarse.

Asiento, y me da un beso en la mejilla sin pensar.

—Cuéntame qué ha pasado... —oigo que dice BJ mientras se tapa el otro oído cuando se aleja.

Suspiro.

Suspiro sin poder creerlo y me quedo mirando a Allie.

—Londres se ha vuelto verdaderamente loco, ¿verdad que sí?

Ella asiente con los ojos muy redondos.

—Creo que me iré pronto.

—¿Cómo dices? —Echo la cabeza para atrás—. ¿Adónde irás?

—Bueno, ¿te acuerdas del viaje que teníamos planeado Bridge y yo?

—Oh. —Frunzo el ceño, acordándome—. Claro. El de Asia. ¿Lo harás de todos modos?

—Sí, yo... Tal vez. —Se encoge de hombros y me pregunto si le he visto la culpa cruzándole el rostro, y yo no quería hacerla sentir así—. Creo que sí. Mamá dice que me irá bien...

—Y yo también —asiento muy rápido, porque quiero hacerle sentir que puede hacerlo, no que no debería.

—¿En serio? —Me mira con unos ojos casi esperanzados.

—Claro. —Le sonrío para darle tanto ánimo como puedo, lo cual me cuesta porque hay algo en el hecho de que Allie se vaya que me sienta como si me quitaran más a Bridget, pero ese es mi problema, no el suyo—. Qué especial, Al. ¿Irás sola?

Ella se coloca unos mechones de pelo castaño detrás de las orejas.

—¿Supongo? A no ser que... —Se le apaga la voz—. ¿Quieres venir?

—¿Yo? —parpadeo, sorprendida.

—¡Y Beej! —añade.

—Oh... —Niego con la cabeza—. No creo que podamos... con lo de la boda y...

—¡No, desde luego! —Asiente—. Lo entiendo perfectamente.

—Pero tú sola, Al... —La miro, impresionada—. Qué valiente.

—Es que siento un poco como que si me hubiera mue... —Se corta a sí misma y traga saliva—. Que Bridget habría ido de todos modos, ¿no crees?

Asiento. Lo habría hecho.

—Entonces ¿adónde irás exactamente?

—Bueno... —Se encoge de hombros de nuevo—. Todavía no lo sé. Bridget tenía un plan en alguna parte, pero no sé dónde está... —Pone los ojos en blanco—. Lo tenía en una libreta o algo...

Nos miramos fijamente la una a la otra durante un par de segundos.

—Menuda analógica fracasada —digo, sin pensar, y ambas nos echamos a reír y se nos llenan los ojos de lágrimas a la vez.

Me seco muy rápido una que se me ha escapado y le sonrío a modo de disculpa. No sé por qué. Sé que de toda esta gente, ella lo entiende.

—La estúpida psicóloga de BJ me está obligando a mirar las cosas de Bridget, ¿quieres acompañarme esta semana? —le propongo—. Y echas un vistazo. A ver si podemos encontrar ese plan.

Ella asiente y se obliga a sonreír.

—Por favor, sí. —Y entonces me observa durante un par de segundos, frunce un pelín el ceño—. ¿Estás vaciando su habitación?

—No —contesto al instante—. Solo... Me obliga a mirar sus cosas y pongo algunas en cajas para llevármelas a mi casa porque no me gusta estar en ese piso ya.

—Oh. —Asiente y me sonríe.

—Todo es muy aburrido... —Me río, pero mi carcajada queda ahogada por otra emoción que no quiero sentir delante de toda esta gente—. Casi todo son libros y libretas y... —Niego con la cabeza—. Artículos de psicología que al parecer leía por el placer de hacerlo.

Allie sonríe.

—Un puñado de fotos nuestras... —Nos señalo a ambas—. Muchos bolis. Dios, lo que le gustaban los zapatos con hebilla, ¿verdad?

Allie suelta una carcajada y un par de lágrimas ruedan por su cara, y no se las seca con urgencia alguna. Se quedan ahí en su rostro, atrapando la luz del sol, dejando claro como el agua y a la vista de todo el mundo que no se está sintiendo maravillosamente, que su experiencia vital no es algo idílico, y me pregunto qué se sentirá.

Beej vuelve con nosotras, se guarda el móvil. Me sonríe, exasperado, y se fija en las lágrimas de su hermana.

—¿Estás bien?

Ella se sorbe la nariz, asiente y luego sonríe. Se excusa, pero no antes de darle un beso en la mejilla a su hermano.

Él espera hasta quedarnos solos para señalar con el mentón mis cejas enarcadas, esperando que me diga algo de nuestros amigos.

—Los chicos están bien —me dice.

—¿Pero estaban ahí? —pregunto.

Él asiente.

—¡Dios santo! Menuda locura... —Niego con la cabeza sin poder creerlo—. ¿Hubo algún herido?

—Sí. —Suspira y pone cara de angustia—. Un par de personas, de hecho...

Y entonces se me ocurre algo que me da miedo y mi corazón levanta los brazos en alto, paralizado, como si lo estuvieran arrestando.

—¿Julian...?

—No. —Beej niega con la cabeza y me sonríe a duras penas—. A ver, no me lo ha dicho... —Niega con la cabeza—. Si le hubiera pasado algo a él o a Daisy, nos habríamos enterado...

—Claro. —Asiento, me digo a mí misma que es cierto—. No, tienes razón. Lo siento...

Él ladea la cabeza.

—¿Por qué lo sientes?

—Porque... —Se me apaga la voz y le sonrío a modo de disculpa—. No debería importarme, déjalo.

Él entrecierra los ojos con incredulidad.

—¿No debería importarte si, hipotéticamente, alguien con quien mantuviste una relación ha recibido un disparo?

—Ya... pero no ha pasado, así que... —Lo miro fijamente—. ¿Verdad?

—Verdad. —Asiente frunciendo el ceño y sonriendo a la vez—. Pero escríbele.

Señala con la cabeza mi móvil, que llevo guardado en el bolsito de mano Venus La Petite de satén y pedrería de Benedetta Bruzziches.

—¿En serio?

Él se encoge de hombros, permisivo, así que lo hago. Saco el móvil y escribo su nombre.

13.51

Julian

> Estás bien?

> Y Daisy?

Sí, estamos bien.

> Vale, qué bien.

Miro a BJ y siento que me relajo.

—Están bien. —Le sonrío, agradecida, mientras guardo el móvil.

BJ me mira con una especie de sonrisa tensa un par de segundos antes de rodearme los hombros con un brazo, arrastrarme hacia él y besarme.

No es un pico ni un roce de labios, ni siquiera es un beso normal, sino que más bien es un morreo. Como cuando vas piripi y besas a la persona que te gusta con imprudente abandono en una discoteca de Ibiza, esa clase de beso. Me despego de él (apenas) y levanto la mirada, sorprendida.

—Vale —me río, sin aire y cohibida, mirando de reojo alrededor porque, sin lugar a dudas, hay un puñado de personas que no nos pierden de vista.

Me señala con el mentón, sonriendo travieso, satisfecho consigo mismo.

—¿Qué? —pregunta, tan tranquilo, soltándome de su abrazo.

Me aliso el vestido de fiesta sin tirantes con tul de puntos y apliques florales de Elie Saab, y apenas lo miro cuando digo:

—Menudo beso.

Él se encoge de hombros, pero sé que lo sabe.

Levanto la nariz.

—Muy heterobásico por tu parte.

—Oh —se ríe echando la cabeza hacia atrás—. ¿Eso ha sido?

—Ajá. —Asiento una vez—. Muy mono y territorial...

Aplasta una sonrisa y niega con la cabeza.

—Joder, odio que digas que soy mono...

Asiento un par de veces.

—Julian también odiaba que dijera que era mono. —Le lanzo una mirada para asegurarme de que sabe exactamente a qué estoy jugando, y luego deja caer el mentón hasta el pecho y me fulmina un poco con la mirada, pero se le escapa la risa. Se aprieta la mejilla por dentro con la lengua para ocultar una sonrisa que nunca me dará la satisfacción de ver por completo. Está picado, pero le gusta.

Me agarra por la cintura y me acerca a su cara.

—Eres una puta lianta —dice lamiéndose una sonrisa.

Le sonrío, contenta de haber encontrado un truquito nuevo.

—¿Hablar de Julian siempre provocará una reacción tan divertida y sexy por tu parte?

Él aprieta los labios con fuerza y me mira fijamente.

—¿Por qué no lo pruebas?

Frunzo los labios, levanto la mirada e intento pensar algo que sugiera que es bastante sexy, pero que a la vez no sea nada diabólico para nosotros a largo plazo.

—De veras que él no soportaba que yo le dijera que era mono, pero lo que sí le gustaba era que yo...

Y listo. No he tenido que decir nada más antes de que me ponga las manos en la cara... Y ya te he hablado de sus manos. Son perfectas y son tan grandes que sus pulgares reposan en las comisuras de mis labios y el resto de su mano me envuelve hasta llegar al centro de mi nuca.

Es un beso duro, nada dulce. Puedo sentir sus celos en el modo en que me presiona con los dedos y no lo pretendo, pero sonrío contra su boca porque, te voy a ser completamente sincera, he sido objeto de deseo de muchas personas, me han deseado muchos hombres, y todo sienta bien, mentiría si te dijera que no, pero creo que mi debilidad es que me deseen.

Ahora bien, ¿que me desee BJ? No hay nada parecido. He probado la cocaína, en el internado, y fue una experiencia extraña. Públicamente dije que no me gustó, pero (y no se lo digas a nadie) la verdad es que a una parte de mí le gustó bastante. Y ahora tiene sentido, pero en esa época yo no sabía que tenía TDAH, y todo el mundo a mi alrededor estaba contento y eufórico y se estaba divirtiendo, y yo estaba supercentrada y consciente y mi cerebro se quedó muy pero que muy quieto, lo cual no pasaba nunca (y de haber sabido que teníamos que fijarnos, eso habría sido una pista enorme, pero no lo sabíamos) y por eso mi experiencia fue tan terriblemente diferente de la del resto. Me hizo sentir estúpida y por eso dije que no me había gustado.

No sentí el subidón que la mayoría de gente parece sentir, por eso no puedo confirmarlo con una exactitud fáctica e innegable, pero imagino que ser deseada por Beej provoca la misma sensación que la gente busca en los narcóticos. La mejor sensación del mundo entero. A veces, no puedo pensar con claridad cuando voy en su busca. Tú mira mi historial, está todo ahí. Haré cualquier cosa para hacer que él me desee. Él es el maestro y yo solo soy una cachorrita haciendo trucos para complacerle.

Tomo una bocanada de aire con dificultad cuando él se aparta de mí y parece satisfecho.

—¿Lo bastante sexy para ti? —pregunta con una ceja enarcada.

Me yergo e intento recuperar la compostura, porque sí, él es mi debilidad, y sí, haría cualquier cosa a ciegas para que él me deseara, pero será mejor que él no se entere, ¿no crees?

Me aclaro la garganta.

—No lo tengo claro… —Me encojo de hombros con recato—. Julian solía…

Y ahí va el «¡Ja, ja!» y me arrastra a la otra punta de la fiesta con unos ojos que no solo parecen prometer un lío, sino que, históricamente hablando, garantizan un lío muy pero que muy gordo, pero no importa porque ahora él también me desea a mí. Normalmente lo hace, pero de vez en cuando pasa algo y aparece esa mirada, y es... hazlo o muere intentándolo.

Como si alguien hubiera aumentado el campo magnético entre nosotros y no existiera tal cosa como estar demasiado cerca... Lo verás en un minuto, sé cómo va esto. Así pasamos nuestros años en el internado. Momentos robados alrededor de demasiada gente en los espacios más extraños y abarrotados. Su cabeza apretada contra la mía, la respiración pesada, el pecho agitado. Nada, ni siquiera aire, entre nosotros.

Y yo me resistiré un poco porque soy yo, y porque si lo hago, si hago que él se esfuerce, recibiré la versión de liberación lenta de la única droga que me interesa: él.

Me mira con una sonrisa medio disimulada, presionándose el labio inferior con la lengua, y niega con la cabeza.

Dice «Joder» en voz baja y vuelve a besarme.

Nuestros cuerpos son como cera caliente derritiéndose el uno en el otro y tengo que centrar la puta cabeza, porque ese beso no propiciaba una liberación lenta.

Me aparto, le miro, me muerdo el labio y le sonrío.

Exhala un suspiro para tranquilizarse y desliza sus inquietas manos por mi cuerpo, se detiene justo al límite sur de la parte baja de mi espalda. Hay algo encantador en que un hombre te toque en la parte baja de la espalda, pero hay algo indescriptiblemente sexy en que te agarre justo por debajo.

BJ me atrae hacia sí y me abraza, ladea la cabeza, se muerde el labio inferior y esboza una sonrisa.

Le lanzo mi mirada más convincente de reticencia.

—No podemos...

Me mira con gesto dubitativo.

—¡Hay habitaciones aquí!

—¡Nosotros no tenemos ninguna!

—Pero podríamos... —dice enarcando las cejas—. Podríamos encontrar el guardarropa, ¿no? O echar un polvo rápido en el asiento de atrás del coche...

Suelto una carcajada, incrédula.

—¡El coche está allí mismo, totalmente a la vista!

Él se encoge de hombros, completamente indiferente.

—Nada que no hayamos hecho ya…

Lo señalo.

—Eso no se ha demostrado nunca de forma concluyente.

—Lo hemos hecho en un coche mil veces —me dice—. Igual la del Maserati puede discutirse, pero hemos follado en mi coche, hemos follado en tu coche, en el coche de Jonah, hemos follado en el coche de Henry, hemos…

—Gracias, hombre… —Henry hace una mueca al pasar por allí y le hace el gesto de la victoria con el pulgar a Beej de camino hacia un camarero que ofrece aperitivos.

Beej suelta una carcajada, cambia la cara y espera a que Hen no pueda oírnos.

—Lo hemos hecho en muchos coches, Parks. En ubicaciones más precarias que bajo un árbol en el treinta cumpleaños de mi hermana, lo mismo podemos echar un polvo rápido en el asiento de atrás de este. —Señala con la cabeza su Wraith negro, con el que hemos venido hasta aquí.

—¿Un polvo rápido? —Lo miro anonadada—. ¡¿Disculpa?!

—Eh. —Ladea la cabeza, picándome—. No seas tan pija.

Le lanzo una mirada como si me molestara y no por ello me sintiera menos atraída por él.

—Soy una pija —le recuerdo—. Igual que tú…

—Venga. —Me muerde el hombro, juguetón, y mi determinación se debilita por momentos.

—No hay mucho espacio en el asiento de atrás de un Wraith —me dice, y se le van los ojos por todo mi cuerpo como le gustaría hacerlo con las manos—. Será divertido.

Exhalo por la nariz y espero que mi rostro no me haya delatado todavía, que la respuesta obviamente es que sí. Si la ecuación son sus manos sobre mi cuerpo, la respuesta siempre es sí.

A veces no me gusta mucho ni el sexo en público ni el sexo durante el día, me parece algo impropio y puedo agobiarme un poco con ello, pero es que… ese labio superior me está llamando, exageradamente rosado, rogándome que lo bese y lo muerda, y él me lanza media sonrisa y sé que sabe que ha ganado.

—Vale —bufo cuadrando los hombros antes de mirarme a mí misma—. Espera, pero ¿y si se me arruga el vestido y resulta evidente que hay que plancharlo y tu madre lo ve y...?

—Entonces mi madre por fin tendrá que aceptar el hecho de que cuando un hombre y una mujer se quieren mucho, se quitan la ropa y...

Pongo los ojos en blanco y le arreo un manotazo para que se calle, y él se ríe, me da la mano y nos vamos hacia el coche y todo es normal, todo está bien... Y de pronto ya no.

Sucede de una manera en la que nadie habría reparado, solo yo. Es una de las cosas más dulces que puede ofrecerte haber vivido décadas con una persona: la capacidad de fijarse en los más leves matices en la postura de una persona. No se queda paralizado, ni siquiera se pone rígido. Se le tensan los dedos de la forma más imperceptible, pero yo lo percibo. Se le tensa el estómago y traga saliva muy rápido, antes de separar su mano de la mía y colocármela en la cintura. Y la sensación es distinta de la de hace un momento y, entonces, con una voz que suena total y absolutamente normal, dice:

—Oye, ¿nos marchamos?

Es esa mano suya en mi cintura. No es la primera vez que noto sus manos sobre mi cuerpo de esa manera. Cuando hemos salido y algo iba mal, o cuando alguien que no conoce se me acerca más de la cuenta. Es la misma mano que me puso en la cintura cuando yo tenía diecisiete años y estábamos en Praga y nos atracaron a punta de navaja.

Algo, o alguien, en algún lugar detrás de mí le ha parecido una amenaza. Miro por encima del hombro, en un intento de ver qué ha visto, pero no lo veo.

Beej señala hacia el coche con la cabeza.

—Venga, vámonos —repite.

Asiento y le cojo la mano que me ha tendido y me esperaba. Ahora bien, mientras lo hago, doy otro vistazo por encima del hombro.

Y, ahora sí, veo a esa mujer. Rondará los treinta. Pelo oscuro, labios un pelín más operados de la cuenta y ojos felinos.

Mira en nuestra dirección y se le enganchan los ojos en BJ. Lo cual no es raro, la verdad. Todo el mundo se queda mirando a BJ, es BJ. Yo me quedo mirándolo todo el rato y vivo con él, es que a veces es inevitable, yo lo entiendo.

Y, obviamente, en el transcurso de los últimos años me he encontrado con muchas mujeres con las que se había acostado BJ. Tampoco diría que sea una situación especialmente fuera de lo común y, a menudo, pasa lo mismo.

Están raros, él está a medio camino entre raro y arrepentido, y yo estoy bastante borde, porque, por favor, por el amor de Dios, lárgate de una puta vez, y la mayoría de las veces me percato, hay cierta incomodidad o quizá incluso remordimientos, en cuanto nos ven con sus propios ojos. De vez en cuando hay una chica que es muy agresiva sexualmente, que está muy orgullosa de haber follado con BJ Ballentine, que lleva el pasado de las manos de él en su cuerpo como una corona de concurso de belleza. Pierden un poco el tiempo con él, montan una escena, se aseguran de que todo el mundo en los alrededores sepa lo que hicieron y cuántas veces lo hicieron. Flirtean con él, a veces flirtean conmigo, ponen ojitos esperando una invitación que nunca, jamás van a recibir... pero esta mujer que está allí de pie con esos ojos felinos... eso es distinto. Lo está mirando de una manera que no había visto nunca. Me hace sentir que tengo el estómago de gelatina, de hecho, porque ella lo está mirando con cierto aire de propiedad, como si él fuera un objeto que ella ha poseído.

Y entonces BJ vuelve a ponerme la mano en la cintura y, al instante, sé quién es y de quién intenta protegerme.

Es un tipo de protección mal ubicada. Me está protegiendo como a él le gustaría que lo hubieran protegido a él, me está apartando de la situación de la que él no pudo apartarse.

Me giro hacia él, le miro a los ojos y le toco la cara.

—Vete al coche —le digo con calma.

Él frunce el ceño, casi me pone mala cara.

—¿Qué?

—Espérame en el coche —le repito con más firmeza.

—No pasa nada, marchémonos y listo —me dice con la vista fija en el suelo, negando con la cabeza, de modo que me agacho y requiero su mirada de nuevo.

—Te quiero —le digo yo primero—. Y sí que pasa.

—Parks... —empieza a decir, pero lo corto.

—Si fuera al revés, Beej, jamás en la vida te irías sin decirle nada a la persona que me hizo el daño que ella te hizo a ti, así que no me pidas que lo haga. —Vuelvo a señalar hacia el coches—. Ahora, por favor, vete al coche.

Se lame el labio inferior y no sé interpretar su cara. Es un rostro terrible, y BJ jamás tiene el rostro terrible. Asustado, enfadado, herido, aterrado, perdido, avergonzado... ¿Todas las anteriores?

Pero luego se da la vuelta y se va derechito al coche sin decirle una sola palabra a nadie.

Es duro amar tantísimo a alguien, me gustaría dejarlo claro.

Cuando piensas en el amor, hay una suavidad innata ligada a él, ¿sabes a qué me refiero? Quizá sea todo eso de que «el amor es dulce, el amor es amable», y es verdad. Hay ternura en amar a alguien. Es como verlos a través de una pantalla de vaselina, todo de color de rosa, recoger flores silvestres, dedos suaves arrastrándose por las mejillas y besos de mariposa.

Pero hay otro tipo de amor.

Un amor como el nuestro. Que te ahogas en él, te llenas los pulmones con él, te asfixias con él y lo toses mientras estás ahí tendido agonizando.

A veces hay violencia en amar a alguien.

BJ ha luchado por mi honor cien veces y lo hará cien más, estoy segura, porque me quiere y eso es lo que haces cuando quieres a alguien.

Eso es lo que haces cuando amas a alguien.

Y yo no soy Daisy, no hago boxercise, soy estrictamente una chica de barre y reformer, no sé cómo pelear, al menos no con las manos.

No tengo ni idea de lo que le voy a decir exactamente. Voy hacia allí antes de que se me ocurra nada.

Está con Jemima y Stephen, y cuando me acerco, Jemima me sonríe con la alegría propia de todos los Ballentine (exceptuando a Madeline) cuando me ven.

—Magnolia —me sonríe—. ¿Dónde está Beej?

—Oh. —Ladeo la cabeza—. Ha ocurrido algo de lo más raro, de repente, ha empezado a encontrarse terriblemente mal, lo lamento...

—¡Oh, no! —Jemima pone cara de tristeza, afligida por su hermano—. Entonces os vais.

—En un ratito —asiento y le sonrío con toda la sinceridad que logro reunir en este momento en concreto—. Haremos una cena —le digo—. Solo nosotros cuatro, para compensarlo.

Jemima asiente y luego me vuelvo hacia Zadie, que no ha encarado el cuerpo hacia mí como seguramente lo habría hecho una persona normal, sino que en lugar de hacerlo me está observando por el rabillo del ojo. Me está mirando desde arriba, de hecho. Es bastante alta, porque yo no soy alta. Mido un metro setenta, pero ella es más alta que mi madre, y ella mide casi un metro ochenta. Es delgada, pero alta.

—Disculpa. —Esbozo una controlada sonrisa gélida—. ¿Puedo hablar un momento contigo?

Zadie alza esas cejas ya enarcadas suyas y se señala a sí misma.

Vuelvo a asentir con serenidad.

Jemima parece un poco confundida, pero Stephen se la lleva de todos modos.

Me quedo mirándola. A ella, que ha causado a la persona que quiero más que a nadie y que a nada en el planeta más angustia de la que le desearía a mi peor enemigo. Supongo (aunque de un modo sustancialmente menos relevante) que ella también me ha causado a mí mucho dolor.

Observo su rostro, esperando ver algún atisbo de arrepentimiento, algún indicio de que lo siente, o de que desearía haberse comportado de otro modo, o incluso de que a su modo de ver ha habido un malentendido, pero, nada. Se limita a devolverme la mirada, con una sonrisa vaga y vacía medio esbozada en sus terribles labios hinchados.

—¿Dónde está BJ? —Mira a su alrededor buscándolo caprichosamente y ahora siento una especie de furia en el cuerpo que me hace temblar, pero espero que sea solo por dentro y que no se note por fuera, porque alguien como ella lo vería como una debilidad, pero no lo es. Es una ira que se sembrará en mí y se extenderá por los universos, atravesando el tiempo y el espacio, y reverberará por los siglos de los siglos hasta que ella esté de rodillas suplicando perdón.

Pero aquí, en este universo terriblemente injusto en el que no sufre ninguna consecuencia real por nada de lo que ha hecho, se queda ahí plantada frente a mí, parpadeando, como si lo que acaba de preguntar no llevara una dosis letal de cianuro, sino que fuera una pregunta normal y corriente.

Cómo alguien puede mostrarse tan flagrantemente apático tras herir a alguien de la forma en que ella se muestra tras haber herido a BJ... ¡y es BJ! Cuando le haces daño a BJ, no solo haces daño a una persona, haces daño a la luz y a la maravilla y al verano mismo, haces daño al aire que nos rodea y a la galaxia encarnada, y ella parpadea en mi cara con la despreocupación que podrías esperar de alguien a quien acabas de informar de que se ha sentado encima de una hormiga.

Es una indiferencia tan extravagante, de hecho, que me pregunto si es posible que no sepa que lo sé.

Sin embargo, me aclaro la garganta y la miro fijamente de todos modos.

—Tú y yo no nos hemos visto nunca, de modo que quiero hacer un prefacio de lo que estoy a punto de verbalizar diciéndote lo siguiente: no suelo hacer amenazas.

Enarca las cejas un poco más y suelta una risa irónica, pero la ignoro y sigo hablando.

—Y, por supuesto, no las hago si no puedo cumplirlas, de modo que cuando te diga lo que estoy a punto de decirte, quiero que lo escuches bien y lo acates. —Parpadeo un par de veces. Me humedezco los labios y cuadro los hombros—. Sé lo que hiciste.

Y durante una décima de segundo, le cambia la cara.

Prosigo.

—Si algún día vuelves a hablar con BJ, lo miras, siquiera pronuncias su nombre, lo sabré y morirás.

Suelta un bufido irónico, desdeñoso. Pone los ojos en blanco y aparta la mirada como si pensara que estoy siendo una estúpida o una dramática, de modo que muevo el cuerpo para colocarme de nuevo en su línea de visión y vuelvo a sostenerle la mirada.

—¿Sabes quién soy? —pregunto con la cabeza ligeramente ladeada.

Aprieta los dientes. Parece irritada.

—Todo el mundo sabe quién eres.

—De acuerdo —asiento agradeciendo la honestidad. Me irá de perlas para mi próxima estocada—. ¿Entonces sabrás con quién estuve el año pasado? —pregunto con una ceja enarcada.

Y, entonces, esa diabla inhala con los dientes apretados. Parpadea un montón de veces en una rápida sucesión. Tal vez no me gustaría saber ni reconocer con exactitud lo que hace Julian exactamente, pero sí sé que es suficiente para asustar a la gente.

—Oh, sí que lo sabes. —Sigo asintiendo—. Bien.

Me aclaro la garganta.

—Julian haría cualquier cosa que le pida. Si vuelvo a verte, le pediré que haga esto. —Me inclino para acercarme más a ella—. Y no me quitaría ni un segundo de sueño hacerlo.

Exhala una especie de bufido irónico al tiempo que pone los ojos en blanco, esforzándose por todos los medios para que parezca que le da igual, pero veo a la legua que las tornas han cambiado y ella lo nota.

—¿Entonces, qué? ¿Quieres que no vuelva a pisar Londres nunca más?

Me echo a reír como si me hubiera hecho una pregunta estúpida y le lanzo una sonrisa a la altura de las circunstancias.

—Solo si te gusta vivir.

Me fulmina un poco con la mirada.

—Creo que mucha boquita y luego nada.

—¡Oh! —Levanto los hombros como si estuviera emocionada—. ¿Por qué no te arriesgas, entonces? —Enarco una ceja—. Siempre me he preguntado lo lejos que Julian llegaría por mí y esta me parece una estupenda forma de comprobarlo.

SESENTA Y CINCO
BJ

No recuerdo el trayecto en coche. Desde la fiesta hasta volver a nuestra casa. No lo recuerdo. Lo que recuerdo mejor son los árboles. Pasando a toda velocidad por delante de las ventanas. La fiesta estaba a un rato en coche, me acuerdo de pensarlo yendo para allá. Más de cuarenta minutos a las afueras de la ciudad. Así que, muchos árboles.

Cuando Parks me ha dicho que me fuera al coche ha sido... raro. Porque yo quería largarme de allí a la puta voz de ya, lo necesitaba. Pero ella no ha venido conmigo, he tardado un par de segundos en darme cuenta. Me estaba enviando al coche.

Yo nunca la había dejado en ninguna clase de lugar o de situación que pudiera hacerle daño, por eso que me dijera que me fuera y que luego ella se quedara me ha parecido jodido. Antinatural, en contra de todos mis instintos más básicos.

La he protegido toda mi vida, pero creo que a eso iba ella. Creo que me estaba protegiendo.

No sé qué ha pasado. No hemos hablado cuando se ha metido en el coche. No he preguntado, ella no me lo ha contado. No creo que yo tuviera palabras dentro de mí, de todos modos, no sé por qué.

Un poco estúpido, la verdad.

No se ha sentado detrás de un volante en cinco meses, Parks, y no se me pasará por la cabeza hasta dentro de una semana lo que verdaderamente significa que lo haya hecho. Se ha subido sin más en el asiento del conductor, ha sacado el coche del aparcamiento y ha conducido con los nudillos blancos hasta llegar a casa.

No sé cuándo hemos llegado a nuestra casa. ¿Cuándo hemos aparcado el coche? Ella odia aparcar.

Y luego... ¿hemos subido por las escaleras? Está todo desdibujado.

Voy a nuestro baño, me mojo un poco la cara. Me siento.
¿Encima de qué? Parpadeo un par de veces.
El borde de la bañera.
Miro alrededor y es cuando la veo a ella.
De pie en el umbral de la puerta, observándome. Tiene los ojos enormes y tristes.
Frunce el ceño, un poco como si no supiera cómo ayudarme.
Yo tampoco sé cómo puede ayudarme.
No pasa nada, supongo. Solo que… me he sentido como una mierda.
No ha pasado nada, ver a Zadie, por más tiempo que pase, es como si todo volviera como una puta avalancha contra mí. Es… una mierda.
Parks se descalza (lleva los taconcitos dorados con las mariposas) y deja los zapatos junto a la puerta. Se me acerca sin decir nada y se arrodilla delante de mí, entre mis piernas. Levanta la mirada, parece… no sé, ¿que tenga ganas de vomitar? ¿Está nerviosa?
Le ofrezco la sonrisa más débil de toda mi vida, no sé por qué.
Mueve las piernas y se las coloca debajo del cuerpo, se sienta encima, cuadra los hombros.

—¿Es la primera vez que la ves desde que…? —pregunta con dulzura, dejando el final abierto.

Trago saliva.

—Bueno, desde lo de Paili…

—Oh… —Niega con la cabeza, como si se le hubiera olvidado. Quizá lo hizo—. Desde luego.

Me coloca una mano en la rodilla.

—¿Estás bien?

La miro, exhalo por la nariz. La verdad es que no sé qué decir.

Dejo caer el mentón sobre mi mano, me rasco la boca, recuerdo.

—¿Sabes… que en realidad ni siquiera lo recuerdo? Recuerdo lo que pasó antes y lo que pasó después, pero…

Asiente, triste.

—Es una sensación horrible.

Me cambia la cara, se me cae el alma a los pies y la miro con una atención absoluta.

—¿Por qué conoces esta sensación?

—No… —Niega muy rápido con la cabeza, pone la otra mano sobre mi otra rodilla para calmarme—. No la conozco como tú —aclara—. Pero es una sensación horrible no recordar las cosas en general. Yo he bebido demasiado estando contigo y luego no he recordado la noche y tú eres tú… —Se encoge de hombros—. Tú nunca harías nada para hacerme daño, e incluso así, sigue siendo una sensación desagradable. De modo que por ti, Beej, yo…

—Se lo conté a Henry hace un par de meses —le digo de repente.

—¡¿En serio?! —Parpadea, sorprendida—. ¿Y eso?

—No lo sé. —Niego con la cabeza—. Es que un día se me ocurrió que quizá también lo había intentado con él…

Y entonces Parks se queda quieta un segundo y luego se le inunda el rostro de puto pánico.

—¿Ella…?

Me paso la lengua por el labio inferior.

—Pues sí…

—¡No! —Ahoga una exclamación—. Dios santo, no… No puedo…

—No, Parks… —le digo muy rápido y le sonrío un poco—. Lo intentó —le digo.

Hen me contó que Zadie apareció una noche (parece la misma historia, de hecho), él tendría unos trece años, ella le preguntó si quería jugar al GTA. Él dijo que sí, porque ¿por qué iba a no hacerlo? Ella le dio un chupito de Smirnoff Black y él pensó que era raro pero que, en fin, guay porque ella era atractiva. Y cuando se lo habían bebido, ella le dijo que se sirviera otro…

—Y entonces apareciste tú —le digo a Parks.

—¿Yo? —Parpadea, sorprendida.

Asiento.

Frunce el ceño, pensativa.

—No me acuerdo.

—Hen me dijo que tú entraste en su cuarto, la miraste a ella, hiciste una mueca con toda la cara… —Aplasto una sonrisa al pensar en ese detalle en concreto—. Y le dijiste: «¿Quién eres tú?». Y ella te contestó: «Una amiga» y tú le dijiste: «Henry no necesita otra amiga» y la fulminaste con la mirada hasta que se largó.

Magnolia desvía los ojos hacia la izquierda, intentando con todas sus fuerzas recordar, pero su rostro se instala en un ceño fruncido por la confusión.

—Y luego le dijiste que le dijera a mamá que pidiera comida china —le digo, asintiendo, sonriendo un poco porque desde luego que lo hizo, joder.

Magnolia me mira fijamente, con el ceño triste, sin parpadear.

—Lo salvaste, Parks —le digo.

La tristeza se apodera de su rostro y se le hunden los hombros. Traga saliva.

—Pero a ti no.

Le sonrío, cansado.

—A mí no.

Los ojos se le llenan de lágrimas y de tristeza.

—Lo siento.

—No... —Niego con la cabeza—. Joder —suspiro, aliviado. Le coloco un par de mechones detrás de las orejas—. Mejor a mí que a él.

Ladea la cabeza y alarga una mano para acariciarme la cara.

—Eres un hombre muy bueno, BJ —me dice, pero yo hago un gesto con las cejas porque no estoy tan seguro.

—¿Qué? —Frunce el ceño.

Niego con la cabeza, finjo que no es nada, que no es mi puta preocupación más absolutamente profunda y peor de todas.

Ella retira la mano y se sienta más erguida, vuelve a mirarme con más calma.

—Dímelo —me pide.

Exhalo por la nariz y aprieto los labios, pensando cómo formularlo.

—Me da miedo —es lo que me sale.

Ahora ladea la cabeza hacia el otro lado, confundida.

—¿El qué?

Trago saliva como si me diera miedo que decirlo en voz alta lo haga realidad.

—Que alguien me hizo daño y que la manera en que me hice sentir mejor a mí mismo fue haciéndote daño a ti. —Le digo mirándola fijamente a los ojos. Me parece lo mínimo que puedo hacer.

Me coge la mano.

—No me estabas haciendo daño a propósito.

Asiento débilmente porque ¿qué más puedo hacer?

—Pero te hice daño igualmente —le digo, como si ella no lo supiera ya.

Asiente.

Exhalo por la nariz, intento no llorar. Me aprieto el labio superior con la lengua.

—Lo siento muchísimo —le digo.

—No... —Niega con la cabeza un millón de veces, tan rápido como puede—. Lo sé...

Y, en ese momento, se levanta del suelo y se sienta en mi regazo, encaramada sobre mi pierna.

—¿Puedes hacer una cosa por mí? —me pregunta con dulzura.

Miro alrededor. Estamos en el borde de la bañera. Está sentada en mi regazo encima de una bañera. Me quedo mirándola un par de segundos, esperando a que se dé cuenta, pero al parecer no lo hace así que asiento sin más.

—Cierra los ojos —me pide.

Los cierro.

—Y piensa en esa noche...

Vuelvo a abrirlos y la miro con gesto triste.

—La noche de Paili —aclara, y pongo mala cara, incómodo.

—¿De qué va esto?

—Leí un artículo de un psicólogo alemán que hablaba de algo llamado reescritura de imágenes.

Me cambia la cara.

—¿Que hiciste qué? —Niego con la cabeza—. ¿Por qué?

Suspira, impaciente.

—Estaba en una caja de cosas de Bridget... —Se encoge de hombros—. La verdad es que pensaba que era algo relacionado con la remasterización de Walt Disney, pero te juro que no tenía absolutamente nada que ver, claro que entonces me pregunté si tal vez te iría bien a ti y seguí leyéndolo de todos modos.

La quiero.

—Vale —asiento, sin haberme derretido en absoluto.

Me sonríe amablemente.

—¿Sabes qué es?

Asiento.

—Sí.

—¿Te parece bien probarlo? —Me sonríe con dulzura y las cejas enarcadas.

Vuelvo a asentir, luego me encojo de hombros. Como si hubiera algo que no estuviera dispuesto a probar con ella.

Parks me empuja la cara con la suya, me dice sin decirme que cierre los ojos, y hago lo que (no) me dice.

—Estás en la fiesta —me dice—. Y yo no estoy allí porque estoy mala. Sin embargo, Henry sí está, y Jo está, y Bridge y Al…

—Christian —añado.

—Y Christian —repite—. Y todo va bien, y, en ese momento, aparece esa mala bestia de chica… ¿Y entonces qué? —me pregunta moviéndose en mi regazo—. Vamos a escoger un pasado nuevo.

Abro un ojo y la miro de soslayo. Ella me sonríe con cariño. Trago saliva y vuelvo a cerrar los ojos.

—Ella aparece —empiezo a decir—. La veo. Yo… —Hago una pausa. Imagino por millonésima vez qué haría si pudiera hacerlo distinto—. Me voy —le digo—. De inmediato. Ni siquiera me lo pienso, no busco mis llaves, no encuentro mi móvil, me voy directamente.

Me está haciendo algo… Ni siquiera sé si es consciente de que lo está haciendo. Me sujeta la mano encima de su regazo, me acaricia el pulgar de arriba abajo con el suyo. Es una manera de acariciar a otra persona de lo más infravalorada, es tan discreta, y aun así, logra lo que ella pretende con el gesto.

—Me voy contigo… Corriendo, seguramente. Porque he estado bebiendo, y me siento como una mierda y correr ayuda un poco. —Niego con la cabeza ante mi verborrea, pero ella me aprieta el pulgar.

—Vale —dice, y espera.

—Entro con mi llave en casa de tus padres, voy al piso de arriba, estás en la cama. —Frunzo las cejas al recordar—. Infinidad de pañuelos esparcidos por tu cama, y estoy bastante convencido de que están ahí colocados para lograr un efecto dramático…

—No es verdad —me dice, y aunque tengo los ojos cerrados sé más que de puta sobra que tiene la nariz levantada—. Tenía muchos mocos.

—Tú nunca tendrías «muchos mocos» —le digo, sigo sin abrir los ojos—. Eres demasiado remilgada.

Y entonces me cae un manotazo en el brazo.
—No soy remilgada...
Abro los ojos y le lanzo una mirada.
—Vale —digo con voz tontorrona—. ¿Tampoco eres preciosa? ¿Tampoco eres el Rain Man de la moda? ¿Tampoco eres...?
Ella pone los ojos en blanco, y me mira con gesto impasible durante medio segundo antes de volver a erguirse. Me pincha con uno de esos dedos suyos que adoro.
—Sigue.
La miro fijamente un par de segundos antes de hacerlo. Tomo una bocanada de aire. Vuelvo a cerrar los ojos.
—Has venido a mi casa. Estoy en la cama. Estoy enferma. Tengo una cantidad ingente de mocos y por ello hay la cantidad adecuada de pañuelos alrededor...
Suelto una carcajada, aplasto una sonrisa. Me vuelvo a centrar en el momento.
Recuerdo cómo me sentí esa noche, de camino a contárselo después de haberlo hecho.
Tenía ganas de vomitar, vamos ni veía de las náuseas. Como si me hubiera bebido un litro de leche del tirón y me hubiera subido a una montaña rusa quince veces. Y ahogado de terror; hasta entonces nunca me había ahogado el terror, pero en ese momento sí. Vamos, que estaba saturado de terror hasta los huesos. Lo sentía en cada fibra de mi ser, en los dedos, detrás de los globos oculares, en los bolsillos... y recuerdo pensar que esa noche, quizá podía contárselo. Quizá debería, ¿quizá me entendería?
Y me quedé delante de la puerta de su cuarto un par de minutos antes de abrir esa puerta que nos rompería. Intenté discernir qué era peor de las dos opciones.
Decidí que quedar como un puto gilipollas que le había sido infiel era mejor que ser algo débil que alguien jodió una vez hace un montón de años. Recuerdo decidir que prefería que me mirara como si la hubiera traicionado en lugar de arriesgarme a que supiera aquello de mí y no me quisiera por esa razón.
Era un miedo verdaderamente visceral que tenía en esa época, que todo cambiaría si ella se enteraba. Ese día en el barco cuando me pregun-

tó por qué, me planteé contárselo también. No podía soportarlo. No podía contarle lo de Paili sin explicarle el resto, porque Paili es menos de la mitad de la verdad.

Por eso incluso así, reescribiendo lo que sucedió, aquí sentados en el baño que compartimos, en un piso de nuestra propiedad, con ella en mi regazo, el corazón me late desbocado cuando pienso en cómo me habría sentido contándoselo.

—Voy al baño... —empiezo a decir. Trago saliva—. Vomito, supongo, porque estoy fatal y me da un miedo de cojones contártelo...

—¿Por qué? —pregunta en voz baja, e inhalo su pregunta por la nariz, siento que se me mueve por el pecho.

—Porque yo... —Se me apaga la voz, hago una pausa, exhalo—. No quiero dejar de gustarte. —Me encojo de hombros como si fuera una estupidez y no mi miedo más profundo y oscuro—. O pienses que soy débil o cualquier mierda por el estilo...

Y ella no dice nada, se limita a presionarme los labios contra el hombro y a besármelo.

—Me sigues —le digo—. Estás preocupada. Me tocas la mejilla, lees mi rostro como un libro abierto. Me preguntas qué ha pasado... —Tomo una bocanada de aire—. Y luego te lo cuento.

—¿Me miras cuando me lo cuentas? —pregunta, pero le sale la voz ahogada contra mi hombro.

Niego con la cabeza.

—No...

—¿Por qué?

—Porque soy un puto gallina —Me encojo de hombros y noto que niega con la cabeza, por eso abro los ojos y veo que ella me está fulminando con los suyos.

—No lo eres ni por asomo. Vuelve a intentarlo —me dice con mucha firmeza.

Exhalo, la miro fijamente.

—Te lo cuento, pero no nos miramos a los ojos porque estoy avergonzado.

Asiente una vez, lo acepta, cierra los ojos y baja la cabeza para apoyarla en mi hombro y, entonces, yo también cierro los ojos de nuevo.

—Y después te echas a llorar —Me encojo de hombros—. Porque

eres tú y me quieres como me quieres y... probablemente yo también lloro ahora, porque me quieres como me quieres, y nada ha cambiado —le digo a ella. Me lo digo a mí mismo. Respiro la verdad que hay en ello—. No hay nada en tu rostro que cambie cuando me miras. Me estás mirando como me has mirado siempre, y me doy cuenta. —Niego un poco con la cabeza—. Que había estado preocupado durante una puta eternidad sin motivo. —Trago saliva, tomo aire—. Y entonces me abrazas —le digo—. Pero me conoces y sabes qué necesito, de modo que dejas que te abrace como si fueras tú quien lo necesita y no yo. —Joder, la quiero—. Seguramente lloras un poco más.

—Seguramente sí —dice con un hilo de voz.

—Y luego te beso.

—Vale —me dice mientras me da un beso en la mejilla—. ¿Y luego tenemos sexo?

—Sí —asiento—. Porque eres tú y yo estoy bien. Y tengo el control... —Me encojo de hombros y abro los ojos para mirarla fijamente—. Y eres tú.

Asiente un par de veces, me mira con esos enormes ojos redondos, y luego se baja de mi regazo y se mete en la bañera vacía, me mira parpadeando.

Traga saliva una vez.

—¿Te gustaría reescribir parte de la historia? —me pregunta con un hilo de voz.

La miro un poco sorprendido. Ladeo la cabeza.

—No tienes que hacerlo...

—Oh. —Se sienta un poco—. Me gustaría, si me dejaras. —Vuelve a tragar saliva—. Si tú quieres.

Me aprieto el labio inferior con la lengua, miro tan serio a la chica de mis sueños que casi frunzo el ceño mientras asiento.

—Quiero.

Me quito la camiseta y la tiro al suelo mientras me meto en la bañera, me quedo encima de ella.

Ella me mira con unos ojos enormes, un poco nerviosa.

Es curioso.

Hay algo en todo esto que me hace sentir como la primera vez. Como si hubiera cierta novedad en ello o... no lo sé.

Me acuna el rostro con ambas manos, busca algo entre mis rasgos, no sé el qué. ¿Todo el tiempo que perdimos, tal vez?

Acaricio dulcemente sus labios con los míos y luego me separo un poco de ella. Empiezo a desabrocharle el vestido despacio y ella no me quita los ojos de encima.

Le quito el vestido, le sonrío un poco, su pecho sube y baja muy rápido porque respira nerviosa, y traga saliva con esfuerzo.

Arrastro un dedo por el costado del único cuerpo con el que he querido hacer esto jamás, y sé que lleva la ropa interior a conjunto porque es ella, pero no miro. No me hace falta mirar. La veré tarde o temprano. Quizá no, no tengo claro que se ponga la misma ropa interior dos veces.

Me coloco encima de ella y entonces ella me rodea la cintura con los brazos, me acaricia con los dedos hasta la parte baja de mi espalda, se detiene justo en la cinturilla de mis Calvin.

No es propio de ella. Me aparto. La miro con suspicacia.

—Oye, ¿dónde está hoy la chica con las manos más largas de toda Inglaterra?

Me lanza la sombra de una mirada fulminante.

—Está bastante sobria, de modo que no está…

Suelto una carcajada.

—Está todo en tus manos Beej —me dice—. Eres el jefe.

—¡Soy el jefe! —La miro con una sonrisa radiante.

Me lanza una mirada, finge que se mosquea.

—Por ahora.

Accedo con un encogimiento de hombros.

—Me encanta que me des órdenes.

Levanta el mentón, luce el orgullo en el rostro.

—Sí, bueno, soy una reina de lo más benévola…

—Ah, ¿sí? —Ladeo la cabeza sin dejar de mirarla fijamente—. ¿Y qué soy yo?

—El rey, supongo —dice encogiéndose de hombros. Luego añade una advertencia al instante—: Que es el jefe y tiene el control ahora mismo, en esta situación específica, pero en general, la reina es su jefa.

—Muy bien… —Suelto una carcajada rozando sus labios con los míos—. La reina puede ir cerrando el pico.

Ella se pasa la cremallera por los labios y luego deja las manos a ambos lados, me mira fijamente con unos ojos enormes y llenos de deseo por mí.

Y entonces la beso fuerte. Vorazmente. Como las olas chocan contra un acantilado.

Le deslizo una mano por detrás de la cabeza y uso la otra para desabrocharme el cinturón.

Ella me ayuda. Me desabrocha los botones de la camisa (de seda, de Gucci, tiene un caballo en la parte de atrás) y luego me aparta con los pies los pantalones que escogió para ir a conjunto como si estuviera nadando, me sonríe, complacida consigo misma.

Le aparto del hombro un mechón de pelo y luego se lo beso.

Voy besando más y más abajo y a ella se le acelera la respiración.

Últimamente la gente parlotea mucho sobre las llamas gemelas, todos esos putos gilipollas de TikTok cargándose sus existencias. Me cabrea porque ellos no las tienen, nosotros las tenemos.

Lo que Aristófanes decía en *El simposio* somos Parks y yo.

En la mitología griega, cuando fueron creados inicialmente, los humanos tenían cuatro brazos y cuatro piernas y una cabeza con dos caras. Y luego cuando los humanos intentaron subir al Monte Olimpo, Zeus los consideró una verdadera amenaza, de modo que los partió en dos y quedaron condenados a pasarse la eternidad buscando a su otra mitad para volver a estar enteros.

Por suerte para mí, yo la encontré a ella cuando tenía seis años. Ha sido un puto periplo, pero aquí estamos. Bastante griego, este periplo nuestro, a fin de cuentas. Nuestra propia odisea.

Y no me permito lamentar lo que pasó. Está hecho. Ya ha pasado. Pero quizá ahora también está pasado en el otro sentido.

Es lo mejor que nadie ha hecho por mí, que ella hiciera esto. Esta reparación consciente de lo peor que he hecho en mi vida, que le hice a ella, y que ella esté aquí abajo conmigo, aquí dentro... Joder, la quiero. La embisto y se le atraganta un poco la respiración, como le pasa siempre, incluso cuando éramos demasiado pequeños para hacer mierdas como estas.

Ahora no está cerrando los ojos tanto como suele cerrarlos, me está observando, asegurándose de que estoy bien.

Le digo que lo estoy con un par de parpadeos y ella traga saliva, me recorre la mejilla con la mano. Estamos empezando a sudar. Deja la mano ahí, en mi cara, hace imposible que pueda apartar la mirada. Vamos, como si yo fuera a mirar cualquier otra cosa, teniendo a esa autoproclamada reina benévola mirándome con los únicos ojos que veo cuando tengo los míos cerrados.

Hemos tenido algunos polvos increíbles Parks y yo. Mierdas verdaderamente espectaculares que parten la pana. El sexo con ella no se parece al sexo con nadie más. No me odies, pero es esa mierda de las llamas gemelas otra vez, hablar sin hablar, todo un puto idioma en nuestros parpadeos y nuestros cuerpos que se mueven como imanes, yo soy el sur, ella es el norte. Mi verdadero norte, me dirás que no lo es.

Joder, la quiero.

Y esto. Sobre todo esto, porque es diferente.

Ella está a punto de llegar, y yo igual porque... porque sí.

No es duro ni locamente divertido, no me clava las uñas en la espalda como suele hacer, yo no tengo los dedos en su melena, enredados y tirando de ella, no ha arqueado el cuello y no está jadeando como siempre quiero que esté, sino que su mano sigue en mi rostro y sus ojos están atrapados en los míos, llorosos y grandes y, joder, ahora yo también los tengo así.

Eso casi hace que sonría, pero no del todo, porque sea lo que sea esto, es demasiado serio para sonreír.

Y está pasando y, desde luego, es jodidamente increíble porque somos nosotros y lo siento por todo mi cuerpo; por los dedos de las manos y de los pies, bajándome por las piernas, subiéndome por los brazos, por el cuello, en el abdomen, en los bolsillos, y aunque ninguno de los dos profiere sonido alguno más allá de la respiración, es mágico. Vamos, la mejor magia del mundo. Fósforo en el agua, esa clase de magia. Auroras boreales, esa clase de magia. Ya sabes, lava azul, flores congeladas, estrellas fugaces. Esa clase de magia: una magia pura y real.

Y no es para tanto, solo lo que hacía que nos abrazáramos el uno al otro de un modo un poco distinto porque estaba ahí mismo en el puto medio interpuesto entre los dos, que hizo que nuestros cuerpos adoptaran otros ángulos para acercarnos el uno al otro, lo peor que he hecho en mi vida. Y ella y su respiración callada dentro de nuestra bañera rota con su mano en mi rostro lo ha hecho pedazos.

00.22

Bridge 💩✨

Quiero contarte tantísimas cosas.

...

SESENTA Y SEIS
Magnolia

Nos sentamos enfrente de Henry y Romilly en el desayuno. Chiltern Firehouse.

Rom entorna los ojos al observarnos.

—Hay algo distinto...

BJ me rodea con un brazo y le devuelve la mirada entornando también los ojos, luego da un sorbo de su Fireman's Drill. Que es un cóctel, sí, pero no te pongas a juzgar, ya que sale el tema, la próxima vez que vayas, te lo pides y luego me cuentas.

—Ah, ¿sí? —dice Beej con una sonrisa evasiva, enarcando las cejas, invitándola a adivinar por qué, pero no lo hará.

No podría, creo. Pero tiene razón, algo ha cambiado.

El otro día lo ocurrido en nuestro baño nos hizo algo. ¿O quizá lo deshizo?

Sencillamente todo es un poco diferente. Familiar y nuevo a la vez.

Liberó lo mucho que nos queremos, ya no hay tabúes, ya no hay ningún monstruo terrible que rodear muertos de nervios. Todo parece ser un poco como era antes de que sucediera, solo que con la retrospectiva de los años que hemos vivido desde entonces también.

—Sí. —Romilly busca con la mirada pistas escondidas en nuestros rostros y yo me acerco un poco más a BJ porque... ni siquiera el aire.

Él exhala por la nariz y todo parece tranquilo y fácil, y me mira, me dedica una sonrisa de lo más diminuta que ni aunque Henry y Romilly la vieran, podrían entender su profundidad.

Henry entorna los ojos.

—¿Os habéis casado en secreto?

—¡No! —me río, pero se me iluminan los ojos al pensarlo—. ¿Te imaginas?

—¿Has escogido un vestido ya? —pregunta Romilly mientras le roba un bocado de beicon a Henry.

—Lo hemos reducido a cinco —dice Henry, lanzándome una sonrisa complacida.

—¿Cinco? —bufa BJ—. ¿Cuántos necesitas?

—¿Durante todo el día? —Los enumero con los dedos—. Ceremonia, banquete, partida.

—Vale —dice, sin verlo claro—. ¿Cuántos trajes necesito yo?

—Solo uno. —Me encojo de hombros y le lanzo una sonrisa—. Tú no eres el protagonista del día. Ni yo ya, de hecho... —Frunzo el ceño para mí misma un instante, antes de volver a pintarme en la cara la sonrisa más feliz de todas.

—Magnolia... —Romilly ladea la cabeza, sintiéndolo por mí—, estoy segura de que si ellos...

—Ya no hay marcha atrás. —BJ niega con la cabeza—. Es lo que hay. Un medio para conseguir el único fin en el que he estado interesada siempre.

Después de eso, BJ y yo nos vamos a nuestra cita con Claire. Andamos, escogemos el camino largo por el parque. Un poco más de una hora desde Marylebone hasta Belgravia al paso que vamos hoy, que es bastante pausado, pero ambos tenemos las piernas largas, de modo que quizá tú tardarías más.

Cuando estamos a punto de subir las escaleras hasta la consulta, dos chicas nos paran por la calle, adolescentes, tendrán quince o dieciséis años. Nos piden una foto.

Nos paramos y nos sacamos una foto con ellas y Beej les hace preguntas sobre ellas porque esto a él siempre se le ha dado mejor que a mí, pero estando de pie delante del despacho de nuestra psicóloga pienso para mis adentros que hace unos meses, me habría preocupado hasta la muerte pensando en si la gente se enteraba de que venimos aquí, y ahora, más o menos me limito a desear que no la cuelguen y que si lo hacen, que nadie ate cabos. Es solo un pensamiento, sin embargo, no es una preocupación.

Gran parte de la sesión de hoy se centra en BJ y Claire hablando de que él vio a esa chica horrible de nuevo, y es valiente y elocuente al hablar de cómo le hizo sentir. Le cuenta a Claire que lo mandé al coche, que eso lo molestó un poco y que lo agradeció a la vez. Que se sintió un poco

estúpido (que aprovecho para decir que no era ni remotamente mi intención), pero que una parte de él pudo agradecer que alguien lo defendiera.
Claire se vuelve y me mira con curiosidad.
—¿Qué le dijiste a ella?
—Ay, sí. —Beej se sienta un poco más erguido en el sofá y me mira—. No te lo pregunté.
—Oh… —Me encojo de hombros—. Ya sabes. Pues cosas…
Claire apoya el mentón en la mano, esperando a que me explique.
BJ frunce el ceño.
—¿Qué clase de cosas?
Vuelvo a encogerme de hombros.
—Pues cosas.
Él me lanza una mirada que parece decir «¿Qué cojones?», y yo señalo sutilmente con la cabeza a Claire porque todavía no somos amigas y no sé si confío en ella.
Él pone los ojos en blanco y se inclina hacia mí y yo me cubro los labios y susurro una versión parafraseada de lo que le dije a la mujer horrible.
Él se echa para atrás y me mira con una cara de desconcierto absoluto antes de soltar una única carcajada, negando con la cabeza.
—¡Lo digo en serio! —Frunzo el ceño, no me está gustando que no se lo tome en serio.
—No… —Niega con la cabeza y me coge la mano—. Te creo. Sé que es cierto, es solo que… —Inhala de nuevo y sonríe un pelín—. Te quiero.
—Bueno ¿y qué pasó después de ver a Zadie? —nos pregunta Claire, y yo frunzo los labios y me aprieto los dedos contra la boca. Miro a BJ, esperando a que responda él.
—Pues. —Le dedica una sonrisa controlada—. Nos fuimos a casa. Y de algún modo… ¿resolvimos algunas cosas…?
Me mira para confirmar que es una respuesta aceptable.
—Vale. —Asiente ella con una sonrisa—. ¿Qué clase de cosas?
—Lo perdoné por haberse acostado con Paili en la bañera —le contesto a bocajarro.
—Vale. —Parpadea un par de veces—. Caray… eso es… caray.
BJ se mueve un poco hacia mí, el labio superior no acaba de sonreírle, pero descansa en su lugar feliz.

—¿Cómo lo hiciste? —pregunta Claire.

—Dios, es una cotilla —le susurro a Beej con un hilo de voz, y él me pellizca con disimulo en el costado.

A pesar de todo, ella me oye, me doy cuenta, porque lanza una mirada a BJ antes de reformular su pregunta.

—¿Por qué lo hiciste, Magnolia? ¿Qué te hizo decidirte a hacerlo?

Podrían ser un millón de cosas.

Tal vez es porque estoy estúpidamente enamorada de él, o tal vez es que no quiero estar con nadie más y por eso tiene que dejar de importarme. Podría ser porque la vi a ella, y vi la reacción que le provocó a él (fulminante y de una manera que no le había visto reaccionar por ninguna otra cosa) y no pude soportarlo. No pude soportar que pareciera asustado y avergonzado y expuesto, y me hizo sentir tales náuseas y tal culpa que cuando él la vio a ella esa otra vez, hace ya no sé cuántos años, y se sintió tan asustado y tan fatal (¿sino tal vez todavía peor?) y entonces por culpa de lo que pasó después de que él la viera esa noche, tuvo que procesar aquello y todo lo demás él solo y sin mí. O sencillamente, podría ser que hoy por hoy me importa menos que él me hiciera daño y más que no quiero que nunca nada le haga daño a él.

—Porque quiero estar con BJ a pesar de todo —le digo—. Sin importar nada, supongo. He estado sin él antes y no es una vida que me interese tener.

Él me mira y las comisuras de sus ojos revelan ternura.

—Por qué lo perdoné porque es él y no quiero estar sin él, y no fue que decidiera que no iba a hacerlo, hace tres años supe que debía hacerlo si quería que funcionáramos, no fue una decisión, fue que estaba lista para hacerlo.

Se apoya en el respaldo de su butaca y parece ligeramente impresionada con mi respuesta, y te mentiría si no te dijera que tener la aprobación de una mujer de una generación anterior a la mía no me entusiasma un poco.

Y luego va y se lo carga haciendo otra puta pregunta.

—¿Qué crees que hizo que estuvieras lista?

—¿Por qué «porque lo quiero» no es una respuesta suficientemente buena? —le suelto cuadrando los hombros con orgullo.

Me sonríe con paciencia.

—No es que no sea suficientemente buena, claro que lo es. Lo que pasa es que necesita estar anclada a algo. —Nos mira a BJ y a mí—. Porque siempre lo has querido, pero no siempre lo has perdonado.

Miro a mi prometido, y él me pone una mano en la rodilla, ese rostro que amo también espera la respuesta. Está nervioso, creo. Tal vez piense que me echaré atrás. Lo cual, supongo, es bastante comprensible, la fama de ser ocasionalmente incoherente y a veces (aunque apenas nunca) errática me precede.

Me encojo de hombros, miro brevemente a BJ antes de volverme hacia Claire. Por alguna razón me resulta más fácil decírselo a ella que a él.

—Es que de algún modo me di cuenta de que lo que había hecho él se había convertido en el centro de mesa de nuestra relación. Era como un candelabro gigante que estaba interpuesto entre los dos, y que estaba cubierto por todas las clases de cera de todas las velas que le habíamos puesto encima en un intento de conseguir que nuestra cena no se echara a perder por culpa de este puto candelabro estúpido que estaba ahí en medio, todo el rato, y que teníamos que forzar los cuellos para esquivarlo y vernos el uno al otro, y yo tenía que agacharme y retorcerme para verlo a él a través de sus brazos, y entonces cuando vimos a esa chica horrible...

—Zadie —dice Claire.

—Sí, ella. —Le lanzo una mala mirada a Claire—. No lo sé, verla fue como... —Niego con la cabeza en busca de las palabras—. Un terremoto que tiró el candelabro al suelo y luego pude volver a verlo sin carga alguna.

Miro a Beej y él me lanza la sombra de una sonrisa.

—Y el candelabro sigue ahí —le digo a Claire—. Ella no lo destruyó. Pero no tengo necesidad alguna de recogerlo y volver a ponerlo entre nosotros.

Asiente y creo que lo aprueba. Desde luego que lo hace, esa metáfora era absolutamente brillante.

—Bueno, ¿y dónde lo has puesto? —pregunta, porque es así de tediosa.

—No lo sé. —Pongo los ojos en blanco, un poco gruñona y sintiéndome un poco engañada porque nadie ha mencionado mi metáfora—. En un trastero en algún lugar de las afueras de la ciudad.

BJ ahoga una carcajada y Claire asiente, garabatea algo en la libreta antes de volver a mirarme.

—Magnolia, ¿entiendes que algunos días te levantarás y perdonar a BJ tendrá que ser una elección, una decisión que elijas tomar? No es un sentimiento con el que puedas vivir siempre.

—Sí, obviamente. —Pongo los ojos en blanco ante su ridiculez. Como si yo fuera a ir en coche hasta un trastero a las afueras de la ciudad. Por favor—. Mi hermana me lo dijo hace mucho tiempo.

BJ me sonríe con esa mirada de cariño que reserva solo para ella.

—Ah, ¿sí?

Lo miro y asiento.

—Perdonar —dice Claire—. Es un verbo. Es una acción…

—Sé qué es un verbo —gruño cruzándome de brazos.

—Vale, ¿y puedes hacerlo? —pregunta con las cejas enarcadas.

Y ahora BJ me está observando con mucha atención. No tiene el ceño fruncido, no ha entornado los ojos, pero tiene los dientes apretados y da respiraciones cortas.

—¿Puedes perdonarlo incluso cuando no te apetezca? —prosigue Claire—. ¿Puedes amarlo de todos modos?

Le sonrío educadamente.

—Sé que eres bastante nueva por aquí, y entiendo que lo conoces a él. Más o menos… —añado como advertencia, porque no me gustaría que se acomodara más de la cuenta—. Y a mí, a duras penas… —Lo cual es verdad, por eso no sé por qué tanto BJ como Claire parecen estar reprimiendo una carcajada cuando lo digo—. Si hay algo que deberías saber de mí, Claire, es que siempre lo he querido a pesar de todo —le digo con firmeza—. Siempre —repito por si acaso.

Beej alarga la mano y coge la mía, la aprieta, y mira a Claire, con las cejas enarcadas como si esperara algo, pero no tengo claro el qué.

Y entonces ella asiente una sola vez con decisión.

—Bueno pues, como diría Esther Perel… vuestra relación ha terminado.

Me cambia la cara y parpadeo mil veces, y BJ pone una mala cara muy sincera, y abre la boca para decir algo, pero ella es más rápida que él y añade con las cejas enarcadas de una forma muy sabia además de irritante:

—¿Os gustaría empezar a construir una nueva juntos?

20.39

Allie Ballentine

> Mira lo que he encontrado

> !!!!!!

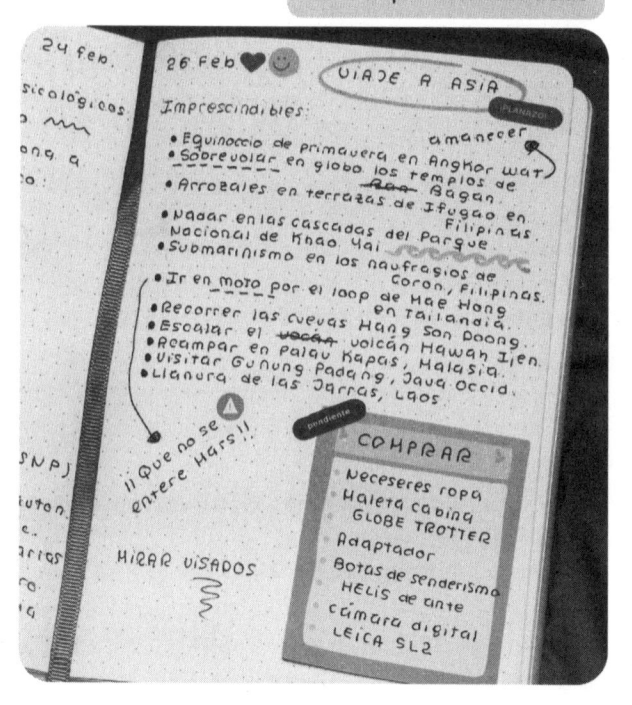

Dios mío

Lo has encontrado

> Hay una lista de imprescindibles

> Hay hoteles cercanos a todos los lugares que buscó para cuando fuerais vosotras

> Maneras de moverse por allí

Gracias.

Por encontrar esto.

Es increíble.

        Es un viaje muy al aire libre, Al

        Hay mucha escalada y mucho andar por la montaña.

        Tanto le gustaba el aire libre a Bridget?

        No lo sabía

Es que aquí hace frío al aire libre

        Eso es verdad

        Y llueve mucho.

        Qué es la llanura de las jarras?

No tengo literalmente ni idea

        Bueno, pues mucha suerte

SESENTA Y SIETE
Magnolia

Para el cumpleaños de BJ de este año, él y yo vamos a Heckfield Place. Está a una hora en Hampshire y es verdad que barajamos ir en avión por mí, pero habría sido un vuelo de treinta minutos y eso me hizo sentir tonta. Además, todo el mundo fue de lo más borde con Kylie Jenner cuando voló en jet un par de minutos, y ahora mismo no puedo permitirme que nadie sea borde conmigo, sencillamente, no estoy de humor.

De modo que fuimos en coche. Daniela condujo y BJ se sentó detrás conmigo, me dio un poquito menos de miedo de lo habitual, no tengo claro por qué.

No fue mi actividad favorita, y no voy a lanzarme a conducir innecesariamente otra vez, pero estuvo bien.

La verdad es que adoro Heckfield Place.

No es la primera vez que vamos, pero sí desde que volvemos a estar juntos como es debido.

Era uno de esos lugares adonde íbamos de vez en cuando «por trabajo», esos viajes que hacíamos para estar solos sin decir que queríamos estar solos. Compartíamos una habitación y una cama, y jugábamos a simular durante un día o dos que éramos una versión extraña de lo que verdaderamente somos ahora, así que me encanta. Me encanta haber vuelto aquí con él así.

Y podríamos haber ido a una isla, desde luego, o al Six Senses de Douro Valley, pensé en Rosewood Castiglion del Bosco o tal vez incluso Villa Treville, pero es que hay un no sé qué en él y yo en la campiña.

El verdor, tal vez. Antes se nos antojaba como si se estuviera riendo de nosotros, pero ahora se nos antoja una promesa.

No le pedimos a nadie que viniera con nosotros, pero nadie se molestó por ello exceptuando Jonah, y aun así, solo fue un poquito.

Cuatro noches en The Long Room, que es la mejor habitación de la finca, y lo único que hemos hecho ha sido dar paseos y hacernos tratamientos de spa y dar más paseos y hacer un par de actividades para adultos más durante dichos paseos, y ha sido el cumpleaños más tranquilo que cualquiera de los dos haya tenido en años y ha rozado la perfección.

—Nunca más deberíamos volver a invitar a nuestros amigos a ninguna parte —me dijo y me dio un beso en la mejilla, rodeándome con un brazo en el asiento de atrás de su coche mientras Daniela conducía para volver a casa.

Lo cual, desde luego, no sucedió. Jonah y yo ya habíamos planeado una cena en Socca, y me estaba haciendo sentir bastante tensa porque Taura no iba a traer a Tiller, pero entonces me di cuenta de que Jo sí traería a Bianca (aunque siguen jugando la carta de «solo amigos») y Henry obviamente estará con Romilly, de modo que se lo dije a Tausie y ahora sí se traerá a Killian y todo parecía estar bien en abstracto, pero a medida que se acerca la cena, me pregunto si puede ser que Jonah se comporte como un bruto perdido con Tiller o si se obrará el milagro y se comportará bien. Y luego, naturalmente, está lo de Tiller-Taura-Daisy, que estamos gestionando. Taura y Daisy han hablado, sé que lo han hecho, pero Taura cuenta menos de lo habitual. Dice que le preguntó a Daisy si podían hablar del tema y Daisy le dijo que sí, pero luego no surgió, lo cual es un poco raro.

—Seguramente le resulta más raro de lo que pensaba que le resultaría —ha comentado BJ de camino a la cena—. Es raro ver con otra persona a alguien con quien estuviste.

—Oh, ¿no me digas? —Lo he mirado parpadeando con sarcasmo—. Has salido con muchas personas, ¿verdad?

—No. —Se ríe, mirándome con media sonrisa—. Pero tú sí.

—¡Oh! —suelta Jo cuando entramos al cabo de cuarenta y cinco minutos de la hora de la reserva. Se pone de pie, abre los brazos y le da un abrazo a Beej antes de volverse hacia mí—. ¿Cómo habéis llegado tan tarde? Habíamos quedado.

—Nos hemos distraído. —Me encojo de hombros como si no pudiera remediarlo.

—¿Con un tema de ropa o un tema sexual? —pregunta Jonah, sentándose de nuevo.

—Esto... ambos. —BJ se rasca la nuca y luego le lanza una sonrisa de disculpa—. Pero llevaba como siete años sin sexo de cumpleaños.

Casi toda la mesa hace una mueca en silencio, de modo que digo lo que sin lugar a dudas estamos pensando todos.

—Bueno, al menos no conmigo. —Le lanzo una sonrisa fugaz y él pone los ojos en blanco.

Holas a todo el mundo y todas las mil tonterías de cumpleaños para BJ.

Y entonces me doy cuenta de que quedan dos asientos vacíos en la mesa y que Daisy y Christian no están. Supongo que ellos también se han distraído.

—¿Lo habéis pasado bien en el viaje? —pregunta Banksy, desde el otro lado de la mesa mientras me siento.

Y confirmo con un gesto, sonriéndole con gusto.

—Oh, ha sido perfectamente idílico. Jonah y tú deberíais ir... —digo esa última parte final solo para observar su respuesta y ella suelta una risita nerviosa y se le ponen las mejillas coloradas y desvía un poco la mirada, todo lo cual es bastante interesante, ¿verdad?—. Jonah... —le digo desde el lado opuesto de la mesa, queriendo ver cómo puede reaccionar—. Hampshire ha sido maravilloso, gracias por preguntar.

—Me llamasteis dos veces mientras volvíais con el coche —dice, mirando a Beej y luego a Bianca—. Es un trayecto de una hora.

—Creo que a Bianca le gustaría esa zona —le comento y le sonrío con los labios cerrados, observando en busca de pistas.

—No me cabe duda —me dice él, sin inmutarse mucho, e incluso respondiendo a mi sonrisa un poco con una mueca, lo cual es muy desagradable, y entonces BJ me pellizca por debajo de la mesa, de modo que le pellizco yo también porque me parece que me está pellizcando mucho últimamente, pero entonces él vuelve a pellizcarme así que yo se la devuelvo y, de repente, estamos debajo de la mesa pellizcándonos y pinchándonos, intentando que no nos vea nadie, pero el detective, desde luego, se da cuenta.

—¿Qué estáis haciendo? —pregunta mirándonos, y nos quedamos congelados.

—Nada sexual —respondo esbozando una gran sonrisa, antes de desenganchar mi dedo índice y el pulgar del cuerpo de mi prometido, que sin lugar a dudas mañana estará lleno de marcas diminutas porque tengo uñas.

—Conociéndolos, yo no estaría tan seguro... —dice Henry, mirándonos con fijeza.

—¿Eres estadounidense? —le pregunta Bianca a Tiller con curiosidad.

—Sí —asiente él, sonriéndole a su compatriota—. ¿De dónde eres tú?

Y entonces arrancan una conversación en yanki y yo planto algunas semillas en tierra común entre Taura y Romilly; intereses comunes (excluyendo a Henry), similitudes y temas que a ambas les acoplan muy bien y de una forma muy orgánica como, por ejemplo, el terror hacia la IA además de la maravillosa Gwyneth Paltrow, y con ello, me excuso para ir al baño.

Va en serio que me hacía falta ir, pero ya que estoy allí, tengo una charla rapidita con mi hermana porque habían pasado un par de días ya, quizá incluso más, sin hablar con ella.

—Todo está saliendo a pedir de boca —me diría con una sonrisa.

Y yo le devuelvo la sonrisa un segundo porque últimamente he sentido un pelín de ligereza en mis pasos, pero luego niego con la cabeza porque no debería.

—Todo no —le contesto con solemnidad.

Cuando vuelvo a la mesa, Christian por fin ha llegado. Y no me doy cuenta de inmediato, que la mesa está un pelín tensa cuando vuelvo, no noto que todo el mundo está un punto incómodo. Bueno, sí lo noto, pero he pensado que seguramente era uno de esos silencios raros en medio de una conversación en que alguien marimandón, finalmente, pega un puñetazo en la mesa y obliga a todos los demás a escoger algo de la carta de una vez por todas.

De modo que rodeo los hombros de Christian con los brazos, lo abrazo desde atrás, y luego voy a darle un beso en la mejilla a Daisy, que está junto a él, y me quedo paralizada. Me cago en todo.

No es Daisy.

No es Daisy ni por asomo.

Abro los ojos como platos y me fijo en las caras de todos los demás, alrededor de la mesa. Todos ellos parecen tan sorprendidos y perturbados como yo, tal vez con la excepción de Jonah y de Tiller.

Frunzo los labios y vuelvo a sentarme en mi sitio, que el destino ha querido que sea entre BJ y Christian, y me vuelvo hacia el segundo.

Tomo una profunda bocanada de aire y luego exhalo por la nariz antes de preguntar con calma:

—¿Y esta quién es? —Señalo a la chica.

—¡Hola! —saluda la chica, alegre, rubia, muy vivaz, pelo ondulado. Guapa. Parece estadounidense pero ese «hola» ha sonado inglés—. Soy Sasha.

—Hola, Sasha... —Le hago un gesto con la cabeza e intento sonreírle, pero apenas lo consigo. Y luego giro la cabeza para mirar a mi viejo amigo—. Christian, ¿quién es Sasha?

Christian me mira, y por quién es él y por lo que fuimos y lo que él fue para mí, lo conozco bien. Conozco su rostro. Algo va trágicamente mal.

—Sasha —me lanza una sonrisa fugaz— es mi novia.

Esa sonrisa, sin embargo, es débil. Todo en él es débil.

—Discúlpame... —Me quedo mirándolo, incrédula—. ¿Qué?

—Eso. ¿Qué? —dice BJ, mirándolo.

Toda la mesa, todos y cada uno de los presentes, en shock puro, y todos miramos a Christian, menos yo porque miro a Jonah. Tiene las manos enlazadas y tiene la mirada perdida en algún punto de la mesa, se aprieta el labio superior con la lengua.

—Es bastante reciente —sonríe Sasha.

—Ah, ¿sí? —Parpadeo dos veces muy rápido—. ¿Concretamente cuánto, Sasha? Por curiosidad.

—Pues... —Mira a Christian con los ojos brillantes mientras piensa—. Dios, supongo que una semana o dos, ¿no?

—Ajá. —Pongo cara como de estar comprendiéndolo todo—. Increíble. Christian. —Lo miro—. ¿Podemos hablar un segundito?

—No —niega con la cabeza—. Estoy bien.

—No era una pregunta —le digo.

Me lanza una mirada.

—Has formulado una pregunta.

—Vale —asiento bruscamente—. Déjame reformular: voy a hablar contigo ahora mismo. —Me pongo de pie y lo obligo a levantarse. BJ y Henry intercambian miradas y Taura y Tiller están susurrando, pero Jo está extrañamente callado, y espero que no piense ni por un segundo que no me he dado cuenta.

Me vuelvo para mirar a la supuesta novia de Christian.

—¡No tiene nada que ver contigo, desde luego, Sasha! ¡Nada en absoluto! —le sonrío, tensa—. A raíz de mi altamente publicitado trastorno de la conducta alimentaria, resulta de lo más cómodo, ¿verdad? Que tú estés aquí… —Miro a Taura y a Romilly antes de volver a mirar a la chica nueva—. ¡No me malinterpretes, por favor! Estoy absolutamente entusiasmada por estar cenando esta noche en presencia de una perfecta y completa desconocida. ¡Qué emocionante! —Mantengo esa sonrisa forzada mía firmemente en mis labios—. ¿Eres una bailarina? ¿Eres una asesina? ¿Quién sabe? Supongo que lo descubriremos pronto. ¡Christian! —Lo fulmino con la mirada y le agarro la muñeca antes de llevármelo a un aparte—. Vamos a hablar.

Me voy hacia un rincón resguardado de miradas indiscretas y donde no puedan oírnos y él sacude la muñeca para soltarse de mi mano.

—¡Quita!

Me quedo mirándolo un par de segundos antes de pronunciar con mucho énfasis las siguientes palabras:

—¿Qué-co-jo-nes?

Él pone los ojos en blanco y me mira con cierto aire de superioridad.

—¿Sabes? Hay gente que me tiene miedo…

—¡Caray! —Yo también pongo los ojos en blanco, impertérrita—. ¡Qué suerte tan maravillosa para tener en la vida! Lamentablemente, sin embargo, la mía parece ser que soy la única persona viva que está dispuesta a decirte las cosas por su puto nombre.

Él enarca una ceja.

—¿Y qué se supone que tienes que decirme?

Señalo en dirección a nuestra mesa.

—¿Quién cojones es esa y por qué me estoy viendo obligada a cenar con una desconocida?

—No es una desconocida… —Se cruza de brazos—. Es mi novia.

Yo también me cruzo de brazos.

—¿Cómo se llama?

—Sasha.

Le lanzo una mirada.

—Nombre completo.
Hace una breve pausa.
—Sloan.
Pongo mala cara.
—Eso es una cantante —le digo.
A la vez, un destello de irritación le cruza el rostro y dice:
—Mierda, eso es una cantante.
Pone cara de estar pensando mucho, intentando recordar.
—Esto...
—Christian. —Levanto la mirada y ahora le hablo con otro tono. Más tranquilo, más serio—. ¿Dónde está Daisy?
—Hemos terminado —me dice encogiéndose de hombros.
—¿Cómo que habéis... —imito su encogimiento de hombros— terminado?
—Pues que hemos terminado, Parks —repite, y soy capaz de verlo bajo la superficie de sus ojos. La verdad que no me está contando.
Luego vuelve a encogerse de hombros.
—Ella ha vuelto con Rome y yo estoy con Comosellame.
—Sasha —le recuerdo, impasible.
Asiente.
—Eso.
Enarco una ceja dubitativa.
—Sloan.
Él vuelve a encogerse de hombros.
—Podría ser.
Niego la cabeza y lo miro.
—¿Qué ha pasado?
—Nada... —Gruñe y deja caer la cabeza hacia atrás—. Que no estaba funcionando...
—¿Que no estaba funcionando? —le repito, incrédula—. ¡No! —Pego un pisotón y le empujo un poco—. ¡Y una mierda!
Aprieta los dientes.
—Y una mierda, no.
Le pego otro empujón.
—Y una mierda, ¡sí!
Me mira con una advertencia escrita en los ojos.

—Basta —me dice. Y yo le lanzo una mirada.

—¿O qué? —le pregunto enarcando las cejas, desafiándolo. Luego niego con la cabeza, mosqueada y decepcionada con él—. ¡Erais muy felices! ¡Y estabais muy bien! Estaba muy b…

—Se folló a Rome —me dice con voz fuerte, cortándome.

Parpadeo un millón de veces y no me lo creo.

—No. —Niego con la cabeza—. ¿Cuándo? Ella no…

Christian traga saliva y me mira con firmeza.

—No sé qué crees saber, pero no es así, ¿vale? —Asiente—. Lo interpretaste mal. Éramos un puto desastre, siempre hemos sido un puto desastre…

—Christian… —Le toco el brazo—. No me creo que Daisy te hiciera algo así. ¿Estás seguro de que…?

—Eh, Parks… —Suspira de una manera que me resulta extraña. No en plan roto como yo hubiera imaginado que esto lo rompería, sino derrotado y cansado—. No me importa una puta mierda lo que tú creas. Está hecho y punto.

SESENTA Y OCHO
Magnolia

Ahora hacía bastante tiempo que no volvía por aquí. ¿Cuánto? Unos nueve meses ya, supongo. Siempre le he tenido bastante cariño a este lugar, es grande y majestuoso y tiene un aire de museo. Entre neoclásico y de arquitectura georgiana.

Los hombres de la entrada no me dejan acceder de inmediato, y me mosqueo y monto un numerito y luego Kekoa me ve discutiendo con ellos y sale.

—Magnolia —me dice frunciendo un poco el ceño. Qué raro. Casi nunca nadie dice mi nombre y frunce ceño—. No te esperábamos.

—¿Y se me tiene que esperar para poder visitar a mis amigos? —le pregunto con una sonrisa educada, pero impaciente.

Hace un rictus con los labios y no sonríe, aunque sospecho que si no estuviera trabajando, quizá lo habría hecho.

Me acompaña dentro y luego al cuarto de Daisy.

Me sonríe con los labios cerrados de una manera total y absolutamente indiferente hacia mí, y me pregunto si está enfadado conmigo por Julian.

Quizá. Sería un buen amigo si así fuera.

Llamo a la puerta del cuarto de Daisy.

—¿Qué? —responde ella con un grito. La viva imagen de los buenos modales.

Asomo la cabeza.

—Siempre derrochando encanto.

Le cambia la cara. Está en la cama, sentada de piernas cruzadas.

—¿Qué coño estás haciendo aquí? —pregunta, sorprendida.

Hago una mueca y acabo de entrar.

—Hola a ti también…

—¿Qué estás haciendo aquí? —repite mirándome con fijeza.

—¿Qué estoy haciendo aquí? —repito yo, parpadeando un par de veces—. ¿Qué demonios está pasando?

Ella pone los ojos en blanco, salta de la cama y luego recoge la colcha, que extiende hasta la cabecera de la cama para hacerla un poco perezosamente.

—Christian y yo hemos roto. —Se encoge de hombros mirando el almohadón que está colocando contra el cabecero de la cama.

—¿Tú y Christian habéis roto y te encoges de hombros? —La imito con los ojos entornados.

—Sí —repite con una indiferencia que no cuadra en mi cabeza.

Me quedo mirándola negando con la cabeza.

—¿Christian y tú habéis roto y ahora yo tengo que cenar con desconocidas?

—Esto... —Me mira sin rastro alguno de empatía—. Supongo.

—No. —Niego firmemente con la cabeza—. Me niego, no.

Ella pone los ojos en blanco.

—Pues no vayas a cenar.

—¡O! —Le lanzo una sonrisa seca—. ¿Por qué no dejas de ser una puta gilipollas y vas y solucionáis las cosas?

—No. —Me fulmina con la mirada.

Pienso un segundo.

—¿Esto es por Tiller?

Ella pone los ojos en blanco.

—No, no es por Tiller.

—¿Entonces por qué es? —le pregunto otra vez—. ¿Discutisteis?

Hace un rictus con la boca y traga saliva.

—Me dan igual Taura y Tiller, me alegro por ellos, me la suda... —Se encoge de hombros—. Christian y yo no discutimos. Me acosté con Rome. —Me sonríe, cortante.

Me quedo mirándola y en un rincón de mi mente me nace una extraña sensación zumbadora de que estoy hablando con una desconocida. Otra Daisy que no es la que es mi amiga.

—¿Cuándo? —pregunto con un hilo de voz, y me pregunto si lo comentó.

Se encoge de hombros como si le diera igual.

—Intermitentemente desde Dubái.

—¿Cuándo estuviste tú en Dub...?

Y entonces dice «joder» en voz baja negando con la cabeza, ordenando lo que tiene en la mesilla de noche, que es un absoluto horror. Copas de vino, vasos, libros, pañuelos usados... ¡Qué asco!

—Da igual —me dice—. Christian se enteró y hemos terminado.

Me acerco un paso hacia ella, enarco las cejas con dulzura.

—Él te quiere —le recuerdo—. Sé que lo hace, y sé que ahora parece imposible, pero te prometo que...

—¡No! —contesta un punto enajenada, y hay algo en sus ojos que me hace recordar que hubo una vez, hace muchísimo tiempo, que me habría andado con cautela con esa chica—. No quiero tus promesas. Está hecho.

La miro frunciendo el ceño.

—Tengo la sensación de que hay algo que no me estás contando...

—Magnolia... —Dice mi nombre como si pensar en el mismísimo sonido la molestara—. Hay un millar de cosas que no te estoy contando, y que no te he contado y que no te contaré en la puta vida porque no somos amigas.

Echo la cabeza para atrás y me quedo como si me hubiera pegado una bofetada, pero ella sigue hablando igualmente.

—¡Nunca hemos sido amigas! —Entrecierra los ojos—. Te follabas a mi hermano, de modo que tuve que aprender a tolerarte. Y luego yo salí con tu amigo, de modo que tuve que aprender a compartir espacios contigo, pero tú y yo... —nos señala a ambas con un dedo— nunca hemos sido amigas.

Y aunque ha herido mis sentimientos, y aunque noto que me arden los ojos, hago un verdadero esfuerzo por mirarla de una manera que sugiere que ella y yo estamos por encima de esto.

—Eso es mentira.

Baja un pelín el mentón.

—¿Me estás llamando mentirosa?

—¡Sí! —le digo poniendo los ojos en blanco—. Obviamente. Acabo de hacer literalmente esa inferencia, hace un instante.

Suelta una carcajada.

—Qué valiente.

—¡Y tú qué estúpida! —le digo y luego parece quedarse de piedra un instante antes de que la puerta de su baño en suite se abra y Romeo Bambrilla sale sin nada más que una toalla.

Me quedo mirándolo embobada un par de segundos, porque, Dios mío. ¡Dios mío! La profundidad de su atractivo es verdaderamente... caray. La piel canela, los ojos claros, el pelo oscuro empapado después de la ducha. De una persona mestiza a la otra, vamos, muy buen trabajo matrimonio Bambrilla, en serio. Pero luego aparto la mirada porque... Christian, ¿sabes? Y que se vaya a la mierda.

Romeo va tranquilamente hacia Daisy, la atrae hacia él y la besa de una manera que me resulta tanto innecesaria como francamente un poco grosera.

Al final, acaba por apartarse un poco de ella y mirarme con una sonrisa dolorosamente fría.

—Magnolia —me dice haciendo un gesto con las cejas.

Daisy se cruza de brazos.

—¿Qué haces aquí? —me pregunta él mientras rodea a Dais con un brazo.

—Ya se iba —contesta Daisy, apoyándose contra él y fulminándome a mí con la mirada.

Me quedo mirando a mi amiga o lo que narices sea.

—¿Pero a ti qué te pasa?

Inhala por la nariz.

—Adiós, Magnolia —dice al tiempo que gira sobre sus talones y vuelve a subirse a la cama, Romeo va tras ella, y Dais casi me la ha colado. Casi. Pero he oído cómo le vacilaba la voz, la rotura más imperceptible en la historia de las roturas, aunque desde luego es sutil, Daisy está hecha de roturas, es una de las personas más rotas que conozco.

Entorno los ojos.

—Claro.

Y entonces bajo las escaleras a buen paso para ir con quien, no me cabe duda, tiene todas las respuestas.

No llamo a la puerta de su despacho antes de abrirla, aunque sí dudo brevemente cuando alargo la mano hacia la manija para abrirla. Me preparo porque, conociéndolo, podría ver algo que preferiría no ver, si me dejaran escoger.

Acciono la manija. Julian levanta la mirada del escritorio. Gracias a Dios. Parece confundido.

Se pone de pie.

—¿Estás bien?

—¿Qué? —parpadeo, confundida—. Estoy bien…

Rodea el escritorio y viene hacia mí con el ceño fruncido.

—¿No pasa nada?

Niego con la cabeza, mirándolo un pelín desconcertada.

Y entonces Julian me mira exasperado.

—En ese caso, ¿qué cojones estás haciendo aquí?

Bajo la barbilla hasta el mentón y lo miro fijamente con ojos heridos.

—¿Por qué no paráis de hablarme así los dos? ¿Qué os pasa?

Él se agacha un poco y casi grita vocalizando exageradamente:

—¿Qué quieres?

Me deja de piedra un instante. Cuento mis parpadeos. Cuatro. ¿Por qué está así conmigo?

—Quiero saber qué está pasando con Daisy y Chris…

Me corta señalando con el mentón la puerta que tengo detrás.

—Tienes que irte.

Lo miro fijamente, incrédula.

—¿Disculpa?

—¿Acaso no he sido claro? —Me devuelve la mirada, sin inmutarse.

Suelto un gruñido de frustración y pego un pisotón en el suelo.

—¿Por qué todos me habláis así?

—¿Por qué has venido? —pregunta con una voz fuerte y cruel—. No puedes presentarte aquí por las buenas…

—¿Por qué? —Me encojo de hombros—. ¡Tú lo hiciste! Viniste a mi casa cuando pensaste que BJ y yo habíamos terminado y…

—¿Y es así? —Ataja.

—No, pero…

—Entonces ¿qué cojones estás haciendo aquí? —pregunta con los dientes apretados, y yo tomo una bocanada de aire. La cabeza me va a mil. Él vino a buscarme a mí, pensaba que todo estaba bien. Pensaba que nosotros estábamos bien.

Y entonces levanta el mentón y me mira un instante por encima de la nariz.

—Te has enterado de lo de Scotland —dice.

—¿Eh? —Lo miro, completamente perdida—. ¿Qué ha pasado?

—Barnes —añade, y yo tardo un buen puñado de segundos parpadeando y mirando con gesto vacío hasta atar cabos.

—¿Scotland Barnes...? —Lo miro y él no dice nada—. ¿Estás saliendo con Scotty? —pregunto, y no sabría decirte si lo pregunto bajito o si es que suena bajito porque todo lo demás habían sido gritos hasta ahora.

Parece mosqueado por mi pregunta.

—No... —Me lanza una especie de mala mirada.

—Es estupenda —Me encojo de hombros—. Me cae bien, es divertida, es muy guay, es...

—Me importa una mierda si te cae bien —me dice, todavía mosqueado.

—¡Eres tú quien ha hablado de ella, no yo! Yo solo digo que...

—¡Para de decir cosas! —me grita con voz fuerte y cierro la boca de golpe.

Julian niega con la cabeza, molesto.

—¿Por eso has venido? —pregunta fulminándome con la mirada. Eso lo ha preguntado bajito, pero luego vuelve a gritar otra vez—. ¿Para husmear? ¿Para joderme?

—¿Para joderte? —Niego con la cabeza, anonadada—. ¿Y cómo iba a hacer eso exactamente?

Y entonces mira al techo y grita:

—¡Con total facilidad y con los putos ojos cerrados!

—¿Qué? —digo, de nuevo bajito.

Pero él no.

—¿Por qué estás aquí, Magnolia? —grita muy fuerte, y enfadado y ¿hay algo más? Hay algo más que no acabo de identificar... ¿Está agobiado, quizá? ¿O preocupado? Aunque ¿por qué iba a estar preocupado?

Me cruzo de brazos y lo fulmino un poco con la mirada.

—Tengo la sensación de que estás tramando algo...

Me mira fijamente una décima de segundo más de la cuenta, y me inquieta tener razón.

—¿Tramando algo? —Julian suelta una carcajada y pone los ojos en blanco, pasa a mi lado para ir hasta una estantería. Cambia algo del estante antes de volver a girarse hacia mí, mirándome como si pensara que soy estúpida.

—Sí —asiento bruscamente—. Tramando algo.

—Venga, pues... —Pone los ojos en blanco de nuevo—. Ilumíname. ¿Qué estoy tramando?

—Todavía no lo sé... —bufo cruzándome de brazos—. Pero sé que algo va mal.

Me mira sarcástico.

—Ah, ¿sí?

—¡La gente que se quiere no deja de estar junta de repente!

—Sí, ¡claro que sí! —ruge, algo cansado—. ¡Pasa continuamente!

—No sin una razón... —Niego con la cabeza al tiempo que me acerco a él.

Suelta una especie de carcajada incrédula y cansada.

—¿Tú crees que he obligado a Daisy a follarse a Rome?

—¡No! —Pego un pisotón con el pie—. ¡Para empezar, no creo ni que lo haya hecho!

Me mira fijamente un par de segundos, parpadeando como si aquello lo hubiera pillado a contrapié.

—Algo ha pasado. —Lo miro de hito en hito—. Dime qué ha pasado.

—¡No lo sé! —contesta apartándose de mí.

Me acerco otro paso hacia él.

—Sí lo sabes.

Aprieta la mandíbula.

—No, no lo...

—¡No me mientas! —grito de verdad por primera vez en todo el rato.

Y, entonces, se me acerca a la cara con la mandíbula tensa y los ojos lúgubres.

—Lo que pasa conmigo y mi hermana, lo que pasa en esta casa, no tiene nada que ver contigo, ¿estamos?

Niego con la cabeza.

—No puedes quitarme de en medio así como así.

—¡Tú misma te quitaste de en medio! —gruñe y hace muchos ademanes—. Estás con otra persona...

—¡¿Y eso qué tiene que ver con todo esto?! —Me quedo mirándolo, confundida.

615

—¿Por qué estás aquí, Magnolia? —vuelve a preguntar negando con la cabeza—. ¿Qué estás haciendo aquí? No te he pedido que vinieras. No te quiero aquí.

—Daisy y Christian están hechos el uno para el otro, y si tú has…

—Si has venido por Daisy, ¿por qué cojones no estás hablando con Daisy? —Me corta—. ¿Por qué estás aquí dentro ladrándome a mí, joder?

Lo fulmino con una larga mirada severa.

—Porque Daisy nunca ha sido el problema principal de sus propias relaciones, lo eres tú.

Julian aprieta los dientes y aparta la mirada, y niega con la cabeza como si yo no supiera de qué estoy hablando pero sí lo sé.

—Y tal vez hay dos personas en todo el mundo que te reprochan las mierdas que haces, y una de ellas ahora mismo no puede ponerse al teléfono porque Romeo Bambrilla le ha metido la lengua hasta la puta campanilla, de modo que sea lo que sea que está pasando, sea lo que sea que estás haciendo…

—Cállate —me dice interrumpiéndome.

—No. —Pongo mala cara por lo ridículo que está siendo—. Cállate tú. Sea lo que sea que estás haciendo, para.

Se pasa la lengua por el labio inferior.

—Te has pasado de la putísima raya.

—Me da igual. —Me encojo de hombros—. Déjalos en paz. ¡Déjales hacer su vida!

Ladea la cabeza y me dispara una advertencia con los ojos.

—Para de una puta vez de decirme lo que tengo que hacer.

Lo miro fijamente, desafiante.

—¡Pues entonces para de comportarte como un puto lunático!

Y lo que pasa a continuación, si te soy sincera, sí que me ha asustado un pelín.

Se me acerca muchísimo a la cara, nariz contra nariz, pero no como hacía antes. Y me abruma lo rara que puede ser la vida, que tiempo atrás entre esas mismas paredes, él apretara su nariz contra la mía, y su boca contra la mía e incluso su corazón (o eso resultó al final), y que ahora su nariz esté apenas a un centímetro de la mía propia, y aun así no haya siquiera un centímetro de ternura avistable en kilómetros a la redonda.

—Te lo juro por Dios, Parks —gruñe con los dientes apretados—. Si vuelves a decirme lo que tengo que hacer…

—¿En serio te me has puesto en este plan? —le susurro, y probablemente la voz me sale más fina de lo que me gustaría—. ¿Qué vas a hacer, Julian? ¿Vas a pegarme?

Me repasa la cara con la mirada y me pregunto, durante un segundo, si se lo plantea mientras al mirarme fijamente, tan amenazador.

Y algo en cómo me está mirando y me está hablando me pega en el orgullo como una goma elástica, y es como si me despertara de golpe. Cuadro los hombros, levanto la barbilla y la nariz, y me acerco un paso hacia él aunque ya no queda nada entre nosotros. Lo obliga a retirarse, retrocede un paso. Lo desestabiliza un momento.

Se lame los labios y se cruza de brazos.

—¿Crees que te tengo miedo? —Lo fulmino con la mirada.

Él suspira, cansado.

—Deberías.

—Mira, pues no. —Le lanzo otra mirada—. Porque te conozco, hostia, y eres todo boquita…

Él está negando con la cabeza de nuevo, se pasa la lengua por los dientes. Me mira, todavía mosqueado.

—¿Cómo has venido?

Me encojo de hombros.

—Andando.

—Andan… —Se calla de golpe y suelta una especie de carcajada, como un bufido, y se aprieta la boca con una mano—. ¿Has venido con Daniela?

—¿Qué? —Frunzo el ceño y niego con la cabeza yo también—. ¿No? ¿Cómo…? —Siempre se le han dado bien los nombres, supongo—. Me he escabullido mientras ella estaba…

Gruñe y se cubre los ojos con las manos, y dice algo flojito que no acabo de entender del todo, pero sin duda he oído un «Joder» y el pobre Jesusito igual también se ha llevado una mención.

—¿Qué? —repito, un poco mosqueada por esa última parte de la actuación.

—Tienes que irte —me dice.

—¿Qué? —Casi me río de lo ridículo de todo ya.

Asiente.

—Deberías irte.

—¡Tú deberías irte! —grito.

—¡Estamos en mi casa! —me contesta con otro grito.

—¡Me da igual! —exclamo—. ¡Estás muy raro! Tienes que meterte en tus asuntos…

—¿Por qué, Parks? —pregunta adelantando el mentón—. ¿Qué he hecho?

—No lo sé… —Lo fulmino con la mirada, apretando los puños—. ¡Pero sé que has hecho algo!

—Ah, ¿sí? —Cruza los brazos ante ese pecho sobre el que descansaba yo, y me siento como si me estuviera retando a adivinarlo. Está ahí, ahí hay algo, él ha hecho algo, lo sé—. ¿Cómo lo sabes?

—Porque te conozco —le digo—. Y conozco tus caras. Te sientes culpable y tienes un aspecto horrible…

Una comisura de sus labios se levanta, la sombra más sutil de una sonrisa presuntuosa.

—No he tenido un aspecto horrible un puto día de mi vida.

—Muy pocos días, Julian, desde luego —asiento—. Y solo cuando mientes.

Aparta la mirada y traga saliva.

—¿Has terminado?

Asiento muy rápido.

—Sin duda alguna.

Lo rodeo y me voy hacia la puerta.

—Borra mi número… —me grita ese chico horrible, y yo asiento una vez, le haré caso con gusto—. Quiero que te vayas a la mierda. —Me señala mirándome fijamente a los ojos, y entonces enarca una ceja—. ¿Estoy mintiendo ahora?

Me quedo mirándolo tres, cuatro, cinco segundos, y me pregunto si decirlo le ha dolido tanto como a mí me ha dolido oírlo.

—No vuelvas por aquí —me dice, y pone una cara que odio.

—¿Por qué iba a hacerlo? —Me encojo de hombros—. Al parecer no conozco a una sola persona que habite en esta estúpida casa…

Julian señala la puerta y yo me voy hacia ella, sin volver la vista una sola vez para mirarlo.

En el vestíbulo, Daisy y Romeo están de pie en las escaleras y Daisy pone una cara que sigue siendo muy difícil de interpretar. ¿Ha estado llorando? ¿Está asustada? Me paro a un par de metros de ella.

—Si necesitas cualquier cosa… —le digo.

—Nada —me corta.

—Si… —hablo por encima de ella, pero vuelve a interrumpirme.

—¿Acaso mi hermano no te ha dicho que te vayas?

Me quedo mirándola durante un par de segundos más.

—Escúchame bien, Daisy. Si necesitas ayuda…

Traga saliva y parpadea, y luego pone los ojos en blanco, y ahora ya no puede sostener los míos.

—Vendré a buscarte —le digo.

SESENTA Y NUEVE
BJ

Me siento delante de Jo en el Apollo's Muse y doy un sorbo de mi negroni.

—Eh, ¿qué cojones le pasa a Julian?

Jonah pone los ojos en blanco desdeñosamente, da un largo trago de su tequila. Solo, sin hielo.

—Que me jodan si lo sé.

Frunzo un poco el ceño.

—¿Cómo que te jodan si lo sabes? Eres su mejor amigo.

Adelanta un poco el mentón.

—No estamos tan unidos como crees.

Hago una verdadera mueca.

—¿Desde cuándo?

—Desde… —Luego niega con la cabeza, suelta una bocanada de aire cargada de frustración—. Joder. Da igual. Pero ¿por qué?

—No lo sé… —Me encojo de hombros—. Fue un capullo con Magnolia cuando fue a verlo el otro día.

Jo me mira.

—¿Cuándo fue a verlo el otro día?

—¿No lo sé? —repito—. El otro día, hace un par de días…

Se inclina hacia delante.

—¿Y ella por qué lo vio?

—Fue a ver a Daisy por lo de Christian, y luego lo habló también con Julian porque es…

—¿Cómo dices? —pregunta Jonah, ahora tiene el ceño fruncido.

—Ya la conoces, tío… —Suelto una carcajada, niego con la cabeza—. Es una cotilla de narices. Solo intentaba entender qué ha pasado entre Christian y Dai…

—¿Qué cojones? —dice Jonah con voz fuerte.

Lo suficientemente fuerte como para que me eche para atrás en la silla y mire de hito en hito a mi mejor amigo. Lo suficientemente fuerte como para atraer unas cuantas miradas.

Me lamo el labio inferior y lo miro fijamente un par de segundos, lo dejo ahí suspendido, me aseguro de que nadie levante la voz cuando se trata de ella. Exceptuándome a mí, tal vez, cuando ella misma me pone la cabeza loca.

—Solo intentaba ayudar —le digo, y él niega con la cabeza.

—No puede ir allí...

Lo miro como un tonto.

—¿Por qué?

—Porque no. —No me dice más.

Me mosqueo un poco.

—Porque no ¿por qué?

—BJ... —dice, verdaderamente frustrado—. Joder, te lo juro por Dios...

Lo señalo con el mentón.

—¿Desde cuándo?

—¿Desde siempre? —Niega con la cabeza—. ¡Para empezar nunca tendría que haber entrado en esa casa!

—Espera... ¿Qué? —Frunzo el ceño con mala cara—. ¿Te estás quedando conmigo? Joder, si dejaste que saliera con él...

Jonah desvía rápidamente la mirada y mascuÎla para sí:

—Yo no dejé que hiciera una mierda...

—Jonah —digo con voz fuerte, mirándolo con fijeza—. ¿Qué cojones está pasando?

—Nada —responde muy rápido, y no me lo creo ni por un puto segundo.

Me aprieto la boca con la mano y me inclino hacia él por encima de la mesa. Miro a mi viejo amigo, lo miro de verdad, llevamos dieciséis años de amistad a nuestras espaldas. Una tonelada de mierdas entre nosotros, cagadas y putadas y palizas, las mejores noches, las peores noches; es la primera persona a la que llamo si tengo problemas, joder. Lo conozco, no creo que nadie lo conozca mejor que yo, o al menos así era antes.

—¿Puedes parar de mentirme de una puta vez? —le pido.

Jonah niega con la cabeza, desdeñoso.

—No estoy mintiendo, tío...

—¡Sí, claro que sí! —le digo más alto de lo que pretendo. Atraigo unas cuantas miradas, de modo que bajo la voz—. Así que dímelo, ¿qué cojones está pasando?

Jonah se apoya en el respaldo de su silla y se cruza de brazos.

—Son peligrosos —contesta encogiéndose de hombros.

Pongo los ojos en blanco.

—No me jodas...

—No... —Me lanza una mirada elocuente—. Peligrosos en serio.

—Claro, seguro —digo, un poco perdido—. Igual que tú, ¿no?

Se vuelve, mira por encima del hombro (¿por qué?), baja el mentón hacia el pecho y me mira con unos ojos tan graves como su voz.

—No.

—Venga ya, tío... —Ahora sí que pongo yo los ojos en blanco—. No seas tonto...

—BJ. —Jonah dice mi nombre y su voz suena distinta. En plan, seria—. Necesito que me prometas que no vas a permitir que vuelva a acercarse a ellos.

—Jo... —Suspiro y niego con la cabeza—. No... a ver, qué...

—Beej. —Me mira de hito en hito a los ojos—. Júramelo.

Me lamo los labios y dejo caer la cabeza hacia atrás.

—Jonah...

—¿Cuántas putas veces, Beej, has dicho una sola palabra y yo he dicho sí, vale, a la mierda? —Se encoge de hombros—. Y te he seguido a ciegas. Y he confiado lo suficiente en ti como para escuchar cuando me lo pides.

Lo miro fijamente y me siento un poco mareado de repente. Me está fulminando con la mirada.

—¿Podrías, por favor, por el amor del puto cielo, por una vez en tu vida, hacer tú lo mismo?

—¿Vale? —Me encojo de hombros, ¿qué otra cosa puedo hacer?—. Lo que digas, sí.

Me froto la mandíbula mientras intento comprender qué cojones está pasando aquí. ¿Ha ocurrido algo? Si ha ocurrido algo, sin duda ellos...

Niego con la cabeza, ahuyento esa puta idea.

—De todos modos, no creo que vaya a acercarse a ellos en un futuro cercano. Me dijo que Julian fue un capullo…

Jo se rasca el cuello.

—¿Por?

—Pues porque fue un gilipollas. —Me encojo de hombros—. Le dijo que se fuera a la mierda o algo así.

—Vale. —Asiente un par de veces para sí—. Pues tú asegúrate de que así sea.

SETENTA
Magnolia

Taura se sienta en su piso de Powis Mews con mala cara.
—¿Le preguntaste si está enfadada por lo mío con Killian?
—Sí —asiento—. Me dijo que le daba igual.
—Bueno, ¿y mentía? —pregunta Taura, y la noto preocupada.
Está preocupada porque nunca jamás habría dado un paso en esa dirección si a Daisy todavía le importara, pero ahora veo claro que a Taura, Killian le gusta de verdad.
—No —niego con la cabeza—. De veras que no lo creo. Pero todo fue muy raro en general... Ella y Romeo volviendo a estar juntos e inmediatamente a tope de repente.
¿O quizá no fue de repente?
—Ya... —Taura entorna los ojos—. Es raro.
Bajo el mentón hasta el pecho y frunzo los labios antes de decirlo.
—Christian me dijo que Daisy se había acostado con Rome. Vamos... —Lo dejó ahí suspendido con una mirada—. Acostado-acostado.
Taura niega con la cabeza, tampoco se lo cree.
—No.
—Bueno, no, eso mismo pensé yo también, pero luego ¡me lo dijo ella!
Taura me mira fijamente.
—¿A ti?
—Sí —asiento.
A Taura se le hunden los hombros.
—Qué jodido... No me lo creo.
No digo nada, me limito a reflexionar sobre ello, todas las cosas que me parecían cabos sueltos y que ahora están cortados.
—¿Viste a Julian? —me pregunta observándome.

Asiento.

—¿Y?

—Y fue un puto gilipollas.

—¿En serio? —Echa la cabeza para atrás—. ¿Contigo?

Asiento.

—Creía que me habías dicho que todo estaba bien con él.

Me encojo de hombros, tan perdida como ella.

—Eso pensaba.

Levanta la mirada y esboza una mueca, sumida en sus pensamientos.

—¿Tú crees que Julian sigue sintiendo algo por ti? —pregunta mientras se echa el pelo por encima del hombro y yo siento una vez más la necesidad de contarle a alguien lo que pasó, lo que me dijo, pero aun así no lo hago. Esta vez menos para protegerlo a él y más porque no creo que me deje en muy buen lugar que un día alguien pueda decirme que me quiere y al cabo de unos pocos meses decirme que me largue de su puta vida. No quiero que ella coja ideas.

—Bueno... —Me aclaro la garganta—. Antes habría pensado que posiblemente, tal vez, sentía algo muy residual por mí, pero ahora no. —Niego con la cabeza—. Tú no le hablarías a nadie como él me habló a mí de haber sentimientos de por medio.

Le lanzo una sonrisa fugaz.

—¿Te importa? —pregunta ladeando la cabeza.

Levanto la nariz.

—Bueno, solo porque me parece horriblemente antinatural y absolutamente incómodo que haya una sola persona en este mundo a quien yo le caiga remotamente mal.

Pone los ojos en blanco ante mi respuesta y luego pregunta con cierta cautela:

—¿Le contaste a BJ que estuviste allí?

—Sí. —La miro con el ceño fruncido—. Desde luego.

Y no me gusta lo que insinúa.

Ella se encoge de hombros un poco como disculpándose, pero sobre todo como si no fuera algo horrible que preguntar o siquiera inferir.

—¿Qué te dijo?

Pues no mucho, la verdad. Me colocó una mano en la cara y me escuchó, con el rostro serio, asintiendo. Se le oscureció un poco la expresión cuando llegué a la parte en que me explayé contándole que Julian me había dicho que me fuera a la mierda y que no volviera. Y no se enfadó porque yo hubiera ido allí, pero sí vi que reflexionaba sobre algo o que procesaba algo y luego llegó a alguna conclusión y me besó.

«Me sabe mal que te haya hablado así», me dijo BJ, y luego siguió y añadió:

—Beej cree que no debería volver a verlos —le digo a Taura.

Ella frunce un poco el ceño y luego va a decir algo, pero alguien se aclara la garganta detrás de nosotras y a Taura se le ilumina la cara.

—¡Hola! —Le sonríe a Killian, se pone de pie y le echa los brazos al cuello de una manera que me hace sentir feliz por ellos—. Ya has vuelto.

—Ya he vuelto. —Le sonríe él, tranquilo.

—Y yo ya me voy. —Me pongo de pie de un salto.

—Oh… —Tausie niega con la cabeza—. No tienes que irte.

—No, sí debo. —Me miro la falda que llevo; es la minifalda Blanca de terciopelo bordado de Isabel Marant—. Hemos quedado con la hermana mayor de BJ, su nuevo novio y sus padres para cenar luego y primero tengo que hacerme una vaporización.

Taura me lanza una mirada.

—¿Tienes que hacerte una vaporización?

—Ponme esa cara tanto como quieras. —Me encojo de hombros, impertérrita—. Soy la única de nuestro grupo de tiene un régimen de vaporización y que se lava la cara con Evian…

—Disculpa, que haces ¿qué? —interviene Killian, pero yo lo ignoro.

—Y soy la única que tiene siempre una piel absoluta y jodidamente radiante, así que tú haz tus cálculos.

—También eres la única que es, literalmente, la hija de una supermodelo de los noventa auténtica —contesta Taura, pero me parece que le quita importancia a todo el trabajo que hago con el agua, así que finjo que no la oigo y sigo poniéndome mi abrigo de imitación de lana de borreguito marrón oscuro de LVIR.

—¿Daniela te espera abajo? —pregunta Taura.

—No. —Le sonrío—. Iré andando.

Tiller me mira.

—Te acompaño.

—Oh… —Niego con la cabeza, no me gusta la sensación de ser un incordio—. No pasa nada, voy andando a todas partes. Y solo son las cuatro de la tarde.
—Ya… —Se encoge de hombros él—. Pero está muy oscuro igualmente.
Se gira hacia Taura y le da un beso en la comisura de los labios.
—Vuelvo enseguida.
Nos metemos en el ascensor y pulsa el botón para bajar.
Lo miro de reojo.
—Solo es media horita andando.
Inhala por la nariz.
—¿BJ dejaría que Taura volviera andando a casa sola de noche?
Vuelvo a mirarlo por el rabillo del ojo y luego el ascensor suena y se abre la puerta.
—No, pero a la mayoría de gente le va bien ir en coche.
—La mayoría de gente no ha tenido una colisión lateral en Vauxhall Bridge con un coche que luego se dio a la fuga.
No digo nada, pero no protesto más. De todos modos está un pelín más oscuro de lo que esperaba, así que se lo agradezco.
—Mi madre me mataría si dejara que una chica volviera andando sola a casa —dice, metiéndose las manos en los bolsillos de su sudadera con capucha 4 X 4 Biggie de Ksubi. Taura la escogió.
Es mentira, yo la escogí y le dije a ella que se la comprara a él. Yo misma se la habría comprado, pero sospecho que todavía no estamos en el punto en que él voluntariamente me permitiera vestirlo, aunque espero que ese momento llegue pronto porque esos ojos suyos están pidiendo a gritos que se los realce.
Le sonrío.
—Qué encantador.
Se encoge de hombros y me mira.
—Es el estilo estadounidense.
Asiento dos veces.
—¿El estilo estadounidense también es un sistema sanitario terrible y una comprensión un poco flexible del contexto histórico de la Segunda Enmienda?
No acaba de sonreír al oír eso, pero tampoco lo esconde.

—¿No te has tomado la medicación para el TDAH hoy?
—No, sí me la he tomado. —Niego con la cabeza—. Sencillamente es lo que pienso.
Asiente una vez.
—Lo entiendo.
Cierra los labios con fuerza y algo en la expresión de su rostro me dice que quiere decirme algo. Lo miro esperando a que diga lo que sea que tiene en la cabeza, pero no es hasta al cabo de un buen rato cuando llegamos a Lonsdale Road que lo suelta por fin.
—No puedes presentarte sin más en la casa de un capo de la mafia.
Me cruzo de brazos.
—No creo que —me aclaro la garganta— ese sea su trabajo en realidad.
Tiller me lanza una mirada.
—Sí lo es.
Pongo los ojos en blanco.
—Vale.
—No, Magnolia... —dice Killian, dejando de andar un instante—. En serio.
Cuadro los hombros.
—Entonces tú, como detective de la NCA...
—¡Te has acordado de mi trabajo! —Me sonríe, complacido.
—A sabiendas de ello, saliste con la hermana de un —y entrecomillando con los dedos termino—: «capo de la mafia».
—Sí —confirma sin vergüenza alguna, y hay algo en la seriedad de su rostro que me pone un pelín nerviosa y me hace prestar más atención.
Y luego justo cuando estamos en la esquina de Pembridge y Bayswater Road, se oye el odioso ruido de un motor acelerando y unos neumáticos rechinando y aparecen unos faros muy brillantes, y yo reacciono con un salto (porque: coches) y antes de que pueda siquiera reaccionar más allá de ese gesto, Tiller me agarra por los hombros y me empuja contra la pared que tenemos detrás, cubriéndome con su cuerpo como si fuera un escudo.
El coche vuelve a acelerar como les encanta hacer con un motor a esos hombres con penes minúsculos; ya sabes a qué me refiero. Esos tristes que alquilan un Maserati durante un día y lo conducen por Regent Street

un sábado haciendo más que demasiado ruido, y tú te preguntas para tus adentros lo pequeño que tiene que sentirse alguien consigo mismo para estar convencido de que es una buena idea hacer algo así.

Y todo aquello sucede tan deprisa, las luces, el motor, los neumáticos, el arrojarme contra una pared pero de una forma nada sexy, y no tengo claro qué espera Tiller que pase, pero transcurren un par de segundos y los únicos sonidos que oigo son los que hacen los transeúntes que pasan por ahí susurrando o riéndose, y luego veo el flash de la cámara de un par de móviles, y miro fijamente a Killian con los ojos muy abiertos, nuestros rostros están extrañamente cerca para ser dos personas que no están interesadas románticamente la una en la otra.

—Lo siento. —Se yergue—. Es que... —Se le apaga la voz cuando me lee en la cara «¿Qué cojones?» escrito con enormes letras en negrita. Niega con la cabeza—. Gajes del oficio. Siempre me pongo en lo peor.

—Claro. —Asiento observándolo con cautela—. Una reacción un poco exagerada por unos... neumáticos.

Me mira de reojo y luego se ríe. Se lame los labios mientras asiente con la cabeza.

Cruzamos la calle y seguimos andando, ahora en silencio.

Pasa un minuto o así.

—Asegúrate de que... —señalo hacia atrás con la cabeza— se lo cuentas a Taura. Saldrá en la prensa.

Me mira, intranquilo.

—«¡Se cancela la boda! Magnolia y su hombre misterioso» —digo adivinando el titular.

Él exhala por la nariz una especie de carcajada a medias.

—¿Lo odias?

Asiento.

—Muchísimo.

—Pero la gente sabe que son gilipolleces, ¿verdad?

Niego con la cabeza.

—No, creo que la mayoría de la gente cree que somos todo lo que se dice que somos. —Niego más con la cabeza—. Ni siquiera creo que la gente piense que somos personas.

Enarca las cejas y pone una cara que no acabo de comprender, y vuelve a meter las manos en los bolsillos.

Estamos callados mucho rato hasta que pasamos enfrente de Clarke, que me encanta y creo que está un poco infravalorado. BJ y yo vamos bastante a menudo. El menú cambia sin parar (lo cual yo odio, pero a BJ le gusta), pero toda la comida es increíblemente de temporada. Creo que me gusta todavía más porque ni una sola de las veces que hemos estado allí se nos ha acercado nadie, tiene una tranquilidad agradable.

Le digo a Killian que lleve a Taura allí y él me dice que lo hará, y luego se muerde el labio inferior, reflexionando sobre algo.

—¿A qué creías que se dedicaba Julian? —acaba preguntando por fin—. Cuando estabais juntos.

Me encojo de hombros.

—Es tratante de arte.

—¡Es un ladrón de arte! —replica tan fuerte que me pilla con la guardia un poco baja y pienso que no le creo y entonces mi mente tropieza con *Calle, Berlín* de Kirchner colgando en su cuarto y me pregunto si...

—¿Tiene problemas? —le pregunto en voz baja, mirando a Tiller—. ¿Y Daisy?

Se pasa la mano por la boca y parece agobiarse cuando digo su nombre, nuestras miradas se encuentran y siento cierto vínculo con él, porque creo que lo entiende. Él ahora está con Taura y yo no estaría con nadie que no fuera BJ, pero aun así me pregunto si ambos albergamos una sólida ternura hacia esos hermanos a los que quisimos hace un tiempo.

Frunce el ceño bastante serio.

—Creo que siempre han tenido problemas.

—¿Es culpa de Julian?

Killian suelta una carcajada.

—Casi siempre, sí.

Levanto los hombros intentando descubrir qué hacer.

—Vale, ¿tengo que volver a su casa y ponerlo en su sitio?

—No, Magnolia. —Me mira con severidad—. Tienes que irte a tu casa y no volver a acercarte a ellos.

Frunzo el ceño a la defensiva.

—Son mis amigos.

Tiller me mira con el ceño fruncido un par de segundos.

—Pues búscate amigos nuevos —dice antes de echar a andar de nuevo—. Y lo mismo va para los Hemmes… —añade por encima del hombro, girándose.

Me quedo mirándole la espalda momentáneamente.

—¿Estás loco? —Voy corriendo tras él.

Se da la vuelta y pone una cara muy seria otra vez.

—¿Y tú?

—¡No!

Niega con la cabeza.

—No creo que comprendas lo peliaguda que es su situación…

—¿Qué situación? —Niego con la cabeza yo también.

—Pues… —Hace una pausa—. ¡Ellos!

—Soy amiga de Christian desde los seis años —le digo, desafiante.

Y luego él me contesta con el mismo tono:

—Entonces eres amiga de una de las familias más peligrosas de Inglaterra desde los seis años.

—Estás siendo un dramático. —Pongo los ojos en blanco y echo a andar más rápido que él porque no quiero que me vea en la cara que me ha asustado.

—No, no lo estoy siendo. Tú estás siendo una ingenua.

SETENTA Y UNO
BJ

—Estaba siendo un bobo, ¿verdad? —preguntó en cuanto Tiller se hubo marchado.

Le agradezco que la acompañara andando a casa. Es un buen hombre.

—Sobre los chicos, digo —añadió con un hilo de voz, como si la pusiera nerviosa oír mi respuesta.

Me explicó lo del coche acelerando el motor y él reaccionando raro de cojones, y por un segundo pensé si... Pero no. No, porque sé que si algo, en plan... Jo habría hecho algo.

Habría intervenido.

Tiller es poli, él se entera de lo peor de lo peor todo el puto rato, seguro que su hipocampo está jodidamente siempre en alerta máxima.

—En realidad no es tan grave, ¿verdad? —me preguntó con una inflexión hacia arriba y el ceño hacia abajo—. ¿En serio son... —tragó saliva— malos?

Observé la expresión que adoptaba su rostro, medio asustada de la respuesta que me colgaba de la punta de la lengua. Ya no lo sé, esa es la verdad.

—Desde luego que no son malos —le dije pensando en todo lo que vivimos entre nosotros y que me lo confirma. Los he visto a ambos pelear por el honor de chicas que no conocían ni el uno ni el otro. Los he visto sacar dinero para personas sintecho, miles de libras sin pensarlo. Son buenos hijos, son buenos hermanos. Me han cuidado a mí, y a Parks y a Hen cuando nos hemos puesto malos de tanto beber alcohol, han defendido nuestros nombres cuando nosotros no estábamos allí para hacerlo por nosotros mismos. Jonah me ha cubierto el culo mil veces y de mil maneras, es más leal de lo que un oficial de la marina le es a su país. Ahora bien, ¿son buenos?

Define «bueno». ¿Siguen la ley al pie de la letra al cien por cien todo el tiempo? No.

¿Pasan mierdas cuestionables en su nombre? Sí.

¿Harían algo que éticamente o moralmente está mal puramente por el beneficio personal? Oye, ¿esa es la medida de la maldad? Porque si lo es, estamos jodidos.

Le acuné el rostro con la mano y la miré de una manera que esperaba que fuera a borrar todas esas ideas que la estaban asustando.

Al cabo de un par de días, Jo y yo vamos a comer. Annabel, y ya. Fácil y rápido.

Después, vamos andando hacia Piccadilly para matar el tiempo mientras espero que Parks acabe de trabajar.

Pasamos por el Sainsbury's pequeño de Stratton Street porque el otro día vi a Magnolia comiendo unos Galaxy Counters (¿y no Minstrels? Raro, lo sé), pero yo me puse puto loco de contento porque comió algo, lo que fuera, de modo que entro para coger un par.

Mientras estoy de pie en la cola para pagar, me fijo en un par de chicas encorvadas encima de una revista, miran la revista y luego me miran a mí, susurrando, y le lanzo una mirada abatida a Jo.

—Joder, macho... —suspiro—. ¿Y ahora qué?

Jo las mira y señala la revista con la cabeza.

—¿Puedo? —Les tiende la mano, expectante, y ellas se la entregan sin rechistar. La hojea y luego niega con la cabeza—. Lo de siempre.

—¿Esta vez quién es? —pregunto con una mueca.

—Pues, la puta rubia esa... la modelo, ¿sabes? —Se encoge de hombros sin ayudar mucho—. Yanqui. La que va con las alas y las braguitas.

—Oh —asiento comprendiendo. Exhalo por la nariz.

Jo me mira con los ojos entornados.

—Pero sí follasteis, ¿no?

—No recientemente... —Me encojo de hombros, defendiéndome.

Él adelanta un poco el mentón.

—¿Cómo de «no recientemente»?

Le lanzo una mala mirada por la pregunta.

—Vete a cagar.

Cierra la revista, la deja donde no va.

—No te preocupes...

—Claro que me preocupo, tío —le digo mientras pago con la tarjeta. Le sonrío un instante a la cajera—: Gracias. —Vuelvo a mirar a Jo—: Es demasiado para ella. —Para Parks, digo. No para la cajera—. Te juro que odio el puto Londres...

—Pues vete —me contesta Jonah, encogiéndose de hombros.

Lo miro.

—¿Qué?

Vuelve a encogerse de hombros.

—¿No me dijiste que Allie os propuso apuntaros a su viaje?

Ladeo la cabeza.

—Sí, pero...

—Id —dice Jo como si me estuviera diciendo que me parara en el cajero.

Sin embargo, lo pienso durante un par de segundos, siento esa especie de electricidad recorriéndome el cuerpo al pensar en estar lejos de aquí con ella.

Lo miro con cautela.

—¿Tú crees?

—Claro —asiente Jo, pensándolo más él mismo. Como si lo hubiera dicho por decir, pero ahora lo estuviera diciendo porque lo ha reflexionado—. Desde luego, sí. Que Parks se largue de aquí... —Me lanza una mirada elocuente—. Para los dos podría ser exactamente lo que necesitáis.

Podría serlo. Siento que podría haber un punto de verdad en ello, además, es bastante nuestra dinámica. Todo el mundo cree que somos ella y yo y Londres, pero la verdad es que somos ella y yo y donde sea.

—Lejos de todas las mierdas con sus padres... —prosigue Jo—. Lejos de esta mierda... —Señala hacia atrás con la cabeza, hacia las revistas—. Lejos de... —niega con la cabeza como porque sí, pero lo conozco y por eso sé que hay algo— Julian, incluso.

Pero aquello me basta. Paro de caminar, me vuelvo y lo miro fijamente.

—¿Qué cojones está pasando, tío?

Jonah me mira como si yo fuera un idiota.

—¿No preferirías que ella estuviera lejos de Julian?

Pongo mala cara, porque, quizá, claro, ¿en algún momento igual lo preferí? Pero ahora...

—Pues no... —Me encojo un poco de hombros—. No es algo que me preocupe.

—Coméntaselo —insiste Jo—. Creo que podría parecerle bien.

Lo miro y asiento un par de veces.

—Sí, claro.

Giramos por Sackville Street en dirección a Sotheran sin hablar de ello.

No decimos mucho durante un rato. Encuentro un *Sueño de una noche de verano* de 1908, encuadernado con tela e ilustrado por Arthur Rackham, así que se lo compro a Parks, y la primera edición de *Vamos a cazar un oso* de 1989 porque, algún día, Parks y yo vamos a tener un hijo y ¿quién quiere el remordimiento de no haberlo comprado cuando se me presentó la oportunidad de hacerlo?

Le doy la tarjeta al tendero acompañada de una sonrisa fugaz.

Miro a Jo.

—Me lo dirías, ¿verdad? —Lo miro fijamente—. Si algo... en fin... —Hago una pausa, en realidad ni siquiera sé cómo decir lo que intento decir. Aprieto los labios con fuerza—. Si ella estuviera... ¿en peligro? Me lo dirías, ¿verdad?

Jo frunce el ceño y parpadea dos veces.

—Sí. Desde luego, sí. —Niega con la cabeza y luego me lanza una larga mirada.

9.30

Daisy Haites 🚲

No tendría que haberte hablado así

> No, no deberías.

Lo siento

> No pasa nada.

> Estás bien?

Sí.

> Lo prometes?

Lo prometo.

Quiero a Rome.

> Vale.

> Y somos amigas.

Sí, somos amigas.

> No quiero oírte decir nunca más que soy una dramática.

> Te mereces un BAFTA por tu actuación del otro día, por Dios.

SETENTA Y DOS
BJ

Le di vueltas durante un par de días. No se lo dije de buenas a primeras, quería reflexionarlo bien, asegurarme de que verdaderamente pensaba que era lo mejor para nosotros, y así es.

Siento que estar aquí es como si nos aplastara la niebla.

Anoche cuando nos íbamos a dormir me preguntó si quería que nos fuéramos de fin de semana y yo contesté:

—Sí, claro. ¿Por qué?

Y ella me contestó:

—Mira, porque sí.

Así que tengo la sensación de que ella también siente la necesidad de marcharse, solo que no acaba de saber muy bien cómo hacerlo.

Esta tarde he llegado a casa después de volver a confirmar con Al que sigue abierta a la idea de que vayamos con ella y se ha mostrado muy, pero que muy eufórica.

Cuando me iba, papá me ha parado un segundo y me ha dicho que le parecía buena idea, que sentía que era lo que las chicas necesitaban, Bridge incluida.

Cuando llego a casa, Parks está en el sofá, sentada con las piernas remetidas debajo del cuerpo, frunciendo el ceño como si alguien estuviera siendo borde con ella en su cara, mirando los dos libros que tiene en las manos a la vez.

En la izquierda, *El relojero ciego*; en la derecha, *Física existencial*.

Los señalo con la cabeza.

—Bueno, ¿un par de lecturas ligeras?

Ella levanta la vista y dice: «Mmm», antes de volver a bajarla y seguir mirando ambos libros con el ceño fruncido.

Me siento en la mesita de centro para estar directamente enfrente de ella.

—Quería hablar contigo de una cosa.

Ella me mira con las cejas enarcadas.

—Londres está bastante jodido últimamente —le digo.

—Totalmente —asiente ella.

—Y tengo la sensación de que nos iría bien marcharnos un tiempo —añado, enarcando las cejas y observándola con atención.

—Desde luego —contesta asintiendo con una sonrisa vidriosa—. Cien por cien.

La miro con los ojos entornados, intentando descubrir qué está pasando.

—¿Hay algún sitio en particular al que te hace ilusión ir o…?

Parpadea un par de veces y sonríe, un poco más concentrada.

—¿A cenar, dices?

Aprieto los labios.

—¿Has oído algo de lo que te he dicho?

—Ajá… —asiente y me esboza una sonrisa fugaz.

Asiento yo también, pero no me lo creo.

—Repítemelo.

Se queda boquiabierta.

—Mmm. Bueno… —Me sonríe un poco borde—. Lo haría, solo que no me gusta tu tono… —Frunce los labios y está mintiendo como una bellaca y, aun así, quiero besarla de todos modos—. Y creo que estás siendo paternalista… y un… capacitista.

Enarco una ceja, asintiendo, intrigado.

—¿Un capacitista?

—Sí —dice con convicción.

La miro entornando los ojos.

—¿Eso crees?

—Mmm… —Mira alrededor, pensándolo—. Pues sí.

—¿Magnolia…?

Me sonríe agradablemente.

—¿Sí, BJ?

—¿Quieres que te repita lo que he dicho?

—Oh… —Se encoge de hombros despreocupadamente—. Solo si crees que no has sido claro la primera vez.

Le lanzo una mirada elocuente y se le hunden un poco los hombros.

—No estaba escuchando la primera vez —reconoce, y me río y la atraigo hasta mi regazo.

Me gusta esto, lo del TDAH. A ver, que siempre lo ha tenido. Me gusta saber que lo tiene. Tengo la sensación de que habríamos gestionado las cosas de una forma un poco distinta de haberlo sabido antes. Quizá no habríamos dejado nuestro método anticonceptivo principal cuando íbamos al internado a la merced de que ella se acordara de tomarse una pastilla, quizá habría entrado en todas nuestras conversaciones acaloradas sabiendo que ella sentiría una cosa todo a la vez de una manera que puede apoderarse de su mente, y que luego aparecería la razón, habría intentado aprender a ver la diferencia entre cuando me está escuchando de verdad y cuando solo está respondiendo.

—Magnolia —repito, mientras le doy un beso en el hombro.

—Sí, BJ.

—He tenido una idea...

—¡Y te estoy escuchando! —declara con una gran sonrisa que rápidamente se convierte en una de disculpa—... Ahora.

Le lanzo una mirada, reprimiendo una sonrisa.

—Sabes que siempre hemos dicho que era Londres, y no nosotros, el problema...

—Sí —asiente—. Aunque, así echando la vista atrás, igual éramos un poco nosotros, ¿no?

—Sí... —me río—. Un poco sí. —Hundo el mentón en su hombro sin darme cuenta—. Tengo la sensación de que nos hace falta irnos una temporadita...

Frunce las cejas.

—¿A qué te refieres?

—Hagamos un viaje —le digo encogiéndome de hombros.

—Bueno, te he dicho lo de Devon el fin de semana, ¿no? —Me mira—. Hace bastante tiempo que no vamos al Hotel Endsleigh...

Esbozo una pequeña sonrisa y le coloco un mechón de pelo detrás de las orejas.

—Me refería a irnos un poco más lejos.

—¿En plan Francia? —pregunta.

—Claro —asiento—. Francia, Estados Unidos, Tahití, Australia... Me da igual, lo único que quiero es que nos marchemos un tiempo.

—BJ… —Suspira y pone los ojos en blanco—. Estamos organizando una boda.

Le lanzo una mirada.

—Estamos organizando un circo.

—¿Y quién controlará a los monos si no lo hago yo? —pregunta.

Entrecierro los ojos.

—Creo que tú no controlas a los monos.

Me lanza una mirada. Vale, probemos otro camino.

—La organizadora de la boda —le digo, y ella me contesta con otra mirada reticente, pero ya veo que su determinación se va debilitando, de modo que le pongo la mano en la cintura y se la aprieto un poco—. Venga, si ni siquiera nos gusta, lo estamos haciendo por ellos, no por nosotros. —Me encojo de hombros—. ¿Qué importa si la vajilla es perfecta y cómo esté decorado el pasillo hasta el altar?

Frunce un poco el ceño al oírlo.

—Sigue siendo nuestra boda.

Asiento.

—Y la parte que te importa de la boda es el vestido, ¿verdad?

Se estira, orgullosa.

—Y los votos.

Me encojo de hombros.

—A mí no me importa nada.

Y decir eso, me doy cuenta muy rápido, ha sido un error. Se mosquea conmigo al instante. Hace una mueca con toda la cara, ofendida.

—¿Ni siquiera los votos?

Le toco el mentón con el dedo, lo inclino hacia arriba para volver a mirarnos a los ojos, y entonces la miro con absoluta solemnidad.

—Me comprometí contigo hace mucho tiempo, Parksy.

Parpadea dos veces, con el rostro tímido.

—No necesito votos nuevos. Voy con todo. —Me encojo de hombros—. Como ha sido siempre.

Traga saliva con esfuerzo, se le derriten los ojos. Percibo en el ambiente que es probable que estemos a punto de tener sexo, dentro de un minuto, y luego ella vuelve a forzarse a fruncir el ceño, queriendo hacer una pataleta de todos modos porque ella es así. Se cruza de brazos y me fulmina con una mirada que al menos está un cincuenta por ciento forzada.

—¿No te importa absolutamente nada de nuestra boda?
—Pues no. —Niego con la cabeza—. Me importa el día siguiente —le digo, encogiéndome de hombros.

Aquello no la apacigua mucho, sin embargo. Enarca las cejas hasta el cielo y se queda mirándome como si fuera un bobo.

—¿El día siguiente? —parpadea.
—Claro —asiento, tan tranquilo, listo para jugar mi mejor carta—. La vida contigo.

Enarco las cejas, sabiendo incluso antes de mirarla qué cara pone.

Sus ojos son como un mar de rocas al atardecer. Dulces y tranquilos y de muchos colores distintos a la vez.

—Oh —dice, y vuelve a tragar saliva.
—La fanfarria del día es para todos los demás —le digo, y ella me pasa la mano por el pelo—. Yo me quedo con el mañana.

Se pone de pie de un salto, se da la vuelta para volver a mirarme, tiene los labios fruncidos y las manos en las caderas.

—Vale. Bueno, ¿y cuánto tiempo?
—Un tiempo. —Me encojo de hombros.

Enarca las cejas.

—¿Por algún motivo en particular?

Exhalo un poco por la boca.

—¿Qué te parece porque nuestras vidas privadas son el puto pasto de la prensa sensacionalista? —pregunto, y ella pone mala cara. La observo, pesaroso—. ¿Has visto la revista?

Parks asiente en silencio.

—¿Y no has dicho nada? —pregunto, un poco preocupado porque no lo ha hecho.

Niega con la cabeza.

—¿Por qué no? —pregunto.
—Porque confío en ti —dice con la nariz levantada.

Sonrío un poco al oírlo, aunque lo corto de raíz antes de que se vaya de madre porque no quiero quedar como un puto idiota. Y entonces le veo en la cara que hay algo más, de modo que enarco una ceja y espero a que me lo diga.

—Y porque sé que habías tenido algo con ella hace tiempo, pero desde entonces se ha hecho un montón de retoques, que a ver, bien por ella, no la juzgo, si ella se siente bien, es fantástico, solo que… —Se encoge un poco de hombros con recato—. Ya no es mucho tu rollo.

—No —me pongo de pie y suelto una carcajada al tiempo que pongo las manos en sus caderas—. En realidad, solo he tenido un rollo en toda mi vida. —Presiono mis labios contra los suyos un par de segundos antes de separarme—. ¿Qué te parece? ¿Quieres que nos fuguemos un tiempecito?

Parks frunce los labios, pensativa.

—¿Solo tú y yo?

Entorno los ojos.

—¿Y Allie?

—Oh. —Se aparta un poco, hora ya duda menos.

—Un poco un último hurra por Bridge —le propongo—. Hagamos el viaje que no pudo hacer ella.

Hace un rictus con los labios, pensativa.

—¿Solo nosotros y Allie?

Confirmo que sí con la cabeza un par de veces.

—Y la chica del espejo —digo mientras la miro con la cabeza ladeada.

Nos miramos a los ojos y esboza una mirada tímida, casi nerviosa.

Y asiente.

—Vale.

22.17

Henny Pen 🎙️

Me voy corriendo!

Qué vulgar.

Jajaja

Esa ha sido buena

No te hagas el sorprendido, soy divertidísima

Pronto seré la Ballentine más divertida de todos

Querías decir la Ballentine más divergente de todos?

Madre mía, lo que acabas de decir...

Lo sé, vaya mierda.

Decía al viaje

En serio!

Claro

Por qué?

Rom tiene que volver a Estados Unidos un par de semanas igualmente. No sé qué haría solo en Londres

Qué mono

Y dependiente

Así mismo te he descrito
yo durante años

Cómo han cambiado
las tornas.

SETENTA Y TRES
Magnolia

Me quedo mirando mi armario con los ojos entornados y los brazos en jarras.
—¿Crees que necesitaré la chaqueta de borreguito de Loro Piana?
Gus chasquea la lengua.
—¿En el sureste de Asia?
—Sí —asiento.
—¿En marzo?
—Ajá —asiento mirándolo por encima del hombro.
Gus exhala un poco por la boca, pensándoselo.
—Me parece que no te hará falta.
—Mmm. —Muevo la cabeza hacia un lado y otro—. Aunque, ¿para qué arriesgarse?
Y lo tiro dentro de mi maleta abierta de la colaboración de Casablanca x Globe-Trotter.
Sujeto contra mi cuerpo un lujoso vestido extremadamente rosa y con bordados florales de Carolina Herrera y ladeo la cabeza, mirándome en el espejo, y suelto otro: «Mmm».
—¿Irás a alguna gala cuando estés por allí? —pregunta Gus.
Y yo le lanzo una mirada afilada.
—Podría.
—Sería muy del estilo de Bridge cruzar medio mundo para asistir a una gala —me dice, y lo miro con los ojos entrecerrados y él me devuelve el gesto, de modo que dejo el vestido en el montón de «quizá».
—¿Has hablado con tu padre últimamente? —me pregunta al cabo de unos treinta segundos de silencio.
—¿Con quién? —pregunto, porque soy así de divertida.
Luego le lanzo otra mirada y él pone los ojos en blanco.

—Desde luego que no —contesto—. No hablo con él en el mejor de los casos, ya no digamos cuando hace un espectáculo público deseando mi muerte.

Gus frunce los labios.

—Eso es parafrasearlo un poco.

Le entrego el abrigo reversible de borreguito con cinturón de color beige claro de Brunello Cucinelli para que lo doble y él me lanza una mirada.

—Y aun así era claramente su intención.

Aparta sus ojos de los míos y parece triste por mí o que lo siente por mí, o un poco pillado porque mi padre es su jefe y todo ese lío.

Mi padre tiene algo bastante enigmático, eso lo sé.

BJ y a menudo Henry son los dos únicos hombres que conozco que no se tragan sus patrañas.

Él viene a ser un agujero negro, tiene algo bastante magnético. Los hombres pierden el tiempo en su presencia, en retiros de escritura con él, la gente se pasa días sin hablar con sus parejas. Es como si cayeras en otra gravedad en presencia de mi padre que es más fuerte que cualquiera que pudiera ofrecerte la realidad.

Julian le tiene bastante aprecio a mi padre, y Julian se consideraría a sí mismo alguien que sabe calar a las personas. Que eso sirva de vara de medir de lo cautivador que puede llegar a ser.

Gus, incluso tras llevar ya casi cinco años trabajando con Harley, todavía no acaba de ser inmune a sus encantos.

Es consciente de que puede ser un poco capullo, pero creo que cree que todo queda en el juego limpio. De la manera en que todos sabemos que los famosos suelen ser unos completos chiflados y a ti te da por poner excusas porque crecieron en una banda de chicos o porque ella salía en Nickelodeon y besaba a uno de los Jonas Brothers cuando tenía catorce años o lo que fuera.

Son gajes del oficio, es adonde quiero ir a parar. Lo cual es cierto, gran parte de la personalidad de Harley viene dada por su oficio.

De vez en cuando, me doy cuenta de que Gus piensa que Harley está siendo tonto o conflictivo. Sé que cuando Harley contrató a Brooks, Gus pensó que le faltaba un hervor, pero si te soy completamente sincera, he disfrutado con las anécdotas que me han contado desde entonces.

Yo, y no puedo hacer suficiente hincapié en ello, ni aunque la vida me fuera en ello sería capaz de entender por qué Harley contrató a Brooks.

Le sacaría de sus casillas, lo sé. Gus dice que, de hecho, discuten todo el rato, lo cual me encanta. Estoy trabajando una teoría de que lo contrató subconscientemente para poder discutir con Brooks en lugar de con mi madre, lo cual es raro, pero dulce. ¿No?

¿Un gilipollas narcisista puede ser dulce?

—¿Cómo andamos últimamente con Jack? —Miro a Gus para poder verle bien la cara, en caso de que intente mentirme al respecto.

Voy a por mi espejito compacto Schuyler Maltese de Jay Strongwater y lo meto en mi bolsito de mano en forma de mandarina y con pedrería en tonos dorados de Judith Leiber Couture, para poder hablar con mi hermana cuando me haga falta.

Va a ser mi bolso principal para el viaje. Nunca había tenido un bolso principal, es algo bastante restrictivo, estilísticamente hablando. Supongo que por eso tanta gente tiene bolsos negros, ¿no? Absolutamente aburridos, pero bastante versátiles.

—Bien... —contesta entornando los ojos, como si no lo tuviera claro—. Creo que bien.

Dejo de hacer lo que estoy haciendo y lo miro a él, esperando más cosas.

—Vale.

—Realmente ha dado un giro de 180 grados tras lo de Taj Owen.

Asiento una vez, orgullosa por él.

—Como tiene que ser.

Gus hace una mueca, parece mucho menos sabio que de costumbre.

—Creo que ya no tengo claro si confío en él.

Asiento, bastante familiarizada con los peligros de no confiar en la persona que amas.

—Por mi limitada experiencia —le sonrío un poco—, sé que es bastante difícil que alguien se gane tu confianza si tú no te abres y estás dispuesto a que ese alguien te torture y te mate de dolor otra vez.

—Ah, estupendo. —Me lanza una mirada brusca que luego resulta desconfiada—. No me gusta que me des buenos consejos sobre relaciones y que encima tengan sentido...

—¿Qué quieres que te diga, Gus? —Me encojo de hombros y me echo el pelo hacia la espalda, y luego sigo con la maleta—. Tenía que pasar tarde o temprano.

Pone los ojos en blanco y a la vez, quita tanto los tacones de aguja Ribbon Candy verdes de Gianvito Rossi como las botas *après-ski* impermeables negras de Prada que había metido en la maleta.

—Innecesario, Magnolia. —Me mira de hito en hito—. Esto no te hace falta.

—Igual sí.

—¡Que no te vas a la nieve!

Lo fulmino con la mirada.

—La vida es un viaje, Gus. Y no sabes dónde puede llevarte.

—Sin duda. —Asiente con convicción—. Pero lo que sí sé es que a ti no te va a llevar a un campo nevado. Así que no.

Disputamos un pequeño duelo con los ojos y él es el primero en ponerlos en blanco, lo cual creo que todos sabemos que significa que he ganado.

—Bueno ¿y Henry también va? —pregunta Gus, volviendo a doblar algunas piezas que yo ya había doblado.

—Sí —asiento.

—¿Por qué? —insiste Gus.

—Oh. —Me encojo de hombros—. Romilly tiene algunos temas que cerrar en los Estados Unidos, así que volverá una temporadita allí, y no lo sé... Me dijo que Christian se lo había comentado de paso y que él pensó: «¿por qué no?».

Gus asiente aceptándolo.

Y yo igual, también lo acepto. Es total y absoluta y perfectamente aceptable. No hay nada en absoluto con lo que tropezar mentalmente. Excepto que... sí hay un pensamiento en las profundidades de mi mente. Es como cuando algo araña una ventana cuando es oscuro y de noche y estás sola en casa, que lo más probable es que solo se trate de un árbol, pero podría no tratarse sencillamente de un árbol, ¿no? Podría ser algo un poco más perverso, podría ser algo que hubiera estado allí desde el principio... Una amenaza de la que eras consciente, de una manera así como abstracta, pero que siempre te había parecido muy lejana y muy irreal, incluso aunque técnicamente fuera un poco real, nunca había supuesto una amenaza real. Solo que a veces, por la noche cuando estás sola en tu casa y algo araña una ventana... Pero como ya he dicho, casi seguro que lo más probable es que sencillamente se trate de la mera rama de un árbol.

Pero ¿y si no era la rama de un árbol?

Total, que le dije con entusiasmo a Henry que viniera. Y cuando BJ refunfuñó porque su hermano se apuntaba, yo fui muy rápida al asegurarme de que sabía que yo quería que estuviera, porque aunque sencillamente se trate de la rama de un árbol, lo cual estoy segura de que es porque literalmente no hay nada más, no podría ser ni una sola cosa posible en el planeta (exceptuando una única cosa que sin duda, decididamente, no puede ser porque ninguno de ellos lo permitiría). Y, además, segurísimo que sencillamente se trata de la rama de un árbol y, aun así, la verdad es que son muy peligrosas y pueden sacarte un ojo.

No estoy preocupada por Taura en absoluto porque no tengo ninguna razón para estarlo, porque nada en absoluto va mal aparte de que hay ramas en el mundo, lo cual técnicamente no es una amenaza, y además, ahora ella está con Tiller.

—Caray —suelta BJ cuando entra en el cuarto e interrumpe así mi pequeño desliz mental, lo cual le agradezco, pero tampoco mucho. Porque todo va bien.

Mira con fijeza mis dos maletas grandes, mi maleta mediana y la maleta de mano Centenary 125 de Globe-Trotter, que no va a conjunto con las otras dos, pero no sé qué voy a llevar en el avión todavía y el marrón combina con casi todo mi vestuario y un maletín plateado pequeño parece un poco del concurso ese de la tele, *Deal or No Deal*, ¿no?

¿Puedo decirlo? Sé que quizá está por debajo de mi tramo fiscal admitirlo, pero una vez BJ y yo encontramos una versión de salón recreativo de *Deal or No Deal* y creo que nos gastamos unas 2.000 libras jugando. Es un juego divertidísimo. No culpo ni un poquito a Meghan Markle por participar, es altamente adictivo.

—Parksy... —Beej se aclara la garganta sin despegar los ojos de mis maletas—. ¿Te acuerdas de cuando te dije que para este viaje solo llevaríamos una maleta por cabeza?

—¡Sí! —Ando hasta él, le rodeo la cintura con los brazos y lo miro con una sonrisa radiante—. Fue divertidísimo. No se te reconoce lo suficiente el ingenio que tienes.

Le doy un golpecito en la nariz y él parpadea un montón.

—¿Acabas de darme en la nariz? —pregunta mirándome con fijeza.

—Pues... —vuelvo a darle en la nariz— sí.

—Te dejo —me dice con la cara muy seria, y yo pongo los ojos en blanco.

—¿En serio, tío? —dice Gus, acercándose a él y saludándolo con un abrazo—. ¿Darte un golpecito en la nariz es el límite? —Gus niega con la cabeza, lleno de curiosidad—. Ni Tommy, ni Julian ni Christian... Un simple... —Alarga la mano y le pega un golpecito en la nariz a BJ él también.

BJ le contesta con una sonrisa seca que es un ochenta por ciento diversión y un veinte por ciento verdadera irritación.

—No pienso ayudarte a cargar con esto por Asia. —Señala mis maletas con poco entusiasmo.

Hago un mohín.

—¡Claro que sí!

—Ni hablar. —Niega con la cabeza.

—¿Y qué hay de lo de en la salud y en la enfermedad? —Frunzo el ceño—. Esto es mi enfermedad.

—Todavía no hemos dicho los votos. —Me lanza una mirada elocuente.

—¿Entonces todo eso fue para aparentar? —Lo miro con fijeza—. Tu perorata tan adorable y sexy diciéndome que ya estás comprometido conmigo... ¿A qué vino?

Gus nos mira a ambos, con las cejas enarcadas, a la espera.

—Me ha llegado lo de ese discurso, tío. —Le guiña el ojo a Beej—. Qué cositas tan sexis.

BJ pone los ojos en blanco.

—Te he prometido mil veces que te amaré para siempre, Parks. —Enarca una ceja—. Lo que nunca he hecho, sin embargo, es prometerte acabar con hernias discales por ti. Una maleta.

Entonces es él quien me da un golpecito a mí en la nariz y se va de mi cuarto.

—¡Voy a dejar en casa toda mi lencería! —le grito mientras se va.

Vuelve a asomar la cabeza por la puerta inmediatamente, con las cejas enarcadas. Gus suelta una risita al tiempo que BJ exhala por la boca.

—Pensándolo mejor… —Me mira con los ojos entornados—. ¿Qué son un par de maletas de más entre amantes?

22.41
Tausie 💟

Qué voy a hacer sin ti???

> Tener un sexo increíble con el bombero.

*detective

> Pero se viste de bombero para ti, no?

Magnolia.

> Taura, si la respuesta a eso no es "sí", lamento decírtelo, pero ese hombre te está negando lo que es tuyo por derecho

Eres una idiota.

Voy a echarte de menos

> Yo también.

> No será mucho tiempo.

> Un mero lapsus en tu radar, si tu radar está activado para jugar a ser la respuesta de emergencia

Al menos ya sé qué vamos a hacer en tu despedida de soltera?

A TILLER?

☹

Era broma.

SETENTA Y CUATRO
BJ

Aunque le digo que debería, Magnolia no cuenta a sus padres que nos iremos un tiempecito, ni siquiera a su madre.

Sí le dice a mi madre que puede decírselo a su madre «si lo considera conveniente», pero también comentó que no tenía claro por qué ni cómo iba a afectarlos, teniendo en cuenta que ella no vive en su casa y que no han ejercido de padres responsables para ella desde que «salió del útero» (sus palabras, no las mías).

Salimos dentro de unos días, todos estamos bastante tranquilos acerca de la fecha concreta. Aun así, Taura y Tiller se van de viaje a Hvar mañana, así que Parksy tiene una cena de despedida con Taus y Gus.

Una despedida me parece un poco dramático. Es verdad que no hay un límite de tiempo para la duración de nuestro viaje, eso es todo. Podría durar dos semanas, podríamos estar fuera seis.

Hen y yo tenemos una noche con los chicos, no como despedida (porque ¿por qué tendríamos que despedirnos?) y es raro, porque tampoco nos despedimos muy a buenas, ¿no? Aunque, en fin, es algo.

En cuanto entramos en Boodle y veo a los chicos, siento cierta pesadumbre.

Jo abuchea cuando nos ve, igual que hace siempre, y me pregunto si son imaginaciones mías (me digo a mí mismo que sí lo son), pero tengo la sensación de que la comisura de su sonrisa se hunde un poco. Como si hubiera un pesar innato en él que antes no estaba y ahora está todo el rato.

Henry pregunta a los chicos por Scotty, su prima, que ha venido de visita. Siempre quise entrarle, pero estaba estrictamente prohibida para todos nosotros según Jo, e incluso esa conversación (inofensiva como la que más) soporta un peso conversacional extraño que no entiendo.

—¿Lleva un tiempo por aquí, entonces? —pregunta Hen.

Jo se encoge de hombros.

—Un poco, sí.

—¿Vacaciones? —pregunto.

Christian da un trago de su Sazerac.

—A Scotty le flipan las vacaciones.

—Necesitaba salir un poco de Australia —dice Jo.

Le pego un manotazo a Christian en el brazo.

—Y esa novia tuya… ¿cómo se llamaba?

—Sasha —contestan Christian y Jo al unísono.

Henry y yo intercambiamos una mirada guasona.

Señalo a Christian con el mentón.

—¿Qué tal va?

—Bueno. —Se encoge de hombros—. Bien.

—¿Entonces, te gusta? —pregunto con curiosidad.

—Sí, claro. —Parpadea y da otro trago. Y una mierda, se bebe toda la puta copa de un trago, de hecho. Avisa al camarero, pide otra ronda sin preguntar a nadie si queremos más, se viene más y punto.

He visto a Christian amar de verdad a dos chicas hasta la fecha, una de ellas era mía. Sé qué cara pone cuando ama a una chica y, joder, ahora ni siquiera se le acerca.

Me apoyo en el respaldo de mi silla, me cruzo de brazos y lo miro negando con la cabeza.

—¿Qué estás haciendo, tío?

—¿Qué? —pregunta con el ceño fruncido.

—No quiero meterme donde no me llaman, pero, en serio, ¿qué estás haciendo?

Él se encoge de hombros y veo que cambia la cara.

—No sé de qué me hablas —dice, aunque claro que lo sabe.

—Ay, venga ya… —interviene Henry—. Entiendo que Daisy la cagara, pero ¿qué sentido tiene salir con una chica que no te gusta?

Jonah mira a Christian, es una mirada larga y cargada que no comprendo, pero que tampoco me gusta. Hace ese gesto con las cejas, una especie de contracción. Le dice algo a su hermano que yo no sé, que se supone que no tengo que saber, que me da la sensación de que nos han ocultado.

—Está buena, es buena en la cama y no habla mucho. —Christian se encoge de hombros—. Es lo que me va.

—¿Desde puto cuándo? —Henry le lanza una mirada—. Te han gustado dos chicas, en toda tu vida, y son las chicas más parlanchinas del mundo.

Ni siquiera miro mal a mi hermano por el comentario, estoy demasiado interesado en ver cómo responde Christian.

Pero no es la respuesta de Christian la que me alerta, sino Jo otra vez. Inclina el mentón hacia Christian, desvía los ojos, observa.

Christian se frota la boca, cansado.

—¿Podemos cambiar de tema? —pregunta.

Casi digo «¿A cuál?» pero no lo hago porque hay algo en ello que me parece triste de cojones.

Henry menciona The Ashes, que este año iremos con papá, pregunta a los chicos si quieren venir. Charlamos un rato sobre cricket, Hen pregunta qué tal está su tío, el de Australia, el padre de Scotty, y la conversación cae en picado otra vez.

No busco una excusa muy buena cuando me voy hacia la barra a pedir, solo para descansar un puto momento.

Jo me sigue hasta allí y ojalá no lo hubiera hecho, porque me obliga a hablar y él lo sabe.

Se inclina sobre la barra, fija la vista al frente.

—Si quieres preguntar algo, pregunta y punto —le dice a la estantería de arriba del todo.

Lo miro. Entrecierro los ojos.

—Tienes problemas.

Adelanta el mentón.

—No he oído ninguna pregunta.

—No te la he hecho —le contesto.

No dice nada. Pido un negroni para él y otro para mí. Me vuelvo. Miro hacia el otro lado.

—¿Es muy grave? —pregunto.

Él aprieta los labios, entorna los ojos y mira los whiskies del estante de arriba del todo.

—Joder —suspiro con un hilo de voz.

Él me mira, mosqueado.

—No he dicho nada.

—Ni puta falta que ha hecho —contesto con un susurro, me sale la voz aguda. Me inclino hacia él y pregunto en voz baja—: ¿Necesitas dinero?

Me lanza una mala mirada.

—Vete a la mierda.

Me vuelvo hacia él, ojos oscuros.

—¿Entonces, qué cojones pasa?

Niega un poco con la cabeza.

—No me hables así…

—¿O qué? —pregunto poniéndome más erguido.

Jonah pone los ojos en blanco.

—No pienso pegarte una puta paliza, tío…

—Tampoco piensas hablar conmigo, ni piensas decirme la verdad. ¿Piensas desaparecer y comportarte como un puto capullo para que yo ni siquiera me moleste en intentarlo?

Jo aprieta la mandíbula y desvía la mirada, hago intención de decir algo y, en ese momento, me suena el móvil.

Bajo la mirada.

Parks.

Respondo.

—Hola.

—¿Beej? —Suena asustada.

—¿Parks? —Me tapo un oído—. ¿Qué pasa?

—¡Es terrible! —dice, angustiada—. Completamente terrible.

Me aparto un paso de Jonah.

—¿El qué, Parksy?

—¡Hoy es 16 de marzo! —exclama.

Frunzo el ceño.

—¿Vale?

—Lo primero de la lista de Bridget es el equinoccio de primavera en Angkor Wat. Eso pasa una vez al año ¡y es dentro de tres días!

—Vale —asiento mirando a Jo de reojo, y sinceramente, agradezco cualquier puta razón para irme de Boodle y de Londres en general—. En nada estoy en casa, encontraremos una solución.

Cuelgo y miro a mi mejor amigo.

—¿Va todo bien?

—Sí… —Niego con la cabeza—. Mierdas de Parks. Tengo que… —señalo con el pulgar hacia la puerta y Jo asiente una vez.

—¡Hen!

Mi hermano me mira desde la otra punta del local y hago un gesto con la cabeza hacia la salida. Me mira confundido.

—Emergencia —le grito, y él se pone en pie de un salto, de modo que aclaro—: Bueno, pero, en plan, figurada… —digo, y él pone los ojos en blanco.

Él y Christian se abrazan y entonces ambos vienen para acá. Christian me rodea con los brazos, me abraza a mí también. Jo y Henry se la saltan, pero tampoco resulta sorprendente teniendo en cuenta sus últimos meses, ahora bien, Jo y yo…

Nos quedamos como a un metro de distancia, me encojo de hombros de un modo jodidamente raro.

—¿Ya nos veremos? —digo.

Jo asiente. Le devuelvo el gesto.

Y, entonces, estoy a punto de irme cuando me rodea con los brazos y me da un abrazo de oso, que apenas le devuelvo aunque lo intento.

—Cuídate, ¿vale? —me dice—. Y cuida de Parks.

Asiento, estoy un poco preocupado, la verdad.

Lo miro de nuevo, en serio.

—¿Seguro que estás bien?

Y me contesta con una sonrisa que sé que es forzada.

—Todo irá bien.

SETENTA Y CINCO
BJ

Bueno, pues al parecer sí es verdad que el equinoccio solo tiene lugar una vez al año, y este año tendrá lugar dentro de... dos días.

Magnolia está perdiendo la puta cabeza y estamos todos con la mierda hasta el cuello.

Papá nos dijo que podíamos llevarnos nuestro avión, pero ahora mismo lo tiene él y estará en Canadá hasta mañana, y si esperamos a mañana, no llegaremos a Angkor Wat a tiempo.

Magnolia se niega a pedirle el suyo a su padre, de modo que no hay nada que hacer.

Me parecía raro pedírselo a Jo, como si fuera a arrojarnos en mitad de algo.

Total, que aquí estamos los cuatro (yo, Parks, Henry y Allie) en el mostrador de Thai Airways en Heathrow, con demasiadas maletas a cuestas gracias a mi prometida, intentando sacar billetes para el primer vuelo hasta Camboya. Venga, ¿quieres saberlo? No hay vuelos directos.

—¿Qué es una «escala»? —pregunta Magnolia a nadie en particular, y sí: entrecomilla con los dedos.

Henry pone mala cara y dice: «Eso no», con un hilo de voz y se larga de allí.

Magnolia va tras él y nos dejan a Al y a mí resolviendo el tema de los asientos, y gracias al puto cielo.

De Heathrow a Bangkok, una escala de tres horas y luego de Bangkok a Siem Reap.

Y aquí viene el tema. ¿Ese primer vuelo de once horas? Clase turista.

Allie me mira con los ojos como platos, tanto por la diversión como por, tal vez, cierto leve terror.

En cuanto está todo facturado, voy hacia Magnolia y mi hermano, que están ahí esperando con mi madre.

—¿Todo bien? —pregunta Lil con una sonrisa.

Allie hace una mueca y Magnolia me mira con una especie de ceño fruncido expectante.

—Buenas noticias. —Le sonrío—. Tenemos vuelo y cien por cien que llegaremos a tiempo para el equinoccio de primavera, dando por hecho que no habrá retrasos y que, en fin, saldremos corriendo del avión y nos meteremos en el coche que hemos reservado.

Parks entrecierra los ojos.

—¿Vale?

—Y más noticias. —Me aprieto el labio superior con la lengua y digo la primera parte muy rápido—: Volaremos en clase turista. ¡¿Quién quiere emborracharse?!

Magnolia da una bocanada de aire y se le van los ojos a un lado y luego... nada. No dice nada.

Mamá pone mala cara y Henry sacude una mano delante de Parks, que está perfectamente quieta, y durante cinco segundos enteros y muy largos ni siquiera parpadea y luego me mira a mí, parpadeando.

—Lo siento muchísimo. ¿Qué?

—Clase turista.

Deja caer la cabeza y mira hacia un lado, con los ojos como platos, procesando.

—Es la parte del avión donde se sientan las personas que no son herederas —dice mi hermano, sin ayudar nada.

—¿Una heredera? —Parpadea ella—. ¿Primero clase turista y ahora se me reduce a una simple heredera?

Me inclino hacia ella para acercarme y le susurro muy bajito:

—Creo que coincidirás conmigo que, por definición, técnicamente eres una heredera rus...

No llego a terminar esa frase, sin embargo, porque mi prometida me cierra la boca con uno de esos dedos larguiruchos suyos para mandarme callar.

—Lil... —Señala con un dedo a mi madre, que la ha mirado con gesto maternal—. No me mires de esa manera, ¿vale? —Nos mira a todos—. Sé lo que todos estáis pensando: «Oh, Magnolia, qué ridícula es, no puede volar en un avión comercial». ¡A callar!

—Si nadie ha dicho nada —le susurra Allie a Henry.

—Aquí todos somos así —dice Magnolia, meneándonos un dedo en la cara a todos—. Nadie quiere volar en un avión comercial si puedes volar en un avión privado. Y, sin lugar a dudas, nadie quiere volar en clase turista cuando puedes volar en primera... —Me mira con ojos enajenados y un pelín idos—. ¿Por qué no podemos volar en primera?

Me la llevo a un aparte, lejos de mi familia, porque sí, puede ser un poco niñata, y sí, es ridícula, pero es quien es y me doy cuenta de que está a punto de entrar en un bucle.

Le sujeto ambos brazos y me agacho un poco para que nuestros ojos queden al mismo nivel.

—El vuelo estaba verdaderamente hasta arriba, Parksy. Hemos tenido suerte de poder entrar.

—¿Esto es una broma rara y cruzaremos el control de seguridad y luego dirás: «¡Te pillé!» y yo diré: «¿Qué cojones?» y luego nos sentaremos en primera?

Niego con la cabeza.

—Desgraciadamente, no. Y, de hecho... —Miro mi reloj—. Como no volamos en primera, tenemos que pasar el control de seguridad normal, así que tendríamos que ir tirando.

Se queda mirándome, anonadada, apretando los labios mientras piensa algo.

—De algún modo todo esto parece culpa de Bridget, ¿verdad que sí? —acaba diciendo al rato, y me hace reír.

—Sí —asiento—. Lleva su nombre escrito en mayúsculas.

—¿Qué hay en el tarro? —le pregunta un guardia de seguridad del aeropuerto a Parks al tiempo que ella mira con los ojos entornados la máquina de rayos X.

—Mi hermana —contesta ella, sin mirar al hombre. Y entonces levanta la mirada y le sonríe brevemente.

El guardia de seguridad parece desconcertado, y Magnolia me mira por encima del hombro en busca de ayuda.

Señalo el tarro.

—Cenizas.

Aquello no parece aliviar las preocupaciones del guardia de seguridad.

—Obviamente murió antes de que la convirtiéramos en cenizas —añade Magnolia, sin ayudar en absoluto.

El supervisor se nos acerca tranquilamente.

—¿Tienes el certificado de defunción? —pregunta.

—Disculpe, pero no... —Magnolia frunce el ceño—. Qué raro sería llevarlo encima, ¿no? ¿A quién se le ocurriría...?

—Lo tengo yo —digo sacándolo de mi mochila.

Bastante típico de Parks querer subir por las buenas una persona muerta en un avión sin informarse de qué necesitas para que se te permita.

Se lo entrego y Magnolia me mira con unos ojos enormes y agradecidos.

El supervisor reconoce el nombre del certificado y acto seguido nos hace pasar bastante rápido. Una vez en el otro lado, le devuelve Bridge a Magnolia.

Camino hasta ella y le acaricio la cara.

—Has dicho que murió. —Le sonrío, apenado—. Nunca te había oído decirlo en voz alta.

Me contesta con una sonrisa fugaz y se le llenan los ojos de lágrimas, pero le seco con el pulgar la única que se le escapa antes de que la vea nadie, porque ella es así.

Por si sirve de algo, Parksy solo ha llorado una vez entre el control de seguridad y el embarque al avión cuando, y cito sus palabras, «la mujer horrible del forro polar de Kathmandu y las alpargatas sin marca le ha pegado con su estúpida mochila de nailon».

—¿Y se puede saber qué es JanSport? —me ha preguntado entre lágrimas, y Henry ha disimulado su risa con una tos.

Ahora bien, sinceramente, hasta ahí el drama. Menos cuando hemos embarcado en el avión y Magnolia ha cerrado los ojos y ha insistido en que la guiara por las cabinas como si fuera una persona ciega para no «verse forzada a vivir las once horas siguientes con el conocimiento de lo que podría haber sido».

Como era de esperar, Henry y Allie han decidido sentarse lejos de nosotros.

—56A —me dice con una sonrisa tensa mientras se sienta. Y entonces se retuerce un poco por los asientos—. ¿Sabes?, esto no está tan mal...

Me siento a su lado. Y, a decir verdad, esto es una puta mierda. La miro con los ojos entornados.

Ella se mueve por el asiento, deslizándose de un lado al otro.

—¡Qué espacioso!

La miro sin tenerlo claro.

—Ah, ¿sí?

—¡Mmm! —canturrea—. ¡Qué amplio!

Le abrocha el cinturón a la urna de Bridget, encima de su regazo, como si fuera un menor.

Yo frunzo el ceño.

—No me caben los hombros.

—Bueno, me parece una forma bastante humilde de fardar... —me dice.

Señalo discretamente con la cabeza hacia el hombre muy alto y muy blanco que ahora está sentado en el 56C.

—Parks —le susurro—. Tengo a un desconocido al lado...

—¡Oh! —Se inclina exageradamente hacia delante y le sonríe exageradamente al desconocido—. ¡Qué bonito! ¡Un amigo!

Y llegado ese momento me levanto y repaso con la mirada el avión, buscando a mi hermano.

—¿Le has dado algo? —le grito.

—¡Solo un benzo! —Se encoge de hombros inocentemente y le lanzo una mirada jodidamente poco impresionada antes de volver a sentarme junto a ella, haciendo una mueca.

—¿Estás bien?

—¡Uy, sí! —Asiente—. Estaba bastante nerviosa por lo de sentarnos en los asientos diminutos con la gente grandota, pero Henry me ha dado una cosa maravillosa y ahora estoy estupenda. —Se revuelve un poco más en su asiento—. ¡Creo que es bastante desahogado!

Suelto una carcajada.

—¿Qué cojones estás diciendo?

Me mira con petulancia.

—¡Te apuesto a que ahora todos desearíamos tener un trastorno de la conducta alimentaria!

—Magnolia.
Ella me lanza una sonrisa.
—Lo siento.
Enarco una ceja.
—¿Cuánto lo sientes?
Se echa a reír mirando por la ventana.
—Pues no mucho.

SETENTA Y SEIS
Magnolia

Desde luego, mantuvimos relaciones sexuales en el avión, porque ¿qué más puedes hacer si no en clase turista durante once horas?
¿Dormir mal y acabar con tortícolis? Eso también lo hicimos.
Esperé a que Beej se durmiera antes de volver yo sola al baño, me planté ante el espejo y la esperé.
Se echaría a reír a carcajadas en cuanto me viera.
—Llevas cuatro horas en clase turista y parece que trabajes en una fábrica en 1876.
Yo le lanzaría una mirada y ella me contestaría con otra, petulante.
—¿Adónde vamos? —me preguntaría, porque llevamos un montón de días sin hablar. Está mal, ¿no crees? Mal por mi parte. Han sido un par de semanas bastante ajetreadas, es todo.
—Haremos tu viaje con Allie —le contestaría yo, un punto satisfecha conmigo misma.
—¿El del sureste de Asia? —me preguntaría radiante.
Y yo asentiría.
—¿Cuántas maletas te has traído? —preguntaría también, y yo me lavaría las manos sin razón alguna, buena higiene y punto.
—No quiero hablar del tema —diría yo con la nariz levantada.
—Bueno, entonces demasiadas, ¿no? —me diría ella.
Y yo pondría los ojos en blanco.
—¿BJ se ha mosqueado?
Me encojo de hombros con recato.
—¿Quién sabe, la verdad?
Ella me lanzaría una mirada y yo cerraría los ojos y la estudiaría, el ángulo que adoptarían sus cejas al poner cara de impasibilidad, la arruga de su nariz, las marcas de expresión alrededor de sus ojos al entrecerrarlos

para mirarme, todas las direcciones en que hacía rictus con los labios... Nadie lanza miradas como Bridget, adoro cuando me fulmina con la mirada y me retumba por todo el cerebro como una botella de vino que pateas para quitar de en medio la idea de que nunca volverá a mirarme así en la vida real con su rostro real y sus ojos reales.

Hemos hecho una escala de tres horas en Bangkok, que se ha pasado bastante rápido, entre el espacio y el aire libre a mi disposición una vez fuera del avión.

Hemos pagado por una sala de espera, nos hemos duchado y nos hemos vestido para el equinoccio de primavera, porque BJ ha dicho que luego habría cero tiempo.

¿Qué te tienes que poner para el equinoccio de primavera, he oído que preguntabas? Gran pregunta; yo no lo tenía del todo claro. Es la clase de cosa que desearía haber podido preguntarle a mi hermana, un poco porque ella sabría la respuesta, pero también porque sé que la pregunta la irritaría un montón, pero no está aquí para responderla; de modo que me la he jugado y he decidido ponerme el minivestido de seda de color azul cielo con topos blancos embellecido con botones y ribetes de encaje inglés de Alessandra Rich y los zuecos Titya de piel con tachuelas en color coñac de Isabel Marant con los calcetines de canalé de cachemira en tono marfil de The Row.

Poco después de haberme vestido, es hora de embarcar en otro avión para el segundo vuelo, en el cual sí volamos en primera, pero tan solo ha durado una hora más o menos.

Me ha resultado de lo más fastidioso que tanto Henry como Allie me dijeran que habían dormido durante todo el vuelo, lo cual me parece muy desagradable porque creo que yo he dormido de verdad a lo sumo una hora y luego, al despertarme me he quedado repitiéndome sin parar que estaba durmiendo cuando, en realidad, estaba despierta y resentida con BJ por dormir las nueve horas restantes del vuelo.

Cuando llegamos a Siem Reap, nos esperan dos coches: uno para el equipaje y otro para nosotros.

El aeropuerto no queda muy lejos de Angkor Wat, apenas seis kilómetros o algo así, pero ya se ha hecho de día y yo tengo un nudo en el estómago.

—¿Sabéis?, técnicamente dicen que tanto ayer como mañana estará bastante centrado —comenta Henry, volviéndose desde el asiento del copiloto.

—Pero no será el equinoccio de primavera. —Allie frunce el ceño a mi lado.

—Y... —Reprendo a Henry con la mirada—. «Ir a Angkor Wat un día cualquiera de marzo» no es lo que ponía en la lista de Bridget.

Tamborileo con los dedos en la rodilla desnuda de BJ. Lleva las bermudas de punto intarsia GG Supreme en azul marino y caramelo de Gucci.

Me rodea con un brazo y juguetea distraídamente con la tira de mi sujetador mientras mira por la ventana.

Todo a nuestro alrededor parece un poco neblinoso, y apenas empieza a haber un rayo de luz. Un montón de árboles. Más de los que te imaginas.

—Caray... —dice BJ al acercarnos al lugar.

—Unas 163 hectáreas —dice Allie—. Es enorme. —Luego pega una patada a la parte de atrás del asiento de Henry para que le haga caso y señala con la cabeza al conductor—. Sabe que tenemos prisa, ¿verdad?

—Sí, Al —suspira Henry, impaciente.

El cielo se va iluminando y el tráfico ralentizando. Parece ser que hay bastante gente que ha venido a ver el equinoccio de primavera. Estamos a punto de cruzar la puerta gigante de piedra tallada cuando BJ le pega un manotazo a la parte de atrás del asiento de Henry.

—Tú, paramos aquí y vamos corriendo.

Lo miro atónita.

—¿Corriendo?

—Sí —dice, y luego señala la urna con la barbilla—. Dame a Bridge.

Lo miro, inquieta, y él me mira ofendido.

—Me viste jugar a rugby toda nuestra etapa escolar, ¿cuántas veces me viste perder un balón?

Inhalo por la nariz, aun sin entregarle a Bridget.

—En cambio... —interviene Henry—. He visto cómo se te caían cosas sin ninguna razón en absoluto. Estás ahí de pie tan tranquilo, todo completamente normal, a veces ni siquiera te estás moviendo y de repente... ¡pam! Manos de mantequilla de la nada.

Pongo los ojos en blanco y miro fijamente a Henry suficiente rato como para que sepa que no estoy muy contenta, pero luego entrego a Bridget de todos modos.

BJ señala hacia el templo con la cabeza.

—Vamos.

Y, de repente, estamos todos corriendo como si nos fuera la vida en ello, esquivando y sorteando probablemente a miles de personas, literal. Echando la vista atrás, los zuecos habían sido una mala idea, pero en mi defensa diré que no sabía que tendríamos que correr cuando llegáramos a Camboya.

—¡También se le llama vernal! —dice Allie mientras corremos.

Henry vuelve la vista por encima del hombro para mirarla.

—¿A qué?

—Al equinoccio —toma una bocanada de aire— de primavera.

—Ah —contesta Henry, esquivando a un turista bastante corpulento.

—Se contempla por todo el mundo... —prosigue Allie, aunque seguimos corriendo y ella se está ahogando un poco—. En Japón se llama Shunbun no Hi... —Pausa para respirar—. Y los mayas lo celebraban... —Bocanada ahogada en busca de aire—. ¡Y los persas también!

BJ me lanza una mirada fugaz por encima de los hombros y creo que todos nos preguntamos colectivamente si hemos cometido un error yéndonos de vacaciones con la enciclopedia británica.

—La dinastía Shang nació, se supone, del equinoccio vernal... —va diciendo ella.

Henry me mira:

—Haz que pare.

—Los celtas y los druidas —Lucha por respirar— ¡y se celebraba durante el culto de Cibeles en la antigua Roma! Te habría gustado, Beej —deja de correr un segundo, se dobla por la cintura para recuperar el resuello, pero no pierde la oportunidad de chinchar a su hermano—, montones de bebida y sexo.

BJ le lanza una mala mirada y yo frunzo el ceño.

—Allie.

Me sonríe un instante.

—Perdón.

Henry se ríe respirando con dificultad él también, y entonces BJ se fija en el cielo, que no para de clarear.

—Venga, va —me anima y mira a todos los demás. Y luego: ¡a correr!

Yo soy más rápida que él, pero él está muy en forma. Está mucho más en forma que yo, y es más fuerte. Él nunca jamás me pide que le abra ningún tarro.

Y lo sé, estarás pensando: ¿pero qué come ¡ella! que salga de un ¡tarro!?

Pues caviar, sobre todo. Por Bushka. Sin embargo, ya que ha salido el tema, a veces como mermelada de higos, que puede costar mucho abrir. Y mieles, siempre tenemos distintos tipos de miel. Hoy por hoy, tenemos Manukora, que BJ dijo que salió más cara de la cuenta, pero ¿cómo iba a saberlo él? Y, además, la inflación y todo eso, ¿no? Y luego de Flamingo Estate tenemos un puñado de las mieles de Will Ferrell, pero eso fue un acto de caridad, de modo que no cuenta. Sí es verdad que tenemos un tarro de mantequilla de cacahuete que Henry y yo compramos por curiosidad una vez, y costó, qué sé yo, unas 700 libras por tres tarros de 170 gramos. *Standard Reference Material 2387*. Era una etiqueta muy aburrida también. Fascinante. ¿De qué hablábamos?

—Vale, ¿vas a hablar todo el rato? —pregunta Henry, exasperado y sin aliento a partes iguales, a su hermana.

—Bueno —me lo planteo—. Es bastante bridgetesco.

—¡Es lo que pretendo! —asiente Allie con entusiasmo—. Todas las cosas que le importarían a ella —¡aire!— me importan a mí.

—Y yo me mostraré impasible mientras me las cuentes —le contesto—. Solo por mantener las cosas dentro del realismo.

—Vale... —asiente Allie de nuevo, con una sonrisa cansada—. Eh, Beej... ¿Queda much...?

Y entonces BJ para de correr, de golpe. De hecho, choco contra él porque no estaba mirando muy atenta por dónde iba, pero te gustará saber que sigue agarrando con firmeza a mi hermana y también se las arregla para sujetarme a mí.

—Oh, mierda —suelta Henry, mirando fijamente el cielo, boquiabierto.

Y, en ese momento, sucede.

Es un momento extraño, de hecho, da la sensación de que, de algún modo, toda la tierra al completo suelta una exclamación ahogada y contiene la respiración mientras esta pequeña órbita de luz flota hacia las alturas, perfectamente centrada por encima de la torre central del templo, y a medida que el sol amanece, BJ sube el lado con la carita sonriente de mi hermana hacia el sol, tan alto como puede hacia el cielo, para darle la vista que ella merece, aunque no pueda verlo como había imaginado que lo vería.

Es más dorado de lo que podría explicarte, aunque lo intentara con todas mis fuerzas. Un poco como si todo el cielo y la tierra estuvieran untados de miel y espolvoreados con topacio y ámbar y cuarzo.

BJ entrega a Bridge a Henry y luego me coloca delante de él, apoya el mentón sobre mi cabeza y me rodea con los brazos.

¿Sabes qué es el equinoccio de primavera, por cierto?

Es una celebración ancestral, obviamente, como Allie ha dicho... muchas veces y de muchas maneras distintas.

Significa que el invierno ha llegado a su fin y que viene la primavera. Y al apoyarme contra mi prometido, entre sus brazos, me pregunto si tal vez es una promesa.

Algo que me está diciendo mi hermana a través de la luz del cielo, que está a ciento cincuenta millones de kilómetros de distancia, porque la vida no acaba en la muerte, me trae sin cuidado lo que digas, no puede... no debe. Quizá no tiene el aspecto que tenía antes cuando la persona estaba aquí, y tal vez Bridget no está tan cerca como dice esa teoría del velo tan bonita que tiene la gente, que dice que la persona es un mero susurro que está a tu lado y que te llega a través de una cortina que no podemos ver, pero quizá ella está en alguna parte, ¿no? Tirando hilos, haciendo amanecer a los soles y prometiendo que hay esperanza inmediatamente después.

—Caray —digo mirándolo con fijeza.

Beej me da un beso en la cabeza.

—Sí. Caray.

—Es muy hermoso —dice Allie, con los ojos muy abiertos y enamorados.

—Nunca había visto nada igual... —Henry niega con la cabeza—. Puedes hasta sentirlo en el aire.

Allie se sorbe la nariz, sonriéndole al cielo.

—Es verdaderamente increíble...

Henry le sonríe a ella y le rodea los hombros con un brazo.

Y todo está en silencio y todo está quieto, todo el mundo en la tierra a esta hora está tranquilo y zen, incluso los pájaros. En paz.

Inhalo, contengo el aire, lo suelto.

Abro los ojos, miro alrededor, siento que el mundo y yo somos uno, siento que BJ y yo somos uno, claro que hace ya tiempo que somos uno, de modo que no resulta tan emocionante.

Le pego un codazo con disimulo.

Él se inclina hacia delante y me mira a los ojos.

—¿Y ahora qué? —pregunto con un susurro muy muy bajito.

Pone mala cara.

—No han pasado ni ocho segundos...

—¡No, claro! —Niego con la cabeza y suelto una risita—. Culpa mía. Qué tonta...

Frunzo los labios y tomo otra profunda bocanada de aire mientras miro alrededor a nuestros compañeros de equinoccio de primavera. Me fijo en un par que son muy raros.

Vuelvo a mirar a BJ, señalo con la cabeza hacia una mujer que no se ha lavado el pelo en un buen puñado de años y ahora se está dando un baño de sonido.

—Cómo les va el sol por aquí, ¿eh?

BJ se echa a reír.

Henry se nos acerca un poco más.

—¿Qué pasa? —pregunta.

BJ me señala con la cabeza.

—Aquí san Juan Hesicasta se aburre.

—¿Quién es ese? —pregunta Allie con el ceño fruncido, y yo me encojo de hombros porque no lo pillo, pero Henry suelta una risita, así que supongo que él sí.

Henry me mira.

—Acabamos de llegar.

—Lo sé, pero... es que ya se ha movido. —Me encojo de hombros.

—Claro, Magnolia. —Me mira de una manera que resulta irritante—. Es el sol.

—Ya —asiento—. Ahora que hemos establecido colectivamente que, de hecho, se ha movido, eso me lleva a la pregunta del millón. —Miro a ambos chicos con una sonrisa bobalicona—. ¿Ahora qué?

—Bueno, espera. —Henry suspira—. ¿Deberíamos decir algo?
—¿A qué te refieres? —pregunta Allie, mirándome a mí.
Henry se encoge de hombros.
—A ver, deberíamos decir algo. —Vuelve a encogerse de hombros—. Sobre Bridge, ¿no? Por eso hemos venido.
—Oh. —Frunzo los labios y un poco el ceño—. Sí, claro. Supongo.
Lo señalo con un gesto, cediéndole los honores.
BJ aparta a Bridge de las manos de su hermano, gira la urna para que la carita sonriente lo mire a él. Y Henry pone los ojos en blanco.
—Bridget Dorothy Parks era una de las chicas más guays que he conocido en mi vida —dice Henry con firmeza—. Divertida, inteligente, vamos, brillante. —Asiente con entusiasmo—. ¿Verdad que lo era? Muy lista. E ingeniosa e irónica. Sarcástica. Preciosa. Y tengo que decirlo... —Me lanza una larga mirada con las cejas enarcadas—. Honesta y literalmente, me arrepentiré hasta el fin de mis días, creo, de no haberle tirado nunca los tejos.
Allie se queda boquiabierta y BJ se echa a reír a mandíbula batiente.
Me quedo mirándolo, sin parpadear.
—¡Henry!
—¿Qué? —Se encoge de hombros—. Estaba buena, Parks. —Me mira con gesto de disculpa y luego mira igual a su hermana—. Lo siento, Al.
Allie se encoge de hombros.
—Y no me malinterpretéis... —Henry levanta las manos como si fuera inocente—. Quiero a Romilly, de verdad. Pero creo que me habría encantado un morreo de la pequeña Parks —se explaya y yo hago una mueca—. Tenía toda la pinta de dar besos apasionados...
—¡Qué asco! —Pego un pisotón con el pie.
—Uy, ¡Beej la ha besado! —Allie señala a su hermano mayor como si estuviera ayudando.
—Y una mierda. —Henry se queda mirando a su hermano, con los ojos como platos. Mira a BJ y luego a mí y luego a BJ y, finalmente, niega con la cabeza—. No, en serio, vete a la mierda y cuéntamelo todo.
Beej pone los ojos en blanco.
—Ella tendría, no sé, catorce años. No había besado nunca a nadie...
Lo interrumpo.

—¿Te acuerdas de esa fiesta, cuando íbamos al internado, que ella no quiso besar a Dean Vinograd y la gente la llamaba rara y alguien empezó un rumor de que dejaría Varley para entrar en un convento alpino...?

—Tú empezaste ese rumor —me dice Henry, y yo pongo los ojos en blanco.

—Bueno, pues te haré saber que ella me dijo que sacó un montón de acción gracias a ese rumor, porque a los hombres les encanta tirarle los tejos a una mujer que no está disponible sexualmente, así que...

—Sí, las cosas como son —asiente Henry.

—Sí, eso es cierto —dice BJ a la vez—. Total —nos mira a Henry y a mí para que nos callemos—, que le daba miedo porque no lo había hecho nunca y se agobió un poco con el tema... —BJ se encoge de hombros—. Así que la besé yo. Delante de Parks.

—Mola —asiente Henry, con admiración.

—Harley lo vio —añado yo.

Henry hace una mueca.

—Joder. —Hace una pausa, pensativo. Luego señala a Beej con el mentón—. ¿Buen beso?

BJ me mira y se echa a reír antes de esbozar un encogimiento de hombros que parece decir «joder».

—Pues sí, la verdad. —Se ríe—. Me dio un buen beso.

—Joder —suelta Henry, bajito—. Tendría... Podría... Lo habría hecho.

—¿Eso es todo? —Miro a Henry, parpadeando, intentando parecer impertérrita—. ¿Esta es tu gran despedida?

Hen se encoge de hombros.

—¿Si no puedo decir ahora que quería pegarle un buen morreo, cuándo lo haré?

Allie se lo piensa y se señala a mí misma.

—Yo habría podido vivir si no lo hubieras dicho nunca.

La señalo en gesto de solidaridad.

Hen pone los ojos en blanco.

—La persona más inteligente allí donde fuera, se juntara con quien se juntara. Era brillante. Joder, me flipaba escucharla educaros a vosotros dos, pedazos de idiotas, con su psicocháchara. —Sonríe acordándose—.

Lo echaré de menos. Me encantaba no saber contra quién abriría fuego con un diagnóstico aparecido de la nada…

—Con el que siempre daba dolorosamente en el clavo —añade Allie.

—Sí —asiente Hen—. Era increíblemente sagaz.

Los ánimos se apagan y todos sentimos su ausencia apretándose contra nosotros como si fuera agua tras la pared de una presa. Una presión creciente de echarla de menos y de desear que ella estuviera aquí y de ajustarse mentalmente a cómo tiene que ser la vida ahora que ella ya no está y reconocer lo incómodo que es que la muerte viniera a por ella, con tan solo veintidós años, y todas las cosas que no pudo llegar a hacer en esta vida tan breve y diminuta.

Me aprieto los ojos con las manos e intento no llorar, sin éxito. Sí que lloro. Más fuerte de lo que habría hecho en Inglaterra, pero con un poco de suerte no lo suficientemente fuerte como para que me vea un turista y me saque una foto. BJ me envuelve entre sus brazos y me sujeta contra él.

Y luego oigo a Allie, que también llora. Henry abraza a su hermana otra vez.

—Está bien, Parksy —me dice BJ porque ¿qué más puede decirme?—. Ella está bien. Esté donde esté… —Se encoge un poco de hombros—. De pie ante las puertas del cielo leyendo Immanuel Kant mientras nos espera a todos, o nadando de espaldas por la infinidad de la nada donde, durante toda la eternidad, nos comerá la oreja hasta que se nos caiga hablando sobre los putos vínculos traumáticos y los infinitos geométricos.

Suelto una carcajada y él me acuna el rostro con una mano.

—Esté donde esté, será un buen sitio. Sé que sí.

—¿Cómo? —pregunto.

Se encoge de hombros como si fuera sencillo.

—Porque ella está allí.

SETENTA Y SIETE
BJ

Entramos en la muy desnuda habitación de azulejos blancos y literas negras donde nos espera nuestro equipaje.
Parks suelta una carcajada seca.
—No, no, no, no, no, no, no... —Niega con la cabeza.
—Allie. —Henry frunce el ceño, mirándola—. ¿Estás segura?
—¡Sí! —asiente Allie, convencida—. ¡Es aquí! ¡Lo escribió ella! —Nos enseña el plan de Bridget.
Magnolia repasa con la mirada toda la habitación poniendo muy mala cara.
Toca una de las camas con un único dedo índice muy estirado, luego me mira, sin tenerlo claro.
—¿Esta cama diminuta tiene una escalera que sube a otra cama diminuta?
Ahogo una carcajada, pero Henry no. Ella lo oye y lo fulmina con la mirada.
—Un momento, ¿cómo...? —Nos cuenta mentalmente, señalándonos: uno, dos, tres, cuatro. Entrecierra los ojos, atando cabos—. Si nosotros somos cuatro y aquí hay seis camas... ¿No me diréis que...?
Y, en ese momento, se abre la puerta y aparece un tipo que no conocemos de nada.
—¡Por Dios! —grita Magnolia a pleno pulmón—. ¡LARGO DE AQUÍ!
Y se arranca en ruso:
—Тебе лучше уйти! Я видел общежитие! Мы этого не делаем, понятно? Не сегодня! Не сегодня, сатана.
No entiendo todo lo que ha dicho, pero creo que es posible haya soltado un: «Hoy no, Satanás». Allie le tapa la boca con la mano, entre divertida y horrorizada. En fin, bienvenida a mi vida, Al.

Parksy sigue con el ruso a toda velocidad.

—Ты очень высокий, но мой парень очень сильный, и он убьет тебя. Он сумасшедший! Он убьет тебя до смерти. Тебе нужны деньги? Это ограбление?

¿Dice algo en plan: «mi novio está loco y te matará»?

Y este pobre chico está ahí de pie, con los ojos como platos, putopetrificado, de hecho porque la chica más preciosa del mundo le está putogritando en ruso.

—Esto... —El chico nos mira a Henry y a mí, nervioso—. Esta es mi habitación. Yo también duermo aquí. —Asiente, no sé muy bien a quién. ¿A sí mismo, quizá? Señala una camiseta y un jersey que hay en una de las literas de abajo—. Eso es mío.

Magnolia abre los ojos como platos, incrédula.

—¿Tú te...? ¿Tú también te hospedas aquí? —Señala hacia el suelo—. ¿En esta habitación? —Parpadea ella—. ¿Por voluntad propia?

Henry se cubre la cara con las manos.

El chico me mira de reojo, inseguro.

—Sí.

Magnolia lo mira con los ojos achicados.

—Tú, un completo desconocido, aquí con nosotros... —Se señala a sí misma—: Conmigo.

El pobre muchacho nos mira al resto, casi como si preguntara: «¿Esta chica está bien?», pero no quiero jugármela a estar a malas con Parks por haberle echado un cable al tipo. Vivimos en un mundo cruel, tío.

—Con vosotros, sí —asiente él y luego fuerza una sonrisa—. Soy...

—Uy... —Parks niega muy rápido con la cabeza—. No hace falta intercambiar nombres. BJ, este caballe...

Aprieto los labios porque ni siquiera es capaz de llamarlo «caballero», y me pregunto cuántas veces en esta vida me voy a llevar un guantazo en la cara porque me enamoré de una condenada idiota.

Magnolia se aclara la garganta con recato.

—Este... —pausa incómoda— hombre, lleva unas gafas de depredador...

—Son de aviador, transparentes —le dice él a Henry y a Allie—. Son transparentes normales...

Y luego Parks lo mira con los ojos entrecerrados y señala su camisa.

—¿Qué llevas en el bolsillo? ¿Es un...?
—¡Mirlitón! —Sonríe él, complacido—. Sí.
Lo hace sonar y Parks me mira, con los ojos enloquecidos, antes de volver a mirarlo a él.
—Usted, señor, es una amenaza.
El chico parece desanimarse un poco por el comentario.
—¿No te ha gustado el mirlitón?
Henry lo mira con una mueca que esconde una sonrisa.
—Viajas solo, ¿verdad?
El Mirlitón Depredador frunce el ceño.
—¿Cómo lo has...?
—Parksy. —Atraigo su atención con una mirada—. Si Bridge escogió este sitio, ¿no quieres al menos darle una...?
—Que no —dice ella, que ya niega con la cabeza—. Que sí, que sé que era rara, pero no así de rara.
Al mira alrededor.
—Tengo la sensación de que parece distinto de lo que se veía en las fotos.
—¿Quizá ha perdido con el tiempo? —aventura Henry.
—No, escuchad, sé que esto no es lo que habría escogido ella porque una vez en una fiesta de pijamas Jonah os obligó a ver *Hostel*, ¿os acordáis? —Magnolia nos mira a todos—. Y Bridget se asustó tantísimo que después insistió en dormir en mi cama durante un mes.
Henry mira a Magnolia con gesto de no tenerlo claro.
—¿Bridget insistió?
—¡Vale! —gruñe ella—. Yo me asusté e insistí, pero Bridget también. Tuvo muchos recelos hacia los holandeses durante unos cuantos años después de aquello...
Pongo los ojos en blanco y me tumbo en una de las literas.
—Ella nunca dormiría en un hostal, eso lo sé seguro —afirma.
Miro las literas de alrededor, me siento menos inclinado a dormir aquí de lo que me gustaría.
Hago una mueca.
—Hay más espacio en una lata de atún.
Magnolia bufa, impaciente.
—El atún no viene en latas.

—Claro que sí —decimos mis hermanos, el desconocido y yo, todos a la vez.

Magnolia nos mira a todos.

—¿El atún rojo?

Hen pone los ojos en blanco.

—Puedes enlatar cualquier cosa.

Magnolia le da la espalda a Henry, con la nariz levantada.

—Bueno, pues yo solo lo he visto fresco o en un tarro...

—Eso es porque tú eres tú —le dice Henry con una mirada elocuente.

Y entonces Allie suelta:

—Ay, mierda.

Me siento porque soy el mayor y porque voy con una panda de idiotas integrales.

—¿Qué?

Allie nos mira a todos disculpándose con una sonrisa.

—Me equivoqué con una letra.

Henry entorna muchísimo los ojos.

—¿Qué?

—¡Uups! —Al esboza una sonrisota rara—. En realidad es A-M-A-N-S-A-R-A. Sin T...

—¡Allie! —Magnolia suelta un gruñido gutural.

—¡Lo siento! —Mi hermana pequeña se encoge de hombros con gesto de impotencia—. Lo siento, ha sido sin querer, un error...

Magnolia empieza a recoger sus maletas y a arrastrarlas hacia la puerta.

—Casi haces que nos mate un maniaco que toca el mirlitón...

Mirlitón levanta una mano.

—No... No soy un asesino.

—Esto... —Hen hace una mueca—. Para ser justos, muchacho, esto es exactamente lo que diría un asesino, así que...

Mirlitón se lo replantea.

—¿El mirlitón me hace... tener pinta de asesino?

—Hombre, a ver... —Henry le da unas palmaditas en el brazo—. Ayudar, no ayuda.

Mi hermano arrastra su maleta y la de Allie hacia la puerta y se encoge alegremente de hombros mirando al tipo.

—Pero bueno, nada, que nosotros ya te dejamos en paz.

Magnolia hace una pausa extraña en la puerta y se vuelve para mirar al hombre.

Pone mala cara al mirarlo cautelosamente.

—¿Puedo? —Señala el mirlitón del tipo.

Él asiente, sorprendido, pero complacido en cierta manera.

Ella alarga la mano con cuidado, la mete en el bolsillo y luego, delicadamente, tira el mirlitón a la papelera.

—Algún día me darás las gracias —le dice con una sonrisa triste—. Y por lo que respecta al bolsillo del pecho… —Le señala el bolsillo de la camisa donde el chico guardaba el mirlitón—. Se supone que no tienes que usarlos, ¿lo sabías? Solo para un boli, tal vez. O un pañuelo de tela… —Pausa rápida—. Que viene a ser el pañuelo de papel de la gente ri…

—¡Estupendo! —la corto justo ahí y la saco de la habitación.

SETENTA Y OCHO
Magnolia

El ultimísimo viaje que hicimos en familia los cuatro, yo tenía casi diecisiete años y Bridget acababa de cumplir los quince, lo cual apostilla muchas cosas, no me cabe duda. A partir de entonces coincidimos en otros viajes, desde luego, pero nunca los cuatro solos. Nos hospedamos en Il San Pietro di Positano, y fue tal y como te estás imaginando.

Mis padres se quedaron la suite The Virginia y a Bridget y a mí nos tocó una habitación superior a cada una. Podríamos haber compartido, no sé por qué no reservaron una habitación para las dos. Dormimos en la misma cama todas las noches igualmente.

Fue durante uno de sus arrebatos de crianza, que tuvieron uno cada uno, pero no sé de quién fue este en concreto. Seguramente, algún psicólogo de adolescentes acabaría de publicar un libro en esa época que logró llamarles la atención; *Cómo tener hijas e influenciarlas bien* o algo por el estilo. Debería investigar un poco y ver si ese viaje coincide con alguna tendencia de crianza de la época.

Lo único que sé es que nos llevaron a Italia y a mi novio no se le permitió ir. Lo cual fue raro, porque siempre que íbamos de vacaciones toda la familia Parks, que, obviamente, hicimos muchos viajes, sí, pero casi siempre con otra gente como los Ballentine o los Beckham o los Richie, que hacían las veces de difusores relacionales, tú ya me entiendes, pero de vez en cuando viajábamos solo con nuestros padres y casi siempre nos dejaban a mí invitar a BJ y a Bridget invitar a Allie, porque entonces estábamos muy distraídas y ellos no tenían que prestarnos ninguna clase de atención, pero en ese viaje no se bajaron del burro.

—Puedes vivir sin él durante una semana, Magnolia —dijo Harley, poniendo los ojos en blanco.

—¡No, no puedo! —grité con mucho dramatismo—. ¡No podéis separarnos! No somos Romeo y Julieta.

—No, exacto. No sois Romeo y Julieta —contestó Harley con una mirada elocuente.

Entrecerré los ojos.

—¿Qué ha sido ese tono? No me ha gustado.

—Cielo —dijo mi madre, tocándole el brazo para tranquilizarlo—. Lo que ha querido decir tu padre es que BJ y tú estaréis perfectamente bien separados durante la duración de nuestro viaje de seis días solos.

—¿Y se va a quedar sin P? —dijo Bridget, con una gran sonrisa pintada en la cara, y le hundí el dedo muy hondo en el costado y esa es una de las razones que me demostraron lo fuerte que es, porque ni siquiera cambió la cara.

—P de potasio, quería decir, o de plátano, desde luego. —Esbozó una sonrisa fugaz.

Harley nos miró a ambas con cara de no poder más.

—¡Magnolia no mantiene relaciones sexuales! —siguió Bridget—. Ni siquiera sabe qué son. Es una preciosa flor virginal... —Puse los ojos en blanco— y cuando oigo ruidos que vienen de su cuarto, sé que están haciendo ejerci...

Y se ganó otro dedo en las costillas justo en ese momento.

Bridget los miró y asintió con decisión.

—Hacen un montón de ejercicio.

—¡BRIDGET! —chillé, y Harley se llevó ambas manos a la cabeza.

—Ese chico no va a volver más —exhaló él.

(BJ, de hecho, vino a casa esa misma noche).

—Bueno —pegué un pisotón y me crucé de brazos—. ¡Si BJ no puede venir, entonces Allie tampoco puede!

—¡Eh! —Bridge hizo un mohín, y yo le contesté con una sonrisa petulante.

Harley hizo una mueca.

—Es un poco distinto.

—¿Por? —Fruncí el ceño.

—¡Allie es mi mejor amiga! —dijo Bridge con las cejas enarcadas.

Yo me encogí de hombros.

—Y BJ el mío.

—¡Allie es una chica! —aclaró Harley sin ninguna necesidad.

Me señalé a mí misma con el dedo.

—Me estáis discriminando porque mi mejor amigo es un chico.

—No, te estoy discriminando porque te acuestas con él todo el rato —dijo Harley, con las cejas enarcadas, desafiante.

—A ver… —Mi madre meneó la cabeza de un lado a otro—. Si somos justos…

Harley levantó un dedo sin mirarla.

—No es el momento, Arina.

Y entonces ella me miró y se encogió de hombros como si hubiera hecho todo lo que estaba en su mano.

—A Bridget podrían gustarle las chicas —dije encogiéndome de hombros inocentemente, solo para molestar.

—Ya, pero no es el caso. —Bridget puso los ojos en blanco—. Así que no cuenta.

—A ver, dejadme ver si lo entiendo bien. —Cuadré los hombros y los miré a todos de hito en hito—. Se me está castigando porque tengo una relación amorosa y sana con mi…

Harley exhaló por la boca y dijo con un hilo de voz:

—Decir sana es pasarse un poco.

—… novio —hablé más fuerte por encima de él—. A quien quiero y quien me quiere, y expresamos nuestra relación como todo el mundo en esta tierra expresa el amor y la atracción, y si viviéramos en tiempos bíblicos…

—Que tampoco es el caso —intervino Bridget, y yo la mandé callar con una mirada.

—… llevaríamos casados, qué sé yo, tres años ya…

Harley inhaló por la nariz.

—Ojalá te hubieras casado hace tres años.

—… así que por ser normal y buena con el sexo…

—Me cago en Dios. —Harley volvió a taparse los ojos.

—… y tengo la suerte de que la persona con quien me acuesto resulta que también es mi mejor amigo, ¿se me castiga?

Harley gruñó y miró a Bridge con una mueca.

—Lo siento, Bridge.

—¡¿Qué?! —Ella se quedó mirándolo con los ojos como platos.

—Lo que dice tu hermana... lamentablemente, tiene sentido. —Se encogió de hombros—. Más o menos.

—¿Más o menos? —Fruncí el ceño y todos me ignoraron.

—Adiós a los Ballentine —dijo Harley. Y se fue.

Al cabo de una semana o algo así, Bridget y yo estábamos tomando el sol en esas tumbonas naranjas que tienen en el club de la playa. No sé dónde estaban nuestros padres. Me parece recordar que había visto a mi madre subiéndose a un yate unas horas antes, sin Harley, y creo que recuerdo haber visto a Harley junto a la piscina con alguien que no era mi madre.

Bridget estaba enterrada en *Tan poca vida* de Hanya Yanagihara y yo estaba haciendo un FaceTime con Beej, quejándome por todo y enseñándole mi biquini superchillón y superrosa Triangl y lo morena que estaba.

Él no paraba de decirme que se subiría a un avión y que vendría, que Harley no podía detenerlo, que no era el propietario de toda Italia. BJ con diecinueve años era de lo más divertido, de lo más imparable, de lo más desvergonzadamente seguro de todo y de nada a la vez.

Ahora, con la perspectiva del tiempo, me doy cuenta de que vivía atrapado por su lesión, casi a la deriva por no saber qué hacer. Fue a la universidad durante una breve temporada, pero fue tan breve que ni siquiera merece la pena comentarla.

Soy incapaz de recordar si para entonces ya lo había dejado o estaba a punto de hacerlo. Sin embargo, estaba en esa fase en que, ahora lo veo, se mostraba muy apático y muy agobiado porque su vida no iba a ser como pensábamos que sería, y eso se manifestó en una picante combinación entre ser el novio más atento y protector del planeta, en salir de fiesta como si la vida le fuera en ello y en consolidarse de veras como uno de los modelos más requeridos del momento.

La verdad es que me seducía bastante la idea abstracta del drama potencial que supondría que BJ llegara a Italia para fastidiar a mi padre, pero tendría que haberse perdido una sesión de fotos con Vetements para venir, de modo que lo convencí para que no lo hiciera.

Cuando colgamos, me giré hacia mi hermana, que estaba sentada a mi lado, y la fulminé con la mirada porque me apetecía discutir. Sin embargo, ella estaba leyendo y sin lugar a dudas no leía en plan como leo yo a veces, que intento a conciencia ignorar a otra persona, pero en realidad solo estoy esperando a que me preste atención para poder seguir ignorándola; ella estaba leyendo de verdad, por eso ni siquiera reparó en la mirada asesina que le estaba lanzando.

Me aclaré la garganta, la refulminé con la mirada, ella ni siquiera levantó la vista.

Volví a aclararme la garganta, la miraba con una fijeza penetrante, y sin despegar los ojos del libro, me preguntó:

—¿Necesitas una copa o algo?

—¡Bridget! —gruñí.

—¿Qué? —Finalmente me miró.

—¡Estoy enfadada contigo! —le dije.

—Oh, no —contestó ella, indiferente, y volvió a fijar los ojos en su libro.

—Tú tienes toda la culpa de que no estén aquí, ¿sabes?

—Es literalmente culpa tuya —me dijo, con la nariz hundida en el libro—. Porque eres tan egoísta que no paraste hasta que Allie tampoco pudo venir, y si BJ no ha podido venir es porque os pasáis todo el día en la cama.

Me senté de inmediato.

—¡Yo no me paso todo el día en la cama! —Me quedé boquiabierta, ofendida. Me crucé de brazos—. Tú te pasas todo el día en la cama.

Ella puso los ojos en blanco.

—Yo soy virgen.

—Sí, lo sé. —Le lancé una mirada—. Es dolorosamente evidente.

Se sentó ella también, frunció el ceño un poco orgullosa.

—Hay quien quiere acostarse conmigo —me dijo con la nariz levantada.

—¿Quién? —La miré, interesada—. ¿Te lo estás inventando o tienes nombres reales?

—Rowan MacCauley me pidió una cita la semana pasada, y Raphael Aldebrandi me está taladrando mucho por Snapchat, y me manda fotos en plan... —Me miró con elocuencia.

—¿Se está pasando? —Fruncí el ceño, a la defensiva.

Ella negó con la cabeza.

—No, son bastante... él sin camiseta, ángulo picado, se le intuye un poco el inicio de la polla...

Saqué la lengua, disgustada, antes de sentarme un poco más erguida, muy interesada.

—¿Y quién más?

—Timothy Cadwallader. Y Dean.

—Dios mío... —La miré parpadeando—. Acuéstate con Dean.

—No... —Ella puso los ojos en blanco—. Es...

—Un pibón —la corté.

—Sí. —Puso los ojos en blanco otra vez—. Pero tonto.

—¿Por? —Fruncí el ceño, no la creí porque no era posible que alguien que se parecía a Ryan Philippe en los noventa fuera tonto.

Enarcó las cejas.

—¿No lo sigues en Snapchat?

Puse los ojos en blanco por la tontería que acababa de decir.

—No sigo a gente de quince años, no soy una asaltacunas...

—Tienes dieciséis —me recordó.

Yo me encogí de hombros con recato.

—Prácticamente diecisiete.

—Pero literalmente dieciséis.

Exhalé por la nariz y luego tuvimos una discusión sobre si tenía más dieciséis o más diecisiete años, y yo dije que como cumplía los diecisiete dentro de un mes sin lugar a dudas tenía más diecisiete, y ella no paraba de decir: «Sí, solo que literalmente tienes dieciséis, así que...», lo cual era de lo más irritante porque técnicamente tenía razón.

Total, que luego tuvimos una discusión de las gordas. Me dijo que se había pasado los últimos tres días sin hacer nada con la persona más aburrida del planeta que no hace nada más que hablar de moda y de mierdas de la gente que no le importan a nadie.

—Si no le importa a nadie, ¿por qué existe *Tatler*? —le pregunté con malevolencia.

Y ella me contestó:

—Solo la gente que aparece en *Tatler* lee *Tatler*.

Y yo le dije:

—Mira, pues yo salgo en *Tatler*.

Y entonces ella me dijo que yo era una egocéntrica y, de hecho, la peor persona del mundo con la que irse de vacaciones, y le pregunté por qué y ella me contestó que porque todos los días hacíamos lo que yo quería («lo cual es nada», añadió) y que se había hartado y que al día siguiente se iría a la ciudad a hacer una clase de cocina y que yo no estaba invitada, aunque quisiera ir.

—¡¿Por qué iba a querer yo aprender a cocinar?! —le grité.

—¡No quieres! —me contestó, ya de pie y alejándose de mí—. Eres demasiado básica.

Esa noche no dormimos en la misma habitación y, por un tiempo, me sentí muy agradecida porque mis padres hubieran sido tan estúpidamente excesivos y nos hubieran dado una habitación a cada una.

Llamé a BJ y lloré un ratito, pero fue de lo más molesto porque él siempre ha querido a mi hermana y nunca ha hablado mal de ella, ni siquiera cuando yo quiero que lo haga. Total, que le estaba contando todas las cosas desagradables que ella me había dicho y él se limitó a sonreírme como si lo sintiera y a decir «Claro» muchas veces.

Vaya, que entonces me enfadé con él, y llamé a Paili y a Perry para quejarme de Bridget y ellos fueron mucho más obedientes, y estuvieron de acuerdo conmigo con todas las cosas que yo decía que habían sido bordes, e insolentes y hoscas, y ni así me sentí ni un pelín mejor, y dormí fatal esa noche porque la única persona con la que no puedo soportar estar enfadada aparte de Bridget es BJ, y al parecer estaba enfadada con los dos.

Al día siguiente por la mañana, a la hora del desayuno con nuestros padres (la única hora del día que teníamos garantizado verlos) Bridget me preguntó si quería ir a clase de cocina con ella, pero yo seguía con ganas de bronca por lo del día anterior, así que puse los ojos en blanco y dije: «Más quisieras».

En fin, que ese día volví al club de la playa solo que en esa ocasión fui sola, e hice lo mismo que había hecho todos los otros días antes que aquel, solo que en esa ocasión me resultó bastante aborrecible.

Para empezar, no paraban de acercárseme hombres babosos (cuya edad probablemente iba de los veinte hasta llegar a los cincuenta), pasó tantas veces que acabé pidiéndole un rotulador a un camarero y escribí en una servilleta «Tengo 16 años» y la dejé en la mesita que tenía al lado de la cabeza. Aquello jamás habría ocurrido si Bridge hubiera estado allí, y no porque no sea preciosa, que lo era de la cabeza a los pies, sino porque emanaba una verdadera energía de «no me toques los cojones», que supongo que yo por alguna razón no tendré, porque a mí me los han tocado muchísimas veces.

Más allá de eso, tampoco me apasionaba el estar sola.

No me gustaba no tener a nadie con quien compartir lo que se me pasaba por la cabeza, y no me gustaba no tener a nadie con quien mosquearme, y no me gustaba tener que recordar que hay que beber agua entre un Limoncello Spritz y el siguiente, y no me gustaba pasarme todo el santo día sumida en ese terrible silencio interno que sucede cuando tienes espacio para pensar y no tienes a nadie con quien llenarlo, y entonces empecé a preguntarme por qué en unas vacaciones familiares no estaba con mi familia.

Al final, acabé por volver a mi cuarto y me senté en el balcón a leer.

Es verdad que los balcones de las suites de lujo tienen unas vistas tremendas del Mediterráneo y de la Costa Amalfitana, pero sensacionales. Estuve unas cuantas horas ahí sentada, hasta que murió el día, leyendo *Tan fuerte, tan cerca* en un intento de ignorar mi demencial burbujeo mental sobre por qué nuestra familia es como es.

—¿Estás leyendo? —preguntó la remotamente zalamera voz de mi hermana desde detrás de mí.

—¡Por Dios! —Me puse de pie de un salto y le eché los brazos al cuello—. ¡Has vuelto, gracias al cielo!

Puso mala cara, confundida, y yo negué con la cabeza para explicarme.

—¡He tenido un día tontísimo y malísimo! —le dije, llevándola hacia donde estaba sentada hacía un momento—. Me he dado cuenta de que no hacer nada, en realidad, solo es divertido si puedes no hacerlo con alguien y, además, los hombres son de lo más pesados cuando estás sola... —puso cara de preocupación al oír eso— y, la verdad, creo que es posible que no me guste mucho estar sola.

Bridget puso los ojos en blanco.

—¡No! ¿En serio?

—... Total, que no sé qué quieres hacer mañana, ¡pero me apunto!

Me miró con suspicacia.

—¿Quieres hacer el Camino de los Dioses conmigo?

—¡Oh, puaj! —dije sin pensar, y luego hice una pausa e intenté ser más democrática con mi respuesta—. Esto... es que es muy... arduo —Le lancé una sonrisa fugaz—. ¿Te parecería bien escoger otra cosa?

Me miró con los ojos entornados, molesta.

—Pompeya —dijo cruzándose de brazos—. Mañana me voy a Pompeya.

—¡Genial! —asentí—. Suena genial, y superrelajante. ¡Nada grita «vacaciones» como la sangre y los órganos volatilizados tras un flujo piroclástico!

Le lancé una gran sonrisa y ella me miró con desconfianza.

—¿Cómo lo sabes?

Me encogí de hombros.

—*National Geographic*.

—Vaya. —Frunció los labios y tamborileó con las manos en la mesa, probablemente, la excursión ya no le hacía tanta ilusión ahora que se había dado cuenta de que no iba a poder pegarme la chapa durante todo el día hablándome de observaciones estratigráficas.

—¿Crees que será siempre así? —le acabé preguntando al rato—. Nosotras y ellos.

—¿A qué te refieres? —Frunció un poco el ceño.

—Pues que… —Levanté los hombros intentando comunicar lo que me había estado rondando por la cabeza todo el día—. Cuando vamos de vacaciones con BJ y su familia, Lily y Hamish nunca se van ellos solos, ¡o quizá lo hacen una vez! Vamos, una única vez por viaje se van y hacen algo de adultos ellos dos solos, pero el resto del tiempo siempre están ahí, haciendo cosas con nosotros o llevándonos a sitios, o como mínimo, no sé, cenan con nosotros y esas cosas.

—Ellos desayunan con nosotras —me dijo con las cejas enarcadas como si fuera un ofrecimiento terrible y patético.

—Claro, y es en plan medio pomelo y ¡ale, adiós!

Bridget me lanzó una mirada.

—Ni siquiera pasan el día juntos, ¿sabes?

—Lo sé —contestó.

—Entonces ¿por qué nos han traído?

—Porque es lo que representa que tienen que hacer… —Suspiró—. Lo están intentando.

Puse los ojos en blanco.

—No lo intentan.

—Creo que sí… a su manera —dijo y apoyó la barbilla en la mano—. Pero sí, creo que siempre será así. De un modo u otro, probablemente.

—¿Te gustaría que nos quisieran más? —pregunté bastante flojito y bastante rápido. Creo que fue la primera vez que lo había reconocido en voz alta, al menos delante de ella—. ¿O que estuviéramos menos solas? —añadí al instante para suavizar el golpe de mi frase anterior—. ¿O que fuera distinto?

—Más o menos. —Apretó los labios, pensativa—. A veces... A ver, sí, desde luego. —Me miró—. Pero, Magnolia, tú ni siquiera quieres.

La fulminé por la mirada por decirme lo que quiero y lo que no.

—¡Desde luego que sí!

Mi hermana, de quince años, me lanzó una mirada de lo más elocuente en ese balcón de Positano.

—Llevas una vida sexualmente muy activa para alguien de diecisiete años...

—¡Creía que tenía dieciséis! —la interrumpí porque somos hermanas.

—... si tuvieras unos padres normales que se implicaran... —Puso cara de disgusto, porque es algo que cuesta de admitir. Es algo que cuesta de sentir. Por eso añadió como advertencia—: de las maneras obvias, nunca habrías podido tener la misma clase de relación con Beej como la que tenéis.

La miré desafiante, no quería estarles agradecida por nada, y menos todavía por una de las mejores partes de mi vida adolescente.

—BJ tiene una madre maravillosa que es normal y él...

Bridget puso los ojos en blanco.

—Lily vive en un estado de negación. Cree que BJ es virgen.

—Ahora que lo pienso es una habilidad verdaderamente increíble —recuerdo reflexionar para mí misma—. Quizá debería probarlo.

Bridget me miró exasperada.

—A lo que iba, es que hay cosas buenas de cómo son nuestros padres...

—Aparte de poder tener relaciones sexuales, lo cual acabamos de establecer que es posible con un buen padre también... —Le lancé una mirada elocuente—. ¿Qué más?

—Bueno... —Me señaló con un gesto—. Romilly, por ejemplo...

—A la cual, para que te ubiques, muy pronto arrancarían de nuestras vidas y de Varley—. Su padre está loco de remate. Y es muy escandaloso, y ella es una sabihonda, y él está tan horriblemente metido en la vida cotidiana de ella, que Romilly piensa lo que piensa su padre…

—¡Eso no es verdad! —Puse los ojos en blanco.

—¡Sí, claro que sí! —Bridge asintió—. Cassius Followill es una extensión de la boca de su padre, el otro día discutió con el señor Driessen en clase de Ciencia porque no se refirió a la evolución como una «teoría»…

La miré dubitativa.

—Y Romilly siempre habla de Dios, pero salta a la vista que, en realidad, no se cree nada de todo eso, solo piensa que sí porque su padre siempre está dando la turra con Él.

La miré de reojo.

—A ver, es pastor.

Mi hermana negó con la cabeza.

—El regalo que nuestros padres nunca pretendieron darnos es que nuestra formación fundamental no les importa lo suficiente como para querer meterse nunca en nada.

Eché la cabeza para atrás en un horror mudo por lo terrible de esa frase.

—Y por ello podemos decidir quiénes somos nosotras mismas, Magnolia. —Negó con la cabeza, sonriendo un poco—. Eso es bastante maravilloso.

Noté que se me hundían un poco los hombros.

—Yo no sé quién soy…

Ella me miró, muy segura.

—Yo sé quién eres.

—¿Quién? —pregunté con las cejas enarcadas.

Compuso una expresión con toda la cara de una forma nueva que, de ese momento hasta que hace poco cuando se rindió, aparecería un millón de veces más. Estaba, con solo quince añitos, a punto de hacer su primer increíblemente sagaz y siempre honesto y, a menudo, brutal diagnóstico.

—Creo que eres bastante complicada. —Frunció un ápice el ceño al pensarlo—. Eres lista, más de lo que creería cualquiera —me lanzó una mirada elocuente—, más de lo que quieres que nadie sepa. Te escondes detrás de tu belleza, creo que piensas que si la gente cree que no eres más que eso, que entonces cuando la gente te decepcione dolerá menos que si te conocieran de verdad...

Me acuerdo que fruncí el ceño al oír eso, en ese momento no sabía si era cierto o no, pero de un modo u otro no me gustó.

La miré desafiante.

—Ninguna de esas cosas son quién soy, solo son cosas que cabe la posibilidad de que haga o no.

Ella me miró con impaciencia y exhaló por la nariz.

—Tú eres Magnolia Katherine Juliet Parks. Sí, eres el producto de dos idiotas creativamente brillantes pero emocionalmente imprudentes. Sí, eres obsesiva y te enfocas en los detalles, y eres pedante, y eres cariñosa, y eres generosa, y eres boba, y eres buena, y sí, eres muchas de esas cosas porque nuestros padres son quienes son. Y quizá no lo soportes, quizá no lo soportarás nunca, ¡y no pasaría nada! —Me lanzó una mirada que era demasiado sabia para una chica de quince años, pero así era ella. Siempre fue así—. No los veo convirtiéndose nunca, así de la noche a la mañana, en Lily y Hamish o Rebecca... —Se encogió de hombros para reforzar su argumento—. Seguramente las cosas serán siempre así, y quizá te sientas a la defensiva porque no te han dado un mapa y tampoco parecen muy interesados en dibujarte uno, y sé que, conociéndote, te resultará increíblemente difícil aceptarlos en ningún sentido como padres de verdad, y por eso seguramente te sentirás perdida casi toda tu vida... —Sin duda ahí fruncí el ceño y sin duda a ella le dio igual—. Por eso, si hay días que te sientes perdida y no sabes quién eres y no sientes que seas suya y que «Parks» sencillamente es un nombre que compartes con ellos por casualidad, recuerda que yo sé quién eres, y eres mi hermana, y ese también es mi nombre.

Mi mayor logro, probablemente. Uno de los dos.

Ser la hermana de ella, ser el amor de él.

Sin embargo, es curioso cómo los mayores logros de uno no hacen nada para calmar el dolor lacerante de tu más antigua y profunda herida. Porque tu cerebro podría engañarte y hacerte creer que sí.

Llevamos ya unas cuantas semanas cumpliendo la lista de Bridget.

Después de Camboya fuimos a Myanmar, después, fuimos a Tailandia, donde visitamos esas cascadas y luego al maldito loop de Mae Hong (cállate, porque no quiero hablar del tema. Casi morí de cincuenta formas distintas y BJ es un gilipollas absoluto que no paraba de dar volantazos a propósito para que yo me asustara y lo abrazara más fuerte, lo cual, ¡lo sé!, suena sexy a la par que adorable, pero te aseguro que no fue ni una cosa ni la otra). En la lista de Bridget no estaba el Amanpuri, donde también nos hospedamos porque, para serte franca, necesitaba una semana para recuperarme. Si supieras la clase de hoteles en los que esos bromistas rematados me están obligando a dormir, me preguntarías quién soy.

Vamos a ver, habitaciones de hotel que costaban dos cifras. Ni siquiera tres. ¡Dos! Una locura.

Total, que luego visitamos la llanura de las jarras en Laos. La verdad es que a Taura le habrían gustado.

Y ahora estamos en Filipinas, en la isla Banwa, que fue un trato que cerré con todos los demás cuando sacaron a colación el tema del loop de Mae Hong conmigo.

Aunque antes estuvimos en la isla principal para ver los arrozales en terrazas de Ifugao que ella tenía en su lista, y luego pasamos una semana en Corón. Bridget había querido hacer submarinismo en los naufragios que hay allí (que lo hicimos), y resultó ser un poco aterrador y bastante increíble.

Y Allie quería visitar las lagunas gemelas y el lago de Barracuda.

—Eh —dice Henry, sentándose en la tumbona que hay junto a la mía.

Beej le está enseñando a Allie a jugar al golf. Se suponía que tenía que enseñarle Henry, pero yo ya sabía que eso no iba a durar. Henry es demasiado pragmático y lógico (divertido y bueno, desde luego), pero si él y Romilly tienen hijos algún día, espero que llamen a BJ para que les enseñe a montar en bici, porque como la única persona a quien Henry ha medio enseñado a montar en bici, puedo decir con absoluta seguridad que no tiene paciencia para ello.

Que no paraba de dejarme caer. Creo que yo tendría seis años. No lo sé, me pegué un montón de veces en la cabeza, y me acuerdo que nunca me habían sangrado tanto las rodillas en toda mi vida. Estábamos en la finca de Much Hadham de los padres de Hamish, y me acuerdo que Ham apareció blanco como el papel y Henry estaba metido hasta el cuello, y entonces BJ tomó el relevo porque es así de mono y aprendí en una hora.

—¿Qué haces? —me pregunta acercándose a mí.

—Nada, pensaba. —Me encojo de hombros.

Enarca las cejas.

—¿En qué?

—Unas vacaciones. —Sonrío—. Con Bridge y mis padres. Las últimas que hicimos juntos solo nosotros cuatro.

—¿Cuándo fue?

—Oh… —Niego con la cabeza—. Pues hará nueve años o algo así.

Una expresión de desagrado le recorre el rostro al oírlo.

—¿Qué? —pregunto.

Y él niega muy rápido con la cabeza, con cara de lamentarlo.

—Lo siento… —Me lanza una sonrisa fugaz—. No pretendía que… Es que es un poco mierda, es todo.

—Pues sí —asiento.

Y creo que es la mejor manera de describirlo, de hecho.

Un poco mierda.

Es bastante difícil de aceptar, ¿no crees? Todo en general, pero sobre todo la parte en que la gente no necesariamente será nunca quién queremos o necesitamos que sea.

Puede dar bastante miedo lidiar con ello.

Creo que a veces puede haber revelaciones aplastantes en tu vida, mientras que otras veces son del tipo que te das cuenta como si el sol saliera lentamente por el horizonte, y sucede con una sutileza y una gracia en la que ni siquiera reconoces por completo que te estás dando cuenta de algo hasta que es pleno mediodía y el sol te está abrasando la cara y te cegado un poquito.

Mi padre, al igual que mi madre, nunca serán los padres que quise que fueran cuando necesité que lo fueran.

Incluso aunque Harley se convirtiera en el absoluto e indiscutible mejor padre del mundo entero dentro de un día y medio, yo ya tengo veinticinco años. Ahora no me hace falta un padre, lo necesitaba cuando tenía siete y doce y quince y diecisiete, y ahora soy adulta y no lo necesito para nada, exceptuando todas las maneras en las que ya es demasiado tarde.

Y eso no quiere decir que no siga habiendo en mí una especie de angustia plañidera, porque la hay. Aunque no sé por qué. Por un deseo que he tenido siempre y que permanecerá latente e insatisfecho de ahora en adelante hasta que me muera, ¿quizá?

Eso también es algo bastante trágico que cuesta asimilar. Por mucho que mis padres mejoren, por mucho que dejen de tener amantes y aventuras, por mucho que mi madre deje de salir con chicos de mi edad, por mucho que Harley se convierta en un puto eunuco, por mucho que evolucionen y se desarrollen como personas, nunca tendré (al menos cuando los necesitaba) una madre y un padre de verdad. Puede que haya tenido alguna variante de progenitora y progenitor, pero habiendo sido testigo directo de lo que es tener una madre y un padre a través de los Ballentine, sé que tener una progenitora y un progenitor no es lo mismo que tener una madre y un padre.

—Oye. —Henry me pega un codazo—. No soy tu padre.

—Ah, ¿no? —Le lanzo una mirada bobalicona, que él ignora.

—Pero soy tu hermano.

Se me enternece el gesto.

Inclina la cabeza hacia mí, con el mentón levantado y un deje de orgullo.

—Tengo la sensación de que he formado parte del proceso de educarte...

Asiento enfatizando que estoy de acuerdo.

—Y hasta podría decirse que más que cualquiera de mis supuestos padres.

Él pone los ojos en blanco.

—Sé que toda la vida has tenido miedo a estar sola, y que crees que la muerte de Bridget... no sé, que te condena al ostracismo en tu unidad familiar. Es probable que de una manera que creo que te resultará particularmente dilemática...

Lo miro con el ceño fruncido.

—Oye, ¿Bridget acaba de poseerte o qué pasa?

Él suelta una carcajada.

—¿Verdad?

Se mueve un poco para mirarme bien de frente.

—Hay cierta parte en que no puedo, ya sabes, en fin, arreglar las mierdas con Harley, no puedo obligarlo a comportarse como debería. No puedo obligarlo a pedirte perdón o a estar ahí cuando debería, pero yo sí puedo estar ahí —me dice con mucha solemnidad—. Sé que lo sabes, pero no los necesitas, Parks. —Se encoge de hombros—. Ya no necesitas unos padres, has crecido sin ellos de todas formas, y a quienes tienes ahora es a nosotros.

Me mira con firmeza.

—A mí y a Beej y a Tausie y a Rom y a los chicos. A mis padres. A Gus. Una familia que has escogido tú misma.

No sé qué decir porque normalmente no me pongo tan sentimental de una manera que se vea por fuera, de modo que le coloco la cabeza en el hombro.

—¿Me llevarás al altar? —le pido—. El día de mi boda.

Me mira y sonríe un poco.

—Será el honor de mi vida.

SETENTA Y NUEVE
Magnolia

Hay un volcán en la costa este de Java llamado Kawah Ijen que, en cuanto empezamos a buscar un poco de información, comprendimos bastante rápido por qué Bridget quería visitarlo.

Con un par de las otras actividades he estado así-asá. Obviamente lo de ir en moto por Tailandia me sentó como una patada en la cara y, sin lugar a dudas, pensé que iba a morir en las cuevas de Hang Son Doong.

Ahora bien, esto del volcán, con su fuego azul eléctrico... No me oculto: el color me intrigó y cautivó.

Fuimos a un yacimiento megalítico llamado Gunung Padang en Java Oriental, que a partes iguales resultó ser aburrido e increíble a su complicada manera.

BJ disfrutó de lo lindo tanto con el yacimiento como con la llanura de las jarras de Laos, únicamente porque le permitía mencionar esa vez que en el cumpleaños de Taura me convertí en una maestra de las piedras para impresionar al guía y para fastidiarlo a él.

Cada vez que alguien se planteaba una pregunta, aunque fuera para sí, él soltaba: «Mejor pregunta a la experta. ¿Parks?» o «Oh, Magnolia lo sabe todo sobre las piedras, ¿verdad que sí, Parksy?».

Al final, vino a resultar un poco una aventura. En principio tienes que alojarte en Banyuwangi antes de hacer la ascensión, que en sí y por sí misma fue un viaje interior del alma.

Beej se pasó medio día buscando lugares donde «Magnolia se alojaría» en Banyuwangi, pero no había muchísimas opciones. Insistí mucho para que nos alojáramos en otro lugar que tuviera un complejo turístico como es debido y que un helicóptero nos llevara hasta arriba y punto, y creo que BJ se hartó de que mirara por encima de su hombro y soltara cosas como: «¡Once libras! ¿Por una habitación de hotel? Si ni siquiera es el precio de un zumo verde decente», y entonces Henry decía cosas desagradables como: «¿Sabes?, aún estamos a tiempo de echarnos atrás».

Al final, acabé enfadándome y me fui y Henry me siguió y preguntó: «Parks, ¿tú crees que Bridge subiría en helicóptero?». Y me vi obligada a decir que no, porque es la verdad, y él se encogió de hombros y dijo: «Pues entonces, nosotros tampoco podemos».

Y así es como terminamos en el Dialoog Banyuwangi, que cuesta 180 libras por noche. Y, oye, no es exactamente el Hôtel Ritz, pero tampoco es un paso subterráneo en Hackney.

Entramos en nuestra suite y BJ echó un vistazo por encima de mi cabeza, se le escapó una mueca mientras esperaba mi veredicto.

—La decoración es un poco festiva —le dije, y él puso los ojos en blanco y me rodeó la cintura con los brazos.

—¿Estás lista para mañana? —me preguntó.

Lo último que nos queda en la lista para Bridge es el volcán.

Me encogí de hombros y esbocé una pequeña sonrisa.

—¿Cómo me sentiría si estuviera lista?

—No lo sé. —Me devolvió la sonrisa—. No sé si algún día te sentirás verdaderamente lista, Parksy. —Luego me besó en la frente—. Pero, pase lo que pase, estarás bien.

Beej y Allie se han esforzado mucho con la organización, tendremos un guía y alguien ha preparado la comida, porque al parecer no hay restaurantes en la cima de la montaña o algo...

Por primera vez en toda la historia del mundo, BJ ha escogido lo que voy a ponerme. Me ha dicho que no estoy preparada mentalmente para escoger la ropa para el día y que no puedo «hacer una excursión con un vestido de gala o algo por el estilo», y yo le he contestado: «¿A ti te parece que soy idiota?». Y él me ha contestado: «Vale, enséñame lo que crees que vas a ponerte». Y yo le he mostrado el conjunto de polo de rizo bordado blanco Love Parade de Gucci y él ha puesto los ojos en blanco, pero cuando he sacado mis botas negras Rockoko de Fendi, inmediatamente ha dicho «No» y me ha apartado de mi(s) maleta(s).

Total, que por decisión suya, llevo las mallas y el sujetador deportivo a conjunto con el estampado Barocco (ambas piezas de Versace, naturalmente) y las terriblemente elefantosas botas de montaña negras Peka Treck de Moncler, y la sudadera con capucha negra de algodón con el eslogan del interno estampado en blanco de Off-White que me ha prestado BJ. Nuestros atuendos de excursionistas parecen patrocinados por Condé Nast Traveller, aunque no literalmente, desde luego, porque ninguno de los dos es tan populachero como para necesitar aceptar ninguna clase de patrocinio.

Beej ha preparado una mochila para los dos con botellas de agua y Bridget y un par de cosas para picar y le he visto meter mi espejito compacto, y lo amo.

Es cierto que he dicho: «No sé si a Bridget le gustaría pasar la noche en tu mochila, la verdad», y entonces él me ha contestado: «¿Quieres que abra una cremallera para que le dé un poco el aire?», y yo lo he mirado con mala cara por el comentario, pero secretamente he pensado que había sido bastante gracioso, y entonces me he preguntado qué significaría que yo pudiera encontrar humor en algo relacionado con mi hermana. ¿Es algo bueno o malo? No sabría decirlo.

Luego hemos ido a cenar pronto con Hen y Allie. Al terminar, que serían las cinco y media de la tarde, nos han obligado a todos a tomarnos un Nytol en la mesa para que nos fuéramos a dormir temprano, porque este puto calvario de excursión empieza a medianoche.

Lo cual, para empezar, ¡es absurdo! ¿Esto qué es? ¿Una puta novatada de universidad? Pues no, ¡es mi hermana siendo una gilipollas desde la tumba otra vez!

El trayecto dura cerca de una hora y media desde el hotel hasta el pie de la montaña, de modo que también he dormido en el coche.

Siempre me ha gustado dormir en el coche con BJ. Quedarme dormida encima de él y despertarme donde debo estar tiene un no sé qué que se me antoja como si hubiera encontrado un atajo por la vida que desearía poder replicar en todas y cada una de sus esferas.

Al llegar al aparcamiento del pie del volcán Ijen, BJ me despierta acariciándome el pelo y besándome en la frente.

Solo que, al parecer, eso no ha funcionado, de modo que, en realidad, me ha despertado Henry dando palmadas muy fuerte delante de mi cara y luego él y BJ se han enzarzado en una pelea porque BJ lo ha llamado «puto gilipollas» y a partir de entonces, porque los Ballentine funcionan sorprendentemente mal sin nueve horas de sueño bien dormidas, la cosa ha subido de tono un poco.

697

Allie y yo nos hemos apoyado en la furgoneta, cansadas, y nuestro guía no se perdía detalle, divertido, hasta ha sacado el móvil para grabarlos, no porque supiera quiénes eran, no lo creo, sino sencillamente porque ha sido una pelea bastante buena, como son siempre todas sus peleas.

Realmente, no ha habido para tanto hasta que Hen le ha pegado un empujón a BJ y a él casi se le cae Bridget, lo cual ha sido lo que los ha hecho centrar las putas cabezas. Allie y yo hemos pegado un grito ahogado y nos hemos abalanzado hacia las cenizas de mi hermana y los chicos se han sentido tan mal que han parado en seco y los dos nos han mirado con cara de corderito y han soltado una risita nerviosa.

Yo he puesto los ojos en blanco y me he acercado al guía, que nos ha probado las máscaras antigás.

—Qué sexy. —BJ me sonríe mientras me pongo la mía y lo miro poco impresionada por su comportamiento de hace un segundo.

—Que tienes casi treinta años —le digo.

—¡Y una mierda! —Me mira boquiabierto, ofendido—. Tengo veintisiete, joder.

—Pues eso, casi treinta.

—Todavía me queda —me dice, tozudo, y yo pongo los ojos en blanco.

—¿Vas a pelearte con tu hermano pequeño cuando seamos adultos y tengamos hijos propios? —le pregunto enarcando las cejas.

—Si a él le da por aplaudir en las narices de mi esposa cuando está dormida... —Asiente con la cabeza y se ajusta la tira del frontal que yo también llevo puesto—. Entonces, sí.

Pongo los ojos en blanco una vez más, pero en secreto me gusta que sea así.

La caminata es oscura. Y empinada. Y creo que agradezco ambas cosas porque mi mente está intensamente disparada hoy. Tengo una fuga de ideas colosal y agradezco que nadie pueda verme la cara mientras la proceso, y nadie tiene suficiente aire en los pulmones como para desaprovecharlo hablando e interrumpiendo el hilo de mis pensamientos.

Es verdad que me siento como si caminara hacia algo, o como si escalara hacia ello.

Nos paramos un ratito en el primer campamento base, donde nuestro guía nos da de nuevo las máscaras antigás y nos dice que es hora de ponérnoslas, cosa que me alegra, porque no olía a nada que mi nariz hubiera olido nunca, y espero que no tenga que volver a oler nunca más, y luego echamos a andar de nuevo.

En total, tardamos alrededor de una hora en llegar a las llamas azules. Y la verdad es que es impresionante.

Es casi como un río. Aunque en llamas. Baja por la montaña una lengua de fuego azul eléctrico demencial que se mueve y fluye como si fuera agua.

—Esto no puede ser real... —dice Henry con la voz ahogada por la máscara, pero los ojos abiertos como platos.

—Es por los gases sulfúricos —nos cuenta Allie, aunque nadie se lo ha preguntado, pero me hace feliz. Sé que lo hace porque Bridget lo haría—. La lava sale a una temperatura altísima por una grieta que hay en la tierra, y si estuviéramos aquí a plena luz del día, tendría el mismo aspecto que la lava de cualquier otro volcán, pero como aquí hay tanto gas, cuando se combina con la lava, de algún modo... ¿la enciende? Lo azul es el azufre ardiendo, no la lava.

No digo nada, pero intento observar todo lo que puedo, llevando al límite mis capacidades. Como si viendo yo fuera la manera para que Bridget también pueda verlo.

Nos quedamos ahí cerca de media hora antes de que el guía nos diga que vamos a tener que seguir ascendiendo si queremos llegar a la cima para ver el amanecer.

Así que de vuelta a la oscuridad, apenas iluminada por los diminutos puntos de luz que suben por la ladera de la montaña como estrellas en movimiento, que en realidad cada una es un frontal.

Y es curioso lo mucho que esta ascensión se me antoja la personificación física de mi último año en un solo instante. Esta horrible y desconcertante caminata en la oscuridad; me caigo todo el rato, tropiezo con todo... BJ intenta ayudarme, pero él también está a oscuras.

Una especie de tambaleo que odio en su mayor parte, pero que me produce la misma sensación que vivir, de modo que es imposible odiarlo del todo.

Para mí así ha sido este año. Lo he odiado, fieramente, durante su mayor parte, pero bueno, ¿acaso no es la experiencia humana?

Te descubres hundida en un lago imposiblemente profundo de pérdidas en presente y pasado, apenas logras mantener la cabeza a flote, luego te ahogas, te deja sin aire, de algún modo logras sobrevivir contra todo pronóstico y entonces reemerges un poco renacida.

Llegamos a la cumbre y sigue estando todo oscuro.

Me parece adecuado. Viene a ser cómo me siento en general, de hecho. Un poco como si hubiera ascendido esta putísima montaña, y quizá estoy llegando a la parte donde tal vez voy a estar bien, lo cual ni siquiera tiene sentido porque hace diez minutos estaba luchando por respirar de la misma manera que hace un mes lloré porque vi una cascada que a mi hermana le habría gustado.

La pena es así de curiosa, como mana y fluye desde tu interior, no está encorchada como el champán, una botella que se abre con un estallido, echa toda la espuma hasta vaciarse. Es más bien una especie de mal tiempo. Una especie de viento. A veces, te pega en rachas terribles que sientes de una forma innegable, que te duele en los oídos, que te hace cerrar los ojos, que te hiela hasta los huesos; algunos días es una agradable brisa que te sopla en la cara y ni es triste ni es mala, solo es una especie de ternura inefable. Algunos días no sientes ni un soplo de aire; eso ha empezado a ocurrirme. Todavía no sé cómo me siento al respecto. No es que no piense en ella, creo que pensaré en ella un poco cada día para siempre, pero más que eso, cuando lo hago, no necesariamente lo siento como si alguien estuviera dejando caer un jarrón de cristal dentro de mi pecho. Que eso no quiere decir que no siga teniendo días en los que soy una cristalería situada en algún punto de la falla de San Andrés y hay un terremoto y las cosas caen y se rompen por todas partes, pero hubo una época en qué cada día me sentaba como el gran terremoto que está esperando California: demolición total. Supongo que ya no siento esa destrucción total.

Y siento que viene, como el sol que espera amanecer, finalmente la luz le va ganando terreno a la oscuridad, y nace en mí otra revelación y sé lo que tengo que hacer. Me pregunto si una parte de mí ha sabido siempre que esto era lo que tendría que hacer, pero que había protegido ese conocimiento del resto de mí porque sabía que lo rechazaría si lo sabía de un modo consciente desde el principio.

BJ se me acerca y se queda detrás de mí, me coloca el mentón en la coronilla, atrae mi cuerpo hacia el suyo. No dice nada porque no le hace falta, creo que es porque probablemente él también lo sabe. Bridget no hizo testamento, ¿por qué iba a hacerlo? Era diminuta, demasiado joven para pensar en esas cosas tan terribles, a ella no le habrían importado los activos y adónde iban, a organizaciones benéficas o algo por el estilo, supongo. Eso es lo que yo hice con ellos, repartirlos entre varias organizaciones a las que sé que siempre les ha tenido cariño.

Solo hay una cosa que era suya y que, en ausencia de un testamento, quedó tremendamente desatendida, y esa cosa era su hermana.

Y aunque no hay modo empírico de demostrar que eso es cierto, gran parte de la información que tenemos sugeriría que Bridget me dejó a cierto Baxter James Ballentine.

Por eso es su mentón en mi coronilla y su cuerpo presionado contra el mío lo que me hace lo suficientemente valiente para permitirle a mi cerebro pensar en la idea más aterradora de todas las que ha tenido en mi vida y, de hecho, ya de entrada me molesta tenerla siquiera. No quiero tenerla, nunca había querido tener menos algo. Sin embargo, todo lo que ha pasado, ha pasado y no puedo deshacerlo, no puedo cambiarlo. Esto es lo que hay, es lo que tengo, y quizá no hay más que eso, quizá eso es todo, es solo esa planta de interior dentro de una nave espacial que está en llamas y surca la negrura más oscura de la nada infinita, y quizá, aun así, mi mejor opción de supervivencia es soltar todo lo que me hace daño o ha estado haciéndome daño.

Bridget, mis padres, lo aterradoramente fuera de control que está el mundo entero y cómo eso me hace sentir...

El sol sale, amanece por fin, y me abruma una oleada de sentimientos: euforia, alivio, tristeza, miedo, agradecimiento, duelo... y de algún modo las vistas se me antojan sobrenaturales y de otro mundo y me siento como si flotara y saliera un poco de mi cuerpo, solo que no lo hago. Tengo los pies firmemente plantados en el suelo junto a los de mi prometido, justo donde Bridget los dejó.

BJ ajusta las manos, me envuelve todavía más con su cuerpo, lo cual es algo muy inteligente que siempre ha sabido hacer; justo cuando yo pienso que hemos llegado al tope del nivel de cercanía, él encuentra otro modo de estar todavía más cerca, y la verdad es que creo con todo mi corazón que Bridget nunca se habría ido si no hubiera sabido que yo tenía a BJ. Sé que puede parecer una locura, sé que no se suicidó, sé que no fue decisión suya... pero el cuerpo lo sabe. Sabe más de lo que jamás queremos creer que sabe, almacena pensamientos y sentimientos y traumas en distintas de sus regiones, si Bridget sabía conscientemente o no que tenía un aneurisma es irrelevante, porque su cuerpo lo sabía, y no creo que la parte de ella que lo sabía hubiera permitido irse al resto de su ser hasta que supo que yo estaría bien.

Que, por un lado, me resulta terriblemente difícil pensarlo y, por el otro, estoy de lo más agradecida por estar donde ella quiere que esté y que pudiera irse sabiendo que yo estaría bien (más o menos) sin ella, y es mientras reflexiono sobre esto cuando el sol baña con una luz especial la urna de mi hermana, es una luz preciosa, pero es extraña. Extradorada, extrabrillante, la clase de colores que la naturaleza hace a propósito para que no los olvides nunca.

Miro hacia los demás y cojo las cenizas.

—Vamos a hablar —les digo, y tanto Henry como Allie parecen desconcertados, pero BJ, no. Él me tiende el espejito de Jay Strongwater sin decir nada y yo se lo agradezco con una sonrisa, luego me la llevo a un lugar de por ahí arriba que está un poquito más aislado.

La dejo en el suelo y me siento a su lado.

Abro el espejito y ni siquiera tengo que esperar para verla, la veo directamente.

Trago saliva, nerviosa.

—Voy a dejarte aquí arriba —le digo.

—Disculpa, ¿qué? —Parpadearía ella.

—Bueno, de hecho te iba a arrojar dentro del volcán, pero olía a rayos ahí ab...

Ella me cortaría.

—Que ibas a hacer ¡¿qué?!

Le lanzo una mirada.

—Era broma... —Negaría con la cabeza—. Estoy bromeando. Buena chica. —Me sonreiría un instante—. Deberías.

Asiento, no estoy completamente convencida porque siempre quiero su aprobación en todo.

—¿Debería?

—Sí —asentiría ella—. Sin duda.

Vuelvo a asentir y se me llenan los ojos de lágrimas.

—Me da miedo hacer esto sin ti.

—Magnolia —suspiraría ella y me miraría con elocuencia, entre exasperada y triste por mí y quizá, si tuviera suerte, con un atisbo de ternura también—. Ya lo estás haciendo sin mí.

—Esto es distinto... —Inhalo trabajosamente por la nariz—. No sé cómo... —respiro con dificultad— no sé cómo ser —trago saliva— yo... sin ti.

Ella ladearía la cabeza.

—Sí lo sabes.

Y yo pondría los ojos en blanco por habérmelo dicho como si fuera así de fácil cuando absolutamente nada lo es.

—Ya no puedes ser quien eras, eso es verdad —asentiría ella—. Esa Magnolia murió conmigo, pero esta está bien... —Me señalaría con el mentón, esperando una impertinencia, y yo se la regalaría porque es muy fácil provocarme. Abro la boca para protestar, pero ella sería más rápida que yo y diría con bastante firmeza—: Esta está fantástica.

La miro, intranquila.

—¿Seguro?

—Claro —asentiría, y quizá a ella también se le llenarían los ojos de lágrimas—. Estoy orgullosa de esta.

Trago saliva y asiento muy fuerte. Exhalo por la nariz porque no quiero llorar en la cima de esta montaña delante de un montón de gente que no conozco, pero lo hago de todos modos.

Se me escapan un par de lagrimillas y ruedan por mis mejillas y, por primera vez en mi vida, no me las seco de un manotazo. Las dejo descansar ahí, intento no preocuparme por quién podría verlas o usarlas en mi contra, y en lugar de eso las luzco como si fueran diminutos broches de honor, pequeñas pruebas de que conocí a la mejor chica del mundo entero y de que ella murió y yo sigo aquí sin ella.

—¿Ya has encontrado el cielo? —le pregunto, porque necesito un cierre.

—¿Y tú? —replicaría ella.

—No.

Ella pondría los ojos en blanco.

—Pues entonces no.

—Bridget... —La reprendo con la mirada.

Ella me devolvería el gesto.

—Magnolia.

—Espera… —Me siento más erguida—. ¿Sabes el significado de la vida ahí arriba?

Ella se encogería de hombros.

—Sí, supongo.

—¿Me lo puedes decir?

—Magnolia… —Bridget entornaría los ojos—. Por mil millonésima vez, si tú no lo sabes, entonces yo no lo s…

—Vale, vale… —Niego con la cabeza, irritada porque ella es muy irritante—. No destroces el momento.

Ella me lanzaría una larga mirada con cierta dulzura cautelosa, y sé lo que se viene.

—Me gustaría que me dejaras marchar ya, Magnolia.

—¿Por qué? —pregunto, aunque creo que ya sé por qué.

—Porque es lo que hace falta que pase para que estés bien —me diría—. Y estarás bien.

Asiento mucho.

—¿Cómo lo sabes?

Ella me miraría con una ligerísima pizca de ofensa e indignación.

—Pues porque te dejo en muy buenas manos.

Señalaría con la cabeza hacia esas muy buenas manos de BJ que están ahí junto a su hermano y su hermana, y un rayo de luz le ilumina el rostro y lo vuelve tan dorado como verdaderamente lo es por dentro, y no puedo evitar sentir que mi hermana ha creado ese tono de oro esta misma mañana, esté donde esté, especialmente para él, para que lo bañe entero y lo congele para siempre como una promesa eterna que brilla como el sol.

—Te quiero —le digo sorbiéndome la nariz.

—Lo sé —se encogería ella de hombros.

Enarco las cejas.

—¿Algunas palabras de despedida?

Ella haría una mueca.

—Esto…

—Como que… ¿siempre estarás conmigo? —propongo.

Ella negaría con la cabeza.

—Pero es que la muerte no funciona así, ¿no?

—¿O que vivirás en mi interior para siempre? —sugiero como alternativa.

—¡No pienso hacer tal cosa! —Volvería a componer una mueca—. El desorden que hay ahí dentro, ¡el caos!

Pongo los ojos en blanco y siento cierto alivio de lo irritante que puede ser a veces.

—Que te sentiré en el viento o algo… ¡Yo qué sé!

—¡El viento! —Se quedaría mirándome—. Joder.

Y yo exhalaría por la nariz, verdaderamente mosqueada con ella porque a veces es muy complicada, y ella podría los ojos en blanco mosqueada conmigo porque me he mosqueado con ella.

—Basta ya con la mierda de la comida —me diría con voz severa—. No lo volverás a hacer más, ¿vale?

No digo nada, y ella me reprendería con la mirada.

—Magnolia, eres lo suficientemente lista como para desarrollar un mecanismo de afrontamiento para tu falta de control en el mundo que no conlleve que te consumas a ti misma.

De algún modo, ese argumento me parece bastante acertado, de manera que asiento una vez.

—Vale.

—Y no dejes de ir a terapia —me diría, y yo frunzo el ceño de inmediato.

—¡¿Por qué?!

—Porque estás pirada —me contestaría sin dudar un instante, y yo frunzo el ceño a la defensiva.

—Oye…

—Y… —Me miraría con suficiencia antes de soltar lo siguiente—: Tendrías que intentar perdonar a Harley…

—¡¿Estás loca?! —Miro fijamente nuestro reflejo, con los ojos como platos—. ¡No!

Ladearía la cabeza a un lado y exhalaría por la nariz.

—Estarás mejor si lo haces.

—Me da igual. —Niego con la cabeza—. ¿Por qué eres tan pesada? Ella pondría los ojos en blanco.

—Ni siquiera me ha pedido disculpas —le digo, y ella asentiría y se encogería de hombros.

—Y quizá no lo haga nunca, Magnolia, y entonces ¿qué? —Enarcaría una ceja—. ¿Serás una niña triste y sin padre toda tu vida porque el tuyo es un capullo testarudo?

—Tal vez —le contestaría, con la nariz levantada, y ella pondría los ojos en blanco otra vez.

—Por el bien de todo el mundo, te ruego que no.

Me cruzo de brazos, me pongo en guardia con ella como solía hacer en los viejos tiempos cuando ella vivía aquí.

—Oye, Bridge —le diría mirándola fijamente a los ojos—. Me ha encantado, más de lo que puedo describir con palabras, ser tu hermana.

Ella asentiría.

—Lo sé.

Yo esperaría un par de segundos muy largos en los que ella no diría absolutamente nada porque esta chica es un absoluto grano en el culo y luego, yo enarcaría las cejas y la fulminaría con la mirada.

—Y a ti te ha encantado ser la mía.

Ella pondría los ojos en blanco.

—Vale.

—¡Bridget!

—Que sí, vale... —Me miraría de reojo—. Es verdad.

Noto que se me vuelve a hacer un nudo en la garganta, de modo que asiento deprisa, me digo a mí misma, como me diría mi hermana si verdaderamente estuviera aquí, que todo irá bien.

—Gracias por ser la valiente y la lista y la sabia y la prudente y la confiable y la reflexiva y...

—Te lo creas o no —ella levantaría el mentón, orgullosa—. He aprendido la mayoría de esas cosas de mi hermana mayor.

Niego con la cabeza.

—No me lo creo.

—Bueno, vale... —Ella pondría los ojos en blanco—. A ver, nadie piensa que seas sabia, así que...

—¡Bridget! —le gruñiría.

Ella señalaría a los otros con el mentón otra vez.

—Deberías irte —me diría, y yo negaría con la cabeza.

—No sé si estoy preparada.

Ella asentiría, convencida, porque ella lo sabía todo.

—Estás preparada.
—Solo un poco —le diría yo.
Y ella asentiría de nuevo.
—Más de lo que crees.
Me pongo de pie y siento tanto las piernas como el corazón como si fueran de gelatina.
—¿Nos vemos pronto? —le digo a nuestro reflejo.
Ella me sonreiría un poco y creo que se pondría un poco triste porque sé lo mucho que me quiere.
—Muy pronto no, por favor —me diría ella, porque no es lo que querría para mí.
—Muy pronto, no —contesto, asintiendo—. Pero algún día sí.
Y, entonces, cierro mi espejito, lo dejo junto a sus cenizas y la dejo marchar.

OCHENTA
BJ

Me quedo mirando a Parks, que está echada bocabajo en la tumbona. Tan morena ya, que resulta tan increíble como irritante.

Increíble porque está jodidamente buena y es lo mejor, e irritante porque está jodidamente buena y es lo peor.

Aun así, estoy orgulloso de ella. Muy orgulloso de cómo gestionó lo de su hermana en la cima de esa montaña la semana pasada, lloró un poco después.

Lloró más cuando llegamos al hotel, pero eso en parte fue porque «ya no podía dormir más en esos hoteles de "dos cifras"», de modo que ahora aquí estamos. En el resort del Four Seasons de Bali en Sayan, que es muchísimo más de su estilo.

Hemos terminado la lista, habríamos podido volver a casa, pero no estábamos listos. Nadie lo ha dicho, lo sentíamos sin ninguna razón concreta.

Vinimos a Bali un poco sin pensar, o eso creía yo. Pensé que necesitábamos estar un poquito más aquí, necesitábamos más tiempo fuera de Londres, por qué vinimos aquí no fue algo consciente, pero creo que ahora lo sé, solo me ha hecho falta un momento.

Henry y Allie se han ido a dar un paseo con observadores de pájaros a Ubud, que a Henry le apetecía mucho hacer porque ¿cómo no iba a putoapetecerle? De todos nosotros, ¿quién era el más probable que se convirtiera en un puto observador de pájaros antes de viejo? Ese puto idiota, cien por cien.

Aun así, estoy contento de que se hayan ido. Tengo intención de aprovechar bien su ausencia.

Me meto en la piscina para refrescarme y aclarar las ideas, pero el tema está en que tengo las ideas muy claras.

La verdad es que solo quería salpicarla, llamar su atención.
Me mira de reojo, fulminándome en broma con la mirada.
Salgo de la piscina haciendo fuerza con los brazos, camino hasta ella, me quedo de pie a su lado, tapándole con mi sombra el sol que tomaba hasta hace un instante, a propósito, y me aparta de un manotazo como si estuviera mosqueada, pero es una razón de mierda como las de antes, y lo único que quiero es estar cerca de ella.
Le agarro las muñecas y la inmovilizo en la tumbona, forcejeo con ella un par de segundos antes de envolver mi cuerpo mojado y frío alrededor de su cuerpecito seco y cálido, y chilla y se ríe e intenta moverse pero no se lo permito, me pega otro manotazo, por si acaso, y luego rueda hacia mí y me mira.
Le coloco un mechón de pelo detrás de las orejas.
—¿Has terminado *El relojero ciego*?
Asiente.
—Sí.
—¿Y? —Enarco las cejas—. ¿Qué te ha parecido?
Se encoge de hombros, un punto irritada.
—No lo sé…
Suelto una carcajada, le beso la nariz porque es la mejor del planeta.
—¿Ninguna gran revelación? —le pregunto.
—No. —Frunce el ceño, más mosqueada—. Es un poco deprimente.
Me aprieto el labio superior con la lengua y la miro a la cara.
Vaya puta cara.
He amado esta cara toda mi vida. Es el sol al que rezo, y si lo que tenemos es un templo, lo he construido con mis propias manos. Casi he muerto intentando construir este puto templo. Lo he construido hasta que he tenido las manos ensangrentadas y en carne viva. Y moriré en el altar que es amarla, felizmente además. No sentiré que haya nada perdido.
Le coloco otro mechón detrás de las orejas.
—Mi padre, ¿sabes? —La señalo con la cabeza—. Durante todos estos años ha estado dándome la turra sobre qué estoy haciendo con mi vida, que no tengo nada ante lo que responder y…
—Lo sé. —Frunce el ceño, defendiéndome—. Lo odio.
—Pero se equivoca —le digo encogiéndome de hombros—. Y él también lo admitió, ¿te lo dije?

—¡¿En serio?! —me interrumpe, sonriendo encantadísima, pero yo la ignoro.

—Y luego tú, con el significado de todo... Joder, es que los dos sois increíblemente literales...

—Ah, vale... —Pone los ojos en blanco—. ¿Ahora viene cuando me revelas el sentido de la vida?

Asiento, complacido conmigo mismo.

—Pues sí.

Se incorpora un poco y arquea una ceja.

—Ilumíname, por favor.

La señalo tranquilamente y ella suelta una risita irónica antes de enarcar otra vez la ceja, esta vez con diversión.

—¿Yo? —Se señala a sí misma—. Yo soy el sentido de la vida.

—Sí —asiento tan tranquilo—. No lo sé, Parks. —Me encojo un pelín de hombros—. No veo mucho más aparte de eso, solo una vida juntos.

—Beej... —Pone los ojos en blanco—. Eso es muy dulce, pero...

—No, lo digo en serio. —Me incorporo sobre los codos—. Vamos a ver, tenemos dinero. Y las acciones son sencillas y mover propiedades me resulta muy fácil. Siempre tendremos dinero, pero ninguna de esas cosas me parece lo que quiero hacer durante el resto de mi vida.

Me mira con curiosidad.

—¿Y qué quieres hacer durante el resto de tu vida?

Me muerdo el labio inferior y esbozo media sonrisa al mirarla.

—A ti.

Pone los ojos en blanco nada más oírlo.

—BJ...

—Lo digo en serio —insisto al tiempo que le coloco una mano en la cintura y la atraigo más hacia mí—. Quiero construir una casa para nosotros...

—¿Tú? —Parpadea—. ¿Desde cero?

Ladea la cabeza, dubitativa.

—¿Quieres que sea habitable?

—Cállate. —Le doy un golpecito en el brazo—. Voy a tener un huerto y a cuidarlo, habrá calabacines y fresas y rábanos...

—Tú no comes nabos —salta al instante.

—¡Pues desde luego que no me los como! —La miro exasperado—. Son una puta mierda, pero son fáciles de cultivar.

Se echa a reír y es mi música favorita.

Sigo:

—Tendremos animales...

—¿Qué clase de animales? —pregunta con los ojos entornados.

—Pues un par de perros, un gato, unas cuantas gallinas...

Echa la cabeza para atrás, parpadeando sorprendida.

—¿En plural?

La ignoro y sigo a lo mío.

—Quizá también ovejas. Un caballo. Una vaca. Una llama...

—Ni hablar. —Niega con la cabeza muy firme.

—Bueno, ya volveremos a hablar lo de la llama... —contesto ladeando la cabeza y encogiéndome de hombros.

Me lanza una mirada que conozco bien, es con la que intenta demostrar que está harta de mis mierdas, pero adora mis mierdas, y yo adoro sus mierdas, las quiero todas. Le acaricio la cara, la miro para que sepa que hablo en serio.

—Quiero criar a nuestros hijos...

Suelta una carcajada, sorprendida.

—¿Nuestros hijos?

—Claro —asiento sonriéndole de oreja a oreja—. Un niño y una niña.

—¡Ah, vale! —Hace una mueca—. Lo siento, me habré perdido su nacimiento...

Me encojo de hombros.

—Cuando estés lista —le digo.

Ella también asiente.

—Cuando esté lista.

—Es que no veo mucho más aparte de esto... —le digo bastante despreocupado, pero entonces la miro muy serio—: Tú eres ante lo que debo responder en mi vida, y eso nunca no va a ser suficiente para mí.

Se le enternecen los ojos y le acaricio el rostro porque no puedo evitarlo.

—Es que es una locura que estemos aquí, Parks —le digo con las cejas enarcadas—. Ha habido tantas putas veces que se ha torcido la cosa, pero es que no se me ocurre una sola vida en la que si tú estás aquí, yo no esté, en fin, buscando la manera de volver contigo.

Me encojo de hombros y ella traga saliva con esfuerzo.

—Porque eres tú —le digo señalándola con la cabeza—. En casa de mamá y papá, encima de la repisa de la chimenea, ¿sabes dónde digo?

Asiente.

—La pared de los premios.

—Exacto. —Le sonrío—. Tienen el título del máster de Henry ahí colgado junto al del doctorado de Jemima y el del grado de Allie y de Maddie tienen... qué sé yo, ¿una puta cinta de participación?

Me mira con los ojos entornados.

—Pórtate bien.

—¿Por qué? —Hago una mueca—. Te odia.

—¡Calladito! —gruñe—. Nadie me odia.

—Haré que cuelguen nuestro certificado de boda allí arriba —le digo asintiendo.

—Bueno —se plantea ella—. Quizá el original, no.

—Ya —respondo—. Mejor no.

—¿Y no es un poco una falta de respeto hacia el esfuerzo que tus hermanos han hecho durante todos estos años?

La miro como si estuviera loca.

—¿Y no crees que es un esfuerzo que nuestros nombres aparezcan en un puto certificado de boda? —Enarco las cejas hasta el cielo—. Nadie se ha esforzado más, Parks, joder...

Exhalo, exasperado, y ella me mira sin inmutarse.

—Escúchame —le digo—. Lo van a colgar ahí porque dentro de cien años a nadie le va a importar una mierda que Henry se graduara con honores, o que Mimes sea una... —Hago una pausa—. Mierda...
—Pongo mala cara porque soy un hermano de mierda—. ¿A qué se dedica ella? ¿Podóloga?

—Otorrinolaringóloga —me dice, y yo asiento agradecido.

—A nadie le va a importar un puto cuerno que Jemima sea la otorrino más joven de la década...

—A ver, igual sí —me interrumpe Magnolia, pero yo la ignoro.

—... pero hablarán de nosotros.

Me mira, con los ojos tiernos, pero intentando hacerse la desconfiada.

—Ah, ¿sí?

La miro como si fuera tonta por ponerlo en duda.

—¿Un amor como el nuestro? ¿Estás de coña? —Le lanzo mi sonrisa mágica—. Nosotros somos de lo que hablan los poemas... —Le pincho un poquito en las costillas—. Escribirán series de televisión sobre lo mucho que te amo.

Baja el mentón, pero no aparta de mí esos ojos suyos enormes.

—En esta vida hemos librado verdaderas batallas durante... ¿cuánto tiempo? ¿La mitad de nuestras vidas, casi? —Suelto una carcajada, divertido—. Sí, desde luego que van a colgarlo allí arriba. Vamos, es que es lo único que merece la pena colgar.

No parece convencida de ello.

—Creo que hay otras cosas que también merece la pena colgar, como...

—Sí, claro... —Me encojo de hombros—. Certificados de nacimiento y esas mierdas.

Me lanza una mirada.

—Parksy... —Digo su nombre para devolvernos a los dos al momento.

—Sí —contesta manteniendo a raya una sonrisa.

Le tiro del pelo.

—Sé que tienes miedo de lo que significa todo...

—Quizá ahora un poco menos —me dice, orgullosa de sí misma como debería estarlo.

Le sonrío porque yo también estoy orgulloso.

—Sé que perder a Bridge ha abierto la caja de Pandora en tu mente sobre el sentido de todo; en plan, que si todos vamos a morir igualmente, ¿qué sentido tiene?

No asiente, pero sé que me está siguiendo, que me espera y que me escucha.

—Tú —le digo—. Tú eres el sentido. O... —Me encojo de hombros—. Lo somos nosotros, supongo. —Se le enternecen los ojos—. El amor. Y no cuadra mucho y no puedo depender de ello, tampoco puede mi padre, y es incuantificable, pero no me importa lo que diga nadie, porque sobrepasará todo el espacio y todos los tiempos, y tal vez cuando estemos muertos no habrá un título enmarcado que demuestre que hemos vivido en este planeta...

—Um… —Se aclara la garganta para interrumpir porque es insoportable de cojones—. De hecho yo sí tengo un título.

Pongo los ojos en blanco.

—Lo sé.

—Del Imperial College —me recuerda.

—Lo sé.

Pongo los ojos en blanco una vez más.

—Vale. —Se encoge de hombros—. Es que también podríamos colgarlo en esa pared, solo lo decía por eso… —Y luego niega con la cabeza—. Perdona. Continúa.

La miro intensamente.

—Vale, pues tal vez cuando estemos muertos habrá un título en una pared en algún lugar que demuestre que tú has vivido en este planeta y te graduaste a duras penas…

—¡BJ! —exclama con un mohín.

—Pero quizá todavía mejor: alguien se sentará a los pies de ese árbol nuestro y sentirá lo mucho que te he querido.

Y ahí se derrite entera.

—En plan que… —me encojo de hombros—, quizá son eso las auroras boreales. Hubo una vez, hace mil años, un vikingo amó como un putísimo loco a una chica y es eso: la prueba de que él la quiso luciendo por todo el cielo. —Vuelvo a encogerme de hombros como si no fuera demencialmente alucinante—. La prueba de que el amor es una especie de elemento inimitable, casi metafísico, transcendental. La prueba de que el amor es, de hecho, la única cosa a la que merece la pena dedicar toda la vida a intentar hacer, ¿me entiendes?

Le dedico una sonrisita y ella se queda mirándome un par de segundos antes de acercarse más a mí y besarme con fuerza en los labios.

—Te quiero —me dice.

—Cásate conmigo —le contesto yo, y entonces entorna los ojos, muy desconcertada.

—¿Estoy… en ello…?

—Ahora —digo con un asentimiento—. Esta semana.

Echa la cabeza hacia atrás, pero conozco todas sus caras y hay intriga en la de ahora.

—¿Qué? —responde con un hilo de voz.

—Aquí —prosigo, niego con la cabeza—. Hagámoslo aquí. No quiero esperar…

—Pero…

—¡Y odiamos nuestra boda! —Frunzo un poco el ceño—. La odio con todas mis fuerzas… ¡No quiero ponerme unos zapatos de verdad!

Suelta un bufido.

—¡BJ!

—¡Era broma! —Pongo los ojos en blanco—. Lo de los zapatos. Más o menos… —Hago una pausa y una mueca para picarla—. Pero lo de la boda iba en serio.

Traga saliva y me mira con fijeza.

—¿De veras?

—Claro. —Me encojo de hombros, despreocupado—. Te prometería que te querré siempre en cualquier lugar.

Parks aprieta los labios, lo reflexiona un poco y luego exhala.

—Bridget quería casarse en Bali, ¿te acuerdas?

Asiento una vez, sonrío un poco.

—Sí, claro que me acuerdo.

Enarco las cejas, esperanzado y jodidamente emocionado ya.

—¿Una cosa más para Bridge?

Asiente y ahora me sonríe de una manera que sé que significa que es verdaderamente feliz.

—Una última cosa para Bridge.

OCHENTA Y UNO
BJ

Muy bien, si alguna vez has organizado una boda, entonces sabrás que puede resultar jodidamente duro.

¿Planearla en una semana?

En fin, una mierda.

Le dije a Parks que yo lo haría todo.

Le pedí que gestionara lo necesario para que Taura trajera el vestido y que yo organizaría todo lo demás.

Traer a todo el mundo aquí fue lo más sencillo.

Para nosotros es lo mejor que podría haber pasado porque tendremos la boda íntima que queríamos, lejos de la puta mierda de Londres.

Los chicos vendrán con su avión, igual que Tausie y Rom.

Mis padres vendrán con el suyo, con Mars y Bushka.

Creo que Parksy dijo que Daisy también vendría, aunque todo sigue bastante jodido entre Dais y Christian.

Me dijo que había invitado a su madre y que vendría, aunque su padre no asistiera.

Se puso un pelín rara por el tema de pagarlo todo, lo cual no había hecho nunca en su vida.

Como si a mí me importara una mierda quién va a pagar la boda, me la suda. Dije que yo lo pagaría todo, que me putoencantaría, pero Parksy dijo que lo pagaría ella misma, dijo que debía hacerlo porque es la familia de la chica quién se supone que debe encargarse, pero entonces Henry lo oyó y dijo que ella no podía pagarse su propia boda, que era «demasiado triste» (le lancé una puta mirada asesina cuando dijo eso) y entonces mis padres llamaron por teléfono y dijeron que ellos lo pagarían todo, que a fin de cuentas también eran la familia de ella y que, por lo tanto, se les permitía, pero ella se negó también.

De modo que luego Henry dijo que lo pagaría todo él, pero aquello me sacó de quicio, y le pregunté por qué iba él a pagarlo en lugar de pagarlo yo mismo cuando soy yo quien va a casarse con ella.

Y entonces supongo que, probablemente, mi madre llamó a Mars o a Bushka, porque después Bushka llamó a Parks y tuvieron una conversación en ruso, y ahora ella lo pagará todo.

Bien, no puedo decirte que haya podido dedicar mucho tiempo para investigar esto, pero por lo que tengo entendido, verdaderamente, solo hay un sitio en el que casarse en Bali.

El resort Bvlgari en Uluwatu.

Fue una puta pesadilla absoluta conseguirlo con solo una semana de antelación, no te voy a mentir. Nos casaremos un puto miércoles, pero me parece bien, dejémosle a Parks que redima los miércoles ante el mundo.

No hay muchos problemas que no se solucionen con dinero. Es algo feo que la gente no quiere oír, pero es lo que hay, es cierto.

Conseguimos el sitio y harán la comida.

Sé quién es la florista favorita de Parks, de modo que la he contratado para que venga y traiga un montón de hortensias, nomeolvides, rosas Juliet, muguetes y magnolias, desde luego.

Mamá me traerá el esmoquin.

También haremos venir a Emilie White, que iba a ser nuestra fotógrafa desde el principio. Parks lo tenía más que decidido incluso antes de que fuéramos a hacer una boda pequeña. «¿Por qué no Annie? —preguntaba Arrie cada pocas semanas—. La conoces de toda la vida, Magnolia. Me parece hacerle un feo…

»—Desde luego está invitada a la boda, madre… —Parks ponía los ojos en blanco—. Es que es demasiado evidente. Todo el mundo daría por hecho que le encargaría las fotos a Annie…

»—¡¿Y por qué no ibas a hacerlo?! ¡Es Annie Leibovitz!

Magnolia le lanzaba una mirada firme.

»—Contrataremos a Emilie y punto».

La tarta llegará en avión el día antes, es de Lily Vanilli, desde luego, ¿de quién si no? Siempre ha sido la elección de Parks. Aun así, pido, qué sé yo, unas diez porque, a la mierda, no sé cómo escoger nuestra tarta de bodas, de modo que pido todas las que creo que a ella le gustarán.

La selección de vino aquí en Bali viene a ser una mierda, de modo que también he mandado traer vino.

Es mucho, lo sé. Parece que estemos locos, pero he esperado toda mi vida para casarme con ella, y será el puto mejor día de nuestras vidas, pero aunque no lo fuera, aunque solo estuviéramos ella y yo solos en un acantilado, prometiendo oficialmente las mismas mierdas que nos hemos prometido mil veces ya, estaría feliz como una perdiz.

De hecho, mientras esté junto a ella, a la mierda las perdices, nadie podría ser más feliz que yo.

OCHENTA Y DOS
Magnolia

El día transcurre bastante deprisa.

Taura y los chicos llegaron hace tres días, Romilly al día siguiente con Lily y Hamish y las chicas, luego Daisy y Marsaili aterrizaron ayer también, igual que mi madre, aunque todavía no la he visto, lo cual tampoco me quita el sueño.

Bushka se subió a un avión en cuanto se enteró de lo de la boda, lo cual fue dulce y caótico a partes iguales. Y, posiblemente, la balanza quedó un pelín más inclinada hacia lo caótico.

Organizar una boda en general es bastante horrible, la verdad, pero organizarla en una semana y con una barrera idiomática... Dios bendito, me voy a casar con un santo. BJ verdaderamente ha podido con todo, no me ha preguntado nada, no me ha contado nada a no ser que yo se lo preguntara. Y se lo he preguntado, porque a lo largo de nuestras vidas, siempre he sido yo quien escoge los restaurantes y organiza las fiestas y los viajes, y no puedo decirte que viera a BJ y, necesariamente, pensara para mis adentros: «Ahí está, ¡el hombre más organizado del mundo!». Sin embargo, a su favor diré que ya se había encargado de todo lo que le pregunté. En cuanto hubimos cerrado el trato del espacio, luego apenas quedaba el tema del cáterin, las flores, la fotógrafa, no nos hace falta organizar los asientos porque es una ceremonia muy íntima, él se encargó de la tarta, Lily traerá su traje y el de Henry, además de nuestros anillos. El único tema peliagudo era quién iba a casarnos. Fue una conversación un tanto importante, porque para empezar, para que una boda balinesa se considere legal en el Reino Unido, hay que cumplir una serie de requisitos, así que, en realidad, tendremos que volver a casarnos legalmente y sin llamar la atención de todos modos cuando hayamos vuelto a casa, lo cual abrió la veda de quién nos casaría aquí.

Conocimos a un puñado de sacerdotes en Londres y ninguno de ellos nos pareció superadecuado. Que tampoco es que fueran inadecuados, pero es que no somos manifiestamente religiosos. Sí es verdad que tuve la idea de ver si podíamos conseguir que el editor jefe de *National Geographic* nos casara, pero creo que pensó que estábamos de broma cuando se lo preguntamos y resultó un poco incómodo. BJ sugirió Anna, porque *Vogue* es verdaderamente la pauta que marca mi vida, pero nos pareció que provocaría un efecto dominó. Si Anna estaba ahí, ¿por qué no los Arnault? ¿Por qué Annie no va a estar? ¿O Tom Ford, o los Beckham y los Richie y los Paltrow/Martin, o Donatella o Marc o Alessandro? Nuestro mundo es demasiado pequeño y demasiado grande a la vez, y no puedes invitar a ciertas personas sin ofender a todas las demás, de modo que solo estará la Colección Completa y nuestras familias, los parientes más directos, de hecho. Abuelos, sí. Tías y tíos, no; con la excepción del tío Alexey y su esposa Mika, un poco porque quiero seguir estando a buenas con él, pero sobre todo porque ha cuidado de Bushka y le estoy muy agradecida.

Si bien voy a invitar a mis abuelos paternos (aunque no tenemos mucha relación, me pareció decididamente cruel excluirlos), no voy a invitar a mi tía Araminta ni a su marido Tim, porque es increíblemente amiga de dos de las tías de BJ, y no podemos invitarlas a ellas porque insistirían en traer a sus hijos, que son adolescentes y están hundidos hasta las rodillas en TikTok, y no importa si imponemos una prohibición de las redes sociales durante el evento, esos cabritos en potencia encontrarán la manera de publicar cosas igualmente. De hecho, la verdad es que estamos todos un poco preocupados por Maddie. Henry dijo que le robaría el móvil en cuanto llegara y se lo escondería hasta después de la boda.

En fin, que te decía todo esto porque, tras mucha consideración y cierta protesta por mi parte, será Jonah quien oficie la ceremonia. La antítesis de un sacerdote, lo sé, pero ha sido un gran paladín de nuestro amor.

A mí me preocupaba que hiciera un poco el payaso, pero Christian me dijo que ha estado practicando delante del espejo a cada segundo libre que tenía, así que ahora estoy un poco más tranquila.

Si hay algo de la organización que haya salido mal o si algo ha fallado, no estoy al corriente de ello. Lo único que verdaderamente era tarea mía era asegurarme de que mi vestido llegaba, solo que resultó un pelín complicado porque todavía no había acabado de decidir cuál iba a ponerme.

Lo había reducido a unos pocos, y ya estaba bien porque antes necesitaba unos pocos. La cena de ensayo, la ceremonia, el banquete, el vestido para el momento de irnos, un puñado de vestidos para la sesión de fotos que teníamos que hacer para *Vogue*... Pero ahora creo que solo necesito uno, tal vez dos.

Casarnos en Londres, en el Mandarin, con toda la fanfarria que nos habría rodeado requería cierta clase de vestido que casarnos en un acantilado tranquilo de Bali con veinte personas no requiere. No puedes meter uno en la otra, no es un copiar y pegar limpio y fácil.

Hace un tiempo, Elie y yo dibujamos juntas un vestido y lo mandé hacer. Una falda amplia y con bastante cuerpo construida en crinolina y sustentada por debajo con organza, con unos tirantes rediminutos y finísimos para sujetar un corpiño muy ajustado hecho con la misma seda de dupión fruncida en tono blanco humo. La tela tenía un aspecto arrugado y relajado que me hizo pensar en una colcha de lino recién lavada y, probablemente, la primera vez en mi vida que recuerdo sentirme segura de un modo consciente y visceral fue envuelta en una colcha con él en San Bartolomé.

El vestido era una absoluta hermosura, y me encantó y estaba convencida de que a BJ le habría encantado, pero lo descarté bastante pronto porque no habría quedado bien en el marco de la boda en Londres que planeábamos, sin embargo, aquí...

En fin, aquí probablemente roza la perfección.

Siempre me había llamado la atención un velo de mantilla, de modo que mandé hacer uno con un aire bastante discreto aunque con un ligero toque de luz en el encaje blanco de nomeolvides menuditos alrededor de mi rostro.

Por lo que respecta a los zapatos, me decanté por los salones de tacón de aguja blancos Averly 100 con el detalle del lazo en tul de Jimmy Choo. Aunque, en realidad, no se me ven por debajo del vestido, sigue pareciéndome bonito saber que están ahí.

BJ y yo hemos dormido separados esta noche, por la tradición o algo, qué sé yo, nos ha obligado Lily. Lo que ha significado es que he dormido bastante mal la noche previa a mi boda.

Henry y Taura han estado conmigo toda la mañana. Han intentado obligarme a desayunar, pero apenas lo he hecho. No por la razón que habría hecho enfadar a Bridget, sino porque estoy tan nerviosa que la importancia de hoy me pesa en le mente y el estómago y no me entra nada.

Es una boda al atardecer porque los atardeceres en Uluwatu son una locura. No recuerdo en qué lugar de Bali Bridget dijo que le habría gustado casarse, pero si fuera de las que apuestan, creo que habría sido por aquí. Tal vez no en The Bvulgari, conociéndola, pero en algún lugar cercano.

Ya me han maquillado y estoy a punto de ponerme el vestido, de modo que Henry sale un minuto para que pueda cambiarme.

Con la ayuda de Tausie, tardo cerca de cinco minutos en abrocharme por completo el vestido. Y, en ese momento, alguien llama a la puerta.

—Pasa —digo, porque doy por hecho que es Henry, pero no lo es.

La puerta se abre de par en par y Harley Parks llena el umbral.

Ni siquiera puedo imaginar qué cara he puesto, y no digo una sola palabra.

Mi padre mira a mi amiga.

—¿Puedes dejarnos un minuto a solas, Taura?

Ella me mira, casi como si me pidiera permiso para irse.

La verdad es que no quiero que se vaya, pero por alguna razón no digo que no.

Siento un pánico insidioso que empieza a subirme por el pecho.

Intento decirle a Taura con los ojos que vaya a buscar a BJ, pero no sé si ella habla nuestro idioma mudo.

Cierra la puerta detrás de ella y Harley se queda ahí de pie, hunde las manos en los bolsillos con gesto incómodo.

Lo miro fijamente.

—¿Qué estás haciendo aquí?

—Hoy te casas —me dice.

—Lo sé —asiento con cautela—. Pero, verás, no te he invitado, de modo que...

Me señala con el mentón.

—Has invitado a tu madre.

—Exacto —asiento una vez—. Aunque no le permití traer acompañante. —Le lanzo una mirada elocuente—. Históricamente, no siempre ha tenido el gusto más maravilloso para escoger a los hombres.

Deja de mirarme a los ojos un segundo antes de tomar una bocanada de aire y volver a mirarme.

—Se supone que el padre debe entregar a su hija —me dice como si no lo supiera, como si no hubiera tenido esa pequeña preocupación en un rincón de mi mente desde que BJ me pidió la mano.

—Pues sí. —Esbozo una sonrisa seca—. ¿Conoces a alguno, por casualidad?

Me mira con un gesto algo desalentado.

—Harley —me cruzo de brazos—, me entregaste hace muchísimo tiempo.

Esboza una expresión entre triste y desconcertada.

—Tenía once años y me marchaba al internado. Te pasaste toda la noche fuera, me diste unas palmaditas en la cabeza en las escaleras. Ni siquiera me llevaste tú mismo en coche. De hecho, ni siquiera me acompañaste hasta el coche.

—Ya. —Frunce los labios con fuerza, casi esboza una mueca—. Ese día metí la pata.

Echo la cabeza para atrás.

—¿Ese día?

Ladea la cabeza como si dijera «venga ya», pero no pienso ceder.

Exhala por la nariz.

—¿Quién te llevará hasta el altar?

—Henry —le digo con el mentón levantado.

Harley asiente un montón de veces al tiempo que frunce el ceño como si estuviera pensando.

—Es una buena elección.

Lo miro por el rabillo del ojo.

—Lo sé.

Y entonces toma una profunda bocanada de aire, afianza los pies. Parece extrañamente tenso. Se frota la boca con la mano.

—La he cagado —me dice.

—Sí. Muchas veces. —Asiento, impasible ante su franqueza, y ladeo la cabeza—. Pero ¿a qué ocasión en concreto te estás refiriendo?

Pone los ojos en blanco y se adentra un paso en la habitación.

—Eres difícil de criar —me dice.

—¿Y tú cómo lo sabes? —le disparo.

—Oye... —Suspira—. Si quieres que me vaya, yo...

—Quiero que te vayas. —Lo interrumpo con un asentimiento.

Él se encoge de hombros, adelanta un poco el mentón, y me pregunto si parece herido.

—Si lo hago, lo lamentarás.

—Vaya, ¿por qué? —Parpadeo un par de veces y le sonrío agradablemente—. ¿Volverás a amenazarme con quitarme mi dinero o destruir el único vestigio de mi bebé que tengo en la tierra?

—No... —Frunce un poco el ceño al oírlo, le da una patada a la nada en el suelo, incómodo—. Me refería más bien a, en fin, el día que me muera o algo...

Nos quedamos mirándonos fijamente el uno al otro, nuestros ojos se encuentran de una manera extraña, casi atrapada, casi perpleja, casi orgullosa, casi sorprendida y, tal vez, incluso me descubro a mí misma encontrando ligeramente divertido ese último comentario.

Niego un poco con la cabeza y lo reprendo con la mirada.

—Bueno, eso me ha parecido de muy mal gusto.

—Pues sí. —Hace una mueca—. Lo siento.

Paso junto a él en dirección al tocador donde tengo todas las opciones de joyas colocadas para escoger. Cojo los pendientes Anise Magnolia hechos y pintados a mano de Danielle Frankel de encima de la mesa y me los pongo porque sigo teniendo una boda a la que asistir.

—Además, me parece increíblemente improbable. —Lo miro a los ojos a través del espejo del tocador—. Estaré demasiado ocupada bailando sobre tu tumba.

Ni siquiera pone los ojos en blanco cuando se lo digo, sino que se me acerca más y se mete la mano en el bolsillo interior de la americana para sacar algo.

Una hoja de papel doblada. Me la tiende.

—Esto es para ti —me dice.

Frunzo el ceño antes de girar sobre mis talones y coger el papel.

—¿Qué es?

Harley me hace un gesto con la cabeza para que lo abra y suspiro como si no sintiera ni una pizca de curiosidad, aunque me muero de curiosidad.

Bajo los ojos y tardo un segundo en comprender lo que tengo en la mano, y entonces vuelvo a mirarlo a él, con los ojos más abiertos por una sorpresa y una ternura que preferiría que no estuvieran ahí.

—Es la escritura de la casa de Dartmouth —me dice.

Niego con la cabeza.

—Pero...

Me corta:

—No tendría que haber hecho esa amenaza. Fue una cagada. —Asiente para sí mismo—. Es tuya. Está hecho, ya está a tu nombre.

Se encoge un poco de hombros.

Vuelvo a mirar y me trago el pequeño nudo que se me ha hecho en la garganta. Doblo otra vez la hoja de papel y la sujeto, sintiéndome rara.

—¿Gracias? —digo, pero suena a pregunta.

Él me contesta con un asentimiento y luego traga saliva y se me acerca otro paso.

—No iba en serio lo que dije —afirma ladeando un poco la cabeza.

—Qué curioso. —Guardo la escritura en el joyero para que no se pierda y luego lo miro con gesto imperturbable—. Porque después de decirlo, lo confirmaste diciendo que iba en serio absolutamente todo lo que habías dicho.

Exhala un poco por la boca y se encoge de hombros como si no pudiera evitarlo.

—Fue cosa del momento.

—Eres un desgraciado de mierda —le suelto sin pensar, y él se limita a asentir, no parece enfadarse ni ponerse a la defensiva tampoco cuando se lo digo.

—Ya —concede.

Niego con la cabeza, empiezo a sentir una opresión en el pecho y me arde.

—¿Desearías que estuviera muerta?

—No... —Hace una mueca con el rostro que parece de dolor al tiempo que niega rápidamente con la cabeza y luego se queda ahí.

Nada. La nada se queda ahí, lo mismo que siempre ha habido entre nosotros. Nada.

Paseo la mirada por la habitación, incómoda, y él sigue sin hablar.

—Oh. —Le lanzo una sonrisa tensa—. Qué dulce, no digas más...

Me mira un punto exasperado y se aprieta el labio inferior con la lengua.

—Me llevo bien con Bridget. —Cierra los ojos un segundo y observo la oleada de tristeza que le golpea de lleno. Traga saliva. Corrige el tiempo verbal—: Me llevaba.

Me yergo y lo miro directamente a los ojos.

—¿Y yo?

—Tú eres un puto grano en el culo… —Abanica con la mano hacia mí—. Me haces enfadar muchísimo. —Niega con la cabeza—. Es imposible contentarte, nunca nada de lo que hago es suficientemente bueno para ti y…

—Y ya de entrada nunca me quisiste —le digo con una voz que suena sorprendentemente optimista.

Inhala con los dientes apretados, contiene la respiración durante un par de segundos y aprieta los labios.

—Te lo contó —dice asintiendo.

No digo nada, me limito a mirarlo, a parpadear tranquila e imperturbable.

—Joder —suspira y niega con la cabeza.

Se queda mirando el suelo un lapso indeterminado de tiempo. ¿Son diez segundos? ¿Son sesenta? No lo sé.

Toma una profunda bocanada de aire y me mira.

—Mierda. Vale… —Vuelve a apretarse la boca con la mano—. No, no quería. —Asiente con aire derrotado—. Arrie se quedó embarazada, me dijo que no quería deshacerse de eso…

—Y «eso» era yo —aclaro sin motivo.

Asiente.

—Y «eso» eras tú, sí. —Luego vuelve a suspirar—. Y eras mía, así que…

—Lo sé —le digo mirándome las cutículas (que necesitan desesperadamente la atención de Ama Quashie), no puedo creer que vaya a casarme con estas manos casi sin manicura. Vuelvo a mirar a mi padre—. Lo comprobé.

Echa la cabeza para atrás, sorprendido.

—¿Lo comprobaste?

—Sí —asiento.

Él me devuelve el asentimiento.

—¿Cuándo?

—En el internado. —Me encojo de hombros y detecto cierta sorpresa en su rostro, y decido que merece la pena aclararlo un poco más—. Cuando empezó a circular el rumor de que yo era... —frunzo los labios— hija de Usher y no tuya.

Asiente un par de veces, despacio.

—¿Cómo lo hiciste?

—Le dije a Arrie que necesitaba un poco de pelo tuyo para un concurso. —Niego con la cabeza y pongo los ojos en blanco—. No está muy al tanto de lo que puede considerarse un concurso...

Él vuelve a asentir y suelta una carcajada.

—Yo también lo comprobé —me dice.

—¡Lo comprobaste! —gruño, ofendida al instante—. ¡Qué desagradable!

Echa la cabeza para atrás.

—¿Por?

—¡Porque sí! —Pego un pisotón y lo fulmino con la mirada—. Todo lo que haces es de lo más desagradable y repugnante y, además, ¿cómo lo hiciste? —Niego con la cabeza—. BJ nunca me robaría el pelo...

Él me lanza una mirada.

—Seguramente BJ tiene una puta manta hecha con tu pelo...

Me cruzo de brazos y lo fulmino con la mirada. Y Harley pone los ojos en blanco.

—Cogí un poco de tu cepillo.

Levanto la nariz.

—¿Y cómo sabías que era mi cepillo? Podría haber sido el de cualquiera...

—Podría haber sido el de cualquiera, sí —asiente—. Pero estaba en tu antiguo baño, y era uno de esos dichosos cepillos de cerdas de pelo de jabalí que te encantan y que cuestan un puto ojo de la cara...

—¿Mason Pearson?

—Ese —asiente.

Levanto los hombros, admitiéndolo un pelín.

—Es que es un cepillo de excelente calidad, seamos francos...

Esboza una risita.

—Tendré que probarlo algún día…

—¿Con qué fin? —Le lanzo una mirada—. Si prácticamente estás calvo.

—¡Eh! —Me señala—. ¡Llevo el pelo rapado con un degradado medio!

Me encojo de hombros solo para irritarlo.

—Si tú lo dices.

—¡Que sí lo es, joder! —exclama muy fuerte y luego se abre la puerta.

Henry asoma la cabeza con el ceño fruncido.

—¿Va todo bien por aquí? —me pregunta.

Miro a Henry y luego a mi padre. Harley enarca las cejas, esperando a ver si voy a mandar que lo echen a patadas.

Trago saliva una vez, y vuelvo a mirar a Henry. Asiento muy rápido.

—Estoy bien. —Le sonrío un poco—. Pero gracias.

Nos observa un par de segundos más para estar seguro, después se va y cierra la puerta detrás de él.

Harley se aclara la garganta.

—Esta vez no le he sido infiel a tu madre.

Arrugo la nariz.

—¿Vale?

Se encoge de hombros.

—Pensé que te gustaría saberlo…

—¿Quieres algún tipo de premio o…?

Pone los ojos en blanco.

—No.

—Además. —Le lanzo una mirada—. Apenas han pasado cinco meses, así que ¿por qué no paramos un segundo antes de coronarte como marido del año?

Me mira con gesto sufrido, da otra profunda bocanada de aire y traga saliva.

—Siento lo que te dije —me suelta.

—Vale —asiento una vez.

—Y siento que descubrieras que… —Se le apaga la voz y pone una cara rara.

—¿Que no querías tenerme? —digo por él.

—Sí —asiente, incómodo.

Y después, nos quedamos mirándonos el uno al otro. No sé por qué, no sé qué está esperando ni qué estoy esperando yo… No sé cómo se hace esto.

Miro alrededor de la habitación con gesto incómodo antes de volver a aterrizar con los ojos sobre él.

—¿Quieres… que te diga que te perdono?

—No. —Niega con la cabeza—. No deberías.

—Bien, porque no lo hago —le digo con la nariz levantada, aunque no estoy segura de que sea cierto.

Suelta una carcajada y luego asiente, pero creo que lo hace para sí mismo.

Aparta sus ojos de los míos y mira más allá de mí, como si estuviera recordando algo.

—Me sentí engañado cuando tu madre lo hizo. Y no te culpaba a ti, así… —me mira un instante— de un modo consciente, vamos. Pero a veces supongo que sí te culpaba. Salía un poco de la nada, vaya, el hecho de que nunca quise ser padre, nunca quise atarme. —Se encoge de hombros—. A veces te veía a ti y a Bridge, y poníais esas caras, y sabía qué queríais y yo, sencillamente… —pone cara de tristeza, de hecho— no podía dároslo.

Traga saliva, parece un poco dolido.

—Y entonces, para cuando seguramente sí podía dároslo, vaya, que había encontrado un poco la manera de ser un… No lo sé, en fin… —«papá» es la palabra que ni él sabe ser para mí ni yo sé llamarlo a él—, ya lo tenías a él. —Señala con la cabeza hacia atrás, en dirección a donde sea que pueda estar BJ—. No me necesitabas a mí.

Enarco una ceja, impasible.

—¿Y decidiste seguir siendo un mierda?

Aprieta los dientes y asiente despacio.

—Era más fácil que tener que ajustar las cuentas con lo muchísimo que la había cagado con vosotras dos.

Mi rostro se convierte en una bolita de incredulidad.

—Y, entonces, para remediarlo todo, ¿seguiste cagándola?

Suspira.

—Estoy yendo a terapia…

—¡Eso espero! —Lo miro por encima de la nariz.

Harley pone los ojos en blanco de nuevo y luego enarca las cejas.
—Lily me dijo que tú también estás yendo.
Vuelvo a cruzarme de brazos.
—Ajá.
—¿Te gusta? —pregunta.
Le lanzo una mirada.
—No.
—Ni a mí… —Suelta una especie de carcajada—. Es una puta mierda…
Y casi me río, pero recupero la compostura y me agarro a la sonrisa. Harley me mira a los ojos y me señala con el mentón.
—Somos bastante similares, tú y yo.
—Vale. —Ahora soy yo la que pone los ojos en blanco—. A ver, no hace falta atacar…
Aquello le hace reír de verdad, esta vez, y entonces el rostro se le enternece un poco.
—Estoy muy feliz por ti, Magnolia. —Esboza lo que creo que podría ser una pequeña y sincera sonrisa—. Me alivia que estés bien —asiente un par de veces, casi como si se lo estuviera diciendo a sí mismo—. Y que seguirás estando bien con él. Es un buen hombre.
—Lo sé —le digo orgullosa.
Señala con la cabeza hacia la puerta.
—Voy a marcharme.
Asiento un par de veces y señalo un poco incómoda hacia la escritura.
—Gracias por eso.
Harley me devuelve el asentimiento, y luego pone cara de tristeza o algo.
—Estás verdaderamente preciosa —me dice con una sonrisa tierna.
—Sí. —Pongo los ojos en blanco de nuevo—. Obviamente.
Suelta otra carcajada y luego traga saliva.
—Te quiero, Magnolia.
—¡Ugh! —casi grito, por la sorpresa y no por el horror, exactamente, pero no creo que me complazca tampoco, creo que he hecho hasta una mueca.
Harley parpadea dos veces, desconcertado.
—¡Puaj! —Hago un mohín—. Vale, en fin… —Niego con la cabe-

za—. Puedes asistir a la boda. ¡Pero para de comportarte de una forma tan extraña!

Me lanza una mirada.

—Te he dicho que te quiero...

—Mira. —Levanto las manos para detenerlo—. Vamos a frenar las manifestaciones sorpresa de afecto, ¿vale? —Lo fulmino un poco con la mirada—. Dios, que hoy me caso, no me hacen falta estos niveles de estrés...

Vuelve a mirarme con gesto exasperado, y se da la vuelta para irse y luego me acuerdo de lo que dijo Bridget. O lo que habría dicho.

—Espera... —le digo, y se da la vuelta—. Tengo que decirte una cosa.

Parece ponerse ínfimamente nervioso.

—¿Qué?

Tomo una gran bocanada de aire, profunda, dejo que me alargue.

—He estado muy enfadada contigo durante mucho tiempo —le digo, y él asiente un poco—. Vamos, durante todo el tiempo, desde que puedo recordar, y hasta que, en fin, justo ahora... —Señalo a donde estábamos hace un momento— cuando has dicho eso, hasta entonces había estado enfadada contigo.

Me mira sarcástico.

—Bueno, lo escondes de maravilla...

Me acerco un paso a él y le toco el brazo, lo cual no creo que haya hecho en mi vida ni vaya a volver a hacer, pero aquí me tienes.

—Te descargo y te libero de mi dolor para poder liberarme a mí misma.

Él se queda ahí de pie, parpadeando, y no dice nada durante siete segundos enteros.

—¿Y yo qué? —acaba preguntando por fin—. ¿A mí se me puede liberar?

—¿De qué? —Pongo los ojos en blanco—. ¿De todas tus responsabilidades y de tu estilo de vida de soltero? Por favor...

Echa la cabeza para atrás, pero la diversión se filtra en sus ojos. Yo niego muchísimo con la cabeza y muy rápido.

—¡Mierda! Lo siento. —Le sonrío a modo de disculpa—. Lo retiro.

Ladea la cabeza, intentando no perder el hilo.

—¿Retiras mi puesta en libertad?

—No, lo de después —le digo—. Es un hábito, ¿sabes?

Asiente una vez.

—Lo entiendo. —Entorna los ojos—. ¿Crees que será para siempre?

—No... —Niego con la cabeza, bastante convencida de esta parte—. Creo que me irritarás en quince minutos, y tendré que ir a meditar durante una semana para encontrar la paz para volver a decirlo todo de nuevo con ganas, y ese será el círculo en el que viviré para siempre. —Me encojo de hombros como si el sistema ya me hubiera derrotado—. Pero seguiré escogiendo liberarte, porque ya no puedo seguir esperando que te preocupes.

Harley me mira fijamente.

—Sí me preocupo —me dice.

Esbozo una sonrisa tensa.

—Veremos.

Asiente una vez, abre la puerta y se va.

Me apoyo en el tocador un segundo, me agarro a él, respiro hondo.

Y entonces Henry asoma la cabeza de nuevo, me ve ahí y viene corriendo hacia mí.

Ladea la cabeza.

—¿Estás bien?

—Sí —asiento—. Creo que sí.

—¿Ha sido... un capullo? —pregunta, desconcertado—. ¿O ha...?

Arrugo la nariz, confundida.

—Se ha disculpado.

Henry parpadea un par de veces y hace un rictus con los labios, sorprendido.

—Caray.

Frunzo los labios.

—Sí.

Se agacha un poco para que nuestros ojos queden más al mismo nivel.

—¿Estás lista para convertirte en una Ballentine?

Le sonrío.

—Mucho.

OCHENTA Y TRES
BJ

Estando de pie en el altar, te juro por Dios, que casi se me explota la puta cabeza cuando he visto a Harley sentado al lado de Arrie, y estaba a punto de echarlo a patadas cuando Taura me ha visto y me ha interceptado. Me ha contado que había venido y se había disculpado con Parks y que ella le había dado permiso para estar ahí. Vamos a ver, ¿qué cojones? ¿No pasamos una noche juntos y me pierdo todo esto?

Se me antoja casi sagrado estar aquí arriba de pie yo solo.

Yo solo con Jo.

En la boda que organizamos en Londres, todo el mundo estaba aquí arriba con nosotros, pero ahora si están aquí de pie con nosotros, se nos va la mitad de la lista de invitados.

Mamá ya está llorando y, de hecho, papá también.

Marsaili está sentada un par de filas más atrás que los padres de Magnolia, con Bushka y Alexey.

Mi padre se pone de pie de un salto y viene corriendo hacia mí un par de minutos antes de que empiece la ceremonia. Me ajusta la pajarita a la que no le hace ajuste alguno.

—Estoy muy orgulloso de ti, Beej —me dice con una sonrisa solemne, y tengo que tragar saliva con esfuerzo para controlarme.

Me tira un poco de las solapas del esmoquin a medida de Tom Ford que llevo. Los zapatos también son suyos. Nada de Vans porque me gustaría vivir un día de matrimonio, al menos.

—¿Lo ha escogido ella?

Esbozo una sonrisita creída.

—Nop.

—Caray —asiente impresionado. Y entonces se le enternecen los rasgos—. Me dijiste que la querías hace muchísimo tiempo, ¿te acuerdas?

Asiento.

—Nunca he dejado de hacerlo.

Me sonríe orgulloso.

—Nunca has dejado de hacerlo.

Me da unas palmaditas en el brazo con cariño y luego vuelve a sentarse con mamá.

Y, entonces, lo oigo. El inicio de la canción con la que ella llegará al altar. En Londres tenía que ser el Canon en re mayor de Pachelbel porque ¿qué iba a sonar si no en Londres? Sin embargo, aquí solo estamos nosotros, de modo que es un poco distinto.

Todo el mundo se pone de pie y pensarás que yo estoy nervioso, pero y una mierda lo estoy: he esperado este momento toda mi vida. No hay una sola parte de mí que no lo tenga claro; no estoy preocupado, no estoy agobiado, sencillamente estoy listo. Me muero de las putas ganas.

El corazón me late muy rápido, eso lo admito, pero no le des un significado que no tiene: siempre va muy rápido cuando estoy a punto de verla, y siempre me ha flipado que vista de blanco.

Y solo puedo pensar en que lo hemos conseguido, estamos aquí. Y ha sido duro y jodidamente brutal, pero ha merecido todo lo que nos ha costado llegar hasta aquí. Volvería a hacerlo todo de nuevo. Dos veces y pisando cristales rotos.

Y, entonces, Jo me coloca ambas manos en los hombros y los aprieta y me vuelvo justo cuando «Marching Bands of Manhattan» de Death Cab for Cutie llega al segundo veinticinco de la canción y la luz de todo el puto mundo queda atenuada. Hay un nuevo sol en el universo y cuelga del brazo de mi hermano, camina hasta el altar hacia mí. Ha robado toda la luz y todo lo bueno y toda la belleza de todo lo demás que está alrededor, eso si es que hay algo alrededor, que no lo sé, no lo veo. Estoy cegado.

Ella tiene el gesto tímido (la mejor cara del puto mundo) y los ojos fijos en mí, solemnes y pesados y serios bajo la importancia de este momento.

Dibuja un centímetro de sonrisa y yo le contesto con otra de oreja a oreja porque no puedo evitarlo.

Está tan preciosa... Que siempre lo está, pero esto parece un sueño. Es un sueño, porque esta chica no puede ser real.

Pero aquí está, a medio camino del altar para que nos prometamos el uno al otro un montón de mierdas que total ya nos hemos prometido siempre, pero me hace feliz el mero hecho de estar aquí.

Ya casi ha llegado hasta el altar, y sé cómo tiene que desarrollarse esto, ya lo he visto, vamos es que, joder, hasta lo hemos practicado, pero entonces sucede de todos modos.

Quedan un par de metros entre nosotros y los cruzo en un segundo, le aparto ese velo de la cara y a ella la levanto del suelo y la beso porque no puedo evitarlo.

Ella se echa a reír, sus labios contra los míos, y toda la tensión que había en su cuerpo se derrite entre mis brazos. Se arma un poco de ruido y alboroto entre nuestra familia.

Principalmente por parte de Jo, que berrea que le estoy robando el protagonismo, pero no es así. Solo estoy robando besos.

Vuelvo a plantarla en el suelo, la miro e imperceptiblemente asiento y le guiño el ojo, y vuelvo corriendo al altar, donde se supone que tengo que estar.

Magnolia se gira hacia Henry y, sin decir nada, él le recoloca el velo y le limpia un rastro de carmín de la comisura del labio. A continuación, vuelve a ofrecerle el brazo para acabar el mejor paseo que ella ha hecho en su vida, al menos en mi opinión.

Cuando llega hasta mí, sonrojada por completo ya, se ríe, pero también me parece ver algunas lágrimas por debajo.

Henry me pega en la espalda un par de veces antes de darme un abrazo de oso. Luego se vuelve hacia ella, le da un beso en la mejilla y va a sentarse junto a Rom.

Miro a Parks, esbozo la sonrisa mágica y le ofrezco la mano.

—Queridos hermanos… —empieza a decir Jonah, y yo pongo los ojos en blanco.

—¡Venga ya! —le digo, y Magnolia y todo el mundo se ríe.

—Seáis todos bienvenidos —se corrige Jo— a la tan esperadísima boda de Baxter James Ballentine y Magnolia Parks. —Hace una pausa, me sonríe a mí y a Parks, y veo lo feliz que le hace esto.

Vuelve a mirar a nuestra familia.

—Es un inmenso honor para mí estar aquí arriba, pero es un honor que creo que merezco… —Nos mira con elocuencia a Parks y a mí—. Porque este último par de años con estos dos idiotas ha sido una pesadilla total y absoluta.

Todo el mundo se echa a reír y Magnolia me mira.

Jo extiende las manos hacia fuera como si fuera un sacerdote.

—Sin embargo, aquí estamos. Bien. —Da una palmada—. Al principio, cuando me pidieron que oficiara su boda, lo primero que se me pasó por la cabeza fue: «Me van a destruir ahí arriba...».

Parksy le lanza una mirada y Jo cambia la cara y se pone serio al instante.

—¡Ups! —Hace un ruidito incómodo y se ajusta el cuello de la camisa—. La jefa ya me está mirando mal... Me guardaré todo esto para mi discurso de después, ¿vale? —Me mira y asiente—. Total, esto... —Nos mira a ambos como si planteara una pregunta—. ¿Pasamos a los votos?

Magnolia frunce un poco el ceño y me mira, insegura, y sé que voy a ganarme una bronca por haber insistido tantísimo en que nos casara Jo, y sé que probablemente no debería parecerme gracioso, pero me lo parece. Ahogo una carcajada al mirar a mi mejor amigo, que no para de balbucear.

—Pasar a los votos sería estupendo —le digo a él, guiñándole el ojo.

—Parksy —Jo le hace un gesto con la cabeza—. Te toca.

Magnolia asiente una vez, obediente. ¡Obediente! Ja, ja, ja. Hay una primera vez para todo.

Se gira y me mira. Lleva el mejor vestido que he visto en mi vida, pero no puedo describirlo porque si lo hago, lo que me salga será una mierda. Tú confía en mí. Jamás has visto nada tan precioso como la chica que tengo de pie delante de mí. Traga saliva, vuelve a estar nerviosa. Tiene los ojos muy abiertos, como los de Bambi, ¿sabes?

Da una profunda bocanada de aire.

—¿Cuántos amores te tocan en una vida? —Me lanza una sonrisa fugaz—. Llevo planteándome esta pregunta muchísimos años ya. Y he llegado a varios niveles de la misma respuesta. Hay muchísimas clases distintas de amor que la vida puede brindarte la oportunidad de experimentar a lo largo del transcurso de nuestra existencia; algunos terribles, algunos equivocados, algunos bienintencionados, otros peligrosos, algunos maravillosos pero inofensivos, otros dolorosos, otros que, cuando los pierdes, son una agonía. —Inhala y traga saliva—. Si tienes suerte, tal vez te toque vivir un gran amor, y sé que yo soy la más afortunada del mundo porque me han tocado dos.

Le sonrío con dulzura, espero que la haga sentir más valiente, no querría que llorara delante de todas estas personas, a no ser que ella quisiera, en cualquier caso, oye, llora lo que te dé la puta gana, pero no es propio de ella querer que la gente la vea vulnerable.

—Ha habido mucha historia y espacio y tiempo que nos han pasado por encima a lo largo de nuestra relación, y sé que desprendemos cierto aire de misterio; nosotros y nuestra manera de amarnos. Sé que a menudo la gente no lo entiende, y lo siento por ellos… —dice con un imperceptible encogimiento de hombros—. Porque poder amarte ha sido lo más maravillosamente humano que he tenido el privilegio de hacer en mi vida. —Eso me hace sonreír y ella prosigue—. Y sé que la gente nos mira, mira lo que ha pasado entre nosotros y con nosotros, y se pregunta cómo somos como somos y, desde luego, vínculos traumáticos —me lanza una mirada—, pero además, más que nada, por encima de todo tú. Somos como somos por ti. Porque no te rendiste. Porque me quisiste primero y me quisiste mejor y me quisiste más valiente y… —Joder, al final me hará llorar—, en fin, supongo que lo que intento decir es ¿gracias?

Lo dice con una inflexión ascendente y me hace reír, mantiene a raya esas lágrimas un poquito más.

—Y, además, que si el espacio y el tiempo y la historia me han enseñado algo, es que tú eres el amor de por vida.

Lo dice con mucha convicción.

—Eres sobre lo que escriben los poetas, eres sobre lo que canta un coro de ángeles, eres lo que hace que las nubes se separen para que el sol te bañe entero. Eres todas y cada una de las mariposas que revolotean en todos y cada uno de los estómagos. Eres todos y cada uno de mis pensamientos de amor.

»Eres una toalla caliente cuando sales de la ducha una noche fría. Eres el té que sostienes contra el pecho cuando necesitas un minuto a solas. Eres la sensación que se tiene cuando estás resguardado y a salvo y seco, y fuera está gris y oscuro y llueve a cántaros.

Trago saliva con fuerza, aprieto los labios. «No llores», me digo.

—Eres lo que Él vio en el jardín cuando dijo que estaba bien —dice, y al hacerlo, se seca una lágrima disidente que rueda por su mejilla. Y yo me froto la nariz para mantener la compostura.

»Quererte es lo primero que agarro cuando se nos incendia la casa, y la casa se nos ha incendiado más de una vez —me lanza una mirada elocuente—, y quizá vuelva a incendiarse algún día. Espero con todo mi corazón que no, pero si pasa, lo mucho que te quiero y te querré siempre será lo primero a lo que me agarre.

Jonah se queda mirándola un punto asombrado, igual que yo. Claro que yo siempre lo hago.

Asiente una vez.

—Bueno, pues… —Me mira—. ¿Beej?

La miro a ella, enarco las cejas juguetón como si este no fuera el momento más sagrado y solemne que experimentaré jamás en este planeta.

Ella vuelve a esbozar una sonrisa diminuta, sobre todo, con los ojos esta vez, y yo le guiño un instante el ojo antes de empezar.

—Vale. —Ladeo la cabeza mirándola fijamente—. La verdad es que este momento me llega tardísimo porque te solté un discurso de puta madre el otro día. —Señalo hacia atrás con la cabeza hacia todo lo que dije para que se casara conmigo ahora.

Ella suelta una risita.

—Vamos, mierdas de primer nivel. Facilísimamente podrían haber sido mis votos, pero no creo que hubiera salido excepcionalmente bien si hubiera dicho ahora lo que te dije entonces, aunque fue fantástico y aunque sigue siendo todo verdad. —Hago una pausa dramática antes de volver a empezar—. Te he querido en muchas iteraciones a lo largo del transcurso de nuestras…

Magnolia se echa a reír y nadie más lo pilla, pero no tenían que pillarlo, era solo para ella.

Ahora se le ha iluminado el rostro de verdad, como tiene que ser. Le sonrío, complacido.

—Yo tenía seis años cuando me enamoré de ti, todo el mundo lo sabe, doy la turra con ello siempre que puedo —me encojo de hombros—, pero nadie atina en los números —le digo, y le cambia un poco la cara—. Eso son veintiún años de quererte —asiento—. 252 meses, 1.095 semanas, 7.665 días, 183.960 horas y 11.037.600 minutos en los que te he querido y si eso puede traducirse en algo, por favor, dejemos que hable de la profundidad de mi compromiso contigo, Parks, porque es tuyo.

Me mira con el mentón un poco hundido. Traga saliva con esfuerzo.

—Pienso en ti cuando me despierto, como por hábito. Abro los ojos y entonces pienso en ti —le digo, y me encojo un poco de hombros porque no es más que un hecho—, no necesariamente de ninguna manera formidable, profunda, shakespeariana, sino de la manera en que eres lo primero en lo que pienso y lo has sido desde hace —hago un gesto con las manos—, salta a la vista, un montón de tiempo.

»Y sé que cuando lo digo así puede sonar un poco como si estuviera esclavizado o cumpliera con una responsabilidad obligatoria, pero no es así, aunque lo sea. —Me encojo de hombros caprichosamente—. Nadie siente lástima por los monjes, bueno, yo un poco porque el sexo es increíble, pero a todos nos parece bien porque es una causa noble y digna —digo antes de señalarla a ella con el mentón—. Tu eres mi causa noble y digna.

Se seca los ojos y, joder, no quiero llorar.

—Parksy, no solo eres lo primero en lo que pienso, eres tozudamente lo segundo y lo tercero y todo lo que pienso después, porque cuando esté muerto… —Hago una mueca por haber dicho la palabra que empieza con M—. Perdón. Pero cuando lo esté, eso es lo que dirán de mí. Que te quise. Que te sigo queriendo. Que aunque me muera, cuando me muera, y sea viejo y esté listo y, Dios lo quiera, tú te hayas muerto primero porque, si no, ya me anticipo —me giro hacia nuestros amigos y familiares—: lo siento mucho, familia. —Me giro de nuevo hacia ella—. Si me muero, cuando me muera, resonará por el espacio y por el tiempo, y llegará hasta el lugar más remoto de este universo y rozará el siguiente, que te quise más que a nada.

Se seca otra lágrima y yo le sonrío con la esperanza de darle fuerza y luego me aclaro la garganta.

—Se me conoce, desde el principio de nuestros tiempos, por ser un punto proclive a las metáforas marítimas. No sé por qué… —Me encojo de hombros al planteármelo—. Los barcos entrañan cierta dignidad, creo. Y hay algo de verdad en el símil de las mareas y las costas, y tú y yo y cómo siempre volvemos, arrastrados hasta las costas del uno y el otro. Probablemente resulta bastante apropiado porque has sido el rostro de casi todas las tormentas que he capeado en mi vida. No digo que sea culpa tuya, solo digo que… —me encojo de hombros— eres la fuerza que me ha movido y seguirá moviéndome el resto de mi vida.

Oigo que mi madre suelta un pequeño sollozo y la miro, divertido, y luego vuelvo a mirar a Parks y ella se ríe y sus ojos son puta magia ahora mismo. Ha sacado los diamantes. Doy una bocanada de aire. Trago saliva.

—Marineros y aventureros, ¿verdad? Desde el inicio de los tiempos han usado las estrellas para guiarse. Como bien sabes, Parks —le lanzo una mirada y asiento—, estamos escritos en ellas, siempre lo hemos estado. Así que olvídate de Altair y Vega. —Hago un gesto desdeñoso con la mano—. Si hubiéramos nacido cuando se asignaban historias a las estrellas, a nosotros nos habrían dado una galaxia. Un poco porque hemos tardado un poco en solucionar nuestras mierdas —reconozco con un encogimiento de hombros y ella suelta una risa suave—. Pero, sobre todo, porque yo habría insistido en que necesitaba una estrella para cada razón que tengo para amarte, que son... ¿cuántas? —Hago una mueca intentando recordar—. Por lo menos cien mil millones de estrellas y, aun así, no me bastan.

Y tomo una profunda bocanada de aire, intento mantener las lágrimas a raya, pero me arrasan los ojos. Inhalo, trago saliva con esfuerzo.

—Verás... Mierda —me río de mí mismo, avergonzado, me seco la cara con el dorso de la mano—. Aquí está la cosa. —Me aclaro la garganta de nuevo—. Me has convertido en un desastre de hombre. —Me encojo de hombros, derrotado, porque es por ella—. El tipo de hombre que ve estrellas y a nosotros en ellas, y que compra bañeras para abejas y las coloca por Kensington Gardens Square y cada día vigila que estén llenas porque las abejas no están muertas, joder. —Miro a mi madre y esbozo una sonrisa fugaz—. Lo siento, mamá. —Vuelvo a mirar a Parks—. Nunca lo han estado. Me has convertido en la clase de hombre que podría ver una flor bañada por determinada luz y echarse a llorar al verla, porque si quieres a una flor como yo quiero a una flor, como siempre he querido a una flor... —Digo esta parte despacio, espero que me permita que la envuelva por completo—. Querer a alguien como yo te quiero a ti... —exhalo un poco por la boca— te jode entero. —Vuelvo a mirar a mi madre y hago una mueca—. ¡Lo siento otra vez! —Miro de nuevo a Parks—. Tozudamente jodido, Parksy —digo con un asentimiento—. Soy el zorro y tú eres la flor, y me has domesticado.

Me sonríe tímidamente al oírlo.

—«Los hombres han olvidado esta verdad, pero tú no debes olvidarla». —Le lanzo una mirada elocuente—. «Eres responsable para siempre de lo que has domesticado». —Me acerco un paso a ella y esbozo media sonrisa—. Y ahora te prometo lo siguiente. Seguiré domesticado por ti, para siempre. —Asiento una vez. Y luego añado como si se me acabara de ocurrir—: Y luego todo lo demás también. Te protegeré, te mantendré, te escucharé, te respetaré, te adoraré, confiaré en ti, me reiré contigo, me haré mayor a tu lado, tendré hijos contigo… Todo, voy con todo. —Me encojo de hombros—. Lo que necesites, joder, Parks.

—Joder, tío —dice Jo después de un par de segundos de silencio.

Parks suelta un ruido a medio camino entre la risa y el llanto y es más emoción de la que esperaba por su parte. Al verlo se me escapa una mueca, lo cual hace que medio se ría y medio llore más.

—Vamos a proceder al intercambio de…

—Un segundo. —Levanto un dedo para silenciar a Jo un instante. Seco las lágrimas a mi casi-esposa con los pulgares. Le doy un beso en la frente—. Ya casi estamos —le digo, y ella asiente muy rápido.

Vuelvo a mirar a Jonah, enarco las cejas.

—Venga, dale.

Jo mira a Parks, esperando a que le dé permiso y ella asiente una vez.

—¿Quieres, Magnolia, recibir a BJ como tu legítimo esposo y prometes amarlo y respetarlo, en la prosperidad y en la adversidad, en la salud y en la enfermedad, en la riqueza y en la pobreza, y prometes serle fiel todos los días de tu vida hasta que la muerte os separe?

Me mira y dice con más convicción de la que le he oído jamás:

—Sí, quiero.

Jo sonríe y luego me mira a mí.

—Y tú, BJ, ¿quieres recibir a Magnolia como tu legítima esposa y prometes amarla y respetarla, en la prosperidad y en la adversidad, en la salud y en la enfermedad, en la riqueza y en la pobreza, y prometes serle fiel todos los días de tu vida hasta que la muerte os separe?

La miro con una sonrisa radiante.

—Sí, quiero.

—Estupendo —asiente Jo, mirándonos radiante como un puto sol.

Se mete la mano en el bolsillo y saca nuestros anillos. Unos Polly Wales personalizados. Me lanza una miradita.

—Recta final, titi —susurra, emocionado.

Le entrega a Magnolia mi alianza. Y ahora mi corazón late jodidamente desbocado, no sé por qué. Esto es lo único que verdaderamente he querido y al fin lo tengo delante.

—Repite después de mí, ¿vale? —le dice Jo con las cejas enarcadas—. Con este anillo —dice él, y ella lo repite.

—Con este anillo… —Me lo coloca en la punta del dedo anular—. Te desposo —repite después de Jo—. Y todos mis bienes terrenales —me mira con cierta desconfianza al decir eso—. Y todo lo que soy —dice con la nariz levantada, reprimiendo una sonrisa—. Cuerpo, mente, alma y espíritu. —Traga saliva con esfuerzo—. Me entrego a ti hasta que la muerte nos separe.

Luego me desliza el anillo por el dedo y yo estoy sonriendo de oreja a oreja, no puedo evitarlo. Y luego me toca a mí.

Jo me deja caer la alianza entre las manos y luego me pega una palmada en el brazo.

—Con este anillo… —empieza Jo.

—Parksy, con este anillo… —empiezo a decir, reprimiendo una sonrisa—. Te desposo —continúo con un asentimiento—. Y todos mis bienes terrenales y todo lo que soy —digo mirándola con ojos sinceros—. Cuerpo, mente, alma y espíritu. Me entrego a ti. —Joder, ya vuelvo a llorar. Inhalo, me río, intento no sentirme como un idiota—. Hasta que la muerte nos separe.

Le coloco el anillo en el dedo, ladeo la cabeza y la miro como llevo toda la vida esperando hacer.

Jonah está hablando otra vez, y sé que debería estar escuchando, pero no lo hago, la estoy mirando mirarme.

Aprieto los labios, ni siquiera reprimo la sonrisa que se ha instalado en ellos, ¿por qué cojones iba a hacerlo?

Acabo de casarme con ella.

No es hasta que Magnolia enarca las cejas, y conozco esas cejas, son cejas expectantes (vamos, cejas impacientes), que me doy cuenta de que he desconectado tanto de lo que cojones estuviera diciendo Jonah que me he perdido la mejor parte, indiscutiblemente.

—Joder, tío, lo siento. —Hago una mueca—. ¿Puedes repetirlo?

—¿Qué? —se mofa Jo—. Que ahora os declaro…

—Eso —lo corto—. Decláranos.

Jonah pone los ojos en blanco y Magnolia se está riendo con ganas ya.

—Y ahora os declaro marido y mujer —dice con orgullo. (Y luego añade un «Pedazo de idiota» al final con un hilo de voz para que mi madre no lo oiga).

Le sonrío a Parks, me acerco un paso a ella y le coloco una mano en la mejilla. ¿Por qué los velos hacen que las chicas estén extrabuenas?

—Sé que no te apasionan las muestras de afecto en público —le digo con un hilo de voz.

Y me contesta con otro susurro:

—Haré una excepción.

—Bien —asiento una vez, y luego le pego el morreo de su puta vida.

Una mano en el pelo, la otra en la cintura, ligeramente inclinada, pero toda ella apretada contra mí. Me da la sensación de que oigo aplausos y vítores a nuestro alrededor por parte de la gente que nos quiere, pero me da igual. No la estoy besando así para hacer el numerito, la estoy besando así porque lo hemos conseguido. Nos ha llevado un tiempo, hemos escogido el camino largo para llegar a casa, pero ahora estamos aquí y no cambiaría una puta sola cosa.

OCHENTA Y CUATRO
Magnolia

BJ contrató hasta el último rincón que podía reservarse de este hotel. En el resort había cinco ubicaciones distintas para una boda y él las reservó todas, se encargó de que todas ellas estuvieran preparadas para que nosotros pudiéramos escoger la que nos pareciera mejor el día en cuestión.

La mayor parte del banquete está teniendo lugar en la parte del resort llamada The Mansion, está un poco más apartada y ofrece un pelín más de privacidad, en comparación con los otros espacios.

El día ha sido perfecto, y ahora llevo el vestido número dos: un vestido de gala de Eisen Stein de su colección de otoño Rose Blanche de 2023. El vestido (no te lo vas a creer) se llama Bridgit. Me encantó antes de saberlo, pero en cuanto me enteré... cualquier cosa para sentirme más cerca de ella, ¿sabes? BJ se lo está pasando en grande. Adoro mirarlo cuando se lo pasa tan bien.

Cosas como esta son las que me han hecho saber siempre que estamos predestinados. Adoro mirarlo haciendo cualquier cosa. Riendo, conduciendo, duchándose, lavándose los dientes, respirando... Todo, adoro hasta la última cosa.

Y él está viviendo el mejor día de su vida. Baila con su abuela y su madre, está por ahí sentado en un rincón con los chicos y su padre tomando whisky, me pone ojitos desde la otra punta de la estancia de una manera que me hace sentir como si volviera a tener quince años, solo que no tengo quince años. Tengo veinticinco y estoy casada.

Y siento el corazón tan hinchado de felicidad que podría estallar, pero también hay un dolor en mi interior que me había preguntado un poco si se presentaría o si sería un caballero y mantendría las distancias este gran día, pero no lo hace, ¿cómo iba a hacerlo?, nunca he querido vivir este día sin ella. Nunca he querido vivir ninguno, pero este menos que cualquier otro.

Solo necesito un segundo, así que me escabullo cuando nadie mira y subo a La Terrazza.

Es todo tan precioso ahí arriba, un jardín muy bien recogidito que da al océano Índico. La vista alcanza un mar infinito.

Me tomo un minuto, hago unas respiraciones. Intento sentir a mi hermana aunque la dejé partir y estoy haciendo lo posible por ser una adulta y vivir sin ella, pero hay días en los que necesitas a tu hermana y hoy es uno de ellos.

—Hola, Ballentine —dice mi voz favorita del mundo desde detrás de mí.

Me vuelvo y lo miro, al instante me siento un poco tímida porque se ha soltado de la manera más sexy de todas.

Se ha quitado la americana y lleva la camisa desabrochada, tiene el pelo muy despeinado porque no ha parado de tocárselo mientras bailaba.

Tiene las mejillas un poco coloradas por el sol, así que sus ojos brillan más de lo normal y tiene la boca más rosada y trago saliva porque, en fin, caray.

Bajo el mentón y lo miro.

—Hola.

—Llevaba mucho tiempo esperando poder llamarte así —me dice.

—Llevaba mucho tiempo esperando ser una de los vuestros.

Arruga la nariz como si no lo tuviera claro.

—Siempre has sido una de los nuestros.

Vuelvo a sonreír, y supongo que las comisuras de mi sonrisa me delatan.

Viene hasta mí, me rodea la cintura con las manos al tiempo que ladea la cabeza.

—¿Estás bien?

—Claro —asiento.

Me observa con detenimiento.

—¿Feliz?

—Sí. —Le sonrío.

Me acaricia el rostro.

—Puedes decir que no.

—¡No! —Le agarro la mano—. No, es que...

—Bridge —acaba de decir por mí.

Asiento un par de veces.

—Sí.

—¿Sabes una cosa? —Me sonríe, un poco orgulloso de sí mismo—. La verdad es que me he preparado para esto.

Lo miro con curiosidad.

—¿A qué te refieres?

—A un par de cosas —me dice—. La primera... —Se mete la mano en el bolsillo y saca un collar con un diamante negro, talla esmeralda, de un poco más de un quilate.

—¿Qué es esto? —Me quedo mirándolo.

Él hace una mueca.

—Es posible que robara una parte de las cenizas de Bridget hace un tiempo...

—¡Dios mío! —Se lo arranco de la mano para mirarlo con una fascinación morbosa—. ¿La has convertido en un diamante?

Él asiente mientras yo busco una luz para verlo bien.

—¿Has decidido que fuera negro o ha salido así? Porque sería de lo más revelador...

—No —se ríe—. Lo escogí yo.

—Oh. —Frunzo el ceño.

—Me pareció que le pegaba.

Asiento. Así es, supongo.

Me observa con atención.

—¿Te gusta? No tenía claro si...

—No, me encanta —le digo—. Y creo que como has sido tú quien la ha convertido, y no yo, su espíritu te perseguirá a ti en lugar de a mí.

—A ver, preferiría que no me persiguiera nada —me contesta encogiéndose de hombros.

—¿Cómo has sabido que tenías que hacerlo? —le pregunto, y él vuelve a encogerse de hombros.

—No lo sé. —Él mismo parece un poco sorprendido también—. Sentí que debía.

Luego me señala las manos con la cabeza.

—¿Puedo?

—Por favor —digo, al tiempo que me aparto el pelo para que pueda ponerme el collar.

Me lo aprieto contra el pecho y sé que seguramente son imaginaciones mías, pero es verdad que me siento todavía un pelín más cerca de ella.

Me vuelvo y miro a Beej, sonriéndole.

—Gracias.

—Claro. —Pone una cara como si su agradecimiento no fuera nada—. Desde luego.

Luego acerca la mano al bolsillo de sus pantalones y saca otra cosa.

Lo miro, confundida.

¿Fichas?

—Aquí tengo otra cosa —me dice.

Frunzo los labios, a la espera.

—¿Vale?

—He escrito su discurso para la boda —me dice, y hace una pausa—. Bueno, lo que pensaba que sería su discurso.

Abro los ojos como platos.

—¿En serio?

Asiente una vez.

—Sí.

Se yergue un poquito.

—Muy bien —digo—. Oigámoslo.

El chico con el que acabo de casarme se aclara la garganta para darle un efecto dramático.

—¡Vínculos traumáticos! —exclama con voz fuerte, y yo me echo a reír, negando con la cabeza.

Me sonríe de oreja a oreja.

—Era broma... —Hace una pausa—, pero no es broma porque seguramente ella lo haría.

—Sí —concedo, porque probablemente ella lo haría.

—Sé que hay quien tal vez no lo sabe —dice BJ con su mejor voz de Bridget—, pero Magnolia, en realidad, es muy lista.

Lo miro con los ojos entrecerrados.

—No me encanta ese «en realidad».

Mueve la cabeza hacia un lado.

—A ella no le habría importado —susurra.

—No. —Hago un mohín—. Supongo que no le habría importado.

Me guiña un instante el ojo y luego sigue hablando.

—Lo esconde casi siempre, creo. Como si le diera miedo que la gente la juzgara como un ser intelectual en lugar de uno sexual, como si eso pudiera hacerle más daño a ella, y ¿quizá tiene razón? —Se encoge de hombros por mi hermana—. La gente casi nunca es agradable con ella, y eso ha hecho que ella misma se presente distinto en el contexto de cómo permite que el mundo la vea.

Me lanza una mirada orgullosa por esa frase tan Bridget-esca.

—Siempre está interpretando un papel, todo el rato para todo el mundo, de un modo u otro. Excepto conmigo y con él.

Beej se señala a sí mismo.

—Y eso viene a ser todo cuanto deseas para alguien cuando le quieres, ¿sabéis? —Se encoge de hombros—. Que puedan ser ellos mismos completamente con la persona con la que están, y ella lo es. Es insoportable con él, es llorona con él, es una consentida... —Frunzo el ceño y él susurra—: Eso lo dice ella, no lo digo yo.

Pongo los ojos en blanco.

—Es un poco inconsciente —prosigue él—. Pero, en general, lo digo con buena intención. Hay cierta irreflexión en cómo es ella en relación con él que creo que es bastante importante. Está verdaderamente liberada cuando está con él, como si se relajara cuando él está cerca de ella. —Se me enternece un poco la expresión al oírlo—. Y parece que siga teniendo dieciséis años, por cómo lo mira. Con los ojos enormes y como de cervatillo... —Se inclina hacia mí sin despegar sus ojos de los míos.

—¿Bridget? —digo, con las cejas enarcadas, y él aparta la cabeza de golpe, riéndose.

—Bien. —Da una palmada—. No sé si están dispuestos a admitirlo, de modo que lo haré yo por ellos, porque al César lo que es del César, ninguno de nosotros estaría aquí de no ser por mí.

Pongo los ojos en blanco, porque seguro que lo habría dicho.

—BJ va a terapia porque yo le obligué —dice y luego ladea la cabeza como solía hacerlo mi hermana—. De nada.

Sonrío un poco.

—Y Magnolia... —Se le apaga la voz y compone una mueca—. Estamos en ello.

Vuelvo a poner los ojos en blanco.

—Sin embargo —dice, y la verdad es que se le da muy bien imitarla. Reproduce sus gestos al dedillo—. Es importante celebrar los hitos, porque él necesitaba la puta terapia —me echo a reír— y no sé si habrían solucionado sus mierdas sin una psicóloga, así que si no os importa brindar todos por mí...

Me lanza una mirada juguetona.

—Era broma —me dice bajando la mirada hacia las fichas del discurso y leyéndolas un segundo, y luego vuelve a mirarme a mí.

—Muchos de vosotros probablemente os preguntéis cómo fue crecer con Magnolia como hermana. —Hace una pausa—. Un fastidio, desde luego, miradla...

Pongo los ojos en blanco.

—Además —añade—, es ridícula y se las trae. Y es un poco consentida...

—BJ. —Frunzo el ceño.

—Lo sé —susurra volviendo a hacer de él—. A veces es muy borde, pero es verdad que te decía esas cosas muy a menudo y solo intento ser auténtico.

Parpadeo dos veces y le hago un gesto para que continúe.

—Es impulsiva y puede ser un terremoto, y es una puta mocosa consentida...

—Muy bien, hasta aquí —le digo, y él aplasta una sonrisa.

—Pero tampoco es culpa suya, poniéndole un nombre como «Magnolia», es que la víctima es ella... ¡lo somos todos! —dice como Bridge antes de agacharse y susurrarme volviendo a hacer de él—. Que, oye —abre mucho los ojos—, tenemos que hablar de eso. ¿Qué cojones? —Frunce el ceño y me levanta el mentón con un dedo para que lo mire a los ojos—. ¿Estás bien?

Asiento.

—Sí.

—¿Me lo prometes?

—Sí. —Sonrío ahora.

—Porque le pego una paliza.

—Lo sé. —Le toco el brazo con dulzura—. Continúa.

Vuelve a repasar las fichas.

—Se preocupa demasiado por la ropa...

—¡Retíralo! —le grito cortándolo.

—Pero ¡por Dios! —dice con voz fuerte por encima de la mía—. Lo leal que es.

Aquello me aplaca un poco y lo miro, esperando más.

—Hay un montón de cosas que fueron un fastidio de crecer con este par. —Nos señala a ambos con un dedo—. La prensa, para empezar, siempre fue un dolor de cabeza. —Repasa las fichas y veo que una sonrisita la cruza el rostro, de esas que esboza cuando se ha hecho gracia a sí mismo—. Pero todavía peor era el hecho de que tenían sexo por todas partes —pausa dramática—. ¡Todas! Lo digo en serio. —Asiente como lo haría ella—. En todas partes, Harley... digo, papá —niega con la cabeza—, si tú supieras... no fue solo en tu Maserati, y... —BJ me lanza una mirada severa— sigo insistiendo que, técnicamente, perdió la virginidad en el asiento de atrás de ese vehículo...

Le lanzo una mirada.

—BJ.

Él se encoge de hombros.

—Es verdad.

—¡BJ! —Pego un pisotón.

Se señala a sí mismo.

—Soy Bridget, y solo digo la verdad —se encoge de hombros, y luego se inclina hacia delante para susurrarme en el oído—: aunque como BJ, te diré que cuanto más tiempo pasa, más claro tengo que quizá tiene razón.

Lo miro sin poder creerlo.

—Pienso en ello a veces —susurra, todavía para sí mismo—. Y pusiste tu cara de sexo. —Me quedo boquiabierta y él hace una mueca—. Lo siento, pero la pusiste.

Lo miro y niego con la cabeza, horrorizada.

—Logras un atisbo de penetración y, de repente, el mundo se te pone patas arriba.

Él se echa a reír y me acaricia la cara porque me ama así.

Se aclara la garganta y vuelve a ser Bridge.

—No fue solo en el Maserati, Harley, fue en tu McLaren y en tu Bentley y en el Hennessey.

Le lanzo una mirada, no conozco los nombres de los coches en los que lo hemos hecho, pero lo hemos hecho en un montón de coches.

Era fácil escabullirse con el coche, momentos robados que podrían haber sido momentos inocentes, podríamos haber salido a cenar o a dar una vuelta, pero no, conducíamos hasta Hampstead Heath y encontrábamos un árbol cuyas ramas colgaran bajas para aparcar debajo y tener sexo. No sé mucho de coches, pero sé que había coches y que se tenía sexo en ellos.

—Y en el jet —sigue enumerando sitios imitando a mi hermana—. Pasaba en tu despacho —dice como si Harley estuviera allí—. También en el tuyo, Hamish, no pongas esa cara de complicado. En tu cama, Lily, en el chalet de Suiza, en el dormitorio principal de la casa de Saint Tropez, Harley, y aquello fue estratégico porque solo os fuisteis un par de horas…

Le pego en el brazo.

—¡Para! —me río.

Pero no lo hace.

—En la villa de Valldemossa…

—¡BJ! —pego un pisotón en el suelo, pero sigo riéndome.

—Vamos, que —niega con la cabeza como si fuera mi hermana— eran imparables. ¡Y nada disimulados! La cantidad de veces que los he pillado… —Exhala por la boca—. A terapia tendría que ir yo.

Lo miro impertérrita.

—Y suena asqueroso, y ¿sabéis qué? —se lo plantea él—, llamemos a las cosas por su nombre, fue un poco asqueroso, pero, en fin —se encoge de hombros como si fuera ella—, supongo que debo admitir que también fue un poco romántico… Fue algo especial ver a dos personas queriéndose la una a la otra como ellos se quieren el uno al otro.

Lo miro fijamente y se me enternecen los ojos.

—Y hemos tardado una verdadera eternidad en llegar hasta aquí, pero siempre supe que lo lograríais —dice, con ese tono tan de sabelotodo como el que tenía siempre ella—. Siempre tuve la corazonada de que saldría bien…

Se aclara la garganta antes de continuar.

—Mi hermana ha salido con unas cuantas personas, por si acaso no lo sabíais…

Le lanzo otra mirada.

Él se encoge de hombros caprichosamente como solía hacer Bridget cuando arrojaba granadas conversacionales como quien nada.

—Y algunos de ellos eran, sinceramente, tipos estupendos y de primera... —Hace una pausa y sé literalmente qué se viene después—: Y luego estuvo Julian.

Ahogo una sonrisa y le lanzo una mirada y él me dedica su sonrisita más descarada antes de echarse a reír.

—Eso lo he dicho yo —susurra él—. No Bridget.

—Lo sé —le contesto con otro susurro.

—Pero yo sabía —continúa él, porque es lo que diría ella—, incluso cuando ellos no lo sabían, yo sí. Que estaban predestinados. —Levanta los hombros, cediendo ante nuestro amor—. Escrito en las estrellas o no sé qué rollo sueltan siempre. Y tenía razón —dice levantando la nariz como lo hacía ella—. Esa es la parte más importante, esa es la lección: que yo tenía razón —dice con la petulancia más propia de ella—. Y finalmente están juntos. Como debe ser. —A él también se le enternece la expresión—. Así que, de hecho, no solo tengo razón, sino que además todo ha salido a pedir de boca.

Se me escapa una lágrima y BJ le sonríe, la deja ahí pendida un par de segundos antes de secarla con el pulgar.

—En fin —dice con su voz de Bridget—. Si no os importa levantar las copas... —Levanto mi copa invisible—. Bridemos por mi hermana y por mi primer beso.

Me echo a reír y se me escapan un par de lágrimas más.

—Por mi hermana —digo cogiéndole la mano a BJ.

Él se acerca mi mano a los labios y me da un beso mientras me sonríe con toda la ternura y el amor del mundo.

—Por mi hermana también. Y... —Pone una mueca, incómodo—. Sin lugar a dudas, no por mi primer beso.

23.19

+44 7700 900 274

Enhorabuena.

Me alegro de todo corazón por ti.

Por los dos.

> Quién eres?
>
> No tengo el número guardado.

Jaj.

Buena chica.

¿En serio no tienes mi número guardado ya o estás siendo una capulla?

> Julian?

Muñeca?

> Me han domesticado.

Me borraste?

> Sí.

Bien. Me lo merecía.

> Pues sí.
>
> Todavía te lo mereces, por lo que yo sé.

Todavía me lo merezco, sin duda.

> Me lo apunto.

En fin, que me alegro por vosotros.

Era lo único que quería decirte.

Sigue teniéndome borrado.

Dile a BJ de mi parte que hola y que se cubra las espaldas.

                                                Julian.

No, pero dale recuerdos de mi parte.

                                                Por qué?

Contigo no se puede ganar...

                                                😔

                                          Adiós, Julian.

Adiós, Ballentine 😘

                                                ♥

OCHENTA Y CINCO
BJ

Tras la boda, estuvimos de luna de miel un poco más de un mes.

Primero bajamos a Qualia en Whitsundays, luego subimos a St Regis en Bora Bora. Después de eso, volamos a Montage en Kapalua Bay y, finalmente, volvimos a nuestras raíces: San Bartolomé, y nos hospedamos en Rosewood.

Fueron de las semanas más fáciles y felices de mi vida, hasta la fecha.

Volver a Londres fue bastante jodido. El interés en nosotros estaba por las nubes.

Nos las arreglamos para esquivar a los *paparazzi* en el aeropuerto porque dimos una pista falsa a una persona un poco mierda, pero nos esperaban en casa de todos modos.

Eran muchísimos, más que cuando murió Bridget.

Salimos en la portada de todas las revistas, y ¿sabes qué? Alguien filtró mierdas de nuestra boda también.

Llega a ser alguien que conocemos y lo mato con mis putas manos, o si hubiera sido algún huésped gilipollas del hotel, que les jodan. Sin embargo, fue un chiquillo balinés que gana 5.000 rupias al día, no se lo reprocho. De hecho, me hizo un poco feliz. Lo único que deseo es que se llevara el cheque de su vida.

Me alegro bastante de haber vuelto a casa, eso sí. Me hace feliz hacer mierdas de vida cotidiana con ella.

Es curioso cómo el matrimonio lo cambia todo y no cambia nada a la vez.

Dormimos juntos como siempre hemos hecho, ella es lo primero y lo último en lo que pienso cada día, la acompaño andando al trabajo, la empotro contra todas las paredes que tenemos para besarla... Las mismas mierdas de siempre y, no sé cómo, sigue siendo distinto.

Lo nuestro tiene un peso o una capa nuevos, ¿no?

Sea lo que sea, me flipa.

Me flipa ser marido, aunque no se me antoja muy distinto de ser un prometido.

Me flipa tener a alguien bajo mi responsabilidad, me putoflipa que me domestiquen. Que me domestique para siempre.

Aparte de nosotros, aquí las mierdas van genial.

Henry y Rom siguen estando bien, superenamorados y pesadísimos. Jo está mejor, vuelve a ser un poco más él mismo. No del todo, pero no está como cuando nos fuimos.

Christian y Daisy están... A la mierda, da igual. Háblalo con uno de los dos.

Tausie y Tiller están inseparables últimamente, y la vida, en definitiva, resulta jodidamente dulce.

Ahora voy a las reuniones de mi padre de vez en cuando. No porque yo vaya a ser lo que sea que es él (ni siquiera sé a qué se dedica), sino porque después nos vamos a jugar al golf y mola bastante estar con él.

Parks está bien, sigue yendo a terapia, sigue siendo una puta pesada al respecto casi todo el rato, pero está yendo, que supongo que es lo que cuenta, ¿no?

Es posible que ella y Harley estén mejor. No me veo para apostar en serio por ello todavía, pero desde que hemos vuelto él la ha invitado a comer dos veces.

La primera vez me obligó a ir y la segunda vez me dijo que podía ir sola, pero después se arrepintió porque sigue sin saber muy bien cómo hablar con él o ni siquiera de qué.

Todo, en general, parece dejarse llevar.

Y sé que no siempre será así, sé que estamos en la fase de la luna de miel o lo que sea, pero, joder, qué bien sienta.

Después del trayecto maratoniano que pareció una puta iron-man para llegar hasta aquí, me hace feliz dejarme llevar, sentir a mi alrededor la brisa que es amarla mientras hacemos todas las mierdas mundanas que son parte de una vida normal, el tipo de mierdas que he esperado toda mi vida para hacer con ella.

Mierdas como, por ejemplo, arreglar una bañera en la primera casa que es propiedad de los dos.

Nuestro encargado de obra me pone mala cara, se disculpa por otro retraso con esta puta bañera, y yo niego con la cabeza y hago un gesto con las manos para quitarle peso.

—¿Sabes qué, tío? Honestamente… —Lo miro con sinceridad—. Nunca usamos la bañera, así que olvídate. Haz que quede bien, pero no hace falta que funcione.

—Espera, no —dice Magnolia desde la puerta. No sabía que estaba aquí—. No hagas caso.

La miro y frunzo el ceño, confundido.

—¿Qué?

Y ella se encoge de hombros inocentemente.

—Bueno, no sería el fin del mundo si uno de los dos decidiera darse un baño algún día…

Frunzo los labios, atónito.

—¿Querrás darte un baño algún día, Parksy?

—La verdad es que no. —Se cruza de brazos y camina hasta mí—. No querré. Porque es como si la bañera fuera una taza de té y yo fuera la bolsita del té y no me interesa hervirme en una taza gigante de té humano, así que…

Hago una mueca.

—Qué asco.

—¡Lo sé! —asiente con mucho énfasis—. No sé por qué a la gente le gustan tanto las bañeras…

—Ese no es un… —la miro negando con la cabeza— problema de la gente. Es un problema tuyo, sin duda.

Ella menea la cabeza, no está de acuerdo.

—Disculpad… —El encargado nos mira a ambos—. ¿Tengo que arreglar la bañera o…?

Me quedo mirándola, espero a que ella tome la decisión.

Ella me sonríe despreocupada y distraídamente, y luego lo mira a él.

—Sí, por favor, si no es molestia.

OCHENTA Y SEIS
Magnolia

Me ponía un poco nerviosa contárselo, ¿sabes? Por eso lo evité durante el primer par de días, y luego esos días se acabaron convirtiendo en semanas. No pretendía ocultárselo, es que, al final, se convirtió en algo que le estaba ocultando.

Además, he estado muy liada en el trabajo. Una excusa malísima, aunque no es en absoluto una excusa. Sin embargo, ahora lo he ido dejando tanto tiempo, semanas y semanas, que me da miedo que cuando se lo cuente, se enfade un poco, ¿sabes?

¿Y qué pasa si se enfada de todos modos?

Podría pasar, ya pasó una vez.

Estoy sentada en nuestro sofá, tomándome una taza de té y viendo *The Vicar of Dibley*, que vuelven a ponerla en la tele, cuando oigo que se cierra la puerta de casa.

Beej lleva todo el día fuera. Ha ido a jugar al golf con Henry y su padre, y luego después han ido al Sushi Samba con Lily.

Me han preguntado si quería ir, desde luego, pero no me apetecía mucho ir. No tengo mucha hambre últimamente.

—Eh —grita—. Te he traído la serviola, el ceviche de toro y la tempura de rascacio —me dice desde otro cuarto de la casa y lo oigo deambular por nuestro hogar. Unos ruiditos de lo más aburridos, cosas como sus zapatos contra la madera recorriendo el pasillo, el quitarse la chaqueta y colgarla, el dejar caer las llaves en el bol… Adoro sus ruiditos aburridos.

Se queda de pie en la puerta de nuestra sala de estar y se apoya contra el marco.

—Hola —me dice observándome.

—Hola. —Le sonrío un instante y luego sigo viendo la tele, porque es el capítulo en que se les rompe la vidriera e intentan recaudar dinero para reponerla.

Me enseña la bolsa de comida para llevar.

—Gracias —contesto—. No tengo mucha hambre… ¿Puedes dejármelo en la nevera?

Entrecierra los ojos con esa desconfianza antigua.

—Es que hoy no quiero comer pescado crudo —le digo, encogiéndome de hombros despreocupadamente—. Tengo el estómago revuelto.

—Oh. —Frunce el ceño—. Lo siento…

Le lanzo otra sonrisa fugaz y sigo mirando la tele. Se rasca la nuca sin quitarme los ojos de encima.

—Oye, Parksy…

—¿Mmm? —digo sin mirarlo.

Se aclara la garganta.

—Querida, preciosa, amor de mi vida… —me dice, y ahí se gana mi atención.

Pongo la serie en pausa y lo miro con desconfianza.

—¿Qué?

Viene hacia mí con los brazos cruzados.

—¿Has comprado una casa sin decírmelo?

—Sí. —Me encojo de hombros—. Un montón.

Él parpadea.

—¿Qué…?

Y hago una mueca, tartamudeo y digo:

—Esto… No, qué va…

Esboza una sonrisa tensa.

—Es que es… la clase de cosa que la gente habla con su pareja antes de hacerla.

—Claro. —Asiento intentando seguir el hilo—. Pero, a ver… No es la primera vez que compro una propiedad sin decírtelo.

—Bueno, antes era distinto. —Pone los ojos en blanco antes de darle una vuelta y mirarme con cara de confusión—. Oye, ¿cuándo?

Hago un puchero y decido que ahora probablemente no es el mejor momento para mencionar esa pequeña villa de seis habitaciones en el acantilado de Sorrento que también compré el otro día, de modo que, en lugar de hacerlo, lo miro y pongo los ojos en blanco.

—No pasa nada. —Se arrodilla delante de mí y me coloca un mechón de pelo detrás de las orejas—. Vaya, que no estoy enfadado. Pero es que...
—Se encoge de hombros—. Los matrimonios normalmente hablan antes de comprar una casa, eso es todo.

«No me suena bien», pienso para mis adentros, y lo miro con los ojos entornados.

—Dirás los matrimonios pobres.

Él pone los ojos en blanco.

—No, digo los matrimonios.

—Vale, lo siento, lo sé. —Niego con la cabeza y exhalo por la nariz, frustrada conmigo misma—. Es que intentaba encontrar la mejor manera de decírtelo...

Pone cara de no comprender.

—¿Decirme el qué?

Trago saliva nerviosa, abro mucho los ojos y bajo el mentón.

—No quiero que te enfades —le digo.

Enarca las cejas.

—¿Por qué?

—¡Bueno, pues por nada! —Me encojo de hombros.

—¿Nada de qué? —me dice frustrándose.

—Bueno, es que compré la casa porque siempre fue parte del plan y pensé que quizá si no te ponías supercontento de primeras porque es que, en realidad, acabamos de casarnos, que quizá ayudaría a endulzar el pronóstico o algo, pero quizá fue una mala idea, ahora que sé que crees que adquirir propiedades es una —utilizo comillas—: «decisión conjunta».

BJ frunce los labios, reprime una sonrisa, y luego algo hace clic en lo hondo de sus ojos y los fija en mí.

—Parksy, ¿dónde está esta casa que has comprado?

—En la Isla de Mull.

—¿La Isla de Mull? —repite ladeando la cabeza—. Entonces en... ¿Tobermory?

Trago saliva nerviosa una vez más antes de asentir.

Él abre unos ojos como platos y me agarra por los hombros.

—No me digas... —Me mira fijamente, en shock—. No me lo puto-digas, ¿hablas en serio?

No sabría decirte si está contento o triste o enfadado o mosqueado o raro o…
—¿Sí? —digo con un hilo de voz, porque no tengo claro adónde va todo esto.
Y entonces, boquiabierto, me baja del sofá y me sienta con él en el suelo.
—¿De verdad? —pregunta.
Vuelvo a asentir.
Suelta una carcajada de incredulidad y me rodea con los brazos y nos caemos juntos al suelo.
No me suelta, me besa en la cara un millar de veces. Pasa de reírse a parecer confundido a volver a reírse.
—Joder. —Pega con el puño en la alfombra y me mira—. Tenías razón.
Le dije en Bora Bora que tenía la sensación de que el preservativo se había roto, pero él me contestó que estaba convencido de que no.
—No soporto que tengas razón —me dice, aunque sonriendo un montón—. Y tendrás un puto monumento de tu razón que nos seguirá a todas partes para siempre en forma de descendiente.
Asiento, algo complacida.
—Pues sí.
Me acaricia la cara.
—¿Cuándo te has enterado?
—Hace un par de semanas.
—¡Semanas! —Me mira fijamente como ya sabía que haría.
Se incorpora sobre los codos y me mira con el ceño fruncido.
—¿Has guardado el secreto durante semanas?
—Solo dos o tres.
—¿Quién lo sabe?
—Nadie. —Me encojo de hombros—. Solo tú.
Se pone un poco serio.
—¿Por qué no me lo contaste?
—Porque pueden pasar tantísimas cosas malas en las primeras doce semanas, que… no quería contártelo y que luego pasara algo malo. Me pareció más seguro, supongo.
Nos señala a ambos con un dedo.

—Nos hemos casado, ¿recuerdas?

Lo miro con sarcasmo.

—Lo recuerdo vagamente, sí.

—Pase lo que pase, Parks —Se encoge de hombros—. Estamos juntos.

—Vaya cursilada —le digo solemnemente, y él asiente ante la crítica.

—Pues sí —coincide—. Pero con esto, de hecho con todo, por favor, cuéntamelo todo, siempre.

Alarga la mano y la entrelaza con la mía.

—¿Y tú estás bien? —pregunta con las cejas enarcadas—. ¿Te encuentras bien? ¿Va todo bien? ¿El bebé está bien?

Le sonrío orgullosa.

—Estoy de trece semanas y todo está bien.

Se le ilumina la cara y luego se inclina hacia delante, me besa suavemente en los labios.

Al cabo de un par de segundos, se separa riendo.

—¡Trece semanas! —Sonríe de oreja a oreja—. ¡Esto ya casi está!

—Qué va. —Niego con la cabeza.

—¡Casi!

Sigo negando con la cabeza.

—En absoluto.

Él se echa a reír y yo aprieto la nariz contra la suya.

—Beej... —le digo, y él enarca las cejas, a la espera—. Es una niña —le digo con un hilo de voz.

Él se queda mirándome un par de segundos muy largos. No dice nada. Luego se pone bocarriba y se queda mirando el techo, y te lo digo en serio, se queda así cerca de un minuto.

—¡Mierda, tío! —Vuelve a reírse—. ¡Estoy jodido!

—¡¿Por qué?! —le pregunto con un mohín.

Vuelve a mirarme como si fuera una idiota.

—Porque me pierden las Parks. —Se encoge de hombros—. Jamás he conocido a una a la que no amara.

Y ahí se me abren unos ojos tan grandes como siento ahora mismo mi corazón.

Me atrae hacia él y me coloca encima.

—¿Estás contenta, Parksy?

Lo miro fijamente, tengo el mentón contra su pecho y él me rodea entera con los brazos.

Bocanadas de aire lentas y profundas nos llegan a lo hondo del pecho, los ceños relajados y los párpados que se mueven tranquilos porque ya no queda nada doloroso entre nosotros. Las ventanas están abiertas de par en par, la luz entra a raudales a través de ellas, los pájaros cantan posados en un dedo, giros de película antigua entre los brazos del chico de mis sueños... ¿Que si estoy contenta?

Le sonrío un poco.

—Sí.

Él me sonríe con calma.

—¿Asustada? —pregunta con dulzura y las cejas enarcadas.

Asiento muy rápido.

—Un poco.

Frunce esos labios suyos que parecen besados por una abeja. Esa boquita tan lista me ha metido en todo tipo de problemas toda mi vida. Y, entonces, le veo en los ojos ese centelleo de siempre, a medio camino entre algo sexy y algo emocionante, pero que también es una invitación tácita y maravillosa que siempre, siempre aceptaré.

—Claro, y yo, Parksy. —BJ Ballentine me hace un gesto con el mentón, tranquilo—. Pero yo me encargaré de que sea divertido.

Agradecimientos

Benja, te quiero y adoro nuestra vida juntos. Es un follón absoluto el ochenta por ciento del tiempo, pero no querría vivir ni un instante de ella con nadie que no fueras tú. Granja total para siempre. Para todos los fragmentos de este libro que me generan ternura, me has cambiado la vida queriéndome de una forma tan constante como lo has hecho.

Junes y Bels, si fuéramos a usar mis libros como pequeños hitos de nuestra vida como familia, este es el primero que me da la sensación de que vais a notar de veras el efecto de mi ajetreo y ausencia ocasional. Sois los hijos más maravillosos y benévolos del mundo entero. Gracias por vuestra flagrante indiferencia hacia mi carrera, me hace feliz.

Emmy, por ser mi mejor amiga, pero también por darle a Magnolia un rostro tan hermoso como BJ nos ha taladrado a todos diciendo que es durante todos estos años. Esta es mi cubierta favorita de todas las que hemos tenido. Ella es divina.

Maddi, por ser el pegamento y el caballero andante de nuestra familia al completo. Eres la sal de nuestra vida.

Amanda, por todo lo que haces y todo lo que has hecho, sé que soy un caos, gracias por la paciencia.

A Luke y a Jay (y al resto de Avenir), ha sido una de las partes más divertidas de todo esto, hacerlo con mis hermanos. Gracias por decir siempre que sí y tirar para adelante con todo.

A mi brillante equipo (a todo el mundo de WME, pero a Hellie en particular), por ser tan sufridos conmigo como BJ lo es con Magnolia, lo siento, pero os lo agradeceré hasta el fin de los tiempos. Caitlin y Alyssa, gracias por estar de mi lado y por estar siempre listas. Hilary, Nicole y Sylvie, gracias por adoptarme. Y a mis editores, tanto de Orion como de Dutton, Celia, Cassidy, Emad, John, Sarah y todos los demás, os estaré siempre y para siempre agradecida por vuestro increíble trabajo y por la paciencia que tenéis conmigo. Sé que puedo estar loca de remate y ser desastrosamente particular, gracias por aguantarme y por confiar en mí.

Y, finalmente, a Magnolia y BJ. Gracias por permitirme contar vuestra historia. Gracias por consumirme la mente y la vida como lo habéis hecho. Gracias por acaparar mi mente y no dejarme dormir por las noches. Ha sido una de las mayores alegrías de mi vida hasta la fecha poder compartiros con el mundo, y estoy tremendamente encantada de ver adónde habéis llegado. Me habéis cambiado la vida. Os querré siempre con todo mi corazón.

Este libro se terminó de imprimir
en el mes de mayo de 2025.